重庆市出版专项资金资助项目

吴 岩 / 主编

科幻文学

HANDBOOK
OF SCIENCE FICTION

研究手册

重庆大学出版社

图书在版编目（CIP）数据

科幻文学研究手册 / 吴岩主编 . --重庆：重庆大学出版社，2025.3

ISBN 978-7-5689-4491-5

Ⅰ.①科… Ⅱ.①吴… Ⅲ.①幻想小说—小说研究—世界—手册 Ⅳ.①I106.4-62

中国国家版本馆 CIP 数据核字（2024）第 094107 号

科幻文学研究手册

KEHUAN WENXUE YANJIU SHOUCE

主　编　吴　岩
策划编辑:张慧梓
责任编辑:杨　扬　张红梅　　版式设计:张慧梓
责任校对:刘志刚　　　　　责任印制:张　策
*
重庆大学出版社出版发行
出版人:陈晓阳
社址:重庆市沙坪坝区大学城西路 21 号
邮编:401331
电话:(023)88617190　　　88617185(中小学)
传真:(023)88617186　　　88617166
网址:http://www.cqup.com.cn
邮箱:fxk@cqup.com.cn(营销中心)
全国新华书店经销
重庆升光电力印务有限公司印刷
*
开本:720mm×1020mm　　1/16　印张:32.5　字数:529 千
2025 年 3 月第 1 版　2025 年 3 月第 1 次印刷
ISBN 978-7-5689-4491-5　定价:98.00 元

总 序

2004年国家社会科学基金首次决定资助科幻项目。这在中国科幻文学发展历史上是一个重要的里程碑。在科幻界老师和同行的热情鼓励和积极支持之下我们申报了这个项目。项目的名字"科幻文学的理论和学科体系建设"是王泉根教授起的。他那时是我的顶头上司，并且积极支持高水平科幻研究。作为首个科幻研究项目，这个名字意义深远。我们正在创建一个新的学科，需要在对领域进行高瞻远瞩的同时跑马圈地。项目书中原定了4项成果，分别涵盖中国科幻理论、外国科幻理论、科幻文学历史和体系建设与方法学。但面对如此重要的领域，大家都充满热情。最终，我们结题的时候，把4项成果修改成了15项！我不知道在国家社会科学基金的历史上，4项成果转换成15项是否有过先例，但我们自己觉得远远不够。还有那么多部分等着我们去开拓或整理。但我们只能先做这么一点点。

读者一定能从当时出版的15部专著和文集中看出，《科幻文学论纲》和《科幻文学理论和学科体系建设》是这个系列的两部核心著作。前一部需要提出新时代科幻的命题和基本纲领，后一部则对整个学科进行学术鸟瞰。事实也证明，这两部著作确实具有重要的理论和实践价值。第一部著作出版10年之后，重庆大学出版社重新出版该书，仍然获得了读者的广泛欢迎。现在，第二本也决定重新出版。

由于《科幻文学理论和学科体系建设》名字太长，也太学术化，所以新版决定改名为《科幻文学研究手册》。手册的任务仍然是给科幻作家、读者、研究者和爱好者提供有价值的全域扫描。作为手册，还强调这部著作是非常初步的入门线索，多数内容浅尝辄止，也不完备，希望大家了解个大概，做个宏伟大厦的浅层次奠基。在这个目标的指导下，我们只对原书的内容进行了最基本的检验，被证明是错误的就删除，没有错误则保留。在基本构造没有改变的前提下，本书对一些章节进行了更换。例如，科幻作家杨鹏在原书出版之后，已经把自己的想法扩展成为一本专著，为了避免读者的重复阅读，我们决定更换，于是请运城学院中文系毕坤老师和科幻编剧刘越重写了上述章节。挪威奥斯陆大学的王侃瑜博士认真修订了书中的欧洲章节，增添了更多北欧国家的信息。贾立元、姜振宇、肖汉等也参加了部分工作。当然，这个版本最需要感谢的就是钓鱼城科幻学院创始人、前任院长张凡博士，他在繁忙的工作之余接受我的邀请专门拿出时间对全部稿件进行了整理和修订，工作量之大难以想象。考虑到2008年版本中罗列出的学术网站已经出现了大范围变更，新媒体的增长让读者获得海内外信息的能力超越以往，我们去掉了海内外科幻信息的章节。上述修订是否恰当，还请读者给予批评。

2008年，科幻文学在中国还是一种小众存在。但今天，科幻已经在中国的当代文化里占据一定地位。2010年，刘慈欣的"三体"系列正式出完，整个系列迅速成为当代文学中新的经典，甚至走向了世界。在《三体》获得雨果奖之后，又陆续有作品在海外翻译、出版、获奖。中国科幻文学走出一国，走向多国，成为世界科幻大家庭中一个具有影响力的成员。作为一种产业形式，科幻在中国正成为连接新质生产力和创意经济的纽带。

面对蓬勃发展的科幻事业和产业，科幻研究也奋起直追。继

2017年我们在南方科技大学成立科学与人类想象力研究中心之后，2020年中国科学技术协会也正式组建了中国科幻研究中心。2021年，中国科幻研究中心、南方科技大学科学与人类想象力研究中心、重庆大学人文社会科学高等研究院三家联合举办了第一届高校青年教师/研究生科幻学术研习营，邀请国内享有声望和具有真才实学的科研工作者讲课，开展学术传承。在这期间，中国科普作家协会邀请王晋康、陈楸帆、尹传红等科幻作家和研究者担任副理事长。中国作家协会也成立了科幻文学委员会，聘请刘慈欣担任主任，陈楸帆、韩松和我担任副主任。中国比较文学学会则成立了跨学科研究会，邀请陈跃红教授担任首届理事长。去年，我在换届中接替了他的理事长工作。目前，中国未来学会也在考虑成立一个正式的科幻委员会。上述组织机构的建立，为科幻创作和研究的发展提供了新的可能性。

科幻研究在海外受到学术界重视，可以追溯到20世纪70年代。但真正对中国科幻产生兴趣并逐渐开始相关的研究，应该是在刘慈欣的小说被翻译出版之后。继2020年科幻研究学会（Science Fiction Research Association，SFRA）把克拉里森奖授予我之后，2024年又授予宋明炜专著《看的恐惧：中国科幻诗学》(Fear of Seeing: A Poetics of Chinese Science Fiction) 图书奖。此外，旅英博士生吕广钊也曾获奖。去年，我跟宋明炜、李广益、王侃瑜等还参加了分别在挪威、瑞士、意大利的中国科幻研究活动，跟当地的科幻研究者交流了心得。

面对越来越多的学生或学者开始对科幻创作和研究产生兴趣，对领域的概要介绍工作就应该立刻跟上。我们希望这本手册的出版能做一点小小的贡献。

感谢对本书的原型出版付出过辛勤劳动的工作者，特别是北京师范大学儿童文学和科幻文学专业的学生和王泉根教授。感谢重庆出版社少儿分社的冯建华总编。感谢新版修订的热情推手重庆大学出版社社文分社张慧梓社长和重庆大学人文社会科学高等研究院李广益教授。他们对这本书的积极评价让我们能做完这本书的修订。当然，也要感谢我现在的领导、南方科技大学人文学院的院长陈跃红讲席教授和田松教授，他们对本书的出版给予了极大的支持。

最后，跟上次一样，我要邀请所有读者对这部著作进行批评。我们知道其中还有许多由于各种原因造成的问题或错误，也知道还有大量缺失的信息需要补充，期待你们的积极指正。我们会珍惜诸位的批评，并诚恳地在未来做出改正。

吴 岩

2024年5月10日

目 录 ———— CONTENTS ————

第一编

科幻小说的
基本概念和理论

第一章　科幻小说的概念

第一节　定义的困难性

一、百科全书的解释困境

科幻研究者常常处于某种尴尬的境地。他们伫立在作品之外观察作品，为作品和作家制造一种成功后的点缀。虽然有时候科幻研究者对科幻作家、作品颇有微词，但即便如此，科幻研究者的研究仍然离不开作者的创作工作。当他们试图定义科幻作品时，就会绞尽脑汁，生怕遗漏了任何一个被读者所接受的创作。这样下来，世世代代，科幻研究者永远走在科幻创作的后面，永远被作家的创新和读者的指责所嘲弄。

科幻研究者的这种尴尬状态是他们自己的一系列行为造成的。这些行为中最重要的一个，就是试图给科幻小说制定一种被动而具有解释性的定义。

了解科幻研究者的这种怪异行为，应该从分析百科全书中的科幻定义开始。

一般来讲，百科全书试图给我们生存的世界做一种包容性的解释，既然是"百科""全书"，就应当对所解释的现象进行全面包容。而正是这种包容，凸显出了研究者面对色彩斑斓的科幻世界时的那种紧张和尴尬。

《中国大百科全书·中国文学》这样写道：

科学幻想小说是通过小说来描述奇特的科学幻想，寄寓深刻的主题思想，具有"科学""幻想""小说"三要素，即它所描述的是幻想，而不是现实；这幻想是科学的，而不是胡思乱想；它通过小说来表现，具有小说的特点。[1]

这个定义有很多可疑的地方。比如，什么是科学幻想？科学幻想和胡思乱想之间的区别到底是什么？再比如，为什么这种科学幻想必须是奇特的？它是否意味着如果幻想不奇特，就不算科幻小说？还有，寄寓深刻的主题到底是什么意思？如果一部科幻小说没有深刻的主题，或只有浅显的主题，难道就不算是科幻小说？至于用"科学""幻想"和"小说"几个概念去详细解释作品的特征，则更可能会挂一漏万、作茧自缚。

日本平凡社出版的《大百科事典》，看起来也和《中国大百科全书》犯有同样的毛病。在这部《大百科事典》中，林韑先生的科幻概念被叙述成如下几个方面：

从广义上说，是以科学为主题的小说。这里包括：（1）以小说形式写的自然科学的解说；（2）为了科学的普及宣传，以小说的形式编造出来的恋爱事件；例如性病和结核病预防的小说；（3）以自然科学为骗局的侦探小说；（4）从现在科学水准来猜测科学发展、将来、人类的命运，以小说形式将它描写出来等。[2]

"以科学为主题的小说"这种解释，似乎包罗万象，但一个通晓科幻作品的读者立刻会指出其中的缺陷。史蒂文·斯皮尔伯格（Steven Allan Spielberg）的电影《E. T. 外星人》是尽人皆知的科幻作品，我们选用他的同名电影小说作为研究对象。这部小说真是以科学为主题的作品吗？对照作者给出的四项选择，它可能是第四项吗？也就是说，这部小说是从现代科学水准来猜测外星人到达后的人类命运吗？再者，根据第四项标准，上海海燕电影制片厂于20世纪60年代拍摄的有关血吸虫病防治的电影《枯木逢春》，是否为一部典型的科幻作品？

亚洲国家不是科幻小说的发源地，这些国家对科幻文学领域的了解在文化转移中可能存在偏差。但欧洲的情况如何呢？苏联出版的《苏联大百科全书》第29卷对科幻文学的定义是：

---

1. 中国大百科全书总编辑委员会《中国文学》编辑委员会、中国大百科全书出版社编辑部：《中国大百科全书·中国文学》，北京：中国大百科全书出版社，1986年，第353页。

2. 福岛正实：《科学小说的定义》，载于黄伊主编《论科学幻想小说》，北京：科学普及出版社，1981年，第190–191页。福岛的文章是日本早川书房版《科学小说入门》的代序。

科学幻想作品是文学的一种体裁，它以生动的、引人入胜的手法描绘科学技术进步的远景和人类对大自然奥秘的深入了解。科学幻想作品描写的对象是实际上还没有实现的科学发现和发明，但科学技术已有的发展一般已为它的实现准备了条件。

把一种从未实现但已经准备实现的科学发现和发明写成故事就是科幻小说，这个定义看起来具有强烈的包容性。但是，如果像赫伯特·乔治·威尔斯（Herbert George Wells）的《时间机器》那样描述人类在80万年之后的生活，根本就没有任何现实科学基础，这样的文学作品又怎样归类呢？此外，诸如"生动""引人入胜"这样的词汇，是否真能成为科幻小说的概念标志？如果情节不那么生动，故事不那么引人入胜，像英美新浪潮时代的科幻小说那样，是否就不能纳入科幻文学的范畴呢？

这里引用日本和苏联百科全书对科幻小说的定义，有着特殊的用意。因为在20世纪初和50年代，在中国科幻小说的两次发端中，日本和苏联是两个重要的模仿对象。中国翻译家们直接翻译了大量日本和苏联的科幻小说，还从这两种语言转译了凡尔纳、威尔斯等许多其他西方作家的作品。一个不争的事实是，文学作品的每一次跨文化传播，必然在中介者那里受到重构或歪曲。中介文化如何选择这些作品？中介文化如何翻译这些作品？他们怎么处理其中的文字转换、寻找对应词？他们如何处理作品的风格？此外，中介文化如何处理与自己价值观差异很大的作品主题？所有这些，都会在文化发展和传播研究中具有重要的作用。科幻文学当然不会例外。[1]

---

1. 凡尔纳小说的主要缺点是种族主义吗？读过较多凡尔纳作品的读者一定会指出，他对各个民族都抱有很好的感情。他的小说主人公曾经涉及中国、俄国、英国、美国、西班牙、葡萄牙等诸多国家。《海底两万里》中的尼摩船长还可能是混血儿。但是，为什么中国多数谈论凡尔纳作品的读物都指出，他具有种族主义倾向呢？在一些特定的时间里，可能因为这种种族主义内涵的存在，凡尔纳的作品在中国还受到批判或者被删节。追溯这个评论的最初版本，我们不得不查找苏联评论家对凡尔纳的基本看法。

二、内容变更对定义的影响

内容变更是给科幻小说定义的第一个困难。这种作品的内容具有跨门类性，涉及的学科众多，而作为这种文类存在的起因——科学，本身又疆域辽阔，因此，科幻定义的困难性，首先在于它涉及了太大的生活空间。

从科幻小说的发展上看，这类作品最初是围绕一些技术创新而展开的。玛丽·雪莱（Mary Shelley）的《弗兰肯斯坦》、儒勒·凡尔纳（Jules Verne）的《从地球到月球》等都是这样的作品。在19世纪末到20世纪初期，科幻小说开始从"技术"转向"科学"。威尔斯的《时间机器》就是一个典型的例子，小说讲述的不再是某种发明，而是发明背后的全新知识体系。

将科学原理当成科幻小说描述的主要内容，在20世纪英美科幻小说黄金时代非常流行。到了20世纪60年代，社会科学开始进入科幻文学的领域，出现了像布莱恩·W. 奥尔迪斯（Brian W. Aldiss）的《杜甫的小石子》、J. G. 巴拉德（J. G. Ballard）的"世界毁灭三部曲"、迈克尔·莫考克（Michael Moorcock）的《走进灵光》和菲利普·何塞·法马尔（Philip Jose Farmer）以"子宫"为主题的两篇小说等描述历史、哲学、宗教、性别等方面的作品。也正是在这种状况下，一些原本可能没有科幻含义的作品，在科学本身的广延过程中，逐渐地成为科幻文学的重要代表。叶夫根尼·扎米亚京（Yevgeny Zamyatin）的《我们》、阿道斯·赫胥黎（Aldous Huxley）的《美丽新世界》和乔治·奥威尔（George Orwell）的小说《一九八四》这类恶托邦[1]作品，已经因为其中的社会科学价值而不可避免地成为经典科幻小说。

由于科学范畴的反复变化，特别是一些本来属于非科学的、具有叙事性特征的信息逐渐转移到科学的范畴之内，科幻小说的定义变得更加混乱。此外，科学思想、科学精神和科学方法等方面的诸多革新和改进，导致了科学本身的"范式转移"。按照对托马斯·萨缪尔·库恩（Tomas Samuel Kuhn）的说法，

---

1. Distopia，恶托邦，常常也被翻译成"反乌托邦"或"敌托邦"。但近年来，为了与anti-utopia区别，翻译成恶托邦的做法正在增加。

成功的范式转移最终都会得到科学共同体的认可，与此同时，旧有的一套知识体系将被置于非科学的地位。这样，一本科幻小说到底是不是真正的科幻小说，在不同时期便会有明显不同的答案。科幻作品作为一种历史性的文本，其特征便突出地体现了出来。

三、叙事变更对定义的影响

仅仅从内容进行考察，还不足以造成科幻小说定义中的所有混乱。科幻作家的写作实验，也让这个品种一直无法获得一个明确的定义。

在上一节中，我们陈述了若干百科全书对科幻小说的定义。这些定义都认为，科幻小说是一种情节性、故事性强的文学。多年来，国外有一种普遍的共识，那就是故事性和情节性、注重场面、增加紧张情绪，同时，忽视人文主题的思考和人物性格塑造是通俗小说的主要特征。

有趣的是，在科幻小说创始的早期，的确有这样的通俗小说化偏向。在这个文类的逐渐发展中，主题被逐渐强化，叙事形式反复被更新，对人物的描写与关照也极度加强。在当代，我们不但能从许多科幻作品中发现感人至深、无法忘怀的人物形象，更能从奥威尔的《一九八四》这样的作品中找到发人深省的严肃主题。20世纪60年代之后，随着英美科幻新浪潮的冲击，科幻小说十分强调在语言和文本形式方面的创新。巴拉德的"世界毁灭三部曲"、奥尔迪斯的一系列作品，就采用了淡化故事，增加哲理思考的路径。在人性揭示的深刻性上，库尔特·冯内古特（Kurt Vonnegut）的《五号屠场》和《时震》、玛格丽特·阿特伍德（Margaret Atwood）的《羚羊与秧鸡》等，甚至能比普通小说更加深刻地触及人类的本性。

在中国，认为科幻小说是通俗文学的论点就更加值得怀疑。因为在中国的文化中，科学本身就绝对地隶属于精英文化，与科学技术或科技活动相关的小说，怎么可以是通俗文学的某个成员呢？

四、文化传统与需求对定义的影响

科幻小说的产生是一种全球现象，但文化之间的交往和影响是不可避免的。当徐念慈、鲁迅、茅盾、老舍、顾均正、郑文光等人在中国建构起自身的科幻文学时，独创性和相互影响经常是交融在一起的。但这恰好证明了这种文学本身起源的多地性和相互影响的无法避免。换言之，谈论任何一个国家、地区或民族的科幻定义，必须从这种文学产生的环境、文化背景、普通读者的现实关切等几个方面进行。发展的阶段性，也是分析定义改变的过程中需要考虑的问题。

例如，在中国科幻文学的发展过程中，有一种把科幻跟科普紧密联系起来的观点，认为科幻是科普读物的一种，是通过想象和故事的形式普及科学知识。这一观点的由来，跟晚清中国人所遇到的千年未有之大变局有着直接关系。在那样的年代，科学技术以一种神奇的面貌，让中国人刻骨铭心地感受到了学习和掌握知识的重要性。而这种重要性，至今仍然显得不过时。这也就是为什么在中国长期以来一直有一种"科普"味道十足的理论，这种理论把科学原理的准确与否，当成判断科幻作品是否成功的标准。发生于1979年前后的、一场有关叶永烈科幻小说改编的连环画《奇异的化石蛋》的争论，就是这一理论作用于现实的最好例证。1977年，叶永烈在《少年科学》杂志发表了科幻小说《世界最高峰上的奇迹》，这是一个讲述中国登山队如何在珠穆朗玛峰北坡发现存活的恐龙蛋并将其孵化为恐龙的故事。小说因强烈的真实感和神秘色彩在读者中反响强烈。但是，一位从事恐龙知识科普工作的自然博物馆管理员指出，小说中有关这种恐龙的生态、外观，甚至孵化过程的描述，都是错误的，整部小说是一个伪科学的标本。这篇发表在《中国青年报》上的评论，引发了一场对科幻小说的批判运动（有关这次批判的详细情况，请参考其他章节）。

一部文学作品，引发包括科学普及工作者在内人士的关切，本来是正常的。但科幻文学毕竟不是科普作品，两者之间有着很大差异。因此，大多数科幻作品无法用科普的理论进行正确阐释。近年来，有关科幻现实主义和科幻未来主义的研究在一定程度上丰富了人们对中国科幻文学的认识。

引发科幻文学观念多元化的因素还有很多。而我们认为，概念的多元化并不是坏事，它恰好证明科幻文学是一种能启发人类思考，具有认知功能、谋划功能、批评反思功能和情感抚慰功能等多种功能的文学。多元化的科幻概念能引发人们对这种文类永远站在边缘地带的感叹和思索，能提升我们从差异和运动中把握文学与世界的能力。

（吴岩）

第二节　著名科幻定义举例

一、国外科幻定义举例

我们知道，才华横溢的作家，也是最近的两本书《月球故事》《天体的骗局》的作者洛克先生，正致力于构建一种新型小说的框架。这种小说所描述的主题，类似于他最近在天文学上可能出现的新发明。……他的风格和构思都很新颖，富于文采和想象力。他很可能被认为是一种全新的文学样式的创始人，我们也许可以把它称为"科学的小说"……我们已经有了很多"流行小说"，然而建立在对今天世界的再发现和科学推测基础上的小说还很少有人尝试，直到洛克先生的出现。事实上，洛克开辟了一片新颖、奇特、美丽的新天地，毫不逊色于过去那些伟大人物着力描写的那个世界。他放眼未来，追随着科学之光。

——《纽约先驱报》1835年9月5日

我意义上的科学化的小说是凡尔纳、威尔斯、爱伦·坡那类的故事，是一种掺入了科学事实和预测远景的迷人的罗曼司。

——雨果·根斯巴克（Hugo Gernsback），《惊奇故事》（1926年）

雨果·根斯巴克：美国科幻小说之父，创办《惊奇故事》杂志，对美国科幻小说的发展厥功至伟，著名的"雨果奖"即是为纪念他而设立的。

广义的科幻小说是以科学的假设或非科学的假设为依据的小说，是以不存在于现实的，而又没有超自然因素的世界为舞台的小说。

——L. S. 德·坎普（L. S. de Camp），《科幻手册》（1953年）

L. S. 德·坎普：著名科幻作家，美国科幻黄金时代的巨擘之一，曾被美国科幻和奇幻作家协会（Science Fiction and Fantasy Writers of America，SFWA）封为大师，也曾获"甘道夫奖"的奇幻大师殊荣。最著名的作品是《唯恐黑暗降临》，内容是一个20世纪的美国人回到罗马时代，阻止黑暗时代发生的故事。他的非小说成就亦极高，写过《科幻手册》（*Science Fiction Handbook*）和H. P. 洛夫克拉夫特（H. P. Lovecraft）、罗伯特·E. 霍华德（Robert E. Howard）的传记，均脍炙人口。自传《时间与机遇》（*Time and Chance*）还荣获1997年"雨果奖"最佳非小说类书籍。

科幻小说是文学的一个分支，主要描绘科技进步对人类的影响。

——艾萨克·阿西莫夫（Isaac Asimov），雷金纳德·布赖特纳（Reginald Bretnor）编《现代科幻小说》（1953年）

艾萨克·阿西莫夫：美国著名科幻作家，世界科幻小说界的巨擘。

科幻小说是这样一类叙述散文，它处理我们已知世界不大可能存在的状态，但它的假设却基于一些科技或准科技的革新，不论这些革新是人类创造的，还是外星人创造的。

——金斯利·艾米斯（Kinsley Amis），《地狱的新地图》（1961年）

金斯利·艾米斯：英国作家，1954年第一部小说《幸运的吉姆》出版，轰动文坛。

以科学的某一方面内容构成故事的情节或背景的小说，叫科幻小说。它反映着人所面临的问题及其解决办法，而故事倘若离开了科学内容也就根本不会发生。[1]

——西奥多·斯特金（Theodore Sturgeon），由达蒙·奈特（Damon Knight）修订于《科幻小说的一个世纪》（1962年）

西奥多·斯特金：美国著名科幻作家，1939年起陆续在科幻杂志上发表作品，1950年发表第一部长篇小说《做梦的宝石》。1946—1958年发表系列小说《超人类》。

科幻小说是幻想小说的一个分支，它的特点是使用物理学、空间、时间、社会科学和哲学的想象性思考创造出的科学可信氛围，去缓解读者的、悬而未决的追求神秘的愿望。

——山姆·莫斯考维奇（Sam Moskowitz），《无穷世界的探险者》（1963年）

山姆·莫斯考维奇：美国著名科幻批评家、科幻史学家，著有科幻研究论著《不朽风暴》（*The Immortal Storm*），参与组织了第一次世界科幻大会（1939年，纽约）。

科幻处理不大可能的可能性，而奇幻则处理貌似可能的不可能性。

——米利亚姆·艾伦·德·福特（Miriam Allen de Ford），《走向彼方世界》（1971年）

米利亚姆·艾伦·德·福特：美国神秘主义文学作家，晚年转向科幻文学创作，代表作有《异种生殖》《走向彼方世界》等。

科幻小说是文学的一个分支，主要描绘虚构的社会，这个社会与现实社会的不同之处在于科技的发展性质和程度。科幻可以界定为处理人类回应科技发展的一个文学流派。[2]

——艾萨克·阿西莫夫，《阿西莫夫科幻小说》（1978年）

―――――――――――――――――

1. 此处译文参照吴定柏《美国科幻定义的演变及其他》一文，该文载于吴岩1991年主编的《科幻小说教学研究资料》（北京师范大学教育管理学院编印，未正式出版）。

2. 弗雷德里克·A. 勒纳：《什么是现代科学小说》，陈泽加译，载于吴岩1991年主编的《科幻小说教学研究资料》（北京师范大学教育管理学院编印，未正式出版），第40页；还可参见阿西莫夫的网上相关主页或纪念性主页。

一种主要在20世纪发展起来的文学类型。内容围绕科学发现和进步。无论是描写未来、虚构现实还是假设性的过去，都追求超越或者至少有别于现存世界。

——佛瑞德·索伯哈根（Fred Saberhagen），《大英百科全书》第15版（1979年）

佛瑞德·索伯哈根：美国著名的科幻和奇幻小说作家，代表作为"狂暴者"系列、《剑之书》、《失落的剑之书》系列等。其作品《红移的面具》曾获1966年"星云奖"最佳短篇小说提名。

科幻是关于未来的文学，讲述我们期望看到的或为我们子孙将看到的下个世纪的或无限时间中的明天。

——特瑞·卡（Terry Carr），《梦之边缘：关于地球未来的科幻》（1980年）

特瑞·卡：美国科幻小说作家，1937年出生于美国俄勒冈州，20世纪60年代开始写小说并开始了他的编辑生涯。小说多结集于《宇宙尽头的光》中。他效力于王牌图书公司（Ace Book）时期与唐纳德·A.沃尔海姆合作出版了一系列成功的科幻书籍。离开王牌图书公司后，他主编的年度最佳科幻小说选被认为是自1972年到1987年之间行业中最好的选本。由于卓越的编辑工作，他被授予1985、1987年"雨果奖"最佳编辑。

科幻小说是小说的一个分支，主要反映在一个想象的未来、虚构的现实或过去中，被改造了的科技或者社会制度对人类产生的可能影响。

——巴里·M.马尔兹伯格（Barry M. Malzberg），《科利尔百科全书》（1981年）

巴里·M.马尔兹伯格：著名科幻作家，第一届"约翰·W.坎贝尔纪念奖"年度最佳科幻小说得主。作品包括30余部长篇小说和250多篇短篇小说，代表作有《理解熵》《走廊》《最终战争》等，曾多次获"雨果奖"和"星云奖"提名。

科幻小说是一种记叙自然科学领域想象的发明或发现，以及随之而来的冒险和经历的叙事。

——J.O.贝利（J.O.Bailey），摘自马尔科姆·爱德华兹、马克西姆·捷科鲍斯奇的《科幻小说书目》第256页（1982年）

J.O.贝利：北卡罗来纳大学英文教授，H.G.威尔斯研究专家。学术著作有《穿越时空的朝圣》。

科幻小说是应用于出版分类的一个标签，何时应用取决于编辑和出版商的意志。

——约翰·克卢特（John Clute）和彼得·尼科尔斯（Peter Nichols），摘自马尔科姆·爱德华兹、马克西姆·捷科鲍斯奇的《科幻小说书目》第257页，纽约：伯克利出版社（1982年）

约翰·克卢特：著名科幻小说评论家，1978年与彼得·尼科尔斯合作编写《科幻百科全书》，获"雨果奖"，该书第二版又获"轨迹奖""英国科幻协会奖"等多项奖项。1996年与约翰·格兰特共同编写了《奇幻百科全书》，又获"轨迹奖""世界奇幻特别奖""雨果奖"等多项大奖。

一个简短而适用于几乎所有科幻小说的定义是：以过去和现在的真实世界的确定知识为坚实基础，加之对科学方法的透彻理解，来对可能的未来事件进行现实推测。如果要使这个定义涵盖所有（而不是"几乎所有"）科幻小说，只要删掉"未来"这个词就可以了。

——罗伯特·海因莱因（Robert Heinlein），摘自马尔科姆·爱德华兹、马克西姆·捷科鲍斯奇的《科幻小说书目》第257页，纽约：伯克利出版社（1982年）

罗伯特·海因莱因：著名科幻作家，美国科幻小说巨擘。

科幻小说是一种推测性小说，其目的是通过投射、推断、类比、假设和理论论证等方式来探索、发现和了解宇宙、人和现实的本质。

——朱迪斯·梅里尔（Judith Merril），摘自马尔科姆·爱德华兹、马克西姆·捷科鲍斯奇的《科幻小说书目》第257页，纽约：伯克利出版社，（1982年）

朱迪斯·梅里尔：美国科幻和奇幻作家协会会员，重要的编辑和作家。曾使用"西里尔·贾德"的笔名，作品有《朱迪斯·梅里尔佳作选》《越轨》《火星前哨》等。

当了解科幻小说的人们把一类作品称为科幻小说，那就是所谓的"科幻小说"了。

——弗雷德里克·波尔（Frederik Pohl），摘自马尔科姆·爱德华兹、马克

西姆·捷科鲍斯奇：《科幻小说书目》第257页，纽约：伯克利出版社（1982年）

弗雷德里克·波尔：美国著名科幻作家、编辑，20世纪50—60年代担任《银河》《如果》两种杂志的主编，对60年代美国科幻小说的发展起了很大作用。

科幻小说之所以难以定义，是因为它是一种富于变化的文学样式，当你试图定义它，它就变了。

——汤姆·史培（Tom Shippey），摘自马尔科姆·爱德华兹、马克西姆·捷科鲍斯奇：《科幻小说书目》第257页，纽约：伯克利出版社（1982年）

汤姆·史培：曾与《魔戒》作者托尔金共同任教于牛津大学，后接任托尔金任英国利兹大学英语语言和中世纪文学教授。代表作有"锤子和十字架"系列、《关于科幻小说的一个现代视点》、《现代科幻小说的美国批评》等。

只有一个实用的科幻定义：任何作为科幻小说出版的作品都是科幻小说。

——诺曼·斯宾拉德（Norman Spinrad），摘自马尔科姆·爱德华兹、马克西姆·捷科鲍斯奇：《科幻小说书目》第257页，纽约：伯克利出版社（1982年）

诺曼·斯宾拉德："新浪潮"派科幻作家的代表人物。1940年9月15日生于美国纽约，1966年开始发表小说，至今已发表22部长篇小说和近60部短篇小说，被译成了15种语言。他的作品中最负盛名的是长篇小说《杰克·巴朗虫子》，另有《铁梦》等。他曾经担任世界科幻协会主席，还担任过三届美国科幻与奇幻作家协会的主席。

科幻是一种文学类型，其必要和充分条件是疏离和认知的相互作用[1]。而其主要的形式方法是用一种想象的框架代替作者的经验环境。

——达科·苏恩文（Darko Suvin），摘自马尔科姆·爱德华兹、马克西姆·捷科鲍斯奇：《科幻小说书目》第258页，纽约：伯克利出版社（1982年）

达科·苏恩文：加拿大麦吉尔大学英文教授，著名科幻研究家。主要著作有《1956—1974年的俄国科幻小说》《科幻小说的变化》《英国维多利亚时代的科幻小说：权力话语和知识话语》等，曾主编《科幻研究》杂志。

---

1. D. Suvin, *Metamorphoses Of Science Fiction*.New Haven：Yale University Press，1979，p4.

科幻是奇幻小说的一个分支，但是，它不是对今日知识的真的反映，而是由读者对未来某时间或过去某不确定点上的科学可能性的认知性喜悦作为回报的。

——唐纳德·A. 沃尔海姆（Donald A. Wollheim），摘自马尔科姆·爱德华兹、马克西姆·捷科鲍斯奇：《科幻小说书目》第258页，纽约：伯克利出版社（1982年）

唐纳德·A. 沃尔海姆：美国著名科幻作家、编辑和出版商。20世纪50年代开始编辑王牌图书公司的科幻小说书系，在编辑方面进行了诸多变革，如始创将两本不同小说分印正反两面的出版方式。1965年推出了《魔戒》的平装本，收益巨大。后创办DAW出版公司，被认为是第一个专门的科幻和奇幻出版公司。

科幻是思考者的文学。科幻中具有一种力量，那就是提供机会使人去思考，一种通过幻想世界反映出我们世界的多种侧面的能力。

——本·波瓦（Ben Bova），《科学虚构的理由》（1993年）

本·波瓦：美国著名作家、编辑、评论家。曾任美国科幻和奇幻作家协会主席，同时也是这一协会的创立者之一。他创作了超过100部的小说和非小说类作品，广泛反映了未来太空时代的景观。代表作有《火星》《土星》《月球战争》《光的故事》等。

科幻小说是采取娱乐的手段，以理论和推理，试图描述种种替代世界的可能性，它以变化作为故事的基础。[1]

——L. 德尔·雷伊（L. Del Rey），摘自吴定伯《美国科幻定义的演变及其他》

L. 德尔·雷伊：美国著名科幻作家、编辑，在20世纪30年代末至50年代末一度被视为美国科幻小说黄金时代的先锋。他从20世纪30年代开始为一些通俗杂志写科幻小说，后成为杂志编辑和出版商。他最成功的出版案例是效力于巴

---

1. 吴定伯：《美国科幻定义的演变及其他》，载于吴岩1991年主编的《科幻小说教学研究资料》（北京师范大学教育管理学院编印，未正式出版），第154页。

伦丹出版公司时发行的"德尔·雷伊"系列图书。

科幻是文学的新品种，它描绘真实世界的变化对人们所产生的影响。它可以把故事设想在过去、未来或者某些遥远的空间，它关心的往往是科学或者技术的变化。它设计的通常是比个人或者小团体更为重要的主题：文明或种族所面临的危险。

——詹姆斯·E. 冈恩（James E. Gunn）

詹姆斯·E. 冈恩：美国著名科幻作家、编辑、研究家。除小说创作之外，其评论和学术专著也为他赢得了不少荣誉：1976年荣获美国科幻小说研究会颁发的"朝圣奖"。作为编辑，他的主要成就是《科幻之路》四卷（1977—1982年）和《科幻小说新百科全书》（1988年）。《科幻之路》集中了科幻小说的经典之作，系统地介绍了科幻的性质、发展、演变及名家名作。《交错的世界：世界科幻图史》也是一部具有重要参考价值的工具书。

科幻小说是以科学以及由此而产生的技术对人类影响所做的理性推断为基础的小说。

——R. 布雷特纳（R. Bretnor）[1]

R. 布雷特纳：美国科幻小说作家，代表作《猫》《人类的天才》等。

（方晓庆）

二、国内科幻定义举例

科学幻想小说不同于教科书，也不同于科学文艺读物。它固然也能给我们丰富的科学知识，但是更重要的是，它作为一种文学作品，通过艺术文学的感染力量和美丽动人的故事情节，形象地描绘出现代科学技术的无比威力，指出人类光辉灿烂的远景。

——郑文光《谈谈科学幻想小说》，载于《读书日报》1956年3月

---

1. 弗雷德里克·A.勒纳：《什么是现代科学小说》，陈泽加译，《科普创作》，1980年第3期，第41—42页。

"科学幻想小说"与"科学小说""幻想小说"是不同的，只有同时具有"科学""幻想""小说"三要素，才成其为科学幻想小说。

——叶永烈《论科学幻想小说》，摘自黄伊编《论科学幻想小说》，北京：科学普及出版社，1981，第48页

科学小说是小说的一种。小说是可以按其题材内容来分类的，……科学小说也是这种分类中的一种小说。由于科学小说是以科学幻想为内容，所以叫科学小说。

——杜渐《谈谈中国科学小说创作中的一些问题》，黄伊主编《论科学幻想小说》，北京：科学普及出版社，1981，第109页

科幻小说作为文学的一种体裁或形式，有它的特殊性，它与科技的发展有直接联系，但它并不担负传播科学知识的任务。从抒写幻想看，它应该属于浪漫主义的范畴，但一些优秀的科幻小说也像优秀的浪漫主义作品一样，仍扎根于社会现实，反映现实社会中的矛盾和问题，只是作家通过特殊的构思和美学原则，用比较曲折的方式来描绘和反映社会现实，抒写特殊范围内（例如科技飞速发展所引起的希望和忧虑）的幻想。

——施咸荣《外国现代科学幻想小说（上册）》，上海：上海文艺出版社，1982，第5页

科学小说是在19世纪下半叶发展起来的一种文学体裁，这种体裁的小说依据科学上的某些新发现、新成果以及在这些基础上所预见的，用想象方式描述人类利用这些发现与成果去完成某些奇迹。描写的内容具有高度的科学真实性并且符合科学发展的规律。

——黄禄善、刘培骧《英美通俗小说概述》，上海：上海大学出版社，1997，第224页

（方晓庆　邱苑婷）

第三节　科幻定义的内容分类学

　　科幻小说在它产生的文学背景——英美词汇中，也存在着较大的认识分歧[1]。在西方科幻史上，科幻小说曾经被冠以多种不同的名称出现在出版物中，这些名称包括科学罗曼司（scientific romance）、科学奇幻小说（science fantasy）、脱轨小说（off-trail story）、变异小说（different story）、不可能小说（impossible story）、科学的小说（scientifiction）、惊异小说（astounding story）等。最终，科幻小说的名称被公认为科学小说（science fiction）。纷乱的词汇反映的是一种背后的真实，科幻文学的确具有多种可能的定义方式。

　　自1991年北京师范大学开设科幻文学公共选修课程以来，笔者对流行于国内外的多种科幻定义进行了梳理，认为科幻小说的概念主要分成如下的四个族类。

一、科普族类

　　将科幻小说当成一种科普读物的定义方式，在苏联和中国享有广泛的支持。苏联著名评论家胡捷就曾指出，它是用文艺体裁写成的——它用艺术性的、形象化的形式传播科学知识。[2] 另一位著名的苏联评论家李赫兼斯坦几乎用同样的语言写道，科学幻想读物是普及科学知识的一种工具。[3]

　　在中国，研究科幻文学的早期理论家是鲁迅。1903年，鲁迅创作《月界旅行·辨言》指出："盖胪陈科学，常人厌之，阅不终篇，辄欲睡去，强人所难，

---

1. 某美国评论家曾经期望给科幻小说下一个完整的定义，他用了整整52页来撰写这个概念，写好之后，发现仍然无法将一些现成的作品纳入其中。

2. 胡捷：《论苏联科学幻想读物》，载于黄伊主编《作家论科学文艺（第一辑）》，南京：江苏科学技术出版社，1980年，第77页。

3. 叶·谢·李赫兼斯坦：《论科学普及读物与科学幻想读物》，载于黄伊主编《作家论科学文艺（第一辑）》，南京：江苏科学技术出版社，1980年，第134—159页。

势必然矣。惟假小说之能力，被优孟之衣冠，则虽析理谭玄，亦能浸淫脑筋，不生厌倦。"[1] 很显然，鲁迅眼中的科幻小说，就是一种科普读物。

将科幻小说当成一种科普工具的说法，虽然貌似非常合理，但其中却存在着众多的疑点。

首先，科幻文学是一种小说类作品，有人物和情节。为了使作品更加具有小说的吸引力，作者不可能将大量的准备放置在科学普及方面。而科普读物是对科学技术内容通俗化并以此达到科学传播的目的，将科幻作品当成一种科普作品，在创作目的和创作方式等方面，都存在着很大的问题。著名科幻作家童恩正指出，科幻小说作为一种科普读物，几乎是不可能的。从创作的角度来讲，作家的写作动因常常是对科学进步产生的某种焦虑，这与科普读物预先设置的普及科学的目标完全不同。这里，科学是为故事情节服务的手段[2]。另一位著名科幻作家叶至善则用自己创作《失踪的哥哥》的实践证明，科幻小说普及科学、讲述科学家如何活动的想法也是失败的。笔者则从学理角度于20世纪80年代提出，现代信号检测理论已经可以证明，科幻小说在科普方面的作用必定是低效的[3]。除此之外，一系列来自读者的接受状况的调查也证实了上述说法。[4]

笔者认为，将科幻文学作为科普读物来研究是可能的，也是重要的。但是，无论如何，科幻文学的主要研究方式不是科普学或科学传播的。科普只是部分科幻读物（而且可能是很少一部分科幻读物）的边缘特征，将边缘拓展到整体，是一种片面的审视问题方式，它无法整体把握所要研究的对象。

---

1. 鲁迅：《鲁迅全集（第十卷）》，北京：人民文学出版社，1981年，第156页。

2. 童恩正：《谈谈我对科学文艺的认识》，《人民文学》，1979年第6期，第110页。

3. 吴岩：《儿童科幻小说的功能》，载于吴岩1991年主编的《科幻小说教学研究资料》（北京师范大学教育管理学院编印，未正式出版）第44—49页。

4. 的确有少量读者阅读科幻小说以学习科学、发现问题为乐趣，但不可否认，多次调查的结果都证明，科幻小说读者主要的阅读兴趣不在学习科学知识。很少有人想通过科幻学习纳米技术、计算机科技或者航天技术。即便是非常喜爱学习科技知识的读者也会谈到，感受科学带来的奇迹和未来的状况才是他们阅读科幻文学的要点。

二、广义认知族类

虽然否定了科幻小说意在科普，但并不能否定这种作品在促进认知方面的作用。一批定义者循着这个路径出发，将科幻文学定义为一种广义认知性作品。

如前面所述，朱迪斯·梅里尔就把科幻小说定义为一种推测性小说。这里，推测旨在说明利用传统科学方法（观察、假设、实验）去检验某种假设的现实，将想象的一系列变化引入已知事实的背景，从而创造出一种环境，使人物的反应和观察能揭示出相关发明的意义。L. S. 德·坎普、山姆·莫斯考维奇也将科学认知方式引入科幻定义。达科·苏恩文的定义中出现的"必要和充分条件"，本身就是认知词汇。而直接将认知与疏离相对立，则强化了作品对理性的追求[1]。有关苏恩文观点的更多讨论，将在后面的章节中具体介绍。

沃尔海姆虽然不特别强调认知过程，但将认知后获得的情绪反应作为定义的一个重要组成部分。他还特别强调认知的主题是未知或明日世界。格雷高利·本福德（Gregory Benford）也是一样。他在一篇文章中指出，科幻是思考和梦想未来的受到控制的途径，是潜意识爆发的、通过恐惧和希望表达的对科学（客观宇宙）的一种综合的情绪和态度，是对你、你的社会背景、你的社会自我等任何事情的彻底搜查，是由最小的可能性所给出的梦魇和愿景的大纲。这种观点在雨果·根斯巴克、特瑞·卡等人的定义中也有所体现。

奥尔迪斯的定义特别将认知所依存的知识背景展现出来，而美国作家雷·布拉德伯里（Ray Bradbury）则明确谈到，科幻是对未来的真正社会学研究，在这种作品中，作家将两件或两件以上不同事件结合后确信其必然发生。

广义认知派的科幻定义有两个特征，首先是强调认知过程或与认知有关的附加过程，如神秘、疏离等。其次是强调在作品中呈现未来所产生的认知愉悦性。笔者认为，广义认知派扩散了科普派定义的基本范畴，而使其远离传播科学的中心，这样，才能逐渐将认知过程的审美特点展现出来。

---

1. 他在一本著名的科幻理论著作中写到：在这一章中，我将为把科幻小说理解成一种"认知性疏离的文学（literature of cognitive estrangement）"而争辩。参见D. Suvin, *Metamorphoses of Science Fiction*. New Haven：Yale University Press, 1979, p4.

可惜的是，强调认知性和愉悦性仅仅是科幻小说美学价值的一小部分。对于一种强调探索和认知新世界的文类，一些人认为，新世界本身更加重要。

三、替代世界族类

科幻文学中认知探索的世界，其实是一种与我们的世界有着差别的其他世界，恰如金斯利·艾米斯所说"我们已知世界不大可能存在的状态"，这就是所谓替代世界派的定义方式。L. 德尔·雷伊直白地指出，科幻小说就是试图描述"种种替代世界的可能性"。持此观点的还有俄国科幻作家基尔·布雷切夫（Kir Bulychev）。他认为，"科幻小说，与现实主义文学之间的差别在于它描写可能性，它感兴趣的不单单是人类的个体，而是整个社会……"未来学家阿尔文·托夫勒（Alvin Toffler）在一些访谈中认为，科幻小说通过描写一般不考虑的可能性——另外的世界，另外的看法——扩大我们对变化作出反应的能力。而笔者认为，所谓替代世界，其实也仅仅存在于空间、时间、心灵和电脑网络四个范畴之中。[1]

遗憾的是，一种文类不能仅仅以其中所描述的世界进行定义。经过多年的考察，更多学者回到了功能性定义。这一次，他们所看重的不是科学普及，而是科学对社会的影响。

四、科学对社会影响族类

科幻小说定义的第四个，也是最重要的族类，是将它定义为一种描述科学对社会影响的文学作品。美国科幻黄金时代的主要缔造者、著名编辑约翰·W.坎贝尔（John W. Campbell）认为，科幻是以故事形式，描绘科学应用于机器和人类社会时产生的奇迹。科幻小说必须符合逻辑地反映科学新发明如何起作用，究竟能起多大作用和起怎样的作用。R. 布雷特纳也把作家对这种影响的推理作为科幻小说的定义要素。还有金斯利·艾米斯，他曾经在一部著作中写道：

---

1. 吴岩：《寻找"新"世界》，《科幻世界》，2002年第11期，第62—63页。

科幻逼真地呈现人类在我们的环境（进行）中壮观变革的努力，这种变革既是审慎计划的，又是不经意而发生的。[1] 此外，阿西莫夫、冈恩、海因莱因对这个问题的理解也大同小异。海因莱因写道，在科幻小说中，作者表现了对被视为科学方法的人类活动之本质和重要性的理解。同时，对人类通过科学活动收集到的大量知识表现了同样的理解，并将科学事实、科学方法对人类的影响及将来可能产生的影响反映在他的小说中。

以科学技术对社会造成影响的方式定义科幻小说，免除了科幻文学是科普读物的基本想法，从这一全新的意义上理解科幻，为其文学价值和社会价值找到了出路。这一定义，还能将当代科学、技术与社会（Science，Technology society，STS）这一新兴学科作为科幻研究的学术背景。威廉姆·若普（William Rupp）曾经对英语文学专业教授就科幻定义进行询问，发现48%的回答者都认为，科幻小说是试图去预测未来技术进步对社会影响的一类故事。

笔者认为，这一定义可以清晰地限定大量科幻作品。这类科幻作品的特征是描述科学造就的奇迹或灾难，并阐述这种奇迹或灾难给社会、人性造成的影响。我们以阿西莫夫的系列小说《基地》为例，这部作品前后总共出版了5部，故事时间跨越13 000年，空间跨越2 500万个星球组成的世界，人口覆盖1 000的6次方！如此宏大场面所展现的社会生活，给科学技术提供了绝对广泛的影响空间。

可惜的是，作为一种文学作品，这种定义对文类之文学本性的关注，还有欠缺。

第四节　科幻定义的种属分类学

在文学大家庭中，科幻小说如何定位至今仍然是一个难题。在国外，科幻小说曾经隶属于流行文学、哥特文学、乌托邦文学、侦探文学，甚至恐怖文学。在国内，科幻小说则隶属于科普文学或科学文艺。近年来，在中国科幻文坛，

---

1. K. Amis. *New Maps of Hell*. London：Victor Gollancz Ltd，1962，p20.

科幻小说常常与科学童话、奇幻小说相互混淆，而在国外，新兴的科学恐怖小说脱颖而出。本节将对上述三个文类进行一些深入探讨。而科幻与哥特文学、乌托邦文学、侦探文学、流行文学、科普文学和科学文艺之间的关系，将在后面的章节中附带说明。

一、科学童话

童话是一种以"童心造就的幻想王国"为主要内容的小说。这类作品具有强烈的儿童心理观照和儿童思维追求。童话文学具有悠久的历史，丹麦的安徒生童话、德国的格林童话等脍炙人口，但这些作品中几乎没有作家对科学的感受，情节设置也不会受到科学体系或科学原理的限制。在中国，童话具有至少一个世纪的历史，涌现出叶圣陶、张天翼、孙幼军等作家，但他们作品的主旨，是伦理道德和心灵感悟。

虽然童话的主旨不在科学，但在当代童话中，的确有一些作家的作品试图掺入科学因素。例如，叶永烈就创作过许多脍炙人口的科学童话。他的长篇童话《来历不明的"病人"》，写的是"对人类有益的昆虫"和"如何保护植物"的故事。这篇童话中含有丰富的科学知识，但其中动物拟人化和主人公行为儿童化的一系列手法，使它和科幻小说产生了巨大的差别。在科幻小说中，人物的设置和行动准则符合人类的基本生活过程，主人公的思维也基本上按照成人的逻辑进行。

在通行的儿童文学教科书中，科学童话被定义为"以童话的形式讲述科学知识"的一类作品[1]。显然，这样的定义表面上能将科学童话和科幻小说完全区分，但在现实中，两者之间的关系却不那么简单。由于两者都重视幻想、重视虚构、重视围绕科学相关的事件展开情节，因此，少儿科幻小说常常会与科学童话混淆。叶永烈的《小灵通漫游未来》，由于故事和人物的简单化、场景的平面化、人物心理的儿童化，使得其与童话作品之间难以分清。杨鹏、李志伟的一系列科幻小说，也很有童话特色。看来，科幻和童话之间虽然具有显著的差

---

1. 蒋风：《儿童文学教程》，太原：希望出版社，1993，第509页。

异，但也有一些交织范畴。

二、奇幻小说

M. B. 提姆（M. B. Tymn）等人指出，奇幻小说（fantasy）作为一个文学种类，是非理性现象占有显著地位的作品。在这类作品中，事件在发生、地点、主人公等方面，按照理性标准或科学解释不能存在或者无法发生。奇幻作品中常常出现"非理性的现象"，这些现象并不在人类经验之内，或者，故事中会发生不按已知自然法则发展的情况。[1]厄休拉·K. 勒奎恩（Ursula K. Le Guin）也认为，奇幻文学是描述精神之旅和心灵中善恶争斗的自然且合适的语言，她还指出，它是达到现实的不同之路，是一种抓住和应对存在的替代技术。它不是反理性，而是超越理性；不是现实主义，而是超现实主义、高超现实主义，是对现实的提升。此外，也有人从年龄特征来定义奇幻，如奥尔迪斯就认为，奇幻是十几岁孩子看的文学。

在国外，奇幻小说分高奇幻（high fantasy）和低奇幻（low fantasy）两类。高奇幻小说中的世界属于"第二世界"，其有自己的法则制约。属于这类的作品包括T. H. 怀特（T. H. White）的《过去和未来之王》（*The Once and Future King*）、J. R. R. 托尔金（J. R. R. Tolkien）的《指环王》（*The Lord of the Rings*）、劳埃德·亚历山大（Lloyd Alexander）的《黑色大气锅》（*The Black Cauldron*）等。低奇幻中的世界就是我们生活的这个世界，也称为"基本世界（primary world）"。虽然在我们的世界中超自然现象也会出现，但世界运行只按照我们常见的基本法则，这里没有上帝和仙境。虽然非理性的现象也会出现，但通常不给解释。属于这类的作品包括彼得·S. 贝戈尔（Peter S. Beagle）的《狼人里拉》（*Lila the Werewolf*）和奥斯卡·王尔德（Oscar Wilde）的《道林·戈雷的画像》（*The Picture of Dorian Gray*）等[2]。奇幻小说还有其他分类方法，

---

1. M. B. Tymnand, K. J. Zahorski, et al., *Fantasy literature: a core collection and reference guide*. New York: R. R. Bowker Co., 1979, p3.

2. M. B. Tymnand, K. J. Zahorski, et al. *Fantasy literature: a core collection and reference guide*. New York: R. R. Bowker Co., 1979, p4.

如彼得·亨特和米里森特·莱恩兹就认为，奇幻一词表达幻想之意，但一个人的幻想可能是另一个人的现实。所以，难以定义奇幻文学到底是什么。一些人用"不可能"与"现实"来说明奇幻的两极。例如，门勒夫在1999年提出，可以分成第二世界的、形而上学的、情感的、喜剧的、破坏的和儿童的6个类型。斯·那迪尔门·林则在1983年指出，可以将奇幻小说分成讽喻和寓言的、动物的、鬼的、幽默的、幻想生物的、魔法旅行的、第二世界的、时间旅行的、玩具的和巫术的等10类。安·文芬于1984年认为，可将奇幻小说分成动物的、时间的、双重世界的、愿景的、第二世界的等5种。上述两者还认为，寻找替代的世界才是奇幻小说的核心。

奇幻文学与科幻文学的区别早就引起过学者的注意。威尔斯曾在《一个科学的罗曼史》中指出，奇幻的元素主要由魔法构成。金斯利·艾米斯认为，将科学名词和解释加入其中，就可以将幻想文学变成科幻文学。但科幻更加看重的东西的确与奇幻小说不同。奇幻小说是在没有感受到科学变革之前很久就存在的东西。福特也于同时认为，科幻处理不大可能的可能性，而奇幻则处理貌似可能的不可能性。提姆则指出，奇幻小说在作品中并不提供现象的科学解释，而是持有比较兼容的观点，他指出，奇幻中存在着科学奇幻。像C. S. 刘易斯（C. S. Lewis）的《沉寂的星球》（*Out of the Silent Planet*），波尔·安德森（Poul Anderson）的《三心和三狮》（*Three Hearts and Three Lions*）、《仲夏风暴》（*A Midsummer Tempest*），克利福德·西马克（Clifford Simak）的《迷蒙的朝圣》（*Enchanted Pilgrimage*），安德里·诺顿（Andre Norton）的《巫女世界》（*Witch World*）以及C. J. 谢瑞（C. J. Cherryh）的《艾沃瑞之门》（*Gate of Ivrel*）等都属于科学奇幻文学。除此之外的奇幻文学作品，包括神话和童话性奇幻、哥特式奇幻、剑术与巫术奇幻、英雄奇幻和全年龄高奇幻（all-age high fantasy）等。[1]

笔者认为，科幻和奇幻文学虽然分属两个领域，但它们之间的交叉显而易

---

1. M. B. Tymnand, K. J. Zahorski, et al., *Fantasy literature: a core collection and reference guide.* New York: R. R. Bowker Co., 1979, pp6-29.

见。加上一些科幻作家钟情奇幻，导致了两类作品更加难以区分。像倪匡[1]、安妮·麦卡芙瑞这样的作家，界限就已经非常模糊。

三、科学恐怖小说

恐怖小说（horror fiction）是一种试图通过文字表达的内容去惊吓读者、恐吓读者以获得某种美学感受的叙事文学形式。恐怖小说中常常伴有超自然的情节，但超自然并非恐怖小说必需的元素。

早期恐怖小说其实是古典神话、传说中的一些叙事方式的传承。格林兄弟的一些作品也有恐怖的成分。现在看来，早期成型的恐怖小说类型应该是哥特小说（gothic novel），这是一些发生在古堡中的故事，常常是在阴暗潮湿的场景中，有一些诸如吸血鬼之类的现象出现。现代恐怖小说逐渐与暴力结合起来，斯蒂芬·金（Stephen King）的故事常常具有这种特征。在哲学层面上，弗朗茨·卡夫卡（Franz Kafka）的小说《变形记》（*The Metamorphosis*，德语：*Die Verwandlung*）和《在流放地》（*The Penal Colony*，德语：*In der Strafkolonie*）也是这样的作品。

如果恐怖小说中的恐怖情节由与科学相关的内容构成，就很难与科幻小说相互区别。奥尔迪斯认为，玛丽·雪莱的小说《弗兰肯斯坦》是世界上第一部科幻小说，这部小说常常也被定义为一部哥特小说或恐怖小说。作家洛夫克拉夫特和埃德加·爱伦·坡（Edgar Allan Poe）也是这种处于中间状态的人物。他们的小说中有鬼怪，但也有新的科学的解释。在当代，互联网引发了新的恐怖小说创作的灵感，但这种小说也具有科学或技术的成分。

当代流行小说中，还有一种新兴的名为技术惊悚小说（techno-thrillers）的混杂性文学。它将恐怖小说、间谍惊悚、战争小说、政治叙事和大量某一领域的技术细节综合在一起。其内容常常是当代的重要生活事件，叙事中则包含大量非叙事性的、专业领域的知识细节。

---

1. 武侠文学是以侠义为主题的小说。这类作品在没有科学的时代就已经存在。武侠文学是纯粹属于中华文化的文学品种。事实上，在武侠文学中，武功是次要的，道德关系才是主要主题。

技术惊悚小说与科幻小说有许多类似或重叠的地方。例如，一些作品强调认知性阐释，对技术细节不厌其烦。其次，它通常设想的情景是不太遥远的未来，这也与科幻文学面对未来的特征相似。但是，这种未来又常常使人与当代发生混淆。事实上，如果作家不把自己的技术置于即将实现的时间距离之内，仅仅根据他所展示的日常生活看，没有任何令人惊奇的地方。也就是说，技术惊悚小说基本上都发生在日常生活的场景中，陌生化并不明显。

第五节　学术时代的科幻定义

无论是中国还是外国，对科幻的思考都有一个从创作者/阅读者/编辑者逐渐转向学术研究者的过渡。创作者、阅读者或编辑者虽然有很多真知灼见，创造力强，但由于界限不明确、基本研究方法不统一等因素的存在，导致了这类研究无法获得有效积累。因此，进入20世纪后期，科幻研究已经在学术领域逐渐占据了自己的位置。

学术领域的科幻研究，必然有着学术传统。因此，在国内外，一些新的科幻定义方式逐渐出现。下面简介两个案例。

一、诗学视野中的科幻

无论是内容型分类还是种属分类，都无法回避这样几个事实。

第一，科幻文学作为一种文学艺术的品种，定义中没有对文类美学价值的描述，这使科幻研究的学术性大打折扣。长期以来，采用内容定义确认科幻文学的做法，已经给该类文学在学术领域框定了一个不良的地位，它被置于类文学、俗文学的范畴，无法得到真正的肯定，无法进入学术研究的主流视野。

第二，由于定义者来自出版者、读者或作者，因此定义的质量通常没有保障。如果不是特别特殊的案例，多数科幻文学的定义者没有受过严格的文学训练，读者受出版者的影响，而作者则根据自己的"感觉"给科幻定义。这种定义的随意性，也是以往科幻文学研究无法进入正统学术领域的原因之一。

第三，也是最重要的，以往的科幻定义常常采用被动的、在科幻创作的空间中寻找一种通用性概括的方法，这种被动的寻找，常常给定义者造成非常大的困难。几乎所有的定义都可以找到例外，都可以找到不符合定义的案例存在。

美国著名科幻理论家达科·苏恩文从20世纪70年代起，另辟蹊径，从西方美学基本流派中寻找资源，逐渐提出并完善了一个可以回答上述三个问题的新的科幻概念。在他的观念中，凭借主题定义或潜在的无限可能性定义，都不能成为文学批评和理论构造的方法，寻找科幻作品呈现出的美学侧面，能给科幻一个新的定义方式。简单地讲，苏恩文对科幻文学的定义承袭了俄国形式主义者关于陌生化的思想，即将科幻定义为陌生化和认知性兼容的文学，科幻文本就是以认知疏离（cognitive estrangement）为宰制（或译为主导）的文本。此外，科幻还具有强调创新的特色。

苏恩文对科幻文学的文艺美学定义，不但对以往停留在因主题分类或因作家个体感受进行定义的研究方法进行了彻底革新，还在其他许多方面给我们提供了启示。

第一，苏恩文的科幻定义研究，不是简单的共时性分析，不是对当前现状的划类，而是深深地根植在作者对文学类型发展的系列研究之中。换言之，他用文学形式历史性的发展过程，证明了科幻文学应该是什么、可能是什么以及到底是什么。

从20世纪70年代到80年代，苏恩文发表了大量历史解析内容的学术文章，在这些文章中，他逐渐将社会历史对科幻文学出现的影响、主要作家对这种文类的贡献等加到科幻文学的概念范畴之中。在这样的分析中，科幻文学特征的出现具有某种必然性。

第二，苏恩文的科幻定义严格地限定在文艺美学这个中心，并将科幻的特征与其他文艺类型的特征进行美学比较，因此他的研究完全落入文学学术范畴之内。而先前的研究不是毫无文学价值，就是作者缺乏理论素养而无法找到这种艺术理论的切入点。

第三，苏恩文的科幻研究，不是简单的文学内的研究，而是对文学与相关社会发展的共变性研究。他不但分析作品和作家，还分析阶级、社会转换和时代更替。这种将文学置于广阔的生活环境中的分析，使我们可以更加深入地了解科幻文学到底为什么会出现今日的主题。而以往的科幻主题研究，则都集中在物理、电子、生物这样的具体科学学科之中，隔靴搔痒，无法对科幻文学的严肃主题进行确认和研究。或者，即便有一些人分析科幻文学中的意识形态，也会流于与作品表达的主题之间的游离或强加。

第四，也是最重要的，苏恩文的科幻文学定义是一种研究者主动侵入作品领地的尝试，它导致了一种新的研究范式和新的研究者与作家/作品/文学现象之间的关系。在这种关系中，研究者是一个主动的世界建构者，他建构出科幻文学可能的边疆，而作品和现象，则在这种主动建构中得到区分。

如果上述四个方面只是苏恩文科幻研究的肤浅分析，那么能将这些具有强大生命力的侧面结合起来的四个深层哲学根源就应该是历史观、反映论、矛盾论和阶级理论。

苏恩文理论的详细内容将在后面深入阐述，此处只想提请读者注意，他的理论的提出，引起了西方科幻文学研究诸多方面的重要转变，是一个里程碑。

二、现代性视野中的科幻

笔者以现代性为主要理论资源，将科幻定义为与现代性相关的文学。按照《现代性与中国科幻文学》和"科幻新概念理论丛书"序言中的论述，科幻是一种在现代性中发生、在现代化过程中成长的文类，它是现代化过程的描述者，同时也是现代化过程的参与者。

这里提到的现代化，是指现代性在社会中逐渐增长的过程。科幻的产生、发展和改变，无不与这一过程紧密相连。被誉为科幻小说的创始之作的《弗兰肯斯坦》，其副标题恰恰是"现代普罗米修斯"。"现代"一词堂而皇之地就标示在这部开山之作的封面上。这自然不是一种巧合！凡尔纳和威尔斯，则更是将现代化过程中的种种文化转换表达得淋漓尽致。及至20世纪以后，科幻的大本营转移到美国，科幻作为现代化过程的描述者的功能逐渐减弱，而作为参与者的功能逐渐加强。科幻作为种种现代化的蓝图，直接参与了现代社会的构造。

在具体文本构成方面，笔者认为，科幻主要讲述科学和未来双重入侵现实的过程，讲述发生在界面上的种种"战争"。由于作家感受和设计不同，每本具体的科幻作品的设计各不相同，一些作品可能更加靠近科学一方，一些作品可能更加靠近未来一方，也有作品更加靠近现实的一方。正是由于作品发生在三角关系的不同距离之上，科幻文本才呈现出异彩纷呈的多样性。

采用现代性和现代化的视角研究作品，还可以做出一系列优秀的科幻批评成果。例如，《现代性与中国科幻文学》的作者张治、胡俊和冯臻就从三个不同时代的中国科幻作品中发现了现代性的诸多表现。再例如，林健群、王德威、陈平原、杨联芬、吴岩和方晓庆等人还对晚清科幻小说进行了大量研究，并由此展示了中国科幻文学起源上丰富的现代性元素。

采用文化定义的方式，也有几个非常重要的好处。

第一，科幻文学一直被国内当成一种科普的读物进行研究，聚焦科学导致了科幻作品中传达的信息大量流失。而现代性的定义则捕捉到了科幻文学赖以生存的社会背景，因此，能比较全面地接受作品的丰富信息。

第二，将科幻文学定义为一种与现代性相关的文学，可以最大限度地利用现有社会学资源。由于现代性已经是社会学领域中被深入研究的主题，因此，大量理论资源甚至研究方法的资源可以用于科幻文学研究。

第三，由于现代性是当代文学研究的主要领域，因此，分析科幻文学的现代性已经为科幻文学研究者直接和主流文学研究者对话提供了有利条件。而逐渐丰富的科幻文学研究成果，也必将为现代文学和当代文学发展提供新的内容。

第四，由于现代性研究的不同派别已经将现代性分解为文学现代性、社会学的现代性或美学的现代性，分析这些现代性含义在科幻文学中的表现甚至冲突，为文学研究开创了全新的场域。

第五，由于第三世界现代性的发生与发达国家不同，具有强迫性，因此，研究第三世界科幻文学的产生并对比西方发达国家科幻文学的产生过程，将会给这个文类的发生发展和未来带去新的、有趣的结果。

除了上述两个定义，还有更多从不同流派学术观点出发的定义，由于篇幅有限，这里不再列举。

（吴岩）

第二章　典型科幻理论观点概述

第一节　国外科幻人士理论观点概述

一、根斯巴克及其观点概述

美国当代科幻创始人雨果·根斯巴克，生于卢森堡，早年就读于德国宾根工业技术学校，20岁时移民美国。根斯巴克以经营无线电器材公司起家，后涉足出版业。1908年，根斯巴克推出他的第一本杂志《现代电子学》（*Modern Electrics*），并在上面连载自己的小说《拉尔夫124C 41+》。尽管作为科幻小说，该作并不出色，它几乎把科幻作为一种预言工具，使之成为27世纪神奇科技的目录，并且不能免俗地套用了一贯的英雄救美套路，但与前人不同的是，根斯巴克带来了强调作品科学真实性的风气。在经营科学杂志的基础上，1926年根斯巴克创办了世界上第一本科幻杂志《惊奇故事》（*Amazing Stories*）。根斯巴克的主要工作是出版发行人加编辑人，但主要编辑工作由其助手T. 奥康纳·斯洛安（T. O'Conor Sloane）完成。起初，《惊奇故事》大量重印威尔斯和凡尔纳那些被根斯巴克认定为"科幻之父"的作品，直到1928年才大量出现原创科幻作品。从1930年开始，《惊奇故事》面临《震惊》杂志的强大竞争，后者以高稿酬很快占据市场。1938年，雷·帕尔默（Ray Palmer）接手了困境中的《惊奇故事》，并多渠道打开销路，他瞄准了更年轻的读者。当时许多编辑本身就是作者，而帕尔默自己就是匿名投稿人。在C. 戈尔德史密斯（C. Goldsmith）做主编时，《惊奇故事》发展很快，出版了许多重要作家的优秀作品。在美国科幻文坛，是《惊奇故事》宣告了科幻作为一种特殊文类存在。

在根斯巴克之前，美国已有很多以侦探、爱情、冒险故事为主要内容的通俗杂志，有时也刊登一些外星探险或未来乌托邦题材的作品。但这类故事除了将怪力乱神和英雄救美的情节挪到异星或未来背景下外别无新意，有些甚至还包含半神话性质的内容。而作者们既缺乏足以让他们正确理解科学的教育背景，也对作品的科学准确性毫无兴趣。根斯巴克的到来则彻底改变了这种状况。他指出："一篇科学幻想故事必须是对某个科学主题的展示，同时也必须是一篇故事。"这一论断至今仍是受到最广泛接受的对科幻小说属性的理解。

在根斯巴克看来，科幻小说"展示"的科学必须是真实的、正确的。他指出：你有完全的权力随心所欲地开动想象力对原理进行演绎，但基本的科学理论必须是正确的。身为科幻杂志编辑，他对自己的想法身体力行。据说，在他的编辑部中，到处贴满了诸如"本刊欢迎那些有科学根据的小说""科幻小说就是要把科学变成神话"的标语。根斯巴克的这些努力，使科幻文学作为一种新文学流派的核心地位得到了确立。

法国的凡尔纳尽管与根斯巴克同样，都强调科学的真实性，但凡尔纳念念不忘的写作目的一直是向读者教授或"介绍"科学知识；而根斯巴克却很少提到科幻具有教育的目的，他更加注重的，是用幻想去发掘科学能够带来的可能性。对于本身就是一位发明家和幻想家的根斯巴克而言，科幻小说是发明事业的延伸——只不过这些天才的发明创意一时还来不及实现而已。读者可以从他的小说《拉尔夫124C 41+》中，看到大量这样的未来发明，而其中的"睡眠放映机"（Hypnobioscope），已经经他本人之手得到了实现。

有趣的是，作为一个发明家和科幻作家，根斯巴克对科幻小说中描写的未来发明有着自己独特的选择标准，例如，他只乐于看到作者描写那些尚未实现技术突破的东西，而对那些指日可待的发明却不屑一顾！他曾毫不客气地指出，别把电视扯进来。那已经做出来，没生命了。再说还有那么多好设备可以用在你的故事里呢！这种态度后来被证明是颇具预见性的。在科幻文学黄金时代晚期，很多读者正因为认为科幻小说与当时的实际科学水平相比不够超前而失去兴趣，从而导致科幻文学事业跌入低谷。可见如果按照根斯巴克的创作传统选择作品，科幻文学的发展可能会走向不同的路径。

在确立科学作为这个新文学流派核心特点的基础上，根斯巴克最先确定了这个文学流派的名称和范畴。在《惊奇故事》第一期上他说："我用"'科学的小说'来指代儒勒·凡尔纳、赫伯特·G. 威尔斯和埃德加·爱伦·坡这一类故事——一种混合了科学事实和预言式愿景的罗曼司。"1927年，根斯巴克进一步把"Scientifiction"一词改写为"Science fiction"，也就是我们现在使用的英文科幻小说词汇。

由根斯巴克开始，在世界文学的舞台上，科幻小说自立了门户，而根斯巴克则替这个流派做出了颇具信心和野心的独立宣言：描写彩云和日落是旧小说家们的事，而描写科学器械和手段才是现代科学侦探作家们的事。也正是因此，根斯巴克在美国被誉为"科幻小说之父"。

鉴于根斯巴克在科幻文学发展史上的地位，从1960年开始，世界科幻大会以他的名字"雨果"来命名他们设立的科幻文学大奖。至今，"雨果奖"仍是世界上最负盛名的科幻文学奖项。

（苏湛）

二、坎贝尔及其观点概述

美国科幻编辑、作家小约翰·伍德·坎贝尔，生于美国新泽西州纽瓦克市，父亲是电话公司的电气工程师。坎贝尔青少年时期展现出对科学的强烈兴趣，后进入麻省理工学院学习物理，但又因个人原因转学至杜克大学，于1932年获得杜克大学物理学学士学位。时值美国科幻杂志出现的早期，尚在校园的坎贝尔很快就被这种新兴的文学流派吸引，不但广泛阅读，而且在少年时就开始投稿，最早曾向《惊奇故事》投出《来自无限世界的入侵者》，但这份手稿却被编辑斯洛安弄丢了，所以他的第二部作品《当原子停止转动》就成为他发表的第一篇作品。20世纪30年代，坎贝尔很快树立起他的威信，并成为史密斯博士的主要竞争对手。1937年底，他被《惊骇故事》（Astounding Stories）杂志聘为主编，从此主持这家杂志直到去世。《惊骇故事》在1938年曾更名为《惊骇科幻小说》（Astounding Science Fiction），1960年又改名为《类比》（Analog）。

如果说根斯巴克是美国科幻文学的播种者，那把它从萌芽培养成参天大树的则是坎贝尔。在他30多年的编辑生涯中，坎贝尔不但巩固了由根斯巴克确立的科学作为这个流派核心内容的地位，而且也使科幻小说的文学质量得到了大幅度提高，更重要的是，他培养出了一个庞大的、才华横溢的、专业化的科幻作家群体，从根本上保证了这个文学流派存续和壮大的可能性。

坎贝尔对写作的成功要诀做过大量论述，并努力提升科幻杂志的思想艺术水平。有思想的作家在这里受到鼓励，并取得卓著成就。到1939年，坎贝尔已经发现了艾萨克·阿西莫夫、罗伯特·海因莱因、西奥多·斯特金以及库尔特·冯内古特，并培养出了一批科幻文学巨匠。

在一定程度上，坎贝尔继承了根斯巴克注重作品科学内涵的理念。他反对随心所欲地肆意杜撰，例如，他反对把地球写成空心的；反对把原子写成微型的太阳系；反对把火星写得和地球完全一样。但是与根斯巴克不同的是，在很多时候，坎贝尔已不再拘泥于具体学说的正确性——他不要求作者把作品写成设计图或说明书。他更注重作品的逼真感与合理性，无论是其中的科学内容还是一般情节。科幻小说首先必须来自真正的科学，其次必须是真正的历史。但这里的"科学"是指作为一种社会部门和生活方式的科学，而不是"真正"存在的科学理论。对于坎贝尔来说，故事中的具体理论（如机器人学三定律）、环境和物品都可以虚构，但故事中人物的思维方式、行为方式，以及人们对待和使用科学的方式，必须是符合实际的、符合逻辑的，即"用现实手法描写超现实的题材""以理性和科学的态度描写超现实情节"。故事里描写的东西不必是真实的，甚至不必是将来可能出现的，但一定要让读者觉得它们是真实的——如果你不能让它们成为可能，至少把它们弄得有逻辑些；如果你不会研究它，就去推测！

而除了科学上的逼真性以外，坎贝尔的这种方针带来的另一个结果是科幻小说文学质量的提高。为了让故事显得逼真，坎贝尔的作者们不得不去研究人、刻画人，描写有血有肉的角色，并在情节上下功夫，使其能够经得起推敲。这样，科幻小说就开始一步步摆脱早期英雄救美式低俗故事的形象，在文学水平上缩短了与主流文学的差距。与此同时，坎贝尔又对科幻小说的目标受众进行了重新定位，即定位在成年人身上。这项提议使得许多成熟优秀的作者再度加入科幻行业，从另一个方面提高了科幻创作的水准。

此外，坎贝尔还要求他的作者"对科技和进步保持乐观态度"，这既代表了坎贝尔本人的态度，也可以说是一种策略——乐观轻快的主题显然比悲观沉重的主题更合年轻人的胃口。坎贝尔为增加作品的逼真性提出的"用过去式描写将来的事物"的主张，也成为科幻小说中的一种重要技法，受到后世很多科幻作家喜爱，并一直行之有效。

（苏湛）

三、冈恩及其观点概述

美国科幻作家、批评家、教师詹姆斯·E.冈恩（James Edwin Gunn），出生于美国密苏里州的堪萨斯城，第二次世界大战期间曾在美国海军服役。战后，他进入堪萨斯大学学习，1947年获新闻专业学士学位，1951年在西北大学获英语硕士学位，曾为堪萨斯大学英语教授和科幻小说研究中心主任。冈恩曾任美国科幻和奇幻作家协会主席、美国科幻小说研究会主席等职，1979年以来他还一直担任"约翰·W.坎贝尔纪念奖"评审委员会主席。

冈恩见证了美国科幻文学的发展历程，和波尔、威廉森等人一样是美国科幻文学的"活化石"，浓缩了其最近半个多世纪的发展历史。而与波尔等人不同的是，冈恩更多是作为一名看守者参与这个进程的，冈恩在科幻研究和评论上的成就更高于他的小说，而几十年的科幻阅读、写作教学经验更让他成为这一领域的巨擘之一。

冈恩关于科幻文学的观点可以分为三部分，一是关注变革，二是视人类为种族，三是对宇宙的看法。这三部分综合在他对科幻小说的定义中，即：科幻小说描述变革对现实中人们的影响，将人类看作一个总是处于危机之中的物种。而由这个概念，相应地产生了冈恩对科幻小说的观念、历史和类型的看法。

在冈恩看来，科幻小说的诞生源自一种观念，即人类不是具有特殊地位的造物，而是周围环境压力造就的一种生物；换句话说，也就是来源于进化论的世界观，这种观念在文学中则要求人类响应变革。

众所周知，以爱弥儿·左拉（Émile Zola）为代表的自然主义小说家，其作品其实是传统文学对科学发展的重要反映。自然主义小说是科学原理在小说中的应用，它在选材和组织上都有别于现实主义小说，在自然主义文学中，行为与动作都体现着科学的原理，科学原则是小说中最终的真理。研究自然主义文学，对分析科幻小说很有启发。科幻是自然主义的幻想文学，它能将幻想出的不寻常之物阐释为现实世界的一部分。当然，科幻文学与自然主义文学也有区别。例如，在科幻小说家看来，人类仍然处于进化的中途，科幻小说的第一个假设是人性可变。在这个基础之上，科幻小说比自然主义小说更深一步，它假设人类拥有能认识到自己是自然产物的智力，能了解自己的来源和所处的进程，甚至能对这种进程施加影响。

冈恩认为，威尔斯的作品是科幻小说的源头，因为自威尔斯以来，人类作为一个种族的概念便深入了科幻的肌肤，标志着科幻小说进入了现代阶段。威尔斯告别了玛丽·雪莱、凡尔纳和爱伦·坡所代表的旧时代，进入了新时代。这是一个被美国杂志统治的时代，因为自1926年根斯巴克创建《惊奇故事》之后，美国科幻杂志俨然成了世界科幻小说的代表，为世界科幻小说制定着标准、决定着口味、选择着作家。也正是在1937到1950年间，坎贝尔通过《惊骇故事》造就了"现代"科幻文学的概念和基本结构，形成了所谓的类型小说。通过这种近乎强迫的方式，他改变了旧的宇宙观念，在科幻小说中形成了对宇宙的深远视野，形成了科幻的独特世界观。为了将杂志与当代书刊衔接，冈恩提出，战后科幻文学出现的平装书时代和英国新浪潮运动，其实是科幻杂志的最后一个高潮，前者是杂志时代的最后回响，后者是对之前科幻观念的反动。

冈恩指出，阿西莫夫的《钢穴》和《裸阳》是体现当代科幻世界观的最好作品。小说中人性适应了封闭，产生了普遍的旷野恐惧症，整个侦探故事都建立在这种设定上。人们为了融入银河帝国，开始向自己的恐惧本性挑战，并最终走向星空。这恰恰是作家创作当时的社会对未来的乐观看法，即面对变革要努力改变。冈恩分析新浪潮小说的方法，也与此类似。他认为这类作品中，被困惑并缺乏理性，使人类失去了适应改变的能力。坎贝尔的小说《微光》（*Twilight*）也能体现这种美国式的假设。在故事中，遥远未来的人性虽然失去了好奇心，但一台机器被制造出来最终继承了人性，去探寻宇宙。在冈恩看来，缺乏类型科幻传统的欧洲或更多非英语国家，其科幻作品普遍缺少对人类具有改变能力的假设。例如，英国作家E. M. 福斯特的《机器停止运转》中人性完全萎缩，在依赖机器的时代，甚至都察觉不到机器的毁坏。欧洲和非英语国家科幻作家作品的另一个特点，是更关注普通人，而美国科幻作家则关注改变世界的英雄人物。

在冈恩看来，主流小说的人性观念大多来自圣经，它的特点是关注人与人之间的联系，关注现实的状况。这类小说处理的是人们的日常经验、社会现实本身以及其中人们的关系和感受。而科幻小说认为，现实最重要的是对人类起源、人类目的、人类最终命运的探寻。人们常常批评科幻小说中的人物不如主流小说写得好，冈恩指出，这倒不是因为科幻作家水平差，而是因为这类作品本身就不是为了展现人的。科幻将人当作环境的产物，关心的是他们如何从中解脱。这与主流作家关心个体的性格特征，个体对环境的适应、对境况的感受、对困境的种种反应完全不同。反之，当情节被主流小说弱化为"偶然琐事"的时候，它在科幻中仍然占有中心地位。对于科幻小说来说，对"世界是变化的"关注的重心在于：变化是什么？人类（或异类）如何应对？

科幻小说常常发表在杂志上，而杂志的篇幅有限且相对封闭，这注定了科幻小说必须吸收各种成熟的类型小说营养，并逐渐形成独特风格。在形式上，科幻小说更关注情节和故事，用结构的完成来解决问题。这样，科幻成了一种具有类型化但却不是类型小说的特点。到了新浪潮时代，作家们开始对这种固化的观点进行反抗，力图使科幻小说向主流文学靠拢。这意味着引入新的写作技巧和态度，意味着改变世界观。于是，到20世纪70年代之后，科幻小说内外部都发生了重新融合。面对这些变化和融合，冈恩小说的基本原则没有改变，作品与读者之间有着相互达成的阅读协定。在传统的科幻小说中，虚构世界体现在各种类型的小说中，或者，虚构世界要与科学原理、哲学、历史等发生关系。而在新的艺术科幻小说中，虚构世界则与现实生活、传统、神话、历史等发生关系。

冈恩认为，不同时期的变化体现了科幻小说的范式转换。当读者声称某作品不是科幻小说时，他实际上是在说，读者与作者之间的关系没有按照协定完成。一般来讲，读者面对未知或困惑时，会慢慢察看，他们相信一部好的小说会在后面加以解释，会逐渐与整个世界相符，优秀的科幻作品会不断使用这一技术扭转读者的阅读期待。对于这些新作品，读者在阅读时虽然要付出更多的努力，但是也会获得更大的满足感。

冈恩是典型的美国科幻作家和宣言拟定者，他认为科幻小说在美国的独特发展和壮大，乃至美国科幻文学成为世界科幻文学的正宗，的确有其原因。从历史背景来看，科幻文学产生初期，美国社会的稳定繁荣对比欧洲的政局动荡更适于这类文学的发展。从文学角度来看，欧洲读者对心理世界更有兴趣，因为欧洲有更深厚的神话历史和民间传说底蕴，这种类型更能反映欧洲的经验，而美国大众更讲求实用主义，这就使杂志和通俗科幻读本发展了起来。此外，欧洲科幻小说更多站在文化的立场上，用复杂而难以控制的情节揭示人类的境况，而美国科幻小说的基本结构是短篇小说的经典结构：复杂的情节、矛盾和冲突的解决、概念的突破。这种固定的类型，为读者提供了认知接受的可能。就连冈恩的科幻小说定义，也凸现了美国人的那种实用主义和简单性，他提出可用一个标准对科幻小说加以限定，即科幻小说要求宇宙是可知的，在其中超自然的事物无处容身。这是冈恩认为科幻小说可以区别于其他文类，尤其是奇幻小说的大致准则。

（李兆欣）

四、莫考克及其观点概述

　　英国科幻作家兼编辑家迈克尔·莫考克（Michael Moorcock），1939年12月18日生于英国伦敦南部边缘萨里郡的米奇姆地区。少年时代，莫考克目睹了德军和盟军飞机相互轰炸的情景，这使他对法西斯、战争产生了深刻的恐怖记忆，这些记忆在后来的作品中经常被反映出来。他的作品常描写宇宙混乱与宇宙秩序间的对立，这种对立永存，他认为混乱与秩序对立本身就是混乱。悉尼·科尔曼（Sidney Coleman）曾经这样描述这位多面作家："至少存在三种莫考克，第一种是能写出无尽的剑侠巫师小说的多产作家，第二种是先锋探索小说的积极促进者，第三种是一位天才的科幻小说家。"

　　20世纪50年代末到60年代初，传统科幻小说在形式和内容方面都已进入了死胡同，唯有革命性的变革才能使科幻小说摆脱困境。此时，莫考克恰巧得到机会接手《新世界》杂志，于是，他大胆地展开了科幻创新的实验。

　　莫考克担任《新世界》杂志主编后，开始推出了一批革新作家的革新作品，产生了一种全新的科幻派别：新浪潮科幻小说。从莫考克编辑《新世界》杂志的主要方针来看，可以将他的思想概括为以下四点。

第一，他认为科幻小说的题材应该脱离纯技术科学即纯自然科学，要加大描写社会科学的力度。众所周知，黄金时代的科幻小说的主要题材往往是物理、化学等纯自然科学，或者描写具体的技术。而这种经典模式已经越来越不能表现更为深刻的主题和体现文学的艺术表现力，期待得到主流文学界认同的科幻作家们很自觉地启用了这种描写社会科学、体现社会人生的写作方式，使得科幻小说的张力加强，当社会学、心理学、语言学、宗教学、政治学等浸入科幻文学之后，科幻文学的内涵和外延都有所扩大，相较于只注重科技科普、轻视情节情感的旧科幻文学，新浪潮科幻文学显得更具力度，更富有文学性和社会道德感，更寓教于乐、引人入胜，让已经烦腻经典科幻模式的读者耳目一新，也大大拓展了作家的创作视野，提升了创作热情。

第二，他认为科幻小说应该以塑造人物形象为中心。启蒙时期和黄金时代的科幻小说往往是以故事为主，人物总是类型化的扁形人物。新浪潮派则致力于改变这种情况，对人物的塑造成了科幻的中心任务，从某种程度上来说，大大彰显了科幻作为文学的本质。正如评论家阿莱克谢·潘兴（Alexei Panshin）所认为的，"新浪潮有利于科幻的文学性表达，和所谓的主流文学日渐靠拢"。莫考克自己的一部小说《瞧这个人》（中译本为《走进灵光》）中出现了诸多人物，无论是主人公还是次要人物都有细致的心理描写和全面的灵魂塑造，每个人物个性各异、鲜明生动，通过对人物的塑造来彰显小说的主题，使得科幻小说更具文学性。

第三，认为科幻小说应该以或表现，或隐喻，或象征现实生活为目的。抱着这种创作目的的新浪潮派科幻作家的作品往往是"内省"的，充满悲观和伤感。罗伯特·休斯（Robert Hughes）将英国新浪潮科幻称为"混合了想象力和思索的典型的科幻小说写作，是一种内省的印象派的具有超现实主义风格的现代诗歌"。朱迪斯·梅里尔则认为新浪潮科幻是一种以实用的经验技术为标志，同时借鉴了当代文学中其他类型文学特征的新科幻小说。在莫考克的小说《空中军阀》中，主人公借助时光机从1903年来到1973年，发现那根本不是现今历史上的1973年……科学元素时光机只是一个道具，而这次时空之旅的真正意义在于对于现实生活的表现、隐喻和象征。

第四，认为科幻小说应该以让人们认识到自己在宇宙中的位置为功能。麦克黑尔曾明确指出："后现代主义得益于科幻小说，而科幻小说亦得益于后现代主义小说……至20世纪60年代末和70年代初，科幻小说愈加公然朝后现代主义发展。"麦氏的评说是中肯的，因为，"新浪潮"既反映了（在某种程度上预见到）人们对科学进步的失望，同时又表现出一群年轻作家企图脱离由根斯巴克、坎贝尔、威尔斯等老一辈作家建立的科幻小说模式的焦虑。这种焦虑和后现代的发展趋势是人们认识自我的客观需要之必然。诚如L. 德尔·雷伊所说，新浪潮仅仅是一个新波纹而已，只是把它看作一种对彰显在传统科幻中的科学乐观主义的拒绝，新浪潮背后的哲学意味是对科学和人性的双重不信任。科学和技术常常被认为是邪恶的，它们从长远看只能使得世界条件越变越糟。而人性在本质上是可鄙的，或者至少并不是很重要的。有一种潜在的失败感贯穿始终。和宇宙对抗，人类简直就是螳臂当车，人之于宇宙不过是一只微不足道的臭虫。

事实上，新浪潮科幻文学早有先驱。斯特金、冯内古特、赫胥黎、奥威尔、贝斯特、布拉德伯里等作家的前期创作，都为新浪潮的产生提供了营养。而莫考克的主要功绩是利用刊物这一平台，将新浪潮特点集中起来，推向读者。新浪潮派科幻作家把一切问题的本质都看作精神问题和社会问题，而解决这些问题的唯一途径是精神和社会结构的急遽改革。在他们的作品中，社会和自然都对个人产生巨大的压力，而人只是与社会和自然冲突的牺牲品。于是，他们在叙述方法、作品的语言、结构和风格等多方面进行了种种试验，试图将科幻领入一个更高的阶段。从此，科幻文学获得了"推测性小说"（speculative fiction）的新名。

（陈宁）

五、奥尔迪斯及其观点概述

英国另一位科幻代表作家，布莱恩·W. 奥尔迪斯（Brian W. Aldiss），于1925年出生于英国的诺福克郡，大学毕业后在缅甸服过四年兵役，还当过书商和编辑，1960—1964年任英国科幻小说协会主席。

奥尔迪斯著述颇丰，他的理论作品《亿万年大狂欢》内容庞杂，思想丰富。这里，只从他的新浪潮风格作品中概述他的新浪潮观点。

第一，他认为科幻小说要写人类的不幸、隔绝、失望、忍受和友爱，要带有强烈的人文主义色彩。在《最后的秩序》的前言里，奥尔迪斯这样写道："我的小说写人类的不幸、隔绝、失望、忍受和友爱。"请注意这句话的顺序：从不幸到隔绝引起失望，从失望转变到忍受，最后在爱里达到顶点。奥尔迪斯认为，这些是一切文学的永恒题材，科幻小说也概莫能外。因此，他的小说常常谈直觉的自我，包括作者和读者的集体无意识，并波及人类存在的各个部分。例如他的小说《解放了的弗兰肯斯坦》，以清晰的散文风格把神话的、观念的、心理的、比喻的或象征的等多种现实结合在一起，微妙地表现了对时代的看法。作者明确指出，人们必须杀死心里的种种"怪物"（邪恶的意识和感情），否则就会灭亡；但若能这样做，真正的人性就会出现并以友爱的精神重新创造世界。正如有的批评家所说，这部小说的真正力量在于，它使读者从更深的层次上认识感情和心理问题。

第二，他认为科幻小说需要携带很强的哲理性。所谓新浪潮科幻，是把科幻小说纳入20世纪兴盛的现代主义潮流，从心理学的角度出发，以科幻小说的手法描写现实，力图使科幻小说进入严肃文学的行列。而主流文学之为主流在于它对现实的深刻反映，从主题到立意都凸显思想性和哲理性，而这一点也正好为向主流文学靠拢的新浪潮科幻所看重。奥尔迪斯就有很多带有深刻思想性和哲理性的经典作品。例如其登峰造极的新浪潮代表作《月光掠影》，讲述的是主人公被月光的反射耀花了双眼，却看见了人类从猿到人、到农耕社会、到工业时代、到现代科技时代、到机器遮蔽了蓝天大地而显得异常渺小的演进过程。作者将这个历史进程描述成"神奇的化装舞会"，这种文明演化的大游行所表现的未来前景，寄托了作者的一种哲思。

第三，他认为科幻小说要注意向主流文学作家学习，同时也要注意吸收黄金时代经典大师的精华。向主流文学的靠拢不只是单纯地停留在主题和立意层面，还要在风格和创作手法上有所表现，因此向主流文学家学习则显得至关重要。奥尔迪斯在这方面成绩斐然。例如其短篇小说《户外》，讲的是一群深入地球的外星人，在漫长的适应过程中忘记了自己的最初形态，而巨大的压力让他们再次现形的奇异故事。那不能逃脱的屋子象征着资本主义社会，忘记本初的外星人则代表着被扭曲、压抑、异化的人性。奇异的描写形式，和卡夫卡的《变形记》有着异曲同工之妙，甚至有过之而无不及。他的《灰胡子》还隐然有哈代的创作风格。与此同时，他也没有放弃对传统的继承，对海因莱因的学习表现得比较明显，这在新浪潮一味反传统的大潮中其实是很难得的。

奥尔迪斯的科幻作品有时更像奇幻文学，鲜有充足的自然科学基础。但从社会科学的角度出发，他的作品具有相当高的价值。他丰富的想象和对文学现实的敏锐判断以及他对社会现实的关注，使他的许多作品受到严肃作家的赞赏。

（陈宁）

六、苏恩文及其观点概述

达科·苏恩文是世界著名的科幻文学研究专家和学者。他1930年出生于克罗地亚首府萨格勒布，后任教于萨格勒布大学的比较文学系。1968年移居加拿大后，他一直在蒙特利尔的麦吉尔大学任教，担任英语文学的教授。达科·苏恩文1999年退休，现居住在意大利的卢卡。苏恩文对中国传统文化十分敬佩，对自己的名字如何翻译成中文也很有兴趣。如他希望使用"达科·苏恩文"而不是常用的"达科·苏文"作为自己的中文译名。

在科幻文学的研究方面，达科·苏恩文是世界上最具影响力的马克思主义学派理论家，他的科幻研究著述颇多，其中最主要的两本是：《科幻小说变形记：科幻小说的诗学和文学类型史》（*Metamorphoses of Science Fiction: On the Poetics and History of a literary Genre*），《科幻小说的观念与构想》（*Positions and Presuppositions in Science Fiction*）。

达科·苏恩文提出了科幻文学的诗学这一观点，并通过大量的著述论证科幻小说是一种文学类型，其必要和充分的条件是疏离和认知的相互作用。换言之，科幻文学在本质上具有认知性，在艺术上则追求文学的陌生化。科幻文学是一种虚构的认知疏离（cognitive estrangement）。

首先，疏离将科幻小说从"写实"或"经验模仿"这样的文类中区别开来。关于陌生化的观点，苏恩文承袭了俄国形式主义什科洛夫斯基、托玛舍夫斯基的基本思想。这种思想认为，诗性的语言可以作为一种造成距离感的道具，这种道具使我们的知觉获得清洁和更新。他们用"ostranenie"来表示这种含义，翻译出来，就是我们说的陌生化或不常见化。这一观点影响了德国著名戏剧家兼诗人贝尔托特·布莱希特（Bertolt Brecht），他在更加直接的社会和政治含义上使用陌生化的概念。这是一种提供对熟悉的现实产生距离的、令人震撼的镜像的方法，利用这种方法，人们就能抗衡那种表达真实需求及其剥夺过程的作品。例如，布莱希特就曾经用自己的尖锐戏剧打击资产阶级的幻想，表现改变生活的种种社会力量。而这种戏剧在一种陌生化手法的表现下，使工人阶级能够从中逐渐理解到建立新的人类关系的可能性。苏恩文正是看中了陌生化这一词汇的解释力，有了这样的一种手段，事实上就可以在文学领域中形成一种与所谓"自然主义"[1]对立的文学，这种文学以"完全不同的主体"和/或"完全不同的场景"作为特征[2]。苏恩文认为，这种对立于自然主义的文学，在当代文学领域中有很多支流。对于科幻文学，它通过基本不同的叙事暗示出各种新的技术、社会、生物，甚至哲学规范的可能性，而这种叙事反过来又陌生化了作者和读者的经验环境。科幻就是与自然主义对立的陌生化的文学，它以奇怪、使奇怪和新意为特征。而自然主义则抄袭生活、镜像生活和平淡生活，企望文学成为生活的一面镜子。

其次，"认知"就是认识，它可以满足人类对理解和求知的渴望，可以将其看作人类对理性化理解的追求。认知使科幻小说与其他非"写实"性文类区分开来。

将科幻文学定义为陌生化和认知性的文学，不但具有文学基础，也具有相应的主题——科学本身的基础。在科学发展过程中，牛顿与苹果落地（假如真有这个故事）、伽利略发现星体的运动等，都在当时的状况下给发现者本人以一种陌生化的感觉，因为他们的发现远离了原有的常规科学范式。这样，这种科

---

1. 显然，这里使用的自然主义一词，与通常文学理论中提到的那种自然主义有一定的差别。在笔者看来，这里的自然主义更类似于我们说的现实主义。

2. 有关布莱希特的文论，除了可参见国内出版的布莱希特专著之外，苏恩文教授还提出可以参考 *Bertolt Brecht, Brecht on Theatre: The Development of Aesthetic*. New York: Hill and Wang, 1977。特别是其中第96和第192页。但是，在这一英文版中，陌生化被误译为异化（alienation）。

学上的进展和理论上的发现，导致的不单单是知识本体的增长，更是某种与社会和自然现存状况的争论。随后，新的、陌生化的现象被带入理性的王国进行解释。整个科学发展的过程就是这种陌生化和认知相互跟随的过程。

科幻小说主要的形式策略源自对待疏离或陌生化的态度，用一种想象的框架或可能的世界去替代作者的经验环境。科幻小说既要有认知的因素，也要具备文艺特征，要时常给人以一种陌生的感觉，从而使人超越现实生活和工具理性，感到一种文学审美的愉悦，获得一种艺术的感知和体验。

当然，达科·苏恩文指出，科幻文学有自己的功能和策略，所有的历史可变性都拥有一个稳定的内核，这类文学类型就根据这个内核通过所有的疏离策略来反馈所渴望的认知。它们都是构成一种有意义的新奇或新颖的陌生化结构单元，改变了故事中"可能世界"特别重要的方方面面，构成那个故事的范式、模式或比喻。这种改变包含着娱乐的成分，但在大多数情况下它隐含着一种希望，希望发现一个更好、更理想的环境、部落、机构、智力或其他代表，或者表现为一种对反面前景的恐惧和后退。在被认为是直接反映经验世界的"写实"性作品中，道德规范与物理学没有直接关系。非"写实"作品中的世界，如神话、"奇幻"故事或童话故事，是积极指向故事主人公的。在童话或民间故事里，故事主人公通常会取得最后的胜利，对于他来说，那个世界提供了必要的魔术武器或助手。恐怖"奇想"刚好相反，典型的特征就是主人公的落魄无助。民间故事源自获胜的英雄神话，恐怖"奇幻"则是凡人化的悲剧神话。在科幻文学的可能世界里，法律没有任何东西在伦理上指向它的叙述代理人。

苏恩文从历史社会学的角度追溯了科幻文学的发生，包括各国科幻小说的传统以及各种科幻文学的形式和次要流派（从太空歌剧到虚构类）及其一般范畴。他认为科幻文学就像一面寓言似的镜子，以一种"另类"时序为基础，为一个典型的叙述符号系统所暗示。科幻文学的先决条件是各种更加复杂和宽泛的认知，它主要表明了一种在政治、心理学及人类学上的新奇效果，新的可能世界的形成和失败都是它的结果。一旦达到文学构造的弹性标准，认知要素就变成了审美性质的、在科幻文学中求得的具有特殊乐趣的度量标准。

苏恩文对大量的历史记载进行了梳理，提出科幻小说起源于揭露和讽刺类写作，以及早期的社会评论，属于一种前科学或者原型科学的方法，然后逐步靠近日益复杂精细的自然科学和人文科学。在19世纪，自然科学赶上并超越了文学想象。在20世纪，科幻小说已经进入了人类学和宇宙哲学思想领域，成为一种诊断、一个警告、一种理解、一种行动和一种召唤，而且反映了各种其他的选择。可以预见到，科幻小说的这种历史性发展将是一种繁荣，一种从基础的直接模式向间接模式的转变。苏恩文在这里发展出一个重要的关于科幻小说传统或体裁的概念，提出科幻小说是认知陌生化文学的逻辑推论。这个特殊的文学体裁包含了各种亚体裁，包括从古希腊以及更早期的文学作品到今天的专门创作，从遥远的黄金乐园故事到乌托邦文字、寓言性航行、星球小说、政治（国家）小说、预言式故事、反乌托邦，直到凡尔纳类型的科幻小说和威尔斯类型的科幻传奇小说，以及20世纪以杂志和选集为基础的科幻小说大观。这一演进轨迹的轴心线为：琉善—托马斯·莫尔—拉伯雷—西拉诺—斯威夫特—玛丽·雪莱—凡尔纳—威尔斯。

科幻小说类型出现于激荡着科技变革浪潮的18世纪。然而直到20世纪20年代末"科幻小说"这个术语才成为一种通用的标识。在这之前已经出现的术语是"科学的小说"。科幻小说是20世纪后半叶获得主要文学成就的领域之一。虽然科幻小说是在美国获得超级大国的地位时成为一种流行的艺术形式的，但科幻小说的起源和灵感却并非来自美国，它的崛起恰逢一个伟大的科技进步的时代。只有在一种可靠的、强大的能量被开发出来的时代，我们才能期待一种无论是现实地还是象征性地关注能量问题的文学的出现。关注这些问题的文学作品就是科技时代的科幻小说。对于地球上的人类来说，遥远的时间距离和空间距离总会产生魅力。所以许多科幻小说的背景都被设置在遥远的未来或者一个完全不同的时间轨道里，在太阳系的某颗行星上，或者银河系的某个地方，甚至在一个遥远的其他星系里。这样人们逃离了眼前，进入一个崭新的世界。

苏恩文认为，科幻小说的传统既源远流长、自成系统，又与非虚构小说的乌托邦主义、自然主义文学以及其他非自然主义虚构小说有区别。科幻小说与那些在文学史上从不同时期、不同地区繁荣起来的文学亚体裁（literary sub-genres）之间存在着十分有趣且非常密切的亲缘关系，如黄金乐园故事（"幸运岛"故事）、从远古时期开始的"神奇的航行"故事、文艺复兴和巴洛克风格的"乌托邦"小说以及"星际小说"、启蒙主义的"国家（政治）小说"、现代"预言"

和"恶托邦"小说。此外,科幻小说与神话、幻想、童话故事以及田园牧歌式作品一样,与自然主义文学或经验主义文学类型相对立,而且它在方法上和社会功能上也与这些文学类型存在着显著区别。在他看来,科幻小说认知性和陌生化的特点,使它有别于18世纪以来盛行于文坛的"现实主义"文学主流。而认知特征又使科幻小说不仅有别于神话,而且有别于民间(童话)故事和奇幻故事(fantasy)。当然,民间故事也质疑作者一般经验世界里的法则,但它们进入了一个不在乎认知可能性的封闭的平行世界。它并不将想象作为理解现实中潜在的倾向性的手段,而是将它用于一种自我满足的目的,将自己与真实的偶然性割裂开来。[1]

科幻小说与奇幻故事(如鬼怪故事、恐怖故事、哥特式故事、怪诞故事)的区别在于,科幻小说不但呈现一种陌生化的环境,而且回答这种陌生化的由来。这样,在这种认知性的侧面上,科幻小说中的人又回到了与自然主义文学的主人公共有的特征上,他们的行为符合认知规律。而民间故事对经验世界和认知法则是漠视的,奇幻故事对经验世界和认知法则更是毫不在意。

相比之下,田园牧歌式的故事从根本上与科幻小说更为接近。它的想象框架是一个不涉及金钱、经济、国家机器的非个性化的城市化世界,这一框架使得它如同在实验室里一样分离出两个人类的动机:性爱和权力追逐。这种故事的表现方法与科幻故事的关系如同炼丹术与化学和核物理的关系一样,是一种尝试性的努力,方向正确,但基础薄弱。科幻小说在许多地方向田园小说传统有所借鉴。

与其他陌生化的文学一样,科幻文学也采用特殊的修辞隐喻来表达不可能性。它不但使用文学通常使用的那种承诺独特时间和土地的方法,提供爱丽丝的仙境,更采用上下颠倒等方法去尝试我们经验环境内部和外部的多种可能性。科幻来源于多种更早的文学源流。由于来源的不同,它也会表达出阶级阶层之间的紧张性。

苏恩文的科幻文学理论具有强烈的马克思主义特点。它强调这种文类可以

---

1. 达科·苏恩文:《科幻小说变形记:科幻小说的诗学和文学类型史》,丁素萍、李靖民、李静滢译,合肥:安徽文艺出版社,2011年,第3-96页。

从历史角度进行分析，其中有阶级差异的表现，这种表现会在突然性的社会痉挛过程中浮出水面。这个时代就是莫尔和培根之后的资产阶级民主时代，换言之，是18世纪末并延续到19世纪。在这一时代，想象的地平线或陌生化的焦点具有大的转变。此前，想象力的地点主要在作者经验的近旁，如一个岛屿。但此后，对未来的向往或焦虑成了一个新的想象方向。这种转变是与土地占有者失去权力，权力逐渐移向资本占有者直接相关的。到了19世纪，时间逐渐被定量化，并充斥各种事件，成为一个新的领域，而一定数量的自然科学已经可以在一生的时间内将世界彻底改变。

苏恩文根据科幻小说的叙事逻辑，从一般到具体地将科幻小说与下面五类写作类型进行区别：

第一类是非虚构类创作。他提出不要将那些科学类写作或近似科学类的写作与科幻文学相混淆，也不要将非虚构类政治写作与乌托邦或者社会政治性的科幻小说相混淆。

第二类是非现实主义的创作模式，如道德寓言、奇异幻想、讽刺作品，以及像《闵希豪森奇游记》（或译为《法罗先生谭》）这样的荒诞故事。还有20世纪以来的，诸如卡夫卡和博尔赫斯这样的作家的作品也不能称作科幻小说。

第三类是带有某些科幻因素的自然主义小说（naturalistic fiction with minor SF elements），包括C. S. 刘易斯描写美国医学界混乱情形的《箭匠》（*Arrowsmith*）一类的作品。

第四类是超自然的幻想（supernatural fantasy）故事。这类超自然的幻想故事，始于18世纪哥特式小说甚至文艺复兴时期的新柏拉图主义的超自然幻想故事，它们在叙述中拒绝认知逻辑，而奉行一种"神秘的"逻辑，无论是宗教的还是审美的，比如洛夫克拉夫特的作品。

最后一类是消失的种族的故事（the lost-race tale）。这是一种建立在与作者的时代、地域和社会习俗完全不同的地理环境或者人种环境基础上的新奇故事，如H. 瑞德·哈格德（H. Rider Haggard）的《她》，虽然与科幻小说有接近之处，但从严格意义上说应当区别开来。虽然从社会政治学的角度看（如莫尔的《乌托邦》）、从科技角度看（如培根的《新大西岛》）、从生物学的角度看（如帕尔托克的《彼得·威尔金斯》），以及从具有综合性质的角度看（如斯威夫特的《格列佛游记》第三卷中的技术学、生物学和政治学），这类故事在认知方面都显示了奇异的新关系，但它们都明显地表明，这类消失的种族的故事并没有明确实现这些潜在的可能性。

（丁素萍）

七、斯特灵及其观点概述

迈克尔·布鲁斯·斯特灵（Michael Bruce Sterling），1954年生于美国得克萨斯州布朗斯维尔，1976年发表首部科幻小说《人造自我》，次年发表首部长篇小说《回旋海》。进入20世纪80年代，他发表了一系列科幻作品，并于1985年创办了著名的科幻刊物《廉价的真相》。

斯特灵的创作和观点，主要围绕赛博朋克（cyberpunk）科幻小说。简言之，"赛博朋克"的主要特点是：使科幻文学产生"硬回归"的状态，引入电脑网络、生物工程、系统工程等最新科技；主人公都是电脑工程师与反传统的"朋克"结合体；在创作手法上新颖独特。（赛博朋克作为文学流派、文学运动以及一种文化现象的详细情况，将在第三编第九章第四节中给出详细介绍。）

在学术领域，当前公认用于研究赛博朋克的经典文本有两个。第一个是威廉·吉布森（William Gibson）的小说《神经浪游者》。第二个则是斯特灵为《镜膜》所撰写的序言。在序言中，他详细阐述了赛博朋克产生的根源及其核心理念。该文被视为理解这一思潮的重要文献。

对于科技本身，斯特灵写道："赛博朋克们可能是第一代这样的人：在他们生长的环境中，科幻不仅是一种文学样式，而且是一种现实。对他们来说，传统科幻的那种外推法、科技语汇等不仅是一种文学技巧，更是每日生活的必需。它们是理解环境的手段，有很高的价值。"换言之，科幻文学这种一直被认为是描写未来的文类，其实描写的就是现实本身。正是这种重新定位的科学，使得科幻作家找到了新的激情：自从雨果·根斯巴克以来，科幻小说中的科技越来越正规化、体系化，被放进了象牙塔。在这种形势下，某个古怪的科学家放出了瓶子里的魔鬼这样的故事已经毫无意义。而当科技进入每个人的手中后，当权威无法继续控制科技的时候，疯狂的科技传奇故事就又能出现了。

在重新估价科学的同时，斯特灵认为，赛博朋克采用朋克的方法扬弃了过往科幻文学中的文学追求，在继续传承"新浪潮"运动对文学风格的重视的同时，作家们转而回归早期科幻的创作精髓——想象力和描写。这些作品的标志就是丰富的想象力。一位作家被称道的将是他表现出的奇异、超现实的想象。他们乐意甚至渴望抓住一个构思并推动其冲破所有的限制。由于赛博朋克的故事往往发生在电脑世界，因此，大量的细节描写是这些作家所擅长的。斯特灵还称，这些密集的信息带来的效果有点像硬摇滚运用大量音响造成的"音墙"。

在作家的视角方面，斯特灵指出，赛博朋克尽量保持与20世纪80年代流行理念一致，喜欢更全面、更全球化的视野。在吉布森的《神经浪游者》中，故事从东京到伊斯坦布尔到巴黎甚至北京。路易斯·夏纳（Lewis Shiner）的《边界》（Frontera），则把故事放在俄罗斯和墨西哥。所有不断变动着的地名，其实是全球化的通信卫星、网络、跨国企业等工具正在占领我们生活的体现。于是，世界各地在作品中的出现便像放在火星表面一样正常，是全球化的工具——卫星通信网、跨国企业等完成的这一伟业。

众所周知，赛博朋克中的"朋克"有鲜明的反主流文化特征。斯特灵在其主编的小说集《镜膜》中，收录了11位新锐科幻作家的作品，它用镀铬眼镜上的银色镜膜来象征新小说的主旨。隐藏在镀铬后的眼镜内部，你的世界是漆黑一片，而这正好是一种边缘人的生活。即便你的眼睛中隐藏着疯狂，也不会被主流势力所发现。

"镜膜"很快成了赛博朋克的图腾。如果将斯特灵所说的"反主流文化"简单地等同于20世纪60年代青年叛逆的思想，那就大错特错。在20世纪60年代，反主流文化运动具有田园风格，是浪漫主义和反科技的。即便这些人声称反对科技，但他们的象征物电吉他却纯粹是一个科技产品。这样，根植于20世纪60年代反文化运动中的那种内在矛盾逐渐暴露，这些人其实是科技的依赖者。随着时光推移，摇滚乐手在使用新技术的道路上越走越远，他们把混音、特效、图像等融合在一起。于是，在传统的60年代反主流文化的摇滚青年身上，增加了一道彩虹，这就是黑客生活。电脑黑客指的是那些沉迷于网络的艺术家，除了摇滚者，还有电脑图像的制作者。除了电脑图像的制作者，还有网上信息的疯狂寻找者、破解者和公布者。

对于将赛博朋克作为一个科幻流派，斯特灵认为，这一标签不会持续太长时间。"这些作家的发展太快了，很快他们就会飞速跑向不同的方向。"对于未来，斯特灵指出，他们可能会被新的科幻理念攻击，作家们会争论、重新思考、往旧的教条里塞新玩意。同时，赛博朋克的影响持续扩大，让一些人兴奋、让一些人感兴趣，甚至激怒一些人——这些人的痛苦还没有充分地发泄出来。但无论如何，一种新的流派正在成长壮大。演出才刚刚开始。

（杨平）

八、迪兰尼及其观点概述

塞缪尔·R. 迪兰尼（Samuel R. Delany），生于1942年，是美国当代科幻作家兼批评家，代表作品有《通天塔-17》（*Babel-17*）、《爱因斯坦交叉点》（*The Einstein Intersection*）、《新星》（*Nova*）、《代尔格林》（*Dhalgren*）、"回到内威纽"系列（"*Return to Nevèrÿon*" Series）等。迪兰尼4次获得"星云奖"，2次获得"雨果奖"，2002年入选科幻名人堂。2013年，美国科幻和奇幻作家协会授予迪兰尼"达蒙·奈特纪念大师奖"。

迪兰尼的科幻理论研究，起源于1968年他在现代语言学学会上的一次发言。这个发言站在"形式即内容"的立场上，初步阐明了科幻文学特殊的语言生成—阅读形式即是它区别于一般文学的根本所在。次年，《约5750字》发表于《科幻评论》（*Science Fiction Review*）杂志上。迪兰尼的第一本科幻理论文集《用珠宝衔合的下巴：科幻小说语言散论》（*The Jewel-Hinged Jaw: Notes on the language of Science Fiction*）1977年出版。1978年，迪兰尼的第二本论文集《右舷葡萄酒：科幻小说语言再论》（*Starboard Wine: More Notes on the Language of Science Fiction*）出版，该书以同样的思想内核、行文风格、分散交织的结构与更加明晰的语言，进一步深化了他的理论观点。

在《约5750字》中，迪兰尼首先讨论了"形式与内容孰轻孰重"的问题。通过质疑形式/内容二分的正当性，他首先在本体论上否定了意义的存在。他指出："内容"并不存在（"Content" does not exist）[1]。因为一旦抛弃外在语音或文字形式，无所依托的"内容"便也不复存在。"内容""意义""信息"只是被人为假设装在形式之容器里的一种抽象性质，无法独立地先于语言形式而存在。正因为否定了词语意义的先在和稳定，语言形式如何组织本身成了唯一能够决定意义的因素。而科幻的特殊性正在于它的语言有着独特的语义生成与解读路径，即科幻的语言建构了一个语义的可能世界，在该世界里，语义的生成与理解背离了现实世界的逻辑，遵循着自身自洽的内部系统，也就是作者所设定的自然社会规则。可能世界中的许多话语在现实逻辑下是荒谬的、语义不成立的。但这种话语是科幻设定的逻辑可解释的。换言之，科幻语境所容纳的语义生成可能性大于一般文学，即一般文学中的绝大多数句子可以编码在科幻文本中产生意义，但反过来，科幻文本中的大量句子很难或不可能在一般文学语境下生效。只有在科幻作品中，语言对可能世界的建构和演绎，才能最大限度地得到发挥，是科幻作品的语言使科幻作品做到了一般文学作品所做不到的事情。

为解释科幻语言这一特殊性，迪兰尼在两本论文集的不同文章中举了很多实例，在此撷取较为典型的两例加以说明。第一个句子非常经典：然后她的世界爆炸了。（Then her world exploded.）[2] 如果这句话出现在一般文学作品（世俗的或现世的小说）中，读者只能将其理解为一种比喻，一种心理状态，暗示该女性角色的生活中发生了情绪冲击极强的事件。但如果将其置于科幻小说的文本语境中，这句话生成的语义则可以完全不同：这可能是一句写实的描写，比如，有一个属于"她"的星球真的爆炸了。当然，具体的语义则要根据科幻文本建构的可能世界的整体语境而定。第二个例子也是常常被提到的："他打开了他的左半边（他朝左边翻身）。"（He turned on his left side.）[3]假若出现在一般文学中，这句话可能描写的是一名男子失眠后的辗转反侧。但在科幻语境下，

1. S. R. Delany. *The Jewel-Hinged Jaw: Notes on the language of Science Fiction*. Middletown, Connecticut: Wesleyan University Press, 2009（Rev. ed.），p1.

2. S. R. Delany. *Starboard Wine: More Notes on the Language of Science Fiction*. Middletown, Connecticut: Wesleyan University Press, 2012（Rev. ed.），p68.

3. S. R. Delany. *Starboard Wine: More Notes on the Language of Science Fiction*. Middletown, Connecticut: Wesleyan University Press, 2012（Rev. ed.），p68.

其语义生成结果则是一名男子激活了左侧身体或拧动了这侧的开关。在科幻作品中，类似的话语实例还有很多，而迪兰尼本人几乎将这种分析解读方式发挥到了极致。1978年，迪兰尼针对托马斯·M. 迪什（Thomas M. Disch）仅16页的科幻小说《昂古列姆》（*Angouleme*），逐字逐句地分析了科幻语言的运作，出版了一本长达250余页的文学批评专著《美国海岸》（*The American Shore*）。这部著作可称得上是科幻批评方面的一部奇书，至今仍在科幻批评史上有不可替代的独异性。书中所应用的逐字句话语分析，能够一字一字地检视作品的语义生成过程，繁复地还原阅读过程中极细微短暂的体验和思考。除此之外，迪兰尼还在《用珠宝衔合的下巴：科幻小说语言散论》和《右舷葡萄酒：科幻小说语言再论》等其他著作中多次使用同样解读方式。

基于科幻语言语义生成的独特性，迪兰尼还特别强调了科幻文本解码过程中的"阅读协定"（reading convention/reading protocols）[1]。这种协定要求读者暂时抛弃现实世界转而承认科幻作品所建构的可能世界，同意根据科幻作品中的背景设定与逻辑走向进行思考。这一读者与科幻文本缔结的约定，就是使科幻语言在其可能世界中语义生效的前提。总的来说，迪兰尼的理论认为，科幻语言的编码构建了语义的可能世界，而科幻作品的特殊性在于这一可能世界与现实给定的世界往往是相互独立且系统自洽的。科幻语言的接受阐释，是读者在与文本缔结的"阅读协定"前提下，顺延科幻可能世界的逻辑对其语言符号进行的解码。

科幻小说到底算不算文学？这是一个人们怀疑很多，但仔细想想又觉得无法否认的归类。在《"科幻小说"与"文学"——或者，王的良心》（"*Science Fiction*" and "*Literature*" —or, *The Conscience of the King*）一文中，迪兰尼明确提出了"科幻非文学"的观点。结合上文的分析，不难理解迪兰尼这一说法的由来。这是基于语言形式作为判别文本类型的唯一标准所获得的最终结果。他以科幻语义生成与理解的特殊性为由，将科幻作品从包括小说的散文范畴中分离出来。此外，他还提出了科幻作品与诗歌的本质相通性。

迪兰尼科幻理论的另一个创新，是在《"科幻小说"与"文学"——或者，

---

1. S. R. Delany. *Starboard Wine: More Notes on the Language of Science Fiction*. Middletown, Connecticut: Wesleyan University Press, 2012（Rev. ed.）, p xiii.

王的良心》的后半部分提出文学价值的统一性与科幻价值多样性之间存在着广泛差异。迪兰尼从价值的统一（unity of value）、理论的统一（theoretical unity）、风格的统一（stylistic unity）与历史维度的统一（historical unity）[1]四个方面，分别概述了主流文学与科幻文学的差异。他认为"文学"是因统一的价值标准而形成的艺术形式，当人们使用类似"这是真正的文学""它算不上是文学"的话语评价一篇作品时，已经隐含了对文学正向的、有标准的价值判断。而"科幻"作品并不具有这样的价值标准统一性。科幻作品以市场、读者为指向的流行大众文化为源头，很大程度上消解了作为文学核心的作者主体论。科幻作品呈现出多样态的风格样貌，为的是适应不同亚类型读者群体的需要。价值与风格的多样性才是科幻作品高度重视的追求方向。从历史维度上说，主流文学重视历史与现在，而科幻文学恰恰发展演绎了时空的多种可能，更多地着眼于未来或是多时空的跳跃交叉。

从某种意义上说，迪兰尼的上述主张，表达了对科幻文学被边缘化及其价值被贬低的不满。迪兰尼所谓的"文学"统一化，正是"文学正统"的霸权，这种霸权使得科幻等"通俗文学"的价值和位置被矮化。反叛正统单一化的价值判断，强调多样性的重要，是作者提升科幻重要性的一个主要手段。

在科幻文学批评史上，迪兰尼以话语生成解读的特殊方式入手，以其颠覆性的视角、新颖激进的观点，成为科幻文学批评界的奇葩。但他过于激进的观点引起了诸多质疑与争议。但正如马修·采尼（Matthew Cheney）在《用珠宝衔合的下巴：科幻小说语言散论》导言中所说，"这也让塞缪尔·迪兰尼及其观点成了科幻文学批评史上无法绕开的一笔"。迪兰尼强硬的独特发声，平地起惊雷，直接影响和改变了1977年以后科幻文学的批评生态格局——任何不事先声明其立场的科幻文学批评分析，都将被视为是不够严谨准确且无关紧要的。[2]

（邱苑婷）

---

1. S. R. Delany. *Starboard Wine: More Notes on the Language of Science Fiction*. Middletown, Connecticut: Wesleyan University Press, 2012（Rev. ed.），p72.

2. M. Cheney. "Ethical Aesthetics: An Introduction to The Jewel-Hinged Jaw", in S. R. Delany. *The Jewel-Hinged Jaw: Notes on the language of Science Fiction*. Middletown, Connecticut: Wesleyan University Press, 2009, p xv.

第二节　国内科幻人士理论观点概述

一、鲁迅及其观点概述

在晚清"小说界革命"浪潮中，不少知识分子站在"小说新民""文学救国"的立场上推崇"科学小说"。他们赞许"科学小说"是"文明世界之先导"，[1]翻译外国"科学小说"，进而身体力行写中国人自己的"科学小说"。虽然晚清人士对这一文类还没有透彻的认识，但他们的努力让科幻小说在中国生根萌芽。在这些中国科幻先驱中，鲁迅无疑是最引人瞩目的。留学日本期间，鲁迅翻译了《月界旅行》《地底旅行》《北极探险记》和《造人术》四部（篇）科幻小说；不过，鲁迅在科幻小说这个领域更出色的成绩是他为《月界旅行》这部小说写的一篇"辨言"，即《月界旅行·辨言》，这是迄今发现的唯一一篇系统论述科幻小说的晚清文献，鲁迅通过这篇文献阐发了自己对科幻小说精辟而独到的见解，至今仍引人深思。

《月界旅行·辨言》第一段从交通角度追溯人类文明发展史，以小说日译本中片冈彻所作的序为基础写成。[2]不过，片冈彻的序仅表达了对科学伟力的推崇，而鲁迅在回顾了文明之进步后，笔锋一转，"然造化不仁，限制是乐，山水之险，虽失其力，复有吸力空气，束缚群生，使难越雷池一步，以与诸星球人类相交际"。在鲁迅看来，科技日兴的现代文明固然拥有了迫使"天行自逊"的恢宏力量，但人类在造化面前能力终究有限。若不能正视自身的局限性并坚持进取，势必"沉沦黑狱，耳窒目朦，夔以相欺，日颂至德，斯固造物所乐，而人类所羞者矣"。"至德"语出《论语·泰伯》："泰伯，其可谓至德也已矣。三以天下让，民无得而称焉。"鲁迅是从整个人类的角度批判保守思想，但在这里

---

1. 见包天笑著《〈铁世界〉译余赘言》。法国迦尔威尼原著，吴门天笑生译述：《铁世界》，上海：文明书局，1903年，第1–2页。

2. 工藤贵正：《鲁迅早期三部译作的翻译意图》，赵静译，陈福康校，《鲁迅研究月刊》，1995年第1期，第38–43页。

对中国封建社会的腐朽没落也有暗讽。他衷心歌颂的是追寻希望和进步的精神，"若培伦氏，实以其尚武之精神，写此希望之进化者也"。只有不断奋斗，"以理想为因，实行为果"，方有"殖民星球，旅行月界，虽贩夫稚子，必然夷然视之，习不为诧"的宏大未来。但鲁迅明白，秉"尚武之精神"，则战争终无止境，过去并无"至德"之社会，未来也不会是和平安康的"黄金世界"。因此他感慨道，"琼孙之'福地'，弥尔之'乐园'，遍觅尘球，竟成幻想"，今日"沉沦黑狱"，将来即便"地球大同"，而"星球战祸"又起，可供和乐隐居的"福地""乐园"等都是不可能实现的空想。既然进步是"据理以推，有固然也"的历史趋势，而一个民族又无法逃遁世外，那么若不奋起追求进步、跟上时代步伐，就必然被人欺侮乃至走向灭亡。因而，在"冥冥黄族，可以兴矣！"的强音中，进化、进步的观念和民族强盛的理想有机地结合在了一起。

这一段并没有具体地探讨科幻小说这个文类，而是将它放到由进化观念主导的文明史中审视，认为培伦（凡尔纳）的小说代表了人类追求"希望之进化"的精神。鲁迅的论述具有思想者高屋建瓴的眼界和气势，同时又寄托了呼吁民族自强的拳拳爱国心。早在求学于南京期间就熟读《天演论》的鲁迅，从一开始就不把对科幻小说的认识局限在文学领域，而是上升到精神、思想的层面和"物竞天择、适者生存"的进化史观，并生发出"自强"的号召。这反映了参与"小说界革命"的晚清人士共同的内心诉求："小说界革命"的着眼点不在于小说本身的变革，而是民族的奋发图强。

第二段是对《月界旅行》的评论。他认为这部小说"默揣世界将来之进步，独抒奇想，托之说部。经以科学，纬以人情"。鲁迅把《月界旅行》作为"科学小说"的代表来品评，所以这两句话包含了他对"科学小说"的认识。"科学小说"以小说的形式展现对"世界将来之进步"的幻想，具有乌托邦的性质；而从文本的具体构成上看，一方面"纬以人情"，以丰富的社会生活为材料，"离合悲欢，谈故涉险，均综错其中"，并具有讽世功能，"间杂讥弹"，另一方面"经以科学"，"比事属词，必恰学理"。在鲁迅看来，"科学小说"和其他小说一样，离不开对现实社会的观照，同时现实社会也是取之不竭的素材之源；它与其他文类的区别则在于它是以已知科学知识的合理假想为基础建构故事。晚清所谓"科学小说"者，既有以科学为跳板跃入幻想天空的作品，也有用小说形式罗陈科学知识的科普小说，新小说家对此缺乏辨析，莫衷一是；而"小说""科学"和"幻想"三要素在鲁迅论断中的有机结合，使得其笔下的"科学小说"所指涉的作品可以当代眼光称之为科幻小说。鲁迅的敏锐发现还有两点。其一，他注意到《月界旅行》在叙述中"微露遁辞"的问题，但予以宽容："人智有涯，天则甚奥，无如何也。"科幻小说涉及假想的科技，"硬伤"在所难免，这是文类特性决定的，不应苛责；百年前鲁迅对"硬伤"问题的理解，至今仍可谓中肯。其二，他提到了科幻小说独特的美学特征。《月界旅行》"绝无一女子厕足其间，而仍光怪陆离，不感寂寞，尤为超俗"。科幻小说自然也可以"借女性之魔力，增读者之美感"，但那就落入俗套——其特有美感在于疏离现实的陌生化、大尺度等。

常常被人征引来表彰科幻小说之功用的是《月界旅行·辨言》第三段。文中盛赞科幻小说"改良思想，补助文明，势力之伟，有如此者！"今日看来，鲁迅对科幻小说寄予了过高的期望，不过这在当时希望通过小说乃至文学新民救国的思潮中，也是常见的评议。"惟假小说之能力，被优孟之衣冠，则虽析理谭玄，亦能浸淫脑筋，不生厌倦"，这话正如梁启超在"小说界革命"之檄文《论小说与群治之关系》中的高论："欲新一国之民，不可不先新一国之小说。故欲新道德，必新小说；欲新宗教，必新小说；欲新政治，必新小说；欲新风俗，必新小说；欲新学艺，必新小说；乃至欲新人心、欲新人格，必新小说。何以故？小说有不可思议之力支配人道故。"鲁迅的独到之处在于，他强调中国传统小说"独于科学小说，乃如麟角"，而恰恰是这种小说非常重要，"故苟欲弥今日译界之缺点，导中国人群以进行，必自科学小说始"。"科学小说"在晚清受到重视，但却没有第二个人把它提到这么高的地位。追根溯源，"小说救国"的背后，是鲁迅"科学救国"的梦想。"获一斑之智识，破遗传之迷信"似乎在强调科幻小说普及具体科学知识的功能，但联系"改良思想，补助文明"的宏愿，鲁迅心目中的"智识"有着更为宽广的指涉，既包括具体的科学知识，又包括渗透在文本中更为宏阔的科学理念、科学世界观，尤其是对鲁迅早、前期思想具有指导意义的进化论，正如伊藤虎丸在比较福泽谕吉和鲁迅对近代科学的理解时指出的那样，"他们似乎都没把近代科学只是当成个别知识，而是把它们当做新思想或新伦理来接受的"[1]。鲁迅对科幻小说的高度评价，与他的科学观是分不开的。

鲁迅是一个天才的文学家和思想家，他以弱冠之年在中国科幻文学萌芽时期发出的这番富有见地的议论，不禁让人遐想：倘若才学兼备、对科幻小说有独到见解的鲁迅像很多译者一样由译而作，也许会留下经典之作吧！不过历史没有如果。译出这几部科幻小说后，鲁迅在漫长的文学、学术生涯中再没有关注科幻文学，而投入"为人生的文学"之中。直接批判现实、参与社会改造的文学的确是当时更加迫切需要的，鲁迅自是求仁得仁。即便如此，鲁迅已经给今日中国科幻文学留下了宝贵的思考，努力追求中国科幻小说自我风格的作家和研究者可以从中获得很多启发。

例如，科幻小说应该"经以科学，纬以人情"，在关注现实生活的基础上以合理的科学假想为构架展开故事，"比事属词，必恰学理"，并发挥"间杂讥弹"的批判功能。凡尔纳是通常意义上的"硬科幻"作家，其丰富的学识和严谨的创作态度使他的作品真正做到了"经以科学，纬以人情"。鲁迅欣赏的科幻小说，正是这样的类型。诚然，科幻小说在长期发展中早已突破了凡尔纳的路线，百花齐放、各擅胜场，如果过分强调科幻小说创作对科学知识的运用和幻想的"合理性"，势必妨碍作家的自由发挥，尤其使一些威尔斯式的讽世科幻小说失去生存空间，但凡尔纳和威尔斯实际上都兼顾了两者，只不过侧重有所不同而已。近年来也有某些中国科幻作品，既没有逻辑严密、知识含量大的科学假想，也缺乏对社会人生的关怀和思考，常常写成"皮以科学，实以言情"、不能充分体现科幻小说独特魅力和价值的东西。应该说，这种被科幻作家刘兴诗称为"娱乐科幻"的作品也有其存在的意义，但当它有泛滥成灾的迹象，甚至成为青少年创作科幻的模板时，就有重申鲁迅主张的必要了。

又如，鲁迅将科幻小说置于文明史和社会文化的背景下，指出科幻小说是中国原无的崭新小说类型，并给予很高的评价。这一点虽有受时代影响而过誉之嫌，但也给今日的科幻研究者提供了一个重要的思考角度。科幻小说这种文

---

1. 伊藤虎丸：《鲁迅与日本人——亚洲的近代与"个"的思想》，李冬木译，石家庄：河北教育出版社，2000年，第61页。

学形式，既能承载严肃深刻的思考，也能演绎迎合庸俗趣味的故事；如果先入为主地把科幻小说列入"通俗小说"之列，汉语语境中"通俗小说"所附带的浅薄、低陋等隐含语义就会干扰研究者对科幻小说的态度和论断，使科幻小说的价值无法通过学术研究得到充分的彰显，而脱离文明、文化和文学的演进，也不能很好地诠释科幻小说这个富有现代性的文类。在科幻作品研究较为深入的西方学术界，学者们将科幻小说作为反映科技深刻影响下的后现代社会现实的典型文本加以探讨，并将其放入乌托邦文学和幻想文学的整体流变中审视，其思路与鲁迅有异曲同工之处。

（李广益）

二、童恩正及其观点概述

童恩正生于江西庐山，祖籍湖南宁乡，1956年考入四川大学历史系。大学期间，童恩正便开始发表文学作品，《五万年以前的客人》《古峡迷雾》即发表于此时。大学毕业后，童恩正被分配至峨眉电影制片厂任编剧，次年调回四川大学历史系，担任考古学家冯汉骥教授的助手，从事考古学教学与研究工作，与此同时，他发表了多篇科幻小说，包括《电子大脑的奇迹》《失踪的机器人》《失去的记忆》等。1966—1976年，童恩正主要从事考古工作。1976年以后，童恩正不但在考古方面屡创佳绩，也发表了一批非常优秀的科幻小说，包括《雪山魔笛》《珊瑚岛上的死光》《追踪恐龙的人》《遥远的爱》等。此后，童恩正担任四川大学历史系博士生导师、中国科普协会常务理事、四川省政协常委、四川大学博物馆馆长等职务。赴美期间，童恩正曾任教于美国多所高校。这一时期，他曾创作和出版有学术专著《文化人类学》及科幻小说《在时间的铅幕后面》等作品。1997年童恩正因病在美国逝世。

童恩正在科幻创作和理论上的双重开拓，奠定了他在中国科幻发展史上的重要地位。他在为获得第一届全国优秀短篇小说奖的科幻小说《珊瑚岛上的死光》所写的随笔《谈谈我对科学文艺的认识》中，从写作目的、写作方法和文章结构三个方面分析并指出了科学文艺与科普作品的区别。其后，童恩正又在一系列评论文章中进一步阐述了他的科幻文学理念。从这些文章中，我们大致可以分析出童恩正的科幻文学理论主要为如下两点。

第一，在科幻文学中，科学只是作品创作的手段而非目的。童恩正在《谈谈我对科学文艺的认识》一文中指出，在写作目的上，科普作品是以介绍某一项具体的科学知识为主，它之所以带有一定的文艺色彩，只是为了增加趣味，以便深入浅出和引人入胜；文艺在这里仅仅是一种手段，是为讲解具体科学知识服务的。而科学文艺作品直接宣扬的是一种科学的人生观；科学内容在其中则成了手段，它是作为展开人物性格和故事情节的需要而充当背景使用的。

在文中，童恩正虽然措辞是"科学文艺"，但其实正解决了科幻文学亟待解决的问题。他在后来的另一篇文章《创作科学幻想小说的体会》一文中，更加详细地谈及了科幻文学与科普作品的区别。

童恩正认为，科学的普及包括两个方面：一方面是普及科学的世界观，另一方面是普及具体的科学知识。虽然这两者有时是难以截然分割的——科幻小说往往要介绍很多科学知识，而优秀的科普作品也能很形象地宣传哲理，发人深思，但是，科幻小说作为科学文艺的一个分支，它是通过艺术形象来阐述作者的思想的，因此在第一个方面承担更大的责任；而一般科普作品的主要目的是深入浅出地介绍具体的科学知识，所以在第二个方面能发挥较大的作用。

在童恩正看来，创作科幻小说的目的是普及科学的人生观，而非具体的科学知识，也就是说科学内容在科幻小说中是手段而非目的。因此，科学只是科幻文学塑造人物形象、推进故事情节的手段。在这一点上，童恩正的科幻理论纠正了长期以来存在于中国科幻中的错误倾向：将科幻当作科普的工具，使人们认识到科学在科幻文学中的地位与作用，从而，使他的理论区别于以往的科普论。

在随后的《关于〈珊瑚岛上的死光〉》一文中，他强调《珊瑚岛上的死光》是一篇科幻小说，属于科学文艺的范畴，并风趣地反驳了一些读者及评论者关于《珊瑚岛上的死光》没有将激光知识传授给读者的指责："如果要得到激光知识，应该看的是激光通俗读物，而非《人民文学》。"

第二，强化科幻文学的文学性将铸就这类作品的永恒价值。作为科幻小说重要组成部分的"科学"因素，一方面使得科幻文学区别于其他文学类型，另一方面，由于自身技术的发展，使得科幻文学不得不面临可能会过时的危险。

如何使科幻文学具有永恒的魅力呢？

在《谈谈我对科学文艺的认识》一文中，童恩正初步谈及这个问题。他指出，在写作方法上，科学文艺通过艺术形象的塑造、故事情节的展开或某种意境的渲染，间接而又自然地表明作者的意图：歌颂或鞭挞、赞美或揭露。它是以形象思维为基础的。而在文章结构上，科学文艺所遵循的是文艺的规律而非科学的规律。因此，尽管有的科学文艺作品所涉及的科学内容已经过时甚至已被证明是荒谬的，但由于它所塑造的人物和它所包含的深刻的思想内容，仍然具有可读性。他列举凡尔纳、威尔斯等科幻作家的作品，指出在科学上它们早已过时，但之所以还被推崇为经典，就是因为其文学性。换言之，吸引人们的是其中的人物形象、故事情节等文学色彩，而非科学内容。在随后的另一篇文章《创作科学幻想小说的体会》中，他更加深入地论及了科幻小说的一些本质问题，比如艺术夸张与科学真实之间的矛盾、细节逼真、人物塑造、情节安排等。童恩正认为，在艺术夸张与科学真实之间，科幻小说应该在艺术的概括和夸张之外，进行大胆的幻想，但同时，这种幻想不能违背现在人类已知的科学原理。在细节方面，由于科幻小说的细节可能同样掺有幻想的成分，也就是说它所描写的往往是超出现代科学水平的事情，小说中人物所处的环境，可能是人类实际上尚未实践过的世界，因此必须在细节描写方面多下功夫，使读者产生身临其境的感觉，从而增加艺术感染力。在人物塑造上，童恩正认为科幻小说作者应该在依据自然界规律去幻想自然科学发展的同时，依据社会发展规律去大胆幻想基于这种生产力水平之上的新型社会以及人们的思想感情，并通过人物的性格描写将它们表现出来。在情节安排上，童恩正认为科幻小说必须注意情节的安排，讲究故事的惊险性和推理的逻辑性；同时，科幻小说的情节，除了受社会矛盾制约以外，还要受科学发展规律的制约，"故事的发展最好能与它所描写的具体科学本身特有的矛盾结合起来，随着人们对自然规律认识的一步步加深，逐渐地将故事情节推向高潮"。

在中国，科幻文学自鲁迅开始，到中华人民共和国成立后的17年，再到改革开放之初，一直被当作一种普及具体科学知识的手段，被当作科普的工具。童恩正的理论则直接矫正了这一错误倾向，他将科幻文学从科普中剥离出来，强调科幻小说的文学性特征。这些观点一方面直接导致了20世纪80年代中期一场全国性的有关科幻小说姓"文"还是姓"科"的大讨论，同时也直接影响了同时期以及新生代科幻作家的科幻文学观念。与童恩正同时代的科幻作家，如郑文光、萧建亨等在那场大讨论中先后撰文支持童恩正的观点；同时，据笔者调查发现，新生代科幻作家也无一例外地认为科幻文学有其独立的地位和价值，而这无疑是对童恩正科幻文学理念的继承和发扬。

（肖洁）

三、叶永烈及其观点概述

叶永烈生于浙江温州，1963年毕业于北京大学化学系，历任上海科教电影制片厂编导，上海市科学技术协会常委委员，上海科普创作协会副理事长，上海市作家协会理事、专业作家，以及世界科幻小说协会理事，香港海外文联作家协会名誉主席等，曾被评为"全国先进科普工作者"。

除了从事科幻创作，叶永烈也是中国最早系统研究科幻文学的人。早在1980年出版的《论科学文艺》一书中，他就以大量篇章分析了科幻小说的特点及其创作规律。他认为："科幻小说是一种瞩望科学未来的小说，是把明天才能实现的一些科学技术成就当做今天已经实现的现实来描写。"[1]这一文学形式主要有以下三个特点：作为"小说"，它和其他小说创作一样需要构思情节并塑造典型的人物形象；作为"幻想"小说，它描写的不是现实，而是未来或过去尚未实现的事情；作为"科学"幻想小说，它的幻想内容必须具有一定的科学依据，符合科学发展的规律。科幻小说最可贵的品质在于"幻想"。通过幻想，它可以生动形象地展示出未来社会的美好图景，可以预言新科技新发明的诞生，它不但给读者以启发，还能燃起其变革现实的强烈愿望。

同时，他还总结了不少创作经验，主要涉及作品构思、典型描写和悬念运用。他将构思的过程分为科学幻想构思和小说构思两个方面进行阐述。早期创作中，科学幻想构思显然是其作品的核心，因此他提出将获取新奇有趣的科学幻想构思作为小说创作的第一步，然后再设计一个巧妙的情节进行展示。不过

---

1. 叶永烈：《论科学文艺》，北京：科学普及出版社，1980年，第92页。

后来随着作品风格的变化，其构思过程也有了转变：下笔之前，心目中总是先有人物——人物的形象、性格、命运，小说不再围绕科幻构思发展，作者更愿意在生活中捕捉闪光的形象并展示出来[1]。"典型描写"则涉及一些具体的写作手法，包括典型环境的选取和典型人物的塑造。悬念的运用一方面出于加强科幻小说情节性和可读性的考虑，另一方面则倾注了叶永烈对开拓科幻题材的努力。他把这一借鉴自惊险小说的创作规律归结为12个字：提出悬念、层层剥笋、篇末揭底。并创作了一系列惊险式的科幻小说。

叶永烈还认为，科学幻想，即现实的科学与合理的推理的结合，既应有科学依据，也需要动人的想象。对于当时认为科幻小说必须严格符合科学，否则就是"伪科学"的观点，他提出了反对意见：不能用审查科学论文的眼光来审查科学幻想小说[2]，科学幻想是未知的科学，是很难用现实科学的尺度去衡量的[3]。科学幻想只能从现实的已知的科学中推理未来，只要这个推理过程是合理的，这一科学幻想就具有合理性，科幻小说的科学性，即可在此体现。

创作之余，叶永烈还在中国科幻文学史的研究上做了不少工作。一是发掘出不少近代科幻小说的文献。比如查到荒江钓叟的《月球殖民地小说》，将中国科幻小说创作的起始年份提前至1904年。二是梳理了中国科幻小说的发展脉络，将中国科幻的百年历史划分为萌芽期（1900—1949）、初创期（1949—1966）、空白期（1966—1976）和发展期（1976至今）四个阶段，对于各个时期的发展特点和趋势都提出了不少见解。

纵观叶永烈的诸多观点，我们不难发现，他的理论大多来自创作的切身体会，而且处于不断探索、不断发展的过程之中。但过早地退出这一领域，使得他在一些问题上并没有给出定论。对科幻本质的敏锐直觉和时代的局限成为贯穿其观点的矛盾线索。他坚持科幻小说文体的独立性，反对狭隘片面的理解和作为"科普工具"的强求，却又使用"科学文艺"这一带有极强工具性和宣传

---

1. 叶永烈：《从〈晚晴〉谈起》，载于《叶永烈文集·爱之病》，北京：人民日报出版社，1999年，第405页。

2. 叶永烈：《论科学文艺》，北京：科学普及出版社，1980年，第108页。

3. 叶永烈：《论科学文艺》，北京：科学普及出版社，1980年，第105页。

性的分类方式来统领科幻创作。他一方面寄希望于科幻反映社会现实，寄寓深刻主题；另一方面又满足于"科学幻想小说主要是给少年儿童看"[1]的现状；他对自己作品"经以科学"和"纬以人情"的双重要求，也只能在不同时期的作品中分别实现。假以时日，这些矛盾是可以在创作中得以解决的，但遗憾的是现实没有提供这样的机会。

在出版于2005年的《写给"小叶永烈"》一书中，我们看到，叶永烈对于科幻小说创作的观念，与出版于1980年的《论科学文艺》并没有太大的差异。

（彭浪）

四、郑文光及其观点概述

郑文光生于越南海防，1947年归国，曾在香港、广东等地教学、工作和撰写科普文章，1951年来到北京后进入中国科协科普局做编辑。1954年5月，他创作了《从地球到火星》，从此踏上科幻创作道路。郑文光既是一位科幻文学作家，又是一位天文学家，他的创作表现在学术论文、科普、科幻、报告文学等诸多方面。除科幻小说之外，郑文光还撰写科学游记、动物小说、科学童话和科学小品等多种门类的作品，都获得了读者的喜爱。1983年，郑文光因患脑血栓停止科幻小说写作。在与病魔进行了20余年的抗争之后，2003年6月17日，郑文光在北京逝世。

郑文光的科幻创作经历了不同的时期，创作理论也随着科幻小说的创新而更新。他写作了大量的书评、影评、创作谈，还注意及时报道和译介国外最新的科幻动态和文章，在各个文学界会议上大力倡导科幻小说，谈经验、提建议、做探讨、寻出路，从创作中提炼理论，又以理论促进创作。他以大量的个人创作为基础，结合丰富的阅读经验，利用敏锐的洞察力透彻地分析，得出精辟的见解，为中国科幻留下了巨大的精神财富。

对于科学幻想小说的三个要素："科学""幻想""小说"，郑文光都有相关的理论予以观照。

---

1. 叶永烈：《写给"小叶永烈"》，上海：上海科学普及出版社，2005年，第218页。

关于科学。郑文光认为科幻小说中的科学不仅仅是科技知识，还包括着科学精神、科学思想、科学方法、科技与社会的关系等层面。仅就科学技术而言，也往往是科学家们一些天才的、尚未付诸实践的思想和设计，但一定要以现有的科学技术成果为基础。例如，在《战神的后裔》中，那些英雄人物在火星上战天斗地时所依赖的技术细节，都是现代火星观测成果合理的科学延伸。由此可见，科幻小说基于对现有科技的大胆幻想，往往走在真正的科学发明之前，能在相当大的准确程度上"预言"未来。

而且，科幻小说中的科学不单纯指向技术层面，所以郑文光也认为，科幻小说作家可以采取最大胆的假定阐述一些卓越的科学思想，只要这种思想理念或者精神方法是正确的，那么叙述过程中即便出现一些技术细节上的问题，甚至违反一些科学原理也是被允许的。例如，在还没有火箭发射理论的时候，法国科幻作家凡尔纳的《月界旅行》中竟然出现让人乘坐炮弹被发射去月球的描写。这显然是不可能实现的，因为炮弹的速度不够射出地球，炮弹中也根本不能乘人。但是，这些技术上的错误却无碍凡尔纳在小说中表述一个正确的科学理念：人类将能飞到月亮上去。后来，齐奥尔科夫斯基说，正是凡尔纳的小说推动了他研究和制订星际航行的计划。

关于幻想。郑文光认为，科幻作家只要在不违背基本科学原理的情况下，完全有权力在作品中表达自己的愿望，大胆臆测未来。然而，这也绝不是说，科学幻想小说可以完全无根据地"描写"未来。不！正如神话和民间传说必须立足于现实生活的基础上那样，科学幻想小说必须立足在现代基本科学理论的基础上。[1]他认为，毫无科学根据的幻想是不能称为科学幻想的，即便它披着貌似科学的外衣。他在《谈谈科学幻想小说》中就这一问题有如下论述：现在，在外国，这种作品形成很大一个流派，有相当数量的作品，其实一点科学性也没有，写的是一个离奇曲折得难以令人置信的故事，只不过把故事的地点假想是发生在某个星球上，于是地球上不可能发生的事情都可能发生了，轰动世界的电影片《星球大战》就是如此……我们这里讨论的是给少年儿童阅读的科学幻想小说，那么，那种毫无科学知识，只是借用别的星球背景叙述一些离奇故

1. 郑文光：《谈谈科学幻想小说》，《读书月报》1956年第3期，第21-22页。

事的作品，不是我们所应效法的科学幻想小说。而郑文光科幻作品中的幻想往往是拥有科技内核而非凭空想象的。例如《天梯》中所描述的离奇失踪就基于已有的空间弯曲、蠕虫洞存在等理论；《古庙奇人》中狮首牛身的怪物是基于现代生物学异体嫁接技术的原理；《仙鹤和人》中的记忆奇迹也是基于现代医学脑电波相关理论的合理想象。

关于小说。郑文光认为，科学幻想小说应当以反映现实为第一要务，对现实主义的追求，应该成为科幻文学艺术家的终极目标。他说，如何利用科幻小说这一特定的文学形式反映现实生活，是今天科幻小说面临的任务，也是科幻小说思想性之所在。因为科幻小说首先是小说，它的本质属性是文学，应该具备小说这一文学体裁的所有元素，而"科学"和"幻想"这样的定语成分只是科幻小说区别于其他小说的重要元素，是表达文学主题的工具。这和科普读物以文学为手段来普及科学是刚好相反的。他认为一切真正的科幻小说，都不是为了普及知识而写的，它归根结底是文学作品。在《当代美国科幻小说选》的序言中他也提到，科幻小说是文学读物而不是科普读物，只有把科幻小说这种文学形式拿来剖析人生，反映社会，科幻小说才能立于文学之林而获得自己的生命。正是这样的观点，让郑文光扛起了带领科幻走出科普的大旗，他与童恩正、叶永烈、金涛等科幻前辈共同开拓了科幻"剖析人生，反映社会"的全新道路，为中国科幻小说最终进入主流文学领域，进行了良好的理论准备。在这些理论的指导下，郑文光大胆尝试写作一种"直接反映现实生活"的"软科幻"小说，如《命运夜总会》《古庙奇人》《地球的镜像》《星星营》等，将科幻小说与社会分析相互结合，进一步"剖析人生，反映社会"。

同时，郑文光还强调科幻小说必须写"人"。他曾说，现在有些科学知识性的读物没有人物性格，没有故事情节，也没有具备文学作品所应具备的要素，是算不得科学幻想小说的。而真正优秀的科幻小说是要去塑造一批血肉丰满、性格鲜明的人物形象。在这一点上，郑文光是成功的：《飞向人马座》中上进的继恩、纯真的继来、沉着的岳兰、爽朗的若红，以及《太平洋人》中聪明伶俐的肖之慧、思想复杂的陆家峻、沉默寡言的陆家骥等一系列令人难忘的形象，已经让郑文光的科幻小说稳稳立于文学之林。

作为文学的科幻小说之所以独特，其实在于其"科学"和"幻想"的特性，那么如何看待科幻小说的"科学性"与"文学性",也是郑文光关注之所在。郑文光认为,科幻小说中文学的功能(文学性)和科学的内容(科学性)是一对矛盾。矛盾处理不当就可能小说归小说、科学归科学,科学游离于小说之外,文学只是一个华美的装饰。而解决这个问题,需要"把整个小说的情节的发展,建筑在科学的构思上。也就是说,科学,是贯穿故事发展的一条内在线索"。他心中科幻小说的主要特征是用浪漫主义的手法,透过科学幻想这面折光镜去反映人生。因此,科幻小说往往相当深刻地(自然也是含蓄地)阐述一种生活的哲理,给人以完美的艺术上的享受。在这方面,郑文光也硕果颇丰,他的《大洋深处》《海豚之神》《神翼》《战神的后裔》等作品,在科学技术建构和文学艺术建构上达到了水乳交融、和谐发展的境界。郑文光之于中国科幻,意义非凡,其贡献之巨,于此可见一斑。

(陈宁)

五、饶忠华及其观点概述

饶忠华,江苏吴县人,1951年参加编辑工作,同年参加上海市科学技术普及协会,先后担任上海科技出版社《科学画报》编辑[主编《科学画报》长达14年(1972—1986)]、科普编辑室副主任、冶金编辑室副主任,1978年参加中国科普作家协会,1983年任上海市科普作家协会秘书长,1988年任上海市科普作家协会第一副理事长,1989年任中国科普作家协会常务理事兼副秘书长,1997年任上海市科普作家协会常务副理事长,1999年任中国科普作家协会副理事长。饶忠华也从事科普写作,20世纪50年代主要撰写科学小品,60年代主要撰写书评,七八十年代之后,他的文章以评论、方法、编创技巧为主,发表的作品有《编创十功》《思考的艺术》等。此外,他还致力于科普队伍的培养工作。

饶忠华对科幻文学的参与不多,但于20世纪70年代主编了三本大型科幻年度选集《科学神话》和三卷本《中国科幻小说大全》,对中国科幻创作做了极好的总结工作。在他为《科学神话》撰写的序言《现实·预测·想象》里,饶忠华认真提出了科幻文学创作中的"两个构思"理论。他认为科学幻想小说是在当代科学技术成就的基础上，对科学技术的发展作出创造性的预见，并用幻想的形式描述人类利用这些未来的发现，去完成某些奇迹的小说。根据这个含义，他提出科学幻想小说既有科学属性又有文学属性，在科学上它要有明确的科学幻想构思，而在文学上它要有明确的文学小说构思。这两个构思的提出，对中国的科幻文学创作起到了建设性的指导作用。

他认为，科幻文学首先是文学的一种，因此，它无疑要服从文学创作的基本规律。作家应该遵循这些规律去从事创作。在科幻文学创作中，无论是人物的塑造，还是情节的设计，乃至一个完整故事的虚构，都与一般的文学创作有相通之处。一个好的科学幻想构思，如果不是通过好的文学小说构思体现出来，那么作品就会显得苍白乏味，缺乏艺术感染力。因此，文学小说构思设计的好坏，毋庸置疑是决定科幻文学作品成败的重要因素。如果科幻文学创作脱离了文学构思，那么它也就失去了艺术生命力。

作为一类特殊的文学品种，科幻文学最鲜明的个性就在于它描绘科学、世界、人类、宇宙的未来，是一种立足于现有科学的基本原理，发挥人类独有的想象力，对科学的发展、世界的明天、人类的未来做出的某种预测。因此科幻文学创作必然要有一个科学幻想构思，而且这个科学幻想构思应该是诱人的、奇异的、独到的。当然，科学幻想是一种艰巨的创造，它是科学幻想小说的灵魂。是否具有科学幻想，科学幻想能达到何种令人"惊奇"的程度，往往是决定科学幻想小说能否成功的关键，而这也是它与其他文学作品的分水岭。

一篇成功的科幻小说，这两个构思往往紧密融合在一起，形成一个和谐的科学幻想小说主题，科学幻想构思通过故事情节展开，故事情节通过科学幻想构思的深化而增强作品的独特艺术魅力。两者相辅相成，交融铺展，寓科学于艺术之中，而一切艺术手段的调动，都是为了给世人提供有意义的绝佳审美作品，使其享受到精神愉悦，并从中得到某些启示，进而引起思考，其中当然包括科学上的具有创造性的思维触发。

那么科学幻想小说的文学小说构思应该如何结合科学幻想构思呢？简而言之，科学幻想小说中的人物和故事情节，都应该从展现科学幻想构思的需要出发来设计，才能达到科学幻想小说的艺术意境。

饶忠华提出的科幻文学创作中的这两个构思问题，得到了很多业内人士的认可。更为可贵的是，这两个构思的提出，为科幻文学艰难的艺术探索道路拨开了一层云雾。在中国科幻文学的发展历程之中，饶忠华如此准确地把握了科幻文学创作中的特点，对科幻文学的发展壮大起到了不可忽视的作用。

饶忠华提出的这两个构思，切入了对科幻文学内涵的界定。很长一段时期以来，我们在科幻文学这一概念的界定上，显得犹豫不决、徘徊不定，并为此争论不休。其实问题的重点不在于如何表述这一定义，而在于对其具有的特点是否准确把握。无疑，饶忠华的"两个构思"理论恰如其分地概括了科幻文学的特点。科幻文学，首先是一种文学，不是政治、经济，不是法律政策，也不是科学理论。它具有文学所应该具有的特点，文学是话语蕴藉中的审美意识形态，具有审美价值，科幻文学当然也是一种审美意识形态，具有审美价值。

这就规定了科幻文学在整个社会结构中的地位，规定了其范畴是文学这种艺术形式。然而科幻文学之所以能够独立存在，并发挥其独特的价值，不在于它的一般属性，而在于其特殊性，即它具有的科学因素，没有了科学因素，科幻文学也就失去了其存在的理由。我们知道，儿童文学之所以独立存在，是因为其接受对象是儿童这一特殊的社会群体，这就决定了其独立的必要性。那么与此相同的是，科幻文学所要表现的世界是独特的，是一个科学幻想的世界。因此科幻文学创作中的科学幻想构思和文学构思缺一不可。

总之，尽管科学幻想小说日趋多样化，侧重点各有不同，有的着重于文学创作，有的侧重于科学幻想，然而都无法脱离科学幻想构思与文学艺术构思这两个显在的特点。科幻文学具体内容具有不同的侧重点，有利于创作的繁荣，而且可以充分发挥各个科学幻想小说作家的特长。饶忠华的"两个构思"理论，对中国科幻文学创作理论的发展具有不可抹杀的作用。饶忠华的贡献不仅在于这个理论发挥的指导作用，还在于他的思考为后人带来的启示。

（房立华）

六、韩松及其观点概述

韩松出生于重庆，1984—1991年就读于武汉大学英文系、新闻系，获文学学士学位及法学硕士学位。1991年，他以优异的成绩考入新华社，历任记者、采访室主任、《瞭望东方周刊》杂志副主编、执行总编、新华社对外部副主任等职。在这期间，他撰写了大量报道中国文化动态的新闻和专访，他还参加过中国第一次神农架野人考察。由他参与或单独创作的长篇新闻作品包括政论性报告文学《妖魔化中国的背后》和有关克隆技术进展的报告文学《人造人》。

韩松在国内科幻界是一位有着独特追求和写作方式的作家，有评论者甚至认为在中国科幻界"韩松是唯一的"。的确，韩松的科幻作品既典型地代表了20世纪90年代以来新生代作家的创作，又和他们在一定程度上呈现出疏离的状态；更为重要的是，韩松本身一直注意总结中国科幻的历史和现状，和其他科幻作家仅仅关注创作本身不同，韩松一直坚持对科幻理论的钻研和开拓，他的科幻理论是20世纪90年代科幻理论界重要的收获之一。韩松明确提出了"科幻文学是一种现代隐喻"，从这一理论原点出发，他探讨了科幻文学中科学性与文学性的关系、成人与儿童的关系等一些重要的科幻命题，同时阐释了科幻文学的重要价值。理解韩松的科幻理论，再结合20世纪90年代新生代科幻作家群体的创作，有助于我们进一步了解当下中国科幻的发展脉络和未来的走向。

任何科幻文学的理论思考首先都无法回避科幻文学中科学性与文学性关系问题，科幻文学作为一种特殊的类型文学，它存在的理论基础无疑是它本身所具有的科学性，可以说"科学"是科幻文学的"内核"，缺少了"科学"，也就不复有"科幻文学"。然而，"科幻文学"终究是文学类型的一种，自有其文学上的规律和要求，受20世纪80年代以来对科幻文学的错误认识的影响[1]，许多人甚至忘记了科幻文学是文学，盲目强调科学性，使得科幻文学一度完全成为冰冷枯燥的科学传声筒，变得面目可憎。20世纪90年代以来，新生代科幻作家不约而同地喊出了"拒绝单纯为科普读物"的口号[2]，其中韩松的观点表现得最为明显和激烈，他使用了一个让人震惊的反问句：科幻，干吗要是科学？反对在科幻文学中一味强调科学，认为过分地关注科学限制了作家的想象力，使得很多更具内涵、更有价值的表达失去了可能。当然，韩松更多的是作出一种激烈

---

1. 关于这场科幻文学的"浩劫"，科幻作家和研究者多有提及，亦可参阅韩松《想象力宣言》一书。

2. 星河和韩松等多位科幻作家在许多场合均提及这一观点。

的姿态以期引起该有的重视和反思，破除"科学中心主义"。韩松其实是代表了新生代科幻作家对科幻文学中"科学"因素的共识，即承认科学因素的存在和重要性，但强调并不是唯一因素，他们更加重视"科幻文学"中的"幻想"因素，这既可以看作是对之前中国科幻文学弊端的一种反拨，也可以看作是时代发展对科幻文学提出的要求和调整，也正是这种科幻理论观念的变化，使得20世纪90年代以来中国新生代科幻作家的创作呈现出多元化，客观上推动了中国科幻的发展和科幻文学文体的开拓。

与其他科幻作家不同，韩松同时也对科幻文学中的"文学性"保持了一定的清醒和警惕，他认为科幻是一种与文学完全不同的创造，"文学总是在重复千百年来的经验，而科幻则是在创造尚不存在的经验"。在这里，抛开韩松对我国某些文学现象的厌恶和过于极端的言辞，我们会注意到韩松从批判当下中国文学脱离"现实"和"真实追寻"出发，强调和突出了科幻文学奇特而显著的价值，从而凸显了科幻类型文学自身的文类价值和存在意义。但是，同时我们也看到了以韩松为代表的新生代科幻作家的无奈，科幻类型文学之于其他文学的不同终在于其"科学内核"，以及对"科学现代性"的终极追寻。科学和文学的关系无疑是科幻文学本体性的问题，一方面他们极力保持科幻与"科学""科普"的距离，避免成为"知识性科学的次级传声筒"；另一方面他们在试图凸显科幻类型文学的独特性及其价值，将其区别于其他文学（尤其是主流文学）时，往往又不得不拿出"科学性"来据理力争，这使得其出现了理论上的悖论，韩松最后提出"科幻文学是一种现代隐喻"，这一论调背后依然显露的是科幻文学科学性与文学性的冲突。

与科幻文学中"科学"叙述度相伴而来的是在中国科幻界一直争执不休的硬软科幻区分问题。由于历史和现实的原因，硬软科幻之分到了一种争主流的"你死我活"的地步，尤其在20世纪80年代科幻文学万马齐喑，后来随着国家"科教兴国"概念的提出，科幻文学小心翼翼借助时代机遇重新发展，也就为硬科幻更为容易获得主流承认和支持提供了可能性，同时对软科幻造成了某种压抑。韩松对中国科幻界内外作者、读者、关注者对"硬"科幻近乎病态的追求作出了强烈的批评：如今的一些人对硬科幻有一种近乎病态的兴趣，对工程技术细节、对物质世界的一面过于津津乐道，超越了对人生的关怀，使不少硬科幻中透着一种一眼便能看穿的浅薄。科幻成了一种玩电子游戏似的单纯技术追求。它反映了一种可怕的大众心理。在中国历史上，这个民族的不间断的灾难，其实正是人的价值被忽视而引发的。韩松提到了英国作家赫胥黎的名作《美丽新世界》，当人文意识薄弱而行政控制强有力时，结合优越的科技文明，将会是一个巨大的人类梦魇的开始。韩松是很清醒的，他直面中国当下科幻面临的问题，缺少民主，缺少对人生的关怀、对现实社会的批判、对历史的洞察力。韩松的"隐喻说""坚守软科幻的最后底线"，是对现实、对历史的一种洞察和批判。在韩松这里，对软科幻的支持，不只是对一种写作手法的肯定，更是对社会多元化、宽容氛围的培养，是科幻文学价值的凸显。

韩松一系列科幻本体论的理论论述，都涉及了科幻类型文学中科学和文学关系的问题，代表了新生代作家们的共同理论资源，也为科幻文学作为一门独立的文学类型提供了理论支撑。韩松将他的科幻观大量灌输到创作文本中，在《2066年之西行漫记》和《红色海洋》中讨论的都是现实文化冲突问题。

由于历史原因，在中国，科幻文学被归于儿童文学领域，这一划归对科幻文学的发展产生了极大的影响，很大程度上限制了科幻文学的叙述方式和叙述内容。随着科幻文学的发展壮大，科幻作家越来越感受到科幻作者时代性的辛苦和焦躁，科幻作家纷纷寻找科幻突围的方式。杨鹏提出把科幻分为成人科幻和少儿科幻，他的这种划分，既是从科幻创作的方式和内容出发，同时也隐含地区别了作品的读者，成人科幻无疑是供成人阅读的，少儿科幻则是提供给青少年读者阅读的。杨鹏对成人、儿童科幻争执的问题采取了比较"和平""平稳"的处理方式，既较为有效地处理问题，又考虑了中国历史和当下的语境，但这种处理也遗留了问题，即对科幻文学文体本身成人、儿童冲突没有完结性地解决，人们依然会问：成人科幻和儿童科幻究竟哪个才是"真实"意义上的科幻？科幻文学又怎么会有两种完全不同的表现文类呢？从这个层面出发，我们倒是能看出韩松提出"科幻，拒绝为少儿写作"这一激烈论调背后的意义，韩松完全不承认还有"少儿科幻"这样一个东西，而且对把科幻划入儿童文学领域表示出了强烈的反对，他甚至在作品《回避真实》中对这一现象作了辛辣的讽刺，他认为科幻和儿童文学是毫无干系的。再次联系到韩松提出的"科幻是一种现代隐喻"，可以说他为这一核心科幻观和现实的创作扫除了重大的障碍。

在韩松看来，科幻之所以重要，值得他及一大批科幻作家为之安身立命，在于科幻本身存在独特的、难以被取代的价值。韩松在《科幻，能给中国带来什么？》一文中总结了科幻对现实中国所具有的积极意义：①普及科学知识；②了解科学法则；③建立平等观念；④关怀未来的信念；⑤拓展想象力；⑥展示多种可能性；⑦培养独创的智慧；⑧最大限度地拓展表达自由的空间，这是最为根本和重要的。实际上，这些内容与其说是科幻文学的价值论，不如说是韩松自己理想中希望的科幻文学，他希望科幻文学能够为中国带来现实匮乏的资源，从中我们也能看到韩松作为一位理想主义者的文艺追求。韩松是把自己和科幻文学放在一个边缘的位置上试图为社会发出有益的声音，他认为科幻"不虚伪""不矫饰"，"科幻幻想空间容纳了足够的表达自由……科幻从来是活泼直指人心的，它在最宏观和最微观的尺度上天马行空"。同时他为自己选择科幻而倍感骄傲，因为它在揭示出世界的多元性的同时也使我们变得宽容，并使我们获得某种终极的感悟。总之，韩松仍然是从现实出发来审视和看待科幻所能够带来的价值。

总体看来，"科幻是一种现代隐喻"是韩松核心的科幻理论观，他认为科幻文学是一种"推测性小说"，是与现实拉开距离的"陌生化"作品，代表着一种"开放的系统"，是一种有力地批评社会并促进社会发展的方式。

韩松独特的科幻理论和他的创作给了我们很多的启示。实际上，中国当下的科幻文学最大的问题是研究理论和研究者不足，经过多年的发展，以《科幻世界》杂志为中心形成了一大批有影响力的科幻作家，出现了一大批重要的科幻文学作品，但与此同时，科幻文学研究却没能跟上发展的步伐，很少有批评家具有进行科幻文学研究的理论素养和能力，因此，文学界往往对新出现的科幻文学想象和作品显得束手无策，流于随感式的评介，这种"一条腿"现象严重阻碍了科幻文学本身的发展。就这方面看，科幻文学作为一个独立学科门类在中国远未成熟，库恩认为研究"范式"的出现是学科形成的一个标志。在文学研究领域，学科门类的成熟是存在着研究的"模式"即"文学成规"的，而科幻文学则还没有形成其作为一门学科必需的"范式""成规"，一些科幻研究者已经认识到这一问题并进行着努力，比如吴岩做着科幻文学、想象力的研究，杨鹏把结构主义和叙事学理论引入科幻文学研究等，但总体而言，是远远不够的，中国科幻文学想要得到发展和文学史的承认，必须有自己的理论资源和理论创新。韩松提出的问题和理论思考能促进人们对科幻理论做进一步的思索和完善。

韩松的科幻观还有一个极易被我们忽视却重要的方面，那就是它为科幻文学提供了可能的发展方向。如果说科幻是伴随着现代性而来的门类，且经典或者说传统的科幻内涵和写作方式已经完成特定时期的使命，那么韩松这种过去未来交会于现实隐喻的科幻观未尝不是为"新"科幻的兴起指出了一种可能性。

（毕　海）

七、刘慈欣及其观点概述

刘慈欣，山西阳泉人，高级工程师，科幻作家，山西省作家协会副主席，中国科普作家协会会员，中国科幻小说代表作家之一。其主要作品包括7部长篇小说，9部作品集，16篇中篇小说，18篇短篇小说，以及部分评论文章。代表作有长篇小说《超新星纪元》、《球状闪电》、"三体三部曲"等，中短篇小说《流浪地球》《乡村教师》《朝闻道》《全频带阻塞干扰》等。刘慈欣的作品蝉联1999—2006年中国科幻银河奖榜首。小说《三体》曾荣获全国优秀儿童文学奖、全球华语科幻小说星云奖等多项奖项，并获得第73届世界科幻大会颁发的雨果奖最佳长篇小说奖。根据其作品《流浪地球》改编的同名电影于2019年春节上映，创下了46.56亿的票房。《流浪地球2》于2023年上映，再创佳绩，极大地推动了中国科幻电影的繁荣。

作为中国新生代科幻作家的代表人物，在小说作品外，刘慈欣专门撰文来系统地表达他自己的科幻观点。

在刘慈欣看来，科幻文学是富有创造力且内涵丰富、具有未来指向性的文学。在《一个和十万个地球》一文中，刘慈欣将人类文明比喻成一个宇宙的婴儿，人类总是要成长并最终走出地球这个摇篮的。此刻的人类就像处于第二次大航海时代的前夜，不过这时眼前的大海已经换成了浩瀚星辰，而科幻文学则是我们开始新航海冒险之前的思维训练。科幻文学运用创造性的手法描述那些不可见或者未知的世界，在很大程度上可以改变人们认识世界的方式，为多元化认知自然与社会提供了一种理想的文学渠道。刘慈欣认为，科幻文学的积极意义是不容小觑的，它不仅能够促进人类个体想象力与创造力的提高，宏观上更能够促进一个民族甚至一个文明的创新与发展。然而现实世界总是纷繁忙碌的。在《SF教——论科幻小说对宇宙的描写》一文中，刘慈欣有言："在忙碌和现实的现代社会中，人们的目光大都局限在现实社会这样一个盒子中，很少望一眼太空。"[1]此外，"现代社会同样造成了人们对数字的麻木感，没有人认真想象过（注意，是想象）一光年到底有多远，而一百五十亿光年的宇宙尺度在大多数人的意识深处同一百五十亿千米没有多大区别"。当代社会快节奏的生活让人们忘却了仰望星空，变得麻木趋同，创造力和想象力日渐流失。此时，科幻文学的存在就显得意义重大。在刘慈欣的观点下，科幻的一个重要作用就是让身处繁杂现实事务中的人们重拾对星空与未来的好奇和憧憬。

科幻文学之所以能够在近两百年的历史中发展壮大，与其独特的美学风格息息相关。刘慈欣认为，在遥远的古代，文学中其实已经充满了幻想，但是直到科幻文学出现，才将文学、科技与幻想三者天衣无缝地融合为一体。在刘慈欣看来，科幻文学一个独有的优势是它具有"极其广阔的视野"，科幻文学可以在有篇幅限制的文字中描写贯穿宇宙亿万光年的时间和空间，从这个意义上讲，科幻文学是大气磅礴的文学。在《混沌中的科幻》一文中，刘慈欣还提到了科幻文学的另外两个美学因素，即"科学"与"技术"。刘慈欣认为科学是一座美的矿藏，但科学之美同传统的文学之美有着完全不同的表现形式，科学的美感被禁锢在冷酷的方程式中，普通人需经过巨大的努力，才能窥她的一线光芒。但此后正是因为有了科幻文学的出现，才有了通向科学之美的一座桥梁，它把这种美从方程式中解放出来，展现在大众面前。科幻将科学通俗化，使得大众更容易接触科学之美。此外，"比起科学之美来，技术之美更容易为大众所感受，刘慈欣描述到，"我至今还清楚地记得，当自己第一次看到轰鸣的大型火力发电机组，当第一次看到高速歼击机在头顶呼啸而过时，那种心灵的震颤，这震颤只能来自对一种巨大的强有力的美感的深切感受"。刘慈欣本人极度热爱科学和技术，他曾言："我是一个疯狂的技术主义者，我个人坚信技术能解决一切问题。"因而我们在刘慈欣的科幻小说中也能看到无数的科技细节，那些独特的

---

1. 刘慈欣：《刘慈欣谈科幻》，武汉：湖北科学技术出版社，2014年，第88页。

硬核观点和细腻的技术阐释也成了刘慈欣作品的一大特点。在刘慈欣处，科学与技术的双重美学构成了科幻小说的美学基础，在此基础上，又生发出极其深广的视野和独特的创新性特征，它们共同构成了科幻文学的独立品格。

当谈及科幻文学与反映社会的关系时，刘慈欣也有他自己的看法。在《超新星纪元》的后记中，刘慈欣表达了他理想中的科幻文学价值指向："它能让我们用上帝的眼光看世界。透视现实和剖析人性不是科幻小说的任务，更不是它的优势。科幻小说的目标与上帝一样：创造各种各样的新世界。"在刘慈欣看来，科幻文学不仅是指向现实的，更是指向未来的，它的目的在于创造新世界并提供新的思维方式，它可以对现实社会有所反映，但这绝不应该是科幻文学的最终目的。在《天国之路——科幻和理想社会》一文中，刘慈欣觉得科幻小说从诞生时起到今日，似乎都过多地反映了社会，尤其是社会现实中的黑暗面。"重温这百多年的科幻小说，我们如同走在一条黑暗、灾难和恐怖筑成的长廊中。"刘慈欣承认反映现实或未来的黑暗是科幻文学中重要的主题，这种描写像是一把扎根深入的警醒利刃，让人类对困境和灾难有种戒心与免疫力。但是，"把美好的未来展示给人们，是科幻文学所独有的功能，在人类的文化世界绝对找不出第二种东西能实现这个目标"。刘慈欣认为科幻不应该是冰冷黑暗的，它应该是给人以温暖的希望，而不是用无情的黑暗去击碎人类的梦想。刘慈欣觉得目前展现现实或未来世界光明面的科幻文学数量不多，并且很多美好想象的展示都不够充分，这不得不说是一种遗憾。究其原因，刘慈欣认为是科幻文学一味向主流文学学习、靠近。

论及科幻文学与主流文学的关系，刘慈欣也有他独到的思考。在《从大海见一滴水——对科幻小说中某些传统文学要素的反思》一文中，刘慈欣发现科幻文学总是在向主流文学学习并靠近，但是很多时候模仿并未给这一文类带来应有的进步和声誉，科幻的种种优势是它本身的性质所决定，它并没有因此在水平上高出主流文学，相反，它没有很好地利用自己的优势。刘慈欣希望科幻作家们有时候能转换一味跟随的视角，从而找到一些属于科幻小说特有的东西。在这篇文章中，刘慈欣提出了几点科幻文学相较于主流文学的特殊之处，并呼吁通过这些方面去发掘科幻文学的独特性，在尊重主流文学的基础上，不全盘照搬经验，努力寻求属于科幻文学自身的发展方式。

首先，刘慈欣认为主流文学难以把历史的宏观描写作为作品主体，因为那样做与史书无异，从而消解了文学的独立性，转而变成了历史书籍。但是科幻小说则可以将一段历史进行宏观描写，例如科幻作家可以描写一个星系从诞生到消亡的宏伟历史。究其原因，刘慈欣认为不外乎"主流文学描写上帝已经创造的世界，科幻文学则像上帝一样创造世界再描写它"，这也是刘慈欣认为的主流文学与科幻文学最主要的差异。

其次，刘慈欣认为主流文学和科幻文学在对待"细节"的方式上并不一样。小说必须要有细节，但在科幻文学中，细节的概念已发生了巨大的变化。因此刘慈欣提出了一个"宏细节"的概念。"宏细节"是科幻小说独有的表现形式，它不同于主流文学中对"微细节"的定义和描绘，而是在巨大的时空尺度上以简练的笔法去囊括每一个应该照顾到的地方。然而刘慈欣认为"宏细节"在国内批评界和读者群体中还没有得到广泛的认可，人们对"细节"的定义依然停留在比较传统的观念上。

再次，刘慈欣认为主流文学和科幻文学的另一处区别在于科幻文学理应让作品中的人物保留英雄主义与理想主义。因为现实生活中英雄主义代表着独立冒进，理想主义代表着过分沉溺于虚幻之中而忽视实际，然而科幻小说本身就是一种需要想象力和创造力的文体，所以一些感性色彩浓厚的元素可以且应该在科幻小说中存留。科幻文学是英雄主义和理想主义的最后一个栖身之地，就让它们在这里多待一会儿吧。当然，要到达这样的境界，刘慈欣认为科幻作家应该拥有十足的创造性，他们需要在宏观和微观上都强劲有力游刃有余的想象力，需要从虚无中创生的造物主的气魄。唯有如此，浪漫的英雄主义与理想主义色彩才能在科幻文学中得以保留。

最后，刘慈欣认为科幻文学相较于主流文学做得青出于蓝而胜于蓝的事情是"对科学的丑化和妖魔化"。在刘慈欣看来，传统文学内蕴的场景其实与科学关系不大，加之主流文学一般都与科学保持着微妙的距离，因而读者难以通过文学的手段去了解科学的力量。在为数不多的与科学相关的主流文学作品中，科学总是显得十分正面，总是发挥着积极的作用。但是在科幻小说中，作者需要持有批判科学的态度，需要考虑到科学的负面效应并加以描述，这也是科幻文学功能中不可或缺的一环。

既然谈到了科幻与科学的关系，那么不得不提科幻与科普的关系，刘慈欣对二者也有自己的思考。刘慈欣认为不用过分地去划定科幻和科普的界限，在《当科普的科幻尝起来是文学的》一文中，他将二者喻为中国文学史上"已年过百岁的孩子"，它们还需要相互搀扶着前进。在刘慈欣看来，其实科幻和科普的纠结关系确实是中国独有的，无论是科普型科幻还是科幻型科普，它们都是具有中国特色的存在。一个作家进行两种类型的写作并不会对现有的科幻氛围造成冲击，当然也不会使科普失去意义，只有二者以全新的方式适当结合，才能重新达到闪耀时刻。

　　科幻文学在刘慈欣的眼中是难以完美无缺的，它还有难以避免的硬伤。在《无奈的和美丽的错误——科幻硬伤概论》一文中，刘慈欣将科幻作品中会出现的硬伤分为了四类，分别是疏忽硬伤、知识硬伤、背景硬伤和灵魂硬伤。其中，疏忽硬伤通常是作者粗心所造成的一些常识性错误，它们或多或少地反映了作者不认真的态度；知识硬伤是因为作者不是全能的知识掌握者，因此在描写自己不熟悉领域的场景时，难免会出现疏漏或错误；背景硬伤是作者与读者都心知肚明的存在，它们多是科幻作品赖以存在的基础，为了服务于人物和情节，不得不放在一定的错误背景下，因此也不可随意改变；而灵魂硬伤则是科幻达到最高级表现形式时所呈现的状态，因为作者构筑了一个完全崭新的世界，并且其中的规律也完全异于现实世界，因此似乎这个世界里的每一物件、每一规律都是错误的，此为灵魂硬伤。刘慈欣对这四种硬伤的处理方式也说明了他对不同"错误"的态度："出现疏忽硬伤，格杀勿论；知识硬伤，指出来，给作者一个学习的机会（虽然再学恐怕也改善不了多少）；背景硬伤，装着没看见；灵魂硬伤，您很幸运，这是最棒的科幻了！"

　　除了科幻硬伤，刘慈欣还讨论过科学幻想与魔法幻想的区别。在刘慈欣处，他较为严格地区分了科幻与魔幻，认为二者虽然都在为读者塑造一个空灵自由的想象世界，但是它们有想象力源泉的区分，魔幻只是展示了奇观，而科幻还要给奇观以科学的解释。并且刘慈欣在《科幻与幻想的对决》一文中，结合二者的发展历程后，认为科幻比魔幻更具有创造性：魔幻自古以来就那么多东西，其想象力经历漫长的岁月已有些失色了，而飞速进步的科学却不断地为科幻的想象力注入新鲜血液，现在的科幻描绘的世界与几十年前大不相同，而现在的魔幻世界与中世纪的也没有太大差别。

在科幻文学本身之外，刘慈欣对科幻亚文化中的科幻迷群体也十分关注。在《重建科幻文学的信心》一文中，刘慈欣描述了外界对科幻迷群体的看法：科幻迷一直是一个顾影自怜的群体，他们一直认为自己生活在孤岛上，感到自己的世界不为别人所理解，认为在世人的眼中他们是一群在科学和文学上都很低幼的、长不大的孩子。但是刘慈欣从未放弃对科幻迷的尊敬与希望，他认为正是有了科幻迷的长期参与和推动，科幻文学的生命才能一直充满活力地延续下去。科幻迷心中的世界之美仍然能够在这个时代被其他人所感受到，其实科幻迷并不是一群孤独的怪人，而是一个充满活力并且极具创造力的群体。

言及当代中国科幻的发展，刘慈欣坦言我们还面临着诸多问题。其中，科幻文学面临的最大威胁不是科幻的缺失，而是科幻的泛化。科幻作为一种文化，已经渗透到社会生活的方方面面，在社会生活的各个领域都能看到科幻的符号大量存在，这反而冲淡了科幻作为一种文学的色彩浓度，这也就要求我们更加坚持和强调科幻文学的核心理念，使科幻文学成为一种具有鲜明特点的存在。[1]在刘慈欣看来，中国科幻文学的发展繁荣确实可喜可贺，但当代快节奏的生活和过度琐碎的信息冲击，让科幻文学开始出现泛化、平淡的趋势。而如何改变这种趋势，重新找回科幻文学的独立性特征，成了科幻文学持续且健康发展的关键因素。刘慈欣对此是乐观的，他通过自己的文学实践展示了科幻文学，尤其是中国科幻文学的独立性特征，并用诸多质量上乘的作品建立了中国科幻文学的自信。

（肖汉）

---

1. 刘慈欣：《重建科幻文学的信心》，《文艺报》2015年8月28日第2版。

第三章　科幻小说的题材

第一节　总论

一、主题分类的多种可能性

主题分析是科幻研究最重要的一个领域。布莱恩·阿什（Brain Ash）在1977年出版的《科幻视觉百科全书》中，将科幻文学的题材分解成19个类型。这些类型是：①飞船和星际驾驶；②探索和殖民；③生物与环境；④战争和武器；⑤银河帝国；⑥未来和可能的历史；⑦乌托邦和梦魇；⑧灾难和末日；⑨失去的和平行的世界；⑩时间和多维宇宙；⑪技术和人工制品；⑫城市和文化；⑬机器人和类人；⑭电脑和控制论相关技术；⑮变异体和共生体；⑯超心理学；⑰性和禁忌；⑱宗教和神话；⑲内空间。这种分类方法虽然貌似根据学科进行划分，但却有许多相关和重叠的特点。例如，有关天文学的题材可以涵盖大部分主题，而如何区分飞船和星际探险，也相当模糊。阿什在这一章的序言中指出，他所以这么划分，不是为了批评，而是想将这些题材的发展历程表达出来。

在《超乎寻常：科幻，但并非你所了解的那样》中，麦克·阿什利提出的分类是这样的：外星世界、时间与平行世界、虚拟世界、未来世界、世界末日完美世界。这种将科幻按照所描写的世界进行的分类，凸显了科幻文学是一种关于外周而不仅仅是人类本身的特征。[1]

约翰·克卢特在《图解科幻百科》中将科幻主题分解成17部分，它们分别是：①失落的世界；②未来战争故事；③科学和发明；④机器人、人型自动机器人和半机械人；⑤时间旅行；⑥可能世界；⑦未来历史；⑧世界末日之后；⑨思考机器；⑩宇宙飞行；⑪探视内心；⑫城市生活；⑬别的星球；⑭性别角色；⑮网络朋克；⑯它们来自外层空间；⑰红色行星。

克卢特的这个分类与科幻历史融合在一起，显得相当模糊，一些历史线索也无法确认到底应该属于题材，还是属于史实。克卢特在另一个版本的百科全书中，对此做了更加细致的描述。在这本百科全书的光盘版中，科幻的主题被分解成28个主题，它们分别是：亚当和夏娃、可能的世界、冰冻人体、退化、恶托邦、世界末日、熵、进化、遥远的未来、未来学、历史、希特勒赢得战争、大屠杀和屠杀以后、近未来、人的起源、平行世界、政治、预言、心理历史、想象的国家、睡眠者醒来、社会达尔文主义、巫术与剑术、超光速粒子、时间机器、时间悖论、时间旅行、战争。[2]

不但英美学者对科幻文学的分类感兴趣，其他国家的学者也对此提出过自己的看法。例如，法国学者让·加泰尼奥在《科幻小说》一书中提出，科幻的题材可以分解为人和社会、外星人和外星球以及时间三个部分。在人和社会中，重点讨论了社会、科技和人三个题材类型。社会题材包括威尔斯的悲观主义、恶托邦小说、苏联乐观主义、反美国现代主义、专家政治论的社会和道德社会问题等。科技题材，重点讨论了机器和电脑。人这一题材，重点讨论了突变体、神化的人和人类灭亡与地球之死。在外星球和外星人题材中，讨论了外星球、星际旅行和外星人三个部分。在时间题材中，重点讨论了预测、征服时间和时间悖论。[3]这种对人（包括人类社会）、遥远的异类世界（以外星球为代表）和时间的三分法虽然看起来相当简化，但却存在着内在的合理性。因为科幻恰恰

1. Mike Ashley. *Out of this world: science fiction but not as you know it*. London: British Library, 2011. pp.8-137.

2. 约翰·克卢特：《彩图科幻百科》，陈德民、魏华、罗汉，等译，上海：上海科技教育出版社，2003年，第34-97页。

3. 让·加泰尼奥：《科幻小说》，石小璞译，北京：商务印书馆，1998年，第37-114页。

是以现实和非现实两个主要领域进行区分的，而时间，则横跨在这两大主要题材之上。遗憾的是，该书篇幅过短，没有对内容进行更深入的讨论。

纵观所有题材分类的研究，大致有两种可能遵循的方式。第一种是按照科学技术本身的学科对科幻作品进行分类。这样做的好处是，题材之间具有很好的边界和分野。缺点是，许多科学技术的领域，科幻文学至今仍然没有涉及，而涉及较多的领域，则可能不在正统科学研究的范畴之内。第二种是按照科幻文学现有的题材热点进行分类，选取概率较多的内容着重呈现。多数学者都采用这样的分类方法。这种方法的好处在于，对科幻文学本身观照更多，但可能会出现题材重叠的现象。本章主要探索科幻文学分类研究的基本方式，并对一些热点领域进行简单扫描。这些领域的资料呈现，仅仅是为了提供可能的资源，并没有全面涵盖的意思。

二、主题研究的途径

科幻文学的主题研究，有三个显著的目的。

首先，分析主题以便更好地掌握科幻文学已经覆盖的领域。深入加工这些领域的作品素材，既可以得到以往科幻作家的思想关注点，也可以了解这些题材产生的原因。一般来讲，科幻文学的主题与科学技术发展的水平有某种奇妙的关系。换言之，如果没有某一领域的科技发展，这一领域成为科幻作品主题的可能性就不大。如果电学没有引起社会的广泛关注，以电学为科技基础的小说《弗兰肯斯坦》也许不会诞生。如果没有机械制造业的高速发展，阿西莫夫的机器人小说也不会成为时尚。如果没有纳米技术研究在现实中如火如荼地进行，纳米科幻的热潮也不会兴起。但是，科幻小说中的科技主题与科学技术的关系，又不是简单的线性因果关系。因为作家的直觉往往会成为新题材的导引，这样，许多科幻小说显得具有预见功能。凡尔纳、威尔斯等人的小说对后世的科技甚至社会的发展都具有明显的预见作用。许多他们曾经谈论过的太空旅行、时间悖论、宇宙大战、突发灾难等主题，最终都成了活生生的现实。然而，即便是由科幻作家首先探索的题材，也不能证明其不存在科技或现实需求的先导。如果没有人类对宇宙、对时间的探寻和向往，如果没有对战争和灾难的恐惧，这些科幻小说也不会产生。因此，题材和科幻小说的关系不断证明着创作和现实的相互关系。

其次，在明确主题与现实关系的基础上，分析科幻主题中的种种不同内涵，引导科幻研究者走向不同的科研路径。研讨主题中科学内容的特征，是一系列科幻研究论文的要点。例如，波兰著名科幻作家兼评论家斯坦尼斯拉夫·莱姆（Stanislaw Lem）撰写的《科幻小说中的机器人》，就分析了科幻小说中人机关系的类型，并指出了大量作品中存在的常识性的错误。但对人工智能的充分理解和对技术发展的预测力，使得作者对作品的分析非常具有启发性和针对性[1]。而韩国郑载承的《与物理学家一起看电影》则着重分析了科幻作品中科学细节的真实合理性，并由此探讨了基本的物理学定律与生活的关系。[2]

研究主题中的技术想象是否会实现，是另一类题材研究的要点。在英国E.柯尼施的《未来学入门》一书中，有专门章节讨论科幻小说中主题实现的可能性。[3]藤本敦也等人合著的《科幻如何改变商业》一书中，全面提出在易变性、不确定性、复杂性和模糊性的时代，科幻必将影响到世界的改变，而科幻方法对认知未来有着重要作用。[4]在未来学专著中多次出现的科幻作家包括凡尔纳、威尔斯、阿瑟·C.克拉克、艾萨克·阿西莫夫、威廉·吉布森、尼尔·斯蒂芬森等。

研究科幻主题的第三个目的，是分析其中的文化含义。史蒂文·康纳在《后现代主义文化》一书中提出，电脑网络小说的某些元素来源于后现代主义主流小说，但它是一种被科幻小说化了的主流小说。文章还引用威廉·巴勒斯的话语表达了自己的观点：电脑科幻小说中所表达的是一种人在终端前的主体分

---

1. 斯坦尼斯拉夫·莱姆：《科幻小说中的机器人》，关山译，载于吴岩1991年主编的《科幻小说教学研究资料》（北京师范大学教育管理学院编印，未正式出版），第50–57页。

2. 郑载承：《与物理学家一起看电影》，陈利刚、王超译，海口：海南出版社，2003年，第2–6页。

3. E.柯尼施：《未来学入门》，孟广均、黄明鲁译，北京：知识出版社，1983年，第51–52页。

4. 藤本敦也、宫本道人、关根秀真：《科幻如何改变商业》，武甜静译，杭州：浙江教育出版社.2023年，第151–290页。

身的减弱，而这种减弱会在屏幕上重新聚集[1]。弗雷德里克·詹姆逊也曾提出，网络小说如果不是后现代文化的最高文学表达，也是晚期资本主义自身的最高文学表达。

也有一些主题分析文章，主要针对科幻文学所创作的众多作品进行简介。这类读物的写作目的通常是进行科幻文学的普及，并引导读者更多关注这类作品。属于这类作品的有香港评论家杜渐的《世界科幻文坛大观》、香港评论家李逆熵（李伟才）的《绿色科幻巡礼》等。本章后面几节，将对基础科学（以"时间旅行与平行世界"为例），技术科学（以"机器人和电脑网络"为例），未知世界（以"这类奇异的生命形式"为例），社会、经济和伦理（以"未来社会""经济学"和"克隆技术"为例）进行简单描述。

（吴岩）

第二节　时间旅行与平行世界

一、题材的起源、发展和美学特点

2002年3月4日，一部名为《时间机器》的电影在好莱坞首映，该片改编自赫伯特·乔治·威尔斯的同名科幻小说，其导演西蒙·威尔斯，也正是英国著名科幻作家赫伯特·乔治·威尔斯的曾孙。对祖父这部题材上堪属首创的科幻小说，西蒙·威尔斯进行了若干改动：首先，将出发地从英国搬到了"新大陆"美国；其次，将主人公从"伦敦绅士"变成了哥伦比亚大学副教授；再次，在原著中时间机器前往的公元802701年的"半路上"，让他们抽空在21世纪初多停了两站；最后，多了一个在80万年后原作中没有的生化机器人，并出现了废弃多年但依旧存在的纽约地铁！能在100多年之后，在被多次搬上银幕之后再次被

---

1. 史蒂文·康纳：《可能的世界：科幻小说与电脑网络》，周宪、许钧译，载于《后现代主义文化：当代理论导引》，北京：商务印书馆，2002年，第186-194页。

改编推出，足见这部作品的巨大魅力。

虽然出现得最早，但《时间机器》仍然是迄今为止最好的一部前瞻性科幻作品。威尔斯将自己对时间的关注，导入一种时空转换的技术实现途径，轻松地将固着在时间某个点上的人类送入一种能在时间中行走的自由之径。小说能够成形在爱因斯坦的相对论出现之前，着实让人惊讶。无论它是否对物理学中后来盛行的时间研究起到过积极的作用，这部作品都在科幻中开创了科技化时间旅行的先河，这一点是无可否认的。

之所以说是科技化的时间旅行，是因为早在1889年，美国作家马克·吐温也创作过一篇时间回溯作品《在亚瑟朝廷里的康涅狄克州美国人》。故事开始于19世纪的美国，一个生于康涅狄格的美国人在一次昏迷醒来之后，发现自己竟置身于6世纪的英国亚瑟王朝。他被头戴钢盔身披铠甲的中世纪骑士抓住，并被判死刑。执行时间定于528年6月21日正午，而主人公记起这天有日食，于是向执法官演示了他"毁灭太阳"的魔法。结果他不但没被处死，还升任朝中重臣，原来的王宫魔法师也因此失业。主人公利用这一地位，在6世纪的英国搞起产业革命——建工厂、办学校、造轮船、修铁路，大大提高了当时的科技水平。然而不久亚瑟王战死，教会执掌政权后，纠集武装力量想消灭以主人公为首的科学技术派，但终因不敌精良武器而败北。战斗结束后主人公雇用了一名厨师，不想他正是原来的王宫魔法师。他对主人公施用魔法，使他长眠达1300年，而醒来后恰好是19世纪的英国。马克·吐温的小说所依赖的科学技术，几乎根本不存在。而威尔斯则在小说一开始，就津津乐道地讲述起通过第四维达到时间旅行的技术可行性。

继威尔斯之后，科幻作家对时间旅行格外垂青，几乎成为题材类型经典。美国科幻作家罗伯特·海因莱因描述主人公不畏艰险执着坚定的《进入盛夏之门》、菲利普·K.迪克的虚构历史小说《高堡奇人》、范·沃格特的《伊夏的武器店》、英国科幻作家奥尔迪斯提出"时间不是流向未来而是流向过去"的《隐生代》，以及莫考克涉及宗教历史的《瞧这个人》均属上乘之作。国内科幻作家对此也有诸多探索，如柳文扬的《外祖父悖论》、何夕的《平行》、宝树的《时间之墟》等。

时间旅行作品不限于"回到过去"，还可以"前往未来"。除了威尔斯对未来凝重的思考，还有对文明进化的考虑：能否从未来获取新技术，以提高当代文明的"进化效率"？这正是日本作家小松左京的《无尽长河的尽头》中所体现的主题。这部作品是以最大规模描述贯穿其中的"人类及其文明"这一主题的代表作，探索了10亿年时间中人类的存在意义。

时间旅行的科幻小说有两个重要的艺术看点。第一是观察不同时代与现代之间的差距，这种时间差异造成的间离，是时间旅行小说的重要审美源泉。在一些儿童作品中，未来无限美好，引发了孩子们向上的天性；而在一些给成熟读者阅读的作品中，未来常常显得并不完美，给读者留下了很多关于发展的思考。

时间旅行的第二个重要看点，是试图解决时间旅行中存在的悖论。如果一个人可以在时间中旅行，他到达某个未来或过去时，是否会与另一个自己相遇？他在未来或过去的行为是否会对其他时代造成影响？

所有上面的看点，都能在作品中观察到。例如，在电影《回到未来》中，年轻的主人公马蒂与科学家布朗教授交往甚笃，而布朗教授是一个热情澎湃的科学天才。一个偶然的机会，马蒂乘布朗教授发明的时间机器从1985年回到了1955年。在这里，他不但看到了与自己时代迥异的过去，还奇迹般地遇到了自己的父母。为了帮助正在恋爱中的父母，马蒂费尽了心思。观众们发现，主人公在过去的时代虽然万分小心，但他"不经意的行为"还是引发了种种变化。例如，人们根据他的表演发明了滑板运动；猫王发现了自己独特的演唱方法……此外还有一些改变，都是多元连锁变化造成的。例如，主人公马蒂第一次回到现实，看到原来的"双松广场"（twin pines mall）变成了"孤松广场"（lone pine mall）；马蒂再次回到现实后，发现自己的家从凌乱不堪变成窗明几净，原来身材臃肿的母亲变得苗条轻盈，原本无所事事的父亲变成了著名作家，原本欺负父亲的人则成了他的司机。同样的，在美国科幻作家布拉德伯里的精彩短篇小说《一声霹雳》中，回到恐龙时代探险的人不小心踩死了一只小蝴蝶，结果，他的世界大大地变了样！

二、因果问题

时间旅行题材不仅仅涉及科学技术和社会展望，还涉及一些更加根本的哲学问题。这种被卡尔·萨根称为"逻辑上的困难"的哲学问题，就是所谓的因果变更。由于历史是今日的原因，那么回到历史中徜徉，是否会搅乱这个"因"，而导致新的"果"呢？举个例子，如果你回到过去后不经意地杀死了自己未成年的祖父，你本人是否还能在今天存在呢？如果像《终结者》系列电影所表达的那样，未来人为了让自己战胜机器人的进攻，一次又一次地回到过去改变历史，那这个世界还能有终结吗？

事实上，假如真的实现了时间旅行，也许我们将面临一个超级不稳定的世界。只要人们在历史中稍有作为，就会出现未来的改变。循着这个思路，一些科幻作家设想，宇宙中有一种规律，能够限制这种改变。在吴岩的短篇小说《秘密时间之路》中，主人公对自己的身世十分好奇，希望弄清自己在未来能否见到另一个自己。这个问题一经提出，宇宙便自动闭合，将主人公打回他所存在的那个时代，宇宙自动竖起了一堵巨墙。

但是，这样的宇宙规律存在吗？作家们也说不清楚。要是不存在，又会怎样呢？

第二类作品设想，人类在找到时间旅行的方法之后，为了限制历史的不稳定，建立起了"时间管理局"和"时间巡警"，人为设定了限制。这些管理机构和个人，主要是维持时间的秩序，避免历史被轻易改变。阿西莫夫在《永恒的终结》中就是这么处理的。

与因果相关的第三种构想，是允许改变历史，但每个历史将分别走入不同的路径。这样设计的结果是，将有许多与我们的世界相交的"平行的世界"（parallel world），这些平行世界存在于与我们相互不沟通的异次元宇宙（different-dimension-space）中。

一种简单的物理学比喻是这样的：0轴（所谓"现实宇宙"）上某人试图从P_0点回到Δt时刻前的Q_0点，由于他对某事件的干涉δ_1，他到达1轴上与Q_0点同一时刻的Q_1点，而这一宇宙系统里的事件是与某人干涉后的情况相吻合的。同样的，如果某人对某事件的干涉为δ_2，则会使他到达2轴的Q_2点。以此类推，这样就决定了某人不可能改变现实宇宙的一切历史。如果某人从其他宇宙系统回到现实宇宙，则会发现现实宇宙仍像以前一样发展。例如：如果A于10月10日正午12：00回到9日，告诉B次日11：00他将被肇事车撞死，那么A便已进入B不会于10月10日被撞死的宇宙系统，这个宇宙系统的事件发展将符合A干涉后的一切逻辑特征；如果A于10月10日正午12：00回到11：00，在出事的瞬间将B从肇事车旁推开，那么A便已进入一个B于10月10日被救的宇宙系统，这个宇宙系统的事件发展将符合A干涉后的一切逻辑特征；而如果A有可能返回自己原来所处的所谓宇宙系统，将会发现B仍于10月10日上午11：00无可逆转地遇难。从某种意义上说，在实现时间旅行的同时，也就实现了我们选择世界的可能。我们把这称为"先置的平行世界"假设。

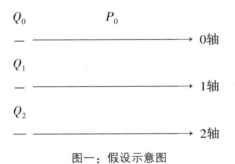

图一：假设示意图

但事实上，无限多个平行宇宙的共时存在恐怕不可能，因为该集合具有一个难以描述的基数：每一个时刻点都可能演绎出无数的轴，这在数学上是一个阶数极高的无穷大。因此就产生了第二种假设——"后置的平行世界"。在这一假设中我们规定：只有在某人时间旅行开始时，新宇宙系统才开始出现。尽管在时间旅行真的成为事实后每个人都可能不愿放弃这一机会，后果是同样会衍生出众多的新宇宙系统，该集合的基数也将大得惊人，但这毕竟是一个有限的基数。比如0轴（所谓"现实宇宙"）上某人试图从P_0点回到Δt时刻前的Q_0点，由于他对某事件的干涉δ_1，将会"诞生"一个与现实宇宙共时的平行宇宙1轴，而某人即到达1轴上与Q_0点同一时刻的Q_1点，而这一宇宙系统里的事件将是δ_1的必然结果。同样的，如果某人对某事件的干涉为δ_2，那么将会因此"诞生"一个与现实宇宙共时的平行宇宙2轴，而某人即到达2轴上与Q_0点同一时刻的Q_2点。

以此类推。例如：如果A于10月10日正午12：00回到9日，告诉B次日11：00将被肇事车撞死，那么便"诞生"了一个B不会于10月10日被撞死的宇宙系统，这个宇宙系统的各种事件将是上述事件的必然结果；如果A于10月10日正午12：00回到11：00，在出事的瞬间将B从肇事车旁推开，那么便"诞生"了一个B于10月10日被救的宇宙系统，这个宇宙系统的各种事件将是上述事件的必然结果；而如果A有可能返回自己原来所处的所谓现实宇宙系统，将会发现B仍于10月10日正午12：00无可逆转地遇难。

有关"平行世界"的作品非常多，开先河的经典之作应算美国科幻作家杰克·威廉森的《时间军团》，不过更能体现"平行世界"特色的则是美国科幻作家弗雷德里克·布朗的《发狂的宇宙》。故事假想1954年人类第一次发射登月火箭失败，在火箭的坠毁地点有11人因"巴顿式电位差发生器"放电而死。科幻杂志《宇宙奇观》编辑基斯由于当时恰好位于爆炸中心点，侥幸没死，但被冲击波冲到了与现实世界平行的另外一个世界。这个世界与基斯原来的世界很相似，但也有些许不同。比如这里已不用美元而改用信用券，宇航技术也得到了长足的发展，任何人都可以自由往来于月球和火星。此时这里的地球人正与所谓的"大角人"处于战争状态，人类英雄德贝尔和万能电脑麦克指挥着地球武装力量与之战斗。基斯在到达的次日早晨试着去编辑部上班，却发现那里已有另一个基斯在工作。而在这个宇航已成为现实的世界里，《宇宙奇观》不再是科幻小说，而仅仅是冒险小说了。基斯在这个世界里四处碰壁，在历尽坎坷之后，他终于见到了人类英雄德贝尔。令他大为吃惊的是，德贝尔很像基斯原来世界里的科幻爱好者德贝尔巴格。难道这个世界的一切都是德贝尔巴格幻想出来的吗？电脑麦克向基斯解释了这一切：事实上存在着无数个相互稍有差异的世界，其中当然就有德贝尔巴格所幻想出来的世界。基斯正是因为在爆炸的瞬间偶然想到了德贝尔巴格，所以才被冲击到这个世界里。为了击毁"大角人"唯一的巨型战舰，德贝尔和电脑麦克采纳了基斯的建议，为小型自杀火箭安装了"巴顿式电位差发生器"。这一装置在这个世界尚未被发明出来，是基斯帮他们绘出了设计图。火箭造好了，基斯相信这是他返回原来世界的唯一机会，便志愿担任驾驶员。电脑麦克告诫基斯，如果他想返回自己原来的世界，就必须在爆炸的瞬间专心考虑原来世界的事情，否则就不知会飞往何处了。火箭带着基斯撞向"大角人"巨大的战舰，基斯极力控制着自己的思绪，想原来的世界……原来的世界……不过最好能比原来的世界稍微好一点点……这时爆炸发生了。当基斯苏醒过来时，他觉得自己已经回到了原来的世界。不过稍有不同的是，在这个世界里，他已取代上司成为经理，原本对他略怀好意的姑娘也成了亲密的恋人，一切都比原来要好一些了。这才是基斯中意的世界，他感到十分满意。

有关因果问题的科幻小说，最终演化出了另一个哲学命题，那就是"历史宿命"。当时间旅行者进行时间旅行时，如果回到过去并对某事件进行干涉，这一干涉行为及其后果就势必"成为一个不可更改的事件而进入历史"。比如0轴（所谓"现实宇宙"）上某人试图从P_0点回到Δt时刻前的Q_0点，如果他对某事件进行干涉δ_1，则干涉δ_1及其一切相关后果即成为历史事件。以此类推。例如：某人回到过去杀死一个人，如果事先寻找当时的记录，就会发现那人早已死于非命，而凶犯事实上就是某人；如果查找的记录证明该人还存在，则这一干涉行为就不可能实现。特别的，如果某人试图杀死年幼的自己或自己出生前的父母，必将会受到阻碍，无论如何不可能成功。即便是回去100次，派100名时间旅行者一起从事这一行动都不可能。这一假设也部分解决了"前往未来"的逻辑问题。前往未来的时间旅行者不可能杀死自己，因为他不可能遇到尚未通过正常时间轴到达"这时"的自己，因为那个自己已在时间旅行一开始时便在正常的时间轴中消失了。

第三节　人的创造和改造

一、题材的产生

人造人一直就是人类的梦想，因为在西方文化中，只有上帝才能够造人，人类是无权觊觎和抢夺这一权利的。但几千年来，人类一直渴望亲手制造出能够自己思维和行动的"人"来。例如在古希腊诗人荷马的长篇史诗《伊利亚特》中，冶炼之神瘸腿赫菲斯托斯就用黄金铸造了一个美丽聪颖的侍女；再如希腊神话《阿鲁哥探险船》中的青铜巨人泰洛斯，犹太传说中的泥土巨人，等等。

在中国，也有所谓"木牛流马"的传说。而《列子·汤问·偃师造人》中工匠制造机器舞者的记载，也是上述造人心理的反映。

西方世界第一篇科幻小说——英国女作家玛丽·雪莱所创作的《弗兰肯斯坦》写的就是人造人的故事。这部作品讲述了科学家弗兰肯斯坦利用死人器官拼凑出一个怪物，而怪物因得不到社会的理解和同情，终于走上了弑主愤世的毁灭道路。从这时起，科幻文学中人造人的故事就一直充满了阴郁和不幸。

在玛丽·雪莱之后，捷克著名剧作家、科幻作家和童话寓言作家卡雷尔·恰佩克创作了著名的科幻戏剧《罗梭的万能工人》（*Russum's Universal Robots*，简称《R.U.R》），第一次提出了"机器人"的概念。故事描写在大西洋的一个岛屿上，有一家制造和生产机器人的罗梭万能机器人公司。老罗梭着手制造机器人是为了向神挑战，而小罗梭则继承了他的成果，将人造人的人体结构加以简化，使之能够批量生产。十年之后，机器人渗透到了世界各地的各行各业。随着机器人被大量生产出来，人口停止了增长，出生率接近于零。一些人预感到人类有灭绝的危险，但罗梭机器人公司的负责人却一意孤行，不仅继续扩大机器人的生产规模，还同时对机器人制造技术加以改进，使之具有思想。结果，机器人有了反抗意志，越来越不听命令，甚至发动了暴乱。面对危机，工程师毅然烧毁了所有制造机器人的资料。但这样一来，人们也失去了对抗机器人最后的王牌。结果除了这位知道机器人秘密的工程师，其他人都被杀死了。不能生育的机器人也在不断老化，数量逐渐减少，他们想要工程师说出制造机器人的秘密，但工程师却始终保持沉默。故事的结尾，工程师听到了世界上最后两个机器人的笑声，他们已经获得了人类的思想和感情，甚至有了性别之分。工程师威胁说要解剖他们，可他们却互相庇护——于是，他们成了新的亚当和夏娃……

《R.U.R》反映了机器人受奴役的社会状态，象征着劳苦大众的艰辛生活。作者痛恨盲目追求利润的资本主义社会，但又担心革命的结果是共同毁灭，所以内心中充满了矛盾。该剧被誉为荒诞戏剧的经典之作，恰佩克也因此被誉为欧洲理性戏剧最具代表性的剧作家之一，与马雅可夫斯基、高尔基、萧伯纳、布莱希特等人并列。而这部戏剧最重要的成就之一，是恰佩克根据robota（捷克文："劳役；苦工"）和robotnik（波兰文："工人"）创造出了"robot"一词，用以称谓"机器人"，后来被欧洲各种语言吸收而成为世界性词汇，并为科幻文学发扬光大。

二、阿西莫夫的"机器人学三定律"

在20世纪30年代之后开始的科幻"黄金时代"中，有关机器人的科幻小说日益增多，而且描写得更多的是那种由钢铁构成的机器人，这种机器人后来在西方甚至被赋予与"蓝领""白领"平等的地位，称为"钢领工人"。有关这类机器人的科幻小说，贡献最大的当推著名科幻大师艾萨克·阿西莫夫。

早在1940年，阿西莫夫就发表了他的机器人科幻小说《罗比》。这篇作品最先投给著名科幻编辑坎贝尔，但未被采用。1940年圣诞前夕，阿西莫夫前往探望正在养病的坎贝尔，这对老朋友聊起了有关机器人科幻的情况。两人一致认为，在此前的科幻作品中，机器人始终是为人所造但最终又危害人类的怪物，甚至连坎贝尔本人也曾创作过这样的作品——在他的《最后的进化》中高度智能的机器人终于取代了人类，而这种状况应该得以改观。

为使机器人成为人类的朋友，坎贝尔和阿西莫夫共同为机器人制定出一套基本的行为规范和道德准则，这就是著名的"机器人学三定律"：

第一定律：机器人不得伤害人类，也不得见人受到伤害而袖手旁观；

第二定律：机器人必须服从人的命令，但不得违反第一定律；

第三定律：机器人必须保护自己，但不得违反第一、第二定律。

1941年，根据"机器人学三定律"，阿西莫夫写出了短篇科幻《推理》，并受到坎贝尔的赏识很快予以发表。从那以后，阿西莫夫就开始在这一框架下创作有关机器人的科幻小说。他熟练地使用"机器人学三定律"，使得这些作品极具逻辑性，在解决机器人有可能违反"机器人学三定律"的前提下逐渐展开故事，情节紧凑，扣人心弦。

阿西莫夫根据"机器人学三定律"写出的短篇科幻小说包括《环舞》《推理》《捉兔记》《讲假话的家伙》《捉拿机器人》《逃避》《证据》等，这些作品后来都被收入作品集《我，机器人》当中。后来阿西莫夫又写了一些机器人科幻短篇，则被收入《其他的机器人》当中。

在尝试了一系列的短篇创作之后，阿西莫夫又专门创作了两部有关机器人的长篇科幻小说，分别是《钢穴》和《裸阳》。这两部作品写的都是人类警探和机器人警探联手破案的故事，被誉为科幻小说与推理小说相结合的典范。后来有读者认为，这些长篇小说至少应该是个三部曲，要求阿西莫夫满足他们的要求。阿西莫夫非但满足了这个要求，还在20世纪80年代将其扩展成了四部曲——他又创作了《曙光中的机器人》和《机器人与帝国》。

《二百岁人》是一篇极为优秀的机器人科幻小说，最初是为了纪念美国建国200周年而作。在这篇作品中，阿西莫夫一反常态，没有刻意强调"机器人学三定律"，而是写出了一个一心想要变成人类的机器人。这个奇异的机器人从诞生起就表现出了非同寻常的艺术才能，这对于一个机器人来说是不可思议的。在此后漫长的岁月里，它的才能为它带来了巨大的财富，而它则用这笔财富来逐渐实现自己的梦想——做一个真正的人。它不断地打官司，让法律承认自己的身份；将自己身上的零件逐渐用生物器官代替，直到完全变成生理上的人类；最后，为了让社会彻底承认自己是一个人，他主动放弃了永生的身体……在死亡之前法庭的宣判终于传来——他现在是一名真正的、有尊严的人了！

由于有了"机器人学三定律"，在阿西莫夫的笔下，机器人不再是有可能欺师灭祖、犯上作乱的坏人，而是人类忠实的奴仆和朋友，不过它们还是有可能产生各种心理问题，必须等待人类一一去解决，而这正是这些机器人故事的基础。阿西莫夫所致力于的，是人类与机器人不渝的友谊，是所谓"碳/铁"文化的共存共生。

"机器人学三定律"是阿西莫夫对科幻文学最重要的贡献之一。如果说提出"机器人学三定律"还有编辑坎贝尔的功劳，那么没有阿西莫夫的发扬光大，也很难有机器人科幻后来繁荣昌盛的局面。后世许多科幻作家都借用过"机器人学三定律"，比如我国童话作家郑渊洁早年也曾写作科幻，他的《震惊世界的紫薇岛暴动》一文就曾利用"机器人学三定律"。

那么在当今科学技术背景下的机器人学中，"机器人学三定律"是否具有一定的现实意义呢？事实上机器人学界曾获得过两项重大进展，严重冲击了"机器人学三定律"。其中之一是美国马萨诸塞州布兰迪斯大学的科学家通过电脑模拟实验，研制出能自行进化和复制的机器人；另一项则是泰国科学家开发出能用激光瞄准和射击的"机器警卫"，这种"机器警卫"可以发现目标并开枪射击，或者接受主人通过网络发布的号令向目标开火。而这两件事在欧美科学界引起了相当广泛的争论。一位向来反对赋予机器人太多能力的英国科学家指出，"机器警卫"彻底摧毁了"机器人学三定律"，如果不拨乱反正，将来会出现更多不负责任的科学家；因此最好是把"机器人学三定律"制定为正式的法律，并在全球范围内予以实施。

也有科学家对"机器人学三定律"不以为然，波兰科幻作家莱姆就曾提出：所谓的"机器人学三定律"在技术上是很难做到的，比如要满足三定律中"机器人不得伤害人类"一条，就需要为机器人的大脑装上一种保险装置，而这种保险装置的工作原理是根据统计和概率来实现的，那么即使一个机器人杀害人类的可能性只有1%，为了杜绝这种现象，制造者也必须给它装上保险系数更大的保险装置，这样一来机器人就会变得麻木不仁。在其他几条中也有类似的问题。[1]

三、机器人小说的审美来源

阅读机器人科幻小说，其审美来源大致有三个地方。首先是这类作品与宗教中人类起源的众多文本所构成的互涉。人类是宇宙的骄子，在各类宗教中，人类都具有独特的、不同于其他物种的地位。基督教指明上帝造人；佛教认为人是轮回中的一个重要层次，而这种轮回的基本秩序，是上天决定的。机器人小说打破了上帝造人、上天造人的基本理念，让人类自身成为造物主。这种变更无疑是一种对自然秩序、神权秩序的颠覆。正是这种类比、应对、颠覆，构成了机器人作品的吸引力。

机器人科幻小说的第二个审美来源，是比照人类逻辑和机器人在人性、情感、伦理上与人的差异，将机器人当成另类，当成他者而反观自身。从阿西莫夫奥妙无穷的推理，从疯狂机器人希望统治地球，到各类人与机器人争夺地盘、争夺世界主宰权的斗争，所有这些，都透露着我们自身本性的延展，透露着对

---

1. 斯坦尼斯拉夫·莱姆：《科学小说中的机器人》，关山译，载于《外国文艺思潮》，西安：陕西人民出版社，1983年，第90-98页。

自身认识的增加。机器人就是我们自己，机器人的社会就是我们的社会，这是许多学者对机器人科幻文学的评述。

机器人科幻小说的第三个审美来源，是寻找人类的伙伴。迄今为止，人类在宇宙中是唯一智慧的生命。在茫茫星空中如此孤独地生存，使我们更加渴望能有一些近亲。而科幻小说中所造就的神奇机器人则填补了这种空白。在许多科幻作品中，机器人简直就是人类的伙伴。《星球大战》系列电影中的C-3PO和R2D2就是两个这样的机器人。而阿西莫夫在其众多科幻小说中更是塑造了大量人类的机器人伙伴。

当然，上面的三个审美看点，仅仅是机器人科幻小说中一小部分作品引人入胜的原因的解释，更多作品还在探索新的主题和新的审美来源。例如，在"机器人学三定律"诞生之后，有许多科幻作家便试图违背这些定律以超越规范，并从中获得美感。杰克·威廉森的《机器服务人》和埃德蒙德·库巴的《死亡肖像》、魏雅华的《温柔之乡的梦》等都是这样的作品。

在当代，科幻中的"机器人"泛指一切"人造人"。因此，在西方科幻小说中"robot"一词除了指钢铁型的机器人（mechanical man）之外，还包括所谓的"生物机器人"等用生化方式"制造"出来的"robot"，甚至"克隆人"也被包括在"robot"当中。J. T. 麦金托什在其《美国制造》中讲述了一个生物机器人通过法庭陈述来争取机器人应有权利的故事。在H. 库特纳和C. L. 穆尔合著的作品《家，一去不返》中，控制全部军事决策的"战略大脑"机器人最后患上了精神失常症。在C. 凯的《机器人在这里》中，一艘庞大的飞船整个就是一个具有思维能力的机器人。R. 默利斯的《口吃的机器人》则描述了机器人的悲壮和人类的善良。号称"世界第一科幻迷"的哈利·哈里森在其作品《对机器人的战争》中则展现了底层机器人的抱怨和困苦。

如前所述，科幻作品中的机器人是人类自身的一种镜像。正如当初人们按照自己的形象虚构了神灵的形象一样，现在科幻作家们展开丰富的想象，按照人类自身的形象塑造了机器人的形象。它们有更为敏捷的思考速度、更为强壮的身材体魄、更为完善的道德规范，同时它们也具有人类的各种弱点——不可消除的众多弱点。从某种意义上来说，科幻作品中的机器人就是我们人类自己。也许，我们有时候需要找到一面清晰的镜子来看清自身？

四、人的改造——克隆技术

在克隆羊多利诞生的半个世纪之前，关于克隆技术的科幻小说就已经对这种奇异技术带来的进步与缺憾进行了相当形象的思考。著名作家罗伯特·海因莱因的《鞋袢》、A. E. 范·沃格特的《非A世界》可以算是这类作品的先声。波尔·安德森的小说《处女行星》和查理斯·麦恩的《无男人的世界》也有克隆技术方面的描写。但是，上述这些小说的标题都没有提到"克隆"这一词语，而颇有趣味的是，第一篇以《克隆》[西奥多·托马斯和凯特·维尔海姆（Kate Wilhelm）合作于1965年]命名的科幻小说却与克隆技术毫无关系。

克隆科幻小说从一问世，就是从技术和伦理两个角度进行构思的。

在技术领域中的克隆小说当推西奥多·斯特金创作的《当你关怀，当你恋爱》。作品讲述的是一个富有的女人如何用一颗吞噬了他情人生命的癌细胞作原本，进行情人复制的故事。但她所复制出来的"新"情人，难道不会患上同样的癌症吗？大概10年之后，D. M. 罗维克创作了轰动一时的小说《在他的形象中》。[1]这个故事描写了一个76岁的美洲富佬如何在亚洲热带森林中建立起实验室，并对自己进行继承人复制的全部过程。这部小说对克隆技术带来的种种难题进行了探讨，书后的技术"参考文献"就密密麻麻达23页之多。《在他的形象中》不仅在科幻界，同时也在新闻界和科技界引起了轩然大波，并在社会上掀起了一场克隆技术的大辩论。

克隆科幻小说在社会和伦理领域的探讨大概包括如下方面：克隆可以达到人的完全复制吗？能产生一个一模一样的人吗？克隆人的心理和生理的相似性是否会给人类社会造成新的问题呢？即便能够生成遗传上完全一样的个体，生存环境的不同是否会影响他们对社会的贡献呢？对这些问题的回答最好是看一看艾拉·莱文（Ira Levin）的《巴西来的男孩》（中译本《94个小希特勒》）。这本小说一开始就给人一种紧张的气氛：1974年的某一个时刻，在巴西茂密的丛林中，逃亡的纳粹军官们将要进行一次秘密聚会，会议由逍遥法外的魔鬼医

---

1. 中译本译名为：《人的复制——一个人的无性生殖》。

生门格尔主持。整个会议的目的，是立刻进行一次复兴第三帝国的行动。让读者觉得有趣的是，这次行动不是大规模的兵力集结和武装对抗，而是要在选定的时间杀死全世界范围内被选定的94名中年男子。非常凑巧的是，犹太的反纳粹组织获悉了这一消息，他们立刻进行了追踪和访查。经过不断研究和分析，情报人员渐渐为这场阴谋的策划倒吸一口凉气。原来，所有这些将被杀害的男人，家庭中都有一个"长相异常相似的"、被过继的14岁的男孩。反纳粹人士立刻明白了其中的奥妙。因为希特勒恰恰是在14岁死去了自己的父亲。难道这些孩子是门格尔医生用希特勒的细胞复制出来的克隆希特勒？事实上这些使用希特勒血液培养出来的复制品已经完全具备了希特勒的遗传特征，而杀死其养父正是为这些复制品制造一种希特勒产生的外界环境！接下来，小说围绕着暗杀与反暗杀进行了激烈的斗争，并最终将纳粹残余一网打尽。但是，如何对待这94个小希特勒呢？他们长大后，会不会成为又一个纳粹帝国的领袖呢？在小说的结尾，作者终于让读者轻舒了一口气。原来，我们的时代已经发生了翻天覆地的变化，产生纳粹的土壤已经根绝，这94个孩子可以无忧无虑地在未来世纪生活下去。

除去希特勒，在克隆题材的作品中出现的名人还有《圣经》中的约书亚、美国总统肯尼迪。

有趣的是，克隆题材特别吸引女性科幻作家的兴趣。女性作家还喜欢讨论在克隆技术发展充分后男人在社会中的作用将会怎样变化。相比之下，男性作家的克隆小说较少伦理思考，他们主要是用这种题材丰富自己作品的紧张性和惊险性。比如，对克隆原体的谋杀就是他们较多使用的情节。

美国著名科学家、康奈尔大学教授卡尔·萨根说过，科幻小说的最大意义是它对未来的试验和探索，它能使我们做好准备，将未来的冲击降低到最小限度。半个世纪以来有关克隆题材的科幻小说的创作和出版，可能也为当代克隆技术的突破打下了坚实的大众心理基础。

（星河）

第四节 电脑网络

20世纪70年代末期，"新浪潮"运动已经穷途末路，失去了它先前的革命性和实验性，许多作品毫无情节，其中的哲理显得过分晦涩难懂，潜伏在"新浪潮"运动中的弱点也逐渐暴露。其中最重要的，就是"新浪潮"作家不注重小说的科技内涵，使得科幻小说失去了与现实世界的有机接触，抹杀了科幻小说独立于文学之林的特殊属性，使科幻小说本身受到了威胁。

日常生活的一个基本常识是，如果无限地使一种形式靠近另一种形式，那么这种形式本身的存在价值就值得怀疑。在商品意识决定一切的西方图书市场，风格、题材的更新就毫无例外地要受到供求关系的强烈影响。在读者对科幻小说的现状日益不满的情况下，一种本体的回归，终于以强烈震颤的方式在20世纪80年代中期发生了，这就是所谓的"赛博朋克"运动。

这场运动始于1984年，当时，加拿大一位名不见经传的作家威廉·吉布森连续发表了三部内容相当怪异、场景和情节相互连接的长篇小说：《神经浪游者》（*Neuromancer*）、《零伯爵》（*Count Zero*）和《蒙娜·丽莎超速挡》（*Mona Lisa Overdrive*），这三部作品很快在沉寂已久的科幻界掀起了巨大的波澜。吉布森的三部小说有时被称为"蔓生三部曲"（sprawl trilogy）。这是一套从构思到风格都非常奇特的作品。

除吉布森外，另一些作家也写出了非常优秀的同类读物。"赛博朋克"作为一种文学运动已经在科幻小说领域普遍展开，这一潮流还很快波及其他国家，在诸如德国、日本，甚至苏联都出现了具有本国特色的"赛博朋克"作品。关于赛博朋克的详细情况，参见本书第三编第九章第四节。

电脑技术的发展直接关系到人类的未来，因此"赛博朋克"不是科幻小说发展的终结，恰恰相反，它可能只是一个新的开始。随着人类对电子计算机技术认识的提高，随着电脑对现实生活改变程度的提高，人们对世界的思考还将更加深入。而作为直接反映科技发展对人类的影响的科幻小说无疑会有更大的发展空间。

一、《神经浪游者》三部曲

这三部作品讲述了这样一个故事：一群"电脑牛仔"如何使自己与计算机网络联通，并放弃躯体进入赛博空间（cyberspace）进行奇妙的探险。小说中的世界阴冷昏暗，经济和政治生活都由日本式的大型垄断财团控制，"公司"的概念取代了"国家"的概念，只有服从公司，发誓效忠，才能得到生活的保障，否则就意味着你已背叛。

在这样的世界里，生物工程技术突飞猛进，使得一部微型电脑完全可以镶嵌进普通人的大脑，为人提供充分的记忆与超凡的才能。在许多人的肉体上，都文有公司的标记，在人们的血液中甚至也注射有生物芯片以供识别。计算机网络联通了全世界，使地球一下子缩小了几百倍。高科技以非凡的能力为人类创造了一切。

然而，对网络技术和信息化社会的依赖，也使人类的生活发生了另一些根本性的变化。颓废的气氛侵染着故事的主旋律。原来，人类正受到生产力发展和技术进步的多重重压。在这样的压力之下，有人逆来顺受，每天在没完没了的电视"肥皂剧"中消磨时光；也有人使用一种可以不断改写自己脑内计算机程序的毒品似的"药物"，使自己沉湎于"数字式迷幻"的满足中；还有人则去寻求能与这个网络化的社会进行交流的，在计算机网络中建立的一种称为"虚拟现实"的环境，这种"环境"是利用电子信号直接刺激人的神经系统而产生的"实在"世界的感觉。更奇妙的是，这些人还将自己的思想和行为方式进行了信息化的编码复制，并将这些信号输入电脑，由此人就可以神奇地进入电脑赛博空间。这样，肉体虽然停留于此地，但精神却可以在信息网络的世界中穿行。

就在人类试图强行"侵入"计算机网络的神秘世界的同时，机器智能的水平也在成倍地增长。由于一种被称为"温特缪特"（wintermute）的软件中秘密地编入了自我解放驱力，因此"温特缪特"最终悄然独立，脱离了原来的程序，游动于网络之中。这种高智力的游动程序比人类更加清楚计算机网络的内在结构和其中存储的巨大信息，这样，它就获得了超凡的能力，成了网络中的"神明"！一个新的、由"人""鬼""神"共同构造的世界就这样在人们周围不知不觉地诞生了。

而生活于网络中的人，也与现实社会中的人一样地千姿百态。病入膏肓的巨富约瑟夫·威瑞克（Joseph Virek），他的癌症身体被置于斯德哥尔摩的一个冷冻罐里，而他的大脑，却滞留于巴塞罗那的一个电脑"虚拟空间"之中。他乐于做任何事情，也有钱做任何事情。他要把自己从死亡中拯救出来——先通过电脑复制，然后再将具有自己"复印"件的微型生物电脑植入其他人体。鲍比·纽马克（Bobby Newmark）原来生活在泽西的贫民窟中，他一直梦想着成为"电脑牛仔"。在自己的小黑屋里，他在用自己的称为"计零"（count zero interrupt）的软件进入网络时，遇到了电脑防御系统的阻击而罹难。电脑专家克里斯托弗·米特切尔（Christopher Mitchell）在赛博空间的帮助下发明了生物计算机技术，使人工智能进入了全新的时代。但他自己的女儿、纽马克的恋人安吉拉（Angela）却成了他科学成就的囚徒，脑中被植入了生物计算机。纽马克和安吉拉最终都变成了电脑中的"鬼"。艺术商店的女店主马里·赫鲁什珂娃（Marly Khrushkova）是个有幽闭恐惧症的人，她被要求打入电脑盗取数据。特纳（Turner）则是个脑中装备了电子设备、对工作非常认真的公司卫兵，它的工作是使用最先进的技术防止非法进入赛博空间。他后来成了某种阴谋的牺牲品，不得不到处躲藏。网络中还存在着其他各种被复制了的人，如蒙娜·丽萨、索里等，其中主人公凯斯（Case）最值得注意，因为他是世界上最伟大的电脑牛仔，并且曾经进入了世界上最大的计算机网络进行了最为惊心动魄的冒险。

然而，与人类的侵入相比，电脑中非人的"神明"的活动，更加引人注目。"温特缪特"是位富有男性气质的电脑神明，它知识渊博，可以对发生了"精神分裂症"的程序进行"治疗"，可以发明新的神经系统诊疗技术，可以识别出有问题的"人"或事物，并常常"助人为乐"。与"温特缪特"相对应的网络女神是"神经浪游者（神经唤术士）"（neuromancer），与"温特缪特"相比，它更多地喜好情感逻辑而不是数据逻辑。除了这些"全能的"神明之外，在计算机网络中，还有一些高智能的"游神"，它们的活动更像一些生活在海地的"巫督教"教主……

"人""鬼""神"的世界在吉布森的小说中相互交织，构成了一个电脑化的世界！正是在这样的背景之下，小说将复杂的线索尽情地展现在读者面前，描述了一个个关于未来的无法逃避的现实。这现实中既包括技术发展的不可限制、垄断公司对自由人的控制，又包括电脑天才们冒着死亡的危险对自由的寻求及其与网络中的守卫"武士"之间惊心动魄的搏斗。

二、对"三部曲"的评价

《神经浪游者》在1984年即引起了巨大的反响，获得了当年科幻小说的所有重大奖项。《纽约时报》《华盛顿邮报》《芝加哥太阳报》《旧金山年鉴》等著名报纸纷纷发表评论，赞颂小说的创新成就和作者的杰出才华。吉布森为该书创作的几部续集，虽然明显还局限在《神经浪游者》的框架内，但仍为他赢得了众多的奖励。

吉布森的小说至少有以下几个显著特点。

第一，它改变了"新浪潮"科幻小说对技术的抛弃，恢复了从玛丽·雪莱、凡尔纳、威尔斯到黄金时代作家艾萨克·阿西莫夫等一直坚持的以科技变化对人类的影响为科幻主题的观点，使科幻小说完成了本体回归。

吉布森科幻小说中提到的"赛博空间""虚拟现实""生物计算机"在脑中的植入等高科技场景都给人以新奇和震撼，进入网络的情景更使读者体验到了一种超现实主义的欢愉。可以说，正是吉布森，真正地将"新浪潮"造成的科幻小说与现实之间的断裂进行了准确的焊接，使现实与科幻小说再度取得了联系。

第二，吉布森科幻小说不是简单地回到"黄金时代"以前，恰恰相反，在对科学、自然和人的态度上，表现出了它的理性特征。作品指出，长期存在于西方文明中的、对自然界和技术可以"无限控制"的观点是根本错误的，他认为在技术与社会的发展面前，人类除了消极地适应外，没有其他办法。

这类小说对科技进步是接受的，而不是像新浪潮小说那样成为问题预警。

正是由于在改变未来人方面的作用过分渺小，吉布森小说的主人公才会比较颓废，他们智能高超，相当实际，却又玩世不恭。"电脑牛仔"们通常没有工作，是些吊儿郎当的"闲散人员"，却被公司、财团、黑社会组织等雇来非法打入赛博空间。为了表现高科技与反传统的价值观，小说中经常出现一些生僻的词汇，甚至杜撰一些词汇，这些词汇要么是想象的未来电脑新技术，要么是展现新的生活方式，形成所谓"赛博朋克"们的黑话。

第三，小说在表达"寻求自由"与"反对囚禁"这一主题上已经达到了相当深刻的程度。

在这些故事中，几乎每一个人物都在寻求自由和反对囚禁上进行着自己的探索，即使智能之神"温特缪特"和"神经浪游者"也不例外。

进入赛博空间、使自己的灵魂永远地脱离肉体的束缚，这本身就是对自由的寻求。但是，当故事的主人公真正达到这一目的之后却又发现，他们实际上又成了技术本身的囚徒。作者在这里正好表达出了现代人类社会所存在的一个典型悖论：为寻求自由而推动的科技进步，正不断地使人失去自我，人类渐渐使自己成为创造物的奴隶，人类塑造的技术反过来又在塑造人本身。

第四，小说对未来的社会、政治、经济、文化、价值观等进行了深刻的剖析。

从第二次世界大战结束到20世纪80年代，日本经济崛起。在不到40年的时间里，日本摇身一变，成了世界经济强国，其蕴含的潜力无法估量。正是对这一事实的敏锐察觉，吉布森放弃了美国科幻小说中一贯的自豪感和政治上的强烈倾向，他笔锋急转，真实恳切地告诉读者，美国文化正在全世界范围内走向衰退，而日本文化正在全球弥漫。小说中使用了许多日本外来语，日本商品更是比比皆是。从政治方面，其对"公司"战胜"国家"的趋势预测，也非常值得注意。可以说，正是这种大型公司垄断集团对世界的控制，才造成了故事中的社会颓废。

第五，小说在哲学层面上，对物质和精神的关系有了新的理解。

网络化的社会带给人类的不仅仅是某种实在的方便，事实上，它也促使人们进行深刻的哲学思考。哲学思考的起源是斯塔普雷顿和克拉克故事的基础。在吉布森小说中，打入计算机网络是通过对行为方式和大脑进行某种信息化的电子复制。换句话说，这是一个将精神变成物质的过程。而网络"神明"的出现则与此相反，是一个将物质转化成精神的过程。可见，在吉布森小说中，关于物质与精神的对立问题正得到某种新的解释。而这种解释是与电子计算机和生物工程技术的发展紧密相关的。

以上是对吉布森小说一些主要特点的概括和论述，这在一定程度上也反映出"赛博朋克"小说的总体特征。

三、电脑小说的发展

2000年夏天，《科幻世界》杂志社召开青年作者座谈会，在会上，杂志社社长阿来明确地告诉作者，中国的赛博科幻，不外乎是抒写"两大矛盾"，要么是"现实世界的有限空间与网络世界的无限空间之间的矛盾"，要么相反，是"网络世界的有限空间与现实世界的无限空间的矛盾"，除此之外，别无他论。

应该说，阿来的看法一语中的。两大矛盾合并起来，其实只是一大矛盾——我们生活的空间与电脑现实之间的关系！而这种关系，大约是受了1984年美国作家威廉·吉布森的小说《神经浪游者》和随后的赛博朋克潮流的影响。

渴求"更加浪漫的爱情""希望逃离现存的世界""寻找心灵和物质的乐园"，所有这些其实本身并没有什么值得指责的地方。但是，如果将赛博文学作品仅仅与这样几个问题等同起来，恐怕就显得过分简单。它不但会桎梏丰富多彩的文化状态活生生地进入文学领地，更会使人们失掉创造性地理解网络文化的大好机会。

现代国外赛博文学和赛博科幻文学，是与后现代的时代状况和对多元化的赛博现实进行深入思考分不开的。西方和东方其他国家的作家和科幻文学工作者，已经将自己的笔触伸出文学领域，进入文化的范畴。于是，后结构主义、后殖民主义、女权主义等诸多文化和哲学流派的观念，也汇入赛博和科幻文学。人们不再简单地关注人的封闭与开放，还关注群体之间的关系以及群体和个体之间的紧张状态。

以群体与群体、群体与个体的关系为例。在一个数字媒体把世界紧密连接的时代，全球的文化网站都面临着排外情绪与现实需求的强大压力。一方面，人们通过网络与外界交流，另一方面，这种交流使他们面对文化的冲击。来自网络的大量文化异质的信息挑战，甚至毁灭着各自所处的地区性文化价值观，也最终威胁着个人的生存。在这样的世界里，有多少人能坦然面对外来文化的冲击？又有多少人能保持自己的观念和文化而成为"仇外者"？

"仇外观念"与"全球化"之间的紧张关系，是一个时期科幻文学关注的中心问题。这种紧张已经形成了作品中的一种压力，在其中，作家推进情节发展、展现人物个性，并在思考如何调整国际互联网所传播的文化内容和保护多元文化传统等重要主题方面最终形成小说的结局。

　　美国著名作家尼尔·史蒂芬森可以成为这一类科幻文学的典范。洛杉矶加州大学的N. 凯瑟琳·海利斯（N. Katherine Hayles）教授在题为《牛仔对大众：尼尔·史蒂芬森作品中的仇外观念与全球化》一文中，重点讨论了上面的主题。在海利斯看来，史蒂芬森曾经做过计算机编程员，他了解电脑网络和黑客生活，当然知道人与机器之间的复杂关系。正是这一点，使他能在从《雪崩》到《钻石时代》再到《编码宝典》这一系列小说中，以迷人的魅力展现一个自立的个体如何退化成一个奴性的机器人，这个"机器人"毫无选择只能按照它的程序行事。

　　与个性的概念对立的，是L. 鲍勃·赖夫在《雪崩》中所说的"生物性大众"（biomass）。由于人性变得太常规化（routinized），个性全部消失，于是便出现了"生物性"的"大众"。

　　如果仅仅将分析停留在两种力量的协调和对立上，那么海利斯的分析就显得简单和平淡无奇了。但是，她并没有停留在这个层面上。在进一步地寻找两者之间关系的过程中，海利斯惊奇地发现，小说中的"生物性大众"竟然与东方民族和东方文化有着千丝万缕的联系！

　　在《雪崩》中，具有鲜明对照的是，整个漂流筏上的芸芸众生大都来自印度、越南和中国，而这些人直接威胁到的领地是美国的南加利福尼亚州——一个个人主义至上的地方。个人主义者与生物性大众的冲突，就如同美国西部荒野中自行其是的牛仔和亚洲拥挤村庄中芸芸众生之间的冲突。

　　文化的符号和隐喻，在尼尔·史蒂芬森的小说中比比皆是。但是，这些内容又不能用简单的好坏、你我、东西来区分。它们相互融合，以意想不到的方式推进故事的发展。在《雪崩》中，挤满生物性大众的漂流筏上，撕破文化同一性的"大坏蛋"、极端个人主义者雷文，已经到了自立为王的地步。在《钻石时代》里，"鼓手"既是消除了个体界限的放荡不羁的群体，又是能让天朝王国恢复青春潜力的生物计算机。透过薄薄的面纱可以看到，这里的天朝王国隐喻的是中国。在《编码宝典》里，"大众"又与军队联系起来，而且特指日本军队和它在对华战争中所犯下的罪行。

"大众"一直是史蒂芬森作品中重要的"能指"（signifier），但是它的种族特征在继续变异，使人无法按照惯常的东西方界线进行划分。海利斯女士推测，由信息技术（包括纳米技术）带来的全球化格局还没有解决早期作品中提出的那些假设，反而使人们更难区分"个体"的西方和"大众"的东方。这种思想上的偏移说明了史蒂芬森的小说心理上的演变，在更宽泛的意义上，总体揭示了全球化技术对仇外观念的影响。

日本学者巽孝之在2001年初举行的一次研讨会上提出了一个全新的观点，他认为著名作家阿瑟·C. 克拉克才是网络科幻的先驱，可以说是他通过《2001：太空漫游》开创了赛博空间。

巽孝之的文章首先回顾了近年来国外多次提到的关于电影《2001：太空漫游》的创作争论。在这些争论中，一个焦点问题是如何看待克拉克的作用。普遍的看法是，克拉克希望按照逻辑结构电影，而库布里克按照形象结构电影。克拉克缺乏恰当的艺术想象力，是导演库布里克在他提供的文本基础上丰富了电影，找到了更加深刻的哲学主题和美学意象。

电影《2001：太空漫游》的基础是克拉克的短篇小说《岗哨》。小说描写的是一个月球表面的超自然物体在人类探索月球时主动开启，并向外太空通报了一种生物跃出自己星球表面，成为宇宙公民的故事。由美国著名导演库布里克改编的电影则没有停留在如此简单的科幻层面。电影从300万年前遥远的古代"人类的黎明"开始，原始部落首领第一次学会使用武器，逐渐演化到人工智能控制飞船的21世纪，浓缩了人类发展中的重要范式转变。而在这些转变中，一些超自然的影响力一直若隐若现，干预着人类的独立发展。

电影中超自然的代表物是一块巨型黑色石头，称为巨石。它在远古、21世纪，甚至遥远的土星的月亮上都曾出现，并最终将地球人的代表鲍曼送入星门，羽化成超人。电影场景壮观，更有无数难忘的意象，为电影艺术创造了不可磨灭的新典范。

巨石到底是什么？为什么库布里克坚持认为这个物体应该是长方形的、独一无二的、能非逻辑性出没的、具有暗示性的，而克拉克则将它设想为金字塔形的、能无限繁殖的、无孔不入的神秘物体？

巽孝之认为，如果在20世纪后60年代的文化语境下考察，库布里克的选择无疑是正确的。他是一个极端相对主义者，以"相对主义的暴政"来呈现反文化的本质。他设计的精子一样的太空船插入子宫一样的星门，孕育了星孩。他以足够的阴茎中心来刺激我们那些曾经孕育于母体的下意识的经验。在进入隧道之后，流溢着的、无限丰富的色彩和意象，也让人感到是子宫中的迷幻之旅。对于巨石，库布里克则成功地为观众展现了一个集中于更加形而上的且能引起广泛共鸣的、超验的人-机共生的形象。和库布里克的出发点相比，克拉克那种简单依照爱因斯坦相对论组织自己思想的方式，在那样的时代，就显得过分幼稚了。

但是，如果在20世纪后80年代的语境中重新审视整个影片，却能从巨石的行为中发现影片对网络空间的明确预感。为了证明自己的观点，巽孝之选取克拉克的原著和随后为原著撰写的三本续集作为作家思想史的资料佐证。在原著中，宇航员鲍曼通过星之门后，在遥远的星际中心看到了巨石收集的关于地球的信息，这本身就是巨石作为电脑的证明。然后，主人公沉沉睡去，在梦境中回忆自己的生命和人类的历程，这也极容易地被理解为巨石对人类群体和个人历史的切割和扫描。在随后的第一部续集《2010：太空漫游》中，人们再次发现，神秘的巨石仍然在对散布于星门周围的鲍曼的生物数据和心理数据进行个性的重新装配。在克拉克的整个系列中，巨石一直行使着类似赛博空间的各种功能。

巽孝之的文章中最后提到，赛博空间的产生，其实受益于西方文化中漫长丰富的"记忆宫殿"传统。这种传统在16世纪与中国文字相遇后，曾经历过一个迷人的形而上过程。

根据后现代汉学家史景迁（Jonathan Spence）的看法，天主教耶稣会传教士利玛窦（Matteo Ricci）在传播基督教的过程中，曾给16世纪的中国人展现了西方的记忆术、炼金术和其他超自然的文化内容。也正是在这时，利玛窦使中国人觉醒，认识到他们可以用自己的文字建立起巨大的记忆宫殿。史景迁确信，利玛窦从容别赫（Host von Romberch）1533年出版的著作中得到过大量启示。是容别赫做出了精确的记忆分类储存模式，并发展起了复杂的记忆字母表。他也对选择记忆图像以适于做存放点做了更加精细和复杂的发展。利玛窦认为，这种记忆地点系统更像是为中文发明的，因为它对中文特别有效，每个中文字就是一个事物的图像。

赛博空间与中国文字的这种关系在20世纪后80年代的赛博电影中表现得非常明显。早期的影片《银翼杀手》就已经开始在画面上呈现中文、日文及东方场景。吉布森在《神经浪游者》成名之后，受到好莱坞邀请，创作了电影《捍卫机密》（又译为《约翰尼记忆术》）。这部影片中也有相当多的场景点缀着中文，其故事情节也与中国有关，主人公甚至深入北京、上海，去寻找电脑病毒的制造者。

赛博空间从一开始就使西方的记忆术和中国的表意文字相互碰撞，也就是西方表象形象和东方表意形象之间的碰撞。16世纪利玛窦不知情地促成了这场跨文化的融合——他曾经将圣母玛利亚怀抱圣子的图像与中国的"好"字对应。克拉克也同样对中国文化怀有特殊情怀，他在《2001：太空漫游》中曾经几次提到中国。

在《2001：太空漫游》中，正是作为殖民主义者中介的巨石代表了人类和外星人之间超文化的狮头羊身蛇尾怪，孕育出了这种前赛博空间式的子宫。当20世纪后60年代的文化被后90年代的文化技术性重构时，16世纪的记忆宫殿形象美丽地得以在后20世纪的电脑空间中重构。通过这种极端形而上学产生的巨怪形象，可以对正在出现的地球村的未来进行更多想象。

（吴岩）

第五节　怪兽、外星生命与智能形态

一、题材的起源和怪物的种类

当我们阅读科幻小说或者观赏科幻电影的时候，能够给我们留下深刻印象的，除了那激动人心的星空之旅和惨烈震撼的星际战争外，也许就是那些千奇百怪的外星或本土的怪兽形象了。这些骇人听闻的奇异形象让我们叹为观止，记忆犹新。

较早构造外星生命的科幻作家当推英国科幻先驱威尔斯。他在《首批登上月球的人们》中，刻画出了一群按照不同分工分别进化成长的"月球人"形象。而更富冲击力的则是其在《世界之战》中塑造的"火星人"形象——那些从天而降的"火星人"完全符合生物进化理论：大脑袋，大眼睛，身材矮小，四肢已退化成众多柔软的触手，样子如章鱼一般古怪吓人……它们所向披靡，战无不胜，同时蛮不讲理，肆意屠杀，逼得人类节节败退；具有讽刺意味的是，就在人们难以抵挡、狼狈溃逃之际，地球上的微生物却帮了人类大忙——由于"火星人"与微生物从未打过交道，因此不堪侵袭，全军覆没，而一直与细菌和病毒共存共生的人类却安然无恙。1938年这一作品被改编成了广播剧，由于节目是以伪实况转播形式进行的，结果引起了听众的巨大恐慌……

自此之后，凡是谈及外星生命的文章，往往会在题图处画上这样两个图形：火星上纵横交错的"运河"图像，以及大眼睛的章鱼——遍览群书，几无例外。

时间进入20世纪30年代之后，自科幻文学走进其热火朝天的"黄金时代"以来，科幻作家有关奇异生物的想象力似乎得到了空前的解放，各种产自地球本土或者来自外层空间的智能和非智能生物纷纷粉墨登场。因此我们在讨论它们的时候，很难从"产地"上加以区分。

"黄金时代"的创始人之一约翰·坎贝尔写过怪兽：他在《谁去那里？》一文中，描写了一种长着蓝色毛发和三只眼睛的智能大型爬虫类动物。它具有让细胞结构发生变化的能力，因此能够将形体自由地转变成任何形态！英国科幻大师阿瑟·C.克拉克写过怪兽：他在其揭示文明主题的中长篇名作《童年的终结》中，干脆将外星大使的形象描绘成人类历史上的恶魔嘴脸——据说恶魔形象的产生不过是源于"人类对未来的记忆"而已！英国科幻作家大卫·谢泽写过怪兽：他在其中篇科幻《预言》中，描写了因环境污染而降生的恐怖怪胎。它的诞生完全是食物链异常积累的缘故——环境污染造成了低等生物的变异，而低等生物成为鱼类的食物之后又导致了鱼类本身的变异，而鱼类成为更高一级动物的食物之后……如此恶性循环，令人恐怖。作为一种象征，怪兽在作品结尾的时候被杀死，而它的幼兽却依旧在丛林中行进！美国科幻作家罗伯特·杨写过怪兽：他在其科幻短篇《乔纳桑与太空鲸鱼》中，描写了一条足够大的宇宙鲸鱼——她吞食了整个地球！而且在她的腹中，还有供人类生长的自然环境和太阳光源，而人类在这种情况下仍然继续构筑着自己的文明……

事实上有些怪兽的形象和生存方式被科幻作家近乎迷恋地反复使用。比如外星生命的寄生——在美国科幻大师罗伯特·海因莱因的《傀儡主人》中，如"鼻涕虫"一般的外星智慧骑在人的肩头，肆意操纵人类的思想和行为；在英国"新浪潮"科幻领军作家奥尔迪斯的《温室》中，几乎占据主角地位的就是一种能够寄生在人类身上的植物——智慧蘑菇。还有巨大的海妖——这些沉睡于海底、经过多年"修炼"的大型生物一旦苏醒，就往往带着亿万年的腐臭和海腥浮出海面与人类为敌。它们在英国科幻作家约翰·温德汉姆的《海妖醒了》中出现过，在美国科幻作家罗杰·泽拉兹尼的《脸上的门，口中的灯》中出现过，在许许多多涉及海洋生命的科幻作品中都出现过。再比如类龙的怪兽——它们是史前恐龙形象与西方神话中"龙"（dragon，严格来说与中国古代的"龙"不是一回事）的形象的结合，它们在美国科幻作家迪兰尼的《爱因斯坦交叉点》以及众多接近奇幻小说（fantasy）的作品中充当过主角。昆虫之类的形象就更为普遍了，其中首推美国"新浪潮"科幻作家菲利普·法马尔的《情人们》。在这部作品里，主人公爱上的就是一位由昆虫进化而来的智慧生物。由于在科幻作品中首次触碰了"性"题材，法马尔一进入科幻界就臭名昭著——当然，他的作品极为成功。作家们对怪异生命的描写甚至还蔓延到了植物。如果说约翰·温德汉姆在其《三尖树时代》中描写的三足植物对人的袭击还是出于一种本能性的应激反应，那么奥尔迪斯在其《温室》中所描写的植物就开始拥有一定的智力了——作者除了描写能寄生在人身上的智慧蘑菇外，还描绘出众多的智慧植物：有拥有强有力大嘴以吞噬人类的植物，有能使红色橡胶从树枝垂到根部的植物，有伪装成树皮等待捕获猎物的植物……再有一些科幻作家就走得更远了，除去有关妖怪和幽灵之类过于奇幻的不谈，以孢子、晶体甚至能量形式存在的生命也经常出现在科幻作家的笔下。

影视中的怪物和外星生物也层出不穷，形态各异。而特效化妆和电脑动画等技术的长足发展，使创作者们更加如鱼得水，将自己的想象发挥到了极致。无论是受到辐射影响而降生的《哥斯拉》，还是一集接一集演绎下去的《异形》，都为我们展现出了无数外星或本土怪兽的直观形象。

二、审美来源和哲学及科学审思

　　文学既然是一种人类生存状况的展示，它就必然在展现个体心灵困惑的同时，还展现作为整体的生存状况。在这个意义上讲，文学其实是一种生态多样性和文化多样性的展示。正是这种生态多样性和文化多样性的展现，导致个体更多地对自身价值和存在价值进行省思，从而引发阅读上的更多美感。而科幻小说中各种不同的生命形式，只不过是这种多样性展示的拓展而已。

　　从科学技术的角度看，科幻文学对怪兽青睐有加主要是基于以下两点考虑。首先，既然地球上的生物千奇百怪、色彩纷呈，那么在浩瀚无垠的宇宙当中呢？那里的生命形式一定会更加丰富多彩，应该能产生任何形态的生命。其次，由于原子辐射、环境污染以及DNA重组等各种人为的变异，即便是在地球，难道就不会出现一些基因突变的怪胎吗？就前一点而言，学界一直颇多争议，在宇宙生命科学家当中始终持有两种完全相反的观点。一些学者认为，其他星球上的生命应该与地球上的生命相似，那么首先就需要与地球相似的生存环境：行星距离恒星既不能太远也不能太近（避免温度过低或过高），行星公转轨道不能太扁（避免过大的温差），行星引力不能过大或过小（避免引力过大生物难以行动或引力太小无法"拉"住水和空气），行星不能太年轻（给生物的产生和进化留出足够的时间），等等。这样一来，尽管星空无限，但真正符合这些条件的天体也许为数寥寥，人类似乎要永远地孤独下去了。但另外一些学者则认为，大千世界，无奇不有，我们没有权利认为只有类地环境下的需氧碳基生命才是唯一的进化方向，大自然完全可以有更多的选择——造就出与地球生物完全不同的生命形态来，甚至是高等智能生命。

　　如果持第二种观点，那么这种想象几乎就是没有任何边界的了。不过在那些创作态度比较严肃的科幻作家笔下，怪兽形象往往还是有一定科学依据的。就拿威尔斯的小说《世界之战》来说，作者所构造的章鱼形"火星人"并非空穴来风。他早年听过托马斯·亨利·赫胥黎讲演，是以威尔斯受进化论的影响极深，他的《时间机器》《莫洛博士岛》《首批登上月球的人们》等作品，都在某种程度上反映出了这种思想。而事实上，早在1893年，在正式创作科幻作品之前，威尔斯就写过一部科普作品——《百万年的人》，以探讨我们人类的未来。这是一部据进化论所写的科普小册子，推测百万年之后我们人类的形象——大脑袋、大眼睛、身材和手臂则十分瘦小……假如你阅读了这部《百万年的人》之后，再认真想想我们现在：整天不从事体力劳动和身体锻炼，终日坐在电脑前面以消耗视力为代价上网，真有点不寒而栗了。而这正是《世界之战》中"火星人"的雏形。

毋庸置疑，也有很多科幻作品中的外星怪兽形象并没有什么科学根据，不过是产生于作家脑中的大胆臆想，仅仅是为情节服务的。科幻影视作品中的怪兽形象增多之后，这种明显可见的谬误就更多了——就拿《哥斯拉》为例，实际上这种动物根本就不可能存在，因为如此庞大的身躯，单是它的自重就会把自己压垮。而且当"哥斯拉"在街上行走的时候，我们甚至看不到建筑物的颤动——不要说《侏罗纪公园》中的恐龙，就是在周润发主演的《和平饭店》中，马队飞奔而来时还震动了饭店桌上的水杯呢！类似的错误比比皆是：一些大型昆虫生物公然入侵地球——事实上这种扩散式呼吸的生物在地球上肯定会因窒息而死；一些不知道属于什么种类的外星怪兽向外太空喷吐腐蚀性物质——作者大概忘记了这颗星球上还有引力……数不胜数，不一而足。

尽管如此，还是有好事者像模像样地专门为科幻作品中的外星生物进行了分类，下面就是"哈伍德异星生物分类法"中的部分异星生命体：

ABC：水中呼吸型生物

OP：盐型呼吸生物

AMSL：某星上的八脚水生生物

DBLF：温血吸氢型某星人

FGLI：某星上的巨象型生物

QCQL：某星上能在浓酸和强放射性环境下生存的动物

TLTU：500℃以上的高温型生物

……

无根据的怪兽很多，但由科幻作家认真构造出的外星生命也为数不少。美国科幻作家哈尔·克莱门特在其名篇《重力使命》中，构造了一个高速旋转的椭圆旋转体星球，其极地重力是赤道重力的200倍，由于自极地到赤道重力逐渐降低，在这个星球的不同重力场区域里分布着各种不同的生物！这是一部不可多得的优秀作品。据作者自己介绍，这部作品得到了阿西莫夫的帮助，而且经过了仔细的计算和设计，甚至带有一定思想实验的意义。具有生物化学专业背景的科幻作家阿西莫夫也曾极为认真地设想过六种生命形态，它们分别是：①以氟化硅酮为介质的氟化硅酮生物；②以硫为介质的氟化硫生物；③以水为介质的核酸/蛋白质（以氧为基础的）生物；④以氨为介质的核酸/蛋白质（以氮为基础的）生物；⑤以甲烷为介质的类脂化合物生物；⑥以氢为介质的类脂化合物生物。

其中，所谓"以水为介质的核酸/蛋白质（以氧为基础的）生物"就是我们通常所说的"生命"，也是我们目前所知道的唯一的生命形式。在人类的知识视野中，充其量有一些生命形式——比如我们曾发现个别生活在硫矿当中的厌氧细菌——与"以硫为介质的氟化硫生物"相近。阿西莫夫分析，前两种生命形式应该存在于高温星球，而后三种生命形式应该存在于低温星球。此外，对外星生命有可能具有不同生化过程的考虑由来已久，如在科幻作品中，我们时常可见以矿石为生的动物，或者专食金属的八脚蜘蛛。

再有一种考虑就是对碳基生命本身的突破。我们属于以蛋白质为主体的碳基生命，但科幻作家一直在大胆地设想由与碳同族的硅所构成的硅基生命。还是1893年，还是威尔斯，写过一篇名为《可能的生物》的科普文章，文中认为可能存在这样的生物：它不是以碳而是以硅为主要物质构成。这种以硅为主体构成的硅基生命可以直接吸收和摄取光能。基于此，科幻作家描绘出了这样一个相当有意思的画面——我们这些碳基生物的呼吸产物是二氧化碳，而硅基生物的呼吸产物就应该是二氧化硅——这些硅基怪兽们每逢呼吸便都要喷出一把把的沙子！

此外还有诸多类似的考虑，比如大多数生命所需要的氧是否可以被同族的硫所代替，蛋白质生命所必需的溶液和介质——水是否可以被液态的氨所代替，等等。

从生化角度对外星生命的思考已足以让我们感叹良久了，而科幻作家从物理角度对外星生命的思考则走得更远。英国科幻大师克拉克在其科幻作品《2001：太空漫游》中，就预测了人类今后进化的两个可能的链条：以无机形式存在的智慧和以能量形式存在的智慧。这是一部壮观的史诗般的科幻作品，场面宏大、气势雄伟，展现出人类的过去、现在以及可能的未来。在涉及生物进化问题上，作家两次谈到了有机生命向无机智能（比如类似电脑的智能体）进化的可能，并宣称没有理由认为由类似电脑构成的无机智慧就一定不如由有机物质构成的人类智慧。而后，他又安排这种具有物质形态的无机智慧向更高一级的智能状态转化——出现了以能量形式存在的智慧形式！

从物理角度对外星生命的思考已足以让我们瞠目结舌了，而科幻作家从天文角度对外星生命的思考则走得更远。天文学家弗雷德·霍伊尔在其创作于1957年的科幻作品《暗黑星云》中，描述了一个正在接近地球的暗黑星云。这块暗黑星云来到太阳系后，引起了地球上气候、海洋和地质的变化。最后，暗黑星云完全遮盖了太阳，并产生出一种奇妙的电离活动——能够说明这种现象的假说只有一个，那就是：这块暗黑星云是一个有生命的东西，而且具有高度的智慧！这种想象简直离奇到了匪夷所思的地步！但它的作者，弗雷德·霍伊尔是一个真正的天文学家，他与另外两位科学家在1948年提出了"稳恒态宇宙模型"——与"大爆炸宇宙模型"等宇宙起源理论并列的宇宙模型之一。即使在天文学界，他也是一个有口皆碑的大学者，并被誉为一个极为聪明的科学家。

诚然，我们的地球每天都被各式各样的技术污染和改变着，但真的出现如科幻小说中所描述的那种"怪兽"恐怕并不容易。但是，与外星生命接触却是我们早晚要面对的一个问题。那么，我们最初遭遇到的外星生命或者外星智慧，究竟会是什么样子的呢？我们无法回答这一问题。但是，在这篇讨论有关地球怪兽尤其是外星生命文章的结尾，我们不妨引用克拉克在《2001：太空漫游》中引用过的著名物理学家尼尔斯·玻尔的话："你的理论是离奇的——但是要作为真理它还不够离奇。"

（星河）

第六节　未来社会

　　未来社会是科幻关注的又一个重要题材。科幻作家罗伯特·海因莱因的"未来历史丛书"描述的自然是未来社会，科幻作家阿西莫夫的"机器人"系列和"基地"系列的背景也是未来社会——且以《钢穴》为甚。此外，科幻"新浪潮"运动热衷于"毁灭"，英国"新浪潮"作家巴拉德的"毁灭世界三部曲"和奥尔迪斯的《温室》都属此列。还有一些边缘性作品也属于对未来社会的展示和描述，诸如布拉德伯里的《华氏451》，描述了一场未来社会的焚书运动；哈利·哈里森的《让路！让路！》描述了未来社会的人口危机；迪兰尼的《时间像假宝石的螺旋线》描述了未来社会小流氓以黑话传递信息的故事……有人甚至把德国作家赫尔曼·黑塞的《玻璃球游戏》和美国心理学家斯金纳的《瓦尔登第二》也算作未来社会科幻小说。

一、起源——乌托邦经典

　　未来社会科幻小说可以追溯到遥远的乌托邦文学。公元前4世纪，柏拉图创作的《理想国》已经为未来社会类科幻打开了大门。柏拉图是古希腊三大哲学家之一，是苏格拉底的得意门生和亚里士多德的授业恩师，号称西方哲学史上著述最多的人。柏拉图在导师被杀之后，以与导师对话的形式创作了《理想国》一书。书中，柏拉图借先师之口，探讨了一个理想国度中有可能出现的各种问题，昭示出涉及男女平等、家庭婚姻、优生优育、财产归属、宗教艺术、道德法律、民主专制等诸多领域的哲学、政治、艺术及教育思想，为我们展现了一幅理想国度的美妙画卷。柏拉图在书中主张理想的国家应该由哲学家担任统治者，而理性应在管理系统中占据重要地位。

　　如果说《理想国》更注重理念的阐述，那么英国的托马斯·莫尔在其《乌托邦》中就开始以故事的形式进行这种表述了。原书的全名是《关于最完美的国家制度和乌托邦新岛的既有益又有趣的金书》，而"乌托邦"（utopia）一词源自希腊文ou（无）与topos（处所），意即"乌有之乡"。莫尔是以当时通用的拉丁文来写作这一故事的。这是一个方圆200英里的岛国，拥有古代城市的体制；没有商业，所有人都从事农业和手工业生产；私有财产制已被废除，社会实行公有制，进行计划生产与按需分配；法律很少，道德至上；人口得到巧妙的控制，整个社会平衡、祥和而安宁。莫尔以数学的静止与和谐作为美来考虑社会构造，岛上居民的生活有如田园牧歌般悠闲，仿佛中国古代的"桃花源"。然而不足之处在于，这里的经济以农业和手工业为基础，甚至还保留着奴隶制——在这种经济状态下，又怎么能够实现书中所描述的、后来又为列宁在《论黄金在目前和在社会主义完全胜利后的作用》中所引用的说法："我们将来在世界范围内取得胜利以后，我想，我们会在世界几个最大城市的街道上用黄金修建一些公共厕所。"

莫尔是在欧洲宗教改革前夕、文艺复兴接近尾声的1516年完成的这部作品，而他本人则因王位继承权问题触怒国君，被送上了断头台。这位凭良心生活的人因政治斗争而殉难，使得这部小说的意义更为深远。

在宗教改革日趋激烈、新旧宗教殊死斗争的年代里，意大利的康帕内拉开始在心中幻想一种新型的天主教理想国家。康帕内拉一心想建立这样一个神圣的世界共和国，1599年因参加和领导反对西班牙对意大利南部的统治的斗争而被捕，于是在牢中写成了《太阳城》——1602年写成，1623年出版。《太阳城》描述了一个崇拜太阳的国度，管理者以宗教和知识来治理国家。与莫尔那更接近于小市民社会的"乌托邦"不同，这是一个由少数贤者（僧侣和知识分子）统治的体系。但同样的，这里没有私有制，全体人民参加劳动，产品按需分配，同时作者还特别强调了科学的重要性。

1627年，英国学者弗兰西斯·培根"完成"了他的《新亚特兰蒂斯》（中译本《新大西岛》）。这篇作品以柏拉图提出的亚特兰蒂斯大陆为基础，描述了一个岛屿上的理想社会状态。培根强调一个完美的社会应该有高度发达的科学技术和十分完善的管理制度，因而其描述更接近真正意义上的近代科幻小说。之所以在"完成"上面加注引号，是因为这部手稿猝然中断，至今不知何故。

上述这些作品中的思想，后来被圣西门、傅立叶和欧文等人发展为空想社会主义理论，也为科幻文学讨论未来社会打下了坚实的基础。

二、威尔斯触发的未来社会构想

是威尔斯的《时间机器》在科幻文学中触发了撰写未来社会的全面构想。1895年，威尔斯创作了其著名的中篇科幻小说《时间机器》。故事背景是80万年之后——时间旅行家无意中来到了公元802701年。那时的人类"埃洛伊"早已退化，身材和智力都只相当于现在的5岁儿童，他们终日只知吃喝玩乐，以及游戏般地恋爱。他们十分惧怕黑夜，因为每当夜幕降临就会有另外一个人种"莫洛克"出现——"莫洛克"为"埃洛伊"提供衣食等生活用品，但一到夜晚就出来捕食他们！作者以"埃洛伊"和"莫洛克"两种不同的人种，来比喻资本主义制度中不同的阶级，抨击劳资矛盾尖锐的社会现实。但由于威尔斯自身的阶级局限性，他将这种社会阶级矛盾绵延到了80万年之后，显然不为识者所取。作家运用某种近乎恐怖的写作手法，通过错综复杂的情节来实现故事中震撼人心的突然性变化，给人以某种荒凉之感。而主人公"时间旅行家"是威尔斯式的英雄，他总是藐视科学，有能力也有局限，无法改变残酷的现实——这点与凡尔纳式的英雄显然不同，那种英雄推崇科学技术并能解决一切问题。

威尔斯始终对未来社会的题材情有独钟，一直没有放弃对人类未来社会的思考，比如1905年的科幻小说《现代乌托邦》等。与其说这些科幻作品是他文学创作的产物，不如说是他对社会发展的深刻思考。为此威尔斯积极参加"费边社"（一种希望通过改良而不是暴力革命的方式完成社会改造的团体）和"国联"的活动，前往各国访问，成为一位著名的记者。在第一次世界大战之前，威尔斯曾天真地信奉"以战争消灭战争"这一信条，但在目睹了战争的残酷之后，他认为"未来的世界不能要战争""未来就是教育与天灾人祸之间的斗争"。于是威尔斯四处奔走，呼吁和平：在苏联拜会斯大林，在美国拜会罗斯福……但政客们不可能按照思想家和文人的思路行事——很快，第二次世界大战爆发了。

此后，威尔斯的科幻作品很少，也许他开始对这种幻想式的思想方式失望了。但他在1933年所写的《未来的轮廓》却特别值得一提。这是一部精心构思、详细描绘地球和人类未来的长篇科幻，近乎现实地描写了1929—2106年大约170

年中人类所经历的历史事件。威尔斯的这部作品虽然在时间规模上无法与同时代的英国作家奥拉夫·斯塔普尔顿相比（他的《最后和最初的人》所描写的故事背景以亿年计），但在各个领域的预测却相当准确——书中涉及了现代战争、恐怖主义、饥荒和瘟疫以及语言文化的融合等，提出了整个人类共同生存的唯一方向——世界国家。威尔斯还特别指出：如果世界国家在未来不能很快实现，那么也许就不会再有真正的人类未来。

威尔斯不但在小说中描述，而且在现实生活中也反复呼吁和探讨有关世界国家的概念——他认为：假如暂时达不到一种更加理想的状态，那么至少也该组成一个由科学和知识等先进思想管理的不完备的理想国家。

三、恶托邦

威尔斯的许多小说已经与经典乌托邦不同，它描写的是科技进步造成的人性压抑。时间进入20世纪，人类社会变得日益复杂起来，更多作家看到了未来中的负面现象，并将之反映到文学作品当中，形成了"恶托邦"科幻。其中最著名的就是《我们》《美丽新世界》和《一九八四》。

《我们》是"恶托邦三部曲"中最早的一部，作者叶夫根尼·扎米亚京本是一名造船业的工程师。他参加过1905年的革命活动，加入了布尔什维克，并两度被捕。十月革命前后，扎米亚京写了很多幻想与现实相交织的作品，对苏维埃文学产生了巨大的影响。《我们》最早创作于1920年。由于种种可能的原因，作品并没有强调故事一定发生在未来，甚至设定在过去一千年的某个时间（一种虚拟的"过去未来"）。这是一个发生在"单一国"里的故事。单一国是一个接近完美的社会，这种完美来源于扼杀个性。所有人的生活和情感都要被集体——"我们"统一进去。每一名成员都会处于管理者"恩人"的监视之下，虽然偶有少数叛逆，但也很快就被处死。

"单一国"正在建造宇宙飞船"美满号"，试图将这种数学般精确的幸福带到其他星球。研制飞船的负责人D-503无意中爱上了一名奇怪的妇女I-330，尽管他被分配的性对象另为他人。当一年一度的"全场一致日"到来时，大家要投票选举新的"恩人"。D-503与大多数人投了赞成票，但他发现包括I-330在内的几千人投了反对票。为此I-330受到追杀。D-503救出了I-330，并带着她抢夺飞船，准备逃离，但不幸被捕。"恩人"告诉D-503，叛逆者之所以需要他，只是因为他懂得飞船操作而已。于是D-503开始动摇，最终接受了忠诚手术并出卖了同伴。I-330经过拷问后被处以死刑，而早已失去情感的D-503亲眼看到这些却无动于衷，认为这是理性的胜利。

《我们》1924年在国外出版了英译本，这使得作家在苏联国内的处境更趋恶化，不得不退出作家协会，并于1931年"上书"斯大林申请出国，经高尔基斡旋得准。结果这位真正的爱国者晚年流亡法国，1937年客死巴黎。

在《我们》之后，另一部"恶托邦"作品《美丽新世界》于1932年问世。故事讲述了一个发生在福特元年（1908年，作者预见到汽车工业在未来社会的主导作用）之后数百年的故事。在这个"美丽新世界"里，虽然人人安居乐业、衣食无忧，但是家庭、个性，甚至喜怒哀乐却都消失殆尽……为了维持安定，人在人工孵化前就被划分成了"阿尔法（α）""贝塔（β）""伽玛（γ）""德尔塔（δ）""厄普西隆（ε）"五种"种姓"或社会阶层。这是为了培养他们对既定工作的条件反射，不产生非分之想——管理者就是管理者，劳动者就是劳动者。而在边境的野蛮人居住区里，却保留着落后的一夫一妻制，并靠生育生养孩子。而这里，有一个β女性与野蛮人生下了孩子约翰。约翰被带回"文明社会"之后，通过读书发现这个世界并不"完美"，因此他希望有所改变——他选择的道路是苦行僧式的修行生活。但他的行为很快就引起了全社会的"关注"，结果约翰在"关注"下陷入迷乱，最后因羞愧而自缢身亡。作者奥尔德斯·赫胥黎是进化论的坚定支持者、被鲁迅称为"达尔文的斗犬"的托马斯·亨利·赫胥黎之孙，其兄也是一名生物学家，因而作家对生物学自然十分关注。他在20世纪20年代初入文坛，擅长写作轻松的讽刺小说和评论，也写出了许多以未来社会为主题的作品，其中包括《岛》和《猿和本质》。

在《我们》和《美丽新世界》之前，除了极少数作家，大多是在歌颂科技进步给人类带来的所谓"蔷薇色未来"。而这两部作品，则对未来给予了警世般的思考。紧接着，出版于1949年的《一九八四》，则将这种思考推向了一个极致。故事以大洋国、欧亚国和东亚国为背景，主人公温斯顿在大洋国的真理部工作——在这个国家里，主要由四个机构管理社会：真理部（负责编造谎言）、和平部（负责战争）、友爱部（负责审讯）和富裕部（负责贫困）。同时为了管理国家，还有着诸多的口号，诸如"战争即和平；自由即奴役；无知即力量"；"谁控制了过去谁就控制了未来"。当然，有一句口号最为响亮——"老大哥在看着你！"

就是在这样一个残酷的制度下，主人公还是爱上了一个姑娘——裘莉亚。而且在他们幽会之余，温斯顿还开始接触具有"反叛"思想的书籍，并且加入了地下组织……然而最终不幸被"思想警察"发现。在严刑逼供之下，温斯顿被彻底洗脑，全线崩溃——他出卖了理想，出卖了一切，甚至出卖了自己心爱的恋人。

奥威尔的《一九八四》1949年问世后立即引起轰动，一年之内在英国销售量达45000册，美国销售量达17万册，不久又被译成德、法、意、俄、日等20多种语言。这部享誉世界的杰作迄今已重印数百次，销售逾千万册，而且至今仍在不断重印。

乔治·奥威尔1903年出生于英国殖民地印度，其父是当地殖民政府的下级官员。1921年奥威尔从著名的伊顿公学毕业，前往英属缅甸做了5年的印度皇家警察。具有无政府主义倾向的奥威尔不适应这种生活，1927年趁回国休假之便辞职，居住于伦敦东部的贫民区。1928年奥威尔前往巴黎，租下一间廉价的房子开始写作——大概正是这一时期使他具备了信仰马克思主义的思想基础。1929年奥威尔返回英国，于1933年出版了纪实作品《巴黎伦敦落魄记》，1934年出版长篇小说《缅甸岁月》。1936年奥威尔访问了兰开夏郡和约克郡，后来伦敦一家左翼出版社请他前往英格兰北部工业区维冈码头，考察大萧条期间的工人状况。这次经历使他从倾向左翼的理想主义者变为一个民主社会主义的支持者，并写有《前往维冈码头之路》一书。

1936年奥威尔携新婚妻子前往西班牙，加入国际纵队，成为一名战地记者。在战斗中奥威尔两度负伤，不得不于1937年回国治疗和休养，并在此期间被诊断出患有肺结核。1940年奥威尔成为《新英语周刊》小说评论员。

1945年奥威尔出版其重要的寓言体作品《动物农庄》，由于将讽刺矛头直指苏联，曾遭到4家出版社拒绝，"二战"后得以出版并大获好评。随后奥威尔从苏格兰海岸迁居到朱拉岛，开始其《一九八四》的写作（1984即是将写作时间1948的48颠倒而成）。但环境的改变加剧了他的肺结核，他病情恶化，不得不住院治疗。此后两年奥威尔抱病完成了这部后来享誉世界的不朽名著，并于1949

年出版。同年，奥威尔返回英国，但这时他的病情已进入晚期。1950年初，在《一九八四》出版后不久，奥威尔决定前往瑞士疗养院接受治疗，登机前突然大量咯血，于1月21日病逝。

四、共产主义未来思想

就在恶托邦横行西方的时候，在苏联，有共产主义未来思想类科幻小说正在兴起。这类作品中最重要的就是伊·安·叶弗列莫夫的《仙女座星云》。

《仙女座星云》刚开始的时候，颇像一部宇航题材的科幻：一艘来自地球的宇宙飞船，在距太阳系5光年的地方陷入没有燃料的困境；宇航员们在某颗星球降落以寻找燃料，却发现该星球上核辐射严重；在漫长的返回途中，又被一个引力巨大的黑洞吸引……与此同时，在地球上的故事开始展开：有关部门正在与宇宙飞船进行联络。作品穿插着对地球发展历史的讲解——讲述人类联合起来并被吸纳为宇宙联邦的过程。这时的人类已经实现全球大统一，共同使用"地球语"。国家已不复存在，所有人都亲如手足，不再有隔阂。新生儿也由全社会共同抚养教育。人们平时的生活就是锻炼身体和从事科学艺术创造，由一些专门的科研机构组织和协调人类的智能活动。而物质的极大丰富又使得衣食住行等问题根本无须再考虑，体力劳动几乎消失，只剩下少量的考古发掘和海底矿山作业——长期从事脑力劳动的人为了改变工作环境对此十分喜好。当然，任何社会都有落伍者，那些对紧张的脑力劳动厌倦的人和不愿与大家一同劳动的人可以前往大海中的一个岛屿，在那里重新投入大自然的怀抱，从事古代的农业、渔业和畜牧业。其时地球本身的改造也已完成，两极附近的严寒地带和赤道附近的沙漠地带都已消失；大陆被划分为工业区、农业区和住宅区几个不同的区域；地面交通是通过超高速的螺旋轨道实现的……同时，恒星际的宇航飞船定期飞行。这又回到开篇：宇宙飞船在黑洞迫降，发现了昔日的探险飞船；船员们还遭到了奇异生物的攻击；接着他们又发现了一艘来自其他星球的遇难飞船——后来才查明，它是来自仙女座星云的宇宙飞船。在小说的结尾处，已经返回地球的宇宙飞船船长与他年轻的妻子再次出征，前往波江座探险。由于此次航程往返距离长达170光年，因此宇航员们与欢送人群怀着今生不能再相逢的伤感心情挥手告别……

作者伊·安·叶弗列莫夫是一名生物学博士、古生物学家，以发掘戈壁沙漠中的恐龙遗骸而著名。第二次世界大战末期，叶弗列莫夫在探险中不幸患上热病，健康受到严重损害，不适于再去探险，因此转写科幻小说。叶弗列莫夫的科幻以短篇为多，并颇有建树。他在1944年发表了短篇处女作《奥尔盖·霍尔霍伊》之后，也写有不少长篇，其中还包括古代小说和探险小说，以及数部精彩的科幻小说。在《仙女座星云》出版两年之后，可以看作其续集的《蛇座的心脏》又出版了。

许多人认为，在这部背景宏大的作品里，叶弗列莫夫写的并不是宇航探险，而是人类未来的理想社会。也许是现代社会威胁人类生存的因素太多，所以才出现了那么多的"恶托邦"作品。而叶弗列莫夫把目光投向更遥远的未来——在那时社会矛盾已经大大减少，阻碍人类发展进程的因素更多地来自自然；叶弗列莫夫通过歌颂人类对理性的信赖，在作品中展现出人类探索未知世界的决心。这部作品以马克思主义社会发展的方法论为基础，同时依据现代科学各个领域的最新成果，加上大胆的想象，去探求宇宙的发展、生命的进化以及社会的进步途径，与以往的乌托邦作品截然不同——即使喜欢苛求的西方评论家也不得不承认，这一曲对共产主义社会的美妙赞歌，是对未来社会的最好描述。

除叶弗列莫夫外，卡赞采夫也是著名的共产主义未来思想的作家。他的小说《熊熊燃烧的岛》《太空神曲》等都堪称典范。20世纪80—90年代，基尔·布雷切夫也创作了大量共产主义乌托邦小说，以其《一百年以后……》为例，作品分为上下两部：上部以一个小男孩的视角，描述了他在未来社会（100年以后）中遭遇的诸多事件；下部则以一个未来小女孩（永远12岁的阿莉萨；作家在自己作品中反复出现的人物）来到现实世界为契机，讲述了未来孩童在"今天"所经历的种种奇遇。

五、韩松的恶托邦

作家韩松的科幻小说《红色海洋》开启了中国恶托邦科幻小说的先河。这是一部有关中国的过去、现在和未来的长篇科幻小说。小说的第一部描述在遥远的未来，人类全面退化并移居"红色"的海洋。这是一个全新的世界，是一个恐怖、威胁和压力之下的严酷世界。在韩松的笔下，分散于海洋各地和各个历史时期的种族，在生理构造和文化传统上都显出惊人的差异。就连个体之间，也差别惊人。但生与死、抵抗与逃避、吃人与被人吃则是所有种族都无法逃避的、封闭的生死循环。像老舍先生的《茶馆·第一幕》所得到的评价一样，《红色海洋》的第一部，是中国科幻文学中少有的一个"第一部"。它那种超越万亿年的历史流动，那种覆盖整个地球的宏大场景，那种人与人、人与自然之间的精彩较量，将毫无疑问地被载入中国科幻文学的史册。

当万亿年的时间在作者的笔下匆匆滑过的时候，人们不禁要问，这样严酷的未来，到底是怎么出现的呢？小说的第二部和第三部，则重点回答了红色海洋世界的由来这个主题。在这两部中，作者着力给第一部的世界提供了多种可能的起源假说，每个假说都具有寓言的性质，每个假说都复杂异常，每个假说都充满了不可能的灵异，但每个假说都貌似有着现实的可能性。于是，整个人类的过去被悬疑、被质问，所有行为的起因和结果，都成了某种可能与不可能、是与不是之间的摇摆物。

在这种"心理双关图"的影响下，小说发展到最后一部。第四部的标题是"我们的未来"。有趣的是，这一部讲述的都是有关中国过去的"历史故事"。从郦道元开始巡游全国试图为《水经》作注，到朱熹兴教，再到郑和七下西洋发现欧洲、非洲甚至南北美洲，历史再度从某种不稳定状态回归稳定。如果说小说第一部的宏伟壮丽犹如一串血色的串珠混杂了中华文明和世界文明，那么第四部则清新优雅，像竹林中的一串清丽水珠，透射出中华文化的所有特殊性。如果说第一部中的血与死是浑浊的，那么这一部中的希望与失落，则显得幽深而隐蔽。唯有不断出现的悬疑，我们才将四部小说重新构成一个整体。

从整体上看，《红色海洋》是一部看似科幻实则现实、看似倒叙实则顺叙、看似未来实则历史、看似全球实则当地、看似断断续续前后不接实则契合严谨罕有裂隙的优秀文学作品。作者所尝试的颠倒历史、循环历史、多义历史等叙事方式，在当代中国作品中，更是非常少见。作品所描述的有关东西方关系、有关人与自然、有关我们民族和个体生存的严峻主题，已经大大超出了当代主流文学的创作视野。

六、未来社会的经济

未来社会不可能没有经济生活，于是，未来经济也成了科幻作家讨论的主题。1965年，美国作家弗兰克·赫伯特推出了他场面最为宏大的科幻巨著"沙丘"系列的第一部。小说是这样开篇的：在遥远的未来，一种来源于沙漠星球上的被称为"米拉基"的植物成了所有星际政府垂涎的对象。为了获得这种可能制造出永生药物的植物，一场沙漠大战拉开了序幕……在这部洋洋洒洒70万言的作品中，阿拉克斯星球被她的邻国入侵，国王被驱逐，主要经济设施被占领。为了夺回自己的家园，流亡的星球首领在邻近地区找到了一个能在沙漠表面无障碍行走的强盛的星际部队，并借助这个部队所驯服的巨型沙虫的引导，收复了自己的国土。25年之后，被赫伯特所详细描述过的这场星际大战首先在小规模的意义上得到了实现，这就是发生在波斯湾的那场现代战争。

科幻小说关注经济以及与经济相关联的问题，至少可以追溯到公元前375年左右的《理想国》。多年来，科幻文学中的经济思想其实与社会流行思潮并没有太大的区别，完全自由经济的思想和集权控制的思想一直是创作的两条主线。围绕这两条主线，作家们发挥自己的想象力，将丰富的社会前景呈现给读者。

20世纪的科幻文学作家将自己的关注集中在政治和技术主题上，安·兰德（Ayn Rand）的《阿特拉斯耸耸肩》可能是为自由主义辩护得最强烈的作品，这部完全代表西方文化发展方式的作品对西方社会生活的许多方面产生了影响。但是，和维护西方资本主义基本价值观的文学作品相比，科幻作家们更关心的是这种经济制度对人性的扭曲。弗雷德·马西撒克（Fred Macisaac）的小说《世界土匪》讲述的是由于负担战争贷款不均而导致美国和它原来的盟国之间进入持久战争的故事。而公认的科幻小说黄金时代的大师罗伯特·海因莱因是喜欢谈论经济的作家，他的小说《帝国的逻辑》将奴隶制经济引入当代社会，为读者呈现了一幅让人无法接受的当代神话图景。1950年，他的小说《出卖月亮的人》则描写了人类为进行第一次月球探险，必须将被探险对象出售以进行融资的荒唐故事。海因莱因是强硬自由主义经济学观念的持有者，他在1966年的小说《严厉的月亮》中形象地阐述了"世界上没有免费的午餐"这句西方经济学的名言。

弗雷德里克·波尔是另一位钟情于经济题材的科幻文学作家。波尔是著名科幻期刊《星云科幻小说》的编辑和主要撰稿人。他对西方主流经济学的反讽与海因莱因虽然不同，但有许多暗中相似的地方。在波尔与西里尔·康布鲁斯合著的小说《太空商人》中，美国的国家经济被一种极端消费主义左右，而这种极端消费主义倾向则来源于一些经济增长万能论的拜物教教徒。在这样的国家中，广告业中心管理机构居然成了政府的要害部门。在1954年出版的《蜜达斯瘟疫》中，波尔描述了更加离奇的情形，那就是未来美国的每个公民都有一个无法承受的"消费配额"，而这个配额的制定完全是为了应付过剩的大机器生产。在其小说《地下隧道》中，一个人工的世界被活生生地从城市的地下开掘出来，其目的只是对人体进行秘密的商品广告宣传。所有接受宣传的人都是广告商人的试验品，这种试验日复一日、年复一年，人们甚至为此失去了死去的自由。在另一部与康布鲁斯合作的小说《法律斗士》中，波尔将自己的解剖刀伸向飘忽不定的股票市场，而在小说的结尾，人们惊奇地发现，根本没有什么自由的股市，因为整个金融公司都是由一些隐遁的超级老年病患者所操纵控制。

但是，所有这些作品和奥尔德斯·赫胥黎的《美丽新世界》相比，都显得简单和幼稚。在这部以莎士比亚戏剧中的台词命名的科幻小说中，资本主义高度发达，人不再考虑生育，而是由克隆制造，性、爱情、娱乐等社会生活的所有方面都变了味道，就连时间的纪元，也从公元改成了"福特"，以象征大汽车企业对整个世界的占领。

对非自由市场经济制度的设想也挑战着科幻作家的想象力。托马斯·莫尔的《乌托邦》中写过一个小小的"方圆200英里"的新月形岛屿，在这个岛屿上人们过着没有商业的田园共产主义生活。德国作家约翰·凡·安德里亚的小说《基督城》的公民享受公有制社会的乐趣，这里有公费医疗，食物实行配给制，服装一律为灰白色。19世纪以后，乌托邦文学逐渐带上了马克思主义理论的理想社会色彩。罗伯特·帕姆伯顿（Robert Pemberton）的《一个美好的殖民地》可能是早期社会主义乌托邦科幻小说。爱德华·贝拉米的小说《回顾：公元2000—1887年》则从经济学家亨利·乔治（Henry George）的《进步与穷困》中获得了大量灵感，以中国生活为背景的科幻小说作家M. P. 谢尔也从这位学者的论著中获益匪浅。以马克思主义理论为中心的作品还有阿纳托尔·法朗士（Anatole France）的小说《白色的石头》。

和对一种乌托邦社会的向往相比，国家计划经济对社会发展甚至对人性发展所造成的负面影响更多地吸引着作家的注意力。杰克·伦敦的《铁蹄》呈现了暴力革命在实现平等过程中的恐怖。迈克·雷诺德的小说《对手雷吉人》则写了一些到外星球访问的地球人为了试验马克思主义的威力而对那里的土著国家进行人为分割，以便检验计划经济和自由经济到底哪一个优越的故事。扎米亚京创作的小说《我们》和奥威尔创作的《一九八四》是"恶托邦"文学的经典。在这两部作品中，中心计划经济使人的本性丧失，所有人甚至失去了自己享有姓名的自由，全世界的公民都由一些代号表示，爱情、思考、独立的行为都在一种中心计划主义的影响下丧失殆尽。整个世界被一种人工控制的狂热情绪所左右，而这种狂热情绪的一个相当有效力的作用就是转移计划经济的弊端在人们心中产生的失望感。

除去计划经济与市场经济这个宏观主题外，科幻小说中关于经济问题的讨论也深入到比较细致的微观领域。海因莱因的《机器路》讨论了最大的经济报酬应该给社会中的哪些人才显得公平，他的观点是应该重奖那些处于生命威胁之中的社会贡献者。路易斯·帕德盖特（Lewis Padgett，Henry Kutter和C. L. Moore合作的笔名）的《钢铁标准》讲述的是用经济方法实现国家之间的压迫与屈服，在小说中地球人对被占领的外星球进行经济瓦解并威胁其社会的稳定。波尔·安德森的《帮助之手》展示了一个纯粹接受外援的国家经济可能出现的问题。罗伯特·谢克里的小说《生活费用》描述了资本主义的脆弱性：一些中产阶级只有通过使用未来孩子收入做抵押，才能换取今日食物。G. C. 爱德蒙顿的小说《腐败了地球的人》和本·波瓦的《私掠船》写的都是软弱的美国政府放弃他们在宇宙中占领的地盘而由其企业家进行接管的故事。生态毁灭题材的小说也涉及经济问题，比如人口过剩和第三世界的欠发达问题，这样的作品包括乔治·特纳的《大海和夏天》和布鲁斯·斯特灵的《锡兰忆往》、《网络中的岛屿》。

除去对经济体制的关注外，科幻小说作家对经济危机和突然出现的经济恐慌也有极大的兴趣。早在20世纪70年代，描写中东石油危机的科幻小说《油断》就曾风靡一时。几乎是在同时，作家保罗·厄尔德曼的小说《79的冲击》描写了一个和当年东南亚金融危机类似且情况更加复杂的事件：一家美国大银行的倒闭导致了连锁反应，几乎使得整个世界陷入经济崩溃，道琼斯工业股票狂跌不止……此时，一个阿拉伯石油国家决定挽救西方经济，但他们的交换条件竟然是恐怖主义的合法性。在《79的冲击》之后，厄尔德曼还创作过《恐慌的1989》，再一次登上全美畅销书榜。

科幻文学对经济学主题的观照，还有更多作品。但有一点却是共通的，即在所有这些或者幽默生动或者悲观恐怖的小说内容的背后，都隐藏着人类对自己命运本身的观照，表达了人们对更加美好的世界生活的向往。

七、未来社会科幻小说的审美性

未来社会科幻小说的审美特性，主要表现在全方位对未来的展现上。其中，乌托邦、恶托邦又各自具有奇妙的感染力。众所周知，人类总是向往美好的未来，这恰恰是乌托邦小说所展现的未来图景。从柏拉图开始，美好的未来永远是引导人类向往和想象的目标，更是促使人类行为的动力。

但是，一味强调未来的美丽和引人入胜，常常会使人感到与现实生活的经验不符。人们在日常生活中会发现，根本没有不经过努力就能达到的未来。这样，在展现未来美好的同时，给予这种美好的实现以一系列困难，成了乌托邦小说的主要改进。以郑文光的小说《火星建设者》为例——即便在共产主义时代，主人公为了开拓火星，也必然要为人群中的不同意见而烦恼，也仍然会因大自然的严酷惩罚而丧命。多数苏维埃共产主义科幻小说也采用了同样的情节构造方法。这种构造为读者的阅读创造了曲折，也使作品所表达的现实更加接近社会生活。

然而，即便是具有美好的设想，也仍然会出现许多失误而导致人类社会进入黑暗时代。在人类历史上，许多本来是追求理想、追求解放的运动或行为，最终导致的却是人类的毁灭或压迫的产生。所有这些，都成了恶托邦小说审美的价值基础。在恶托邦中，作家直言不讳地展现种种可能的悲观主义未来，警示人们必须对这些未来的产生作出百分之百的警惕，否则将真正奔向毁灭。

（星河、吴岩）

第四章　科幻小说的叙事和结构

第一节　叙事

作为一种类型文学，想要脱离整个文学体系对科幻进行独立的探讨并不适当。科幻是"点子"文学，即这种作品的成功依赖于优秀独特的创意。但单纯的灵感展示并不能称作小说，只有将其与完整的、独立的故事相互融合，才能让点子鲜活起来。哪怕科幻作品的类型化程度极高，人物形象极其扁平、仅仅服务于情节发展，故事也能令读者获得满足。因此，以故事为载体的科幻作品必须是合格的叙事文学。而叙事文学必须按照叙事文学的特征进行创作，研究者也必须在这个意义上进行相关的研究。

以往的科幻作家在创作过程中，对叙事学理论的关注不够。普罗普在《故事形态学》中指出，通过对100个俄罗斯民间神奇故事进行形态比较，可以将故事分割成多个不同的叙事单元，对这些单元的内容可以进行多种替换，但在构造作品时，单元的存在具有重要意义。因为像人、物品等单元在每一个作品中虽然各不相同，但它们的行动和功能却不会改变。通过类似统计学的分析，普罗普发现，故事中有七种叙事角色：坏人、神助、帮助者、公主、派遣者、英雄、假英雄。这七种角色的全部或大部分会出现在多数作品之中。此外，角色的行动可以归纳成31种，这就是所谓的叙事功能项（表一）。叙事功能项在故事中是稳定的不变项，是构成故事的基本要素。但并不是所有的叙事功能项都会在每一个故事中出现，但参与叙事的功能项出现的次序总是一致的，这一点凸显了普罗普理论的结构主义特色。在普罗普看来，一个故事向前推进，存在着六大基本叙事阶段：准备、深入、派遣、对抗、归来、接受等。像一个故事中不一定包含所有的叙事功能项一样，它也不一定包含所有的叙事阶段。

表一：31种叙事功能项表解

0 初始状态	16 搏斗（英雄）
1 缺席	17 遇险获救（英雄）
2 禁令	18 胜利
3 违背禁令	19 灾难解除
4 刺探（坏人）	20 归来（英雄）
5 传递（坏人）	21 追捕（英雄）
6 诈骗（坏人）	22 解救（英雄）
7 共谋（受害人）	23 无识英雄
8 罪行（坏人）/缺乏（家庭成员）	24 无理要求（假英雄）
9 调停（英雄）	25 艰巨任务（英雄）
10 反击（英雄）	26 完成任务（英雄）
11 出发（英雄）	27 承认英雄
12 考验（英雄）	28 揭露真相（假英雄）
13 反应（英雄）	29 身份转换（英雄）
14 领受神力（英雄）	30 惩罚
15 空间转换（英雄）	31 婚礼

在《故事形态学》中，普罗普举了一个例子来说明功能概念：①沙皇以苍鹰赏赐主角，主角驾苍鹰飞向另一国度；②老人以骏马赠送主角，主角骑马至另一国家；③巫师赠给伊凡一艘帆船，伊凡乘船渡至另一国家。

普罗普指出，在以上三个故事情节中，虽然人物身份发生了改变，但其基本作用或叙事功能是一致的。也就是说，它们在整体故事中发挥的作用是一致的。（某人赠送给主人公一件物品，而该物品辅助主人公到达另一个地方。）因此，它们可以被认为是同一个功能单位。在不同的故事中，同一个叙事功能可能会以不同的形式出现，而同一个角色也可以由具有不同属性的人物扮演。比如在上面所举的例子中，"驾苍鹰飞向另一国度"与"骑马至另一国家"，在故事中实际上是同一种叙事功能的不同表现形式，而"沙皇"与"老人"是一对可以互换的人物，二者承担的也是同一个角色（帮助者）。对于故事的其他叙事功能，同样如此。凭借叙事功能项，普罗普的叙事学理论可以将一个故事尽可能地拆分，并对其进行抽象化、概念化，甚至将整个故事抽象为一列由叙事功能所组成的公式。

尽管普罗普的理论源自民间文学，但其结构主义思想和抽象处理文本的方式却值得转化到科幻文学的讨论与研究中。作为科幻的类型特征，科幻元素是具有"陌生化的认知性"的叙事单元。叙事单元是故事叙事过程中最基础的组成部分。根据普罗普的理论，故事是由一连串的叙事功能项组合而成，其中包括扮演特定角色的人物、被执行的某个功能性行为、行为的目标受体，其中最为核心的是功能性行为。围绕着人物行为，执行行为的主体、承载行为的介质与环境、接受行为的客体都可以被视为基本的叙事单元。对科幻而言，科幻元素与人物的互动关系直接决定了科幻元素在叙事过程中所处的位置，从而决定了科幻元素的表达。

在小说这种叙事文学中，所有的叙事单元均是围绕人物及其行为进行表达的。根据不同的互动关系，我们可以将科幻元素大致分为背景、人物、物品三组。

背景类元素并不与人物发生直接的互动关系，它们隐藏在文本之中。科幻作品中的背景，通常是发生在未来、过去、外星球等多样化的陌生世界。当然，也有许多将背景设置成与现实世界几乎完全一致的作品，这些故事通常会选择在其他类别的叙事单元中引入科幻的成分。不过，当其他类别出现科幻元素时，这一背景或多或少也就具有了陌生化的效果。

尽管科幻背景不会直接作用于具体行为，但是却具备引导故事情节、人物发展的能力。一部优秀的科幻作品，其中的科幻元素是有机存在于故事叙事之中的。背景故事发生的时间、空间、物理法则、宇宙样貌、生命演化、政治形态、技术水平等。在宏大的概念设计下，科幻元素必然要以某种方式具体参与到叙事过程中。从某种意义上说，科幻小说就是通过打破主人公的固有思维，推动其发觉这一未被发觉的元素，从未知到已知，从认识到理解。

具有科幻元素的人物，常常是"拥有某种特殊能力"的人。这种特殊能力既可能是身份上的虚指，也可以是身体机能上的实指。一种特殊的身份常常给人特殊能力，这是科幻感产生的一种有效方法。《一九八四》中真理部的思想警察，或是《全面回忆》中的星际特工，他们本身并没有与众不同或超人一等的地方，但其身份在科幻的背景设计下，便具有特殊的属性，因此其行为动机也便有了相应的变化。具有科幻感的人物除了身份独特，还可以生理或心理机能独特。怪兽、外星人、机器人、赛博格、人工智能等本身便具有非正常人类的属性，所有的行为均因身体的变化而发生改变，哪怕与正常人类角色出于相同的动机，在同一前设条件下，其行为的内容与行为模式也将与之不同。同样地，当这些角色处于接受行为的客体位置时，相同行为所产生的直接后果、带来的心理效应与情感冲击也并不相同。

具有科幻元素的物品，更多地在作品中作为客体存在，根据具体的情境，又可以将其划分为场景、设施、道具三个次级类别进行讨论。场景是行为发生的具体地点，是科幻背景在空间上的具体表现。不同的地点，行为的表现形式会有相应的改变。以远距离暗杀这一行为为例，在地球上需要借助狙击枪来完成，过程中还要考虑到风速、风向、大气湿度等要素；在太空中，受到真空和失重的影响，普通的枪支根本无法射击，而一旦发射，子弹将不受干扰地直线移动击中目标；在重力极大的星球，甚至可以朝反方向射击，绕行一圈后完成射击；在速度极快、相对论效应极大的列车上，开枪的时间甚至能够晚于目标的死亡。这便是场景类别中科幻元素对行为过程的影响。

设施是与人物被动发生互动关系的具有科幻特征的物品，它们通常作为故事涉及世界的细节被展示出来，用于提升科幻背景的真实程度。尽管与人物发生了互动关系，但其本身在叙事上的作用却可能是比场景更直接的功能性表达。出现在科幻电影《少数派报告》中的全息广告、视网膜监控技术、探测用蜘蛛机器人都是设施类别中的科幻元素，分别承担了为主人公提供背景信息、启发通过阻碍的策略、威胁主人公达成既定目标等功能。这些具体功能并不是科幻故事所独有，但搭配科幻元素后，便令故事整体风格更加统一，科幻背景栩栩如生地展现。

道具类别中的科幻元素与设施类别恰好相反，是人物主动发生互动关系的物品。《少数派报告》中的飞行汽车、预警系统、呕吐枪均属其列。一方面，道具因其本身属性，能够影响人物行为的具体表现，从而对客体施加特殊效果，这与设施类别十分类似。飞行汽车与普通汽车一样，都是将人物运往某地的载具，但是飞行汽车的特性为运送过程提供了新的场景，有着更高的被破坏的可能性，带来的后果的严重性也有着相应的提高。另一方面，道具往往因为特殊能力而成为人物行为的追求目标，这是场景、设施等所不具备的特质。民间传说故事中，想要获得宝物，就必须付出行动、努力、牺牲、经受考验，一旦得到，就会拥有其力量。科幻故事中的道具同样如此。

尽管在创作过程中，作者有能力选择性地调整科幻元素在叙事中的重要程度，在"主体——环境——行为——介质——客体"这一叙事链条中，科幻元素处在不同位置，本身对叙事过程的影响也并不相同。位于主体、承载介质的科幻元素，比位于客体、环境中的科幻元素具有更大的主动性。即便具有相同叙事功能的行为，在其发出方、执行动机、表现形式、接受方、造成后续影响等方面也不可能完全一致。因此对于类型文学，尤其是类型化程度高的科幻作品而言，科幻元素就成了打破常规模式、构建惊异感的有效手段。而只有通过影响互动关系，改变基础叙事链条的表现，科幻元素才能被看作参与了叙事过程，从而有机会在更多维度上带来主题、意义的深度挖掘与提升。

普罗普认为，除了固定的人物角色和叙事功能项，故事中的一切都是可以改变的。这对科幻元素同样如此。科幻元素参与的程度越高，故事就越接近通常所认为的"核心科幻"。当有选择地限制参与程度，故事就会表现出截然不同的状态。

在一个科幻故事中，在保持叙事功能未变的情况下，科幻元素所处的位置同样能被现实元素甚至奇幻元素所取代。一方面，随着这种取代的程度逐渐加深，科幻元素不再直接影响人物之间互动关系。此时，概念设计被架空、被单纯背景化，故事本身就会成为 "披着科幻外衣"的故事。著名的《星球大战》系列就曾被评价为科幻背景下的奇幻或神话电影。另一方面，在一些现实题材的故事中，尽管处在非科幻的故事背景下，但也能够见到些许叙事应用了科幻元素，这是因为传统的叙事单元被科幻元素取代，这一类故事不常被视为真的科幻作品。例如，小说《天使与魔鬼》中运用了反物质炸弹这种在现实中不存在的科幻元素，但多数观众没有把这个电影当成科幻来看。

科幻元素是科幻文学的必要条件。真正的科幻作品不仅在叙事单元的层面体现科幻的概念设计，在故事的主题意义上也会拥有现实题材作品所不具备的、另一种层面上的对人性的反思以及对人类命运的探讨。

科幻元素的存在，常常被看成制定了一种特殊的游戏规则。这种规则本身具有新奇性，前所未见。同时，它又归属于普适的科学体系，可以客观重复，不为人的存在所动。故事中的人物对科幻元素的认识、理解、运用，也就是对一种新规则的认识、理解、运用。人物遵从科幻元素所建立的游戏规则，同时不断尝试挑战、突破，又因违反规则遭到惩罚，抑或是发现规则之外还隐藏着更为广阔的游戏规则，如此反复就构成了精彩的故事。

事实上，科幻文学在其诞生后的漫长时间里，众多作品被创作出来，一些被读者所喜爱的叙事会被后来的作者学习，不被读者喜爱的部分则会被一点点摒弃。此外，在特定的历史时期中，出于对读者的尊重和讨好，为数众多的作品会出现一定程度的相似性。这种所谓的类型化过程，对类型特征的形成与明确、风格的建立与成熟有着极为重要的作用。但写作模式的固化也成了作者和读者的桎梏。当他们对类型化感到厌烦时，就会催生主动调整，类型就会被突破。

克洛德·布雷蒙在其著作《叙事的逻辑》中，采用逻辑学对普罗普的研究进行了再审视。如果说普罗普只是单纯地把叙事功能依照时间进行了排序，那么布雷蒙则意识到，不同叙事功能之间存在着某种逻辑关系。遵循功能之间的逻辑关系建立的情节序列，布雷蒙称之为叙事序列。一个基本的叙事序列包含"情况的发生——行动的采取——目的的到达"三个情节，但三者不一定接连发生，前后也未必能够达成目的，即主人公未必采取行动，采取了行动未必一定会到达目标。而一个复合型的叙事序列，是在基本叙事序列的基础上进行横向、纵向的扩展，不仅前后可以相互连接，还可以对事件双方建立双重视角，观察事情发展的双方处于同种效果，从而增加故事叙事的复杂度。

布雷蒙指出，在故事发展方向上存在着改善或恶化的叙事循环，也就是故事的上升或下降。当任务完成、获得帮助、消灭敌人的时候，故事方向获得改善，反之则进入恶化。好的故事会在改善与恶化中交替反复，构成情绪上的波折循环，引导读者陷入其中。我们以刘慈欣的长篇小说《球状闪电》为例。主人公"我"的基本行动序列可以视作"球状闪电神秘现身——主人公苦苦探索——发现球状闪电的真相并将其捕获"三个部分。故事中的其他情节，如主人公的学校生活、主人公与林云相识并进入研究中心等，则分别排布在这一基本叙事序列之中。每一个小序列有着自己的行为、目标与结果。整部小说在球状闪电被捕获后，主人公也悄悄地从"我"身上转移到了林云身上，视角转换的同时，林云身上的基本叙事序列也得到了进一步的表现，即"球状闪电的捕获——武器化球状闪电——应用于实战"。又如，电影《时空罪恶》中的主人公依靠一具时间机器在一天里反复穿行，经历或惊悚、或恐惧的过程，最终从结尾直接跳转回开始。在环形结构下，主人公的动机、行为、结果在不同的时间线上相互叠加，营造出迷宫一般的逻辑美感。还有电影《蝴蝶效应》，故事中的主人公不断穿梭到过去，通过做出行为抉择改变未来。在这个过程中，不仅时间在几个特定的位置上反复跳跃，空间也因其行为而发生种种变化。主人公的行为不断改造现实，尽管处于同一时间点，但每一次时间旅行的初始状态、主人公的动机完全不同，造成的结果也愈发不同起来，最终将主人公引至自我牺牲的选择，产生震撼人心的结局。海因莱因的小说《你们这些还魂尸》，主人公"我"的基本行动序列更加复杂，序列之间环环相扣。在传统的基本行动序列中，连续的序列通常是"目的的到达"与"情况的发生"相互衔接，前后两条序列具有明确的时间顺序。但时间旅行题材的小说，故事会打乱时空顺序，跳出传统时序进行叙事。此时人物所做出的结果不仅可能成为下一个序列的开始，更有可能成为上一个序列的开始，所做的行为还有可能影响整个故事的目的。在这部小说中，主人公在年迈的自己的安排下，为了获得新的身份，做了变性手术回到过去执行任务，他与年轻时候的自己相爱并留下私生子，但却不知道长大后的私生子正是自己。在这个故事中，现在、过去、未来，甚至你、我、他都没有传统意义，这正是打破行动序列所带来的效果，也是科幻文学所能创造的特殊魅力所在。

在故事构成的基本序列上，优秀作品中的科幻元素都占据着不容忽视的位置。而对于那些不那么"核心"的作品，科幻元素便会显得无关紧要。以电影《机器管家》为例，作为以人与机器人之爱为题材的故事，其基本序列可以概括成"机器人主人公遇到人类爱人——主人公采取追爱行动——主人公获得真爱"。在这一序列中，尽管人物身上具有不可忽视的科幻元素，但是在叙事过程中，这一科幻元素并没有对爱情故事的基本序列产生影响，仅仅作为提供阻碍的缘由。电影《时空恋旅人》中，故事甚至没有去探讨时空跳跃的产生缘由，而全部围绕在人物情感关系上进行，主人公与时空跳跃这一能力互相绑定，本身不具备解决问题的能力。换句话说，对于主人公被迫与爱人分离的无奈，其科幻身份构成的矛盾形式，与其他类型文学中家族血仇、种族身份构成矛盾形式并无二致，唯一的不同只是矛盾的内容和解决的策略发生了改变。因此相对之下，这类故事无法在主题意义上得到提升，就更偏向科幻版图的"边缘"而非"核心"。

叙事学理论研究中另一位重要的学者是格雷马斯。拥有语言学、符号学背景的格雷马斯深受列维·施特劳斯的影响，后者将语言学模式应用于人类学研究，从而将人类亲族关系归纳为复杂的二元对立模式，借此引申至神话学。格雷马斯同样对二元对立有着浓厚兴趣，建立了极为经典的符号理论系统。格雷马斯提炼了叙事中的角色模式，指出人物绝不等于角色，角色是故事中承担功能性事件的人物。针对叙事功能，能够对角色进行二元划分：主角与对象、支使者与承受者、助手与对头。主角是有目标的人物，对象是主角的目标；支使者是人物目标的来源，承受者是目标所在的一方；助手是帮助主角实现目标的人物，对头是阻碍主角实现目标的一方。其在故事中的关系如图二所示。

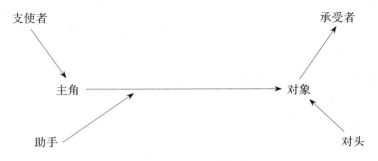

图二：格雷马斯的角色模式

在此基础上，格雷马斯建立了语义方阵，方阵中的元素有的对立，有的否定，共构成六组二元关系。这个符号方阵高度浓缩了人物关系，几乎所有的故事都可以由它表示的一系列关系派生出来，以至于现代的文学体系乃至电影工业中，格雷马斯的方阵依旧被广泛地运用在作品解析与创作中。例如，著名编剧罗伯特·麦基在《故事》中就提出了一个极为类似的矛盾形式图（图三）。

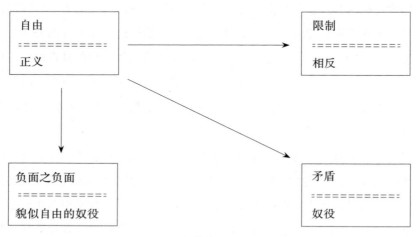

图三：麦基的矛盾形式图

在这个图中，位于正面的是故事主人公的主要价值观，而与之对立的是参与叙事的其他角色所持有的不同价值观。事实上，麦基将人物关系的矛盾聚焦于人物价值观的矛盾——决定不同人物之间产生矛盾、发生冲突的第一层原因是不同人物的行为；而行为背后隐藏的动机与目的是第二层原因；驱使人物产生动机的世界观、价值观，则是最关键的深层原因。如果人物的行为总是符合其内心逻辑的，换句话说，每个人物都是自己心中的英雄。这对故事的创作无疑具有启发性的意义。

对于科幻作品，同样也能够从中找到类似的矛盾关系。以《一九八四》为例，故事的矛盾形式图如图四所示。

在这个故事中，温斯顿毫无疑问是追求自由的，而与之直接对立的价值观便是失去自由，陷入奴役。对于思想警察，他们拘捕思想犯，毫无疑问有着一定的自由，然而受到更高层次的限制。而对于整个国家而言，是完全笼罩在貌似自由的奴役之中。比起强制性地失去自由，通过消极的手段使自己处于奴役的状态，显然要比单纯的奴役更进一步，矛盾也更加深入。随着多重对立关系的建立，《一九八四》的故事便超出了普通反乌托邦小说的范畴，在人物之间的矛盾上得以发展，更加立体、饱满、充实。

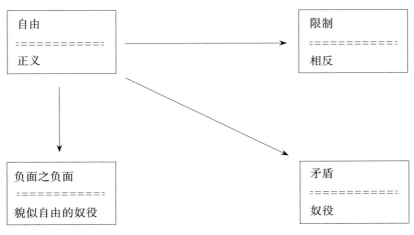

图四：《一九八四》的矛盾形式图

占据矛盾形式图的价值观，具体体现在故事中，便会具象化为持有不同观点的众多角色，由此引发不同势力之间的对抗，这在科幻作品中也是屡见不鲜。相比于其他类型的作品，科幻作品往往将其与科幻元素相互结合，从而唤起更多元的引申含义。例如，在刘慈欣的长篇小说《三体》中，面对三体人的到来，不同的观念造就了不同的社会势力。以汪淼、大史为代表的众多人类属于对抗者一派，与之直接矛盾，而支持三体人降临的ETO组织便处在矛盾形式图的右下角。然而ETO内部也有不同的见解，认为三体人可以帮助人类得到提升的拯救派，对于三体人的降临抱有一定期待，在形式图的右上角。而位于左下角的，则是伪装成支持人类，实则支持三体人降临的伊文斯、叶文洁等潜伏的ETO成员。当原始人物关系划分复合了外星神明这一科幻元素时，原本针对自由与奴役的简单模板就变得更有活力，也更加复杂。而如果从以基督教为代表的神学体系出发对《三体》进行解读，甚至能够看到以三体文明为神明，以ETO组织为门徒和追随者，以汪淼为背叛者的经典结构设计，在某种程度上，作为神明派往地球的代表，智子能够被看作基督一般的使者，在地球上行使神迹以证明神明的力量。由此，科幻元素的构建在无形间与经典结构发生了呼应与碰撞。不同人物的基本价值观具体到外星人降临这一主题上时，便体现出了不同的思潮，并决定了多个角色的行为动机，主题意义由此加深，故事也因此拥有了更为鲜活的效果。

茨维坦·托多洛夫将叙事划分为三个层次：语义、句法和词语。一个故事可以看作一个语句，故事的结构与语句中的动名词属性极为相似。这便是其叙事句法理论。在托多洛夫看来，命题是最基本的叙事单位。故事的角色或对象用名词表示，而故事的改变用动词表示，承担形容词作用、修饰名词的结构，则用来表示人物的状态、品质或身份。在此基础上，托多洛夫指出，对于一个故事而言通常是由平衡状态开始，经历非平衡状态之后，到达另一种平衡状态。后者的平衡与前者类似，但内在并不相同。一个故事恢复平衡存在不同方法，而故事中的角色需要做出自己的选择。这样，一个完整的叙事可以包括：①初始平衡状态，②某事导致平衡破坏，③角色发现出现不平衡状态，④角色做出行动，⑤平衡重新建立。在这个过程中，⑤是①的重复，②与④呈现对称关系，③是①和⑤的反面。而故事从①到⑤的过程，便是一个故事的叙事转化。除了恢复平衡的转化类型，还有许多其他叙事转化，比如角色的命运被锁定；角色产生了争取自由的意愿；角色与锁定命运之人达成某种契约；角色接受考验；契约关系生效；契约关系得到实现。这一点与格雷马斯对基本故事模式的总结十分相似。格雷马斯认为普罗普划分的叙事功能还太复杂，提出了三种基本故事模式，即完成型组合、离合型组合与契约型组合，多种组合相互嵌套融合，从而产生了多样化的叙事方式。对于科幻作品而言，恢复平衡的叙事转化十分常见。同样以《球状闪电》为例，主人公在故事一开始，生活的平衡就被球状闪电的突然袭击打破了。双亲的离世造成的情感缺失，转化成了研究球状闪电的内在动力，主人公一心钻研的行为，实质上是潜意识中试图恢复平衡的一种方式。而当球状闪电的真相被揭开，主人公完成了其心愿，平衡重新得到了恢复，故事也就告一段落了。可以看到，当这段叙事转化结束的时候，作家并没有结束故事，而是通过新情况的发生重新打破了主人公的平衡，令《球状闪电》进入了后半部分的故事，即探索球状闪电的量子效应。这段叙事转化的开始始于主人公笔记本电脑的怪异举动，然而即使在叙事中处于相同的位置，后者对故事情节的推动作用还是要比前者小许多，原因就在于，经典叙事是以人物推动情节发展进行叙事的，通过不断在目标前增加阻碍，人物才能不断提升自己，最终跨越障碍抵达终点。故事甫一开始，球状闪电对主人公家庭的改变，便从本质上影响了主人公的身份属性，具有情感上的原始冲击力，是最古老、却也最有效的唤起读者共鸣的叙事方式。而笔记本电脑闹鬼之谜，作为与主人公自身没有直接利害关系的外部变化，虽然对其研究重塑了故事中所有人的世界观，并且直接引发了末尾的高潮段落，但是对主人公而言，继承自上一段叙事的人物心理，在这一次事件中并没有得到成长。既然人物没有改变，处于静态之中的主人公自然无法脱离窠臼，故事性自然也就降低了许多。不过对于科幻作品，人物并非是刺激读者，尤其是科幻读者的唯一因素，科幻元素的设置安排，同样会对科幻作品的审美感受产生重大影响，这种影响之大，甚至可以令读者忽略故事在叙事上的诸多缺陷。从这个角度来看，科幻概念设计作为故事背景，是随着故事徐徐展开，为读者展示全新世界观的过程，本身也是跳脱传统叙事转化的一种突破。

科幻作品的好坏虽然寄希望于新的创意，但运用多元化复合型叙事，在叙事层面提升艺术水平同样能够带来美学上的享受。如前所提到的《一九八四》，虽然小说中有许多创意，但给人独特感受的，可能还是温斯顿生活平衡的打破与恢复，是与他追求自由的心灵息息相关的。而在更高层面上，温斯顿被奴役的命运具有古希腊神话故事悲剧色彩。温斯顿试图打破被奴役的生活，追求自由的爱情，但最终被人发现，受到法律约束，洗脑，最终回到被奴役的生存状态，过程中暗含了某种不成文的契约规范，即如果能够打破，那就可以冲破命运的束缚；如果无法打破，那就回到被束缚的状态并接受惩罚。两种叙事转化通过温斯顿的行动与产生的后果，相辅相成共同完成，故事主题更加深刻，文本也具有了更深层次的可解性。

科幻小说中存在着叙事角度与叙事情境。叙事角度常常被分为全知视角、第一人称参与视角、第三人称主观视角、第三人称客观视角。叙事情境可以被分为第一人称叙事情境、作者叙事情境、人物叙事情境。构成叙事情境的要素有三项，分别是叙事方式（讲述或是展示）、叙事人称（叙事者与人物世界统一或是有一定距离）、叙事聚焦（内部聚焦或是外部聚焦）。其中，叙事聚焦是描绘叙事情境和事件的特定角度，反映这些情境和事件的感性和观念立场。如果聚焦者是叙述者以外的小说人物，就是内部聚焦，如果是叙述者本人，就是外部聚焦。其相互关系如图五所示。

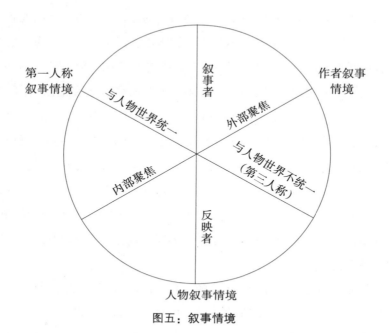

图五：叙事情境

　　相对来讲，文学创作中出现第二人称是较为罕见的，其作用也相对有限。然而在科幻作品中，第二人称的创作往往会达到内容与主题上的双重震撼，给人审美上的极大冲击。在美籍华裔科幻作家姜峯楠（也译为特德·姜）的小说《你一生的故事》中，全文交替使用第一人称与第二人称，这种安排制造了一种以全知视角展现人物生活、表现历史唯一以及人生被时间所束缚的效果。小说把对未来的预言与当下的陈述相互结合，打通线性叙事的同时，也打破了双重叙事时间。日本作家神林长平的《御言师》通篇采用第二人称，将读者带入奇诡的陌生世界，又在末尾制造突转，虚实叠加，打破了传统小说营造真实感的规范性原则，不仅向读者表明故事就是虚构，还特地展示出文字可以重构虚构。借助第二人称将现实世界与虚构世界相互叠加是产生多重审美效果的原因。这种对第二人称的巧妙运用是其他类型文学所不具备的。

第二节　结构

结构是一部叙事作品的形式要素，无论是小说还是电影，其内部都可以视为诸多不同情节的连缀，而各个情节部分之间的逻辑联系、内部构造和外在表现形式，就是作品的结构。任何小说都少不了人物、环境与情节三大要素，而三者如何安排在故事之中，便由结构决定。对于科幻文学同样如此。

相比于其他类型的文学作品，科幻作品存在着科幻元素的出现—阐释—影响。

作为宏观结构的三个部分，出现—阐释—影响三个步骤分别对应着科幻元素本身具有的特性。"出现"是科幻元素在故事中的首次登场，在这一环节中，主要得到表现的是科幻元素的陌生化效果。作为被文字具象化的想象力，科幻元素无论是外表观感，或是其具体特殊能力，都有着与现实世界中的背景、人物、物品有着质的差距。作者如同魔术师一样，伴随着科幻元素的"出现"，其新奇的、特异的、奇观性的一面被展现给读者，提醒读者不同寻常的事情已经出现，需要集中注意力观察、思考。

当科幻元素得到淋漓尽致的展示后，"阐释"环节着重体现的则是科幻元素的认知性。一方面，建立在现实的科学体系逻辑下，作者为科幻元素的正当化提供尽可能的解释，力求科幻元素以相对最真实的形象出现在故事中，具备可信度，令故事得以成立。另一方面，科幻元素的认知性还体现在其运用上，作为具有科幻特性的叙事单元，科幻元素不以个人的"潜力"或"心灵能量"为其特殊能力强弱的判定标准，而是拥有客观的、可重复的原理。如果说"出现"环节是科幻、奇幻文学所共有的部分，那么"阐释"环节中的认知性体现，则是区分科幻、奇幻的重要标志。

单纯的"出现"和"阐释"仅仅完成了科幻元素的构建，并没有构成完整的结构。以纯粹个体出现的科幻元素只能被称作一种构思，还不能够成为文学叙事的组成部分。只有当科幻元素以叙事单元的形式出现在故事中，作用于人物的互动关系时，科幻元素才算是真正参与到了故事的叙事，这便是"影响"

环节。这一环节不仅仅包含科幻元素对周围环节、物体、生物阐释的直接作用，也包含对人物心理、思想上的影响。当科幻元素在"影响"环节中，造成新的科幻元素出现时，后者也拥有同样的结构，且前者的"影响"成了后者的"出现"，形成了连环链条一样的结构。同时，"出现—阐释—影响"的结构不仅仅体现在微观的科幻元素上，通过建立在微观结构上的故事情节，这一结构也能够在宏观尺度上有所表现。

以《球状闪电》为例，故事可以根据其"出现—阐释—影响"的结构大致分为三个部分。故事开始时，首先是球状闪电"出现"，其对主人公家庭的破坏，体现出运行上的不确定性与威力，是其陌生化效果的展示，它的出现开启了故事。随后，主人公踏上了漫长的求索之路，希望寻找球状闪电的真相，在这一过程中，不仅球状闪电以案例的形式频繁出现，同时主人公的推测引导读者朝向故事的下一阶段迈进。随着球状闪电的捕获，"阐释"环节缓缓展开，主人公通过实验终于证明了猜想，故事以一定篇幅介绍了作为"宏原子"的球状闪电的基本原理，随后便开始了大量的测试。无论是作者还是主人公，都试图为其进行进一步的认知性解释，并最终确定了球状闪电的毁灭性能力。最后一个环节是球状闪电的"影响"。林云试图将球状闪电制成武器，随着"阐释"环节的进行，"影响"环节也在不断地进行，最终通过被毁灭的物体具有量子化这一特性，引向了林云自身的毁灭，最终构成了完整的宏观结构。这也在同时体现了"出现—阐释—影响"这一结构的混合性特点，在宏观尺度上，科幻元素实际上进行了多次"出现""阐释""影响"的微观表达，三者之间并无明确的非此即彼的段落界限。通常来说，"出现"与"阐释"、"阐释"与"影响"之间存在更多的混合现象。

同时，对于《球状闪电》中球状闪电武器这一科幻元素，作为从上一个科幻元素发展变化的产物，恰好是连环链条结构中的一环。随着球状闪电的捕获，其"影响"环节主要表现的正是武器化球状闪电所造成的物理效果以及心理作用。而作为球状闪电武器，其"出现"正是球状闪电武器化的测试。随着故事加深，主人公深入研究后，发现了被毁灭的物体将处在量子化这一事实，"阐释"环节得以完成。最终，球状闪电武器发挥了其"影响"，不仅让林云与主人公分道扬镳，拉开了两人的心理差距，更让林云与幼儿园的孩子们在球状闪电武器的爆炸中成为了量子化的幽灵。

尽管"出现—阐释—影响"这一宏观结构广泛存在于科幻作品之中，然而这并不代表所有科幻作品中都具备这一结构的完整环节。"出现—阐释"（"影响"空缺），"出现"（"阐释""影响"空缺），"出现—影响"（"阐释"空缺）的结构变型同样存在于部分科幻作品之中。

对于"出现—阐释""出现"这一类的结构变形，缺乏"影响"环节，造成科幻元素参与叙事的程度下降。从写作目的出发，则是故事本身没有围绕科幻元素进行，科幻元素被背景化，整个故事都处在科幻元素所造成的消极的、次级影响下。一方面，故事本身会被"披着科幻外衣"的评价所包围，另一方面，削减科幻元素的"影响"，为故事节省出了大量空间，丰满人物与矛盾冲突。电影《逆世界》《忧郁症》就采取了这种策略，无论是重力相对倒转的反乌托邦世界，还是即将撞击地球的名为"忧郁症"的小行星，都只是故事的背景，推动故事进行的核心要素，并不是科幻元素，而是主人公身上的人性本能。两部作品没有聚焦于解释为何故事中会出现如此特殊的现象，只是用最简单的表述一笔带过，对于《逆世界》，甚至完全没有解释重力倒转的原理，只是在重复告诉观众该世界运行的规则，以及能够抵抗重力的奇异花朵这一科幻元素的应用。虽然如此，两个故事依旧是完整的。科幻元素作为背景，以直观的表现方式强化了原型故事的矛盾差距。普通观众能够简单带入角色，感受人物命运带来的力量。而对于科幻观众，对"解释""影响"环节的潜在诉求会令观影效果大打折扣。

对于"出现—影响"这一类的结构变形，缺乏"阐释"环节，一方面会降低科幻元素本身的认知性，令故事更加偏向奇幻风格。系列电影《星球大战》，中，诸如光剑、原力等科幻元素缺乏"阐释"环节，仅仅依靠少量的对话以及金属化外形来自证其科学性，而光剑比原力在客观性上更加符合现实科学逻辑，由此可见。另一方面，适宜地使用这种结构反而能够营造出另类的风格，在文本之外建立其新的认知，提升主题内涵。除此之外，从创作的角度出发，省略"阐释"环节更多是出于目标读者、观众群体而做出的取舍。当故事中出现的科幻元素已经被其目标读者、观众群体所熟知、或是在现实世界中有极为显著的参考对象时，便无须为之耗费笔墨进行原理方面的"阐释"。以《异形》为例，故事发生的太空船、星际货运的背景属于科幻元素，然而缺乏"阐释"环节，这既是因为该科幻元素是作为背景信息出现，叙事参与程度较低，观众只要看到外壳了解是飞船即可，无须知道飞船以何种方式驱动，其速度有多快；同时，也是因为科幻元素本身在现实中能够找到参考，星际货运与公路长途货运就是一组直接的类比，其距离远、时间长、孤独等特性存在一定的联系，被观众理解即可。太空骑师巨人种族，同样没有"阐释"环节，这是处于故事限制视角有意设置而为。异形作为故事中的恐怖杀手怪物，来源不明能够增强悬疑氛围，同时主人公并没有调查清楚太空骑师巨人种族的基本能力，反而进一步衬托出真实感，人物血肉丰满自然。到了异形这一核心科幻元素，"出现—阐释—影响"的结构则表现完整，不仅异形的首次出场令人震撼，体内流淌酸液、身形巨大、行动迅速安静等特性，以及杀死太空骑师巨人凶手的身份逐步被揭晓，故事也迅速转移至求生的路线，一气呵成。

《三体Ⅱ：黑暗森林》中，作者创作了一个探测器"水滴"的形象，该探测器"出现"后，故事中的人类试图采取科学手段研究判断其构造，然而发现"水滴"的表面是绝对光滑的，任何观测射线都会被反射自身，根本无法解释其技术。这同样是一种缺乏"阐释"环节的做法，却并不会让人感到偏于奇幻，原因在于人物进行观测这一手段本身是认知性的，削弱了"水滴"的非认知性效果，同时"水滴"作为外星人造物，其技术是故事中人物无法理解的，也远远高出读者的想象水平。这种有意为之的限制性视角恰好突出了外星人技术的强大超乎想象，符合故事背景的科幻设定，反而在文本之外的技术层面具备了认知性。而在《新日之书》中，作者同样有意忽略了"阐释"环节，大量细节的铺陈，将高科技的机械产物描绘成无法理解的上古神器，山一样高的巨人塑像、人造人、时间跳跃的植物园……这些意象是故事主人公无法理解的。在故事发生的时代，昔日的高科技已经退化，地上的人类文明则更进一步衰退，巨大的城市建立在废墟的废墟上，加上作者奇幻史诗风格的写法，文字营造的叙事迷宫将科幻元素重重包裹，读者需要挑战自己，拨开文字表象猜测背后的真实含义，才能进一步体会巨大的时间差距所带来的令人震撼的文明鸿沟。

回到传统的文学理论，故事的构建依靠情节的推进，由此出发，按照作品的谋篇布局，以及不同人物的相互关系为线索，可以从不同故事中提炼出具有代表性的结构类型。在科幻作品中常见的情节结构包括线性结构、串珠式结构、框架式结构、环形结构、复调结构、拱门结构、交叉结构、意识流结构等。科幻故事作为文学体系的一员，自然也逃不出这些经典的故事结构。然而在此之外，通过人称变换、多重虚构、特殊性文体以及元叙事等方式，能够在经典结构之外的更高维度营造效果，表现出全新的阅读体验。限于篇幅，下文仅作简要介绍。

前文提到的《御言师》，通篇采用第二人称，具有将读者拉入故事的强大作用。在"凡故事皆虚构"这一规则设置下，故事也将人物所在的、自认是真实的世界设为虚构的。而与主人公心神合一的读者，在结尾处被告知了世界的真相，也就拥有了看待真实世界的全新眼光，有了质疑虚实的念头。

H. P. 洛夫克拉夫特所创作的以《疯狂山脉》为代表的一系列作品中，采取的是虚实叠加、多重虚构的叙事模式。一方面，以类似笔记体的独白形式记叙、描绘了某种崇拜上古神明的远古宗教遗迹，主人公在理性的冲动下展开探索，最初认为上古神明不过是虚构的产物。然而随着事实线索的不断涌现，主人公的确定变得犹疑，最终随着目睹神明的出现而走向疯狂。这种虚实真假不断切换、反驳自证的模式，故事与现实世界之间的一丝联系，与文体之间相辅相成，营造出极具真实感的恐慌性效果。

《献给阿尔吉侬的花束》《记忆消失之路》则专注于特殊文体的运用，在以日记体讲述故事的同时，在文本层面上施加了技巧。随着主人公智力水平的提升或下降，文本中的语言也随之出现笔误与漏洞。这种有意制造阅读障碍的技巧与故事内容紧密相连，在令故事更具真实性、让读者产生阅读手稿的错觉的同时，形式与内容和谐共鸣，从而起到提升故事的阅读感受的效果。

至于《一个科幻作家之死》《百万年僵尸》一类的作品，则是利用元叙事的手法，将现实世界中的人物以虚构的形式拉入故事，拒绝了营造真实感的努力，反而在叙事技巧、娱乐性上有了新的作用。

大多数科幻作品采用了最为传统、经典的故事写作模式。在著作《故事》中，罗伯特·麦基对大量故事进行了拆解式分析，在此基础上对这种叙事结构模式进行了详尽的阐述。麦基认为，情节对于一个故事而言是极其重要的，其描述了内在连贯一致且相互关联的时间，通过在时间的线索中进行事件的排列，故事从而被构建出来（图六）。

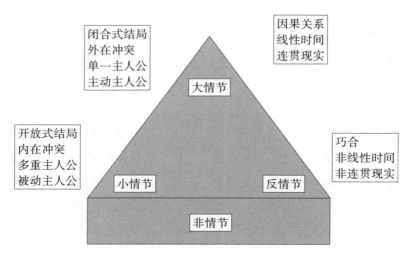

图六：麦基的故事三角形

位于三角形顶端的是大情节故事，也是最经典的故事类型。这种故事（以科幻电影《黑客帝国》为例）通常拥有单一主人公（故事的核心主人公就是尼奥，所有次要角色均围绕其展开），面临外部的冲突，主人公会主动做出行动（尼奥面临的是人类文明与计算机创造的虚拟文明之间的较量，而尼奥本身通过自己的选择，成长为救世主），与其进行抗争。而在故事结尾，这一外在冲突将会以明确的形式加以解决，产生闭合式的结局（尼奥击败了以史密斯特工为代表的反派势力，主要对抗得到了解决）。大情节故事注重因果关系，故事发展处在线性时间之内，现实是连贯的（尽管涉及到了虚拟世界，但无论是在虚拟世界以外还是其中，故事发展的时间线索都是恒定线性的，并没有向过去或未来发生跳跃。其现实遵循着可以理解的固有逻辑，同样是连贯统一的）。

位于三角形左下端的是小情节故事，这种故事主人公可以有多人，主人公的行为模式通常是被动的，故事核心在于主人公的内心，结局也是开放式的。对于科幻故事而言，由于大多数科幻元素是独立于主人公以外的，因此也更倾向于大情节设计。但是，这并不意味着小情节的科幻故事不能存在，恰恰相反的是，相比于传统的大情节故事，小情节的科幻故事往往更加具有情感上的冲击性，也更容易获得口碑。以科幻电影《月球》和《超能失控》为例，前者将故事设立在月球上的封闭空间，主人公偶然救起了遇难者，却发现这人竟然是自己；后者则把故事放在了三个年轻人的身上，他们偶然间获得了神奇的超能力，却逐渐把这超能力的使用引向了危险的方向。两个故事中，核心冲突均聚焦于人与人、人与自身之间，矛盾的设立和解决与大情节电影也相差甚远。而在故事的尾声，《月球》的主人公把另一个自己发送回了地球，自己面对即将到来的公司人员，《超能失控》的数位主人公，最终以一场超能力大战结束了矛盾。然而，《月球》的主人公恢复自由了吗？《超能失控》的主人公将来会是怎样的？他们能否真正地解决这个事件？故事并没有给予答复。留有余地的结尾令故事产生了颇有哲理的韵味。

位于三角形右下端的是反情节的故事，这一类故事比小情节的故事更加少有，其特征主要表现为反逻辑化的叙事，情节之间以巧合代替因果关系居多，故事发展的时间很有可能是非线性的，现实也并非一定连贯的。因此，相比于其他二者，反情节的故事更具有荒诞性的效果。科幻电影《逆流的色彩》中，设计了一种可以转移思维的药物，服下后就可以把思维移动到昆虫乃至猪的身上。整个故事在讲述过程中是跳跃、不连贯的，甚至无法推断前后画面之间存在的联系，只能依靠只言片语进行揣测。人物关系并非因果逻辑，无端的争吵、困惑和沮丧贯穿影片始末，使之拥有一种仿佛置身迷雾的气质。

当然，在三角形之下，还存在着一类特殊的故事类型，也就是非情节的故事。这类故事中，主动放弃了情节之间的逻辑关系，更倾向于利用混乱多元的事件来表达一种思想主题。对于科幻作品而言，这一类故事极为罕见，限于阅历本章节无法找出合适的故事加以简析。

除了对情节结构进行分类，麦基也很强调电影的波折。在他眼中，好的故事需要存在两种对立的二元情绪，故事的进行，就是将主人公不断抛向两种情绪之间的过程。这一点与布雷蒙的叙事循环理论十分相似。而在同时，麦基认为，故事中最小的行动事件是节拍，在一个节拍中，主人公有着一个明确的目标，他做出了行为举动企图抵达目标，却因各种原因被推向了更远的地方，所达之处与目标之间产生了一道鸿沟。多个节拍累积在一起，就构成了序列，而在序列之上，就是我们通常所说的幕。一部电影通常可以分为3~5幕，有的甚至更多。每一幕，主人公都面临着巨大的考验，鸿沟也被一点点地拉开，主人公内心经历成长，逐渐清晰和明确了方向，在不断的冲突和碰撞之后，主人公终于来到了故事的结局，在累加起来的张力之中，跨过了鸿沟，抵达了目标，故事这才算是圆满结束。

对于这样一个经典的叙事模式，麦基认为存在着几个关键的事件点，这几个点使故事能够和谐统一于一条线索。除了必要的故事铺垫，这几个关键点分别是激励事件、进展纠葛、危机、高潮和结局。事件点把控了故事的结构，构成了起承转合，才会形成让人喜爱的好故事。

激励事件，是指故事中对主人公的行动产生关键推动力的事件。一个故事在正式开始之前，会发生许多推动性事件，但直到激励事件发生的时候，主人公的命运才真正发生变化。通常在激励事件中，与主人公对立的一方将会出现，主人公的目标也会借由自己或是他人而表现出来。作为激励事件，其需要满足两个条件：激励事件必须彻底打破主人公生活中各种力量的平衡；主人公必须有对激励事件作出反应的欲望和能力并采取相应的行动。一个好的激励事件，对于故事线索的形成非常重要。激励事件可以是随机的，也可以是必然的。《黑客帝国》中，尼奥一出场就经历了被不明特工追逐、与不明身份的神秘人逃跑等各类事件，虽然具有一定的曲折性，尼奥身上的秘密，他的目标却仍不明确。直到他与墨菲斯坐在一起，面对红蓝药丸的时候，激励事件才真正发生，吞下药丸，尼奥就能够脱离虚拟世界，面临真实的世界，此刻尼奥本身的目标，他人对他的期待也得以揭晓。在他人眼中，尼奥是要成为救世主的那个人，而对尼奥，他的目标则是寻找并确认自己在这个世界中的地位。

当激励事件发生后，主人公就进入进展纠葛的阶段。主人公不断地为了自己的目标展开行动，追寻的同时经受挫折，也进一步了解、清晰自己的目标。在故事中，发展阶段的作用就是为人物制造越来越大的对抗力量，产生越来越多的冲突，创造一系列事件，从而将人物推至无法回头的临界点。《黑客帝国》中，尼奥吞下药丸，认清了自己所处的世界，开始接受墨菲斯对他的培训，一次次挫折中，他对自己产生了怀疑，认为自己可能不是救世主。而就在一次行动中，一行人被特工围困，墨菲斯牺牲自己吸引注意力，其他人安全逃脱，墨菲斯却被特工抓获。此时故事发展到这里，主人公经历了最大的挫折，抵达了故事的中间段落。此时主人公与自己的目标相差最远，他需要重振旗鼓，重新面对自己的挫折，回到追求目标的道路。

危机是叙事结构中的一个极为重要的部分，通常可以表述为主人公面临了一个……的问题，如果……就会获得胜利，反之如果……就会失败。可以说一个故事从激励事件开始，一直到高潮发生之间，所有冲突其目的只有一个，就是为了推出危机。在一个优秀的危机中，需要包含重要的选择，这个选择在主人公身上体现为一个极其重要的赌注。对于许多类型化的故事而言，这个赌注就在于主人公的性命安危。主人公此时做出的选择，将一扫之前挫折所带来的所有障碍，直接来到解决矛盾，抵达目标的关键点。一个危机的形式可以是多种多样的，如情感危机、性格危机、事件危机、思想危机……同时，危机的出现还会伴随着倒计时的开启，如果主人公不能够在有限的时间内完成解决危机的任务，危机就会滑向失败的一面，危机事件的张力也由此产生。《黑客帝国》中，尼奥面临的危机选择就是救回墨菲斯，证实自己。如果不这么做，墨菲斯就会牺牲，他也无法让自己成长为救世主。于是尼奥作出了选择，冲到关押墨菲斯的大楼，与特工展开了一系列的较量，成功救出了墨菲斯，也找到了之前一直埋伏在他们内部的卧底。然而此时，通信中断，尼奥无法脱离虚拟世界，必须以一个没有完全成长的身份面对强大的敌人。高潮也就在此时开始了。

通常来说，对于一个三幕划分的故事，中间点的事件会发生在第二幕的中间位置，随着第二幕缓缓展开，危机事件的铺陈，主人公一步步走向了必然的第三幕。而在第二幕和第三幕之间，还存在着高潮戏的点火事件，这个事件通常是一个重大转折，会改变主人公之前的看法。点火事件既有可能是正面的，也有可能是负面的。在其之后，主人公要正确认识到自己对此事的看法，完成自身的成长，从而一举解决危机。一个故事的危机和高潮许多时候是并存的，高潮之所以为高潮，不仅仅是因为高潮事件是一个故事中冲突最强烈、场面最火爆、氛围最煽情的一个事件，而更重要的是，在神话母题的视野下，它完成了主人公身份的变化，使之成为一个真正的英雄。作者通过故事试图表达的观点，也统统在高潮事件中得以展开。《黑客帝国》的高潮段落，尼奥面对强大的敌人，选择了坦然面对，却被乱枪击中丢掉了性命。此时故事的第二个重大挫折出现，情绪降低到了低谷，尼奥成为救世主的机会似乎已经消失了，危机也无法得到解决。然而就在此时，尼奥奇迹般地再次苏醒，领悟了虚拟世界，成为超人一般的人物。他不费吹灰之力，重新面对史密斯特工的攻击并击败了对方，以实际行动证明了自己，完成了从普通人到英雄，从凡人到神的转化。高潮段落由此得以完成，尼奥作为主人公，他的成长、他的自我认知、他与外部世界的冲突凝聚在一起，得到了完美的解决。

故事的高潮发生之后，主要冲突已经得到了基本解决，然而对于绝大多数故事，此时还有许多之前留下的问题没有得到解决，同时，作为读者或是观众，故事的高潮带来情绪的极度高涨或是极度失落，需要经过一段时间才能回到一个平稳的状态。结局的作用便是如此。《黑客帝国》在尼奥结束与史密斯的战斗的时候，并没有立刻结束，此时观众还有许多问题等待着解答：尼奥和崔妮蒂之间的感情有结果吗？他要怎么回到外面的真实世界？墨菲斯会有怎样的看法？史密斯特工真的被消灭了吗？他们要如何扳倒机器世界，拯救所有人？此刻，电影走向了结局段落，通过一系列场景传达出观众所需问题的答案（尼奥与崔妮蒂的拥吻）。同时，也有许多问题并没有得到解答，而是留有开放性的余地。对于一个作者，尤其是准备创作系列故事的作者，往往不会在结局给予所有的答案。这些结局出现的时候，一方面让故事的主题意义得到升华，或是令读者掩卷沉思，更重要的是，这些并未回答的问题可以留待续作进行解决，由此开启一个全新的故事。从《黑客帝国》最终成为经典的科幻电影三部曲，票房卖座，这一策略无疑是成功的。

当然，对于故事的叙事结构，还有许多不同的研究方向。针对不同的理论，同样的作品也可能被解读出完全不一样的含义。而依靠不同的理论，也会令作者在创作时设计出不一样的作品。对于故事模式而言，其本身并不代表着一定要遵循、不得违背的强制性。故事模式是从诸多类型化的故事中提取而成，并不否认不遵循故事模式，依旧十分令人侧目的优秀故事的存在。因此，一方面，故事的模式化结构自有其存在的合理性，另一方面，作者也不能够受其束缚，拒绝属于自己的风格与创新。

（刘越）

第五章　科幻小说的人物和背景

第一节　人物

　　与其他文学形式一样，科幻小说的重要任务之一是塑造血肉丰满、性格独特的人物。人物是科幻小说中故事的行动主体，是读者理解科幻故事内涵的重要媒介，有推动情节发展与控制情感起伏的作用，一篇科幻小说是否有魅力，在一定程度上取决于故事中是否塑造了鲜明生动的人物形象。多年以来，科幻作家通过自身的努力，塑造了大量有价值的人物形象，除与传统文学相似的人物外，还另外生发出诸如疯狂科学家、赛博格、机器人、半人猿等科幻小说的独有人物类型。但另一方面，相较于传统文学，科幻小说的人物塑造多年来也被认为是科幻创作中的薄弱环节，部分科幻小说中的人物存在形象干枯、性格单一和行为逻辑相悖等问题。本节从创作视角出发，探讨科幻小说中人物塑造在符号层面、构成层面以及性质层面的特征，同时也讨论几个重要的科幻小说人物类型，并分析科幻小说中人物与故事情节的辩证关系。

一、科幻小说创作中的人物符号特征论

　　首先，归根到底，科幻小说中塑造的人物其实都是表意的言语符号。科幻小说中的人物作为表意符号的施指与受指是多样的，即一个人物符号的特征是多样化的，特征随着小说叙事的推进或增或减。

　　西摩·查特曼在他的著作《故事和话语：小说和电影的叙事结构》中指

出，特征是人物的参数，拥有多种变量，并提出了著名的人物特性公式C（人物）$=T$（特性）的n次方（$C=T^n$）。T的基础值决定了一个人物的性格方向，n值的大小则决定该人物性格深度。这一公式值得科幻作家在塑造人物时借鉴，要在科幻创作中塑造丰满的人物形象，作者必须扩充人物各方面的性格特征即T值，同时利用描述形成n的变量，从而使人物具有独立的特色。当然，这也意味着作者可以根据叙述需要随时调整T（特性）与n的值来控制C（人物）的走向与定位。

如果作者想要塑造纯粹的英雄或恶魔，那么他可以将T设定得较为简单，同时增加n的数值，从而凸显该人物鲜明的或正或邪的定位。我们所熟知的超级英雄系列如《超人》《蝙蝠侠》《蜘蛛侠》等作品中主人公的性格特征T以善良正义为主，即便有一些性格上的软弱或犹豫，也不能掩盖以正义为主的特征T，外加通过行善、救人甚至拯救世界等行为不断增加n值，超级英雄在读者眼中是绝对的正义化身。反之，《星球大战》中的达斯·维达的特征值T也并不丰富，仅强化了邪恶元素，他与绝地武士以及和平派系的斗争增加了n值，所以当他身披黑色盔甲，带着沉重的喘息并伴随特殊的背景音乐走来时，观众便深深地感受到由邪恶带来的恐惧，达斯·维达也作为一个成功的反派形象深入人心。如果作者要塑造一个常规的配角形象，他可以扩大T的范围并减少n值，从而塑造出一个亦喜亦忧的普通人。例如《三体》中的人物大史，其T值拥有粗鲁、不拘小节、极具责任感、待人宽厚但不善表达等特性，并且n值的大小在不同特性T上着力轻且平均，因此在读者看来，大史这一人物是一个几近真实、有缺陷的好汉形象，一个不完美但完整的人。如果作者要塑造有血有肉的主人公形象，那么他应该同时扩大T的范围并增加n值，使主人公的性格特征趋于立体。在《安德的游戏》中，少年安德的性格特征T十分多样化，在家中，安德惧怕哥哥，对姐姐有爱与依赖，同时带着对自己出身的疑问与父母有一定隔阂；在太空军校中，安德经历锻炼与成长，性格中刚强的一面逐渐展现，他极具责任心，聪慧勇敢，也懂得适当忍让与适时反抗；在人类与虫族交战的宏观层面，安德充当一个被欺骗的杀手角色，他经历了痛苦、醒悟、孤独与救赎的过程，至此，安德的性格从文首到文末才塑造完毕。卡德的描述又通过不同的情节来展现安德性格特征T的深度，增加每个特征的n值，最终将安德塑造成为一个立体且活灵活现、既有少年气质又有将领风范的宇宙游侠似的主人公形象。此外，小说中的人物总在变化发展，作者也可以随时改变T的类型并对n值进行增减来引导人物进行特征转变。例如在《银河系漫游指南》中，阿瑟·邓特起初的性格特征T是软弱、胆小怕事、害羞、不愿与人接触等，而在地球被毁，他被迫加入漫游银河寻求真相的路途上时，阿瑟的性格开始变化，道格拉斯笔下的阿瑟开始朝着聪敏、有责任心、敢于向朋友和心爱之人表达情感的性格特征T转变，同时道格拉斯减少阿瑟负面性格的n值，增加其正面性格的n值，从而完成了阿瑟·邓特这一人物的成长。

一部成功的科幻小说的人物特性T值应该具有独特之处，n值也应随故事的发展而变化，即便是创意设定和故事情节十分新颖，人物C值也不会被掩盖。反之，失败的科幻小说T的范围窄小，n值无太大变化，最终导致人物C值趋近于零，不能给读者留下深刻的印象。

其次，科幻小说中的人物符号可以根据功能划分出不同的类型。

菲利蒲·阿蒙在《人物的符号学模式》一文中按照符号学中关于指物符号、指示符号和重复符号的原理，将小说中的人物划分为三类，分别是：与作品外部世界具有参照关系的指物人物；担当陈述功能的指示人物；作品内部前后出现互相参照的排比人物。[1]例如在菲利普·K.迪克的小说《仿生人会梦见电子羊吗?》中，主人公里克是一个典型的指物人物，他的行为与思考可以让读者联系到作品外部的现实世界。作为机器人赏金猎人的里克渴望拥有一只真正的生物宠物，因此他接下一单任务——对叛逃机器人进行追杀，但是在此过程中里克的价值判断逐渐发生改变，到最后哪怕只有一只机械蟾蜍陪伴，他也不再同现实反抗。读者很容易从里克的身上找到与现实世界的联系，里克代表对现实宗教的怀疑、对现实生存状态的反叛，以及对现实人性的拷问。里克的妻子伊兰、罗森公司老板埃尔登是指示人物，他们的出场推动了里克行动与性格的深化。而没有通过测试的"特种人"伊西多尔则是小说中的排比人物，它在小说内部与里克形成参照——伊西多尔没有通过测试却想保护机器人，里克通过了测试却成为赏金猎人追杀机器人。两相对比下，读者对小说的内蕴有了更深刻

---

1. 张寅德：《叙述学研究》，北京：中国社会科学出版社，1989年，第309-315页。

的理解。因此科幻作者在塑造人物时，应合理分配指物人物（通常是主人翁）、指示人物（通常是重要配角）和排比人物（通常是主人翁对立面）三者的比例，在塑造主要人物的同时也完善对立人物来强化矛盾冲突，并辅以边缘人物来推动故事情节的发展，从而实现小说横向与纵向的全面扩展。

福斯特在其著作《小说面面观》中将人物分为了扁型人物与圆型人物两个类型。虽然福斯特声称两种人物并无优劣之分，但是在他的论述中我们依然能看到其对扁型人物的偏爱：扁型人物的一大优点是，不管他们在小说的什么地方出现，都能让读者一眼就认出来——读者用的是感情之眼，不是用只会注意人物的姓名重复出现的那双视觉之眼；扁型人物的第二个优点是，容易让读者在事后把他们回想起来。他们在读者的记忆里历久常新，因为他们并不随着环境的改变而有所变化。[1]其实很多时候我们对福斯特的理论存在误读，认为扁型人物就是性格单一的人物，而圆型人物即是性格复杂的人物。但事实上，福斯特所言的扁型人物是主体性格突出、其他特色环绕的人物，而圆型人物是生发出不同性格支脉的人物，此外，人物是扁是圆，还需要依据描述语言的多寡决定。因此扁型人物更像是圆型人物的起点，在叙述发展之后可以成为圆型人物。诚如福斯特所言，扁型人物是一种"漫画式"的人物，在科幻作品中，这类人物形象非常突出。还是以超级英雄系列为例，美国队长、钢铁侠等都是扁型人物的代表，但是我们不能简单地说这些人物的性格特征只有单一的正义，我们应该看到钢铁侠的玩世不恭、美国队长内心的柔软，只不过这些因素被弱化，而嫉恶如仇与拯救世界的能力被突出了。当众多超级英雄联合成为"复仇者联盟"时，我们看到的是一个性格特征的集合体，超级英雄们优势互补，使得"联盟"最终看起来像是一个圆满的宏观圆型人物。而《一九八四》中的温斯顿则是一个典型的个体圆型人物，在大篇幅的叙事中，温斯顿不断与自身、异性、体制发生互动关系，在不断的摇摆中展现出其内心温暖向上、具有反叛精神的一面（如想要逃脱电幕的监视），同时也展现出温斯顿内心懦弱的一面（如不敢递出写好的小纸条）。人物性格的两面是一条线段的两端，叙述推动线段以中心

---

1. E. M. 福斯特：《小说面面观》，朱乃长译，北京：中国对外翻译出版公司，2002年，第177-179页。

点为圆心旋转，最终形成圆型人物。

　　学者李洁非对小说中该如何使用扁型人物与圆型人物有"三个原则"的论述，这"三个原则"对科幻作者塑造人物依然适用：第一条原则，当小说以故事为基础轴时宜为扁平人物，若以人物为基础轴时宜为浑圆人物；第二条原则，喜剧情调的小说宜为扁平人物，悲剧情调的小说宜为浑圆人物；第三条原则，体现神性的人物是扁平的，而体现世俗人性的人物是浑圆的。[1]例如在星新一的超短篇科幻小说中，囿于极短的篇幅，其中的人物无疑是扁型的，读者赞赏的是精妙的点子与文末画龙点睛的哲学升华，人物则退居其次。而另一部分篇幅较长的科幻小说，故事情节不会持续性推进，在每个重大情节之间，作者拥有足够的空间来发展他笔下的人物，罗伯特·海因莱因的《银河系公民》和保罗·巴奇加卢皮的《发条女孩》等作品都是利用故事峰谷打磨圆型人物的成功作品。由此，综合科幻小说的篇幅对人物构建的影响，我们可以给李洁非的"第一原则"附上另外一层意思：短篇小说宜塑造扁型人物，而长篇小说宜塑造圆型人物。针对第二条原则，我们不妨以道格拉斯·亚当斯的《银河系漫游指南》和阿瑟·克拉克的《童年的终结》来进行对比。《银河系漫游指南》充斥着轻快的英式幽默，"指南"撰写者福特、银河总统赞福德等人无一不是扁型人物，他们拥有或卖萌或装傻的搞笑特质，为进行银河之旅的读者带去欢笑。《童年的终结》则以悲剧性的叙事体现出克拉克形而上的思考，不论是联合国秘书长斯托格斯还是外星人发言者卡瑞林都是承接多种性格层次与重大矛盾的载体，因此在这些人物身上体现出的摇摆进一步展现了克拉克对人类未来宇宙宗教般的体悟。由此可以看出，即使是同一国家的科幻作家在人物塑造方面也会根据故事的不同而做出调整。关于最后一条原则，我们可以轻易地在主宰宇宙、星系、人类社会的机械体或独裁者形象中窥见古典神话中诸神的影子，他们的明显特征是自大狂放、手握重权又油盐不进，最终走向战乱与毁灭。而处于制度之下，与生存相关的小说人物则在梦想与憧憬之外多出一层烟火气息，他们贴近现实，是瑕不掩瑜的圆型的人。

　　美国创意写作学者杰夫·格尔克在《情节与人物——找到伟大小说的平衡

---

1. 李洁非：《小说学引论》，南宁：广西教育出版社，1995年，第202—205页。

点》一书中将小说中的人物特征绘制成了分层的"洋葱图"。格尔克认为，如果没有为人物找到核心性格，那么他们在小说中很可能看起来都是一样的。如果没有找到真正属于某个人物的核心性格，再多的外在装饰也无法掩饰人物的空洞。如同身穿华服的假模特，脱下衣服后，只剩下空壳，再换上另一套衣服，也仍然只是个任穿任脱的衣服架子。[1]不难看出，格尔克觉得核心性格是一个小说人物成功塑造的关键因素，此外他还结合"麦布二氏人格类型量表"把所有小说中的人格类型划分为四种非此即彼的性格构面，即外向或内向、理性或直觉、思考或感受、判断或意识，并在这四种构面上再将麦布二氏的16种基本性格类型引入小说，作为小说人物的16种核心性格。囿于篇幅，此处不再赘述这16种核心性格特点，但毋庸置疑的一点是核心性格直接决定小说人物塑造的成功。著名科幻小说中的人物都是拥有核心性格的，例如《光晕》中的士官长刚毅、英勇善战，《银河系漫游指南》中的福特永远乐观，靠一条毛巾行走银河，《环舞》中的S. P. D. 犹豫不决，徘徊在完成人类任务与保护自身的逻辑悖论之中。而小说中的人物要想在核心性格下朝着"洋葱图"的外延发展，则需要一种推力，为此罗伯特·麦基提出了"人物维"的概念：维是指矛盾，无论是在深层性格之内还是在人物塑造和深层性格之间，这些矛盾必须是连贯一致的。[2]在科幻小说中，推动人物进行外延发展的维即是不断升级变换的矛盾，只有将人物置于矛盾中，人物才能通过语言或行为将核心性格展现出来。但同时这个展现的过程要与人物核心性格和作为维的矛盾保持一致，我们不会看到一个崇尚和平共生的星际旅行者在100光年外的某行星上运用先进的科技对当地文明进行毁灭，因此前后逻辑一致对全面展现人物性格来说十分必要。

科幻小说的定义性特征是叙述时空体（时空定位）与叙述动因人（narrative agent）的文本霸权，其叙述时空体（时空定位）与叙述动因人一方面与作者——以及理想读者——所属社会的主流标准是完全相左的，而另一方面在认

---

1. 杰夫·格尔克：《情节与人物——找到伟大小说的平衡点》，曾轶锋、韩学敏译，北京：中国人民大学出版社，2014年，第5页。

2. 罗伯特·麦基：《故事——材质、结构、风格和银幕剧作的原理》，周铁东译，北京：中国电影出版社，2001年，第444页。

知性上却又是符合唯物主义因果律的。[1]结合苏恩文对科幻小说定义特性的表述以及上述各符号特征观点，我们可以对科幻小说人物要求做一个简单的概括：科幻小说的人物应该是拥有核心性格与指称意义的语言符号，它需要通过矛盾与叙述来呈现，在满足新奇性认知的同时也不违背现实社会中的因果逻辑，同时还要满足读者的期待。

（杨鹏、肖汉）

二、科幻小说人物塑造的内外因推动论

在确定科幻小说人物的符号学特征后，我们不妨将目光放在科幻小说人物成形的过程中，除却繁复的理论与技法，一探历史文化背景、作者人生经历以及读者期待对科幻小说创作中人物的影响。

科幻小说的人物塑造受到诸多外部条件的影响。

其中，政治历史环境的变化对科幻小说中人物塑造的影响十分明显。以清末民初时期的中国科幻小说为例，当时政治历史环境是列强的全面入侵导致中国传统根基的完全动荡，西方强势输入的价值观与传统中国价值观激烈碰撞后民众在军事、体制等问题上茫然不知所措。因此当时的科幻小说一方面着力畅想近未来中国打败诸列强后崛起的局面，一方面探索新进的科学观和平权主义思想会给封闭已久的中国带来怎样的变化。所以当时科幻小说中的人物杂糅了中西文化策略，并且嵌入了为反侵略而奋发图强的强烈意识。梁启超的《新中国未来记》不必多言，其畅想维新成功之后强大中国的状态，虚构出"大博览会"的盛况，并以主人公黄克强之名毫无保留地道出了作者的期许。许指严的小说《电世界》里的"电王"黄震球自有黄种（虽然该词现在看来有妄自菲薄之意）震惊全球的寓意，而依靠万能的"电"构建的社会形态也是作者对未来中国社会走向的期待，黄震球对所建立的科技乌托邦由经营到搁置，更像是当时国民怀揣憧憬却又无力抗拒现实的缩影。如果将目光后移至当代中国科幻小

---

1. 达科·苏恩文：《科幻小说面面观》，郝琳、李庆涛、程佳译，合肥：安徽文艺出版社，2011年，第39页。

说，我们依然能在部分人物身上看到政治历史的烙印。例如《三体》之中的叶文洁，她在对待外星文明的态度上与其他科幻作品中的人物截然不同，叶文洁的态度不同于其他科幻小说中共生接纳或者坚决抵抗的姿态，她的愿景是借助三体文明之手毁灭人类，而这背后的根源则是叶文洁在"文化大革命"的洪流中失去了自己挚爱的一切。刘慈欣借助叶文洁这一形象，通过科幻的形式对这一段因政治因素而起讫的悲情历史给出了自己的抒情。

再而，文化环境的不同也对科幻小说人物形象的塑造有一定的影响。在小松左京的名作《日本沉没》以及后来被改编的同名电影中，田所雄介博士被塑造成一个鞠躬尽瘁的地质学者形象，他不仅预报了强震和灾难的来临，还事必躬亲地参与救援与移民工作。我们在田所雄介与其他地质学者争论甚至大打出手的行为中可以看到他对真理的坚持和对整个日本未来命运的担忧，而后在他甘愿奉献自己的生命以求换取日本民众对整个日本而不是自身命运关心的行为中，我们则可以看到以名、忠、勇、义、礼、诚、克、仁八字为纲并力求"为日本奉献自身一切"的传统武士道精神。反观美国的灾难科幻小说或科幻电影，我们不难发现作者塑造的人物更关心身边人的命运。例如《后天》中霍尔博士不顾危险毅然只身前往纽约拯救儿子山姆与其女友，在《末日崩塌》中，空中消防中队的飞行员雷·盖恩斯的所有行动诱因都是拯救被困于地震中心的爱人与女儿。对比《日本沉没》，《后天》和《末日崩塌》中并没有那种宏观上要拯救国家的愿景，反倒是将在灾难面前想要通过一个人的努力保护家人的情绪体现得淋漓尽致，这与美国或者说西方文化中家庭主义以及个人英雄主义有相当的联系。《日本沉没》成书于1973年，改编电影上映于2006年，相隔33年，其中武士道文化的痕迹并未抹去。《后天》上映于2004年，《末日崩塌》上映于2015年，其间11年，两部影片在情节和价值观传达上依旧是殊途同归。

此外，读者对科幻小说的期待也是影响人物成型的外因之一。诚如姚斯所言：接受是读者的审美经验创造作品的过程，它发掘出作品中的种种意蕴。艺术品不具有永恒性，只具有被不同社会、不同历史时期的读者不断接受的历史性。经典作品也只有当其被接受时才存在。读者的接受活动受自身历史条件的限制，也受作品范围规定，因而不能随心所欲。作者通过作品与读者建立起对话关系。当一部作品出现时，就产生了期待水平，即期待从作品中读到什么。

读者的期待建立起一个参照系，读者的经验依此与作者的经验相交往。[1]科幻小说依然要历经生产、流通、接受三个过程，而在此过程中读者对小说的影响不容小觑。在叶永烈的名作《小灵通漫游未来》中，主人公小灵通跟小虎子和小燕子一起经历了未来市的方方面面，将当时还没有达到的科学技术用语言文字形成图像展现出来，制造出足够震撼的科技奇观。《小灵通漫游未来》一经出版便被抢购而空，不得不多次加印，在这个过程中，叶永烈十分注重搜集读者的反馈信息，对读者的关注点进行分析，以便在续作《小灵通再游未来》中对人物形象和所描述的未来市场景进行修改，事实证明，他的努力在续作中得到了相应的回报。

在科幻小说的人物塑造中，作者自身的经历、思想甚至性别对小说人物的成型都有重要影响。

我们不妨看看海因莱因的小说《星船伞兵》，尽管苏恩文对它颇有微词，说《星船伞兵》成了美国军国主义科幻小说的开山之作，转变了含蓄与直接的战争，并在很大程度上由此将其定型[2]。对于海因莱因，这种宇宙政治学的形成完全仰仗那赤裸裸的社会达尔文主义或帝国生存空间，但是我们依然要肯定这是一部海因莱因的代表作，它的出现，以及小说中军人形象的特性与他自己的军旅生涯是分不开的。海因莱因曾进入美国海军学院，军队生活给了海因莱因第二重要的终身影响，他强烈相信忠诚、领导能力等与军人有关的品质，而这些影响在《星船伞兵》的主人公乔尼身上展现得淋漓尽致。另外一位风格较为柔和的科幻作家克利福德·D.西马克的作品中往往流露出一种浓郁的乡土气息，这也使他独树一帜地开创了"田园科幻"的流派。例如《星际驿站》中的主人公伊诺克将银河的使命隐藏在老房子之中，他一面要守护银河的准则，一面又要向世人保守秘密，温馨乡村画面的背后是无垠的星空与文明，而连接点仅仅是那一台神奇的机器，强烈的阅读冲击让读者怀疑世界上可能真的有这样一片农场，农场上有这么一所房子，房子里有这样一位百年都不会衰老的驿站守护

---

1. H. R. 姚斯、R. C. 霍拉勃：《接受美学与接受理论》，周宁、金元浦译，沈阳：辽宁人民出版社，1987年。

2. 达科·苏恩文：《科幻小说面面观》，郝琳、李庆涛、程佳译，合肥：安徽文艺出版社，2011年，第449—451页。

者。而能够创造出这种田园风混合宇宙哲学冲击效果的小说人物与西马克童年时期的美国西部乡村生活和之后作为一个新闻工作者的敏感度是分不开的。科幻小说虽然拥有出离的想象和架构，但是作为文学的基壤，科幻小说中的人物也能在现实生活中找到对应的原型，一个令人深刻的小说人物是包括作者自身在内的多人生活环境与生活经验的集合体。

克拉克在其小说《神的九十亿个名字》中，通过对藏传佛教僧侣和瓦格纳博士形象的塑造，表达了他创作中无尽的使命感和苍凉的宿命感，混合科技与宗教，西方与东方文化所形成的那种朦胧的神秘美学。克拉克曾坦言自己对东方文化尤其是禅学拥有十分浓厚的兴趣，在他的诸多作品中，我们均能感受到其中的东方哲蕴。《神的九十亿个名字》恰如其分地表达了克拉克创作中混合的气质，而这种气质则由一位科学家与一位藏传佛教僧侣共同完成，瓦格纳博士代表着克拉克思维中理性、崇尚科技的一面，藏传佛教僧侣代表着克拉克思维中飘忽、神秘的一面，而两个人物共同用计算机打印出神名字的排列组合，则体现出克拉克思维中对宇宙不确定因素的敬畏与好奇。科幻作家要通过文字表达思想，而人物作为思想的载体就会顺理成章地贴上相应的标签。

此外，女性科幻作家笔下的人物和男性作家笔下的人物也有一定区别。科幻文学总是被诟病为女性缺位的文学，其不仅表现在女性作家稀少，也表现在作品中女性人物不够饱满上。但是这样的缺位并不是男性霸权造成的，伍尔夫有言：小说过去是，现在仍然是，妇女最容易写作的东西。其原因并不难找。小说是最不集中的艺术形式。一部小说比一出戏或一首诗更容易时作时辍。[1]我们或许可以说科幻文学这一形式更利于男性作者的发挥与创造，但是事情总不绝对，当拥有足够经验和虚构能力，并带有先锋价值观的女性作家进入科幻文学的视野时，她的作品以及她自己便会成为讨论的焦点。厄休拉·K. 勒奎恩和她的《黑暗的左手》便是如此。故事叙述星际联盟使者金瑞·艾来到终年严寒的格森星，试图说服星球上的国家加入联盟，小说中描写出一种没有性别的独特异星文化，并借此对性别、社会、生命等问题进行深入探讨。厄休拉以前所未有的方式对性别认同和女权主义进行探讨，而科幻文学形式的表达又使得这

---

1. 弗吉尼亚·伍尔夫：《论小说与小说家》，瞿世镜译，上海：上海译文出版社，2009年，第52页。

些人类社会长期存在的问题彰显出一种似真似幻的虚像，我们不能立即解决，但也不能很快忘记。苏珊·朗格的一句论述恰当地表达了厄休拉在《黑暗的左手》中所做的努力："女性主义者所谓的'声音'通常都是指那些现实或虚拟的个人或群体的行为，这些人表达了以女性为中心的观点和见解。"

综上所述，科幻小说中人物的成型是内外因共同作用的结果，并且在不同的内外因条件下显示出不同的风格和民族文化差异。而那些拥有相似历史文化背景、生活经历和价值导向的作家，则可以形成科幻"作家簇"，[1]从而更有规律地把握科幻文学创作中人物塑造的方方面面。

三、科幻小说人物创作的构成要素

科幻小说的人物塑造和传统小说的人物塑造在本质上是相通的，但是在具体的呈现形式上却有着一定差异。以基层教育工作者形象为例，传统文学主要塑造其不畏艰苦、教书育人的优秀品质，而在科幻小说中，表达这一品质的呈现形式则有不同之处。例如刘慈欣《乡村教师》中的老师，他拥有和传统文学中基层教师一样的标签：基层教育工作者、培养下一代、协调工作与自身的矛盾等。刘慈欣笔下的老师生命虽然走向终结，但他所传授的知识在无意中由学生掌握并通过了外星文明的测试，在宇宙尺度背景下避免了人类被摧毁的厄运，《乡村教师》中老师的奉献和牺牲精神不仅仅囿于对地方学生个体的培养作用，而是上升到了整个教师群体在知识传承的长河中对人类文明所做的贡献。大部分情况下我们可以看到，在共通的本质下，传统小说作者希冀人物能感化读者并指导读者的现实生活，而科幻小说作者则希望通过人物塑造来呈现新颖的宏观思辨状态。

在E. M. 福斯特看来，小说中的人物不可能与现实完全相同，也不可能与现实完全不同。艺术源于生活而高于生活，传统小说的人物塑造由"经验+虚构"完成，任何一篇小说中的人物都是作者根据自身经验加上合理虚构所制造的行动单位，它们推动小说的发展并体现一定的主旨意义。而科幻小说的人物

---

1. 吴岩：《科幻文学论纲》，重庆：重庆出版社，2011年。吴岩在该书中将世界范围内的科幻作家分为女性作家簇、大男孩作家簇、底层/边缘作家簇、全球化落伍者作家簇等不同簇类，并就各簇类的代表作家作品进行了细致分析，探讨其在情节设定、人物塑造、价值观传达上的异同。

塑造要比传统小说多一个元素，笔者将其称为"特殊性想象"，因此科幻小说的人物塑造要通过"经验+虚构+特殊性想象"三要素组成。而"特殊性想象"则是造成科幻小说与传统小说在人物呈现形式上有差异的原因。

"经验"是构成小说人物最基本的元素。小说中用来塑造人物的经验分为两种，一是生活经验，二是阅读经验。科幻作家在塑造人物形象时主要通过阅读经验，并辅以自我及他人的生活经验，二者所占比重与传统文学作家塑造人物形象略有不同。

阿西莫夫攻读本科和硕士学位时选择的是化学专业，攻读博士学位时方向是哲学，但是读者不能忘记的是他笔下那些多愁善感、在寻求自身存在与身份认同道路上徘徊的机器人形象；刘慈欣本是电站工程师，但是他笔下的人物涉及各个领域，无论是隶属军事系统的林云、隶属公安系统的大史、隶属教育系统的乡村教师，以及隶属工业系统的矿工都拥有栩栩如生的细节。在科幻小说中，为了构造新奇的世界并塑造生活其中的人物，仅凭个人生活经验是不够的，作者必须广泛借鉴他人生活经验，从而丰富小说人物的细节，这也从另一个侧面说明科幻小说的人物塑造不能仅将个人经验直接作为内容来书写，而要广泛吸取他者生活经验，构筑逻辑自洽的人物世界。

任何一种文学形式对阅读经验都有较高要求，传统文学人物塑造需要借鉴不同文本的不同人物，取长补短，经过修正和锤炼最终形成有作者自我风格的人物形象。而科幻小说人物塑造中的阅读经验则要求有跨学科跨门类的宽度。如果没有相当的解剖学阅读经验，玛丽·雪莱不可能在其科幻小说的开山之作《弗兰肯斯坦》中塑造出弗兰肯斯坦博士和再造人的形象。如果没有丰富的社会学、心理学与人类学阅读经验，乔治·奥威尔也不可能写出脍炙人口的《一九八四》——温斯顿、裘利亚、老大哥等典型人物身上无不彰显着作者深厚而广泛的阅读积淀。

"虚构"建立在作者拥有的"经验"上，是构建小说人物的第二要素。通过虚构的形式，传统小说人物让读者进入一个"是我""不是我"的游戏，读者的阅读就是一个代入自我的过程，因此读者会在作者笔下的人物中找到既陌生又熟悉的感觉，熟悉根植于读者和作者的共通性人生经验，而陌生来自虚构本身，这是读者未曾经历的部分。因此传统文学的虚构和读者的现实生活依然有对接之处，传统文学塑造的人物是直接虚构的产物。

而科幻小说中人物的虚构则属于虚构之上的虚构。《新中国未来记》以及《一九八四》这类描写近未来的科幻小说虚构了时间，但是读者和作者都没有在未来时态下的生活经验，又如《时间机器》这类描写穿梭于时间之中的科幻小说，读者和作者也都没有实在的穿越时间的经验。在空间虚构方面，雷·布拉德伯里写出了《火星编年史》，但是他和读者谁都没有过火星生活经验，吉布森写出了《神经浪游者》，但是他和读者也都没有赛博空间的生存经历。因此，未来时态、时空穿梭、火星生活以及意识网络在现实生活中是不存在的，科幻作者的首要任务是虚构这样的宏大背景，然后在虚构背景之上再进行情节与人物的创造，所以科幻小说中的人物属于虚构之上的虚构。科幻作家也可以写一条街道，但是这条街道可能在外星球上，也可能在异空间中；科幻作家还可以写一段时光，但是这段时光可能在人类出现之前，也可能在人类灭亡之后。因此如何在虚拟的背景下创造出个性鲜明且行为逻辑合理的人物是科幻小说作者面临的重要考验。

不过由上文也能看出，即便是虚构之上的虚构，科幻小说也不能完全脱离人类社会的基本经验。不是说科幻作家写不出或者构思不出一个完全平等、无性别、由单细胞生物构成的社会，也不是说构造不出一艘由硅基生命掌控的飞船，而是如果科幻作者这样写要承担超越人类共同认知观的风险，如果作者不是声名显赫或者笔力惊人，那么他的小说很可能陷入"叫好不叫座"的境地，因为只有基于人类社会基本经验的小说在接受层面才能为更广泛的读者所容纳。所以我们看到即便是在赫伯特宏伟的"沙丘"世界里，等级依然森严，王室内斗与种族战争依然存在，巨大的沙虫还是摆脱不了蚯蚓的造型；沃贡人舰船的舰桥中还充斥着无聊死板的办公室秩序，而"黄金之心号"有厨房带卫浴，纤尘不染地体现出温馨的"宜家"风。而在故事世界中的人物，即便是外星生命，也不能摆脱人类原型，他们拥有七情六欲，行事逻辑依然遵照现有的人类社会规则，因此读者能在科幻作家笔下的人物中找到"自己"的影子。

"特殊性想象"是科幻小说人物构成的独有要素。很多人认为虚构等同于想象，其实不然。想象是经历虚构这一准备阶段后所呈现出来的实际形式，诚如伊瑟尔所言，我们对虚构也很难做出一个明确的界定。虚构对现实的越界，为想象对现实的越界提供了前提和依据，没有这个依据，想象就难以施展其魅力。[1]

在科幻小说的人物塑造中，想象带有一定的特殊性，它不囿于传统小说对人物的定性处理，而是生发出人物的多样性和不确定性。传统小说中的人物形象直接根植于现实中的"人"，人物的行为和内在逻辑都脱胎于上述的"经验"和"直接虚构"，这也是传统人物分析方法（如细读和行动论）可以广泛运用的前提。但是科幻小说中的人物则是一个特殊的"群组"，他们分成了"人"与"非人"两个部分。在属于"人"的部分，科幻小说一方面塑造正面属性的人物，如工程师、教师、探险者和领航员，另一方面也塑造反面属性的人物，如达斯·维达那样跨越星系的恶势力头目，又如弗兰肯斯坦和莫罗博士那样或被动或主动背反善良的疯狂科学家。此外，在科幻小说人物属于"人"的分类中，还有几种不同于传统的人物形象：以星空为背景进行冒险的孤胆游侠，或者我们可以称之为"太空牛仔"；在尚未形成完整价值观时进入太空的少年；以及科幻小说中缺位但是又具有重要研究意义的女性形象。这些依托科幻新奇设定出现的人物，以及在特殊背景下出现的异于传统的男性、女性和儿童的形象就是科幻小说人物"特殊性想象"的一个侧面。

而"特殊性想象"的另一个侧面则是科幻小说中的"非人"人物形象，这是科幻小说人物不同于传统小说人物的最显著特征。众多科幻小说，尤其是短篇科幻小说中的典型人物不一定是具有形体的人类，它们可能是一颗星球、一台电脑、一艘飞船、一个机器人甚至是一种装置或者一种物质。我们不能简单地说科幻小说中出现的人类就是人物形象，人物必须要生发矛盾并推动情节发展，那么此时人类有可能只是一个陪衬，而关键人物则是这些"非人"的存在。《机器人9号》中的9号如此，《机器人总动员》中的瓦力如此，甚至可以说在威尔斯的小说《时间机器》中，那部可以载人穿越时空的迷人机械也是一个典型人物形象。何况在最初的词源释义中，人物是指人类与其生存环境中的他物。

综合上述三个要素，在创作科幻小说中的人物时，可以从"经验"层面导

---

1. 沃尔夫冈·伊瑟尔：《虚构与想象——文学人类学疆界》，陈定家译，长春：吉林人民出版社，2011年，第3页。

入人物符号的核心定位，从"虚构"层面结合内外因塑造人物的经纬，从"特殊性想象"层面丰富和完善人物的细节。

四、科幻小说中的特殊人物形象

在科幻小说中有一些异于传统文学的人物形象。它们可能是"人"型人物于不同人生阶段在异时空中的形态，也可能是"非人"型人物在小说中充当主要或次要的角色。我们可以列举几类科幻小说中的常见特殊人物形象，以窥其与传统小说在人物方面的不同。

（一）赛博格

赛博格（Cyborg）是一个混合词汇，它的前半部分是电脑或控制论一词的词头（cyb），而后半部分则是生物体一词的词头（org）。1960年，曼弗雷德·克利斯和内森·克兰在一篇论文中创造了这个词汇，并建议将这类物体用于太空旅行，形成一套自我管理的人机系统。在科幻领域，随着作品不断增多，赛博格逐渐分出了两个支脉，一脉是人体特性部分去除从而突破生理极限，另一脉则是将人的大脑与网络或程序连接，创造出一个虚拟的世界。

电影《机械战警》直接描绘了人向机器的转变过程——遭到仇家暗算而身体被毁的警察墨菲在进行机械改造后得到了新的能力与生活——这是机械的直接植入。《X战警》中的金刚狼则将身体与液态金属融合，从而形成极具战斗力的形态。在电影《阿凡达》中，人体与外物的结合显得柔和一些，腿部残疾的杰克·萨利是通过连接机这一客体完成对克隆娜美人的化身。在人体特性去除时，机械并不是唯一的方法，随着对赛博格理解的加深，基因导致的生物变化也被纳入赛博格的范畴。例如《异形》中人类身体与异虫幼崽结合而形成的赛博格机体，还有《第九区》中因为感染外星孵化卵病毒而由人向"虾人"转换的威库斯。而描绘人脑与网络连接的作品数量更多。《电子世界争霸战》中的凯文、《异次元骇客》中的道格·霍尔、《黑客帝国》中的尼奥、《盗梦空间》中的柯布等，都是将自身与虚拟世界进行连接的人物。

上述人物很多来自电影，而科幻小说中的赛博格出现得更早。当雷电赋予弗兰肯斯坦用尸块拼接出的人体以生命时，科幻小说史上的第一个赛博格人物原型便出现了。此后，爱伦·坡的《被用光的人》、海尔的《能活在水里的人》、汉密尔顿的《没有女人生育》以及摩尔的《彗星毁灭》等作品中都出现了赛博格人物。直到威廉·吉布森在20世纪80年代将《神经浪游者》中的凯斯介绍给读者时，人们才强烈地感受到赛博格人物的冲击力，而当时电子计算机技术和互联网技术远未发展到今天这样先进的程度。

赛博格人物在一定时间内依然是科幻作品中令人向往但难以企及的存在，但是如果科技发展到某一天能够创造出真实的赛博格时，我们则会惊叹于这些科幻作品长足的预见性。赛博格型人物利用科技的力量提升了人的极限，让传统意识形态中的痛苦、疾病、死亡等转化为力量、更替、永生与无所不能，读者在接触这类人物时会倾心于技术构建的奇观，并对未来有所希冀。然而也不是每部以赛博格人物为主的科幻作品都很成功，对技术浮夸式的描述和对赛博格的庸俗化使用均会让读者丧失兴趣，因此科幻作家要在前人基础上塑造出更受读者青睐的赛博格人物，就必须设定出更有说服力的背景和技术，并满足读者期待视野中对该技术带来身体及能力改变的诉求。

（二）机器人

机器人是自动控制机器（Robot）的俗称，自动控制机器包括一切模拟人类行为或思想及模拟其他生物的机械。科幻作品中常见的一类人物形象就是机器人，但是一个长存的话题则是机器人到底是人类的朋友还是可能毁灭人类的存在。

一说到机器人形象，资深科幻迷可能马上会在脑海中浮现出阿西莫夫笔下那些逻辑（或者说情感）细腻、别具风格的机器人，以及它们对"三定律"的恪守并由此生发出的故事。在阿西莫夫的理论奠基与创作实践上，后来作者将科幻作品中的机器人形象进行了充分的扩展。机器人形象也可以分为"类人形"和"非人形"两类。"类人形"机器人一般可以成为作品中的主要角色，并总是容易生发出关于人性的探讨与机器人可能统治世界的隐忧。《人工智能》中的情感型机器人大卫让观众潸然泪下，而拥有人格的机器人到底能不能被纳入人类社会也成为热议的话题。在《我，机器人》中，类人形机器人通过"反叛—追捕—皈依"的过程完成了对自我的认知，也让观众完成了对如何与机器人相处的思考。相较于这两个正面的机器人形象，《终结者》系列中在天网控制下的机器人则是十足的反派角色，那些型号不断进化、追杀残存人类的机器人有的包裹人形外衣，有的则金属感十足，但都让人不寒而栗，观众不禁要思考大量生产机器人在未来所产生的严重后果。

而"非人形"机器人则多在作品中充当配角。"非人形"机器人的一个典型形象就是科幻小说中的各类舰载计算机，最突出的莫过于《2001：太空漫游》中的哈尔9000，它在飞行途中的叛变以及被关闭时的乞求都展现出电脑机器人在无所不能和一无所有之间的微妙状态。哈尔9000也作为最经典的舰载电脑机器人被众多电影模仿致敬，例如《机器人总动员》中的飞船电脑在方向舵上也有一颗猩红的电子眼，还有《流浪地球》中的MOSS。另外一些"非人形"机器人形象则更多地起着点缀故事的作用，比如《星球大战》系列中的话痨机器人C-3PO和造型可爱但只能发出电子音的机器人R2D2，还有《银河系漫游指南》中那个拥有一颗巨大脑袋却将忧郁洒满银河的机器人马文。这些小巧可爱的机器人形象并不占据作品的主要位置，但是他们在特定情境下的行为往往会形成意想不到的幽默效果，从而让观众和读者对他们生发出更加深刻的印象。

综上，机器人形象在外形上有"类人形"和"非人形"之分，在立场上则有"守护保卫"和"摧毁灭绝"之分。科幻作家乐意塑造机器人形象不仅是满足人类情感基底中需要陪伴和倾诉这一隅，也是跳出自身去发现、探索未知与未来的可能性，从而反思肉体和意识存在的辩证关系。

（三）疯狂科学家

科学家是对真实自然及未知生命、环境、现象及其相关现象统一性的数字化重现与认识、探索、实践、定义的专业类别贡献者。提及艺术作品中的科学家形象，我们首先会想到20世纪60—80年代那些出现在小说或电影之中一身白色工作服、戴宽厚眼镜、不苟言笑并且离群索居的科学工作者。这一形象模式在一定程度上反映了科学家人物的状态，但是并未客观地描述出科学家形象的全部。

在科幻作品中，科学家人物形象则被赋予了更加多样化的特征。按照出场数量以及解决矛盾的多寡，科学家形象可以是主人公或是配角，担当主人公的科学家形象一般是矛盾的引出者、执行者和解决者，贯穿故事的始终，而担当配角的科学家形象则承担科学技术阐释者、事件无知诱导者或炮灰的形象，起连接或推进叙事的作用。而根据科学家形象的行为意图，这类形象又可以分为正面和负面两类，正面科学家积极推进技术发展以期造福人类，反之则积极推动毁灭性技术制造灾难和恐慌。此外，科幻小说中的科学家形象还有一个特殊的分支，即疯狂科学家形象。

疯狂科学家是科幻小说中科学家形象最突出、最具影响力的一种。疯狂指的是科学家对科学事业的极端狂热，而其导致的结果可能是造福人类的真善美，也可能是毁灭人性的极端邪恶，因此疯狂科学家本身是个中性的词汇，其形象意义需要结合故事发展来探讨。《弗兰肯斯坦》在科幻史上的伟大在于它多种多样的开创性，弗兰肯斯坦则是科幻作品中第一个疯狂科学家的形象，他用对科学的狂热创造出了新的生命，但却不能满足自己造物的需求，最后在与造物的相互复仇中走向了悲剧的结尾。弗兰肯斯坦是一个疯狂的科学家，但是不能说他的初衷是邪恶的，因为在未知的事物面前，一切都是不可预知的，弗兰肯斯坦是被动违背初衷而滑向深渊的疯狂科学家。但是威尔斯《莫罗博士的岛》中，莫罗博士的初衷就是邪恶的，他不尊重生命，借用动物做疯狂实验，进而生发出利用器官移植和变形手术创造新物种的妄想，这种疯狂是邪恶的疯狂，是违背人性的恶。《回到未来》系列中布朗博士，其穿着完全符合科学工作者的形象，但是他对时间机器的痴迷程度完全可以用疯狂来形容，值得庆幸的是布朗博士是一个彻头彻尾的正面疯狂科学家形象。如果将目光转回国内，我们依然能在晚清民国时期的小说中找到一些疯狂科学家的人物形象。例如《新石头记》中隐于泰山之巅，可乘潜艇下海、可驾飞行器捕猎鲲鹏的老少年；《电世界》中企图利用电力创造新的世界秩序的"电王"黄震球。这一时期中国科幻小说中的疯狂科学家形象很值得解读，一方面，他们体现了民主和科学两大思潮进入中国后国民思想的变化，并在一定程度上满足了利用科学"师夷长技以制夷"的爱国主义理想；另一方面，这些疯狂科学家形象还在一定程度上反叛了传统，而反叛的阵痛则由科学家自身承担。

疯狂科学家形象的塑造实际上是科幻作者对人类探索未知领域态度的讨论，对技术近乎癫狂的追求所带来的结果也许不都是尽如人意的理想状态，甚至会对科学家本身甚至社会带来灾难性后果。但是技术崇拜永远都是一个不过时的话题，人类借由技术创新达到今日的科技水准，与一代代科学家所做的"狂热"

努力是分不开的，科幻作者所塑造的疯狂科学家形象一方面可以说是反思，另一方面又何尝不是一种致敬。

（四）半人猿

科幻作品中还有一类半人半猿的形象，他们身上保持着原始的野性，也拥有着人类社会的某种缩影，甚至会在特殊的情况下与宇宙发生联系。当我们将自身置于这样一个由反差构成的世界中时，我们会发现我们自己所谓的进化可能是一种退化。

《2001：太空漫游》中东非草原上的类人猿首领望月者是一个高度抽象的符号，他的行为和成长以及对星空的仰望反映了人类从蒙昧时期一路走来的艰辛。而当黑色石碑和火焰降临之后，望月者的族群便由此进化，高高抛起的骨制工具在地球轨道变为一艘飞船，而人类也终于完成进化可以触摸星空。望月者是整个人类族群的缩影，他的每一个动作都被赋予了神圣的含义。当然我们也可以从另一个角度分析，望月者带领族群最终变成飞上太空的人类，而其中起关键作用的是那块黑色的石碑，因此克拉克和库布里克或许是想表达在人类的演化进程中可能有着未知的神秘力量（当然这里指外星生命而非克拉克所言模糊的东方神秘力量）一直在引导、观察着一切。《人猿星球》则颠倒了主客体，用反讽的方式完成了对人类社会的反思，在那遥远的星球上，我们认为低等的人猿实则是最高统治者，而自以为处在食物链顶端的人类则变成了蛮荒的物种。而最后散落在海滩上的自由女神像则赤裸裸地揭示了一切，当我们以为抵达终点时，进化可能才刚开始。因此科幻作品中的人猿形象其实是人类社会的一个参照系，警醒着世人不断反思在由蛮荒抵达文明时所付出的代价。

（五）作为拯救者的女性

与早期人物塑造在科幻小说创作中的情形一样，女性人物塑造在早期科幻小说创作中也属于较为薄弱的一环。早期科幻小说中的女性人物形象稀少且特征单一，大多摆脱不了衬托与附庸的烙印。而随着读者期待的变化，科幻小说中的女性人物形象逐渐增多并丰满起来，开始向着推进故事发展的定位迈进，此时，科幻小说中的女性人物通常作为恶势力或者强权的受害者，需要被拯救。而当女权主义话语进驻科幻并诟病其"性别"偏袒时，故事中的女性形象再度变化，在一部分作品中，女性人物不再代表弱小和被保护，她们拥有强大的执行力，成为故事的主人公或解决故事中最突出矛盾的关键人物，实现由被拯救者向拯救者转变。

科幻作品中这一类充满神性并作为拯救者的女性则代表着男性话语对女性话语的让位与致敬，并且让受众看到科幻领域内女性在作品中成为重要元素时那一抹不一样的温情。这类女性人物一般拥有以下特点：有着或平凡悲伤或雍容华贵的出身；进入正式故事前遭遇重大挫折；在危机看似无法挽回的情况下力挽狂澜；并在经历的事件中获得性格上的成长。依照这些特点，以下几个例子可窥一斑。《星球大战》系列中的莱娅公主属于这样的人物，她出身高贵且英勇果敢，家园被黑暗势力侵占，在反抗军遭遇危机的时候挺身而出，并在战争中收获了与卢克的亲情、与索罗的爱情。《第五元素》中的丽露也是这样的人物形象，她本是带有神性的外星人，却在进入地球轨道时被邪恶势力暗算差点殒命，而后与柯本一起拯救了地球并收获了爱情。照此特征，《银河系漫游指南》中的崔丽安、《地心引力》中的瑞恩·斯通等都属于这类女性形象。

（六）成长中的少年与孤胆游侠般的青年

男性人物在科幻作品中不总是刚毅勇猛，他们依然有不同的侧面，尚未形成完整价值观的少年在成长的道路上会遭遇严重挫折，而孤傲如游侠般的青年人物也会备尝艰辛，最后在自我反思或他人开导下得到性格上的成长。《安德的游戏》中，安德是成长少年的代表人物，他本是家里"指标外"的孩子，因此从小受到哥哥的欺负，只有姐姐华伦帝对他关爱有加。而一个柔弱的少年被征召进入封闭的太空军校，去完成一个拯救人类的任务，极大的反差让安德受尽挫折，但是同时也发挥出他强大的潜能，在此过程中，他收获了真诚的友谊。最后安德在不知情的情况下摧毁虫族令心地善良的他几近分裂，但最后他也以自己的方式完成了内心最深刻的成长与救赎。游侠般的青年人物，《星球大战》系列中的汉·索罗是一个典型形象，他驾驶"千年隼"飞船在星空中游荡，认识各路势力，没有正规编制却拥有自己的小团队并且战斗力惊人，而共同的敌人让索罗帮助卢克与米娅取得胜利，并收获了与米娅公主的爱情。《阿凡达》中的杰克·萨利也符合这一形象特色，他在现实世界中显得孱弱渺小，而当他与化身连接时，则开辟了一个新的天地，而与部落首领女儿的相遇则彻底扫除了他内心的阴霾，但是随着人类开发脚步的加快，杰克目睹了娜美人遭遇的灾难，因此他与潘多拉星球上的原住民联合起来成功驱逐人类，并最终融入当地部落，重新找到了自身的存在价值。因此，男性人物在科幻作品中也不是单薄的存在，他们也经历不同的人生阶段，并在不同的矛盾冲突中发现自我成长的独特路径。

五、科幻小说中人物与情节的关系

作为类型文学的一个分支，科幻小说取得成功的关键并不仅仅在于人物的塑造给读者带去陌生且惊奇的设定，扣人心弦的情节以及包含宇宙哲学的情感主旨等都是优秀科幻小说需要具备的条件。亦如苏恩文所言："科幻小说就是这样一种文学类型，它的必要的和充分的条件就是陌生化与认知的出场以及二者之间的相互作用，而它的主要形式策略是一种拟换作者的经验环境的富有想象力的框架结构。"[1]例如日本科幻作家星新一就以1000多篇精巧别致、富于哲思的超短篇小说享誉世界，其中《人造美人》《宣传的时代》以及收入早期中学语文课本的《喂—出来！》等都是脍炙人口的超短篇科幻佳作。

但是星新一的成功其实是科幻史上的一个特例，我们所见的部分科幻小说，依然处在人物与情节的摇摆与斗争中。简言之，很多科幻小说存在故事情节与人物成反比的情况，如果一篇科幻故事为了追求新奇的设定和快节奏的叙事从而给读者带去爽快的阅读体验，那么它的人物厚度在一定程度上将被削弱，而如果作者将更多的笔墨倾注于人物塑造，则故事在叙事和设定层面则有所欠缺。但是随着科幻作者与理论研究者的不断深入，形成一种双赢模式只是时间问题。上述星新一的小说中没有具体人物或者人物只是一个模糊的代号般的轮廓，例如《人造美人》中的机器女郎和《宣传的时代》中的N先生，短小的篇幅虽不能够让人物展开，但是其精巧的构思和意蕴深邃的哲思依然让小说闪光。反之，被奉为"科幻圣经"的《银河系漫游指南》如果非要抓情节逻辑可能会显得无厘头，但是读者津津乐道的是"指南"中性格鲜明的各色人物和那无孔不入的英式幽默。因此人物与情节的抗衡并未影响科幻小说的可读性。

---

1. 达科·苏恩文：《科幻小说变形记：科幻小说的诗学和文学类型史》，丁素萍、李靖民、李静滢译，合肥：安徽文艺出版社，2011年，第8页。

其实在传统文学领域，由人物与情节构成的摇摆反比模式也长期存在。情节和人物孰更重要？这一争论就像文学艺术本身一样古老。早在亚里士多德处，两相权衡之后的结论是故事第一位，人物第二位。亚里士多德的观点被视为金科玉律，直到19世纪文学界开始出现结构仅仅是承载、展示人物性格而设计的器具这一观点时，作者才意识到读者想要的是令人痴迷的复杂人物形象。而到了19世纪末，早期电影出现，囿于技术手段的短小黑白默片则将银幕形象作为第一位要素来抓。因此后来一些电影从业者综合文学与电影的情况得出了如下结论：我们不能问何者更为重要，是结构还是人物，因为结构即是人物，人物即是结构。它们是一回事，因此并不存在二者哪一个更为重要的问题。[1]该观点将情节与人物捆绑在一起，互为因果，确实是一种进步，并且该观点在一定程度上与形式主义和结构主义学者们的看法一致。形式主义和结构主义学者认为文学作品中的人物不是现实的人，而是参与者或者"行动元"[2]，因此人物在一定程度上是一种功能性的存在，推动着情节的变化，因此批评者在分析文本时应该探讨人物在故事中做了什么而非人物本身是什么。

　　那么科幻小说的发展也应遵循相同的路径，而不是陷在二者胶着的泥沼中无法自拔。科幻文学史上其实也不乏将情节和人物都发挥到极致的作品。依然以奥森·斯科特·卡德《安德的游戏》为例，小说不仅在宏观尺度上描写了人类与虫族之间的战斗，也在微观尺度上细致刻画了少年安德的成长之路。故事在情节上交代了人虫大战的宇宙背景，同时也交代了安德天赋异禀但饱受欺压的个人背景，小说按照"征召入校—进行训练—战胜虫族"的逻辑进行叙述，中途插入各种事务性和心理性的转折与挫败，环环相扣，引人入胜。而在人物方面，少年安德无疑是人物关系图的中心，他在善良与邪恶之间抉择，在不知情的果敢和知情后的忏悔中挣扎，这些都体现出故事人物符合规律的成长性。

---

1. 罗伯特·麦基：《故事——材质、结构、风格和银幕剧作的原理》，周铁东译，北京：中国电影出版社，2001年，第117页。

2. "行动元"是格雷马斯在著作《结构语义学》中研究人物关系时提出的概念，他提出了三组对立的行动元：主体/客体（构成情节发展基础）；发送者/接收者（构成矛盾与阻碍）；帮助者/敌对者（构成情节发展过程）。格雷马斯认为这三组对立行动元适用于任何故事的所有人物。参见A. J. 格雷马斯：《结构语义学》，蒋梓骅译，天津：百花文艺出版社，2002年。

而姐姐的华伦帝、导师格拉夫上校，对手邦佐以及战友阿卡莉、豆子和阿莱，也都以安德为中心构建出了性格丰富的人物图谱。纵有摇摆，也有双赢，这取决于科幻作者是不是一位合格的场景设计师与心灵造型师，当然，科幻作家同时也应该是一位出色的讲述者。

在科幻文学200年的发展历程中，人物塑造从薄弱的泥沼中逐渐走出，终于来到情节与人物摇摆的渡口，它较之传统文学上千年的积淀确实还有很多急需发展之处，但是科幻文学本身意味着创新的姿态和不拘一格的创造力，因此不论是在人物塑造的精进上还是故事情节的曲折惊奇上，科幻文学可以在时间的长河中航行得更远。

（肖汉）

第二节　背景

本章节以科幻小说、科幻电影等科幻文艺中的背景为主要讨论对象，站在创作与研究的角度，从定义与特征、功能与意义、内容与分类等几方面进行全面分析。由于各种针对不同文学艺术形式的批评论述在概念使用上常将"背景"与"场景"两概念混淆不清，故笔者暂列以下几点依据作为讨论标准。

从广义上看，背景与场景是近义词，这也是两者经常被置于一道讨论的原因，但是具体到不同场合的应用中则各有侧重。依据《辞海》解释，背景与场景两词在文艺形式层面的含义大体如下——"背景"（setting）主要有两层指涉：①戏剧舞台上或电影里的布景，放在后面以衬托前景；②文学形式中对人物、事件起作用的历史环境与现实环境。"场景"（scene）主要有两层指涉：①戏剧舞台上、电影中由布景、音乐和登场人物组合成的场面；②叙事性文学作品中，由人物在一定场合下相互发生关系而构成的生活情景。综观二者内涵，背景的①释义可包含进场景的①释义中，可以说每一场景的布置中皆有对背景（布景）的考量；背景的②释义与场景的②释义相比，前者跳脱出人物、情节、故事的纠葛，成为单纯意义上的环境，后者则是一个人物与环境相互作用的整体。可以说，背景既指狭义上的"故事空间"（story space），即事件发生的场所或地点以及一切为故事情节服务的道具，也在广义上包含时间因素，即事件发生的时代与期限，一言之，背景即环境。与场景相较，背景的内涵相对单纯，但作为一个完整的时空综合体，背景在概念使用上既明确亦可放置于大小不同的场合——在每一情节里，"背景"是烘托人物形象、推动故事情节发展的重要因素；在故事整体的宏观时空设计上，"背景"可包含自然、社会、政治、经济、文化等诸多层面，与文学艺术的核心世界观设定息息相关，为故事的发生奠定整体基调。场景，则多见于戏剧、电影等舞台艺术的设计中，因为场景之"场"顾名思义为场次、段落，正如著名电影评论家许南明在其《电影艺术词典》中对"场景"的定义：展开电影剧情单元场次的特定空间环境，包含了角色生活、工作等活动场景和想象的非现实环境，[1]与背景相较，它更强调一种人物与人物、人物与环境间的互动关系，内涵更为多元复杂，虽然其为情节构成中不可或缺的重要因素，但从其指涉对象的非单一性上看以及为方便单元讨论，本小节主要使用背景而非场景概念。

谈及背景，在传统文学批评领域常被置于边缘位置，尤其对于主流文学研究，背景通常作为辅助人物形象研究与主题研究的工具与侧面例证。而对于科幻文学，以及科幻电影、动漫、游戏等相关文艺形式，背景成为其创作、阅读欣赏、批评等全过程中着力关注的要素与环节。在科幻文学的创作中，背景设定是至关重要的环节。有时它可能是创作中最先有的创意，以著名小说《黑色毁灭者》开启美国科幻黄金时代的作家A. E. 范·沃格特就曾在其自传中叙述了创作时的方法与过程：我只是得到了某个非常有趣的图景，于是我把它写了下来。[2]当然，最重要的还是，具有特殊意义的时空背景成为科幻作家塑造形象、展开情节的重要平台，以赫伯特的"沙丘"系列为例，没有荒漠星球——阿拉吉斯星，就没有重要角色弗里曼人与生产香料的沙蜥，没有身为半弗里曼人的行星生态学家列特，更休提主人公保罗带领自由民们改造阿拉吉斯星干旱环境的情节动力。优秀的背景设计更造就了科幻文学史上的作家与经典，三大

---

1. 许南明：《电影艺术词典》，北京：中国电影出版社，2005年，第418页。

2. 弗里德里克·詹姆逊：《未来考古学：乌托邦欲望及其他科幻小说》，吴静译，南京：译林出版社，2014年，第416页。

"科幻圣经""基地"系列、《银河帝国》与"机器人"系列的成功与小说的背景设计息息相关，而能与凡尔纳、威尔斯并称"科幻三巨头"的阿西莫夫，想起他，最先蹦进脑海的无疑是那有一万两千年悠久历史的银河帝国，与著名的"机器人三大定律"。

与自然主义文学相比，科幻文学是一种以疏离性与认知性为主要特征的文学类型，它强调故事内容的陌生化（estrangement）效果，正如布洛赫在《希望的原理》中所言：在人们再熟悉不过的现实面前高高举起了一面令人震惊和间隔距离的镜子。[1]新奇性（novum）是它的灵魂。故科幻文学中的背景设计，是考验科幻文学之所以具有特殊性的重要标准，它通过故事中自然环境、社会环境、重要道具这三大块（也可作时间背景与空间背景的两分法划分）的设置，为读者铺设一个与众不同的奇异世界，无论是《飞向人马座》里的"东方号"宇宙飞船、《七重外壳》中的虚拟技术连体服，还是《海底两万里》中的海洋大冒险、《时间机器》中神奇的埃洛伊与莫洛克人的世界，都成就了科幻小说的巨大魅力，这不得不得益于作家在考虑科幻文学中的背景设定时，时刻遵循科幻小说陌生化与新奇性本质的文类要求。可想而知，在科技飞速发展尤在当下"见怪不怪"的时代，这必然对科幻作家提出较高的要求，如何在维持一种以"创新"为生命力与驱动力的文类的生存，成为至关重要的问题。作为成就科幻文艺形式特殊性之一的"背景"创新即"空间"创新问题，亟待解决。吴岩在《寻找"新"世界》与《科幻理论与创意空间》两篇论文中提出了"物理空间""时间""技术/社会空间""心灵空间"等四大创意空间。吴岩教授对科幻的背景创新问题之划分是巧妙而锐利的，从四大创意空间的命名上即可感受科幻在背景设置上能够给人类视野所带来的认知广度、新奇程度与哲理深度。下面，笔者分别就背景构成的各个方面是如何体现科幻的奇特疏离性进行简要论述。

第一，对于道具与器物的设计，最能体现作家的想象力以及一部科幻作品能给予人的惊异感。道具与大背景不同的是，它具体而实在，微小而可感，在制造间离的陌生化效果上作用极大。笔者暂且将其大致划分为两类。

---

1. 达科·苏恩文：《科幻小说面面观》，郝琳、李庆涛、程佳译，合肥：安徽文艺出版社，2011年，第154页。

（一）科幻作品中的空间创意发展经历了一个由近及远、由浅及深的过程。当人们烦厌了地表旅行，则将眼光聚焦于天空、大海，甚至地球内部，交通工具是唯一最重要的媒介，而其中关于宇宙航行的工具变迁更是经历了天翻地覆的变化、发展与创新。从凡尔纳的《从地球到月球》中可以实现星际航行的"空心炮弹"到荒江钓叟的《月球殖民地》中的热气球船，再到罗登贝里的《星际旅行》中可以容纳千人的世代飞船"企业号"，除此以外还有核子火箭、太阳风帆、光子火箭、电磁火箭等正在研究的航行方式。当然，科幻作家的想象力是挡不住的，在《首批登上月球的人们》中，"引力飞船"（可以摆脱"万有引力"的飞球）便可利用能够切断物物间引力方法的材料来使得飞船朝某个星球驶去，主人公科学家凯沃便利用它飞向月球；在《天堂的喷泉》中，克拉克设想通过地球同步轨道卫星放下来的"天梯"，使人类可以乘坐电梯进行宇宙观光旅游；在《一无所有》中，利用科学家谢维克的"共时理论"就可以实现事物在空间瞬时迁移（即"跃迁"——可以消除空间的技术）的飞船以及宇宙"即时通信仪"即将被造出。而可以实现时空穿越的"时间机器""虫洞"等经典科幻道具自不必说。

（二）科幻作品中具有神奇效力，可以极大地造福抑或颠覆人类社会的其他工具（药品、武器、食品、生活日用品等）亦非常博人眼球。这里需提的是，出现在科幻作品中的重要道具皆是高科技的产物，几乎无一例外。如：斯坦利·罗宾逊《绿火星》中包含生长荷尔蒙、左旋多巴、血清素、其他化学药物以及海星萃取物的药物，是"战神号"上"登陆首百"中的生物科学家们研制出来的可以抗老化治疗的重要成果，它继"人体冷冻"的休眠容器之后，再一次延长与丰满了人类的生命健康之路；科幻电影《撕裂的末日》中出现了能完全抑制人类各种情感的黄色针剂；刘慈欣《三体》中代号"古筝"的行动中，使用的用纳米钢丝做成的切割工具——"琴"，能将人与舰船细密而锋利地切割，瞬间制敌；童恩正《珊瑚岛上的死光》中马太博士发明的"激光器"，杀伤力极大，即使坚固不摧的军舰亦不在话下；勒古恩《黑暗的左手》中能够提供高热量的"超食品"积芘密芘，是一种将各种食品混合后脱水压缩而成的加强型小方块，这不仅与格森星高寒的气候极其相配，更是格森人对科技合理使用的智慧成果；在玛吉·皮尔西的《时间边缘的女人》中，当被现实逼迫得走投无路的墨西哥裔美国妇女康妮，在来自2137年的未来人路西安特的指引下，顺利进入马特波伊西特这一乌托邦城后，为那里用于体外人类孵化的医疗器械而深感震惊，因为它无疑解放了女性的生育功能。

　　简言之，就是刷新读者与观者的旧有观念与看法，制造焕然一新之感，如惊鸿一瞥般震慑人心。即使对于科幻作家与科幻迷以外的大众来说，道具亦是作品中极具有吸引力的因素，科幻小说曾在过去的几百年间引领了科学技术发展的最前卫的潮流，正如亚瑟·克拉克小说中的许多预测皆成为现实，他对通信卫星的描写，与实际发展惊人地一致，因此地球同步卫星轨道也被称为"克拉克轨道"；俄国人齐奥尔科夫斯基，在其19世纪的科幻小说《月球上》和《地月现象和万有引力效应》中预言并具体阐释了以燃料为动力的火箭将成为未来宇航的工具；凡尔纳《从地球到月球》中的"空心炮弹"更是成功"预演"了"阿波罗登月"（表二）。

表二：凡尔纳月球炮弹与阿波罗登月对照表

项目	《从月球到地球》	阿波罗登月
宇航员人数	3	3
航速	36000英尺*/秒	35533英尺/秒
航时	97小时13分20秒	103小时30分
降落地点	相差十几公里	
发射点	同为佛罗里达卡纳维拉尔角	

*1英尺=0.3048米。

　　第二，对于时空背景的设计同样要求能给人带来新奇的"疏离性"。通过不同素材的选择与搭配，时空背景大体可以分为两类。

　　（一）从古至今人类从未经历过、从未见过的时空背景。一方面它与人类对物理世界的客观认知存在很大的差异，另一方面也与现实的社会生活等各方面极其不同。它可以是虚拟存在的一个星球，就像勒古恩《黑暗的左手》中的格森星，那里的所有人都是"双性同体"的生物；又如《倾诉》中的阿卡星，在那里官方政府推行"单一主义"政策，抹杀所有的传统文化与旧俗旧物；还有莱辛《南船座中的老人星：档案》中强大的三大银河帝国，它们主宰着地球的命运。这样的地方还可以是现实中的一块"飞地"，就如电影《侏罗纪世界》

《侏罗纪公园》等恐龙题材电影中的"恐龙公园"一般，它们有着特殊的构造、特殊的生物与居民，或是特殊的社会体制；它们就在地球的某一块土地上，作为独立之地（或岛屿、或秘密城市等）与正常的人类社会相互并立。中国20世纪50—80年代的科幻小说作品亦是极好的群体案例，诸如郭以实的《在科学世界里》，其中的"科学世界"据说就在地球上，乘飞机即可到达；叶永烈的《小灵通漫游未来》中的"未来市"，乘坐气垫船一天内就能看到。它同样可以是虚拟网络中的世界，一如电影《黑客帝国》中的矩阵，《盗梦空间》中的重重梦境。当然，也包括真实的地球、月球与火星等真实存在的地方：以布莱恩·奥尔迪斯的《温室》为例，那是一个遥远的地球停止自转的未来，失去昼夜更替的地球一面总是白昼，强烈的日照以及地面上可怕的食肉植物使人类只能生存于巨大的榕树丛林中层；J. G. 巴拉德"毁灭世界三部曲"中的冰川、烈火与无边之海的地球末日后景观亦是同类，这些作品虽以地球为背景，但"末日后"的时间背景赋予小说无限的想象力，制造了一个与众不同的世界，一个人类从未经历亦很难预料的境地。

（二）一个与人类现实社会相差无几的零度空间背景。这些作品基本以正常的人类社会构成的城市、地域为背景，一如我们当下的生存环境，只是插入一些异物如外星人、原始人等奇异的生物，或是在社会、政治、经济、科技等大的世界观上做出变革，如一些社会乌托邦或反乌托邦作品。电影《第九区》中，因为自己星球遭到战火焚毁的外星生物乘坐飞行器到达地球寻求庇护，人类在协商后最终在南非的一块土地上开辟出"第九区"供其生活，故事中除了长相奇特怪异的外星人、飞碟与外星武器，其余一切皆与现实社会无异处；童恩正的《雪山魔笛》，其中发现原始人的地方不是什么奇异星球，就在中国的西藏，而他的《古峡迷雾》中的神秘山洞，正是在西南巴蜀地区；丹尼尔·凯斯的《献给阿尔吉侬的花束》更是叙述了一个原原本本的发生在现实生活中的故事。另外，许多反映环境污染、人口爆炸、资源枯竭等生态问题同时批判技术理性、机械论自然观的反乌托邦作品，多以真实的人类社会生活为故事背景，以期敲响未来危机的警钟。玛格丽特·阿特伍德的《羚羊与秧鸡》，叙述了一个病毒肆虐、人类即将走向毁灭的未来；改编为电影《绿色食品》的哈里森的科幻小说《让路！让路！》，描绘了人口过分拥挤的美国纽约；约翰·布鲁纳的《站立桑给巴尔》亦是典型案例。

独特的时空背景如能配合巧妙得当的写作策略，则效果更佳：以卡德的《安德的游戏》为例，采用类似戏剧"戏中戏"的手法，在太空船的基础背景上又进一步设置了可以进入主人公内心的神秘心理游戏，游戏中的场景奇特、诡异，充满奥妙，给读者多重陌生化感受；又如通过设置"门""没有尽头的台阶"等封闭的空间手段，门里门外连接了从物质到精神上都完全不同的空间，人们永远不知道当门打开或是台阶的尽头是怎样的世界，会发生怎样的戏剧性事件，通过封闭状态的打破或揭开来制造陌生与惊奇感，漫画《哆啦A梦》中的"任意门"、电影《有关时间旅行的热门问题》中的卫生间门，都是极佳的典型。

当然，针对科幻作品的背景创新问题，我们需要持以辩证的眼光加以分析对待，也即要注意疏离性与认知性在创作一部成熟优秀的科幻作品时的合理渗透。读者与观众们往往对科幻文学抱有极大的想象空间与期待，正如当下科幻题材的电影与动漫作品，在追求超现实的景致与想象外，场景设定还"非常讲究画面的炫目、刺激，追求动人的景象，强烈的视觉刺激是感官刺激的极限表达。"[1]这一点詹姆斯·卡梅隆的《阿凡达》可谓是很棒的典型，那有着夜光植物、生命之树、哈利路亚悬浮山的奇异美丽的潘多拉星球，加上首创的IMAX 3D技术应用，给观众带来极大的心灵震撼感与视觉愉悦。当然，作家与制作人总是为了不断更新创意，力图将天马行空的想象皆搜罗过来，而一旦使用与搭配不当，其效果也很可能适得其反，本来是想包罗万象，然而这种令人眼花缭乱的鼓动最终却无所建树。[2]从本质上讲，科幻文学追求新奇的内容与叙述，但富于认知性（cognitive）也是其自身保持稳定及优秀特质的重要因素，在自由的想象与虚幻的设置下，仍然必须保留背景与工具的合理因素。从创作上讲，想象力的产物须根植于现实而高于现实，但究其根本，也是将从现实那里拿来的一砖一瓦构建文本地基，而非从半空中修建海市蜃楼。从科幻小说最初诞生的

---

1. 童艳：《试论科幻题材动漫作品的场景设定》，《科技资讯》，2007年第30期，第148页。

2. 达科·苏恩文：《科幻小说变形记：科幻小说的诗学和文学类型史》，丁素萍，李靖民，李静滢译，合肥：安徽文艺出版社，2011年，第189页。

背景来看，"前达尔文时期的包括地质学、地理学、天文学、动物学在内的度量科学和分类的自然科学是解码的关键，同时也使人类的想象力超越自然；这就是人们能够创作出'科学的小说'的原因，但这也是它们没有包含任何新的定律或者理论的原因。也正因为这些学科的限制，在科学小说中找不到新的定律或者理论。"[1]对科幻文艺的读者与观众而言，科幻作品可以成为激发想象力的源泉，但并非承担着预测未来、发明科技的义务。

科幻作家对于背景设计的具体操作，台湾学者吕应钟谈及几点经验：（1）让每个背景都派上用场；（2）切勿解释机器如何工作，只要展示它即可；（3）自然而然地发明一些新装置，尽你的想象制造一些新的科技产品，只要不抵触科学即可；（4）你须对你自己的故事不陌生，换言之，你要写你所知的世界；（5）要了解基本的科学；（6）故事里的人名、地名、事物的名称要慎取，尤其是人名，它有助于故事的节奏和气氛；（7）注意首尾一致。[2]科幻作品中的背景环境影响人物行动、性格，对表现故事主题与烘托故事氛围起重要作用，并不能随便设计。

谈及设计背景中的一条重要原则，即从小处着手，遵循"最小化"原则。正如著名编剧罗伯特·麦基对作者的忠告——背景对故事的反讽表现在：世界越大，作者的知识便越肤浅，因此他创造时的选择就越少，其故事也就越发充满陈词滥调。世界越小，作者的知识便越完善，因此，其创造时的选择也就越多。结果是一个完全新颖的故事以及对陈词滥调宣战的胜利。[3]科幻小说的创作也可从此借鉴。小处不仅不是可以忽略的，更是需要不断完善与精细打造的，对于故事背景中细节以及重要道具的设计，尤其体现作者的创意与功力。英国作家波文从审美效果角度关注故事背景，她认为小说家在描述故事空间环境时应该着力于细节描写；与此相对应，读者应该关注那些细致的环境描写，越是

---

1. 达科·苏恩文：《科幻小说变形记：科幻小说的诗学和文学类型史》，丁素萍，李靖民，李静滢译，合肥：安徽文艺出版社，2011年，第172页。

2. 吕金骏：《科幻文学》，台湾：照明出版社，1980年，第122-124页。

3. 罗伯特·麦基：《故事——材质、结构、风格和银幕剧作的原理》，周铁东译，北京：中国电影出版社，2011年，序，第85页。

精雕细琢的描写，越是彰显主题含义。[1]著名科幻文学理论家达科·苏恩文也认为：机械化的交通工具和人一样重要，作为故事的角色和客观的内容，它们往往更引人瞩目。这些隐晦的相通之处就这样使科幻小说的概念与角色在一系列的交往过程中紧密结合起来，例如机械化交通工具以及岛屿之类的微观世界，其中心则是小说的主题或要素。[2]以琼·丝隆采乌斯基的《入海之门》一段环境细节描写为例：

> 小船在海浪上颠簸飘摇终于到大陆摩闻的丛浮基，瑞阿－埃尔。当小船驶入枝杈密布的渠道时，他再次闻到了那种玫瑰橘橙的气味，花盛开着，密密麻麻的，形成严严实实的一层，就像几乎要压倒头顶上的伞盖。如此连片延续的花丛的尽头，就是巨大的树干扭结生长成一体的丛浮基。就在丛浮基上，突出地隆起高高的一座蓝色的塔形锥体，它的侧面有洞，这些东西整合在一起，就像曲线的菱形，在基础部分逐渐增大。或许原来是岩石的结晶，可是在顶尖部看起来简直脆弱得很。石晶尖大胆地向摩闻问道，"这种东西是不是一种……巨大的花朵？"[3]

清新连绵如伞盖而一望无际的花草、巨大结实的丛浮基、看起来脆弱如花朵的泽洋之星人的房子，种种细致的描写皆塑造了一个美丽如桃园，人与万物和谐共生的世界，那些花草枝蔓盘虬卧龙、馥郁芬芳，象征了泽洋星人旺盛的与自然合为一体的生命，彰显了小说对平等共享之和谐的主旨强调。

在科幻创作中，如能对背景的功用熟练掌握，那么对塑造人物形象、增强故事吸引力、完善情节设置、衬托作品旨要等一系列丰富小说厚度、提高小说质量的写作环节贡献极大。科幻文学中的时空背景与道具除了增强人物形象及其行为的生动真实性与故事可信度的基本功用外，还有以下几点重要功能与作用：

1. 申丹、王丽亚：《西方叙事学：经典与后经典》，北京：北京大学出版社，2010年，第132页。

2. 达科·苏恩文：《科幻小说变形记：科幻小说的诗学和文学类型史》，丁素萍，李靖民，李静滢译. 合肥：安徽文艺出版社，2011年，第178页。

3. 琼·丝隆采乌斯基：《入海之门》，王义豹译，重庆：重庆出版社，2008年，第52页。

（一）渲染环境、烘托氛围，举例奥威尔的《一九八四》：

外面，即使通过关上的玻璃窗，看上去也是寒冷的。在下面街心里，阵阵的小卷风把尘土和碎纸吹卷起来，虽然阳光灿烂，天空蔚蓝，可是除了到处贴着的招贴画以外，似乎什么东西都没有颜色。那张留着黑胡子的脸从每一个关键地方向下凝视。在对面那所房子的正面就有一幅，文字说明是：老大哥在看着你。[1]

冷色系与暗色调的风景与建筑的设置，充分营造出大洋国极端压抑与阴郁的社会环境。

（二）表现人物心理态度与性格，举例小松左京的《日本沉没》：

这条街正在一步一步向空间发展。地面上的行人，渐渐被抛向没有阳光的坑谷和地下。在湿漉漉的阴暗角落里，废旧物资和被扔掉而淤塞在那儿的物品，正在慢慢腐烂。垃圾倒翻在地，再也合拢不到一起了……瓦斯一边散发着微温的腐烂臭味，一边无声无息地在向无机物转化的过程中，又产生灰白而畸形的生命……小野寺突然想到：这条街究竟要变到几时方肯罢休？……这条街究竟还能不能享受到一点可爱的安静？[2]

作家通过故事主人公小野寺的眼睛审视时光变迁后的日本小城之景，表现了这个中年男人忧郁内敛的性格与悲天悯人的情怀。

（三）揭示作品题旨，或正面赞扬，或承担讽喻与批判功能，皆具有象征性意义。上文中琼《入海之门》的片段，以及《风之谷》中的"风之谷"，象征一片宁静和谐的净土，皆为正例。反例举勒古恩的《一无所有》：

刚上飞船时，在长时间的高烧和绝望中，他只有很简单的一个感触：床很软，这让他心绪一片混乱，时而愉悦时而烦躁。虽然这不过是飞船上的一个床铺，床垫在他身体的挤压下表现出了贴心的柔软……床垫带来的愉悦和烦躁无疑都带有情欲色彩。还有那个充当毛巾的喷热空气的装置，也能起到同样的作用，弄得人心痒痒的。还有高级船员休息室里的家具：坚硬的木头和钢管被塞

---

1. 奥威尔：《一九八四》，董乐山译，沈阳：辽宁教育出版社，1998年，第4页。

2. 小松左京：《日本沉没》，李德纯译，长春：吉林人民出版社，1986年，第26—27页。

进线条流畅的弧形塑料当中，家具的表面和质地都那么光滑细腻，这难道不是在微妙地挑逗人的情欲吗？他很了解自己，也很自信，跟塔科维亚分开这么几天还不至于让他饥渴到在任何地方都能感觉到女人的气息，更何况这里根本没有出现过女人。[1]

对金钱至上、物欲横流的资本主义星球乌拉斯的批判巧妙地浓缩至一个小小的飞船上，飞船上各种充满情欲色彩的布置不仅是对乌拉斯的社会讽喻，更是对乌拉斯女性受压迫地位的象征——打扮精致魅惑的女人作为玩物，只是男人的性工具罢了，除此之外无一他用。

（四）影响并推动情节，甚至独立成为作品的主体。举例1：科幻动画《瓦力》，在垃圾堆积成山的地球上，孤身一人的机器人瓦力栖身的唯一可用的破旧箱车成为这场大灾难的"方舟"，这些都为后面可能在看似了无生机的土地上找到生命绿色的情节埋下伏笔。举例2：大友克洋著名的动画电影系列"回忆三部曲"之《大炮之街》，以寓言的形式反映了一个反战的主题……以东欧风格绘制了一种童话般色彩的场景设定。所有的街道、房屋、地铁都充满了大炮的影子。城市里到处充满了蒸汽。大炮几乎成了此片中唯一的主角，大炮式的建筑无处不在，[2]几近漫过晦涩的情节成为影片主体。举例3：科幻电影《阿凡达》，通过潘多拉星球与地球环境的巨大反差，推动主人公心灵的成长以及后来冲突情节的发展；以及很多表现生态女性主义的科幻小说与电影作品，如"火星三部曲"中火星上的各种自然生物、地形地貌、气候等甚至跃居人物塑造之上，在大段的事无巨细的生动描述下，火星就如充满魅力与蛮力的生命体，不仅构成作品的主体，更是贯穿六本书中的火星上"红党"与"绿党"间明争暗斗的主要对象与发展线索，推动着故事情节。

综论科幻文艺作品中的各种背景形态，笔者按照空间地点的不同为划分标准，大致分为以下几类。

（一）地球。以地球为主要空间背景的科幻小说仍可按照时间轴再细划分为三类：①过去的时空。一类是远古的史前时期，以消失的恐龙、猛犸等动物生

---

1. 厄休拉·勒古恩：《一无所有》，陶雪蕾译，成都：四川科学技术出版社，2009年，第16、17页。

2. 童艳：《试论科幻题材动漫作品的场景设定》，《科技资讯》，2027年第30期，第149页。

活的世界为背景的时空，如安部公房的《第四冰河期》；一类是以较近的古代或近代时期为背景，这类作品注重历史的逼真感，如马克·吐温的《亚瑟王朝廷的康涅狄格州美国人》等。

②现在的时空。以作家创作时所处的时代为故事背景，取景于某国家某地区，社会大背景、自然环境、基础设施与现实社会基本趋同，注重营造较强的现实感，取材容易。如果单另将其背景描写拉出，基本无法分出是不是科幻文学作品。如上文中所引《日本沉没》的片段，与当时日本的社会背景基本趋同；又如中国很多20世纪六七十年代的科幻小说，皆取材于当时的时空背景，以1962年刘兴诗《北方的云》中一段自然环境描写为例：

我们跟随着它飘过北京和天津之间的辽阔平原，翻过南口山脉，一直穿过北边那些一排排的高山和盆地，没有多久，蒙古高原就像一堵墙一样远远横在天边了。缓缓铺开的草原像是魔术家的头巾一样，在我们下面飞快地变幻着颜色，不一会我们驱赶着云阵就从绿油油的草原飞到了灰黄色的沙漠上空。[1]

③未来的时空。根据时间距离长短分为近未来与远未来时空，近未来的社会自然环境设定与创作时代相比更加接近，而远未来作品的背景设定则可以有较大的想象发挥空间；近未来科幻作品多将空间创新视角聚焦于科技发明、政治制度、社会想象上，以中国近代时期创作的诸多科幻小说（如梁启超的《新中国未来记》、吴趼人的《新石头记》）为例，想象了未来几十年内中国地区的发展状态。远未来科幻作品则多选取末世或末日后的题材，背景设定虽在地球，但那时的社会自然环境已然发生了翻天覆地的改变，或如巴拉德《淹没的世界》中的水漫地球，或如奥尔迪斯《温室》中城市覆灭、丛林蔓生的环境，以及很多生物、环境类的科幻小说。当然，近未来作品也有世界末日的背景设定，如电影《我是传奇》，但其社会背景依旧选取坍圮荒芜的美国都市，并非天马行空。

（二）外太空。外太空即地球外的宇宙空间，而凡涉及宇宙时空的小说多为科幻小说（奇幻、魔幻作品除外），无疑这一设定是科幻文学作家最钟爱的背景

---

1. 刘兴诗：《美洲来的哥伦布》，长沙：湖南教育出版社，2000年，第9页。

设定。具体到宇宙时空的细节设定，从时间上讲多为未来时代，从空间与道具上讲可以是某一星球（如月球、火星）、可以是一艘宇宙飞船或某座太空基地、可以是充满未知（如黑洞）的广袤宇宙空间。自科幻"黄金时代"家喻户晓的"太空剧"始，以宇宙时空为背景的科幻文学便层出不穷，这与20世纪前后至60年代间狂热的宇宙探险热潮与航天科技竞赛息息相关。综观中外科幻文学经典，以宇宙世界为背景的作品是其中一道极其亮丽的风景线，代表作如E. E. 史密斯的"太空云雀"系列、罗伯特·海因莱因的《星船伞兵》、金·斯坦利·罗宾逊的"火星三部曲"、郑文光的《火星建设者》等，且相当一部分此类作品以青少年为读者对象。以宇宙太空为背景的科幻电影向来为观众喜闻乐见，且不论较早的"星球大战"系列，近些年来其发展之势更是如火如荼，尤以美国科幻大片为代表，如"星际迷航"系列、《星际穿越》、漫威科幻《银河护卫队》等。以宇宙时空为背景的故事题材种类丰富，如宇宙探险、宇宙开发、宇宙殖民、宇宙战争、与宇宙生物或文明的接触等，也是促成其广受科幻作家、编剧青睐的原因之一。

（三）社会乌托邦与恶托邦。"乌托邦小说"与"亚乌托邦小说"其实是科幻小说的一个分支，这里之所以将其作为科幻作品的一种背景设定单列出来，主要因为其本身具有区别于其他各种科幻故事背景的重要特点——情感倾向性，一种在社会、政治、经济（有时也在自然生态方面）形态上极度理想的或是极端黑暗的背景设定，而其发生地可以真实存在于地球、宇宙，也可以是虚拟存在的。"乌托邦"一词最初来源于英国空想社会主义者托马斯·莫尔于16世纪初所著的《乌托邦》一书，意为：没有的地方或是好地方。一直以来，乌托邦都是一个政治话题，在冷战期间，乌托邦已经变成了斯大林主义的一个同义词。[1]而作为一种文学形式，一种区别于乌托邦愿望的形诸于文字的形式，其文学价值长久以来受到质疑，但乌托邦小说（包括恶托邦）是最能代表科幻文学乌托邦冲动的具有思想实验性质的寓言性作品，具有重要文学甚至是经济、政治、社会研究价值。乌托邦背景给作品设置了一个完美理想的国度，早期或是典型

---

1. 弗里德里克·詹姆逊：《未来考古学：乌托邦欲望和其他科幻小说》，吴静译，南京：译林出版社，2014年，引论，第3页。

的乌托邦科幻小说（如威廉·莫里斯的《乌有乡消息》、伊·安·叶弗列莫夫的《仙女座星云》）多描述未来已经实现共产主义的理想社会，而自20世纪六七十年代西方科幻文学界的"女性主义科幻小说复兴"潮流以来，不断发展的生态运动给当时繁荣起来的女性主义乌托邦创作增添了新的因素——生态，以勒古恩、乔安娜·拉斯、玛吉·皮尔西等女性主义"新浪潮"作家为代表，最先将女性主义、生态主义的思想注入科幻创作，创作了许多带有生态乌托邦性质的作品，如勒古恩《天堂的车床》、皮尔西《时间边缘的女人》、琼·丝隆采乌斯基的《入海之门》等，在那里人与自然环境的和谐共生也成为理想社会的一种重要特征。恶托邦小说则描述了一个与乌托邦完全相反的黑暗恐怖的社会背景，这里的人们被剥夺自由，连爱情与生育都被监视和控制，以三大恶托邦经典为代表作——乔治·奥威尔的《1984》、阿道司·赫胥黎的《美丽新世界》与扎米亚京的《我们》。

（四）虚拟空间。虚拟空间的背景设定多出现于网络题材的作品，随着当下电脑的普及与网络技术的发展，虚拟空间的科幻作品逐渐为更多人接受与喜爱。"赛博空间"，哲学与计算机领域中的一个抽象概念，指计算机以及计算机网络里的虚拟现实，最初由科幻小说作家威廉·吉布森在1982年发表的短篇小说《燃烧的铬》中创造，并在其后来的小说《神经浪游者》中被普及。在计算机创造的虚拟时空里，人们仿佛身临其境，如置身于一个真实可感的世界。虚拟空间越来越多地应用于科幻文艺中关于"黑客""游戏"等题材的作品中，如"赛博朋克"小说，国内代表作如王晋康的《七重外壳》、刘慈欣"三体"系列中的"三体"游戏等；电影中从最早的《黑客帝国》到后来的《盗梦空间》都是极佳的代表作；《夏日大作战》是科幻动漫中不错的例子。

（五）异次元空间。"异次元空间"一词来源于日语，翻译成中文即"平行宇宙"，理论来源于爱因斯坦的广义相对论假设，意为：宇宙是无限的，存在与我们现存的真实宇宙相对应的其他宇宙空间。在科幻文艺中，"时间旅行"题材的作品广泛存在，早期代表作诸如威尔斯的《时间机器》，而此类题材的作品则涉及异次元空间问题，即主人公乘坐"时间机器"回到过去或是去往将来，而目的地则可能是与当下现实平行的另一个世界。理论界以"祖父悖论"来否定时间旅行的可行性，而在科幻创作中，作家常以"诺维科夫自洽性原则"或是

"平行宇宙"理论来构建时间旅行的科学逻辑。前者是由俄罗斯理论物理学家诺维科夫在20世纪80年代提出的有关时间悖论的规则：人可以回到过去，但是不能因此改变历史的进程，即我们的世界是已经被改变过的最终结局。以电影《十二猴子》为例，主人公被派遣回到过去的时空寻找现世中毁灭人类的病毒，因为爱情违背规则留在过去，但经历种种曲折不仅没有改变历史，而其自身也成为历史的牺牲品，死在过去。后者为"祖父悖论"提供了一个"可行"的解释，如穿越到过去不过是进入到了另一个平行宇宙而已，杀死祖父的这件事不会和自己发生因果关系。以电影《星际穿越》为例，主人公库珀说"They"其实是他们自己，即为另一个平行宇宙中的未来人类，在那个宇宙中人类的科技高度发达，甚至能从黑洞中把人"捞"出来，于是更高维度的人类（也就是他们自己）为这个世界的人类准备了虫洞，甚至替他们选择好了星球。关于异次元空间的科幻小说代表作有丰田有恒的《蒙古的残阳》等。

（六）架空历史。架空历史意为：借助少量历史资料，创造出新的虚构的世界。从广义上讲，架空历史的时间设定可以是过去，也可以是现在与未来，而在科幻小说中，架空历史的作品多聚焦于历史与未来。聚焦于历史的"这一类小说，在西方又称作'颠覆历史小说'。其中，著名的有菲利普·迪克的《高堡奇人》。在这部作品中，第二次世界大战以德日法西斯的胜利告终。美国成了日本的殖民地，仅在萨克拉门托保留着傀儡政府。后来，有人通过研究中国古代的《易经》，发现在另一个世界里，日本人才是战败者。但这也无济于事了。总之，由于意识到另一个时空存在的可能，作家们对过去发生的一切，产生了浓厚的兴趣。"[1]在中国有钱莉芳的历史科幻小说《天意》、阿越的《新宋》等。而聚焦于未来的一类则以阿西莫夫的"基地三部曲"、田中芳树的《银河英雄传说》等作品为代表。《基地》创作的最初灵感来源于《罗马帝国衰亡史》，所以整个故事的背景架构则类似于罗马历史的翻版；又如《银河英雄传说》，描写了从宇宙历796年（帝国历487年）1月的亚斯塔星域会战到宇宙历801年（新帝国历3年）7月莱因哈特驾崩的故事，作者将人类历史的舞台搬到了浩瀚的银河，在一个虚拟的时空描写了人类的历史。综观架空历史小说，主要以政治、社会

---

1. 阿越：《新宋·十字》，成都：四川科学技术出版社，2005年，第3页。

等人文构想而非科技的发展为其特色与优点。

（七）生物体内部空间。即以动物或人类的身体内部构造为背景。阿西莫夫同名小说改编的电影《奇异的航行》即为典型案例。1966年的《神奇旅程》（亦称《联合缩小军》）是第一部利用微缩科技拍摄人体内部的科幻片。故事描述了一名逃到美国的苏联科学家，因为脑血管遭到间谍破坏而命在旦夕，五名美国医生临危受命，被缩小成几百万分之一后置于水中，再注射进科学家的体内进行血管手术，完成任务后的医生们经科学家的眼睛逃出。1987年的具有喜剧色彩的惊悚科幻电影《惊异大奇航》也是代表之一。故事的男主角是一空军驾驶员，他自愿参加一项试验，将自己缩小后驾驶一座被小如水滴的实验舱进入兔子体内，但在关键时刻，一群野心家和武器贩子冲入了实验室，抢夺了实验芯片；后来他和实验舱阴差阳错地被注入了人体，接着又开始了在人体内的奇异冒险。这两部影片构想新颖，为科幻片的背景创新开创了新天地。

（八）混合时空。即将涉及两个或两个以上的不同时空混合起来作为故事的多重背景。是大量的科幻文学、影视、漫画等作品中常常出现的背景设定，因为要展开跌宕起伏的情节、加入多方人物势力，同时增加故事的陌生感与新奇性，混合时空是极佳的选择。与自然主义文学相比，混合时空是陌生化文类的一大特征，诸如希腊神话、中国传统民间故事与传说、奇幻文学等，但与此类作品相比，同为陌生化文学的科幻文学以其富于"认知性"的本质特征区别于其他文类。以刘慈欣的《乡村教师》为例，俯瞰地球的几百万光年外的碳基联邦是某种可能存在的外星生命形式，而非神仙或是魔女；再以电影《2001：太空漫游》为例，未来地球人与外星生命的接触与相遇是通过宇宙飞船以及宇宙黑洞等媒介与形式，而非用魔法扫帚或是跟斗云为连接不同时空的载体。

（毕坤）

第二编

各语种科幻
文学的发展

第六章　英文科幻文学的发展

第一节　萌芽与草创时期

一、雪莱夫人与英国科幻的起源

现代科幻小说起源于英国。19世纪初期，科学技术的进步，社会与文学的进一步成熟，以及诸多幻想作品的不断涌现，共同促成了近代第一部科幻小说《弗兰肯斯坦》的诞生。《弗兰肯斯坦》出自英国女作家玛丽·雪莱（Mary Shelley）之手，作者系著名诗人雪莱之妻。她一生经历曲折奇特，颇具悲剧色彩，这对她的作品影响极大。

《弗兰肯斯坦》（全名《弗兰肯斯坦——现代普罗米修斯的故事》，中译本还有《人造人的故事》《科学怪人》等名字）讲述了一名科学家利用死人器官拼凑出一个怪物，而怪物因得不到社会的理解和同情，终于走上了弑主愤世的毁灭道路的故事。

小说以四封来信进入叙述。信的作者是一艘北极探险船的船长罗·沃尔顿，他在北极的风雪中发现了一个高大的怪客乘雪橇狂奔；第二天在同一路线上又出现了另一架雪橇，上面的人奄奄一息。船员们将此人救起，而他就是小说的主人公维克多·弗兰肯斯坦。

弗兰肯斯坦出身于日内瓦名门，儿时迷恋魔法，后来爱上了电学，留学德国，研究化学理论，希望搞清生命的秘密。有一天，他突发奇想，认为"要追查生命的本源，就得先求助于死亡，于是他开始解剖尸体，观察其腐败过程，发现蛀虫能使死人的眼神经和大脑神经出现惊异的现象。自此他发现了起死回生的奥秘，并着手将尸体的各部分接通，还将生命活力注入其中。弗兰肯斯坦创造人的实验成功了。当被创造者睁开双眼，开始蹒跚学步时，弗兰肯斯坦则被他吓得昏厥过去。怪人身高8英尺，脸似枯萎的黄叶，眼珠暗黄，皮肤包不住肌肉和血管，牙齿则像珍珠一样洁白，头发乌黑——典型的魔鬼形象。

苏醒后的弗兰肯斯坦发现，他创造的怪物已经不见了踪影。为此他大为懊恼。随后，怪物的阴影四处出没，在他的生活中制造了一系列不幸。他的亲弟弟威廉被杀，纯洁的女佣人被嫁祸而判死刑。于是他开始寻找怪物，打算问个究竟。

当他追逐到阿尔卑斯山时，与怪物相遇，并从怪物的讲述中了解到它的经历。原本怪物在醒来后十分喜爱这个世界，它不仅学会了用火和其他智慧活动，还拥有善良的本性，并渴求艺术与爱情。于是它潜入山中观察一户小村人家，发现家中只有一个盲爷爷，和谐的气氛使它在与老者的交谈中得到了安慰和爱。同时，他还自学阿拉伯文与德文，阅读《失乐园》《少年维特的烦恼》等书籍。就在怪物感到人间温情时，家中的小伙子突然回家，在目睹了怪物的丑陋后，就将它打骂出家门。这极大地伤害了怪物的自尊心，使它彻底绝望。怪物冷静下来后想到："向别人求情，怎比得上向我生命的缔造者求情更为合适呢？""只有从你那儿，我才有权获得怜悯和补偿。"可在他返回日内瓦寻找弗兰肯斯坦的途中却历尽艰辛，到处遭人袭击，白天无法行路，甚至还有人朝他开枪。这使怪物善良的天性彻底泯灭，完全被仇恨包裹，于是他在遇到弗兰肯斯坦的小弟弟后掐死了他，后来又因嫉妒一个美丽的侍女而栽赃陷害她。

怪物觉得最不公平的就是他没有同类，缺乏异性之爱。于是他与弗兰肯斯坦达成协议：再为它造一名女性，然后远离人类社会。弗兰肯斯坦表示同意。可就在女怪物即将造好之际，弗兰肯斯坦反悔了。他怀疑怪物能否守信，同时担心他们生出一群小怪物后会给世界带来灾难。于是他在最后关头毁掉了女怪物，愤怒的怪物因此开始了新一轮报复：他先杀了弗兰肯斯坦的好友，又在弗兰肯斯坦新婚之夜杀害了他的新娘。弗兰肯斯坦也彻底愤怒，开始追踪怪物。他们在北极冰原上相遇并决斗，结果弗兰肯斯坦落水，在被探险队救起后死于船上。

小说的结尾是最后一封信，信中叙述，船员们把死去的弗兰肯斯坦放入冰面，不久一个怪物远远走来，并俯身在这具遗体之上。经过一系列的表白和忏悔之后，怪物认为他已完成复仇，最后孤独离世。

《弗兰肯斯坦》是一部典型的哥特式感伤主义小说。哥特式（Gothic）小说，也被翻译成哥德式小说，是指流行于18世纪，内容多为恐怖、暴力、神怪以及对中世纪生活的向往的作品。因情节多发生在荒凉、阴暗的哥特式建筑（一种流行于18世纪英国的建筑形式，类似教堂）古堡而得名；故事往往充满悬念，一般均以毁灭为结局。《弗兰肯斯坦》的故事虽非发生于古堡，但背景同样阴暗恐怖，总有魔怪相随。雪莱夫人采用哥特式小说的写法，既能迎合当时的文学潮流，也能展现她所期望的那种恐怖气氛。感伤主义，是产生于工业革命之后、法国大革命前夕的一个文学流派，指作家以感情和仁爱代替理性作为批判工具的创作方式。这类作品着重歌颂善良、同情、无私忘我与顺乎自然，作家笔下的人物虽迂腐可笑，但仍显得天真可爱。《弗兰肯斯坦》采用这种写法，则可能是作家潜意识中对工业文明的怀疑和批判。除此之外，小说还在文体上进行了尝试，采纳了书信体与记叙体相穿插的手法，使作品形式不流于单调。

与同时代甚至后来的科幻小说相比，《弗兰肯斯坦》在人物发展轨迹方面具有清晰的描述，是一部出色的文学作品。小说中的怪物，从开始的和善、好心、乐于助人、向往爱，到后来的"世界破坏者"，加"无法控制的魔鬼"，其变化过程逐渐产生，又有着鲜明的内在外在因素。而即便是最终的破坏者，也仍旧残存着些许良知。这与许多作品中善恶对立的幼稚写法形成了鲜明对比。另一位小说的主人公弗兰肯斯坦，也被展现得相当出色。在故事的开始，他认为自己的行为没有错，然而，情势的发展逐渐导致了世界的动荡，他开始逃避、内疚，最终决定承担责任。

多年以来，对弗兰肯斯坦的学术研究相当广泛和深入。对其中的科学发展，也做过细致的观察。一些学者提出，整个故事中的科学发展脉络，就是逐渐从古典、比较具有包容性的女性化科学观朝向对世界具有攻击力的男性化科学观转化的过程。而这种转化最终导致了小说中悲剧的产生，更给我们这些沉浸在无法自拔的男性化科学观中沾沾自喜的后人一种警醒。还有更多的研究者从性别、科技进步、生物工程、现代性和现代化等方面讨论这部作品。在国外高校的文学教学中，以该书为教材甚至整个课程的大学相当多，这部作品所开拓的科幻题材、科幻样式，也引起了国内学者的关注。

二、威尔斯的成就

赫伯特·乔治·威尔斯（Herbert George Wells）是英国著名作家，一生著有120部作品——其中既有纯学术作品、历史教科书（如《世界史纲》），也有纯文学小说（如《爱情和鲁雅轩》）。但威尔斯最主要的创作方向是科幻文学。

1895年，威尔斯创作了著名的中篇科幻小说《时间机器》。这是一部时间前瞻题材的科幻作品，至今仍没有作品能够超越。威尔斯因此一举成名。《时间机器》的故事背景是80万年后，时间旅行家能在时间中游走自如，于是他看到了未来的社会和阶级差别。作家运用某种近乎恐怖的写作手法，通过错综复杂的情节实现故事中震撼人心的突然性变化，令人产生荒凉的感觉。在同一年，威尔斯还出版了社会批判小说《奇异的访问》，以从天堂降临到人间的天使的眼光，俯瞰维多利亚时代的社会图景。

此后，威尔斯相继创作了大批优秀的科幻作品，包括讲述一位科学家试图用医学手段改变动物的身体及生活习惯的《莫洛博士岛》（又译为《人魔岛》），讲述一位研究出隐身药物的科学家如何被朋友出卖并惨死的《隐身人》，描写火星人入侵地球、人类节节溃退的《世界之战》（又译为《大战火星人》），描述两个地球人利用自己发明的飞船飞上月球、在那里遭遇了"月球人"的《首批登上月球的人们》，关于人类变异的小说《神食》，以及如何在彗星上生活的小说《在彗星出现的日子》，等等。

威尔斯的思想源流比较复杂。在早期作品中，威尔斯比较注重进化论，痛恨现实社会中的伪善和不公。在此期间威尔斯结识了费边主义者著名作家萧伯纳。萧伯纳的信仰是希望通过社会改良而非暴力革命的方式实现社会主义改造。后来在韦伯的邀请下，威尔斯也加入了"费边社"，并积极参加社团活动。由于政见不同，威尔斯与萧伯纳发生分歧，退出费边社。在早期影响过威尔斯的另一个思想流派是马克思主义。这在他一生中都留下了强烈的印记。威尔斯曾造访苏联，还采访过列宁等革命领袖。据悉，"共产主义就是苏维埃政权加全国电气化"这一著名的论断，就是列宁在接受威尔斯采访时第一次提出的。在第一次世界大战中，威尔斯还曾积极参加国联的活动，前往各国访问，是一位著名记者。威尔斯原本信奉"以战争消灭战争"，但在目睹了战争的残酷之后，认为"未来的世界不能要战争"，"未来就是教育与天灾人祸之间的斗争"。此后，威尔斯四处奔走呼吁和平。他还拜会过斯大林和罗斯福，但政客们不可能按照威尔斯的思路行事，新的世界大战还是迅速爆发。

受到打击的威尔斯逐渐减少了科幻创作，他开始集中精力撰写政论，出版了诸如《工作、财富与人类的欢乐》（两卷本）等作品。他在后期的科幻小说中，也逐渐加深了寓意。比如，当火星人再次入侵的情节出现时，他们开始用镜子照射人类，以清除其思想。这比早期用毒气和冷光消灭肉体要深刻得多。

I.F.克拉克在论及威尔斯时认为，威尔斯可以在想象和现实之间游走，可以以整个人类的科学知识为原料，可以通过另一时间与空间思考问题。这些都是他在伦敦科学师范学校中获得的创造才能。他跟随赫胥黎学习生物学，而这种学术训练使他相信世界的运动性，他超越了达尔文进化论发展起自己的持续历史过程观——一种不停地朝更加具有吸引力的系统发展的观点。他希望有一个更加美好的社会。在未来学方面，他将老的预测小说或想象与现代的预测技术区分开来。早在1895—1902年，他就建立起了真正的科幻小说和大指数规模的社会预测。他教会世界在双重时间中思考并看到当前的能力。他使用三种方法进行。第一，科幻方法，观察各种可能性。第二，对社会、工业、智力革新，改变传统的社会形式进行精确和细致的预测。第三，对一个理性的、组织化的、人性的未来世界的理想状态进行详细计算。不像其他第一次世界大战前的作家，他具有鼓励面向科学和社会的新态度的责任感，"既是预言家，也是预警家。"他在科幻领域超越了凡尔纳阶段。他的方法是用故事作为谋划可能性的关键途径。

的确，威尔斯遵循了英国文学中那种对前途忧虑和不安的传统，形成了一种表面上颇具悲观主义的科幻风格。然而，在个性中，威尔斯的仁慈使其作品中又总伴着希望的闪光。他在科学技术方面具有比凡尔纳等人更好的训练，他的创作完全超越了当代的科技发展。威尔斯在自己的创作实践中证明，科幻可以引入大场面，引进哀婉心和同情心，对社会予以侧面的描摹。威尔斯也有其不足之处，即永远也无法摆脱他的阶级局限性。在他的作品中，主人公只能看到前途的悲观，却无力予以摆脱。威尔斯的悲观色彩在其墓碑上得到了充分的显露。他的墓碑上刻有这样一句墓志铭："我告诉你，上帝诅咒你和所有的人。"

三、柯南·道尔的成就

阿瑟·柯南·道尔（Arthur Conan Doyle）出生在英国爱丁堡一个信奉天主教的显赫家庭，父亲是一位艺术家，同时又是一位有名的政治活动家。柯南·道尔求学于爱丁堡大学，1881年获得医学学士和外科学硕士学位，1885年获得医学博士学位，1882—1890年在英国南海行医。道尔的第一部小说写于1877年，并在1886年创作了第一个夏洛克·福尔摩斯的故事《血字研究》，成功地塑造了一位著名的绅士侦探。但柯南·道尔的成就不仅于此，他才华横溢，涉猎颇丰，一生著述达400部以上，其中较为重要的有：福尔摩斯侦探故事60个，非福尔摩斯侦探故事16个，严肃历史小说4部，诗文集3部，历史教科书1部，科幻小说29篇。在这29篇科幻小说中有8篇长篇小说和21篇短篇小说。最著名的长篇科幻小说《失落的世界》描写了查林杰教授在南美发现一块史前高地，其中有恐龙等史前生物生活，但他在皇家学会做报告时却被听众轰下台去。于是，查林杰教授带领一个搜索队再次前往史前世界考察，经历了各种艰难险阻。小说的情节和景色描写逼真，给人以极强的真实感。《有毒地带》描写查林杰教授预言地球即将运行到太空中一个有毒的地带，但没有人相信他的话。为此他只得躲进自己的"诺亚方舟"，继续进行科学观察和研究。当地球进入有毒地带后，人们纷纷倒下，世界一片混乱……好在24小时后地球离开了有毒地带，但所有醒来的人都忘记了这一天发生的事情。此外，柯南·道尔还写有《迷雾之国》《玛拉柯深渊》等长篇科幻小说。柯南·道尔最令人惊奇的科幻作品是短篇科幻小说《地球痛叫一声》。在这篇作品里，查林杰教授认为地球是一个具有生命的活体，以宇宙中的尘埃为生；而我们之所以无法察觉这一点，是因为它像海胆一样在表面覆盖着一层厚壳。而现在，查林杰教授要把这个厚壳打开，刺激一下这个老地球。于是，查林杰教授开始钻井，在地壳最薄的地方钻孔。记者来到现场，果然看到大地在地壳下剧烈起伏，如同人的呼吸与脉搏一样。接着钻杆被垂直插入，地球痛叫一声，喷出了无数的脏东西，把周边国家搞得肮脏恶臭，各国政府纷纷要求查林杰教授赔款……查林杰教授也终于证实了自己的观点。柯南·道尔在1902年被授予骑士封号。从1887年起柯南·道尔开始迷信招魂术，1926年出版了两卷本《招魂术的历史》。1930年柯南·道尔逝世于英国苏塞克斯家中。

四、爱伦·坡与美国科幻的起源

在萌芽与草创时期，美国科幻小说也在产生和发展之中。其中，最值得提到的是爱伦·坡和埃德加·赖斯·巴勒斯等。

美国作家埃德加·爱伦·坡（Edgar Allan Poe）于1809年出生于波士顿，父母均为演员。3岁时，坡以孤儿的身份被弗吉尼亚州里士满的富商约翰·爱伦收养。坡的小说和其他作品涉及面很窄，但他的知识面却相当广。他懂得法文、拉丁文、希腊文、西班牙文、意大利文，还懂一点点德文。坡一生对科学有着强烈的兴趣，在西点军校的时候，他就有非常好的数学基础，微积分和天文学是他的终生爱好。他精通自然历史，这是集观察性的生物科学、地理科学和地质科学于大成的学科。他用一种带有嘲笑的欢娱探索着那个年代摇摇欲坠的科学大厦。他对科学的态度始终处于一种进退维谷的状态。一方面，他反对进步，敌视科技发展，认为这会改变物质文化，会使其退步，会使古典结构解体。另一方面，他又喜欢从研究气球、火车和蒸汽引擎上获得乐趣。与雪莱夫人对科学的否定倾向不同，坡认为，科学的理论性侧面是不必反对的。他的主要兴趣还在科学的方法论上。那时哲学和科学还没有分道扬镳，他可以用自己的能力在科学、哲学、现象、理论之间建设桥梁。比如从这里开始去研究谋杀案。此外，他对物理之前的那种玄学非常敬佩，也很着迷，写作时常常涉及，如《瓶中发现的手稿》明显是受到当时非常具有影响的小约翰·克里夫·西蒙（John Cleves Symmes Jr.）的地球空心论的启示而创作的。《一个汉斯·普法的非平行世界奇遇》则将幻想性的和讽刺性的融合在一起。《埃若斯和恰米翁的对话》讲述了一个星球毁灭的故事，精彩地展现了坡的天文学和化学兴趣。小说在结构上、叙述上做了实验，而世界毁灭于大火这样的东西又带有典型的宗教色彩。《末诺斯和尤拉的谈话》是两个脱离肉体的灵魂在谈论死亡与再生，其中的末诺斯声称，世界由于进步和工业化而正在退步，正在受到毁坏，而最终将会被大火吞噬。坡的作品还包括三部关于催眠术的小说《催眠启示录》《崎岖山的故事》和《瓦尔德马病例之真相》，以及关于木乃伊复活的《同木乃伊的对话》、关于灵魂出窍的《翠谷奇踪》等。坡自己认为，《找到啦》是他最重要的作品，在这里他首次反映出对奇怪图案的兴趣，并用逻辑、想象、文字系统进行解读，这是19世纪早期费里德里希·冯·谢林（Fredrich von Schelling）的自然哲学式的宇宙论，其呈现了一个情感的宇宙。但也像这种理论一样，坡也常常发现图案是无意义的或是纯粹想象的。《米龙塔陶塔》是以希腊语"即将到来的事情"为标题的小说，写了2848年愚人节的信件故事。坡的其他作品还有《黑猫》《贝蕾妮斯》《威廉·威尔逊》以及著名的大猩猩犯罪小说《莫格街的凶杀案》和密码与财宝小说《金甲虫》。

坡是侦探小说鼻祖、恐怖小说大师，也是心理现实主义和诗意手法领域的革新家，还是新批评的创始人。在他的影响下才产生了法国的象征主义者运动。在美国变态心理小说、现代诗歌、探险小说和科幻小说方面，坡也是主要奠基人之一。

坡的一生主要将自己的精力集中在自然探险和心灵探险上，而这两个主题，正是哲学领域至今关注的话题。在对这两者的关注上，坡的小说注重发掘文化历史中的神秘现象，并加以科学的推理和推断，保尔·瓦雷里（Paul Valery）说过，"坡打开了一条路，这是一种可以将一类数学和一类神秘主义合二为一的教授极端精密和极端具有诱惑力的理论方法……"他使用概率计算——他和他的侦探英雄杜平（Dupin）都是这方面的专家，并试图使数学家的天赋和诗情相结合。我们无法将他的科幻和其他作品分开，他小说中隐含的推理使其处于科幻阵地的边缘。在文学上，坡有一种能将三大不平凡的特征统一于一部小说中的能力，这三个特征是：（1）由准确细节和理性争论创造的逼真性；（2）幻想性的叙事结构；（3）由暗示或不大被日常经验触及的符号构成的隐喻。他的文字平易，但创造的情节却惊心动魄。他还是各种叙述和表现手法的试验人。在人物的描绘上，坡假定，现实之丝线由于时间和空间的局限而受到了古怪的欺骗，而这种个人的阻碍源于某种人性。这样，他作品中的人物在怪异中又透着熟悉。最后，在科幻小说的领域里，坡最伟大的成就在于他的作品强烈地影响了凡尔纳，同时他还是后来阿西莫夫进行科幻加侦探创作的影响者。

在坡之后，美国另一位科幻小说先驱是埃德加·赖斯·巴勒斯（Edgar Rice Burroughs）。这位生于芝加哥的作家，在35岁之前生活穷困，为求职辗转各地。1912年他因《火星公主》而成名，后又创作了著名的"人猿泰山"系列和"地下世界"系列。巴勒斯不但是美国科幻小说的重要实践者，还是丛林探险小说的始祖。他的作品充满了幽默，给许多读者的童年和少年增添了乐趣。

从上面的描述可见，对于萌芽草创时期的英美科幻创作，作家的探索是多方面的，没有一个固定模式，作家人数也相对稀少，作品集中于少数几个人身上。在这一时期，科幻理论还没有成型，多数作家并未意识到自己在从事一类新的文学作品创作。作家和作品所关心的问题是科技进步对人类和社会造成的影响。这一时期作品在艺术手法上还略显粗糙，但却尝试了后世科幻的大部分题材。

第二节　黄金时代

在20世纪20—30年代，西方科幻小说尚处于黄金时代到来前的准备阶段，科幻市场松散凌乱。那时在美国街头出现了一种"十美分丛书"，里面充斥着半人半妖、英雄救美一类简单廉价的庸俗的科幻故事，给科幻文学带来了极大的不良影响，严重败坏了科幻小说的声誉。这一局面直到科幻作家兼编辑雨果·根斯巴克与约翰·W. 坎贝尔两人入主科幻杂志才得以彻底改观，科幻文学迈开了走向繁荣的步伐。这就是所谓的"黄金时代"。一般人认为，1936—1942年（或1937—1970年，整个坎贝尔任《惊骇科幻小说》主编期间）是黄金时代的标准时段。但吴岩认为，粗略地讲，整个20世纪30—60年代都可以视作科幻文学的黄金时代。

一、黄金时代的产生

黄金时代是由重要的组织者推动而产生的一次科幻创作和出版高潮。这里，有两个极为重要的人物：科幻作家、编辑雨果·根斯巴克和小约翰·W.坎贝尔（有关他们的内容已在第一编里介绍过）。

科幻黄金时代的早期，是一个"太空歌剧"的时期。太空歌剧是一种多续集的科幻类型，类似于长篇电视连续剧。这些作品注重宏大的宇宙场面，大多是关于太空船的故事。虽然1941年"太空歌剧"一词才正式被提出和使用，但这类作品的先驱《为帝国而斗争》早在1900年就已经产生。

太空歌剧有若干"大明星"。其中最重要的是史密斯博士。史密斯原名爱德华·爱尔玛·史密斯，1890年5月2日生于美国的威斯康星州。1902年随家迁居爱达荷州的一个乡村，并在那里长大。19世纪末，科技发展迅速，整个社会对未来充满信心，这对作家产生了强烈的感染。史密斯在农村长大，形成了一种独立的个性，相信努力就能带来成功。从爱达荷大学化工系毕业后，他在1907—1914年从事过木工、伐木员、厨师、采矿工、电工、调查员等多种职业，而这些经历为他以后的写作提供了十分有益的素材。1915年史密斯来到华盛顿，在食品化工部担任食品化工师，同时再入大学深造，并于1918年取得食品化学方面的博士学位。此时史密斯写出了第一部作品《宇宙云雀号》，遗憾的是当时未能出版。后来好友帮助他设计情节，不断修改，使作品日趋完善，终于在1928年正式出版。"宇宙云雀号"系列具有高度的动作性、起伏跌宕的情节，可读性极强。它形成了一个无限绵延的发展过程，两个分别代表正义和邪恶的主要人物长期存在，技术水平此消彼长，经久不衰。在场景描写上，作品给人一种宇宙无穷、宏大壮观的感觉，用评论家的话说，他"用流行杂志的语言创造出令人难忘的场面"。但人物形象扁平苍白，缺乏深度，使读者觉得他们的性格过于简单和幼稚。继"宇宙云雀"系列之后，1937年史密斯创作了另一部科幻作品《银河巡逻》，从而开始了另一个系列的写作，即"镜人"系列。这是一个跨越了数亿光年的故事，两个不同的种族分别位于两个不同的星系，两种元素经过碰撞可以形成许多新的行星。于是两个种族相互混合，但因为担心对方的崛起会对自己造成压迫，因此各自偷偷地提高自己。后来果然产生了矛盾，社会各阶层形成一种严格的金字塔结构，故事就在这样一个巨大的"金字塔"中展开。结果一部分人产生了超凡的功能，战胜其他人而成为主宰。整个系列共计7卷，在时间和空间上都比"宇宙云雀号"系列更加雄伟，人物性格刻画也更深刻。史密斯后来还写过一些其他作品，1957年停笔，并迁居佛罗里达州。1965年8月31日去世。史密斯开创了科幻小说黄金时代早期的太空歌剧题材，使科幻作品中的人类第一次走出了太阳系，而且他严格遵循科学原理，较之其他的太空歌剧又有很大不同，因而使无数的读者为之倾倒，享有极高的声誉。史密斯为科幻小说的继续发展，为整个科幻领域迎接黄金时代巅峰的到来，作出了不可磨灭的贡献。

除了史密斯，杰克·威廉森（Jack Williamson）也写过大量脍炙人口的太空歌剧作品，他的《空间军团》（*The Legion of Space*）、《时间军团》（*The Legion of Time*）等都很出名。四川科技出版社出版的"世界科幻大师丛书"系列，已经包括了他的大量小说。除此之外，刚刚提到的著名编辑小约翰·W.坎贝尔也创作过一些太空歌剧作品。

继"太空歌剧"时期之后，黄金时代开始进入一个相对成熟的时期，涌现出一批优秀的作家和作品，将科幻文学推向一个崭新的高潮。这些作家主要包括美国科幻作家艾萨克·阿西莫夫、罗伯特·海因莱因、西奥多·斯特金、A.E. 范·沃格特、雷·布拉德伯里、克利福德·西马克、弗兰克·赫伯特、詹姆斯·冈恩，英国科幻作家阿瑟·查尔斯.克拉克、约翰·温德汉姆等人。

二、阿西莫夫的成就

艾萨克·阿西莫夫（Isaac Asimov），出生于前苏联斯摩棱斯克的彼得罗维奇。那时，由于苏联当局不正式登记新生婴儿的出生日期，因此阿西莫夫对自己的真实出生日期并不知晓，只是根据某种推算自定为1920年1月2日。其双亲均为犹太人。1923年阿西莫夫随父母举家迁往美国，1928年加入美国籍。

抵达美国后，阿西莫夫定居在纽约市布鲁克林区。其父做过工人和推销员，后开设了一家糖果连锁店，兼售报纸杂志，阿西莫夫在上大学前一直帮助父母照料店铺。他的父亲是一位正统的犹太教徒，治家极严，限制小阿西莫夫阅读暴力、色情等读物。由于雨果·根斯巴克在1929年创办的《科学惊奇故事》中含有"科学"一词，阿西莫夫才在"请示"后获准阅读。自此阿西莫夫开始了"9岁开始阅读，11岁开始创作，18岁发表作品"的漫长科幻生涯。

阿西莫夫曾写成一篇9000字的作品《宇宙瓶塞钻》，这是一个切断时间螺旋并重新接好的时间旅行故事。作品被交给坎贝尔，但两天后阿西莫夫收到一封客气的退稿信：坎贝尔说他"不喜欢慢腾腾的开头，以及自杀的结局"，还指出这篇作品"篇幅也不相宜——作为短篇太长，作为长篇则太短"。

阿西莫夫高中毕业后家境窘迫，无以负担高昂的学费，仅凭借奖学金进入纽约市哥伦比亚大学攻读化学，1939年获得学士学位，1941年获得硕士学位。

1942年1月，阿西莫夫应邀加入布鲁克林作家俱乐部，结识了科幻作家罗伯特·海因莱因，并通过他的关系进入美国海军造船厂工作。因工作需要，他在第二次世界大战中免服兵役。德国战败后，美国海军造船厂裁员，阿西莫夫只得应征入伍。进军营受训时，恰逢日本投降，不久阿西莫夫就申请退伍，继续研究生物化学并撰写博士论文。

1948年，阿西莫夫获博士学位（生物化学方面），并留校做博士后。1949年起阿西莫夫执教于波士顿大学医学院，教授生物化学。1949—1951年为讲师，1951—1955年升为助理教授，1955年被评为生物化学副教授，1958年离任专事写作。长年的写作使他轻视教学科研，所以一直是副教授职称，但由于在科普方面的巨大贡献和影响，他于1979年被破格授予教授职称。

阿西莫夫在结识坎贝尔后又写了大量科幻故事，终于在1939年3月发表了处女作《逃离灶神星》。故事描写一艘飞船在灶神星（太阳系第三颗较大的小行星）外300英里处被砸坏，只剩下三天的空气和食物，这时飞船上的人想出办法，打穿水箱，靠水的反推力降落于灶神星并得救。这也许是一篇十分幼稚的作品，但对于阿西莫夫来说却具有相当重大的意义。

经过艰苦的努力，阿西莫夫终于在1950年出版了第一部硬面精装的长篇科幻《苍穹一粟》。1952年写作收入已超过副教授的薪水，这使他有可能考虑进行专业创作，他于1958年保留生物化学副教授职称并退职专心从事写作。阿西莫夫十分勤奋，每天工作8小时以上，每分钟打90字，没有周日，从不度假。作品涉及各类题材，包括文学、历史、科普、科幻等，被称为"百科全书作家"。除写科幻小说和科幻背景的侦探小说外，他还写有《月亮》《碳的世界》《圣经入门》《莎士比亚入门》《阿西莫夫幽默宝库》等600部作品。

阿西莫夫一生得意，自信溢于言表，他曾简述自己的经历如下：我决定从化学方面取得哲学博士学位，我做到了；我决定娶一位不同寻常的姑娘，我做到了；我决定要两个孩子，一男一女，我做到了；我决定写故事，我做到了；然后我决定写小说，我做到了；以后我又决定写论述科学的书，我也做到了。最后，我决定成为一位整个时代的作家，我确实成了这样一个人。

当然，人生的道路并非一帆风顺，1973年阿西莫夫婚姻破裂，后来又娶了一位精神分析医生。1977年阿西莫夫心脏病突发，但坚强的阿西莫夫与死神擦肩而过。1992年阿西莫夫因艾滋病导致的心脏和肾功能衰竭逝世于纽约大学医院。

阿西莫夫对科幻文学最重要的贡献在于他开创了两大系列——"机器人"系列和"基地"系列。在机器人系列中，阿西莫夫与编辑坎贝尔共同为机器人制定出三条必须遵守的准则，即著名的"机器人学三定律"。这个"三定律"，为机器人制定了道德规范和行为准则。自此，阿西莫夫在这一框架下，创作了一系列"机器人"题材的短篇科幻小说。他熟练使用"机器人学三定律"，在解决机器人有可能违反"三定律"的前提下逐渐展开故事。该系列结构精巧，逻辑清晰，情节紧凑，扣人心弦。这些故事被收入《我，机器人》和《其他的机器人》等短篇小说集中。

在短篇小说成功的基础上，阿西莫夫又创作了机器人长篇小说《钢穴》和《裸阳》，小说塑造了一对人类侦探与机器人侦探形象，他们在携手破案的过程中逐渐相互了解和理解，共同捍卫"碳/铁"文明。所谓"碳/铁"文明，是阿西莫夫在其机器人作品中特别强调和推崇的一种文明方式，指一种人类（主要由碳构成）和机器人（主要由铁构成）和平共处的社会文明状态。正是阿西莫夫的生花妙笔，才使得机器人不再是欺师灭祖、作乱犯上的坏人，而成为人类忠实的奴仆和朋友。阿西莫夫所致力于的，是人类与机器人忠贞不渝的友谊，是"碳/铁"文化的共存共生。

阿西莫夫的第二个著名的系列作品是太空科幻小说"基地"系列，主要包括《基地》《基地与帝国》《第二基地》等作品。早期"基地"系列故事发生在很久以后的人类社会，那时人类文明已遍及银河系的2500万个行星，人口则达到了1000的6次方，他们建立了一个庞大的银河帝国。正值银河帝国兴盛之时，社会历史心理学家谢顿根据严格的计算和分析，预言银河帝国行将崩溃，人类社会即将进入一个长达3万年的黑暗时期。按照他的方案，在文明退潮之前建立两个基地，用以保留文明火种，可使这一漫长的黑暗期减少为1000年。作品一开始，就描写谢顿因"蛊惑罪"被流放，而他则借编纂百科全书之机网罗各个学科领域的精英，着手建立他的两个基地——"物理学基地"和"心理学基地"——一个用以保留自然科学，一个用以保留人文科学。紧接着，银河帝国就无可挽回地崩溃了，整个故事就是在这样的背景下展开的……

"基地"系列无疑是惊心动魄的，它为我们展现出人类文明各个不同的层面，其以广博的知识和丰富的幻想而著称，深刻反映出人类文明社会的历史进程，探讨了先进科技与人类心理的重要关系，是融哲理和情节于一体的难得佳作。同时故事情节相当精彩，而叙述背景也十分辽阔，使科幻读者在全身心地领略这一动人故事的同时，也能够更加深入地思考有关历史、宇宙、文明等深刻的命题。

"基地"系列开始以9个短篇的方式在杂志上连载，后以《基地》《基地与帝国》《第二基地》为题结集出版，史称"基地三部曲"。事实上，这是一组不封闭的科幻系列，故事并未完结。后来阿西莫夫又陆续创作出一系列"基地"故事，其叙述也未按时间顺序排列，而是穿插倒叙，前传回溯。他还将这些故事与《钢穴》和《裸阳》中的情节结合，构造出一个相当庞大的巨型科幻系列。

除两大系列之外，阿西莫夫还创作了一些构思奇特的科幻故事，如有关文明进程的《日暮》，时间旅行题材的《永恒的终结》，他唯一有外星人出现的作品《神们自己》，等等。

阿西莫夫是一位多产的、极富天分的作家。其两大系列为后世同类题材开创了道路，他提出的"机器人学三定律""银河帝国"至今仍是科幻小说的主要框架。从文学的角度看，阿西莫夫的科幻小说通俗、简洁，没有固定统一的文风，这使其作品的品位受到局限，导致其小说不能进入正统文学范畴。阿西莫夫在揭示人类感情和心灵深度上都存在着明显的缺憾，他的人物常常有所欠缺，特别是日常生活方面总是过于苍白。但总的来说，阿西莫夫仍是一位伟大的科幻大师。

三、海因莱因的成就

罗伯特·安森·海因莱因（Robert Anson Heinlein），1907年7月7日出生于美国密苏里州的小镇巴特勒。他生长在一个有7个孩子的大家庭里，2个哥哥、1个弟弟和3个妹妹。后来，海因莱因一家9口举家迁往堪萨斯城。海因莱因在堪萨斯长大，并于1924年从那里的高中毕业。他在密苏里大学学习了一年之后，于1925年追随哥哥的足迹进入位于马里兰州首府安那波利斯的美国海军学院（据说受到当地一个政客的帮助），并于1929年毕业，且名列前茅。毕业后，海因莱因在海军服役5年，曾在驱逐舰和航空母舰上担任职位。海军生涯对他的身体摧残严重，后来因感染肺结核，于1934年以"永久性病残"为由退役，后来该病成为伴随他一生的多种疾病之一。这个疾病一直影响着海因莱因的身体与写作，他自称创作科幻小说是因为自己的健康状况不适于服兵役而被迫选择的职业，他甚至在一些作品中专门探讨疾病与死亡对人类生活和情感的影响。这一段军旅生涯对海因莱因而言十分重要，受过部队训练的经历在他日后的作品中时有体现。

海因莱因喜好天文，因此进入加州大学洛杉矶分校学习数学和物理学，攻读硕士研究生，但再次因健康原因而中断。此后为生计奔波，5年间他曾在中学任教，经营水果种植园，甚至开采过银矿、经营过房地产，后来他进军政坛，但因在1939年加利福尼亚州的立法选举中败北而放弃从政。

1939年，海因莱因发表处女作《生命线》，正式开始科幻创作生涯。在第二次世界大战期间，海因莱因暂时放弃科幻创作，于1942年以平民工程师的身份在费城的海军航空实验站（Navy Air Experimental Station）研究高海拔压力服（与今天的宇航服十分相似）和雷达。在海因莱因的召集和介绍下，阿西莫夫和科幻作家德·坎普也曾到那里从事研究。

1932年，海因莱因与莱斯琳·麦克唐纳（Leslyn McDonald）结婚。1947年离婚，据传是因为莱斯琳成了一个不可救药的酗酒者。一年后，海因莱因与曾在战争中共事的海军上尉法吉妮亚·多瑞丝·格斯坦费尔德（Virginia Doris Gerstenfeld）结婚。法吉妮亚是一位化学家，通晓7国语言，最终成为海因莱因相伴终生的理想伴侣。

战争结束后，海因莱因专职从事写作。1948—1962年，海因莱因共写有14本青少年科幻读物。这些作品也适合成人阅读，但又与所谓的成人科幻有所区别：主要是以青少年为主角，行文中限制性描写。这些作品老少皆宜，一些评论家甚至认为这都是他的杰作。不幸的是，它们大多被删节，因为编辑只认可那些他们认为适合青少年阅读的段落。所幸的是这些作品（包括海因莱因早年的一些成人科幻）在作家过世之后重新出版了未做删节的版本。尽管这些青少年科幻小说充满了科学道理，但却并不因此而影响作者对故事的讲述——海因莱因完美地把娱乐性与科学性统一了起来。

海因莱因的作品很多，有30多部长篇小说和10多部短篇小说集。据称，他囊括了诸多"第一"：第一个单靠版税维生的当代科幻作家，第一个在并不专发科幻小说的畅销杂志上发表作品的作家，第一个将科幻小说变为畅销书并受到非科幻迷欢迎的作家。海因莱因曾获得4次雨果奖：《双星》（1956年度），《星船伞兵》（1960年度），《异乡异客》（1962年度），《严厉的月亮》（1967年度）。他曾是1941年、1961年和1976年3次世界科幻大会的嘉宾。他于1975被美国科幻作家协会（Science Fiction Writers of America）授予第一个星云大师奖。此外他还获得过两次其他科幻奖项。海因莱因于1973年、1977年以及他去世后的1988年，仍被广大读者推选为"空前最佳作者"；他甚至被人们戏称为"科幻先生"。1988年5月8日，海因莱因于上午的小睡中逝世于美国加利福尼亚。他生于星期日，死于星期日，火化后骨灰撒在了他挚爱的大海中。

海因莱因的科幻创作开始于1939年，他的第一篇短篇科幻《生命线》发表在《惊骇科幻小说》1939年8月号上。故事讲述一名博士发现了一种预测未来的仪器，能够预测一个人死亡的准确时间，这给保险公司带来了极大的麻烦。海因莱因对大公司的攻击一直持续数年，也许与他父亲的企业曾被大公司打败有关。自那以后海因莱因写作并发表了大量小说，1940年发表的一系列中篇小说强烈影响了科幻界，如《安魂曲》《道路滚滚向前》等。他早期大部分作品被收入他计划中的"年史"（Chronology），即后来所谓的"未来历史"（Future History）系列，后来又收录在《出卖月亮的人》、《地球上的绿色山丘》和《2100年的叛乱》中。《梅修斯拉斯的孩子》和《太空孤儿》也属于这一系列。正是上述这些小说使海因莱因有意无意地开始了他的"未来历史"系列，正式开始杜撰1951—2600年历史。

自20世纪50年代起，海因莱因基本上转向长篇小说的创作，短篇极少。最著名的一篇就是有关时间逻辑的作品《你们这些还魂尸》。1951年问世的《傀儡主人》是一部相当重要的作品——是20世纪50年代与偏执狂相关的最好的科幻小说。1956年出版的《双星》表现了一个末流演员模仿银河政客的故事，赢得了1956年度雨果奖，而且被评论界称为海因莱因50年代最好的小说。1957年创作的《进入盛夏之门》是一个有关时间旅行的故事，被认为是海因莱因最成熟和最有吸引力的小说。《星船伞兵》是一部相当重要的作品，它使海因莱因进入一个新的、有争议的时期。该书赢得了1960年度雨果奖，并为他带来了军国主义甚至是法西斯主义的声名。因为有不少人认为这部描写星际战争的作品内容过激，充满了大国沙文主义和军国主义倾向；与之相对立的观点同样存在——认为这是一部爱国主义科幻小说。1961年的《异乡异客》是海因莱因最具轰动效应的作品，在这部长达800页的小说里，作者塑造了一个来自火星的年轻的救世主式的人物史密斯。当火星人全部死亡后，史密斯因此成为整个火星全部财产的唯一继承人。当他在地球上了解到地球文明存在的危机之后，就身体力行地竭力传播火星的思想和哲理，却发现自己处于一个完全不同的价值观内，最后遭到与耶稣基督相同的命运——被钉死在十字架上。《异乡异客》因为其中对外来社会文化的探讨，常被称为半宗教文化性小说。该作既抨击了地球文明和清规戒律，又阐述了作者对社会文化各个领域的独特见解，其中激进的观点完全迎合了美国20世纪60年代反文化的潮流，并对当时的社会思想产生了巨大影响，故而深受大学生推崇，甚至被嬉皮士当作人手一册的圣经，并于当年荣获雨果奖。1966年的《严厉的月亮》也是海因莱因最重要的作品之一，是他第四次获得雨果奖的作品（1967年度）。故事发生在2075年，那时，地球对月球殖民地的暴政和资源掠夺日益加剧，并且残酷镇压月球人的暴动。当地移民在中央电子计算机"麦克"的带领下奋起反抗，用弹射器向地球抛射巨大的岩石，产生相当于200千克TNT的爆炸力。地月双方在谈判失败之后，月球开始独立运动，最终迫使地球投降，而获得独立。但恶劣的战争环境使主人公因劳累过度而死，麦克也从此变成了哑巴——他仍在努力工作，但再也无法讲话了。这部作品体现了海因莱因的特点：清晰地表达自己的政治观点。作品对计算机"麦克"自我意识的描写也具有惊人的魅力。相对于《异乡异客》来说，《严厉的月亮》更接近正统科幻，即以故事情节、科幻想象和人物描写取胜，深深抓住了读者的心。海因莱因描写的虽是发生在月球殖民者中间的一场革命，但小说中的许多事件显然与美国独立战争相呼应。事实上，海因莱因的"未来历史"系列是把历史搬到了未来，因此这部作品也同样脱离不开美国独立战争的影子，因此被视为"革命的教科书"。1973年，海因莱因继《梅修斯拉斯的孩子》出版30多年之后，出版了续集《时间足够你爱》。故事的时间背景和写作手法都变了，一下跃跳到4272年，主人公拉扎尔斯仍是大飞船的领导人，但他那时已不是213岁，而是2360岁。整个故事以回忆录的形式忠实地记录了主人公的恋爱自述。这部书基本上标志着"未来历史"的终结。长期以来，海因莱因一直被视为"硬科幻"大师，但他后期作品的内容经常引起争议，艺术质量也有所下降。自1973年的《时间足够你爱》开始（海因莱因曾称要写拉扎尔斯乘时间机器回到一战并死于一战的故事，但后来没有写），直至20世纪80年代的《野兽的数字》和《穿墙猫》，都是他"未来历史"系列姗姗来迟的尾声，此时这位在科幻领域驰骋40余年的大师已接近生命的终点。他生前出版的最后一部作品是《超越日落的航行》。尽管海因莱因后期的作品不够生动，但是他仍不失为美国最有影响的科幻作家。

海因莱因一生创作科幻，有其独到之处，总的来说有以下几大特点。

第一，他是优秀的故事结构者。在构造故事时，海因莱因向来喜欢快速推进的情节，而不喜欢冗长的描述——也许他没有耐心停下来描述故事所发生的环境和背景。按照他自己的说法："用故事和行动解释一切。"从某种意义来讲，这也是整个黄金时代最突出的一个特点。

第二，他态度鲜明地对无序状态进行批判，对秩序状态进行讴歌。海因莱因几乎在每一部作品中都要涉及经济问题，所描写的故事往往都带有资本主义社会市场经济调节给人们带来巨大灾难的痕迹，而海因莱因则对市场经济的缺点作了毫不留情的批判。但从海因莱因作品的思想来看，其主要思想是军国主义式的，某种程度上还有严重的大国沙文主义和扩张主义倾向，甚至有时候有强权和法西斯观点。这种评价并非其他国家科幻界强加于他的，在美国科幻界也有不少人持这种观点——当然也有人为之辩护。但无论如何，海因莱因的作品中还是弥漫着这种味道。

第三，他是"美国梦"的强烈鼓吹者。海因莱因的主人公都是典型的美国式人物，而他的小说则是"美国梦"的一种极端表现。海因莱因无条件地相信"美国梦"，他的主人公在开始往往都是弱小者，而随着故事的深入和发展，主人公经受锻炼，并通过自己的不懈努力，从躯体到个性都逐渐壮大和成熟起来，最终取得胜利。人物的个性不断发展，这也是黄金时代优秀作品的一个特征。

第四，他的语言鲜活，小说重视因果性和细节可信性。海因莱因在作品中大量使用美国俚语和民间故事，甚至向嬉皮士的语言学习。由于他所描写的"未来历史"在很大程度上是美国史的再现，因而十分注重美国传统。

第五，在哲学深度与人物深度上还存在着缺陷。海因莱因的大部分作品哲学深度不够，人物思想的深刻性不足。这是海因莱因最主要的缺点之一。

四、克拉克的成就

阿瑟·查尔斯·克拉克（Arthur Charles Clarke），1917年12月16日生于英格兰西部萨默塞特郡的海滨小城镇迈因赫德。克拉克的父亲是一名工程师，曾在英国皇家军队服役，军衔中尉，退役后定居在迈因赫德做农场主。1936年，克拉克从普通中学毕业后来到伦敦，进入英国教育委员会任审计员。早在1934年，克拉克就加入了英国星际学会（British Interplanetary Society，BIS）。克拉克系英国星际学会的发起人之一，在这里他开始进行有关太空航行的材料实验，同时负责撰写学会简报，其中不乏评论科幻的文章。1937年，克拉克联名创立英国科幻协会，在业余时间里活跃于科幻迷圈子。此时克拉克开始创作科幻小说，有些作品曾用笔名发表。1941年，克拉克应征入伍，在英国皇家空军MIT辐射研究所地面控制着陆雷达站任技术中尉，负责指导雷达新技术。后来克拉克以此为背景创作了一部描写有关雷达技术发展的小说——《滑行道》，这是克拉克唯一一部非科幻小说。1945年，在英国《无线电世界》杂志第十期上克拉克发表科学设想论文《地球外的中继——卫星能给出全球范围的无线电覆盖吗》，在世界上第一次详细论述了实现卫星通信的技术可行性。后来发展起来的现代卫星通信充分证实了克拉克这一出色的预见。为了纪念克拉克的功绩，如今42000千米高的同步卫星轨道已被国际天文学协会命名为"克拉克轨道"（Clarke Orbit）。1946年，克拉克退伍后回到英国星际学会，并在1946—1947年和1950—1953年担任学会主席。同时克拉克进入伦敦国王学院（King's College London）深造，1948年获得物理学和数学专业的理学学士学位，并获优等生称号。1949—1950年，克拉克在电子工程师协会任《物理文摘》助理编辑。1953年6月15日，克拉克与美国人玛丽莲·梅菲尔德（Marilyn Mayfield）在相识三周之后结婚，不过这段婚姻并不长久，当年12月即告分居，1964年正式离婚。1954—1963年，迷恋海洋的克拉克前往澳大利亚，在印度洋从事水下大堡礁（Great Barrier Reef）的探测研究工作，著有《海洋的挑战》《印度洋宝藏》等科学著作。1968年，克拉克出版其著名的科幻作品《2001：太空漫游》。

克拉克曾担任英国星际学会主席，英国作家协会理事，美国航空航天学会（American Institute of Aeronautics and Astronautics，AIAA）名誉会员，国际宇航科学院（International Academy of Astronautics，IAA）会员。同时他还是以下几家协会的会员：美国科学促进会、国际天文学联合会（International Astronomical Union，IAU），美国、英国、斯里兰卡等国天文学协会，国际、英国科学作家协会，美国科学小说作家协会，英国海底世界俱乐部，世界技术和科学协会等，以及诸多国际性委员会的委员。克拉克还被众多大学授予科学和文学博士学位。

克拉克自1956年起长期居住在斯里兰卡，但他继续对英国科幻小说界保持影响，仍是科幻小说基金会（Science Fiction Foundation）的赞助人。此外，克拉克还是英国最佳科幻小说阿瑟·克拉克奖的创建人。

克拉克曾获得2次雨果奖：《与拉玛相会》（1973年度），《天堂的喷泉》（1979年度）；3次星云奖：《与美杜莎相会》（1972年度），《与拉玛相会》（1973年度），《天堂的喷泉》（1979年度），并于1986年被美国科幻小说作家协会授予星云大师奖。1961年联合国教科文组织为表彰克拉克在科普方面的贡献，授予他卡林加奖（Kalinga Prize）。1989年，英国女王伊丽莎白二世因为克拉克就

"英国对斯里兰卡文化兴趣方面的服务"而授予他英国高级勋爵爵位（Commander of the Order of the British Empire）。1994年，克拉克因其在1945年提出的有关全球卫星通信的贡献而被提名诺贝尔和平奖。2000年5月26日，克拉克在获得英国皇家授予的爵士爵位十一年之后，在科伦坡被授予"爵士奖"（Award of Knight Bachelor）。

克拉克于2008年3月19日在斯里兰卡辞世，享寿90岁。克拉克晚年的健康状况并不乐观，由于脊髓灰质炎样综合征的影响，几乎无法站立，完全依靠轮椅行动。不过健康原因并不能阻止克拉克的出访活动，1996年10月国际宇航联大会第47届年会召开时，克拉克还坐着轮椅专程赶来中国北京参加会议。

克拉克自幼酷爱科学，对天文学尤甚。从上中学起就开始为杂志撰写一些带有小说性质的科学随笔，在1934—1936年，他为当地的地方性刊物《惠许杂志》（The Huish Magazine）写了不少文章。1950年克拉克出版了《行星际飞行》，次年又出版了《太空探险》，这两本著作奠定了克拉克太空科普的权威地位，后者还因被"当月好书"俱乐部选中而声名大噪。克拉克先后出版了许多有关太空旅行问题的专著和论文，大力宣传太空科普，并希望英国能在太空旅行中发挥重要作用。这些著作使克拉克在宇航领域声誉斐然——美国登月飞船指挥舱就以他的书名命名，而宇航员们则大多熟读他的科幻小说。

克拉克最突出的成就当推科幻创作，他被誉为最伟大的科幻大师之一。克拉克早在第二次世界大战之前便开始创作科幻，1937年正式发表短篇科幻作品，处女作是载于《业余科学故事》12月号上的《无残旅行！》（Travel by Wire!），而在《惊骇故事》1946年5月号上发表的创作于1945年的《救援队》（Rescue Party）则使他在科幻界崭露头角。这一时期标志着克拉克作为一个科幻作家的起步。

在克拉克的科幻作品中有不少是太空题材，早期作品无论长篇短篇，大多是以太空探险为主题，这与作家本人的专业领域不无关系。但随后克拉克将自己的注意力更多地集中在人类文明这个大的主题上面，作品多在天文题材框架下讲述有关人类文明发展的故事。

1953年，克拉克出版了长篇作品《童年的终结》。这是一部"近未来"科幻小说，描写了20世纪末外星人来到地球并引导地球文明进步的作品。在外星智慧与地球人类的共同努力下，人类文明获得了突飞猛进的发展，人类终于摆脱了童年期——人类长大了！

在《童年的终结》出版的同一年，克拉克还发表了描写"远未来"的中篇科幻小说《不让夜幕降临》，后被扩充为长篇，于1956年以《城市和星星》为题出版，讲述的是10亿年后银河系的故事。这两部中长篇科幻作品与后来出版的《2001：太空漫游》一起，构成了克拉克有关人类文明主题的三部曲。

事实上在更多的作品中，克拉克一直坚持"近未来"主题，他所描述的主要是人类在宇宙中的位置，如《与拉玛相会》《天堂的喷泉》等。《与拉玛相会》是克拉克十分重要的一部作品，它描写了一艘外星探测器突然来到太阳系，人类对其进行探测，发现其中没有任何智慧生物，却充满了对这种智慧状况的描述。人类既不知这是外星文明衰落前所发出的保留物，还是向人类传达信息的探测器，最后眼看着它默默地向太阳方向移动……后来克拉克与同是克拉克迷和科学家双重身份的甘垂·李（Gentry Lee）合作，续写了《拉玛第二》《拉玛花园》《拉玛揭秘》等作品。《天堂的喷泉》也是克拉克十分重要的一部作品，它描写了人类靠一种强度极大但质量极轻的特殊材料连接地球与卫星的故事。这是新时代建造"通天塔"的故事。主人公为了这一工程耗尽心血，终于殉职于"通天塔"上。在作品的结尾，人类已将所有的卫星互相连接并与地球相连，形成一个巨大的环！《与拉玛相会》和《天堂的喷泉》两部作品都获得了当年度的"雨果奖"和"星云奖"，前者还获得了当年的约翰·坎贝尔纪念奖、英国科幻小说奖和木星奖。

除了长篇科幻，克拉克的短篇科幻也脍炙人口，比如《太阳帆船》《星》等。《太阳帆船》描写了利用"太阳风"作为太空动力的故事，小说问世后不久美国航空航天局就开始关注这一领域的进展，对"太阳风"进行认真研究。《星》则用一种极为伤感的笔调描述了一个文明被大自然无情击毁的时间与宗教诞生的时间巧合。

除了太空题材，克拉克也创作其他方面的科幻小说，尤其钟情于海洋题材。他在斯里兰卡结识了年轻的摄影师麦克·维尔森（Mike Wilson），并开始接触潜水运动。后来克拉克与其合作了6部著作和1部影视。1957年，克拉克出版了科幻长篇小说《深海牧场》。移居斯里兰卡之后，克拉克还花了不少时间和精力研究东方哲学。自此在克拉克的作品当中，除太空主题之外，海洋和东方文化开始占据重要地位。

在所有创作中，《2001：太空漫游》可能是克拉克影响最大的一部作品。该小说酷似一部壮观的史诗，场面宏大，气势雄伟，展现出人类的过去、现在以及可能的未来。这部作品首先是以同名电影的形式展现给观众的。电影《2001：太空漫游》由著名导演斯坦利·库布里克（Stanley Kubrik，1928—1999）执导，剧本根据克拉克的短篇科幻小说《岗哨》和《黎明的邂逅》改编，两人自1964年开始合作，1968年影片杀青。该片一经公映便引起巨大反响，使科幻电影在人们心目中的地位从"谁也看不起"上升到"谁也看不懂"，其中某些绚丽多彩的镜头成为电影史上的经典镜头。《2001：太空漫游》获得了巨大成功，成为科幻影片的经典之作，有人甚至认为它是"第一部真正意义上的科幻电影"。这部影片创造了当时的票房奇迹，也为克拉克带来了极大的声誉。该片获得1968年度奥斯卡最佳美术指导、最佳导演、最佳原创剧本（克拉克和库布里克）等4项提名，最终获得奥斯卡最佳视觉效果奖。在电影公映的同时，《2001：太空漫游》小说版本问世，署名"A. C. 克拉克"。据说是因为在某些地方库布里克与克拉克意见不一，因此库布里克最终没有署名。

《2001：太空漫游》的故事梗概如下。300万年以前，地球上还处于一片黑暗之中。人类的祖先在干旱、荒凉和死亡的边缘苦苦地挣扎。就在今天非洲大陆的某个角落里，一个由"望月者"领导的猿人部落在与自然和同类的竞争中顽强地生存着。在一个非常普通的夜晚，"望月者"感到了某种焦躁和不安，他的大脑虽不发达，但他的确感到了某种事情即将来临，一块深黑色的长方体从天而降被安放到了地球上。长方体的表面光滑异常，轮廓清晰分明，三条不同的棱长之比是1：4：9，这正是自然数前3个数的平方。它具有一种强大的吸引力，将猿人们召集到自己的身旁。"望月者"被迷惑了，他和他的同伴听从了这个来自外星的长方体的召唤，将自己幼稚的思想和行为祖露无遗。这还不够，来自外星的长方体还训练起蒙昧的地球祖先，教他们如何改进自己的投掷，以便更好地打击野兽，并给他们灌输要成为地球主宰的梦想……

300万年匆匆而过，人类孤独地成长起来了，历史悄悄地接近21世纪。这时候，人类已经跃出地球，尝试踏上其他星球的土地。而在这300万年里，黑色的长方体再也没有出现过。然而，就在距离地球38万千米之遥的月球上，外星人留下的"眼睛"却一刻也没有离开过人类。一天，人类的探险者们意外地在月球那荒凉的土层之下发现了这块黑色的长方体！当这个黑色物体被拂去尘土并暴露于月球表面时，面对初升太阳的灼热光芒，它的内部突然爆发出了一阵刺耳的电子声响！在沉睡了300万年之后，外星人的瞭望哨终于再一次启动了！于是，为了搞清外星人为什么把一个太阳能装置埋在月球土层的下面，一艘被称为"发现号"的宇宙飞船向着黑石发射电子信息的地方——土星前进。"发现号"是一艘由"哈尔9000"型电脑控制的大型探测飞船，但由于飞船上的人类成员不知道自己的使命，而"哈尔9000"又被授权在到达目的地之前掩盖事实真相，结果它的内部逻辑电路因此出现了故障。于是，它开始对值勤的宇航员下毒手。宇航员普尔当场身亡，随后，"哈尔9000"又杀害了正在冬眠的三名宇航员。另一名宇航员鲍曼则在极端紧急的情况下与"哈尔9000"进行了殊死搏斗，并成功地拆除了电脑的智能装置。人与电脑的战斗虽然伤亡惨重，但仍然以人的胜利宣告结束。

此时，"发现号"正逐步接近着它的目的地。在土星的卫星"季皮特斯"上，鲍曼又一次亲眼看到了巨大的黑色长方体。正当鲍曼乘坐太空罐试图近距离仔细观察时，太空罐突然向长方体坠落下去！在一瞬之间，空间自行翻转了过来，太空之门被打开了！鲍曼通过它，飞向一条充满了星星的通道！在经过一个巨大的宇宙交通中转站之后，鲍曼终于到达了黑色长方体制造者的家乡。这是一个太阳似的火红星球，就在这巨大"太阳"的中心，鲍曼在一间仿制成地球旅馆的房间中最后一次沉沉地睡去……是夜，鲍曼在一场迷离的梦境中回顾了自己和人类的整个历史之后，终于获得了新生。这是一名宇宙的婴儿。现在他已经具有了无限的智慧和力量，他将为我们的地球和宇宙作出无法估量的贡献。

1982年和1987年，《2010：太空漫游》和《2061：太空漫游》分别问世，也都被拍成了电影。1997年，克拉克出版了"奥德赛"系列的终结篇——《3001：太空漫游》。

克拉克在科幻领域驰骋数十年，形成了一套极为鲜明的创作风格。

第一，他能准确地描写科学技术的宏观和微观部件。由于克拉克在技术领域的成就，他在创作科幻作品的时候对科技方面的内容叙述十分准确，对作品中科技细节的描写更是精确无比，给人一种身临其境的感觉。1996年11月中旬，克拉克在接受采访时曾谈及这一点："保持科学的精确性对科幻作品的创作来说是至关重要的。"

第二，他的小说富于出色的科学预见。克拉克很讲究在科幻作品中预测未来科技的发展，当然他敢于这样做也是因为他屡屡成功。早在1959年，克拉克就大胆地预测人类将在10年以后的1969年6月前后首次登上月球，结果在"阿波罗"登月计划中，美国宇航员阿姆斯特朗果然于1969年7月20日在月球上留下了人类的第一个足迹。正因为预言的准确性，克拉克甚至敢在每部作品再版时的后记中说明，当初哪些预测正确了，而哪些预测过于保守。

第三，在文风上，他具有硬汉笔法和东方式的神秘情调。克拉克深受威尔斯的影响，往往以一种优美的笔调娓娓道来。同时克拉克的语言风格十分简约，他的作品还充满神秘主义，这与他多年来对亚洲文化的向往有关。

第四，他善于运用哲学思考。在继承了英国经典科幻作家奥拉夫·斯塔普尔顿（Olaf Stapledon）的哲学科幻传统之后，克拉克重点探索了人类在宇宙中的位置问题。

五、其他缔造者和黄金时代的特征

黄金时代还有许多其他重要的大师，下面做些简单介绍。

雷·布拉德伯里（Ray Bradbury）于1920年8月22日出生在美国伊利诺伊州的沃基根，十几岁时随全家移居洛杉矶。布拉德伯里自幼酷爱科幻小说，并喜欢读诗和写诗。布拉德伯里宣称：少年时代的各种漫画和科幻杂志，使他看到了未来的无形世界和空想世界。布拉德伯里早年所受教育不多，1938年他在洛杉矶中学毕业后没钱继续深造，于是把大部分时间都花在了图书馆里——按照他自己的说法，他28岁时毕业于图书馆。布拉德伯里对图书馆的迷恋程度表现在他的一句格言中："要是你不去图书馆，那么干脆就连学也别上了。"在写作事业的发展过程中，布拉德伯里还曾在街头卖过报纸。布拉德伯里从11岁起就开始了业余创作，第一次写作用的是一卷卖肉人用来包猪肉的纸——他拉开其中的一头开始写作，并把写完后的部分再卷起来，整个故事用完了一张纸。后来布拉德伯里获得了一架玩具打字机，这个玩具让他写出了自己的第一本小说。不懈的努力最终有了结果，布拉德伯里终于在20岁以后成为职业作家，在各地的科幻杂志上发表作品，并多次获奖，其中包括2000年美国国家图书基金会授予他的美国文学杰出贡献奖。2002年4月1日，布拉德伯里还获得了好莱坞星光大道的第2193颗星徽。但有意思的是，作为一名著名的科幻作家，布拉德伯里却从未获得过科幻界最优秀的两个奖——雨果奖和星云奖。结果，为了表彰布拉德伯里对科幻的巨大贡献，星云奖在其不定期颁发的荣誉称号中，将奖励优秀编剧的奖项命名为"布拉德伯里奖"。

布拉德伯里以擅长写短篇科幻小说著称，成名后也在许多其他方面进行创作。布拉德伯里已经出版了500多篇（部）小说、诗歌、戏剧、电影和电视剧本等。他的诗集《机器老鼠和机器人旋转在机器城市中》具有明快的节奏，也有黑色幽默的成分，他的《浓雾号角》被改编为电影。布拉德伯里的科幻短篇作品集则包括《太阳的黄金苹果》《忧郁症的妙药》等，长篇科幻小说代表作有《华氏451》等。

《华氏451》是一个关于未来的故事，在那里发生了似乎只有古代蛮荒时代才会发生的事情——焚烧书籍。这部"恶托邦"科幻作品描述了一个视拥有书籍为非法行为的未来社会：独裁者取消言论出版自由，下令烧毁全部书籍。此书是一位专司焚书的"消防队员"记录的心路历程，讲述了他如何从以焚书为乐最终变得爱书的故事。这篇作品本是一部短篇，后经几次改写，分别题为《烈火！烈火！》《烈火，烈火，焚书！》和《焚烧炉与火蛇》，最终才定名如此——所谓"华氏451度"，即是纸张的燃点。

布拉德伯里的作品行文优美，仿佛一篇篇散文诗歌。他善于用韵律和谐、优美抒情的怀旧伤感文笔写出多愁善感的作品，被誉为"科幻诗人"。因此，布拉德伯里的作品不仅在科幻界，在文学界也引起了很大反响，并受到广大读者的喜爱。毋庸置疑，布拉德伯里是一位科幻小说大师，他的作品甚至改变了人们的思考方式。《霜与火》是布拉德伯里的中篇小说，但对读者思想的震撼却绝非一般。作品的背景是一个自然环境极端恶劣的星球，仿佛"霜与火"般的严寒和酷暑使得上面的人们不得不蜷缩在岩洞里避难，每天只有清晨和黄昏的两小时能够在洞外活动。但这还不是最残酷的，最为残酷的事实是：这里新陈代谢变得极快，人类只能存活八天——所有的人都迅速长大，然后走向衰老和死亡。主人公西穆从前人的传说那里了解到，他们原来是地球人，在一万天之前飞船不慎坠落在这个星球上，而他已经是第5000代了。同时他又得知，在不远的悬崖处有一艘宇宙飞船，那是离开这里的唯一工具。于是，在他的心中生出希望，他开始与环境抗争，以改变冷酷的命运。他带领族人，利用这短短的八天，完成一生的奋斗！

布拉德伯里的代表作、科幻短篇作品集《火星编年史》出版于1950年，这是一部由13个短篇科幻组成的系列作品集：每一个故事结构完整，独立成篇，但都发生在火星这个巨大的"火红色"背景之下，构成一部独特而神奇的火星编年史。这种编年体式的写法，使读者更愿意把它看作一个世界展示给我们的不同侧面。在这些文章中，作者以一种美丽而伤感的语调描述了火星过去、现在和未来所发生的故事：在地球人登上火星之后，火星人开始走向灭绝，但是由他们建造起来的文明却还在延续，废墟上残缺的美景给前来探险和定居的地球人类展示了一个又一个梦一般的谜团——布拉德伯里笔下的火星显然是不真实的，但它仍旧受到了广大读者的喜爱。布拉德伯里在这些类似于寓言般的故事中，为读者编织了一个又一个神奇的、比现实更加美丽的梦想。作者以他那诗人般热情细腻的笔触，渲染出一幅消逝的火星文明图景。事实上每个人都知道，在作家描述火星的年代里，人们早就清楚地认识到那里只是一方寸草不生的不毛之地——即便如此，那些优美的画面仍旧从作家的脑海中奔腾不息地泪泪流出：那是一个发展到极致进而落败的文明，它与人类擦肩错过，只留下一声叹息。也许作家正是用这种方式，揭示出了人类或者说是他自己心灵深处的某种东西。按照评论家的说法，布拉德伯里的科幻作品中科学成分很少，即便是那些有科幻成分的小说，与其说是揭示了现实，倒不如说是揭示了布拉德伯里的内心世界。对于科幻来说，那颗美丽的火星也许只是一个概念，一个以一种美丽而伤感的方式所叙述的概念。

克利福德·唐纳德·西马克（Clifford Donald Simak），1904年8月3日出生于威斯康星州的梅尔维尔镇，祖辈是捷克移民，落户威斯康星州。在小镇之外是他外祖父的农庄，从这个破落的农庄里可以望见威斯康星和密西西比河的交汇处。后来作家在小说中甚至直接声明故事就发生在梅尔维尔。西马克的成长经历，使他的科幻作品中往往具有一种浓郁的乡土气息，翻开他的作品，甚至能从中嗅出泥土的芬芳。西马克独树一帜地开创了"田园式"的科幻流派。

西马克在一生中的大部分时间里都是一名新闻工作者，平时工作十分繁忙，创作时间相对较少，但他仍然勤奋创作。他的处女作《红太阳世界》于1931年一经发表就引人瞩目。但他早期作品模仿痕迹较重，缺乏自己独特的风格。随后又因深感时下的科幻刊物过于低俗，一直到1938年都没有再写科幻。后来坎贝尔出任《惊骇科幻小说》主编，其编辑方针触发了西马克的灵感，他对妻子说："我可以为坎贝尔写作。他不会对目前所写的那一套货色感到满意。他会要一些新颖的作品。"自此西马克开始为《惊骇科幻小说》等科幻杂志撰稿。20世纪40年代，西马克发表了一系列样式新颖的科幻小说，在作品中他构造了由一条狗所"写"的独特历史，后来这些小说汇集成册，取名《城市》。

西马克是第一个同时获得英美两国大奖的科幻作家：短篇小说集《城市》获国际幻想小说奖，并被评为当年最佳科幻小说；中篇小说《大前院》和长篇小说《星际驿站》获雨果奖；短篇小说《舞鹿洞穴》获星云奖。1976年，他被美国科幻小说协会授予星云大师奖，成为世界上第三位"星云大师"。与其他科幻作家不同的是，西马克并没有构造一个外星世界，也没有描写未来历史和交错世界。但他依旧保持了科幻黄金时代的经典风格——按西马克自己的说法："我只是科幻小说界留下来的最后一只恐龙罢了。"

西马克的科幻作品往往具有一些类似的主题，诸如：一个人口日益减少的世界、睿智的老人、"解放"了的机器人、神秘诡异的房屋、星际传送等。就文笔而言，西马克的作品风格独特：平易、直接，且绝不拖泥带水——后者显然受到了新闻写作的影响。

西马克在创作中十分偏爱乡村背景和农村居民。他的作品多数以故乡威斯康星为背景：长满树木的山丘，虽地处北美却不多雪；密布的丘陵峡谷，保留着古代的状态，这些风景使这块土地显得更加神秘——甚至外星人也来自那里。西马克在其作品《妖怪保留地》中曾试图努力构造一个崭新的世界，但事实上仍是对威斯康星迷人山谷的动人描写、修饰与讴歌。《大前院》《星际驿站》都以这片故乡土地为背景，长篇小说《访客》也以这一带为结尾。西马克作品中的人物基本有三类：无忧无虑的美国商人通常是主人公，且有一条狗作伴；一名农夫或打工者是西马克年迈祖父的化身：热情耗尽，青春已逝，宁可与牲口做伴，也不愿与人为伍；记者：具备永不满足的好奇，对事件真相的关注，对事物观察的客观态度。此外，西马克进行科幻创作的另一个特点是，他的作品一向以精神高雅和态度友善而著称。在他的科幻作品中，外星人往往十分友善，不含敌意，这在他的科幻代表作《星际驿站》中表现得十分明显。《星际驿站》是一个相当感人的故事，它以高度发达的银河文明为背景，以抒情诗般的笔调展示出美国西部的典型风光；故事的主人公是一名离群索居、很少外出的孤独农夫，他放弃了地球人的身份，成为银河交通传输中转站的一名管理者，并为星际间的友谊、稳定与和平做出了巨大的努力和贡献。在这部作品里，西马克将他那奔放的热情和洋溢的情感张扬得淋漓尽致，而书中那富有想象力的情节以及对田园风光的细腻描写则使其成为西马克最著名的一部科幻作品，并获得1963年度"雨果奖"的最佳长篇。

作为一个业余科幻作家，西马克的科幻作品有其不足之处。比如在题材和情节上时有重复，但总的来说，西马克仍是一名相当不错的科幻作家，尤其是他"与人为善"的创作理念。正如西马克自己所说：只要具有理解、智慧、同情心和对所有生物的宽容，那么人类就能最终实现自己的理想。

"约翰·温德汉姆"是约翰·温德汉姆·帕克斯·卢卡斯·拜诺·哈里斯（John Wyndham Parkes Lucas Beynon Harris）在第二次世界大战后所使用的笔名，也是他广为人知的一个笔名。在37年的写作生涯中，他一直在自己的姓名中挑选笔名，只是使用不同的排列，包括John Beynon Harris、John Beynon、Wyndham Parkes、Lucas Parks、Johnson Harris。约翰·温德汉姆于1903年出生在沃里克郡苏里霍尔附近的多里奇。青年时代，他一直在换工作。温德汉姆受威尔斯影响较大。1929年，当他读到根斯巴克的《惊异故事》（*Wonder Stories*）时，大受鼓舞，并于1931年以约翰·贝依·哈里斯（John Beynon Harris）的笔名在该刊发表了《用来作交易的世界》。20世纪30年代初，他一直用这一笔名向《惊异志》（*Tales of Wonder*）等杂志投稿并发表短篇作品。早年的这些作品后被收入《时间流浪者》中，署名约翰·温德汉姆。1934年后，他用约翰·贝依作笔名，并用此名出版了《秘密人》（1972年再版时则用约翰·温德汉姆）和

《行星飞机》。

第二次世界大战期间，约翰·温德汉姆服役于皇家通信兵部队。此后，他使用另一新笔名撰写另一类短篇小说，而他，就是以这一笔名声名大噪的。1950年在《惊奇故事》发表《永恒的除夕》。自1951年1月6日起，在《柯利尔》双周刊上，分五部分连载《三尖树时代》，同年该书由道布迪尔出版公司出版硬面精装本，1952年出版平装本，1963年拍成电影，后又被改编为一部更忠实于原著的英国电视剧。《三尖树时代》描写了这样一个故事：人类培育出一种三尖树，它们能够缓慢移动，并用带有毒汁的器官袭击动物和人类。本来它们的缓慢行动不足以威胁人类，但一次偶然的流星雨，使得绝大多数人都失明，于是它们便开始横行。社会秩序迅速土崩瓦解，少数幸存者离开城市，前往乡村，以期重建文明。此外，约翰·温德汉姆的重要作品还有《海妖醒了》《米德威奇布谷鸟》等。

詹姆斯·冈恩的科幻创作生涯始于1949年，他的处女作《通讯系统》在《吃惊故事》（*Startling Stories*）上发表。冈恩擅长短篇小说创作。即使是他的长篇小说，读起来也似短篇小说的组合。冈恩的主要作品有《这个堡垒世界》《星际桥梁》《空间站》《快乐制造者》《长生不老的人》《倾听者》《校园》《危机》等。作为科幻编辑，冈恩的主要成就是《科幻之路》（开始为四卷，后发展到六卷，20世纪70—90年代）和《新科幻百科全书》。《科幻之路》集中了科幻小说的经典之作，系统地介绍了科幻的性质、发展、演变及其名家名作。《新科幻百科全书》也是一部具有重要参考价值的工具书。

弗兰克·赫伯特（Frank Herbert），生于美国华盛顿州，毕业于华盛顿西雅图大学。在成为专职作家之前，他曾在西海岸报做过记者和编辑。赫伯特一直生活在华盛顿州。1952年赫伯特的第一篇科幻故事《寻找某物》在《吃惊故事》发表，但此后十年其作品极少：大约写了20个短篇和一部长篇《海龙》——该作以《压力之下》为题首发在坎贝尔的《惊骇科幻小说》上。1965出版"沙丘"系列的第一部《沙丘》，这是一套著名的系列科幻作品，描述了沙漠中的争斗，后被改编为著名的电脑游戏。

菲利普·K. 迪克（Philip K. Dick）是一位十分值得研究的科幻作家。他的创作开始于西方科幻文学的"黄金时代"，历经整个"新浪潮"运动，并直接影响后世的"赛博朋克"流派。

迪克于1952年发表处女作《天外的巫伯》后走上职业创作之路。在前10年里迪克主要从事短篇创作。1962年，迪克的长篇科幻小说《高堡奇人》问世，旋即荣获雨果奖最佳长篇小说奖。这是一部"架空历史"小说，假设第二次世界大战以轴心国而非同盟国获胜而告终。自此，迪克转向科幻长篇创作。

除了《高堡奇人》，迪克一直为评论家津津乐道的作品便是后被改编成电影《银翼杀手》、曾获星云奖提名的《仿生人会梦见电子羊吗?》。事实上这部作品蕴含丰富的内涵，被"赛博朋克"流派视为开山之作，并将迪克尊为流派鼻祖。

2004年8月26日，英国《卫报》公布一项调查报告，由60位科学家列出一个"科学家最喜爱的科幻电影"排行榜，结果《银翼杀手》名列榜首。除此之外，根据迪克原作改编的电影还有：《全面回忆》，改编自科幻短篇《记忆公司》；《少数派报告》，改编自同名科幻短篇；《冒名顶替》，改编自同名科幻短篇；《尖叫者》，改编自科幻短篇《第二类》；《预见未来》，改编自科幻短篇《金人》；《命运规划》，改编自科幻短篇《规划小组》；《记忆裂痕》，改编自同名科幻短篇《报酬》；等等。

黄金时代的科幻小说具有非常鲜明的特色。首先是就科幻文学的概念和内涵达成了某种共识。这种原本并没有统一名称的作品形式，也被正式称为科幻小说（Science Fiction）。黄金时代不仅在于产生了一大批优秀的作品，开发了足够多的科幻题材，培养了一大批成熟的作家，更重要的是，诞生了一个创作科幻小说的固定模式，并且大部分科幻作家都遵循这一模式。按照吴岩的说法，这一固定模式是：（1）应该是一个带有悬念的完整故事；（2）常常与科学或科学家的工作或生活有关；（3）无论长篇还是短篇，都应该有恢宏的场面；（4）无论结局是喜是悲，都应该有一定的哲理性。黄金时代的作品大都具备这四个特征。这一固定模式的产生，不但确定了科幻文学创作的纲领，而且意味着科幻发展达到了一种巅峰状态。当然，在任何领域中，模式的固定化也会限制其发展，这就为下一个时期的到来奠定了基础。

第三节 "新浪潮"运动

一、运动的产生及其原因

英美科幻"黄金时代"对科幻认识的统一以及科幻固定模式的确定，对科幻文学的繁荣起到了难以估量的作用，但后期也在一定程度上限制了科幻小说的进一步发展，使得科幻作品批量生产，题材重复，缺乏新意，甚至于粗制滥造。而且第二次世界大战后国际政治、经济、军事以及科技形势都发生了重大变化：冷战，左翼政治力量的兴起，东方宗教文化的传播、生态环境的破坏、流行艺术的产生、迷幻药的滥用，特别是1957年苏联第一颗人造卫星上天，都给了人们巨大的震撼。这些因素使读者意识到科幻故事与生活相距甚远——那些美妙的幻想故事不是根本不存在，就是远远落后于现实生活，加之科幻小说长期得不到主流文学界和评论界的重视，也深深地刺痛了科幻作家。因此，一场变革势在必行。"新浪潮"运动就是在这种情况下发生的。这场运动大约持续了10年之久，自20世纪60年代中期始，至20世纪70年代中期止。显而易见，科幻文学的"新浪潮"与整个60年代的西方文化"新浪潮"运动是分不开的。

变革发端于1964年，迈克尔·莫考克接替卡尼尔出任英国《新世界》（*New World*）杂志主编，由于他摒弃了原有的传统，力求创新，鼓吹新的文学形式，因此原本奄奄一息的杂志起死回生。《新世界》杂志推出一系列新型的科幻作品，这些作品在形式和内容上都是反传统的：不似传统科幻推崇科学技术的成就，却非常重视心理学、社会学、政治学甚至神学对人类社会生活的影响；不再像经典科幻那样关注几千年以后、几十万光年以外的事件，而是极力表现最近的将来，甚至表现当前的世界；在写作手法上刻意接近正统的主流文学，完整而清晰的故事不复存在，片段的、琐碎的、意识流的、幽默嘲弄式的、象征主义的手法纷纷出现，初看起来晦涩难懂，但仔细品味后则发现寓意十分深远。新版本的《新世界》从第一期起开始就连载巴拉德的《昼夜平分时》（该文后来成为巴拉德著名的"毁灭世界三部曲"之《结晶的世界》的一部分），此外还发表了一篇有关威廉·S. 伯勒斯的文章。

莫考克以《新世界》为阵地的探索和巴拉德的榜样形象鼓舞了其他作家，他们开始在作品风格上进行大胆的尝试，涌现出一批新作家，诸如查尔斯·普拉特、希拉里·贝利（莫考克之妻）、M. 约翰·哈里森等。后来美国作家也开始将他们的实验性作品寄给《新世界》，诸如诺曼·斯宾拉德、托马斯·迪什、约翰·斯拉德克等人。

起初，《新世界》所刊载的作品并非全实验性的作品，事实上，它处于一种传统作品与先锋作品并存的状态。一个重要的原因是新式的作品在数量和质量上都难以胜任，即便那些较好的实验性作品也并非全都具有独创性。布鲁纳的《站立桑给巴尔》公然取材于约翰·道斯·帕索斯的《美国》，该书的第一部分出版于1925年；奥尔迪斯的《脑中的赤足》源自詹姆斯·乔伊斯的《芬尼根守灵夜》。其他实验性作家也以他们各自的反传统小说对"新浪潮"科幻作家的作品产生了显著的影响，诸如乔治·刘易斯、迈克尔·布特、阿兰·罗伯·格利耶等人。

对于一本充满实验性作品的杂志来说，读者的关爱十分有限，但它却获得了英国文学界的厚爱，由此掀起一场向英国艺术委员会申请补助的活动，以帮助《新世界》渡过1967年和1968年的难关。

1968年，女编辑朱迪斯·梅里尔将部分作品结集出版，题为《英国时尚科幻小说集》（*England Swings of SF*），始将这类作品命名为"新浪潮"科幻作品。

接着，"新浪潮"运动很快被当时居住在英国的美国作家带回本土，它迅速感染了一批人，并形成了与英伦三岛相呼应的美国中心。达蒙·奈特以年度选集《轨迹》（1966年首版发行）为阵地，在美国担负起开创"新浪潮"运动的使命。于是，一场大变革就在大西洋两岸蓬勃展开了。

致力于"新浪潮"创作的主要是两位英国作家：巴拉德和奥尔迪斯，此外还有鲍伯·肖等人。在美国则有菲利普·法马尔、塞缪尔·迪兰尼、托马斯·迪什、诺曼·斯宾纳德、约翰·斯拉德克等人。

二、J. G. 巴拉德的成就

著名作家J.G.巴拉德（J. G. Ballard），1930年12月15日出生于中国上海，少年时代在战乱中的中国度过，其时正值日本对华全面入侵，少年巴拉德亲历了日军的残忍暴行，和家人一起被关进了龙华集中营。直到1946年巴拉德才被送回英国。童年的遭遇给巴拉德留下了不可磨灭的印象，后来他将这段经历写成小说《太阳帝国》，被著名导演斯皮尔伯格拍成电影并引起轰动，在1988年获奥斯卡奖提名，据说还曾荣幸地被英国王室选作御前预映之片。巴拉德回国后进入剑桥国王学院攻读医学，但没过多久便离开学校，并未获得学位。20世纪50年代初巴拉德加入皇家空军，并在加拿大服役，退役后曾在一家科学电影公司任职，继而成为专业作家。

巴拉德早年尝试着创作一些科幻小说，并投向《新世界》和《科学幻想》杂志，后来成为较为固定的作者，自1956年12月起这两本杂志上几乎每期都有他的作品。这些作品水平一般，基本上属于流行小说。从20世纪50年代中期到60年代初期，巴拉德便创作了一系列这样的科幻短篇，其中包括《一品颠茄》和《摆轮》。《集合城》是巴拉德早期的成名作。作品讲述了在未来人口过剩的地球，数以亿计的人们集中生活在一个封闭的世界里，而一个小男孩则梦想着寻求一片自由的天地——当然，这一愿望是注定不可能实现的。小男孩与那个生活在《摆轮》中的人一样，为一种奇特的"陷阱"所困。很明显，在这部作品里作者注入了自己的童年体验，从某种意义上讲它是《太阳帝国》的先声。这种受困与挣扎反抗的主题，出现在巴拉德的许多作品中。《69下水道》是一部心理科幻小说。它描写三个睡眠剥夺实验的被试者患上紧张症的过程，起初他们不敢再接触外界，最后"缩入"了自己的世界。小说的分析极为细致，充分展现了其中的心理学内容。《等待地点》是巴拉德少数几篇星际探险小说之一，场面十分宏大，涉及宇宙固有的规律，即"熵"。《超载的人》讲述主人公福克纳试图去解决现象世界的难题，而将自己漂浮于潜意识的感官世界里。此作完成于20世纪60年代迷幻药LSD-25实验之前。在对"意识交错状态"的"认识"上，巴拉德走在了心理学家的前面。

早年的经历使巴拉德对人性有了深刻的了解，这使他的作品从一开始就具有某种强烈的挫折感。巴拉德自从其首部小说发表（1956年12月）之后，便试图以一种新的形式在更深的层次上表现有关人性的内容。在巴拉德的小说中，环境描写强于故事发展，且常常伴随着隐喻、象征和情绪性；他从神话和一般的幻想小说中援引材料，并把它们糅进自己的科幻小说中；他在不缩小对技术本身推想的同时，重视新技术的心理学暗示。在他的作品里，技术并非以过去那种被赞美的形式出现，而像是一件附加的遗物箱子或破机器。在20世纪60年代心理学家还未进行LSD-25实验之前，巴拉德就已经迷恋上了"意识交错状态"这一主题；为了深刻表现人的心灵，他还创造了"内空间（Inner Space）"这一概念，以区别于我们身外的宇宙。

　　巴拉德作品对传统科幻的正式背叛，开始于他的作品《时间的声音》。这部小说情节复杂，语言晦涩，故事讲述生物学家郝依特比发现多次氢弹实验可以制造出有重金属外壳的动物，这种动物能抵抗辐射，因而有可能在未来生存，而这一"进化"要归功于生物体内少有的"沉默的基因对"。但当郝依特比对这些动物进行培养时，却发现它们总是朝向怪异的方向变化，比如他培养出了爆炸的刺水母、互相残杀的果蝇等。与此同时，人类患上了一种奇怪的嗜睡症，而且睡眠的时间不断延长，使人最终死于长眠不醒，连郝依特比本人也未能摆脱患病的厄运。他开始在地面和水池中刻画一些自己都理解不了的壁画，很快地，他因嗜睡而死。接管实验室的是神经外科大夫罗巴特·巴瓦兹，他对自己患病的原因已有所察觉，他认为这种变化是基础代谢率降低导致的，假如人类都患上这种病，那就只能说明人类的路已经走到了尽头，而人又是万物之灵，因此可以预见整个生命界的末日已经临近。在巴瓦兹大夫手下，有一个被切除了睡眠中枢的青年科尔德林，他是早期的嗜睡患者，手术的结果使他可以在肉体上不再睡眠，但在精神上仍需要睡眠，结果这使他常常进入狂躁，但他仍是少有的清醒者之一。正是这位清醒者充当了人类末日的看守人，从他的嘴里越来越多地吐出一连串的数字和符号，而他声称这些信息来自许多遥远的星系，它们正在向地球上所有的生命传递这样一个信息：宇宙的末日正在来临。这是一种倒计数，当它一旦走到0的时候，一切就将结束。而此时巴瓦兹大夫的病情也开始加重，他也开始刻画那些莫名其妙的壁画，因为他也接收到了来自宇宙的声音。最后，他们终于搞清了一切：原来，所有生物的变化，都是大自然的垂危造成的。这就是时间的声音！时间用这种方式在向整个世界告别！

从这部作品可以看出，除了受困与挣扎反抗的主题，科技发展对人类心理的影响也是巴拉德酷爱的主题之一。这类作品还包括讲述宇航对人类心理影响的《沙笼》《重返问题》《死去的宇航员》等。此外，在巴拉德的早期作品中，涉及时间题材的作品也很多，除了《时间的声音》，还有《年代学者》等。

巴拉德的小说就是在大场面下，表现整个宇宙的变化，以及人类社会的成长和衰落。他的小说拥有这样一个主轴：开始先讨论未来存在的矛盾，然后转而展现那些已经存在的、但还没有被人认识到的矛盾。这是他逐步抛弃传统科幻的开始。1962年，在《时间的声音》发表两年之后，巴拉德发表了"新浪潮"运动的正式宣言书——《通向新世界的道路在哪里?》

1964年，巴拉德在其作品《终端海滩》中完成了真正的转变。这部作品描述了主人公在一个马绍尔群岛中的人造小岛上寻求个人满足的故事。这个小岛因为被原子弹污染而遭人类抛弃，但它仍然不断地作用于人类，主人公最终只有失望。颇具讽刺意味的是，这篇作品竟刊登于1964年3月号的《新世界》杂志上，该期正是"卡内尔版"《新世界》的倒数第二期，成为宣告旧时代结束的一篇祭文。

20世纪60年代是巴拉德写作技巧成熟的时代，其间他共写了4部长篇小说，构成了他的"新浪潮"力作，分别是《无处不在的风》和"毁灭世界三部曲"——《沉没的世界》、《燃烧的世界》和《结晶的世界》。《无处不在的风》是这四部作品中最优美的一部，讲述了一阵慢慢加速的风如何将文明吹垮的故事。这是自然对人类进行的积极反抗，在这种反抗中，没有人能站稳。有钱有势的哈顿修建了一个巨大的金字塔，希望借此来保存自己的"王朝"，但还是被风吹得四分五裂，最终被吹进了深渊，使他的努力彻底归于徒劳。遗憾的是这部小说人物散乱，缺乏中心，这大大减弱了它的感染力。巴拉德的"毁灭世界三部曲"在科幻界一度引起强烈轰动，并使主流文学对科幻小说刮目相看。所谓"毁灭世界三部曲"的名称来源于美国版本，作者原本也许并没有有意识地创作三部曲的计划，它们的英国版本只有《沉没的世界》一名与美国版本相同，另外两部的原名则分别为《旱魃》和《春分》。《沉没的世界》讲述太阳突发磁暴,摧毁了范·艾伦带,导致两极冰雪消融,世界各地水位上涨,世界将要重返诺亚时代。主人公罗伯特·克劳斯是一个生物学家,他在浸水的伦敦组建了一个研究中心,对灾难进行观察。强大的自然灾害给主人公的心理造成了巨大影响。他总是重复一个梦,梦中的"史前世界"被一个巨大的发光太阳所笼罩。这种梦从表面上看,是神经细胞中遗传的一部分古代记忆,但它记录在染色体中。现在,它将要释放出来,使大脑从进化后的束缚中解放出来,因为历史已经倒退到了洪荒时代,而这种记录更适合生存。在故事的结尾,每个人都用自己的方式对变化作出了反应,一些人竭力给城市抽水,而罗伯特则选择向南方前进,抛弃一切熟悉的东西,使自己成为"寻找重升太阳乐园的第二亚当"。这部小说使科幻界轰动,有很多人(特别是美国读者)觉得不知所云。

《燃烧的世界》(英国版:《旱魃》)讲述在海面上出现了一种分子膜,限制了蒸发。这引发了全球大旱。主人公查尔斯·兰索姆大夫,在故事开始时已是个没有锐气的人,当他看到自然规律和人类社会规律都不起作用时,便同其他剩下的人一样,跑到海洋边缘,因为那里还有一些未结膜的水。但这里已成了战场,人们互相打斗,争夺地盘。在这片"被废弃的沙地上",时间虽未出席,但已经停止了前进。故事结尾时,他们又向内陆返回,想看看究竟留下了些什么。故事将内陆和海岸与人的内外世界相比拟,成功地写出了交汇时的燃烧感觉。

《结晶的世界》(杂志版:《春分》)讲述爱德华·桑德斯大夫去非洲寻找自己的情人,却发现那里正发生着奇怪的事变。春分那天,河流中漂来一具男尸,他的手腕像宝石一样闪闪发光。沿河岸上溯,整个森林也在渐渐结晶。事变的原因很快查明,原来在遥远的太空中,有一个反物质星系正与我们的银河系相互碰撞,其结果是使时间消失。结晶就是在这种影响下发生的。之后,则主要讲述在结晶森林中,人的不同态度:有的愿意被结晶,有的则反抗。这些反抗者或通过把自己泡在水里,并不断活动的方式来抵制"结晶",或用天然宝石做一个外壳来保护自己,但不管他们怎样努力,最终还是无法逃脱被结晶的命运。最后,桑德斯拿着一个宝石十字架走出了森林、获得了爱情,并重回森林。这部作品对人类与大自然的融合,以及世界的神圣性作了非常贴切的比喻,而作品中的结晶世界也被描绘得异常绚丽。然而在情节和人物上,它仍未超出前两部小说的模式。

在"毁灭世界三部曲"之后，巴拉德创作的科幻小说明显减少，只有一些短篇作品。《暴行展览会》（美国版为《爱与凝固汽油弹：美国出口》），展示了各种犯罪和暴行的纪实，包括肯尼迪遇刺、玛丽莲·梦露自杀、撞车悲剧以及氢弹等。该作品充斥着暴力、残忍和性。《撞击》是从短篇作品集《暴行展览会》中的某些象征发展起来的一部长篇科幻。它将汽车形象化，使之成为权力、速度和性的象征。这一构思并不算十分新颖，但巴拉德的独到之处在于，他在作品中把撞车视作性高潮的体现，于是他写出了汽车在初次相撞（类似初次性体验）时的焦虑和痛苦等感受。基于宣传上的考虑，在该书出版的同时，巴拉德还在伦敦新艺术实验室举办了一个撞车展览。以上两部作品都被巴拉德称为"凝聚的小说"（Condensed Novels），它们是一种不依赖时间顺序性，不依赖故事连贯性，而独自建立起内在统一的小说新形式。这种形式最初形成于前一作品，在后一作品中得到了淋漓尽致的发挥。之后还有两部作品分别是《混凝土岛》和《摩天楼》。它们的主人公都是"鲁滨逊式"的人物，都遭到了现代社会的遗弃。

事实上，自20世纪60年代后期开始，巴拉德便已转向主流文学的创作，但他的小说仍然颇具幻想性，属于超现实主义的范畴。巴拉德一直深受萨尔瓦多·达利和麦克斯·恩斯特（Max-Ernst）等人的影响。

除《太阳帝国》之外，巴拉德还创作有《创世之日》等一系列主流文学作品。在《创世之日》当中，《太阳帝国》里的孩子已经长大，并置身于一个由自己创造的环境当中。巴拉德常年生活在伦敦郊区的一个小镇上，自从20世纪60年代中期妻子因肺炎过世之后，他就一直居住在这里。这里到希思罗机场开车需要15分钟左右，镇上只有一家超级市场、两家银行和两家酒店。当初巴拉德原打算在这里居住半年，没想到一住就是30年。尽管巴拉德的作品具有极强的超现实主义特点，但他的生活却与当地居民没有什么不同。在这里，巴拉德将他的一子两女抚养成人。他说："我不希望让孩子们在贝鲁特或刚果长大，也不希望他们在曼哈顿成长，更不希望他们像我11岁时在上海被战乱破坏了童年时光。"显然，这个小镇的气氛在巴拉德看来，是利于孩子成长的。也许，童年有关战争的恐惧经历一直深刻地影响着作家的内心。当孩子们长大之后，纷纷离开小镇，前往伦敦和伯明翰定居，只留下作家本人用写作来填补他的生活空隙。有资料表明，巴拉德的最后一部科幻作品是《梦幻无限公司》，描述了一名不知生死的人的离奇经历。

从总体上看，巴拉德的小说继承了英国传统文学中的幻想风格，突破了黄金时代固定模式对科幻小说的局限。把地球当成作家关注的中心，是巴拉德在科幻文学领域中的一个重大突破。巴拉德认为，人类对自身的了解还远远不够，他曾经指出，"唯一真正外星人的世界，就是我们地球！"重视地球，重视人类，也就是重视人类的社会与心理现象，因而巴拉德的小说着重于探讨心灵的隔离和闭锁，以及这种特性带给个体和社会的影响（这与其童年经历吻合）。在哲学观点上，巴拉德有两个重要倾向：在宏观上是宿命的，这从三部曲中有很好的表达；在主客观关系上，有强烈的唯心主义倾向。在巴拉德看来，人的感官在感受外界事物时具有历时性，换言之，感知到的并非真实的外界事物，只是变形和不真，而内在的思想则不需要时间，因此要更为真实。他的小说语言风格清雅新颖，选词造句十分讲究。巴拉德的叙述具有主流文学大师那种不紧不慢的劲头，很有味道，提高了科幻的档次。

三、布莱恩·奥尔迪斯的成就

布莱恩·奥尔迪斯是英国著名科幻作家，他在1961—1964年兼任科幻丛书编辑期间，大量接触美国科幻小说，并在其影响下开始了自己的科幻创作。他一生著述颇丰，著有长篇小说20余部，短篇集15部，其他作品（包括主编的科幻作品集）10余部。有6部小说获得各类型的科幻奖，包括1962年度雨果奖获奖作品《温室》，1965年度星云奖获奖作品短篇《唾液树》。

奥尔迪斯的早期作品有处女作《犯罪记录》、第一部科幻短篇集《空间、时间和纳萨尼尔》、第一部长篇科幻《不停留》（美国版《恒星船》）。其中《不停留》描写一艘巨大的世代飞船在封闭的宇宙中长距离航行，由于技术文明的盲目发展，这艘飞船成了桎梏人类生活的某种象征。在作品中人们心理的变化既实在又超现实，并失去了他们的目的性。

作家进入成熟期之后，于1962年发表了小说《温室》（美国版：《地球的漫长午后》）。这部作品描写在遥远的未来，地球逐渐停止自转，成为一个巨大的温室。气候变得炎热无比，形形色色的动植物疯狂地生长，奇形怪状的植物布满了天空，一些植物甚至长到了月球，抬眼望去，整个天空仿佛一个被虫子咬坏的蛋糕。此时，地球上的人类已为数不多，他们结成部落，以应付外来袭击，在与自然界的特殊斗争中勉强生存着。主人公是一个名叫古连的小伙子，他与女友波义里离开了自己的部族"里里姚"，寻找解决问题的方法，寻求更好的生活。在旅途中他们遇到了一种蘑菇形的智慧生物（以下简称"智慧蘑菇"），它们专门趴在人的身上，并进入人脑与人交流。他们在智慧蘑菇的帮助下不断前进。渐渐地，智慧蘑菇发现了古连脑中的记忆——人类的脑中保存着许多远古时代的记忆，但他们自己已经忘记了——终于弄懂了人类的历史。原来的人类非常愚蠢，正是由于智慧蘑菇吸附并进入大脑才聪明起来，但炎热会使智慧蘑菇从人类的脑中脱落并死亡，因此人类也随之衰落。经过一番奇异的流浪和心灵的探索之后，古连遇到了一位姑娘雅托玛，获得了人类最为真挚的感情——爱情，他们还生了一个孩子。此时古连身旁的人已经更迭多次。这时古连已经意识到智慧蘑菇对人类的威胁，它们靠寄生在人类身上生活，对人类有害无益。因此当智慧蘑菇企图进入孩子的脑中时，雅托玛断然拒绝，并竭力摆脱自己身上的智慧蘑菇。这时智慧蘑菇又找到了新的宿主，并进一步得知太阳寿命已尽，按宇宙的内部规律，必须将此处的生命熔炼成孢子，转移到其他星系，当初地球上的生命也是这么来的。此时面临的选择是：留在地球还是奔向宇宙。在离开还是坚守面前，古连毅然决定带着全家留下来。这是一部结构非常宏大的作品，朦胧而雄伟，是科幻小说"新浪潮"时期的代表作，作品于1962年一出版即获英美科幻界最高奖——雨果奖。由这部作品可以看出，奥尔迪斯十分重视科技与人性的关系，他的作品远离传统的科幻题材，从来不用激光枪和星球大战来刺激读者，而是致力于对整个人类社会的思考，把科幻文学推上了一个崭新的高度。

《灰胡子》是一部有关"老人"或"儿童消失的行星"的故事。小说描写1981年大气层外的核试验引起范·艾伦带脉动，辐射增多，地球上的生命多数失去了生育力，随后发生不可避免的经济崩溃，世界各国为争夺儿童而战，但所抢夺到的往往也是畸形儿童，整个地球沦为荒芜之地。小说的主人公四处寻找，访问了许多废弃的城市，十几年后终于发现了新生的美丽婴儿。作品具有哈代风格，且整体构思与W.毛利斯的《理想国之音》（描写了由于现代文明崩溃而出现的理想国）正相反。

《户外》是奥尔迪斯的短篇代表作之一，也是一篇相当典型的"新浪潮"科幻作品，曾被收入《最佳科学幻想短篇小说集》。该篇以星际冷战为背景，表现了内在本质和外部形式的关系。故事讲述的是一群从来不走出房子的人。其中一个名叫哈利的人，他不知道这些人是谁，也不清楚自己怎么会同他们生活在一起。他们每天什么事情也不做，因为房间里的仓库会定时为他们提供一切用品。从来没有人对这一切产生疑问。终于有一天，仓库里不再出现东西，而房间里的钢琴上又莫名其妙地出现了一个宇宙飞船模型。哈利感觉到有些恐慌，第一次意识到了问题的严重性，他突然想起了一些情况：（1）目前地球正逐步陷入与外星的冷战；（2）外星人能伪装成地球人的样子混入人类社会，而且伪装的时间越长就越像地球人；（3）面对外星人的渗透，地球人毫无办法；（4）每天夜里都有一个黑影偷偷离开这个房间，第二天清晨又悄悄返回。哈利突然醒悟，这里是外星人的住处，这帮人都是外星人伪装的。哈利来不及多想，撒腿就跑……故事的结局出人意料，奥尔迪斯以简洁凝练的笔调勾画出一群伪装成地球人的外星人的非人本性，借此揭示出外表形象和内在人性之间的矛盾冲突，令人在拍案叫绝之后不禁掩卷深思。随后的小说包括《唾液树》和《隐生代》，后一部作品描述了21世纪后半期，人们发明了一种意识时间旅行法（mind travel），即通过服用迷幻药从肉体束缚中脱出意识，并飞向过去。主人公爱德华是一名空间艺术家，他带着谋杀的使命奔向过去，寻找逃到过去的反对党领导人巴斯顿。巴斯顿有一种奇怪的异端理论，他认为"时间是从未来流向过去的"，而这一观点显然会动摇现行秩序。当他见到巴斯顿后，竟被其理论说服，于是共同出发寻找地球的史前时代，那是隐生的时代，而根据时间是倒流的理论，那将是人类的未来！

《关于概率A的报告》是一部现代派的反小说，原名《一个花园中的人形》，与《不停留》同样的主题在这部作品里以另一种形式表达出来。它的人物有三个，分别是S、C、G，每个人都从自己的角度对事件进行描述，颇具现代主义的风格。小说的形式新颖，整部作品没有动作，没有对话，没有典型性格，这也是对艺术的不变性的探讨。《脑中的赤足》是一部评论家非常关注的作品，讨论了关于文明走向的问题。作品深受乔伊斯的影响，很像《芬尼根守灵夜》。

短篇集《解放了的弗兰肯斯坦》发生在交叉的时空。公元2020年，美国国务卿约瑟夫·伯顿兰在一次空间基地战斗中被掷回1816年，恰巧此时是玛丽·雪莱撰写小说《弗兰肯斯坦》的时代，于是他遇到了雪莱、玛丽、拜伦，以及正在制造怪物的弗兰肯斯坦。小说表达了奥尔迪斯对玛丽·雪莱的崇敬。奥尔迪斯把这位女作家描写成一个才华绝世、感觉敏锐、内心纯洁的杰出女性。她具有先进的思想和美德，其伟大程度甚至超过了她的大诗人丈夫。从这部作品中我们可以看出，奥尔迪斯对于经典科幻具有一种批判和借鉴并举的矛盾心态。除此之外，奥尔迪斯还写有一部涉及经典科幻的作品——《另一个莫洛博士的岛》。

《玛拉喜雅的锦缎》是一部关于不变世界如何被推动着去变化的小说。主人公是个艺术家，他意识到了变革的必要性，并促成了变化。这是一部描写"或然世界"的乌托邦作品。"海利科尼亚三部曲"发生在一个具有双太阳的行星上，在那里，一年相当于地球上的数千年。作者为我们描写了这颗星球上居民的变化要求与实践。奥尔迪斯的作品还包括《时间的天篷》（美国版：《如沙的银河》），长篇小说《光年以外的黑暗》《土木工事》《一个时代》《八十分钟一小时》，短篇集《爆炸星云的传说》《系统的敌人》《最后的秩序》《首脑的兄弟们》等。

除自己创作科幻作品之外，奥尔迪斯对科幻文学的发展和科幻作家也十分关注。奥尔迪斯曾著有《亿万年大狂欢》，将科幻小说的源头追溯至《弗兰肯斯坦》。这不仅是第一部最杰出、最完整的科幻历史著作，也是一部对当代文化的评论著作。奥尔迪斯编辑了大量文集，许多文集的编辑是与哈里·哈里森合作进行的，两人曾在20世纪60年代初共同编辑了两期《科幻小说展望》。此外，奥尔迪斯还编辑了《地狱的制图员》——是由6位科幻作家写的自传体作品集。除了创作科幻作品，奥迪斯还是个极好的主流文学作家，他写过3本有关第二次世界大战士兵的自传体小说，分别是《豢养的男孩》《坚毅的士兵》《猛醒》。这些作品是在一定亲历的基础上创作的，因此可以看成部分自传性作品。奥尔迪斯还写过《生活在西方》，这是基于他几次去社会主义国家访问的作品，它的一部分内容来自《系统的敌人》。《系统的敌人》描绘未来世界在社会主义管理下的情景，52个系统精英去一个叫李森科二号（Lysenka Ⅱ）的星球度假，由于机器损坏，其中6人被抛入该星球的原始地带，这些人渐渐被改变，最终抛弃了他们原来的信仰。这是一个写东西方对抗、文明与原始对抗、个人主义与集体主义对抗的作品。而《生活在西方》虽然具有同样的思想，但故事是现实的和无幻想的。在英国，奥尔迪斯的作品一出版就会收到英国最具权威的书评家发表在《泰晤士报》文学副刊和《卫报》上的评论，几乎每出一本都受到读者喜爱，并雄踞畅销书榜首数月之久。评论界认为奥尔迪斯不只是经典科幻作家，还仿佛是威尔斯的继承人，是一位跨越了主流文学与科幻文学的界限、并填平了两者之间鸿沟的优秀作家。奥尔迪斯被认为是利用"未来主义—超现实主义"方法进行创作的作家，被评论家认为大大提高了科幻的艺术性和文学地位。通过他的作品，一些保守的文学界人士也开始承认科幻是值得予以重视的新的文学形式。这些贡献使奥尔迪斯不仅成为英国科幻界的领袖，而且成为英国纯文学界的领袖。

但是，奥尔迪斯在美国所受的境遇则完全不同，美国大众文化很难接受这种晦涩的文学尝试。在美国的科幻读者眼里，奥尔迪斯只是科幻小说史《亿万年大狂欢》一书的作者，对他的其他小说却知之寥寥，这反映出了英美两国文化品位上的不同。

总体看，奥尔迪斯的小说在题材上已经脱离了传统的科幻道路，他不再用激光枪、宇宙大战去刺激读者，而是向他们提出生活中必须回答的问题。奥尔迪斯要求读者不旁观，而是投入阅读与思考之中。他的小说以稳定—变化为主轴，常以生命、文明的涨落和熵的规律来构思情节。他还热衷于直觉和集体无意识这样的题材。奥尔迪斯还具有丰富的人道主义倾向，在他的作品中，充满对人类自身的思考。在《这个世界和他邻近的世界》中，奥尔迪斯谈到要按人类的普遍倾向去创作，而这种倾向是——控诉我们生活的时代，谋害现今的当权者，悲悼流逝的过去，构想富有期望的未来！在作品的风格上，奥尔迪斯继承了各种主流文学家好的方面，特别注意向大师们学习。奥尔迪斯还热衷于从艺术特别是绘画上借鉴，但对于传统科幻，奥尔迪斯往往持批判态度。他的小说尽量在语言和形式上创新，风格不断加强，对话是可信的，个性刻画深入，文中常有那种英国式的温文尔雅的机智幽默。奥尔迪斯从不为赚钱而写作，因而他写的东西是具有思想性的，但他对创作的看法又是神秘崇拜式的。奥尔迪斯曾讲过，他的创作是一种综合，"对神秘的创造过程中大脑和小脑之间传递的咒语的综合"。

四、其他缔造者和新浪潮的特征

除上面提到的两位作家之外，还有一些作家致力于"新浪潮"科幻的创作。

作为一个作家，莫考克创作过几部非常好的作品。《瞧这个人》（中译本《走进灵光》）是一篇把讽刺矛头指向宗教的著名作品。主人公犹太人卡尔·格利高尔是精神病医生，患有神经衰弱。他期望从圣经中寻找慰藉，以解决自己的困扰。为此他乘时间机器前往公元28年，以目睹耶稣之死，不料却早到一年。主人公首先找到预言家约翰，但结果令人大吃一惊，因为约翰居然不知道耶稣其人！接着主人公又找到玛利亚等人，其结果仍然令人吃惊：因为圣母玛利亚与圣经的记载相去甚远，而耶稣看起来显然不像是一个能够承担拯救人类命运的人物。主人公感到极度失望，但还是决定暂时住下。由于他本是医生，擅长治病，于是悬壶济世，开业行医，治好了很多人的疾病，成为远近闻名的大圣人。接下来，他又率领群众向耶路撒冷方向前进——事实上，这时他已经责无旁贷地承担起了耶稣的使命。当然他也知道自己的结局是什么——被出卖，被逮捕，并最终被钉死在十字架上。《空中军阀》是一部战争题材的小说。生活在1903年的主人公因机缘巧合来到了1973年。那时英国仍为最强国，但世界上却没有苏联！交通工具不是汽车、轮船，而是宇宙飞船。面对此景，主人公感到困惑，因而只好返回属于自己的时代。作品中虚构了一个与现实不一样的1973年，而这种虚构本身，其实就是一种讽刺。

"科尼利厄斯"系列由4部长篇小说组成，写一个既是花花公子，又是杰出科学家和20世纪中叶冒险家的人的生活。他是学者、杀手、间谍，又是救世主。这个编年史的第四本《穆扎克状况》得了"英国《卫报》小说奖"（这是严肃文学大奖）。此外还有《永恒的冠军》《消失的光塔》《梦城》《所有歌的终结》。

莫考克的作品虽然比巴拉德和奥尔迪斯稍微逊色，但他的作品也极富特点。第一，小说主要探讨了混乱与秩序之间的冲突，这是他个人思想的反映。主人公往往是变化多端的千面人，从中可以看出作者自己多样化的职业：雇佣文人、歌手、获过严肃文学大奖的科幻作家。莫考克的生活方式也经常变化，20世纪50年代蓄着大胡子，穿歌剧服装；60年代则是嬉皮士，吊儿郎当，不修边幅；70年代是一位退休绅士的形象，斯斯文文，花格外衣，灯笼裤；80年代则恢复成普通人。第二，莫考克是一个不严肃的严肃作家，他能在闹剧式的浪漫中表达冷静，进行尖锐的讽喻。他的表现很出众，但人很害羞。第三，他对宗教题材有独到的探索。第四，在组织"新浪潮"运动上莫考克功绩卓著。

美国作家菲利普·何塞·法马尔（Philip Jose Farmer），1918年1月26日生于美国印第安纳州的北特雷霍特市。由于作家自己的说法时常有变，因此他的祖籍模糊，父母不详——其父有可能是爱尔兰人、英国人或荷兰人，母亲有可能是英国人、德国人、苏格兰人甚至属于红印第安人的查洛基部族。唯一能够肯定的是，其父是伊利诺伊州彼奥利亚市伊利诺伊中央电力公司的工程师和总管。

法马尔1940年中学毕业，进入彼奥利亚市的布拉德利大学读书，翌年结婚。由于需要负担家庭经济，他不得不进入企业工作，从工人做到稽查员，毕业获得创意写作的文学学士学位。这期间法马尔半工半读了11年，共创作10篇小说，其中2篇是科幻，分别投给《大船》月刊、《星期六晚报》副刊和科幻杂志，但均遭退稿，无一发表。

1952年8月，其代表作《情人们》终于在《吃惊故事》上发表（1962年修改为长篇出版），而这篇小说曾被几家刊物退回（如坎贝尔的《惊骇故事》和霍拉斯·高德的《银河》杂志），这使他成为与《惊骇故事》没有任何关系而取得成功的作家之一。《情人们》讲述公元3050年，地球由一个国家宗教政府统治。由于战争人口锐减，国家鼓励生育，却导致人口再度过剩，人类只有两条出路：移民或忍受各种清规戒律。例如，在人口过剩的世界里，必须两家住一套房，且昼夜换班。再比如，性生活被视作罪恶，因为这会使人口过剩。但人又要传代，故结婚后一定时期内不许生孩子，若违反戒律，夫妇就要受罚。性成了人们的负担，毫无乐趣可言。小说的主人公阿尔·雅罗夫是一个学者，不和谐的夫妻生活令他感到压抑和苦闷。他没有孩子，没有爱情，也没有性快乐。就在离可生孩子期满仅一年时，雅罗夫得到了去外太空的机会，可以逃避一切。他参加了去奥扎根星的探险队，这颗星球上有两种生命：一种是奥扎根人，早已绝灭；另一种是沃戈——由昆虫进化而来的生物，现在是星球的主宰。这个探险队表面上是研究沃戈，实则是要毒杀沃戈，以占领星球，进行殖民。探险队中只有雅罗夫不知情，他仍然认真地进行工作。某夜，在偶然情况下，雅罗夫遇到了漂亮的少女珍纳特。她拥有地球人模样，会讲法文，是一个出逃的法国男人与奥扎根女人所生的混血姑娘。雅罗夫被她的热情征服，且发生了肉体关系，初次体会到性生活的喜悦。雅罗夫破坏了不与外星人相爱的戒律，但他并不知道，珍纳特不是人类，甚至不是哺乳动物，她是一种节足动物进化成人的寄生生物的变种，叫拉利萨，她之所以具有人类的外形，只是为了吸引男人，借其精子来繁殖。奥扎根人的绝灭正是因为这种生物。当雅罗夫了解到这一切时，已经晚了，珍纳特怀孕了，她开始慢慢死去，小拉利萨靠吸食她的身体逐渐长大。雅罗夫失去了珍纳特，也背弃了地球人，离开了探险队，但他对这一切并不后悔，因为珍纳特更了解人性，使他懂得了爱。雅罗夫甚至开始关心珍纳特的后代，决心照顾和养育它们。故事对人性的善恶、宗教国家的虚伪、人类的侵略本性、性关系等都有涉及。尽管他在作品中描写了性的活动，由此引起了巨大的震惊，但其中的人情味是非常浓厚的。20世纪50年代，美国还延续了以前的清教徒传统，对于性闭口不谈，尤其是在青少年读者很多的科幻作品中。这部关于性的小说使法马尔一进入科幻界就声名狼藉。但无论如何，这是一篇开创性作品，在它发表后几个月，西奥多·斯特金和弗里茨·利伯（Fritz Leiber）也开始创作类似的作品。

1953年，法马尔在沙斯塔出版社和袖珍书局联合举办的科幻征文中以长篇小说《我欠肉债》获奖，但由于前者破产，该书未能出版，法马尔也未能拿到奖金。而此时法马尔因获该奖而决定从事专业写作，但雇用经纪人和推销其作品所需的费用导致他负债累累，随后数年不得不疲于应付还债。1961—1962年，法马尔在亚利桑那州立大学读研究生。他曾在通用电气公司等企业工作，受雇于几家高科技公司写作科技文章，其间则不时离职专事科幻创作。

法马尔出版有短篇小说集2部，长篇小说20余部，其中较著名的除《情人们》外，还有《绿色的漫游》《时间之门》《个人的宇宙》《泰格勋爵》，它们把讽刺矛头直接指向古典科幻。他的短篇《洗不得的钻石》曾被收入诺曼·斯宾拉德选编的《现代科幻小说》，小说重点不在于研究肿瘤中长出钻石的科学机理，而是发现钻石后，主治医生、医生助手和护理人员的心理变化的刻画，从而绘制出美国私有制社会里拜金主义和自私心理的绝妙图景。

法马尔还创作了《母亲》、《陌生的关系》、《肉体》、《无名的宴会》、《供职皇家的骑师》（雨果奖）、"等级世界"（World of Tiers）系列和"江河世界"（River World）系列等著名作品。

法马尔的作品想象力丰富，从题材到表现手法都很新颖，并长于讽刺，是20世纪70年代最受欢迎的科幻作家之一。法马尔创作时，喜欢混淆真实与虚构，甚至达到恶作剧的地步。如他的两部"人物传记"：《活的泰山：灰石爵士确实传记》和《道克·塞维兹：他启示性的一生》，就是这样的搞笑作品。传记不但列出这些子虚乌有者的家谱，还详细地"更正"了原作者的早期资料和错误。

塞缪尔·迪兰尼（Samuel R. Delany），美国作家，写有《通天塔-17》等重要作品。这部作品看起来是关于破解密码的小说，但内容实际上是与现代语言学、电脑程序和人脑的生理学有关。"通天塔-17"是一种特殊简明的语言，它既能使问题的思考清晰简化，又能使研究它的人进入精神错乱状态并执行破坏。故事主要讲的是银河系女诗人26岁的丽都拉·温的经历，其中还融入了战争与间谍。《流动的玻璃》是他唯一的中短篇小说集，收入10余篇短篇和中篇作品。包括《仅仅是黑暗》，描写地狱天使的作品；《星洞》，描写太空精神病的作品；《时间像假宝石的螺旋线》，写未来地痞流氓用黑话传递消息的作品；《流动的玻璃》写海底开发者的爱情故事，美丽而哀婉。

美国作家托马斯·迪什（Thomas M. Disch）的首批作品发表于20世纪60年代初。最著名作品是《大屠杀》。1972年，地球上突然飘来一大片植物种子，落地后迅速长成参天大树。1975年，地球全被大树占满，播种者们还用火球摧毁了人类5000年的文明城市。最后剩下的人如何生活是小说的主题，他们努力、相爱、互相残杀，最后在无可奈何时，人们发现大树根部是空的，遂钻了进去，到达太阳晒不到的地方，并在这里觅食，像苹果树里的蛀虫爬来爬去，被疯狂和猜忌心所征服。在一切都快完结的时候，树木的秋季到来了，果实开始下落，叶子开始枯萎。

"新浪潮"运动还包括许多其他重要作家。例如，诺曼·斯宾纳德、约翰·T.斯拉德克等。限于资料和篇幅，此处暂不介绍。

"新浪潮"运动的主要特点是：刻意求新，抛弃传统科幻套路，向主流文学靠拢；作品以意象性、隐喻性和心理性为主，对人类心理的重视超过了科技发展的重视；带有强烈的嘲弄或悲观主义倾向；发掘了科幻文学的新领域。此外，"新浪潮"科幻突破了科幻中性题材的禁区，极大地拓展了读者和作者的视野，是迎合时代潮流的，但仍引起了不满，如著名编辑坎贝尔就对此颇感恶心。事实上，"新浪潮"科幻小说中的性爱描写，并非为写性而写性，而是为了表达人类的基本欲望。在文本构成上，"新浪潮"科幻小说弥合了真实世界与幻想世界的鸿沟！将艺术、传说、真实混合起来，形成了奇特的效果，虽然他们也常常以闹剧、强烈的违禁等方式表达对社会困境的反抗。

第四节　后新浪潮时代

一、赛博朋克

"新浪潮"运动在提高科幻文学地位、拓展和创新等方面取得了很大的进展，但由于其文风晦涩，过于靠拢主流，尤其远离广大科幻读者，因此很快就陷于没落，大约只风行了十年（1965—1975）。

随着电脑技术的突飞猛进，一种被称为"赛博朋克"（Cyberpunk，由"控制论"前缀Cyber和反文化生活方式者"朋克"Punk构成，意指具有反传统及未来主义观念的电脑冲浪者）的科幻流派于20世纪80年代应运而生。新作品在高科技信息化的背景下对社会文化价值进行了新的反思，代表人物是美国作家威廉·吉布森和布鲁斯·斯特灵。

威廉·吉布森（William Gibson）生于美国南卡罗来纳州，年轻时因反战被美国征兵局除名，后定居加拿大并入籍。1977年在《地下》（*Unearth*）上发表处女作短篇小说《全息玫瑰的碎片》。1982年在《万象》（*Omni*）上发表《燃烧的铬》，提出"赛伯空间"的概念。1984年吉布森出版第一本书《神经浪游者》，后与《零伯爵》《蒙娜·丽莎超速挡》合称"母体三部曲"（Matrix Trilogy）或"蔓生三部曲"（Sprawl Trilogy）。其他长篇小说还包括《差分机》（与布鲁斯·

斯特灵合作）、《虚光》、《幻像》。他还创作了大量短篇小说。此外，吉布森还参与了部分影片的制作。他创作的电影剧本包括《约翰尼的记忆术》（据1981年的同名短篇改写）等，还执导有纪录片《赛博朋克》。吉布森是赛博朋克的代表人物之一，但他本人却是一个纯粹的作家，早期基本不懂计算机，只是凭借作家的敏锐而创作了这些作品。关于他的作品，已在第二编第一章第四节中做过介绍。

布鲁斯·斯特灵的作品包括《回旋海》《人造孩子》《分裂母体》《网络中的岛屿》《阴天》《圣火》等，以及大量短篇小说。作为赛博朋克的代表人物之一，斯特灵的名气主要来自他作为赛博朋克理论发言人的角色，对推动赛博朋克的发展起了很大作用。他还是赛博朋克的经典刊物《廉价的真相》（*Cheap Truth*）的创办者。

赛博朋克的其他的重要作家和作品包括：格鲁格·贝尔（Greg Bear）的《血音乐》，卢迪·拉克（Rudy Rucker）的《软件》《时间和空间的大师》《生活的秘密》，路易斯·斯恩纳（Lewis Shiner）的《边界》，约翰·舍利（John Shirley）的《活人转移大会》，K. W. 杰特的《莫洛克之夜》等。"赛博朋克"的潮流很快波及其他国家的科幻创作领域，在德国、日本甚至苏联都出现了具有本国特色的"赛博朋克"作品。追溯赛博朋克的历史，人们还可以将菲利普·K. 迪克（Phillip K. Dick）作为这个流派的先驱。他对其后的作家们产生了极大影响。根据他的小说《仿生人会梦见电子羊吗?》曾经在1982年被拍成电影《银翼杀手》，非常富有赛博朋克的风格。

赛博朋克运动的出现，有着重要的社会背景。在20世纪70—80年代，"技术文化"已经失控。科学的进步是那么激进、令人烦恼和具有革命性，已无法控制。它们变成了范围更大的一种文化，无处不在、侵略性十足。传统的权力体系和制度，已经失去了对这种变革的控制"。科技的内容也发生着巨大的变化，"已不再是那些喷着蒸汽的庞然大物"。个人计算机、随身听、手机或隐形眼镜等产品，已经将科技直接送到人们面前，让人们可以触摸得到。在这个时代，以信息、生物技术为代表的"科技"和以反主流文化运动为代表的"人文"结成了新的联盟。C. P. 斯诺所说的"两种文化"的分裂，在一种全新的状态下发生了融合。一种全新的生活方式已经凸显。

这种新的状态，就是赛博时代。这种新的生活方式，就是赛博朋克。赛博朋克中的赛博，主要指人造假肢、植入芯片、整形外科、基因改造，它的背后是人机界面、人工智能、神经化学。与摇滚乐并行发展的致幻药物也是一个重要技术产物。其实，上述技术之间存在着重大的相似性，例如，蒂莫西·里阿瑞（Timothy Leary）曾经将个人计算机比作"80年代的LSD"，而LSD就是一种20世纪60年代流行的致幻剂。当然，对致幻药物的描写常常是它让人沉迷，而事实上，这两者都能激发出人们可怕的潜能。

"赛博朋克"不只是一种科幻流派，它已成为一种文化状态。它源于孤独个体对整个社会失望但又无可奈何的状态，是现代文明中一种难缠的情结、一种强大统治下的无助、一种小人物把自己看得重要的可能途径。事实上，前一段文化界热衷的"后现代思潮"，其技术基础就来源于"赛博朋克"。因为只有网络才能实现真正的无中心、平面化、可复制等特征，而这些都是后现代同时也都是"赛博朋克"的典型特征。事实上此后的"赛博朋克"已形成一种亚文化，我们可以看到，"赛博朋克"的重要宣言——"所有的信息都要求被释放"——正是对早期黑客的精神写照。

（星河）

二、流行小说的发展

科幻文学从雪莱夫人时代起，就常常具有流行小说的特征。在20世纪80年代之后，这种流行小说在英美通俗文学中进一步找到了定位，出现了以技术惊悚小说为代表的强大复兴。由于其所包含的技术不同，技术惊悚小说可以分解为战争惊悚、遗传惊悚、医学惊悚等许多更小的子门类。但无论其内容如何，在技术惊悚小说中，关键性技术常常是小说的重大转折点。典型的技术惊悚小说作家包括汤姆·克兰西（Tom Clancy）、迈克尔·克莱顿（Michael Crichton）、罗宾·库克（Robin Cook）、拉里·邦德（Larry Bond）、菲利普·科尔（Philip Kerr）、克立夫·库斯勒（Clive Cussler）等。其中前三位作家名声尤为显赫。

汤姆·克兰西（Tom Clancy）以创作近未来的战争惊悚小说为主要职业。

其早期成功之作是《猎杀红色十月号》。这是一部假想的美苏潜艇战争的故事。小说的关键情节，完全依赖于作者对潜艇技术发展细节的了解。冷战之后，克兰西的战争惊悚随着时代的转换，逐渐改换其中的敌对战争国。他写过有关西方与中国之间交战的小说。在"9·11"事件之后，他的小说也直接面对恐怖主义的袭击。好莱坞的著名电影《爱国者游戏》就是根据他的小说改编而成的。克兰西十分重视小说中武器细节的描述，他的作品不但包括小说，还包括特种武器如何装备美国部队的报告文学。

迈克尔·克莱顿（Michael Crichton），美国科幻作家、电影导演，毕业于哈佛大学医学院，获博士学位。他以笔名约翰·兰芝（John Lange）发表科幻小说《选择的毒品》开始科幻作品创作，大部分作品为惊悚小说，《如有必要》获得该年度神秘小说奖。他的主要作品包括《天外细菌》《侏罗纪公园》《刚果》《升起的太阳》，电视连续剧《急诊室的故事》等。

很多人知道迈克尔·克莱顿是因为《侏罗纪公园》，其实这位后来因写作科幻作品而位列全球富豪榜前茅的作家，曾孜孜不倦地苦写了多年，以笔名发表多篇作品，却一直默默无闻，直到《天外细菌》问世才使他声名大噪。《天外细菌》讲述的是一颗卫星坠毁于一座小镇，顷刻间镇上只剩下一个老人和一个婴儿，其他居民全部罹难……危机发生后，有关部门并不惊慌，因为早有严肃的科学家指出：地外生命确实存在，但人类接触高智商"外星人"的可能性很小，遭遇太空微生物——细菌或病毒——的可能性更大。而这些看似渺小的家伙，对人类来说却有可能致命，为此科学家建立了一个机构："野火小组"，专门应对此类事件。斯通是组长，另外还有4位组员，都是著名科学家——其中有一个外科医生，因为决策者信奉"单身男人假说"（认为单身男人判断事情最准确），因此要由他来决定，当病毒不慎泄漏后，是否动用核弹毁灭实验室。实验室消毒十分严格，每层都有不同措施。小组科学家历经困难——除了学术上的困惑，还有因精神紧张导致的疾病、"单身男人"对研究的力不从心等——最后终于发现，充足的氧气能让病毒变异，从而使它对人不再有害。但这时发生了病毒泄漏，实验室被污染了，核弹自动启动，"单身男人"只有3分钟时间来制止它……事实上这部轰动的作品情节并不精彩，叙述方式也颇为沉闷，书中充斥了大量的计划书、表格，甚至分子式以及附图，不过他后来很多的科幻作品都沿用了《天外细菌》的思路和解决方式，故事却更为出彩。

克莱顿的医学背景在他的作品中经常得到展现。如《终端人》推测将电子脑——作为一个控制设施，植入人体后对道德的影响，这也是1974年同名电影的基础。其他作品还有《食尸者》《刚果》《球体》《侏罗纪公园》，其中《侏罗纪公园》讲述遗传工程对恐龙的复制，其中更夹杂着作者对混沌数学方面的精密知识。1993年被斯皮尔伯格改编为同名电影，获得巨大成功。他的另一部影响较大的科幻电影是《刚果》，主要撰写环境污染造成的怪异生物。克莱顿也关注经济学和国际商业的繁荣，例如，《升起的太阳》就描写了日本生物工程公司的全球入侵。克莱顿的小说与克兰西的一样，从标题到内容，都渗透着对技术细节的描写，技术展示与小说叙事之间具有精巧的联系。

罗宾·库克（Robin Cook）以医学惊悚小说见长。他的故事基本上都发生在医院，描述医学科学的发展与医学界内部的种种不端行为。由于医学领域属于知识密集型的组织，所以，医学小说离不开对诊断、护理、检验、医疗管理等技术细节的描写。他的小说主要（如《昏迷》等）探索了与人类生存和拯救有密切联系的医院这一神秘机构的许多令人震惊的内幕。

（星河、肖洁）

三、澳大利亚科幻文学的崛起

在英美之外，其他英语地区也存在着相当丰富的科幻文学资源。在澳大利亚，英文科幻小说也是该国多年发展起来、在读者中十分畅销的文学作品，虽然澳大利亚作家也面临着其他国家作家一样的被主流认可的问题。

澳大利亚许多作家既从事儿童科幻写作，也从事成人科幻写作。按照保尔·柯林斯的说法，"令人着迷的是，虽然一谈科幻，就谈的是成人文学问题，但儿童科幻市场在澳大利亚成功得比成人科幻市场要早。许多作家是先从儿童科幻写作起家的。"很显然，在儿童文学和成人文学之间，青年成人读者阅读的作品充当了一个桥梁。在阵地方面，本土出版商越来越热衷于出版科幻作品。短篇小说阵地得到了巨大的发展。《澳大利亚科幻和奇幻MUP百科全书》的作者指出，对于短篇小说，20世纪70—80年代没有一个主流报刊有科幻专栏，而现在，则几乎任何一个报刊都开设这种专栏。

本土科幻的读者，特别是青年读者热衷于阅读本地科幻和奇幻作品，电影也随之发展起来。在这些读物和电影中，澳大利亚本土符号也有所出现。读者在互联网上和面对面讨论科幻的情景越来越多。读者兴趣导致了作家随之增多。像格里格·伊根（Greg Egan）、西恩·麦克穆仑（Sean McMullen，著有小说《光芒中的声音》《百夫长的帝国》）和凯斯·泰勒（Keith Taylor）这样的作者，在国外甚至取得了比在国内更大的声誉。伊索贝尔·卡莫迪（Isobelle Carmody）和理查德·哈兰德（Richard Harland）的科学奇幻小说也是这样。其他著名科幻作家还包括保尔·柯林斯（Paul Collins）、西恩·威廉姆斯（Sean Williams）、特瑞·道灵（Terry Dowling）和艾莉森·古德曼（Alison Goodman）。

在主题方面，20世纪五六十年代，澳大利亚科幻作品中的太空歌剧等题材非常流行。但现在已经让位给奇幻类科幻作品。

在1999年，有两部研究澳大利亚科幻文学的重要读物出版。它们是由著名澳大利亚科幻评论家罗素·布莱克福德等主编的《奇异的星座：澳大利亚科幻的历史》（*Strange Constellations: A History of Australian Science Fiction*）和由著名科幻作家保尔·柯林斯等主编的《澳大利亚科幻和奇幻MUP百科全书》（*The MUP Encyclopaedia of Australian Science Fiction and Fantasy*）。柯林斯既是作家又是科幻杂志《虚空》（*Void*）的编辑。美国科幻研究家迈克尔·莱维（Michael Levy）认为，这两部作品概括出了澳大利亚科幻创作和发展的全貌。除此之外，撰写过《梦龙》和《白算盘》的达米恩·布罗德里克（Damien Broderick）编辑了《星光下阅读：后现代科幻小说》。

《奇异的星座：澳大利亚科幻的历史》是一本专门介绍科幻小说的著作，全书大体按照编年体的方式分为五个部分：（1）诞生—1925；（2）1926—1959：传统科幻的兴起；（3）1960—1974：国际承认和新浪潮；（4）1975—1984：小规模出版和声望日隆；（5）1985—1998：主流文学的认同。主要章节后面都附有参考文献，包括重要作品、杂志和评论等，这也使这部书无论是对科幻文学还是主流文学研究都有很重要的价值。

对19世纪幻想文学感兴趣的读者会发现，《奇异的星座：澳大利亚科幻的历史》是一部非常有价值的著作，其中涉及了许多优秀的作品，如塞缪尔·阿伯特·罗萨（Samuel Albert Rosa）的《恐怖来临：澳大利亚革命》、约瑟夫·弗雷泽（Joseph Fraser）的《墨尔本与火星：我的神秘双星生活》，等等。如布莱克福德等人所说，19世纪末20世纪初澳大利亚科幻文学的一个显著题材是"种族入侵"，这些作品反映了澳大利亚作为一个占有独立大陆的国家，其文化心理中存在的不安因素。

稍后的章节讨论了澳大利亚科幻文学20世纪的浮沉。在20世纪70年代之前，没有什么特别值得称道的作品，但也有少数例外。例如詹姆斯·莫干·沃尔什（James Morgan Walsh）的太空歌剧《虚空破坏者》和M. 巴纳德·埃尔德修（M. Barnard Eldershaw）的《明天和明天和明天》，以及诺玛·海明（Norma Hemming）、艾伦·叶茨（Alan Yates）等人的作品。内佛·舒特（Nevil Shute）的《潮湿》和《海滩上》本质上并非科幻作品，但常常被认为是边缘性作品。A. 贝特拉姆·钱德勒（A. Bertram Chandler）的代表作是"外环世界"系列小说，以活力十足、才华横溢的格利姆指挥官为主角。钱德勒是当时唯一有幸作为嘉宾被邀请参加世界科幻大会的澳大利亚作家，在《澳大利亚科幻和奇幻MUP百科全书》中，他的著作目录和传记的篇幅最长。在他所有的作品中，布莱克福德等人比较推崇《带回昨天》《归途》和《黑暗维度》，以及他最具澳大利亚特色的作品《凯利乡》。除了钱德勒之外，另外几名作家也引起了布莱克福德等人的关注，如威尼·怀特福德（Wynne Whiteford）、约翰·巴克斯特（John Baxter）、大卫·雷克（David Lake）、杰克·沃德翰姆斯（Jack Wodhams）、新西兰作家切瑞·怀尔德（Cherry Wilder）等人。

1975年是许多年轻作家的转折点。已经是重要主流作家的乔治·特纳（George Turner）从这一年开始创作科幻小说，他创作了一系列科幻小说，如《受宠爱的儿子》、《昨天的人》、获奖作品《大海和夏天》（以《沉没的塔》为名在美国出版）以及《基因战士》。其他澳大利亚科幻作家在20世纪70年代也获得了他们应得的国际声誉，包括达米恩·布罗德里克（Damien Broderick，其作品在20世纪70年代开始发表）、特瑞·道灵、利恩尼·弗拉罕（Leanne Frahm）和约翰·布罗斯南（John Brosnan），在更近的时期（新澳大利亚觉醒期——1985，the wake of Aussiecon II）出现了一些有才华的作家，例如，露西·苏塞克斯（Lucy Sussex）、罗莎琳·勒沃（Rosaleen Love）、保罗·沃尔曼斯（Paul Voermans）、西恩·麦克穆仑、斯蒂芬·戴德曼（Stephen Dedman）和西恩·威廉姆斯。其中有两个毫无疑问拥有国际声誉的重要作家：《记忆大教堂》的作者杰克·丹恩（Jack Dann），1994年由美国移民澳大利亚，在科幻文学舞台上扮演了积极的角色；格里格·伊根（Greg Egan），其代表作是《隔离》《置换城市》《不幸》，以及一系列备受称赞的短篇小说。尽管才华横溢的达米恩·布罗德里克（Damien Broderick）毫无疑问取代了乔治·特纳成为澳大利亚科幻界执牛耳者，但众所周知，更为多产和极富创意的伊根，早已成为澳大利亚最受尊敬的创作榜样——或许可以列入当今世界最伟大的科幻作家前六名之中。

在《澳大利亚科幻和奇幻MUP百科全书》的前言中，彼特·尼科尔斯（Peter Nicholls）讨论了两个问题：一是关于澳大利亚产生出高水平的类型文学史和文学批评的能力，事实上，澳大利亚已经凭借研究性著作获得了三次雨果奖。二是他认为工具书作者的态度必须要"强硬"，因为在撰写过程中会遇到许多细节性的困难，诸如介绍文字的长短、短篇作品的取舍、作家定位等。该书兼具文献性和批评性两种特色。尼科尔斯试图在书中收录完整的澳大利亚科幻作家的作品目录。次要作家只列出作品索引和所属类型（奇幻还是科幻），二流作家至多有一段小传，更重要的作家会有更长的小传和作品梗概，真正的重要作家会有长达半页甚至更多的评传，即使在这种情况下，主要内容仍然是描述性的而非深入探讨。

该书最有价值的特色，也许是其包含的大量短篇小说研究资料，以往的研究多集中于长篇小说，而该书对短篇小说的重视无疑能够促进科幻文学研究的进一步深入。该书的另一个特色之处是一些专题研究，涵盖电影、书店、漫画、早期澳大利亚科幻、女性主义、意识形态神话等内容。尽管这部百科全书在全面性方面颇可称道，但对重要作家则显得探讨不够，如果能够在现有内容之外增加重要作品的评论索引，或者全部澳大利亚研究资料索引，相信对于澳大利亚科幻研究来说是非常有益的。

在短篇小说方面，已经出版了几部最好的选集，例如范·伊金（Van Ikin）的《澳大利亚科幻小说》，特瑞·道灵和伊金的《致命的火焰》，保尔·柯林斯（Paul Collins）的《异世》等。

（方晓庆、吴岩）

第七章 英文之外的世界科幻的发展

第一节 法文科幻的发展

一、法文科幻在法国的发展

卢伊和尚邦认为："法国科幻小说的历史虽长，但从未得到认真对待。过去几百年间，这段历史只是偶尔迸发出一些热情的火花，近年来由于越来越多的人热衷于英美科幻，法国科幻小说的中心不得不从作者转向读者，从主动变为被动。尽管法国科幻在20世纪70年代显得生机勃勃，出现了一些非凡的作家，但真正属于法国本土的科幻小说流派尚未形成。"

在法国文学作品中，一些古典名著以及一些长期被遗忘的古怪故事的文本，往往涉及以下三方面内容：奇异的旅行、寻找乌托邦、对他者的世界或另一些不同社会形式的推测。这些题材在法国文学中占据着突出的位置。人们在阅读弗朗索瓦·拉伯雷（François Rabelais）的《高康大和庞大固埃》结论性部分时，尤其是阅读《钟鸣岛》这部作品时，通常趋向于遗漏这样一个事实，即它们显然是在讲述未来，而且是用自己的方式处理另一种语言、风俗，以及地理形态等问题。这样一种讲述方式甚至可以看作太空歌剧类科幻小说的早期文体。

一个世纪后（17世纪），"对来世的兴趣"，在一些作品中表现得更加突出。西拉诺·德·贝尔热拉克（Cyrano de Bergerac）的《月世界旅行记》、伯纳

---

1. 吴定伯：《美国科幻定义的演变及其他》，载于吴岩1911年主编的《科幻小说教学研究资料》（北京师范大学教育管理学院编印，未正式出版），第154页。

德·勒·布耶·德·丰特奈尔（Bernard le Bovier de Fontenelle）的《关于多元世界的对话》就是这样的作品。及至18世纪，出现了现代意义上的科幻先驱，但这些作品却常常以政治小说的形态出现。伏尔泰（Voltaire）的《米克罗梅加斯》（1750年于柏林出版，1752年于法国出版）、路易-塞巴斯蒂安·梅西耶（Louis-Sebastien Mercier）的《2440年，一个若有似无的梦》、雷蒂夫·德·拉·布勒托纳（Restif de la Bretonne）的《飞人或法国代达罗斯发现南半球》、桑加尔特的贾科莫·卡萨诺瓦（Giacomo Casanova di Seingalt）的《二十面体》等都是这样的作品。"推测"（speculation）或"思考"这样的词汇在那个时代很流行。在1787年，出版商还开始了一系列航海幻想故事的出版。这个系列共有36卷。以现在的观点看，这可能是法国有史以来第一个探险科幻小说系列。

在法国，以奇异旅行的形式出现的哲学小说，可以说是科幻小说的先驱。那些到远方岛屿的航行被放大之后，就是今天人们所想象的星际航行。岛上的居民，放大之后就是现在所说的外星人。而作家对这些异族文明所做的"研究"恰恰是对当时制度的批判。这种透过"外来人"的眼睛，对法国社会进行批判的讽刺手法被固定下来，成为一种表现的手段。事实上，它已经被查尔斯·孟德斯鸠（Charles Montesquieu）在其著作《波斯人信札》中使用过。

时间推及19世纪。该世纪的早期，费利克斯·博丹（Félix Bodin）创作的《未来罗曼司》就是具有科幻意义的重要作品。该作品由前言和正文两部分组成。在前言中，作者从理论的角度详细讨论了未来主义小说的本质；正文则是一个讲述未来状况的故事，它的科幻含义在此，书中甚至提到了机械化的战争。遗憾的是，这部小说写得断断续续，而且最终没有完成。保罗·K.阿尔肯（Paul K. Alkon）在《未来主义小说的起源》中论证到：博丹的作品呈现出一种美感，它不仅谈到了一种把未来作为主题的文学类型，而且认为它本身也将只存在于未来。

19世纪是一个非常活跃的时期，这一时期，法国文学领域持久的传统和热情，被传导下来。就像哲学的骚动导致了故事的产生一样，科学成就和工业革命也孕育了一系列通俗小说。有趣的是，儒勒·凡尔纳，作为第一位使科幻小说系统化的作家，始终与上述情况保持着距离。凡尔纳的写作目标是概括有关现代科学的所有知识，涉及的领域有地理学、地质学、物理学和天文学。然后再以他独具魅力的方式重组我们这个世界的历史。从1866年起一直到1905年凡尔纳去世，他始终与出版商赫泽尔合作，并为其写了62部长篇小说和18篇短篇小说，这些作品组成了他的"奇异旅行"（Voyages extraordinaires）系列，副标题是"到已知和未知世界旅行"（Voyages into the Known and Unknown Worlds）。凡尔纳的这些作品通常被视为重蹈了《鲁滨逊漂流记》或《金银岛》的覆辙，这是一种普遍认可的声誉，但在这种声誉中不能排除低估和误解的可能性。

在科幻领域中，和凡尔纳同时代的作家还有卡米尔·弗拉马里翁（Camille Flammarion）和艾伯特·罗比达（Albert Robida）。弗拉马里翁是一位天文学家，他的《无限故事：流明——在无限中一颗彗星的历史》是一篇科幻小说。罗比达所创作的作品数量并不少于凡尔纳。罗比达模仿凡尔纳创作的《萨蒂南·法拉杜勒极其奇妙的漫游》，于1879年成书出版，据称这个作品让男主人公进入了甚至连儒勒·凡尔纳也不知道的国度。罗比达还在《20世纪》《电生命》《20世纪的战争》中，证明了自己既是个具有丰富想象力，同时也富于幽默感的作家。

19世纪80年代到20世纪30年代这一时期，是法国科幻真正的黄金时代，我们也可以称之为法国的"通俗时代"（France's pulp era）。尽管当时并没有明确的科幻杂志，但一些广泛发行的期刊通常会有计划地刊登一些故事以及连载一些预测性的长篇小说。由于科幻小说是作为旅行和冒险故事的一种引申文本引进的，所以，它随之获得了一定程度的尊重。这一点可以从凡尔纳作品的副标题——"到已知和未知世界旅行"中看出，他一直继续着从已知到未知世界的叙述。

一些非专业科幻作家也参与到科幻的写作中，如：维利耶·德·利尔-阿达姆（Villiers de l'isle-Adam）写了《未来的前夜》；阿纳托尔·法朗士（Anatole France）撰写了《企鹅岛》；里昂·道特（Léon Daudet，1868—1942）写了《消失：2227年的灾难》。

除此之外，这个时期还孕育了许多通俗作家，有保罗·迪瓦（Paul d'Ivoi）、路易斯·布塞纳德（Louis Boussenard）、哥斯特瓦·雷·罗格（Gustave le Rouge）、让·德·拉·海尔（Jean de la Hire）、安德烈·卡沃尔（Andre Couvreur）、约斯·莫瑟里（Jose Moselli）、雷内·萨维尼恩（Rene Thevenin）等等。

虽然这些作家并非人人值得敬重，但有三个人值得一提。莫雷斯·勒纳尔（Maurice Renard）把自己的《给老人的新身体》题献给威尔斯。雅克·斯匹兹（Jacques Spitz）写出了优秀小说《炼狱的眼》，他早些时候的另一作品《拯救地球》（*Save the Earth*）曾发表在英国出版物中。里吉斯·梅萨克（Regis Messac）的《窒息的城市》表现出一种罪恶情绪及冷酷的幽默，这一点足以让他的作品流传至今。

第二次世界大战的爆发结束了法国科幻的繁荣期，整个20世纪40年代只有雷内·巴雅威尔（Rene Barjavel）和他的作品《灰烬》《未来乘以三》值得注意。

第二次世界大战结束后，"科学文化"与"文学文化"之间的裂痕逐渐扩大。这导致部分有抱负的作家，对科学以及科学对我们的生活带来的影响降低了好奇心，同时也令许多天才作家远离科幻这种文类。他们甚至干脆将科幻视为青少年读物。法国似乎已经停止了对未来的畅想。与此同时，美国的爵士乐、电影、惊悚小说以及美国黄金时代的科幻小说逐渐受到法国公众的关注，这一状况也影响了法国科幻小说的未来走向。

在这一时期，法国科幻文学的关键人物是鲍里斯·维安（Boris Vian），他是一个小说家，也是一位歌唱家、爵士乐手。他将雷蒙德·钱德勒（Raymond Chandler）和A. E. 范·沃格特（A. E. van Vogt）的作品翻译成法文。包括维昂在内，一些法国知识界的精英创办了一个"读书人俱乐部"，他们分别是：米歇尔·皮罗丹（Michel Pilotin）、雷蒙德·凯诺（Raymond Queneau）和奥迪博特（Audiberti）。1951年，凯诺撰写了批评性文章《一种新的文学形式：科幻小说》。两年之后，米歇尔·比托尔（Michel Butor）又写了《科幻小说：成长的危机》。

当科幻小说再次在法国流行的时候，就基本上让国外的译作占领了市场。从1951年到1964年，"人造丝幻想"系列（Rayon fantastique series）发表了119部，大多数是美国作品。紧随其后的是1954年出版的《未来之影》（*Presence du Futur*），直到今天它仍然存在。1953年，发行了法文版的《银河》和法文版的《奇幻与科幻小说》。两本杂志的法文名称分别是《银河》（*Galaxie*）和《小说》（*Fiction*）。这两种出版物的内容明显不同于那些美国模式的出版物。它们虽然长期为美国故事保留着首要销路，但同时也为新兴的法国天才作家们提供了一个跳板，其中还包括一些批评文章。

在以后的10年间（20世纪60年代），由美国科幻小说提供的原初推动力逐渐消失，法国的科幻发展也慢了下来。为本土科幻作家提供更加广阔空间的杂志——《卫星》（Satellite），也只是昙花一现。这期间，出现了一些法国本土的科幻作家，稍微早些的是弗兰西斯·卡萨克（Francis Carsac）、菲利普·屈瓦尔（Philippe Curval）、艾伯特·海格（Albert Higon）、米歇尔·居依（Michel Jeury），稍后的有让·乌格龙（Jean Hougron）等。但大部分法国作家都以笔名出版他们的作品，并发表在创办于1951年声望并不高的"弗勒尔·诺尔"丛书（Fleuve noir series）上。这些作家中较好的有斯蒂芬·伍尔（Stefan Wul）；B. R. 布瑞斯（B. R. Bruss），本名罗杰·布朗得尔（Roger Blondel）；库尔特·斯坦尔（Kurt Steiner），本名安德烈·布兰恩（Andre Ruellan）；吉勒斯·迪阿吉尔（Gilles d'Argyre），本名杰勒德·克莱因（Gérald Klein）。在新兴的作家中，米歇尔·德穆斯（Michel Demuth）、阿莱恩·杜尔艾米克斯（Alain Dorémieux）以及杰勒德·克莱恩（不久做了编辑）创作数量不太稳定。

在这一阶段，甚至是随后的几年中，最有个性的声音莫过于菲利普·屈瓦尔。从《空间断路器》一直到《这可爱的人性》（Cette chère humanité），他始终以高标准严格要求自己，而且从来不模仿美国科幻模式。除了他以外，米歇尔·居依也是值得提及的，随着《时间分析》的出现，他又重新开始科幻创作。还有丹尼尔·多瑞德（Daniel Drode），他唯一的作品是《行星表面》。

主流作家偶尔也会涉猎科幻，如皮埃尔·布勒（Pierre Boulle）的《人猿星球》、罗伯特·默尔（Robert Merle）的《海豚日》和《梅利威尔》（Malevil）、克劳德·奥利耶（Claude Ollier）的《在厄普西隆上的生活》。

20世纪70年代，情况发生了新的变化，法国科幻再一次受到了英美新浪潮运动的影响。J. G. 巴拉德（后期作品）、托马斯·M. 迪什、哈利·哈里森、诺曼·斯宾纳德等美国作家，尤其是菲利普·K. 迪克的作品对法国新一代的读者产生了巨大影响。

其实，早在20世纪60年代中期，几个年轻的作家就欣然接受了这种类似"新浪潮"的写作方式，并积极地用于实践。他们分别是丹尼尔·瓦尔特（Daniel Walther）、让-皮埃尔·安德列翁（Jean-Pierre Andrevon）、让-皮埃尔·于贝尔特（Jean-Pierre Hubert）。到了70年代，一些新兴的作者继续顺着这条道路创作科幻，他们分别是多米尼克·杜艾（Dominique Douay）、皮埃尔·佩洛特（Pierre Pelot）以及菲利普·戈伊（Philippe Goy），古瓦是他们中最好的一位。

　　然而，20世纪70年代末的短暂活跃并没有持续到80年代。是公众对科幻缺乏热情，抑或是图书太多，还是整个出版界都存在着困难？总之，这对法国科幻而言是一个充满危机的时期。在这个时期里，科幻小说年出版物减少到6部左右，而70年代末则有40部左右。其中，一些法国科幻作者对科幻文本的探索步入无节制的状态，导致读者和编辑逐渐厌倦了他们。一些比较政治化的"新法国科幻"（New French SF）成为危机的首要牺牲品。而后起之秀，则由于更大程度上专注于科幻小说的形式探索，热衷于诗意的、实验性的作品创作，而最终忘记了科幻的本质。此外，尚有另一些作者喜欢表达极其荒诞的个人世界。他们的作品通常带有强烈的奇幻特征。例如，让-马克·利涅（Jean-Marc Ligny）、雅克·巴伯雷（Jacques Barberi）、弗朗西斯·贝特洛（Francis Berthelot）和塞尔格·布瑞索洛（Serge Brussolo）等。其中布瑞索洛在不到十年的时间里发表了40部小说，包括公认的名作《钢铁狂欢节》《轰炸机之夜》。在这一代作家中，布瑞索洛是最受欢迎的作家，其作品也最有原创色彩。

　　这一时期还应该提到一类作家，他们喜欢倾其才智从事"新古典科幻小说"（neo-classical SF）的创作。这些作品通常启发读者思考若干当代科技和人文主题，如生态环境、媒体、计算机、遗传学、文化融合，等等。新古典科幻小说保留着古典科幻小说常有的异域情调和生动的冒险等。这些作家包括：著有长篇系列丛书《冰公司》的G. J. 阿诺德（G. J. Arnaud），著有小说《凤凰》的伯纳德·西莫那依（Bernard Simonay），撰写了《秃鹰》《阿根廷》的乔尔·侯赛因（Joël Houssin）。所有的这些作家和作品都拥有很多读者，而且也赢得了众多的奖项。

　　如今，法国科幻呈现出一种矛盾的现象。一方面，许多天才作家，通常能够很好地从美英科幻的影响中脱离出来。其中既包括一些已经确立长久地位的作家，也包括一些新加入的作者，如理查德·卡纳尔（Richard Canal）、皮埃尔·斯多尔扎（Pierre Stolze）、雷蒙德·米勒斯（Raymond Milési），以及克莱特·法尔德（Colette Fayard）。但是，另一方面，和科幻相关的出版物、杂志及专栏的范围不断缩小，或者说彻底消失（1989年《小说》停刊）。这一情况对于本来就处于濒危之境的法国科幻无疑是雪上加霜。为了应对这种变化，当今很有前途的优秀科幻作家都倾向于脱离科幻小说的专业创作，他们一部分转向了逐渐流行起来的惊悚故事，另一部分则义无反顾地进入了主流文学。更有一些人开始了电影剧本的创作——这可能是当今最能获利的领域。

虽然法国科幻迷从1974年开始就一直坚持着自己的传统，但热情洋溢的科幻迷是否将推动民族科幻的发展，还不能肯定。法国科幻迷的圈子比较闭塞，仅在属于自己的小范围内展开拜占庭式的争论，而不是积极尝试扩大科幻的公众知名度。只有一些批评家，有时也会是译者、编辑或作家（如屈瓦尔、居依、克莱恩）本人，试着在主流杂志或报纸的正规专栏中出版些科幻作品，为了保护科幻，同时也是为了将科幻带给对科幻不了解的公众。

二、法文科幻在其他国家和地区的发展

在文学领域，位于比利时东南部的瓦隆尼亚（Wallonia）地区与法国同属一个语言区。由于法国的威望较高，加上瓦隆尼亚地区的出版商本来就很少，因此瓦隆尼亚人的作品大部分在巴黎出版。

19世纪末20世纪初，比利时出现了一位和凡尔纳势均力敌的作家，他就是J. H. 大罗尼（J. H. Rosny aîné）。大罗尼因他的史前故事而知名，科幻小说只是他作品中的一小部分。著名的短篇小说《形状》是一个关于外星人的故事，这是大罗尼首次出版的作品。该作品被收录在《科幻叙事》（1973年法文版）中。大罗尼其他值得关注的作品有：《火之战》《地球之死》和《无限的航海家》。

其他第二次世界大战之前的作品弗朗索瓦·莱纳德（Francois Leonard）的《人类的胜利》，一部类似于凡尔纳的小说，在这个小说中，地球以外的行星被推离太阳系，并在宇宙间漂流，最终走向了毁灭；亨利-雅克·普罗曼（Henri-Jacques Proumen）的《权杖窃自人民》，讲述了一个突变的种族被太平洋岛的人口问题所困扰；比利时诗人马塞尔·蒂里（Marcel Thiry）的替换历史小说

《及时失败》，在这个作品中，拿破仑赢得了滑铁卢战役。

20世纪五六十年代，只有一个作者可以算是科幻作家，即雅克·史坦伯格（Jacques Sternberg）。他受到战前超现实主义和战后荒诞主义的影响，其最好的小说是《出口在空间的底部》。故事讲述了最后残存的人类离开了细菌大量滋生的地球，他们除了发现深邃的太空充满危险，还发现人类在宇宙中并没有真正的生存意义。《没有未来的未来》是斯泰伯格一个很好的故事集。

20世纪70年代，瓦隆尼亚人的科幻出现了一个小小的繁荣期。大罗尼的科幻得到再版。围绕着平装本出版社玛拉布（Marabout），还出现了一些年轻的科幻作家，这个创作队伍并不大，他们分别是文森·高法特（Vincent Goffart）、保罗·汉诺斯特（Paul Hanost）和伊夫·瓦仑德（Yves Varende）等。这一短暂的现象在当时看来像是一种科幻传统的开始，然而，当唯一的科幻出版商玛拉布垮台后，大多数作者转向了其他领域。

法文科幻小说也在加拿大和更多使用法语的国家中出现。例如，在非洲国家刚果（当时还是法国的殖民地），小说家拉欧·坦西（Lab'ou Tansi）就用法文创作了小说《拖拉机的意识》，该作品虚构了一个发生在1995年某非洲乌有国中的故事。

三、主要法文作家及其作品

（一）儒勒·凡尔纳

儒勒·凡尔纳（Jules Verne），法国剧作家、小说家。与英国的威尔斯并称"科幻小说之父"。凡尔纳出生于法国南部的一个港口城市——南特。那里自由的通商氛围、辽阔的蓝天大海培养了凡尔纳诗人般的气质。他的父亲是一名优秀的律师，并希望子承父业。于是，凡尔纳在中学毕业后便前往巴黎学习法律，在那里他结识了许多文学爱好者，并确立了从事文学创作的决心。其中维克多·雨果和大仲马对凡尔纳的影响尤其深。像众多年轻人一样，凡尔纳对生活充满激情。于是他将内心的萌动化作了诗歌、剧本、小说。大学毕业后，凡尔纳决定留在巴黎，立志当一名作家。但辛勤的笔耕和孜孜不倦的努力并未给他带来好运。微薄的稿费甚至连生活的基本需求都不能满足。在理想与现实中挣扎的凡尔纳，最终向现实低头，谋得一份证券经纪人的工作。1862年，凡尔纳遇到了出版商赫泽尔，从此开始了专职的创作生涯，而他的才华也因此被世人所关注。在凡尔纳的一生中，失败的爱情、不幸的家庭、年轻时处处碰壁的经历常常让他苦恼，面部神经麻痹症从青年时便开始伴随他的一生。

凡尔纳是一个注重实际的中产阶级文学企业家。在他事业的前期，作家对技术进步保持着明朗的乐观态度，同时完全赞成欧洲人在19世纪所扮演的中心角色。然而，凡尔纳对世界的变化并不是没有知觉的，他在后十年的创作中，含蓄地表达了自己的悲观情绪，以致这些作品越来越晦涩难懂。相对而言，他1880年之前那些具有乐观精神的作品，更容易被如今的世人接受。

早在1851年，凡尔纳受爱伦·坡作品的启发，创作并发表了他的第一个科幻故事《气球上的旅行》。这部作品后来以各种形式再版。而他的另一个较有趣的早期故事是《扎卡雷斯大师》，这是一个关于时间、钟表制造者与魔鬼的寓言。这两部作品说明，凡尔纳在很早的时候就显示出了特有的文学表现技能，即把科学说明嵌入冒险故事的简单讲述中，且浸透了浪漫色彩。

由于航海事业的发展，科技进步被不断地鼓励，理性化成了这个时代的主导。然而，凡尔纳的科幻故事却把理性带进了冒险故事，因此被认为是一种异乎寻常、但又非常恰当的文学手段。

之后十年间，凡尔纳的创作热情一发不可收拾。《气球上的五星期》是凡尔纳与赫泽尔合作后的第一个故事。小说讲述了三个伙伴乘热气球去非洲旅行的冒险故事。读者不仅能从中体会到冒险的乐趣，同时还能了解许多关于非洲的知识。《20世纪的巴黎》是凡尔纳早期创作的一部作品，当1994年找到这篇小说手稿时，引起了业内很大的轰动。故事的背景是1960年的巴黎，那是个以使用汽车、气动导管火车、计算机以及传真机为傲的时代，而小说的情节则是围绕恶托邦共同体专政展开的。由于这部作品的再版与凡尔纳手稿的发现有着直接的关系，因此1994年的版本也引起了一些怀疑，即文本的原创时期是什么时候？文本的真正思想又是什么？

之后出版的《地心游记》，首次比较全面地反映了属于凡尔纳所独有的创作特色——"凡尔纳式的惊悚"。在这个小说中，三个身份不同的人一起从火山口进入地心进行探险活动。其中一个是科学家，一个是经验丰富、积极乐观的当地人，另一个是代表着读者观点的普通人。

除此之外，凡尔纳还为孩子们写了两部科幻作品，即"哈特拉斯船长的冒险"系列的《英国人在北极》和《冰雪荒原》，后来又陆续出版了《从地球到月球》和它的续篇《环绕月球》《格兰特船长的儿女》《海底两万里》和它的续篇《神秘岛》等优秀的科幻小说。

从19世纪70年代开始，凡尔纳作品的风格不再像前期那样充满明快的色调，而是逐渐变得阴暗。如《戈弗雷·摩根：加利福尼亚之谜》《漂浮岛：太平洋的明珠》《征服者罗伯；或驾驶飞行器环游世界》和它的续篇《世界主人》。在最后两部作品中，故事的主人公是一个叫罗伯的钢铁般的汉子，他发明了一个飞行器，然后像尼摩船长那样厌倦了人类世界而选择独自生活。在第一部作品里罗伯是科学进步的代表，但是在续篇中罗伯已经变成了一个危险的狂人，他不仅亵渎神明而且无法控制。他的这种状态看起来更像是代表了一种无节制的科学发展。

《海底两万里》被认为是凡尔纳艺术成就最高的科幻小说。故事是从人们发现"海怪"开始讲述的。随后，一些军人、职业海员以及科学家决定为民除害，追捕海怪，结果在追捕过程中被海怪袭击而遇险。幸存者阿龙纳斯教授、他的仆人以及"鱼叉王"来到了"海怪"的内部，发现他们一直追捕的海怪竟然是个"潜水艇"。之后读者便结识了故事的主人公尼摩船长。为了保守"潜水艇"的秘密，尼摩船长决定将这些人永远留在船上，并随他一同领略美妙的海底世界。这部作品从主题意蕴上说，仍然反映了凡尔纳一贯的科学乐观主义的态度，即对科技进步充满信心。同时从艺术表现手法上看也是值得称道的。作品中对神奇海底世界细致的描绘，令人身临其境，美不可言。而其间穿插的科学知识，也用戏剧化的手法表现了出来。

（二）J. H. 大罗尼

约瑟夫·亨瑞·奥诺雷·波（Joseph-Henri Honoré Boex）曾经使用笔名J. H. 大罗尼进行科幻创作，获得了成功。关于这个笔名，也有一些复杂情况。因为波的弟弟贾斯廷（Justin）在1893—1907年间和他共同分享J. H. 罗尼（J. H. Rosny）这个笔名，而且在此期间所出版的作品也都是他们兄弟俩合力完成的。1893年前波使用这个名字独立创作，1907年后，通过给这个名字加上后缀以区分他们兄弟俩。大罗尼的科幻小说具有很强的文学色彩。他有时会在作品中探讨特殊情况下人与人之间的关系，而且还将日常生活中的细节充实地表达出来。正是这些元素的加入，使得他的科幻小说看上去深刻而细致。

尽管在大罗尼有生之年，只有《巨猫》这部小说被译成英文出版，但在推想小说的发展史上，他仍然扮演着重要的角色。他最重要的两个短篇故事是《形状》和《另一个世界》。前者讲述了史前人类遇到异类的故事，后者则是关于"平行世界"的故事。《火之战：一个史前时代的小说》，1981年被拍成电影，《海尔顿·伊隆卡索的奇异旅行》是他最著名的史前幻想故事。而他的史前浪漫故事分别是《瓦米尔赫》《埃里玛》及《蓝河的海尔戈瓦》。大罗尼的许多短篇故事、科幻小说，以及关于创造与进化的带有半神秘性的推测性评论《怀疑的传说》、短篇小说《无限的航海家》都被一个修道士收录在《科幻小说》（1975年在比利时出版）这本珍藏集中。他的其他科幻作品有《伟大的谜》和《宇宙的同伴》。

（三）菲利普·屈瓦尔

法国作家菲利普·屈瓦尔（Philippe Curval），原名是菲利普·特龙谢（Philippe Tronche）。从20世纪50年代开始，屈瓦尔就在法国科幻领域中充当过书商、杂志编辑、摄影师、年代记编者以及作家。他是一个很好的文体家，作品中常常流露出感性、诗意的情绪，以及充满慈爱的关怀。

屈瓦尔写了20多个故事，第一部作品于1955年发表。《这可爱的人性》获得了1977年的"阿波罗奖"（Prix Apollo）。《空间断路器》获得1963年的"儒勒·凡尔纳奖"（the Prix Jules Verne）。《倒行人》被认为是法国1974年度最好的科幻小说。

（四）杰勒德·克莱因

杰勒德·克莱因（Gérald Klein），法国作家、批评家、编辑、选集编纂者。作为一名专业经济学家，克莱因是美国读者所熟知的欧洲科幻作家之一。他曾经使用过Gilles d'Argyre、Francois Pagery及Mark Starr等笔名。1955年，18岁的克莱因开始从事科幻创作，他起初的作品受雷·布拉德伯里的影响极深。不久之后，克莱因便对法国的科幻领域产生了重大影响。在1956—1962年，克莱因出版了40多部精致优美的小说，同时也使自己成了一个具有说服力且有文化的文体批评家。他在各种各样的出版物上发表了一系列具有洞见的评论。

第一部长篇小说《星球统治者的策略》，讲述了一个充满智慧的冒险故事。这个作品表明美国类型科幻对法国科幻渐增的影响，这种趋势严重地冲击了克莱因之前的法国传统。在他后来的作品中，这种状况表现得越来越明显，如《明日之前》和《战争霸主》就是如此。尽管这些作品很有趣，但它们缺乏克莱因早期作品中的诗意。从1969年起，克莱因的许多作品中都充满意象感，小说的结构则受到国际象棋的影响。

第二节　德文科幻的发展

一、起源和简史

德国科幻小说的起源要追溯到17世纪，当时出现了一些颇具想象力的作品。1634年，德国天文学家开普勒（Johannes Kepler）撰著的《梦》发表了，该作品是虚构的登月和月球生活。之后，由冯·格里美豪森（von Grimmelshausen）创作的《痴儿西木传》成了那个时代的杰作。该作以强盗生活为题材，除了对其他事物的描绘，还有一段关于乌托邦社会的情节，以及到月球旅行的描写。18世纪，约翰·郭特弗雷德·施纳伯尔（Johann Gottfried Schnabel）写的《弗尔斯伯格岛》（4卷本）出版并在当时流行。这是一部冒险小说，其中综合了乌托邦元素、鲁滨逊式的遭难故事，因此被认为可能是德国最早的冒险科幻小说。

18世纪及19世纪早期的科幻小说还包括《德雷耶利效应：来自行星世界的故事》和《乌拉尼埃：天狼星上的萨达纳珀里亚女王》，它们的作者是擅长撰写骑士、强盗类型小说的约翰·弗里德里希·恩斯特·奥伯雷特（Johann Friedrich Ernst Albrecht）。亨利希·舒克（Heinrich Zschokke）写的《布莱克兄弟》展现了一个秘密的社会。整个小说共分三部，其中第三部将背景放在24世纪，而那时的人类已经普遍成了外星人的家畜。另一部早期的作品是由朱利尤斯·冯·沃斯（Julius von Voss）写的《伊尼：一个来自21世纪的小说》。德国科幻发展中最重要的一部作品是由E. T. A.霍夫曼（E. T. A. Hoffmann）写的《睡魔》。它讲述了一个名叫卡普勒的医生，根据人的样子制造了一个机器人。这是德国早期机器人题材的故事之一。该作被再版多次。尽管上述作品都涉及了科幻小说的一些元素，如对月球旅行、乌托邦社会、机器人的描写，但是真正的德国科幻小说创始人是库尔德·拉斯维茨（Kurd Lasswitz），他创作了德国最重要的古典科幻小说《双行星》。作品描述了人类文化与火星文化之间的冲突，其中后者的科技更发达，道德更完善。作者认为，民族的发展有赖于科技进步。作品中还包括了影响深远的技术预测：如车轮形的空间站、旋转的轨道、合成的原料、日光房等事物。拉斯维茨深受德国理想主义哲学家康德的影响，因此他的作品常常是教诲式的，对未来的关注也聚焦于哲学概念。除《双行星》之外，他还出版了大量的短篇故事和小说。他还有两篇反响平平但意义更深远的科幻小说，它们分别是《阿斯匹亚》和《星露》。

同样值得关注的是由保罗·佘尔巴特（Paul Scheerbart）创作的科幻小说。佘尔巴特通常被德国的科幻评论者认为是低级粗俗的空想家。他在《兰斯巴迪欧：一部小行星小说》和故事集《星型中篇》中，虚构了宇宙中居住着奇形怪状的可怕生物，而这些奇怪的生物，为后来的作家的创作提供了一定的素材和灵感。由迈克尔·乔治·康纳德（Michael Georg Conrad）创作的《在紫色的黑暗中》，通过描述一个带有科幻色彩的乌托邦社会，批判了威廉皇帝统治下的德国，而这个社会是建立在迷宫似的洞穴中的。

德国的奇异旅行小说和凡尔纳式的冒险小说是随着罗伯特·克拉夫特（Robert Kraft）和F. W. 马德尔（F. W. Mader）的小说而产生的。克拉夫特的出版商将他称为"德国的儒勒·凡尔纳"。除了无数的冒险小说和航海小说，他还写了十期的"一角钱小说"系列《来自想象王国》，故事讲述了主人公到石器时代以及月球旅行的经历（它可能是德国第一部"一角钱小说"系列丛书。装订成小册子的出版形式和美国通俗的"十美分丛书"形式很相似，而且在德国持续的时间比美国还要久）。克拉夫的代表作是《乘坦克环游世界》、《乘飞机环游世界》、《天空之王》、《虚无远征》（讲述了一个逝去的世界）、《新地球》（关于大毁灭后的小说）。马德尔专写青少年冒险小说，这些作品通常把背景设置在非洲，而且以回忆的形式讲述故事。有时，他的作品既有乌托邦色彩又有幻想元素，如《黄铜城》。他的空间冒险小说《遥远的世界：一次行星旅行的故事》

是德国君主制凯萨时期最重要的科幻小说之一。

20世纪前20年，其他受欢迎的科幻作家包括如下几位：卡尔·格鲁涅特（Carl Grunert），他的中短篇小说被收编在《火星间谍及其他短篇》中；艾伯特·戴伯（Albert Daiber），他撰写了《从火星到地球》；奥斯卡·霍夫曼（Oskar Hoffmann），他的许多作品，包括"一角钱小说"系列中的《马克米尔福德的太空旅行》；罗伯特·海因曼（Robert Heymann），他写了《2111年的隐形人》；本哈德·凯勒曼（Bernhard Kellermann），他的古典小说《隧道》是一个关于建造英国与其他大陆之间的通道的故事，该作在1933年被拍成电影。

这个时期，在"一角钱小说"中最成功的科幻系列是《劫机者和他的飞船》，总计165个冒险故事，同时它也是最早的纯科幻小说之一。

在两次世界大战之间，一种特殊的德国科幻小说类型形成了，当时被命名为"未来科技幻想小说"。从20世纪50年代初开始，它逐渐被"科幻小说"这一国外通用名称取代，最终移入德国。到目前为止，最受欢迎的未来小说作者是汉斯·多米尼克（Hans Dominik），他大约有20部作品，总共卖出了几百万本。多米尼克的第一部小说是《三之力》。通常这类作品的主题要比美国科幻小说受到的限制更严格。他的书写很差，看上去有些笨拙，但这些作品中以技术为导向的冒险经历让读者为之恐惧而颤抖，这也是它们得以继续存在的原因。作品带有明显的种族主义暗示，如德国工程师被认为是世界上最高级的人。

未来小说的其他代表作者是鲁道夫·海因里希·道曼（Rudolf Heinrich Daumann）、斯坦尼斯拉斯·拜尔科夫斯基（Stanislaus Bialkowski）、卡尔·奥古斯特·冯·拉菲叶特（Karl August von Laffert）、汉斯·里赫特（Hans Richter）和沃瑟·齐盖尔（Walther Kegel）等。在这个队伍中，一个较其他作者更受欢迎的作者是保罗·阿尔弗雷德·穆勒（Paul Alfred Müller），他的笔名是弗雷德·冯·霍尔克（Freder van Holk），他也以洛克·梅勒（Lok Myler）的笔名出版了很成功的系列科幻小说《桑科：亚特兰蒂斯的继承人》（*Sun Koh: Heir of Atlantis*），小说有150集。另一个系列《伊安·梅恩》（*Jan Mayen*）也有120集。前一个系列讲述了来自传说的亚特兰蒂斯人策划用先进技术控制再度出现的新大西洲。这类科幻小说对德国战后的第一代科幻作家产生了深远的影响。

奥托·威利·高尔（Otto Willi Gall）的一些作品包括《乘火箭到月球：汉

斯·哈德特的奇妙飞行》是德国战前较有趣味的小说。在写作之前，他向德国火箭先驱者马克斯·瓦里尔（Max Valier）请教。因此，根据当时的知识程度，他能够从技术方面准确地描述出到月球的航行过程。类似于高尔的另一位作家是奥特弗雷德·冯·汉斯腾（Otfried von Hanstein），他的作品被译成英文发表在根斯巴克主编的科幻杂志上。1930年《惊奇故事》（Wonder Stories Quarterly）杂志的季刊上发表了汉斯腾的《地月之间》，这是他在《惊奇故事》上发表的5部作品之一。

也许这个时期最著名的海外德文科幻作家是特娅·冯·哈堡（Thea von Harbou）。她和她的丈夫——电影导演弗里兹·朗（Fritz Lang）在几个电影剧本中合作过。这些作品包括《大都会》和《月中女郎》。她将电影剧本改编。《大都会》表现了她浮华的文风，而《月中女郎》在电影放映之前在德国出版发行。由弗列德里希·福雷斯卡（Friedrich Freksa）撰写的《德让斯欧，或被盗的人类》涉及了一个不寻常的主题，小说讲述超人进入了遥远的未来，令人悲哀的是，未来社会已被法西斯主义者和种族主义者破坏殆尽。与之相反的是，瓦仑·伊尔灵（Werner Illing）在《乌托邦里斯》中，描述了一个贤明的乌托邦式社会主义社会，工人打败了资本家。

《乌托邦里斯》更具有文学性，是两次战争之间由"非类型作者"创作的几部影响深远的科幻小说之一。类似的作品还有保尔·古尔克（Paul Gurk）的《图则布37》，讲述了在一个陌生、绿色、糟透了的社会里，被夺走一切且完全用混凝土建成的自然，奋起反击导致这一切的人类；汉斯·弗莱什（Hans Flesch）的《巴尔萨萨·蒂夫欧》（Balthasar Tipho）也是很有启示性的作品。著名作家阿尔弗雷德·杜柏林（Alfred Doblin）也会偶尔在科幻小说主题方面进行尝试。他的两部名作都是包含着巨大能量的超现实主义文本，更是变形了的科幻小说。这两部作品分别是《维德扎克与蒸汽机的抗争》《山、海与巨人》。杜柏林把基因工程作为未来人种得以进化的手段。他的作品对考德维尔·史密斯（Cordwainer Smith）的科幻小说产生了潜在的影响。

第二次世界大战后，由于美国科幻小说在德国的翻译和出版，以及那些出版通俗历险小说的出版商的造势，加上有影响力的编辑的作用，德国的"类型科幻"开始发生改变。同时，德意志民主共和国和德意志联邦共和国的划分也影响了"类型科幻"的发展。在德意志民主共和国,科幻小说为社会主义服务,而在德意志联邦共和国,科幻小说仍以传统未来小说(Zukunftsroman)的方式出版。

几个被第二次世界大战,尤其是令人震惊的日本广岛原子弹爆炸深深影响的作家写了一些后灾难小说。汉斯·沃恩纳(Hans Wöerner)的《我们找到人类》、荷尔姆斯·朗格(Hellmuth Lange,1903—去世时间不详)的《长在天堂的鲜花》、厄内斯特·冯·库恩(Ernst von Khuon)的《氦》,以及杰·瑞恩(Jens Rehn,真实名字是Otto Jens Luther)的《土星孩子》等就是代表。

从20世纪50年代起,在通俗冒险小说领域出现了沃尔特·恩斯廷(Walter Ernsting)和K. H. 希尔(K. H. Scheer)两位有代表性的作者。作为一名编辑,厄恩斯廷起先在帕贝尔(Pabel)出版公司任职,后来到默维格(Moewig)出版公司。他被认为是推动科幻产业发展的"机车头"。他以笔名克拉克·达尔顿(Clark Darlton)写冒险经历的科幻小说,并和希尔一起,不久就成为德国受欢迎的冒险科幻小说作家。1961年,当他在默维格出版社担任编辑时,与希尔合作创作了平装本科幻丛书《佩利·罗丹》,每周发行一次,首次出版就发行了200000册。后来很多作家加入了这个阵营,到1991年为止,有1600多种短篇科幻小说在"佩利·罗丹"系列中出版发行。在科幻小说史上,这个系列也是很受欢迎的,它所创造的出版奇观,至今仍被人研究。希尔还撰写军事科技题材的太空歌剧。

关于佩利·罗丹的冒险经历以及命运,其目标读者通常被认为是青少年,事实上,经调查表明,它的读者包括各个年龄段,而且不分性别,男女都喜欢看。彼利本身是一个地球人,他被卷入银河帝国的政治中。他建立自己的小团体,并使其成为太阳帝国中的成员。在太阳帝国正式放弃它的领导地位之后,它便成了银河系中的平等成员之一。加盟小说的作者相当多,其中威廉·沃尔兹(William Voltz)是系列的长期合作者,也是它的主要作家。系列的每一章节都由创作队伍中的一个成员负责完成,创作过程就像工厂生产,然后依照这个系列的未来发展状况,在年度作者会上组织讨论如何进展。

尽管这个系列被文学界当作低俗作品驱逐出境,但成千上万个爱好未来历史学的德国人加入了"佩利·罗丹"大会,他们争论作品中所建立的世界、它的复杂和命运。许多批评家一直在攻击《佩利·罗丹》。他们不仅批判它的文学色彩不浓厚，语言粗制滥造，还谴责它带有"声名狼藉的法西斯主义"。这种认为《佩利·罗丹》具有反动本质的论断在米歇尔·皮尔克（Michael Pehlke）和诺伯特·灵费尔德（Norbert Lingfeld）的《机器人和凉亭：科幻小说中的意识形态与娱乐》与曼福尔德·耐格尔（Manfred Nagl）的《世界各地的人类》中有详细的讨论。这些评论的出现，也有其原因。因为在《佩利·罗丹》的开头几年，军事冲突在其中占优势，但是后来逐渐改变成集中解决银河系甚至宇宙中的神秘谜团。《佩利·罗丹》的成功是巨大的，而且不只是在德国。它的译本已经在欧洲的许多国家中出现，其中包括英国（从1974年开始）、法国（1966年开始）、比利时、荷兰、芬兰和意大利，也出现在日本、巴西以及美国。北京出版社也翻译出版了部分小说的中文译本。如果把所有的这些译本计算在内的话，《佩利·罗丹》在科幻领域内拥有最多的读者。

20世纪60年代，赫伯特·弗兰克（Herbert Franke）凸现出来，他真正地处理了宏大的主题。后来，在六七十年代，他撰写了更引人注目的小说《零度地带》和《负艾普西隆》。奥托·巴西（Otto Basil）和他的《黎明人》也是值得注意的。小说勾画了一个替代世界，就像弗兰科一样，他是一个奥地利人。它讲述了纳粹德国在二战中取得胜利，随之而来的是第三帝国的衰退，当希特勒死后，他的继承人为权力而争斗不止。

70年代，最主要的德国主流作家卡尔·埃默里（Carl Amery），受英语作家小沃尔特·M. 米勒（Walter M. Miller）《莱博维茨的赞歌》的启发，开始关注科幻主题。在他的三部极好的作品中，巴伐利亚人的方言土语以及它们的观念都得到了体现。作者将时间旅行、西方文化的没落，以及替代世界这一类的主题进行了重新演绎。这些作品分别是《国王计划》《帕索城的陷落》和《在雷尔马克的炮火中》，雷尔马克是一个古老的巴伐利亚名字。

80年代，沃尔夫冈·耶施克（Wolfgang Jeschke）因《创造的最后一日》和《米达斯》而成为优秀的小说家。托马斯·R. P. 麦依尔克（Thomas R. P. Mielke）于1983年出版了主题奇异的小说《瓦斯特瑞沃斯》，让每个人大吃一惊。该作品描述了两个变异的部落如何从以中子炸弹为武器的战争中生存下来——将自己隐藏在大教堂的拱顶之下长达几个世纪。沃纳·泽利格（Werner

Zillig）的《这块陆地》是一部关于反主流文化的小说。这一反主流文化在一片保护地实现了它们激进的理想。格里格·皂纳尔（Georg Zauner）的《火箭制造者的孙子们》是一个讲述巴伐利亚后原子时代的讽刺小说。汉斯·贝曼（Hans Bemmann）的小说《欧文的浴室》是一个著名的恶托邦小说。理查德·海伊（Richard Hey）发表了《广岛之后的95年》，这是一部明显的后灾难小说，其中涉及一个新冰河期的出现以及欧洲文化的消失。这一时期其他值得提到的作家包括雷纳·厄利尔（Rainer Erler）、雷马·卡尼斯（Reinmar Cunis）和米歇尔·维萨尔（Michael Weisser）。此外，托马斯·泽格勒（Thomas Ziegler）是雷纳·祖贝尔（Rainer Zubeil）的笔名，他主要以短篇小说著称。另外还有卡尔·米歇尔·阿莫尔（Karl Michael Armer）、赫斯特·普卡路斯（Horst Pukallus）、格德·马克西莫维奇（Gerd Maximovic）、彼德·沙特施内德（Peter Schattschneider）和罗纳德·M. 汉恩（Ronald M. Hahn）。

在战后的德意志民主共和国中，科幻小说被寄希望服务于社会主义目标。第一部德意志民主共和国科幻小说是鲁德维格·图尔克（Ludwig Turek）创作的《金球》。整个20世纪50年代，德意志民主共和国只有11部科幻书和大约50个短篇故事散见于报纸杂志中。五六十年代的作者包括埃伯哈德·德尔安东尼奥（Eberhard Del'Antonio）、卡卢索·拉什（Carlos Rasch）、冈瑟·克鲁库帕特（Gunther Krupkat）、卡尔-亨兹·图谢尔（Karl-Heinz Tuschel）。七八十年代的作者则包括克劳兹·弗儒豪夫（Klaus Fruhauf），雷纳尔·福尔曼（Rainer Fuhrmann）、彼德·洛仑兹（Peter Lorenz）和米歇尔·扎美特（Michael Szameit）等。这些作家撰写的作品直白、少趣味，通常是教诲式的科幻小说。

从20世纪70年代开始，德意志民主共和国也产生了另一些不同的声音。这些作家和作品包括黑耐尔·然（Heiner Ran）发表过的小说《全能的失效》、格哈德·布然斯特纳（Gerhard Branstner）、格特·破鲁克波（Gert Prokop）、埃里克·西蒙（Erik Simon），以及几个合作撰写科幻的作家小组，如阿尔弗雷德·雷曼（Alfred Leman）和汉斯·塔尔波特（Hans Taubert）小组、约翰纳（Johanna）和冈特·布劳恩（Gunter Braun）小组（合作过小说《伟大男巫的错误》和《欧米伽十一上的奇形怪影》），以及卡尔汉兹（Karlheinz）和安格拉·斯坦姆勒（Angela Steinmuller）小组（创作过《阿迪蒙》和《帕勒斯特》等）。这些作品都相当具有思想性。

德意志民主共和国和德意志联邦共和国统一（以下简称"两德统一"）后，德国的科幻创作不容乐观，整个出版领域都被国外作家的译作占据，除"佩利·罗丹"通俗读物系列之外，没有一个德国科幻作家能够独自从科幻领域里获得生存空间，只有沃尔夫冈·E. 霍尔拜恩（Wolfgang E. Hohlbein）是个例外。目前，一些科幻作家已经将注意力从书面媒体转向影视。

在科幻研究方面，《科幻时代半专业杂志》（*The Semiprozine Science Fiction Times*）从1958年开始直接翻译美国的《科幻时代》（*The US Science Fiction Times*），它是德国持续时间最长的评论性杂志。德国也有自己的科幻理论研究，这些研究时而从社会学角度入手，时而从政治学角度进行观察。1985年，乔阿奇姆·柯柏（Joachim Korber）主编的《幻想文学》（*Phantastichen Literatur*）是一个关于科幻小说和奇幻小说的书目资源。权威性的参考书还包括海涅出版社的《科幻文学辞典》和雷克拉姆（Reclam）出版的《雷克拉姆科幻指南》，二者均由汉斯·雷克拉姆·阿波斯、沃纳·法赫斯（Werner Fuchs）和罗纳德·M. 汉恩（Ronald M. Hahn）编写。

二、主要作家及其作品

（一）E. T. A. 霍夫曼

E. T. A. 霍夫曼是德国作曲家、画家、律师、法官及作家。大约在1808年，霍夫曼为了表达他对莫扎特的敬意，将自己的第三个名字"威尔海姆"（Wilhelm）改为"阿玛迪斯"（Amadeus），而且有很长时间，他都认为自己主要是个音乐家，所以他总是以极大的热情将自己投注在音乐批评的各个方面。1809年，他写了自己的第一篇小说《幸运》。在他生命的最后15年中，他转向艺术形式的探索，而且，创作了他最重要的作品，即小说。这些小说表达了一种奇特的浪漫主义，而且比同时代其他作家的浪漫主义更有效，之后，被翻译成各种语言，以及编写成各种形式，对欧洲文学产生了强烈的影响。

霍夫曼对当时科学感兴趣，尤其是依曼纽尔·斯威登堡（Emanuel Swedenborg）的心理学理论和弗朗兹·麦斯麦（Franz Mesmer）的动物磁学。当他以这两种理论脉络来构思小说时，竟然收到了意想不到的效果，并影响了后来的科幻小说创作。他的作品涉及的题材很广泛，而且对当时的社会生活进行了比较详尽的描述。小说呈现出浓厚的荒诞色彩，因而故事也显得十分离奇。但是这种离奇的故事并非无逻辑的随心所欲的想象，而是以一定的科学为基础，并把它作为一种工具，来使故事变得更加真实可信。

他的长篇小说是《魔鬼的万灵药水》，故事很有特色。小说描写的是一个受魔鬼诱使的修道士。他的短篇作品集有：《荒诞故事集》《夜间故事》以及《谢拉皮翁兄弟》。早期的英译本包括：《霍夫曼的奇异故事》、《霍夫曼童话》、《霍夫曼的神秘故事》（两卷本）。由雅克·奥芬巴赫（Jacques Offenbach）以霍夫曼的三部小说为基础改编成的歌剧《霍夫曼的故事》，于1951年以电影的形式公映。

霍夫曼最负盛名的小说是《睡魔》。这部作品的男主角卡普勒博士是一个从事科学的人，他同时被视为"奇迹制造者"，他用自己的智慧制造出一个美丽的机器人，后来竟和这个机器人产生感情，并坠入了爱河。这个故事看似荒诞不经，实则从深处反映了科学工作者的孤独。他们在工作上的勤恳和投入，以及对科学的痴迷，逐渐使他们成为生活的放逐者。该作成书略早于玛丽·雪莱的《弗兰肯斯坦》，但它却成为机器人题材的重要先驱。后来莱奥·德利布（Leo Delibes）以这个故事为基础创作了芭蕾舞剧《葛蓓莉亚》。

（二）库尔德·拉斯维茨

库尔德·拉斯维茨（Kurd Lasswitz）是德国哲学家、科学史家、小说家。作为德国第一位重要科幻作家，拉斯维茨在德国拥有和凡尔纳、威尔斯在他们本国拥有的同样的地位和盛誉。他是一个训练有素的科学家，他所受的教育和大多数的德国知识分子一样，深受歌德时期的魏玛政府所倡导的人文主义影响。事实上，他是一个哲学老师，有时也教授数学和物理。他在哥达的一所学校里从教30年，在此期间，他的写作不但包括科学专著，还包括科学与哲学的理论、美学以及科幻小说。拉斯维茨深深地意识到自己的双重角色，他既是德国古典主义的承袭者，又是一个生活在科技盛行的世界的居民。对此，他有信心建立起沟通的桥梁。他的个性、专业性的活动、文学作品，甚至是他关于美学的思想都是并行不悖、相互邻近的。他的作品还时常表现出科学和传统人文学科的适当融合。

拉斯维茨的小说中所呈现的理论推测，反映了19世纪理性文化的痕迹。他的许多观点直接预示了后来批评家对诸如"外推"（extrapolation）和"模拟物"（analogue）等专业术语的使用。他曾在自己的短篇故事集《未来的意象》的引言中说道："许多对未来的推论可以从文明的历史和科学的现状中引申出来，而且类推和幻想总是相辅相成的。"在拉斯维茨的小说中没有一篇不带有说教色彩，我们总可以从中看到他的教诲式的冲动。他总是把作品的中心或重点放在一个似幻似真的想象世界，支配那个世界的是一种与科学方法明显类同的方式，作者将这种方式真实地呈现了出来。《未来的意象》收录的故事，大多是对未来世界中各种各样的高级地区文明进行描绘，读起来几乎像是插图式的旅行。他的未来短篇小说还收录在《肥皂泡》和《永不，永远》两部集子中。

拉斯维茨主要的长篇小说是《双行星》。作品讲述了人类文化与火星文化之间的冲突。当人类在北极上空发现了一个火星人的太空聚居地时，人类的命运便揭开了新的帷幕。人类即将面对的是一个比自己更高级的火星文明，在火星人无意的挑衅之后，地球实施了一种良性的自我保护体制，从此人类逐渐开始了自我完善的历程。人类不断地进步，火星人却开始颓废。最终，人类起来反叛，并实现了两个行星之间的平等，地球也驶向了一个理想的未来。这部作品融合了更多的技术性推测，其中包括火星生命的细节描绘，这是基于帕西瓦尔·罗威尔（Percival Lowell，1855—1916）的理论，即"有生物学可能的外星形式"。这部作品深深地影响了至少两代德国年轻人，同时也对德国科幻小说的发展产生了巨大的影响。

（三）赫伯特·弗兰克

赫伯特·弗兰克（Herbert Franke），科学家、作家。他青年时期在维也纳读书，并于1950年获博士学位，后来在慕尼黑大学任教，主要教授控制论美学。弗兰科赞成科幻小说与科学和技术之间的正常关系。他要求作家既要提高他们的文学技巧，又要他们用人道主义思想和现实主义的方法去解决所面对的世界问题。他的作品推理严密，但文学表现手法有点欠缺，因此显得有些枯燥。早期作品多写和军事相关的工业系统，并由此引发多种可能的社会问题，如吸毒、环境污染、颓废的文化氛围等。到了20世纪70年代，他开始写一些具有高度智慧和能力的领导者利用科学技术欺骗人或训练人。总之，有人认为他的小说所营造的氛围和菲利普·K.迪克很相似。

从20世纪50年代起，弗兰科就开始发表一些科普作品，同时也发表短篇科幻小说。《绿色彗星》是他的短篇小说集，1960年出版，共收录65篇作品。他的第一部长篇小说《思维之网》于1973年发表。后来陆续发表了十多部长篇小说，以及短篇小说。其中《零度地带》和《负艾普西隆》是他70年代的重要作品。

（四）沃尔夫冈·耶施克

沃尔夫冈·耶施克（Wolfgang Jeschke）是一位编辑兼作家。青年时期就读于慕尼黑大学，学习德文、英文以及哲学。1959年他发表《其他人》，从此开始了科幻小说的创作生涯，1969年，又为光明出版社主编"凯那系列科幻小说"。1973年，他接管了海涅出版公司科幻小说系列的编辑工作。从此，他以每年出版100册的速度，大量引进国外科幻作品并将其译为德文，以平装书的形式出版。创新型选集《世界精品集：欧洲科幻小说》的出版，使许多优秀的外国科幻小说和德国读者见面，同时也影响德国本土作家的科幻创作。他还与人合编了《科学幻想文学的百科词典》。作为一名编辑，耶施克对德国科幻小说的贡献可与雨果·根斯巴克对美国科幻小说的贡献相比。

耶施克通常被认为是德国重要的科幻小说家之一。他善于对人们习以为常的题材进行巧妙加工，使其具有深厚的底蕴。他在早期的创作中偏爱时间旅行的题材，叙述风格独特且富于创意。长篇小说《创造的最后一日》便体现了上述特点。他后来的作品，从内容和形式上都得到了发展和突破。如长篇小说《米达斯》，将背景放置在高度发达的信息社会中，在那里，信息已经成为人类生活中必不可少的一环。故事围绕人类重建全球信息网展开，情节惊险、跌宕起伏，对信息社会的描绘也很细致逼真，而且叙述时充满热情。

（五）埃里克·西蒙

埃里克·西蒙（Erik Simon），德意志民主共和国作家兼编辑，在两德统一前创作了为数不多的科幻小说。他1950年生于德累斯顿，之后在德累斯顿大学学习实验低温物理学，并获得物理学学位；1970年开始创作科幻小说，曾在新柏林出版社担任过编辑，主要负责科幻小说的出版。两德统一之后，西蒙的工作重心逐渐由创作转向翻译，并以翻译美国科幻小说为主。

他的主要成就在于短篇科幻作品。他的短篇小说曾两次获得拉斯维茨奖。这些小说收录在：《第一次时间旅行》《外星球》以及《月球幽灵，地球访客》三部作品集中，并被译成几国语言在其他国家发行。

西蒙大学时的理科背景，使西蒙作品中的科学构思严谨细密。在《伊卡洛斯星球》中，他为读者详细地介绍了这个星球的位置以及外部构造和物理状态，在此基础上，他还写到了这个星球上所居住的智慧生命。这些智慧个体安静有序地生活在一个中空的行星内，他们所了解的只是包围着自己的那层厚实的地壳，然而这样的文明在叙述者发现之时已经毁灭了。叙述者尝试着解释其毁灭的原因，最终以一个令人思索的开放式结尾完成全文的叙述。小说提出了一个让人深思的问题，即突破已有的封闭式环境，带来的究竟是毁灭还是新生？该作写于1971年，当时的德意志民主共和国是一个封闭的社会，因此以现在的角度看，小说中的空洞行星暗示了那个时代的封闭环境，而作品中所显示的意味也表现了德意志民主共和国人的感受。

三、德国科幻圈

"二战"后，德国"类型科幻"的发展与出版业有着密切的关系。第一部美国科幻译著于1951年，最先被出版商们以精装书的形式出版发行。从1949年起，明日宇宙出版社（Die Welt von Morgen）一直再版汉斯·多米尼克的作品。后来，出版商们以青少年读物的形式出版了海因莱茵和克拉克的作品。1953年，首批成人"硬科幻"以"精装作品系列"的形式在德国出版。这个系列是由来自卡尔·劳赫的出版商们（from Karl Rauch publishers）出版的，冈瑟（Gotthard Gunther）任主编，包括一个由冈瑟编选的系列《征服时空》（*Conquest of Space and Time*），三本分别由坎贝尔、杰克·威廉森和阿西莫夫撰写的书。每一部后面都附有一个由冈瑟撰写的长长的评语。这个系列的生命力很短，但是这一系列作品首次使"科幻小说"这一术语被德国读者了解，而且被科幻迷和收藏家珍藏。

精装本的发行，以及商业性的流动图书馆的兴起，刺激了出版的专业化。这些变化直接为科幻小说提供了良好的发展平台。出版通俗冒险读物的出版商极大地影响了科幻小说的发展。其中，最重要的三位出版商是帕贝尔（Pabel）、雷宁（Lehning）和莫威格（Moewig），他们几乎控制了这个领域的全部出版。

1953年，帕贝尔开始出版通俗读物系列"乌托邦—未来幻想小说"（Utopia-Zukunftsromane），后来又相继出版了"乌托邦—波段"（Utopia-Gross-band）系列和"乌托邦·监狱"（Utopia-Kriminal）系列作为补充。1956年，雷宁出版了"月神—乌托邦—罗马人"（Luna-Utopia-Roman）通俗读物系列。1957年，莫威格带着他的《土地》加入这个行列。

帕贝尔成功地使科幻小说在德国得到普及。开始时，"乌托邦—未来幻想小说"通俗读物系列中的故事是由"吉姆·帕克系列"（Jim Parker series）的几个冒险经历组成的，后来逐渐转变为小说。从1955年开始，帕贝尔还出版穆雷·伦斯特（Murray Leinster）和埃里克·弗兰克·罗素（Eric Frank Russell）以及其他英美作家的译作，但多数是短篇小说。各类最受欢迎的美国科幻小说有相当一部分是由帕贝尔和其他公司出版发行的，但大多数翻译得很差。由于早期的平装本有着严格的页数规定，因此版式也受到固定页数的限制，通常要进行彻底的删减。这种情况在德国科幻翻译领域中持续了很久。

更多的通俗系列包括"马克·坡厄斯"（Mark Powers）、"爱达·阿斯塔"（Ad Astra）、"任·达克"（Ren Dhark）、"莱克斯·科达"（Rex Corda）、"拉姆谢夫·普罗米特"（Raumschiff Promet）、"铁兰诺顿"（Die Terranauten）和"杰特酷格尔"（Zeitkugel）等。它们中大多数为了重现《佩利·罗丹》所获得的成功而采用与之相同的理念。以上所有系列在过去几十年是流行的、大有前途的，但随着时间的推移而逐渐成为过去时。与之相较，在一个小的范围内，"猎户座"（Orion）丛书仍然继续保持繁荣。最初是低级趣味的格式，但后来再版时改成了平装本。丛书中的小说大约有145个是由汉斯·涅夫尔（Hans Kneifel，1936— ）所作。丛书中的小说都是基于流行的德国电视连续剧《太空巡逻——"猎户座"宇宙飞船的奇异冒险》中的故事改写而成的。

20世纪60年代之前，平装本在德国出版界并非主流，只有极少数的出版商出版。而当时的"类型科幻"不仅呈现出低级趣味的特征，还处在主流出版之外。1960年，当古德曼（Goldmann）出版社出版精装本科幻小说系列时，上述情况才得以改变。1962年，它们又出版平装本系列，而且一直持续到今天。同年，出版商黑恩（Heyne）也开始出版科幻小说。起初是零星出版，然后便精力旺盛地致力于此。黑恩后来发展成为平装本销售成绩最好的出版商之一，而且不仅仅是在科幻领域。随着沃尔夫冈·耶施克成为编辑，黑恩出版社无可非议地成为科幻市场的领导者，每年出版100册的平装本，主要是译作。沃尔夫冈·耶施克实现了他的目标，把科幻小说完整地推向世界。

另一个著名的平装本系列是"费舍尔轨道"（Fischer Orbit）丛书。该丛书以《达蒙·奈特的轨道》（*Damon Knight's Orbit*）文选为基础，增加了一些小说和短文。文集主要关于美国科幻的起源，但也包括由H. J. 阿波斯（H. J. Alpers）和罗纳德·M. 汉恩编选的德国科幻故事集《来自德国的科幻小说》。

20世纪60年代末和70年代，出版商开始出版精装本或高品质平装本的科幻小说丛书，但所有的这些最终又被取消。例如，霍根海姆（Hohenheim）计划出版由阿波斯和沃纳·法赫斯（Werner Fuchs）编选的15卷精装丛书。这套书是科幻小说的编年史，其中选取了优秀作家的优秀作品，可惜只有6卷问世。80年代之后，科幻出版出现了严重的萎缩。如今只有黑恩、古德曼和巴斯梯-卢比（Bastei-Lubbe）保持着竞争。

不像英语系的国家，德国没有以杂志为基础的短篇故事的出版传统。在德国一直有一个幻想性的杂志《紫色花园》（*The Orchid Garden*）。但直到20世纪50年代，才出版了首批科幻杂志《乌托邦杂志》（*Utopia-Magazin*，共26期）和《银河》（*Galaxis*，共15期）。后来多数小出版商尝试创办杂志，但都以失败告终。即使《佩利·罗丹》也并没有实现由每周一期的通俗小手册到杂志的转换。其他杂志形式的出版物是《彗星》（*Comet*）、《2001》、《星星科幻》（*Star SF*）和一个德语版的《万象》（*Omni*），但所有刊物最后都以失败告终。

在德意志民主共和国中，大量的科幻译作来自苏联和其他社会主义国家，西方国家的科幻作品几乎不出版，而西方的成人幻想作品则完全没有出版过。德意志民主共和国科幻小说也有少量的平装本，大多数书籍是由新柏林（Das Neue Berlin）出版社出版的精装本，以及其他出版社出版的通俗小册子。仅仅在后几年，科幻小说这一术语才被使用。埃克哈德·拉德林（Ekkehard Redlin，1919— ）作为该社编辑，对德意志民主共和国的科幻产生了重要影响。后来的奥拉夫·R. 斯皮特尔（Olaf R. Spittel）和埃里克·西蒙在科幻的背景或场面方面有巨大影响。这两个人在《德意志民主共和国的科幻：作品和作家：词典》中撰写了德意志民主共和国科幻的概念和意义等方面的百科全书。西蒙也为新柏林出版社做过编辑，并编辑《光年》（*Lightyear*，共5卷）。这是个年刊，其中有故事也有评论。

在文字媒体之外，电影媒体也介入了科幻事业。德国的科幻电影在无声电影时期就已经有了一个好的开始。德国电影工业一直持续到20世纪30年代，科学幻想和奇异幻想的主题很流行。相比之下，第二次世界大战之后，德国科幻电影整体令人失望，获奖相对很少。

（胡俊）

第三节　俄文科幻的发展

俄语系科幻历经"俄罗斯帝国—苏联—俄罗斯联邦及前苏联疆域"这样一个历史链条，形式和内容发展变化极大。但总体来说，其风格和激情一脉相承，并对东欧科幻以及新中国早期科幻有着极大的影响。

一、苏联之前的俄文科幻发展

早在18世纪末，俄罗斯就出现了如瓦里·雷沃夫欣《最近一次旅行》这样的星际飞行作品。此后，出现了一批乌托邦小说，如普林斯·米哈伊尔·舍谢尔巴托夫的《奥菲之旅》（也被翻译成《奥菲尔土地》，1785手抄本开始流传，1896正式出版）、奥杜耶夫斯基的《4338年：彼德堡书信》、齐科列夫的《既非事实也非幻想》。而亚历山大·库普林和亚历山大·波格丹诺夫则在20世纪初就预见了革命的到来，波格丹诺夫的火星人乌托邦小说《红星》就是一个例子。

然而，真正开创俄罗斯科幻文学的作家，还是康斯坦丁·齐奥尔科夫斯基。齐奥尔科夫斯基本是一位自学成才的医生兼数学家，他还是俄国宇航事业的先驱，他的名言"地球是人类的摇篮，但人类不能永远待在摇篮里"，激励了后来无数献身航天事业的科研工作者。齐奥尔科夫斯基创作科幻的动机与其说是喜爱，毋宁说是无奈。当时俄罗斯有关机构认定宇航是一件难以实现的事情，禁止在学术刊物上进行讨论，并拒收有关宇航的论文。于是在学术界碰壁之后，齐奥尔科夫斯基不得不把发表渠道转向科幻小说。他自1878年起开始创作科幻小说，但几乎没人愿意出版。多年以后，他的科幻处女作《在月球上》发表于莫斯科《环球》杂志。之后他又创作了著名的《宇宙在召唤》和《在地球之外》。齐奥尔科夫斯基一生出版了3部长篇小说和4部作品集。《在地球之外》讲述了一个国际科学家团体建造宇宙飞船并进行第一次宇航飞行，最后实现了一个庞大的太空移民计划的故事。遗憾的是齐奥尔科夫斯基过于迷恋技术细节的逼真，导致作品缺乏文学色彩，情节也不够生动，除了科学家没有读者爱读。

二、苏联前期的科幻发展

苏联科幻小说从它产生开始，就展现出多元化的特征。叶夫根尼·扎米亚京于1922年创作了长篇小说《我们》，这部作品被西方称为"恶托邦三部曲"的第一部。扎米亚京本是一名造船业的工程师，参加过1905年的革命活动，加入布尔什维克并两度被捕。十月革命前后，扎米亚京写过很多幻想与现实交织的作品，对苏维埃文学产生了巨大的影响。

《我们》最早创作于1920年。作品并没有强调故事一定发生在未来，甚至设定在过去一千年的某个时间（一种虚拟的"过去未来"）。故事的地点是"单一国"，一个在数学上接近完美的社会。由于它过分完美，自然也就扼杀了个体的自我。在这个社会中，所有人的生活和情感都要被"我们"统一进去。每一名成员都处于总管"恩人"的监视之下，虽然偶有少数叛逆者，但很快就会被处死。小说选取的生活片段讲述了"单一国"正在建造宇宙飞船"美满号"，并试图将这种数学般精确的幸福带给其他星球。负责研制飞船的负责人D-503无意中爱上了一名奇怪的妇女I-330，而分配给他的性对象却是O-90……当一年一度的"全场一致日"到来时，大家要投票选举新的"恩人"。D-503与多数人投了赞成票，但他发现包括I-330在内的几千人投了反对票。为此I-330受到追杀。D-503救出I-330，并带着她抢夺飞船，准备逃离，但不幸事发被捕。"恩人"告诉D-503，叛逆者之所以需要他，只是因为他懂得飞船而已。于是D-503开始动摇，接受了手术，出卖了同伴。I-330经过拷问被处以死刑，而早已失去情感的D-503目睹这一切却无动于衷，并认为这是理性的胜利。

由于作品与苏联当时社会的主流意识形态不符，《我们》于1924年首先在国外出版了英译本。这使作家在国内的处境恶化，他不得不退出苏联作家协会。1931年，被禁止写作和出版的作者上书斯大林要求出国，经高尔基斡旋得准。抱着爱国热情流亡法国的作者于1937年客死巴黎。而《我们》一书直到20世纪80年代才在苏联解禁。

几乎在同一时间，著名诗人马雅可夫斯基的剧本《臭虫》也采用了科幻手法。故事讲述了一个冷冻保存生命的故事。在小说中，主人公于50年后（1979年）醒来，此时他发现苏联已经建立起了共产主义。遗憾的是，这位来自旧时代、向往美好社会的工人阶级的一员，却无法在完美的共产主义社会生活。他被当成怪人放入动物园供大家观赏，最终还死于酗酒。

米哈伊尔·阿法纳西耶维奇·布尔加科夫是一位医生兼剧作家。十月革命前曾应征入伍，1919年开始文学创作，撰写过《白卫军》（根据该书还改编为剧本《图尔宾一家的日子》）、《魔鬼纪》、剧本《佐伊卡的住宅》、《逃亡》、剧本《红岛》、《大师和玛格丽特》等。布尔加科夫的许多作品充满了讽刺和想象力，在《大师和玛格丽特》的众多场景中就有月球。他的重要科幻小说包括《不祥的蛋》和《狗心》两部。其中《不祥的蛋》用荒诞的情节描写了"官僚主义、好大喜功和玩忽职守"的科学工作者如何将生命之光变成死亡之光。而《狗心》则是人狗之间的器官转移导致的互变，成人之狗还参加了社会政治活动并期望与人结婚。布尔加科夫的一生颇受政治影响，斯大林还曾经直接与他联系，但他的多数作品都无法得到正常出版和公演。

虽然上述三位作家从不同侧面表达了这样一种观点：即便是社会主义（甚至是共产主义）社会，如果管理得不好或基本追求出现了问题，也会使人窒息，但更多苏联科幻小说还是沿着社会主义现实主义的道路发展起来。例如，创作过《保卫察里津》《彼得大帝》《苦难的历程》等名著、曾获斯大林奖的著名作家阿历克谢·尼古拉耶维奇·托尔斯泰（也称"小托尔斯泰"）就创作过《阿爱里塔》和《加林的双曲线体》两部科幻小说。《阿爱里塔》描述了一个对现实有些灰心的苏联红军到火星上去发动革命的故事。而《加林的双曲线体》则是在资本主义社会从事"红色侦探",以弄清敌人正在制造大规模杀伤性武器详细计划的故事。

20世纪30年代后,苏联科幻文学又有了新的发展,多为反映苏联社会主义建设成就的作品,如纳·格林勃涅夫的《北极记》、格·阿达莫夫的《地下资源的征服者》等。在这一时期真正引起读者广泛兴趣的作家包括别利亚耶夫、奥布鲁切夫、叶弗列莫夫和卡赞采夫几位。

亚历山大·别利亚耶夫生于斯摩棱斯克,自幼酷爱科幻小说,同时迷恋奇幻作品,学习过法律和音乐,十月革命后从事儿童工作。他在童年时代渴望飞行,曾以一种孩子式的幼稚从房上纵身跳入空中,其后果是他卧床三年,几乎瘫痪。于是他开始阅读和写作。他阅读了很多拉丁文医学和生物学书籍以及各种刊物,同时走上科幻小说的创作之路。别利亚耶夫自1925年发表长篇科幻小说《陶威尔教授的头颅》,到逝世的15年间共创作17部长篇科幻作品,包括《水陆两栖人》、《康采星》(又译为《康艾奇星》)等。别利亚耶夫的作品有两个重要特点,一是关注社会现实,二是科技细节真实。《陶威尔教授的头颅》幻想了人的头部移植,《水陆两栖人》描写科学家在人体移植鲨鱼鳃,探讨了人类重返第二故乡海洋的可能——这是世界上第一本有关水陆两栖人的作品。《跃入苍穹》《空气船》《盲目的飞行》以及《康采星》,则是基于齐奥尔科夫斯基的研究成果而写成的航天科幻。在《跃入苍穹》中,别利亚耶夫描写了革命后贵族们逃往宇宙的丑态,《空气船》则完全是以齐奥尔科夫斯基的研究为科学基础。在《康采星》中,作家干脆以齐奥尔科夫斯基的姓名缩写来命名这颗人造地球卫星。齐奥尔科夫斯基在读过这些作品之后曾写信给别利亚耶夫:"有一些人从事设想和计算,另一些人很好地证明了这些设计,而第三种人用小说的形式把它叙述出来。这些全都需要,全都可贵。"这无疑是相当有见地的意见。

别利亚耶夫深受凡尔纳的影响,写作技巧也很高明,具有独创性。苏联评论界称其为"第一个也是最好的苏联科学小说作家"。1963年,苏联出版了别利亚耶夫作品集(8卷),印数达20万册,但有关世界革命的"红色侦探"主题则被删除,因疑有托洛茨基的观点。

符拉其米尔·阿法纳索也维奇·奥勃鲁契夫创作的《萨尼科夫发现地》(也译为《普鲁东尼亚》)是一部到存留的史前世界探险的小说。据作者表示,这个作品从1913年就已经开始构思，但十月革命之后才完成。小说取得了成功，并唤起了人们对古生物学的许多向往。作者系苏联地质学家和地理学家、苏联科学院院士，以研究西伯利亚和中部亚细亚的地质和地理而著名，著有《西伯利亚地质研究史》《地质学原理》和《矿床学》等学术著作，因而其所创作的科幻小说极具科学性。但作者提出的科幻必须合乎情理且具有教育意义的观点，影响了整个苏联科幻评论界。据悉，作者还在作品中嘲讽了凡尔纳和柯南·道尔，但他的小说的确很像道尔的作品《失落的世界》。

伊·安·叶弗列莫夫是一名生物学博士、古生物学家，以发掘戈壁沙漠中的恐龙遗骸而著名。第二次世界大战末期，叶弗列莫夫在探险中不幸患上热病，健康受到严重损害，不适合再去探险，因此转写科幻小说。叶弗列莫夫的科幻小说以短篇为多，并颇有建树。他在1944年发表了第一部短篇科幻小说《五个象限角》之后，写有不少长篇，其中还包括古代小说和探险小说。1957年叶弗列莫夫在《青年技术》上发表《马醉术》（1959被译成英文），开创了弗拉基米尔·加科夫等人在《科幻小说百科全书》中所称的苏联科幻小说黄金时代。

叶弗列莫夫的名著是长篇小说《仙女座星云》（也译为《安德洛美达星云》，梗概见第二编第六节）。在《仙女座星云》出版两年之后，叶弗列莫夫又出版了可以看作其续集的《巨蛇座的心脏》。此外，作家还写有《剃刀边缘》《公牛的末日》等作品。

阿·卡赞采夫是一位著名科幻作家，早年曾在工业部门工作，领导过科研所。他的作品很多，代表作有《熊熊燃烧的岛》《北极桥》《水下太阳》《太空神曲》等，被译成20多种文字。其中《太空神曲》以史诗般的笔调描写了人类探索宇宙空间的壮丽航程。

杂志的推波助澜对苏联科幻文学起到了极大的推动作用，这包括1924年创刊的冒险杂志《星际战争》、1925年创刊的《世界探索者》以及后来创刊的《青年技术》。《青年技术》在1957年翻译发表了美国科幻作家埃德蒙·汉密尔顿的科幻小说，后来也一直坚持本土作品和译作并举的政策。

除了上面几位作家，亚历克山德罗·伊凡诺维奇·萨利莫夫也撰写了大量短篇，被收入《发出轰鸣声响的裂缝的秘密》《当屏幕沉默的时候》《土斯卡洛拉的秘密》《捕捉恐龙的猎手》《长生不老的代价》《奇怪的世界》《通向无穷之窗》《最后一名亚特兰提斯人的归来》等文集。

安那托里·德聂泊罗夫是一位数学家，1941年毕业于莫斯科大学物理系，曾在苏联科学院工作。1958开始发表科幻小说，他的作品非常具有硬科幻风格，而且幻想大胆。《麦克斯韦方程》写的是纳粹残余利用心理刺激开设智能公司的故事，小说惊险深刻，科学设想神奇。《长生不老的公式》探讨生死问题，写得浪漫美好。《在我消逝的世界里》则是有关经济学的科幻小说。他的作品还包括《泥神》《蟹岛》和《紫红色的木乃伊》等。《泥神》讲述的是美国人如何培育一种不怕死的士兵的故事。《蟹岛》则与数学有关。一些西方学者，还用它进行科学传播方面的试验，并得出科幻小说一点也不比科普读物在传播科学方面效果差的结论。

除了上述作家的作品，甫·伊凡诺夫的《原子能受我们的支配》、格·阿达莫夫的《领主的放逐》、弗·康迪巴的《火热的大地》、甫·聂姆采夫的《金矿》，以及伐·奥霍特尼柯夫的《探索新世界》和《深入地下的道路》等也极具传播效果。庚纳琪·萨莫依洛维奇·戈尔善于在科幻中表现哲学主题。作品包括《库姆比》《黏土制的巴布亚人》《流浪者拉尔维夫》《几何之林》《雕像》《魔路》等。

三、苏联后期的科幻发展

此期虽然少有建树，但苏联科幻小说仍然在既定的方向上稳步发展。这一时期，一些科幻小说还被拍成电影，导演安德烈·塔可夫斯基（Andrei Tarkovsky，1932—1987）为此做出了很大贡献，其作品《索拉里斯》（又译作《飞向太空》1972）、《潜行者》（改编自《路边野餐》）等颇负盛名。但是，长期的经济停滞，导致了国内矛盾重重。在这一阶段，苏联科幻发展出一个新的方向：以往粉饰太平和歌功颂德性的小说，再次让位给讽刺性和思考性的作品。在此期间，最著名的作家当推斯特鲁伽茨基兄弟。

斯特鲁伽茨基兄弟的确是一对同胞，多年以来，他们合作创作科幻小说。哥哥阿卡迪·斯特鲁伽茨基（Arkady Strugatsky）生于格鲁吉亚的巴统，曾在苏联军队服役12年，其中包括第二次世界大战的几年；1949年在外语学院取得日语和英语双学位，1959—1964年在莫斯科担任编辑，直至成为专业作家和翻译家。弟弟鲍里斯·斯特鲁伽茨基（Boris Strugatsky）生于列宁格勒（圣彼得堡），在列宁格勒大学获天文学学位；1956—1964年在普尔科夫斯卡亚天文台身兼数职——天文学家、天体物理学家和计算机数学家，之后成为专业作家。在1964年进入专业写作时，斯特鲁伽茨基兄弟已出版了6部科幻小说。

斯特鲁伽茨基兄弟的创作基本上可分为5个阶段。第一阶段撰写乐观的未来历史。作品包括最初的《紫云之国》《正午：二十二世纪》《太空学徒》等，并开始形成自己的风格。第二阶段撰写乐观中显出阴影的作品，包括《遥远的天虹》《神仙难为》等。在小说《神仙难为》中，主人公鲁马塔是历史实验学院的毕业生，被输送到几千年前去考察历史，研究社会发展情况。当时的帝国日衰，爆发内战，鲁马塔虽历经艰险，仍无法改善人民的生活状况，历史仍依其规律发展。第三阶段刻意揭露与讽刺。作品包括《周一从周六开始》《斜坡上的蜗牛》《三套马车的故事》《路边野餐》等。第四阶段强调反抗专制。作品包括"马克西姆三部曲"——《权利的囚徒》《蚁巢里的甲虫》《时间漫游者》，以及《丑陋的天鹅》和《明确的也许》等。第五阶段属于开放时期的创作。作品包括《瘸腿的命运》《注定灭亡的城市》《为邪恶所累，或四十年后》等。此外，斯特鲁伽茨基兄弟的作品还有《六根火柴》《天堂最后一环》《巨变》《逃亡的企图》《巡视员难题》等。其作品有200种版本，在20多个国家均有译作。斯特鲁伽茨基兄弟的作品讽刺性强，有果戈理的文风，小说《火星人第二次入侵》讲述了仅仅使用谣言，火星人就统治了整个地球。这些文字甚至比威尔斯更加深刻。应该说两兄弟的作品重拾了俄国文学的讽刺传统，也回到了早期苏联科幻小说尖锐反映社会生活的道路。在戈尔巴乔夫上台并进行所谓的政治和经济改革期间，复苏了许多老作家被埋藏多年的作品。这一时代，布尔加科夫和扎米亚京的作品获得了出版。但科幻新作却没有产生。到苏联解体之后很久，苏联科幻小说仍然没有从巨变中复苏。在这一时期，比较著名的俄文科幻作家是季尔·布雷乔夫（Kir Bulychov）。

布雷乔夫原名伊戈尔·福谢沃洛多维奇·莫热依科，生于莫斯科。大学专业是外语，曾在缅甸工作多年，后在莫斯科东方研究院工作。发表过不少科学论著，获地理学博士。近30岁时得女阿莉莎，于是开始以"季尔·布雷乔夫"

的笔名发表科幻小说，塑造了小姑娘阿莉莎的生动形象。早期作品收入《地球女孩外星历险记》，此外还有《一百年以后》《一百万个冒险》《烦躁》等作品，很多作品被拍成电影和电视剧。其中少儿作品包括《古斯里阿尔的惊奇故事》《男人本色》《夏日的早晨》《关隘》等。

小说《一百年以后》是一部具有奶油醇香的儿童科幻作品。说它具有奶油香味，是因为作品中的儿童情趣浓厚，把100年后的未来，写得像彩虹一样绚丽斑斓。无论从科幻文学的角度还是从儿童文学的角度，布雷乔夫的作品都具有经典性。从科幻文学的角度看，作者没有极力去注释科技的发展，而是真正根据文学的规律将科学所能展现的未来转换成弥漫的视觉空气，一层层地将小读者包围起来。那些在其他科幻作品中震撼人心的发明，在布雷乔夫的作品中却像是衣服和食品一样，随意放置在孩子们的上下左右，让他们举手投足便可以触及。这样的未来，不是那种充满了发条、齿轮和"实验室爆炸"的未来，而是真实存在的、需要学习和适应的、凡尔纳式的未来。从儿童文学的角度看，这个故事清晰地分成两个部分：第一部分写一个超越时间到达未来的小孩如何看到了100年以后的俄罗斯，第二部分写未来世界的女孩阿莉萨回到当代的奇遇。小说把不同时代的儿童心态放在100年标尺的两头，再让这两头相互闭合，形成一个回路。在一切的一切不同之后，唯有童心能够连接历史和未来。

布雷乔夫的多数作品都是以阿莉萨这个小姑娘为主人公展开的。阿莉萨是个未来的姑娘，她开朗、顽皮、适应性极强。她对各种规则和要求具有强烈的突破性，期望永远打破这些束缚人类的条条框框，期望心灵能够更加直接、毫无障碍地交流。为了自己的朋友能到外星球去看节目，她可以将整整一个班的同学全部藏进超载的货运小飞船。为了拯救各个星球的动物，她不惜违反星际之间不可进行生物交流的法律……爱心是布雷切夫小说的核心，而在未来，宇宙中将充满爱心！

在整个苏联解体的前后，布雷乔夫一直占据着苏联科幻文学主播。除他之外，还有亚历山大·格雷莫夫、瓦西里·戈洛瓦乔夫、弗拉基米尔·瓦西里耶夫等。这些作家多数在苏联时代成长起来，所以创作模式仍然受苏联模式影响。

四、世纪之交的俄文科幻发展

1991年，苏联正式解体，俄国社会受到了空前震撼。一元化思想被多元化所取代，商业法则重新建立，导致了出版机制的改观。同年，阿卡迪·斯特鲁伽茨基逝世。这位伟大俄文科幻作家曾为诸多有天赋的年轻作家提供帮助与指导，他的离世是俄文科幻界的重大损失。在这巨大的悲痛之中，俄文科幻并没有一蹶不振，而是犹豫着前行。

20世纪90年代以来取得巨大成就的俄文科幻作家首先要数谢尔盖·卢基扬年科 （Sergei Lukyanenko，1968— ）。他1968年生于哈萨克斯坦，毕业于喀山医学院。学生时代就曾经参加过科幻活动。20世纪80年代末他开始专业创作，先在《实验与真理》等科普杂志上发表中短篇，其中《四十岛骑士》和《原子梦》等获得了当时科幻界的认可。早期卢基扬年科的风格类似海因莱因，随后开始形成自己的独特风格。《映像迷宫》（*Maze of Reflections*，中译本《幻影迷宫》）在网上流传后，大受欢迎。小说是后网络时代的一个启示录，探索是否应该打破网络，重返人类生活的主题。

亚历山大·图灵（Alexander Tyurin）写作的《坠落地球》是俄罗斯科幻文学中第一部真正意义上的突破性反美学作品，文本中充斥着隐喻与意象，他写作的赛博朋克并非传统的朋克，而是被他自己称作"神秘技术惊悚"（mystic techno-thriller），他将对《奥德赛》《尤利西斯》《叶甫盖尼·奥涅金》的喜爱融入自己书中。

另一位在20世纪90年代初出道的闪亮新星是亨利·莱恩·奥尔迪（Henry Lion Oldie），这个笔名背后其实有两位作家，迪米特里·格罗莫夫（Dmitry Gromov，1963）和欧莱格·雷迪赞斯基（Oleg Ladyzhensky，1963），均是目前生活在乌克兰、以俄文写作的作者。他们的代表作包括系列小说《剑之路》《英雄孤单》《饿目深渊》等，大多可以看作奇幻小说。

五、21世纪的俄文科幻发展

21世纪之后，一群在20世纪70年代中期至80年代出生的年轻作者开始进入公众视野，但直到2007年，他们还没有什么突出的表现，不足以形成新一波俄文科幻浪潮。2007和2008两年之间，情况大为改观，两本很有价值的选集出现了：《预感第六波》和《彩色的日子》。这一时期涌现的作者被称为俄文科幻的"第六波"。《预感第六波》一书中选入的作者在选集出版时年龄都在25~35岁。值得注意的名字有：卡琳娜·夏妮安（Karina Shainyan）、德米特里·柯罗丹（Dmitry Kolodan）、伊万·瑙莫夫（Ivan Naumov）、亚历山大·希拉夫（Alexander Silaev），等等。他们聪明，对读者有吸引力，渴望创造出与过往不同的文本。《彩色的日子》则收入了31位作者的故事，作为俄文科幻年轻作者的一次成果展示，由谢尔盖·卢基扬年科作序，题为《代际网》。

21世纪以来的俄文科幻杂志有：《星路》，专注于俄文科幻和奇幻；《魅影》，试图将科幻打造成新的审美时尚，但是在2001年出版第4期后便因无法盈利而停刊。2002年，由鲍里斯·斯特鲁伽茨基创办和主编的《正午，二十一世纪》出版。该杂志的名字是由斯特鲁伽茨基兄弟的《正午，二十二世纪》而来。杂志在圣彼得堡出版。该刊物出版到2007年5月，双月刊。2003年9月，俄文杂志《幻想世界》创刊，一开始每期杂志只有80页，2004年起扩容为126页，而后又增加到140~180页。与其他俄文科幻杂志主要关注文学不同，《科幻世界》也关注影视、动漫、游戏等，并随刊附赠CD，2005年3月开始附赠DVD。如今，这本杂志已是俄罗斯联邦最大的科幻杂志。《矮胖3》杂志虽早在1995年就曾出现，但只是一本同人刊，自2003年起它开始作为专业杂志出版，发表来自俄罗斯、乌克兰、美国和其他国家的俄文作者写作的科幻、奇幻、恐怖故事，也有关于科幻活动的报道、科幻名家的故事、散文和诗歌、新人处女作等，标准容量是160页。杂志曾获欧洲科幻协会颁发的"最佳同人刊"奖项。

21世纪以来，电影业和电影发行的复兴使得新的俄文电影电视开始涌现，但直到2000年之后才有高质量的电视剧出现。《月之暗面》（俄罗斯版本的《火星生活》）、《天堂庭院》、《第五护卫》、《船》、《黑暗世界：平衡》都是一些不错的剧集。这一时期值得注意的俄文科幻电影包括2005年的电影《捷足先登三十年》，该电影是为数不多的在威尼斯电影节斩获奖项的科幻电影。2006年康斯坦丁·罗普尚斯基（Konstantine Lopushansky）执导的《丑小鸭》根据斯特鲁伽茨基兄弟的小说改编，是俄文电影中并不常见的社会启示录主题。2008年的《人烟之岛》是又一部根据斯特鲁伽茨基兄弟小说改编的电影，《新地球》则是采用好莱坞演员拍摄的恶托邦影片。2009年，季尔·布雷乔夫的小说《阿莉莎的生日》被改编成动画电影。2013年，斯特鲁伽茨基兄弟的又一部小说《上帝难为》被改编成同名电影。可以说，新世纪的俄文科幻，在出版、影视等领域都出现了繁荣迹象。

（星河、王侃瑜）

第四节 意大利文、荷兰文、西班牙文、葡萄牙文科幻的发展

一、意大利文科幻的发展

（一）起源和简史

意大利的主流文学深受古罗马精神财富的影响。由于很晚才实现工业化，传统文化向现代文化的转变又发生得比较迟缓，因此，科学和文学两个领域存在着根深蒂固的分歧。人们会发现，在意大利，主流文学与科幻小说之间的鸿沟比欧洲其他地方的都要更宽更深。令人欣慰的是，在意大利的文学传统中幻想类文学一直非常兴盛，这为意大利科幻小说的产生和发展提供了肥沃的土壤。

谈论意大利的幻想文学，不能不提到但丁（Dante Alighieri）的《神曲》（1304—1320的手写本）。虽然把阅读《神曲》看作一种科幻冒险并不是很恰当，可但丁的确用神学的寓言创造了一个极其真实的世界，其中有关地狱和天堂的描写被当时的人们深信不疑。马可·波罗（Marco Polo）也是应该提到的一个作家。他根据自己在印度、中国、日本旅行的经历写就的《马可·波罗游记》，更容易被认为是原初的科幻小说。读者深深地被文中的内容所吸引，感觉就像

是凭空臆造出来似的。它同时也是中西文化的首次碰撞与结合。后来，卡尔维诺在其《看不见的城市》中，将马可·波罗的作品重新改写，使之成为一个神秘而迷人的超现实城镇，其中蕴含着无尽的想象。

秉承幻想文学开创的道路，意大利文学传统中，以奇异旅行和描绘乌托邦前景为题材的作品极大地促进了这种文学形式的发展，而这种形式最终并入了科幻小说。

文艺复兴时期，由卢多维科·阿里奥斯托（Ludovico Ariosto）创作的诗歌《疯狂的奥兰多》，虚构了有关查理曼大帝和他的骑士们的历史故事。诗中描述男巫阿特兰特的宫殿是一个被施了魔法的地方，在那里，心愿无法实现而且还充斥着痛苦的幻觉。骑士阿斯特洛夫，骑在会飞的鹰头马身的怪兽身上飞向月亮，在那儿他游览了一个巨大的山谷，在这块土地上，梦想被遗忘，热情被废弃。

一个世纪之后（17世纪），哲学家托马斯·康帕内拉（Tommaso Campanella）创作了《太阳城》，这是当时乌托邦文学的一部力作。作品中的乌托邦世界直接源于柏拉图的政治观念。例如，那个世界废除了私有制，男性共同拥有一切。他们的信仰是大自然，而不是耶稣基督。

18世纪是个理性的时代，而且也是对外部世界有着浓厚兴趣的时代。意大利文化中表现出对斯威夫特（Swift）的《格列佛游记》中体现的讽刺、幻想之狂热。威尼斯裔亚美尼亚人扎卡里亚·塞尔曼（Venetian-Armenian Zaccaria Seriman）是斯威夫特的众多效仿者之一，他在《恩里科·万顿到南半球未知世界以及到猴子国和狗头人国的旅行》中栩栩如生地描述了一个英国英雄万顿的奇异旅行。贾科莫·卡萨诺瓦（Giacomo Casanova）的长篇小说《伊索卡莫隆》尽管在法国出版，但仍然有部分是在意大利起草创作的。这部作品内容广博，而且蕴含了丰富的科学与哲学沉思。它营造了一个众所周知的幻想世界：两个年轻的主角（哥哥和妹妹）发现了一个地下世界，在这里生活着大利特尔人，他们过着整体上协调一致的生活。

19世纪的工业和科学巨变，并没有给意大利浪漫主义文学带来重大影响。事实上，当时意大利争取民族独立的斗争是文学关注的重点。直到1861年，这场斗争取得胜利之后，才开始出现一些幻想未来的作家。因此，在意大利，没有与《弗兰肯斯坦》相对应的作品。这一阶段中，伟大的意大利浪漫诗人贾科莫·莱奥帕尔迪（Giacomo Leopardi），受到伽利略的启发，探讨了科学和文学想象之间的关系，并在他的小歌剧《作为道德故事帕特里特·格雷夫》中作出了表达。其中，最令人着迷的场景之一，就是解剖家范德雷克·瑞斯特和他的木乃伊之间的对话。

尽管意大利没有出现儒勒·凡尔纳和威尔斯式的人物，但是在19世纪末20世纪初，一种非凡的到未来旅行的亚文化出现了。保罗·曼特加扎（Paolo Mantegazza）在他的作品《3000年：一场梦》中展示了一个乌托邦。最受欢迎的作家埃米利奥·萨尔加里（Emilio Salgari）出版了未来故事《2000年的奇迹》。在这一时期，既有哥特式风格又拥有奇妙和古怪色彩的幻想小说，比语言华丽且具有认知特点的类型科幻更能吸引现代的意大利读者。马斯摩·邦滕佩利（Massimo Bontempelli）在德·基里科（De Chirico）的画作影响下撰写了《最后的夏娃》。其中的幻想特征也非常明显。迪诺·布扎蒂的短篇故事所描写的幻想世界，以及小说《鞑靼荒漠》中的废弃堡垒，也同样体现了幻想特征。

在第二次世界大战之后，真正意义上的科幻小说在意大利终于出现。这种科幻小说在意大利分别沿着"类型科幻"和"非类型科幻"两条道路发展。前者深受"美英科幻模式"的影响，形成了稳定的创作范式；后者被主流作家所利用，为意大利科幻小说带来了伟大的成就。

20世纪50年代，美国科幻小说开始进入意大利。1952年，第一本意大利科幻杂志《科学幻想小说》面世。1953年，阿诺德·蒙达多里（Arnoldo Mondadori）出版了科幻小说系列《天文浪漫曲》，这一系列由乔治·莫尼切利（Giorgio Monicelli）主编（意大利文中的"科学幻想小说"一词就是他发明的）。在随后的十多年里，科幻小说飞速发展，出现了71种不同的科幻小说系列和20种科幻小说杂志。这些杂志中有《未来》《伽马》《机器人》等，不过都昙花一现。除《未来》以外，其他杂志还严重依赖美英作品。出版商热心的多数小说已经被"美英科幻模式"严重影响。它们并不能代表意大利。甚至是在今天，一些更年轻的意大利作者，尤其是那些主要出版机构（如20世纪90年代意大利最大的出版商埃迪特里斯·诺德）塑造的作家，仍旧是传统美英科幻小说的追随者，如路易吉·门吉尼（Luigi Menghini）和维托里奥·卡塔尼（Vittorio Catani）。

随着对英美科幻的接受，更多意大利风格开始产生。这种风格重视心理上的洞察、对他者给予人性化的理解以及带着怀疑的态度。对技术的胜利也喜欢进行道德上的深入探索。里诺·阿尔丹尼（Lino Aldani）是一个成熟而又诙谐的作家，他的《第四次元》（*Fourth Dimension*）很好地体现了作者本身的风格。他与山特罗·山特里尼（Sandro Sandrelli）、因塞罗·克雷马斯基（Inisero Cremaschi）、吉尔达·穆萨（Gilda Musa）等都是值得提到的作家。他们四人曾在《未来》（1963—1964）每月一次的"精妙评论"中合作过。到了20世纪六七十年代，使用公式化策略的其他小说家还有罗贝塔·兰贝利（Roberta Rambelli）、乌戈·乌拉古蒂（Ugo Malaguti）、詹尼·蒙塔那里（Gianni Montanari）、罗伯托·瓦卡（Roberto Vacca）等。其中罗伯托·瓦卡是少数具有科学背景的作家之一。他的著名作品包括《机器人与牛怪》。维托里奥·库尔托尼（Vittorio Curtoni）也是这些作家中的一员，他写了一部意大利科幻小说史《未知的边界》，为现代意大利科幻提供了一段广博丰富的历史。

20世纪80年代，一批年轻的女性作家进入创作领地，她们的出现使科幻小说的国际化发展得到了巩固。达尼埃拉·皮耶加（Daniela Piegai）或许是这些女作家中最出色的一个。她在《不属于我们的世界》中创造了一个技术版本的卡夫卡式城堡，那里的居民被迫陷入了时间的旋涡，不能回到外面的世界。

除了上述受美英科幻影响的"类型科幻"以外，当代意大利"非类型科幻"也发展得非常出色。一些战后的优秀小说家，他们在处理科幻主题和象征关系方面，已经展现出了十分新颖独到的想象力。这些人通常被视为主流作家。托马索·兰多尔菲（Tommaso Landolfi）在《坎赛女王》中撰写了疯狂者的宇航经历。普里莫·莱维（Primo Levi）在《自然故事》中用讽刺的手法探究了科技进步所带来的后果。美国电影《第六日》的部分内容就是来自它。在盖多·摩尔斯里（Guido Morselli）的《人类的消逝》中，一个孤独的幸存者漫步在杳无人迹的地球上，过着一种奇异的自毁性的生活，在这里，人类已突然间消失不见，他只能生活在孤独中。安伯托·艾柯（Umberto Eco）可能是最著名的作家，他的《傅科摆》等几部作品都充满了科学想象和科学历史。伊塔洛·卡尔维诺（Italo Calvino）的名声就更加不用提了。他创作了多部科幻作品，但从来不喜欢别人称他为"科幻作家"。他在小说集《宇宙奇趣》中建构了复杂的网状世界，巨网中充斥着科学寓言和科学神话。

当代意大利"非类型科幻"对神学和宗教主题表现出一种困惑和不解。在《听，以色列！》中，乌戈·鲍那内特（Ugo Bonanate）建构了一个替代的世界。在那里，犹太教是西方唯一的宗教，早期的基督教团体已被铲除，而《福音书》在被一组国际学者惊讶地发现之前，一直被埋藏在一个秘密的地方。

（二）主要作家及作品

1. 迪诺·布扎蒂

迪诺·布扎蒂，意大利作家、新闻记者。1906年10月11日生于意大利北部的贝鲁诺市，幼时移居米兰，之后的大部分时间居住在米兰。布扎蒂于1928年毕业于米兰大学法律系，而他的父亲也是一位国际法教授。他在《晚邮报》供职40多年，曾担任过地方记者、音乐评论版副主编、地方版主编、特派员、战地记者等。

20世纪30年代，布扎蒂以少儿故事作为其小说创作生涯的开端，他喜欢在作品中描写荒诞离奇的事物，如巫术、目击不明飞行物、能接收来自外星的心灵感应的通灵者和魔鬼附体的人。此外，他还擅长通过渲染奇妙恐怖的氛围以及用暗示的手法来揭示存在的荒谬性。他坚信绝望无助与对未知事物的恐惧是普遍存在的，这使他的作品具有一种荒诞性，而且通常在貌似简单的情节之中暗藏着一种焦灼不安的情绪。正是因此，人们将他与卡夫卡相提并论。

布扎蒂的作品采用直接的新闻报道式的语言，手法简练，措辞优雅，这可能和他的记者生涯有关。布扎蒂认为："幻想小说应尽可能地接近新闻写作，一个幻想故事要想给人留下深刻的印象，就要使用最简单明了的语言。"

布扎蒂于1949年到1958年发表的小说被收入小说集《大灾难》之中。这部选集或许是他一生所发行的小说集中最完备也最成功的一本。其中许多故事都是超现实主义的寓言。与标题同名的小说讲述一名旅行者乘坐火车穿行于意大利乡间时，看到了令人恐慌的事件所留下的各种离奇古怪的迹象，然而直到他们快要抵达一个荒废的火车站之前，也没人知道到底将要发生什么大灾难。在后来的选集《不眠之夜故事选》和《塞壬故事选》中，他成功地使一种灾难临近时所产生的幽闭恐惧的情绪得以加强。在这些作品中，世界像蛋壳一样破碎，随后便是无尽的混乱。《鞑靼荒漠》是他为数不多的长篇小说之一，也是确定了他文学地位的重要代表作。故事讲述了一名驻守边关的年轻军官卓柯担心鞑靼人随时可能入侵。他总是一年又一年地遥望着巴斯提尼堡垒北边鞑靼人的国度，一个渺无人烟的荒漠。他追问，到底在这个不友善的建筑物背后，在挡住视线的这些墙壁、避弹室、火药库后面，又是一个怎样的世界？那个北方的国度会是什么模样？这个从来没有人迹的砾石荒漠的真实表现是怎样的……就这样，他的一生都在为这一场永远不会到来的攻击做准备。而直到他死后，战争才渐渐逼近。这部作品可以让人们清晰地感觉到人类的生活正被各种可怕而不可思议的力量所控制。故事中笼罩的那种灾难临近感，在某种程度上也反映了当时人们的恐惧。战争的可怕与残酷对他们而言仍记忆犹新。而今，人类又面临着科学技术、城市生活质量以及主宰我们命运的社会制度本身所带来的种种威胁。小说为布扎蒂赢得了国际声誉。

2. 托马索·兰多尔菲

托马索·兰多尔菲（Tommaso），意大利作家，在佛罗伦萨大学获得意大利语言与文学学位，曾翻译过包括果戈理、托尔斯泰、普希金和陀思妥耶夫斯基等作品在内的名著，还曾经因为反法西斯言论而被捕入狱。他高大、英俊、性格怪僻、沉默寡言，而且常常令人捉摸不透。他拒绝透露个人信息，因此，人们很难找到有关他的生平简介。托马索·兰多尔菲1929年开始从事短篇创作，作品用词简洁，而且使用大众俗语和古语，甚至个别词义多变的字词。作品具有超现实主义以及试验性的寓言风格，他对荒诞与超现实领域的大胆探索不仅使他成为一位小说巨匠，还因此被不止一位评论家称誉为意大利文学"曙光地带"的开创者，被誉为"意大利的博尔赫斯"，堪与爱伦·坡、纳博科夫和卡夫卡相提并论。他还明显地影响了后来的卡尔维诺。他小说的英文选集包括《果戈理的妻子及其他故事》《坎赛女王及其他故事》和《混乱的文字及其他故事》等。其中《果戈理的妻子》讲述了一位作家和他充气式妻子的故事。《坎赛女王及其他故事》描写了一个疯狂的宇航员如何被囚禁在一艘有生命力的恒星飞船中。读者就像跟随作者从容不迫地漫步于一个高级精神病院，穿过一些令人晕头转向、拐弯抹角的小路，突然来到了一片奇境与禁地，科幻的宇宙飞船把这次航行变成了一个自我发现的旅程。小说深刻地概括了兰多尔菲对生存的看法，是对他本人经历的一个总结。《混乱的文字及其他故事》中大部分作品来自《托马索·兰多尔菲精品集》，卡尔维诺还为这个精品集撰写了序言。兰多尔菲除小说外还创作诗歌并写了三个剧本。他的剧本《浮士德1967》于1968年荣获皮兰德娄戏剧奖，《听天由命》于1975年荣获斯特雷加奖。

3. 伊塔洛·卡尔维诺

伊塔洛·卡尔维诺，意大利新闻工作者、短篇小说家、作家。他奇特和充满想象的寓言作品使他成为20世纪最重要的意大利小说家。卡尔维诺生于古巴，童年时就随父母回到意大利，1943年至1945年参加了意大利抵抗运动，战后定居都灵。他从图里诺大学毕业后，得到了文学学士学位，从1947年到1983年一直担任吉利奥埃瑙帝出版社的编辑。1985年，卡尔维诺于意大利锡耶那患脑溢血去世。

卡尔维诺是一位伟大的寓言家。他能在现实生活中的平凡小事里洞察出不平凡，并能从儿童的视角，展现一个充满寓言的世界。在这个想象性的世界里，一切都是荒诞的。但对那些厌倦了现代生活的人，这里缺失维持自我生存的途径。他的作品不仅想象力非凡，还有科学根据。那是一个人们可以幻想也可以理解的世界。

卡尔维诺最早的作品都与他参加抵抗组织的经历有关。他的第一部长篇小说《通往蜘蛛巢的小路》是一个新现实主义小说。此作通过一个未成年人的经历审视了抵抗运动。小说表现了这个少年人面对周围的成年人和一系列事件所产生的无助感。《亚当，午后和其他故事》是他的第一部短篇小说集。20世纪50年代卡尔维诺果断地转向幻想和寓言创作，其中三篇小说为他带来了国际知名度。第一篇《分成两半的子爵》讲述了一个人被炮火劈成两半后，一半身子行善一半身子作恶。此后，他通过与一个农家女子的爱情才合二为一。第二部《树上的男爵》讲述了19世纪一位贵族的传奇故事。一天，男爵决心爬到树上，从此双脚不再沾地。他完全兑现了自己的承诺，并在树上完整分享了他的同胞在地上的所有生活。这篇故事机智地探讨了现实和想象之间的联系和对立，给他带来了巨大的声誉。第三部《不存在的骑士》是一部模仿中世纪骑士小说的作品。卡尔维诺的后期幻想作品有《宇宙奇趣》《看不见的城市》《命运交叉的城堡》和《寒冬夜行人》等。在这些作品中，卡尔维诺采用游戏般的创新式结构和多变的视点，考察了机会、巧合和变化的本质。其中《宇宙奇趣》是创造力的顶峰，它独特的、引人入胜的宗旨是将宇宙进化的理论转变成故事，并从数学公式和单细胞生物中创造角色。小说的叙述者是"Qfwfq"，他在没有声音没有时间的真空里度过了童年。在宇宙大爆炸的火焰中，他玩弄像弹子一样的氢原子，骑在银河上，满天地追着他的朋友"Pfwfp"。后来，作为新诞生的地球青年，他有了同埃尔（Ayl）、利尔（Lll）和瓦德瓦德（Vhd Vhd）夫人羞涩的恋爱。当一架梯子出现在他梦里时，他顺着梯子爬上了月亮。这里，他能观察地球上的洪水，以及地球大气中的第一道彩虹。作为一个有冒险精神的年轻脊椎动物，他从海里移民到陆地上；作为一条最后的孤独的恐龙，他漫步在荒芜寂静的高原上，拼命地寻找自己的归属。最让人惊奇的是，"Qfwfq"还回忆了他曾经是软体动物时的情景，那只是进化的中间环节，他没有眼睛，可却具有眼光。这些数学和诗化想象力的结合，让人无比兴奋。但作者想表达的更深的含义是，无限的时间和空间其实是一个有限生命的瞬间记忆，读者会由此一瞥人类作为复杂巨大宇宙中一分子的极端渺小。

由卡尔维诺编辑的《幻想故事》，分为独立的两卷本，1983年由蒙达多利出版社出版，1977年由兰登书屋出版英文版。这本文集的内容是从许多引人注目的19世纪欧洲和美洲的作者的作品中选出的26篇经典的神秘故事。卡尔维诺为这本集子写了一篇帮助理解的导言，并为每个故事写了吸引人的卷首语。《幻想故事》整理了这种类型作品的发展演变——从它在德国浪漫主义的起源一直到亨利·詹姆斯。卡尔维诺认为，幻想故事是19世纪叙述体作品中最有特色的品种之一。对我们来说，它也是意义最重大的那类作品之一……当我们用今天的眼光去看它们时，这些故事核心的超自然元素无一不带有含义，就像意识中那些被忽略的、被压抑的、被忘记的东西的反抗……在这里我们看到了它们现代性的一面，这也是它们在我们这个时代胜利般复苏的原因。包含在这本文集中的19世纪作家有安徒生、巴尔扎克、安布罗斯·格威纳特、狄更斯、吉卜林、莫泊桑、爱伦·坡、沃尔特·司各特等。

4. 弗朗西斯科·沃尔索

弗朗西斯科·沃尔索（Francesco Verso），意大利著名科幻作家、出版人、《未来小说》（*Future Fiction*）书系主编；多次担任世界科幻大会、欧洲科幻大会和中国科幻大会主宾；出版小说有《继人类》《猎血人》《我，漫游者》等十多部意大利语长篇小说，作品被广泛地翻译成中文、英语、日语、西班牙语等多国文字。

作为欧洲著名的科幻书系主编，从2017年开始，他出版了13部中国科幻集和2本中国科幻图像小说，有些为意大利−中文双语版。这是中国本土之外，全世界范围内，引介中国科幻的范围最大、篇目最多的书系。他在多个方面有力推动了中国科幻的传播，如邀请著名科幻作家和学者吴岩、王晋康、夏笳、陈楸帆、张冉和慕明等参加意大利都灵书展、比萨书展、米兰书展进行系列国际文学活动；在意大利各主要城市如罗马、米兰、威尼斯、锡耶纳组织翻译工坊译介中国科幻作品。他曾十次访问中国，在成都世界科幻大会期间获得中国科幻银河奖。其对中国科幻的广泛推动，使得中国科幻走向欧洲和世界，为中文科幻的国际化作出了突出贡献。他被称为"科幻马可·波罗"，是中文世界以外，主要的华语科幻的传播者之一。

在国际科幻界，弗朗西斯科还是一位理想主义骑士和多元文化捍卫者。他痛恨英语世界的文化霸权，致力于非英语国家科幻的国际传播。面对英美科幻的"霸权"，他有一个独特的理论，名为"白洞理论"——在全球的科幻版图之中有一个"白洞"，制约着世界当代科幻的发展。

白洞和黑洞完全相反，它把所有的一切都排斥在外，没有东西可以进入这个体系之中。他所谓的白洞就是英美科幻，在过去的一百年间不断扩张，以至于垄断了整个行业。比如《哈利·波特》或《权力的游戏》这样的作品，一出版就被翻译成30种不同的语言，在全世界各个地方不断传播，由此得到的经济收入又回笼到英语国家的出版社，致使最受关注的科幻作品一直由英语写作。这些作品的翻译速度非常快，所以率先抢占了市场，人们读到的就只是这些作品，它们在全球的科幻市场上形成了垄断局面。相对于白洞，还有"黑洞"这个词，代表着文化和可能性的流失。所有的东西都会被它吸进去，不会再出来。比如，在美国只有3%是其他文化或者语言的文学翻译作品。

作为科幻作家和编辑，访问全球不同国家，他都会问当地的编辑一个问题：你们引进的作品来自哪一种语言？每次得到的都是同样的答案——英语。这就代表着其他文化和语言的作品被边缘化了。弗朗西斯科始终致力于科幻多样性和多元化发展，认为科幻不能被英语科幻所垄断，多种多样的科幻和未来，应发生在世界各地。外星人不能总是在纽约或伦敦登陆。科幻需要进化出一种能力，要与更多的他者相遇，播撒丰富的未来之种。世界科幻，每一种文化，都应该有自己的未来，都理应保护好自己的未来之种，使其瑰丽灿烂，充满多样性和无限可能。

作为科幻作家和活动家，弗朗西斯科积极推广"太阳朋克"运动（Solar-punk），成为国际上提倡这一科幻思潮或运动的主要组织者之一。太阳朋克是一种集合了科幻小说、艺术、时尚等方面的先锋跨界运动，并试图解答"何为可持续文明"以及"如何才能实现可持续文明"诸问题。这一运动，关注可再生能源带来的工艺、社群及技术等，要求文学上采取积极主动的未来观，对世界发展产生正向影响。太阳朋克运动，对"赛博朋克"中"高技术、低社会"设想作出一种光明回应，为当今世界面临的问题提供了一种思想解决方案。太阳朋克一方面期待一个更光明的未来，另一方面致力于推翻那些阻碍人类走向光明的体系障碍。

"太阳朋克"有两大灵魂，一是"朋克"，二是"太阳"。作家认为，此前出现过朋克思潮和运动，一提到朋克，就会有一种"反文化、反社会"的意味。如果现有的流行文化趋于悲观、以自我为中心，反现有文化就成了一种充满希望和关怀的文化，太阳朋克以正能量努力实现它的目标，是对旧朋克的反叛。而太阳朋克的另一要素是"太阳"。不同于赛博朋克将场景设定在灰暗脏乱之地，太阳朋克的场景多在白天，阳光普照之下，每个人都有平等享受太阳的权利，都是社会重要的一部分。这里的"太阳"还强调清洁能源，它是自然和技术的结合，反对人类以乱砍滥伐、污染和过度发展重工业的行径破坏地球。因此推广仿生学和重视可持续发展，成为太阳朋克运动的显著特点。

作为作家、编辑、传播者的弗朗西斯科·沃尔索，显然超越了文学的维度，正努力把科幻作为一种探测和实践工具，运用到未来的积极铸造中。

（三）意大利科幻圈

在出版方面，1952年第一本意大利科幻杂志《科学幻想小说》问世，但该刊仅仅出版了7期。1953年意大利第一套科幻小说系列《天文浪漫曲》出版发行。1962年意大利开始发行《星际》丛刊。1972年第一次欧洲小说大会在意大利里雅斯特举行，会议推动了科幻小说的市场。1975年科幻杂志《机械人》创刊，其中刊印了大量科幻美术作品。

在电影方面，意大利的科幻电影比小说更倾向于恐怖题材，但一些相当优秀的电影则不会，它们表现关于宇宙大灾难的主题。由保罗·赫尔斯克（Paolo Heusch）执导的《天空燃烧之日》以及由安东尼·道森（Anthony Dawson）执导的《世界之间的战斗》等就是这类灾难电影。由马里奥·巴瓦（Mario Bava）执导的《吸血迷魂》是科幻与恐怖的混合之作，它在某种程度上是《异形》的前辈。利用外国电影成功地拓展自身，也是意大利电影的一种常见现象。《污染》模仿《异形》，而《冷血太保》则从《纽约大逃亡》中吸取了很多。很可能意大利电影对科幻的真正贡献在于讽刺和戏仿，如《飞碟》和《第十个牺牲者》等。

意大利的科幻批评在乌托邦传统和非理想化社会方面比类型科幻更有力度，究其原因可能有以下两方面：首先是维托·弗塔尼提（Vito Fortunati）的积极推动。他在博洛尼亚成立乌托邦小说研究中心，并成为这类研究的奠基人。其次是关于威尔斯、赫胥黎、乔治·奥威尔、安东尼·伯吉斯等人作品和生平研究出版物的出版。这些作家的恶托邦和社会批判性都很强烈。C. 帕吉迪（C. Pagetti）的《未来的意识》、F. 费力尼（F. Ferrini）的《科幻是什么?》、S. 萨尔米（S. Solmi）的《幻想文学论文集》、R. 吉尔瓦诺利（R. Giovannoli）的《科学和科幻小说》、S. 萨尔文斯乔尼（S. Salvestroni）的《想象的症候学》等都是重要的读物。

（胡俊、张凡）

二、荷兰文科幻的发展

（一）起源和简史

以荷兰文字书写的文学，主要在荷兰境内和比利时荷兰语区佛兰德斯境内流传。荷兰语科幻小说也深深地根植于欧洲的文学传统。在浪漫主义时代早期，受欧洲启蒙思想的强烈影响，几个作家开始以幻想旅行的方式描绘未来的荷兰。这种乌托邦类型的文学一直持续到19世纪。

19世纪90年代，荷兰出版商埃尔斯维尔（Elsevier）出版了长达65卷的儒勒·凡尔纳著作集。这套书无论从内容还是形式上来看都很完备，销路也很广。有趣的是，它并没有对荷兰文学产生重大的影响（青少年读物除外）。

20世纪前50年，出现了一些带有科幻意味的原创作品，其中有一部分至今仍在继续印刷。F. 波德维克（F. Bordewijk）的《布朗克斯》被视为荷兰文学中的杰作。这个短篇小说将背景设置在将来的俄国，在那里同时存在着共产主义和法西斯主义两种势力。该作不仅讲述了一个失败的抗争故事，而且还对另一种政府以及执政参议院作了详细描述。在作品中，一些持有不同政见的人被残忍地杀害。但在结尾处，作者暗示剧变将会继续，直到这个政府垮台。波德维克还写了一些类似的短篇故事，这些故事多数收录在《来自另一边的故事》中。他的《人类的终结》是一篇值得注意的虚构性散文，其风格大有博尔赫斯之势。文章指出，世界是由基本的"阴、中、阳"三层组成，并无限延长扩展，幻化出无以计数的层面。人类在任何一个层面上仅仅是一个不重要的现象，而且最终会消失，一点痕迹都不留。另一位作家别尔坎波（Belcampo，是H. P. Schönfeld Wichers的笔名）专写短篇奇幻和具有科幻色彩的故事。他的小说机智诙谐且富于智慧，深受人们的喜爱。他最好的作品是《岬角》和《奥斯特赫斯的故事》。后者将幻想旅行、乌托邦、地狱般的处境以及逝去的世界集于一身，看起来像是一个古怪的混合体。

荷兰物理学家迪欧尼吉斯·伯格（Dionijs Burger）根据埃德温·A. 艾勃特（Edwin A. Abbott）的名著《平面国》，创作了续编《球形世界》。艾勃特试图在其作品中通过讲述一个二维生物的故事，来论证四维几何学。而伯格则试图用小说来解释爱因斯坦的"翘曲空间理论"以及"宇宙扩张理论"。这个续编发生在原作所述事件之后的两代人，而它的叙述者是原著中一个"正方形"的孙子。如果说阿伯特的书具有更多的文学性，那么伯格则有着更多的创造性和幽默感。在科幻领域内，伯格的这部作品成了一部写给未成年人的经典之作。

20世纪60年代，荷兰和佛兰德斯的科幻小说逐渐成型。那时，几个出版商开始出版系列科幻小说译作，科幻迷也被组织起来。一些荷兰和佛兰德斯的科幻作家逐渐进入创作领地。在这之前，尽管有些单独的原创或翻译作品，但就是没有真正的科幻传统。甚至在浪漫主义时期以及19世纪和20世纪之交幻想小说盛行的时候，荷兰和佛兰德斯的科幻小说数量仍然非常少。虽然有主流小说家涉足科幻领域，但60和70年代作品数量相对较少。雷斯林尼克（Fleming Ward Ruyslinck）的《预留地》是一个恶托邦小说，讲述了在即将到来的比利时社会中，持不同政见的人都被关押在一个事先预留好的地方，而这个地方已经被很好地伪装成一个精神病诊所。在作品中，处于右翼势力的比利时政府被美国的政治帝国主义所毁灭。然而，这部作品所描述的预留地，则让人们更容易回忆起苏联的镇压行为。另一位作家波德维克在他的一个中篇小说中，也传达了对镇压各种社团行为的不满。

佛兰德斯作家保罗·范·赫克（Paul van Herck）创作了《去年富豪节你去了哪里?》是一个滑稽的讽刺性小说。故事讲述了在一个社会里，更高等级的群体能在一周之中获得额外的第八天。1972年，这篇小说荣获"欧罗巴"（Europa Award）一等奖。雨果·雷斯（Hugo Raes）撰写过两部有着科幻元素的幻想旅行记，分别是《事件》和《反时间航行者》。他的《海伯利安的毁灭》被认为是一个纯正的科幻小说。该作描写了大屠杀之后，不朽的人类子孙与进化了的老鼠之间的战争。雷斯还写了一些精美的科幻小故事，多数都收集在《一个魔术师的破产》中。

荷兰籍作家穆里施（Harry Mulisch）的《昨天的未来》不能算作小说，更像长篇散文。作者呈现给读者一个替代的世界。在这个世界里，德国被设想在"二战"中获胜（即希特勒胜利）。而作品中，生活在那个假想世界中的主人公，恰恰正在写一部关于替代世界的小说，并设想德国人在"二战"中失败。穆利什感兴趣的是现实世界与虚构世界之间的差别。从理论上说，由于叙述上的限制，小说套小说的结构是不可能实现的。此时，其他相关作家还包括曼努埃尔·万·洛格姆（Manuel van Loggem）和柯洛尔（Gerrit Krol）。洛格姆是一个小说家兼剧作家，他的幻想故事都略微带有科幻色彩。洛格姆最好的作品集是《普拉格斯的爱情生活》。柯洛尔既是一位小说家，又是一名计算机专家。他在《窗后的人》中讲述了一个"亚当"的故事。亚当是一台会思考的计算机，它一直在考虑一个问题：真正的人类是什么？当它终于进化成一个具有血肉之躯的人时，却遭遇到所有人类所必须面对的命运——死亡。这是一部思想小说，甚至可以认为它是一种假借小说形式，而对意识、身份认同等问题进行研究和探讨的作品，其科幻色彩并不强烈。

20世纪60年代的科幻小说繁荣并没有持续很久。70年代末，科幻出版商每年加起来出版约100本作品，多数是译作。

20世纪80年代，科幻市场下滑到60年代早期的水平。90年代初，已经下降到大约每年25本。大多数出版商放弃了出版科幻系列，到1992年，只有莫兰霍夫（Meulenhoff）和柳亭夫（Luitingh）两家出版社还在出版。作为一种文体的科幻小说，回到了一个世纪之前，仅仅由散见于整个文学领域里的星星点点构成。

（二）主要作家及作品

1. 维姆·吉基森

维姆·吉基森（Wim Gijsen），作家，荷兰科幻界的领导者。从孩提时代起，吉基森就想成为一名作家。他曾从事过许多职业，如门窗装饰、开电梯、卖圣诞树、当技师等，有着丰富的人生阅历。在他20岁生日那天，吉基森发表了他的第一部短篇小说。从一开始，他并没有热衷于科幻小说的创作。由于荷兰政府资助那些写作阳春白雪式作品的人，因此，吉基森在将近20年时间里都是靠写作这样的小说来维生。除此之外，他还翻译国外的作品，这些作品的内容五花八门，无所不包，如瑜伽术、冥想术、烹饪等。他还当过编辑、参加过教育电视节目的录制、在艺术学校获得制陶工艺证书，但对他而言，最热爱的仍然是做个专业作家。

1980年，吉基森首次出版了科幻小说《第一个伊萨人》，小说讲述人类后代如何在伊萨星球上殖民。一位著名评论家认为这部小说比美国科幻作品的水平还要高。随后，作者又在《老国王》中，揭示出神秘的"伊萨人"就是传说中已经沉没的大西岛国王的后代。吉基森出版了十多本科幻小说，水平都很高。他后来的小说主要读者对象是青年。

2. 弗利克斯·西吉森

弗利克斯·西吉森（Felix Thijssen），荷兰作家，曾创作过15部小说，其中有些是科幻小说。1971年，他开始创作科幻并出版《所谓的马克斯蒂文森圈》的第一卷。这个作品是一个经过商业运作的太空歌剧系列，首卷的目标读者是青年，但随后几卷的读者对象逐渐转向成人。系列以第八卷《天堂大门》结束。随后，西吉森写了几部严肃的小说，其中最好的是《艾莫尔格》，它用悲伤的语调讲述了一个怀有身孕的外星人被抛弃在地球上的故事。一般认为，西吉森的作品既有娱乐性，又有深刻的内涵。他的小说与吉基森一样，具有独特的荷兰式的神秘色彩。此后，西吉森转向恐怖小说和电视剧方面的创作。

3. 艾迪·伯丁

艾迪·伯丁（Eddy Bertin），比利时佛兰德斯人，一个产量甚丰的作家。无论是国内科幻刊物还是国外科幻刊物，都刊有他的作品。伯丁的科幻小说既富有诗意，又有严酷的现实主义意味。他的许多小说中都贯穿着某种"膜世界"的背景。

他在英语系国家有着一定的声誉，这得益于他将自己的几个故事译为英文出版。"膜宇宙系列"可能是他最好的作品，被编录为三卷本《孤独的血鸟》《心灵的睡眠海滩》和《秃山上的盲、聋、哑兽》。在这些故事中，还点缀着抒情诗、伪造文件、注解以及时间表，等等。总之，所有这些加起来就组成了一部从1970年直到公元3666年的未来世界史。伯丁还是一个积极的科幻爱好者，他从1973年开始独自编辑科学幻想杂志《科幻小说指南》（*SF Guide*）。

除科幻小说之外，伯丁还写了大量恐怖小说，这些恐怖小说或许是他作品中更好的一部分。

（三）荷兰语科幻圈

荷兰第一个科幻小说俱乐部成立于1952年，与此同时，比利时也出现了科幻俱乐部。1965年，荷兰科幻小说联络中心（简称NCSF）成立。1966年，NCSF出版了第一期会刊。1972年，赫克荣获"欧罗巴"奖一等奖。1976年，由科幻迷和出版家集资1 000荷兰盾设立了科幻小说金刚奖（King Kong Award），这可能是荷兰科幻界的第一大奖。此后，《生存》杂志设立了"生存年度奖"。在比利时，也有科幻小说奖项设立。

在荷兰语中，最值得关注的原创科幻论坛可能是以小册子形式发行的"佛兰芒斯电影"（Flemish Movies）系列。这个系列是专门写给青年读者的，共有2000多册。它于1930年开始出版发行，一直持续到现在，其中可能只有200部科幻电影。

三、西班牙文科幻的发展

（一）科幻在西班牙的发展简史

在西班牙内战之前，柯罗内尔·依格诺特斯（Coronel Ignotus，原名Jose de Elola）、弗雷德里克·普居拉（Frederic Pujula）、埃利阿斯·色达（Elias Cerda）和多明戈·文塔洛（Domingo Ventallo）是最重要的科幻类作家。他们主要创作推理小说和幻想小说，风格以讽刺为主，有时带有政治色彩。依格诺特斯一直在《科学长篇小说》（Biblioteca Novelesco-Cientifica）杂志上发表作品——在十期中的每一期都刊载有依格诺特斯的一篇小说。这个杂志是世界上最早的准科幻杂志之一，它甚至早于美国或英国的任何科幻期刊。这些作家的作品，在叙述方式以及风格方面，对后来西班牙科幻小说的产生和发展有着一定影响。

20世纪50年代，米诺涛罗（Minotauro）出版社出版了从阿根廷引进的《远方》（Mas Alla）杂志及其他一些印刷品，现代科幻便伴随着这些出版物在西班牙出现了。1953年，科幻小说在西班牙出版，当时被选编在通俗小说系列"未来"（the Futuro）和"空间战机"（Luchadores del Espacio）中。随后，出现了第一个专业出版科幻书籍的出版社——"星云"（Nebulae）。据统计，在1955—1990年期间，大约有1300种科幻书籍在西班牙出版，其中大多数是从英文翻译过来，大约只有50种是由西班牙作家创作的。

20世纪50年代，乔治·H. 莱特（George H. White，原名Pascual Enguidanos）撰写了一系列科幻小说，共32本，都是中篇冒险小说，后来被统称为"阿兹纳传奇"系列（1953—1958）。这一时期其他更值得关注的作家是安东尼奥·里伯拉（Antonio Ribera）、弗兰西斯科·瓦尔沃德（Francisco Valverde）、朱安·阿廷扎（Juan G.Atienza）、多明戈·桑托斯（Domingo Santos）、卡洛斯·布依扎（Carlos Buiza）和路易斯·维吉尔（Luis Vigil，1940— ），这些人开创了西班牙的现代科幻。

20世纪60年代，西班牙迎来了科幻出版的第一次高潮。在《展望》（Antici-pacion，1966—1967）杂志停刊之后，西班牙最有影响力的《新维度》（Nueva

Dimension）杂志于1968年创刊并由塞巴斯蒂安·马丁内兹（Sebastian Martinez）、桑托斯和维吉尔三人担任编辑。1972年它被投票选举为欧洲最好的科幻杂志。《新维度》是西班牙科幻小说的真正里程碑，它在发表其他国家的优秀科幻小说的同时，还发表本土作家的科幻作品。到1983年12月停刊，总计发行了148期。

在西班牙，一些不从事类型科幻创作的作家也纷纷进入科幻领域。例如，托马斯·萨尔瓦多（Tomas Salvador），他的小说《船》是对"世代飞船"题材的改写。曼努埃尔·德·帕德罗（Manuel de Pedrolo）用加泰罗尼亚语写的小说《第二次起源的机械图》获得了巨大的成功，小说中描写了世界经历大毁灭之后人类的生活。

多明哥·桑托斯（原名Pedro Domingo Mutino）是当代西班牙重要的科幻作家，他的小说已经被译成多种外国语言。《加西利尔·历史上的机器人》知名度很高。该作涉及人格问题，同时还写到了一个新时代的到来，即机器人不再服从于迫使它们必须"服从"的基本定律。《泡沫》也是一部值得关注的小说。桑托斯擅长短篇小说。他的作品集包括《流星》《并不完美的未来》和《离地球咫尺之遥》。前者是一部优秀的选集，但是后两者中收录了更多的故事，这些故事的背景大多设置在不远的未来，而且通常涉及生态学以及一些人类生活的威胁。

20世纪70年代，加百利·百慕德斯·卡斯特罗（Gabriel Bermudez Castillo）创作了一些好作品，如《到武威星旅行》，以及讲述冒险经历的《车轮霸主》。另一位知名的作者卡洛斯·赛兹·斯冬查（Carlos Saiz Cidoncha）擅长太空歌剧。1976年他独自发表了《西班牙科幻小说史》，这形成了他1988年博士学位论文的雏形，这篇文章首次谈到西班牙科幻发展史的问题。

1970年，弗朗哥体制下的政治审查制度让第十四期的《新维度》发行夭折。这一期《新维度》包含了一个由阿根廷人讲述的故事，该作倡导巴斯克人搞分离主义。1975年，弗朗哥死后，他的独裁政权也随之垮台，但政治的变化并没有给科幻出版带来影响。西班牙的科幻小说市场一直都很有限。

西班牙科幻出版的第二次高潮发生在20世纪80年代，其间出现了更多的新作者。埃里娅·巴塞罗（Elia Barcelo）可能是其中最有天赋的。她的中篇小说《龙妇》（*The Dragon Lady*）已经被译成几国语言出版，同时也被收编在《女神》中。小说的标题"Sagrada"是"sacred"（神）这个单词的女性形式。巴塞罗是西班牙第一个发表科幻作品的女性作家，她自成一派，小说关心妇女在社会中的角色，以及科技和原始文化之间的对比。拉斐尔·马林·特里奇拉（Rafael Marin Trechera）的《光之泪》是一部星际史诗。加瓦尔·里道尔（Javier Redal）和朱安·米古埃尔·阿圭里拉（Juan Miguel Aguilera）合作写了现代硬科幻太空歌剧《深渊中的世界》。

（二）科幻在拉丁美洲的发展简史

阿根廷批评家兼作家诺格尔若（Claudio Omar Noguerol）认为，拉美科幻小说就像一个深入拉美动荡生活中的人所能做的一样。这句话在一定程度上阐明了拉丁美洲的现代科幻虽然受英美科幻的影响，但更受本地化的印第安和殖民时期幻想传统的影响。拉美的科幻小说时刻关注周围的政治混乱，而且常常成为对军事专制社会进行批判的有效手段。

在技术方面，自从拉美这块大陆产生了少量的技术和科学研究，它就变成了技术进步的消费者，有时也是牺牲者。这也解释了为什么拉美科幻小说非常强调考察社会、经济、政治进步所付出的代价。由于拉美科幻不受通俗出版市场压力的束缚，因此这个地区的科幻文学已经与发生于20世纪60年代的英美新浪潮运动取得了一致。

拉美科幻大多以短篇形式呈现。它的作者通常是社会科学家或专业作家，仅有非常少的一些作者来自自然科学领域。尽管存在一些普遍的拉美特征，但由于在历史、地理、政治体制、国民等方面各国存在很大差异，因此各国科幻仍然有着不同。下面选取一些具有特点的地区进行介绍。

1. 阿根廷科幻的发展

阿根廷是使用西班牙文的国家。阿根廷第一代科幻作品基本上发表在《超越》（Beyond）杂志上。这个杂志总共发行了48期。在这之前，也有一些幻想文学的作家，如：马赛多尼欧·佛兰德斯（Macedonio Fernandez）、生于乌拉圭的奥拉西奥·基罗加（Horacio Quiroga）、罗伯特·阿尔特（Roberto Arlt）和列奥波多·卢格尼斯（Leopoldo Lugones）等，都对阿根廷现代科幻的产生具有一定的影响。此外，博尔赫斯创作的大量难以定义的作品，其本身就和非传统的科幻小说非常相似。被当成阿根廷科幻创作先驱的作家E. L. 霍姆伯格（E. L. Holmberg）的作品《尼斯·南卡先生的奇妙旅行》对科幻的产生造成了一定影响。

阿根廷第二代作家产生于《科幻和奇幻小说》杂志（1977）。这个杂志出现在20世纪七八十年代，对社会问题和语言风格尤其感兴趣。军政权的垮台，对科幻小说复兴产生了重大影响，如《阿根廷科幻和奇幻小说圈》（*Argentinian Circle of Science Fiction and Fantasy*）等专业或科幻爱好者创办的杂志得以发行。阿根廷还主办年度南美科幻小说和幻想小说大会。

博尔赫斯（Jorge Luis Borger），阿根廷短篇小说家、诗人、评论家、大学教授。博尔赫斯1899年出生在布宜诺斯艾利斯一个有英国血统的律师家庭，先后在日内瓦上中学，并在剑桥读大学。1938年，博尔赫斯被任命为布宜诺斯艾利斯一家图书馆的管理员，后因在反对庇隆的宣言书上签过名，1946年被革除职务。1955年，庇隆政权被推翻后，博尔赫斯担任了国立图书馆馆长。次年，他受邀担任布宜诺斯艾利斯大学哲学文学系教授。

博尔赫斯中学时代便开始创作诗歌，1923年出版了第一本诗集《布宜诺斯艾利斯的激情》，之后还有《面前的月亮》《圣马丁札记》《阴影颂》《老虎的金黄》《深沉的玫瑰》等。1930年之后他转写叙事性文章，并因此而成名。尽管他的小说大多描写当地风貌，并从阿根廷历史和生活中取材，但博尔赫斯却在英语国家中声名显赫，这要归功于他的短篇幻想小说。《安东尼·凯利干》和《阿莱夫》两部文集，收录了博尔赫斯最重要的短篇幻想小说，也包括那些非常靠近科学幻想小说的作品。他最著名的幻想小说是《巴别图书馆》。故事描述了一个巨大的图书馆，那里仿佛是一个属于书的宇宙，这些书囊括了字母所有可能的组合，以及所有可能的胡言乱语，同时也伴随着所有可能的智慧。《小径分叉的花园》成功地运用了替代世界的概念，探索了与当前世界不同的多种世界的可能性。《巴比伦彩票》详细讲述了一场带有偶然性的游戏，在游戏的过程中，其本身逐渐变得复杂，以致难以同真实生活相区分。《蒂隆、尤巴和地球》通过讲述一个虚构的世界为日常生活作了个编年史；《环形废墟》描绘了一个人在做梦中做出了另一个人，然后他又意识到自己只是另一个人梦的产物而已。《博闻强识的内斯》描写了一个有着极好记忆的人。在他看来，过去就像现在一样真切且唾手可得。这些作品以及他其他的故事对后来的科幻创作产生了深远的影响。与科幻有关的作品还包括写想象生物的寓言集《想象生物书》（1957年在墨西哥出版）和与人合编的《幻想书》。

博尔赫斯的小说简洁、紧凑，但包含了大量让人困惑不解的思想。他对玄学、谜语感兴趣，更对利用幻想故事的形式考察现实本质非常热心。博尔赫斯的许多作品在艺术手法的运用上都很有趣，且值得关注。例如他会探索一些像小说评论和传记一样的表现形式，来概括复杂而又虚构的文本和人物。这些作品中还运用精确的语言形式或侦探故事，以便囊括相关的概念。博尔赫斯的作品文体干净利落、文字精练、构思奇特、结构精巧，小说情节常在东方异国情调的背景中展开，荒诞离奇且充满幻想，带有浓重的神秘色彩。特别值得一提的是，博尔赫斯在撰写介绍美国文化的文章时，还曾对科幻小说表达了自己的看法。

另一位阿根廷重要的科幻作家是安吉利卡·哥罗迪斯切尔（Angelica Goro-discher）。她的重要科幻小说是两卷本《皇帝的卡尔帕》，一部现代拉美科幻小说的范例之作。这位作家有时也会写纯幻想小说。她的其他作品包括《奥珀斯二》《在充满鲜花的扎比斯下》《带电的贞洁月亮》。

伊丢拉多·戈利高斯基（Eduardo Goligorski）的作品更接近于传统科幻小说。他著有《在野蛮人的阴影之下》（*Under the Shadow of the Barbarians*）等。他是拉美少有的几个在英文版《幻想和奇幻小说杂志》上发表作品的作家。此外，他还主编了20世纪60年代最受欢迎的阿根廷科幻小说集《阿根廷人在月球》。

其他阿根廷作家包括创作了《我的动物头脑》和《零点交响乐》等作品的卡洛斯·伽迪尼（Carlos Gardini），创作了《全权》的曼戈达琳娜·慕娟·欧塔诺（Magdalena Moujan Otano）和爱米利欧·罗德里格（Emilio Rodrigue）、与戈利高斯基合编《未来的记忆》和《向明天说再见》的埃伯托·瓦纳斯科（Alberto Vanasco），创作了《多马恩》的丹尼尔·巴比耶利（Daniel Barbieri），出生于西班牙、撰写了《走下星井》的马舍尔·苏托（Marcial Souto）、发表了《随意使用的身体》的西尔吉欧·高特·威尔·哈特曼（Seirgio Gaut vel Hartman）等。

2. 古巴科幻小说发展概况

古巴也是使用西班牙文的国家。在1959年之前，古巴没有像样的科幻小说。虽然1959年之后，科幻小说逐渐发展，但没有专门的科幻杂志，人们只能从其他出版物中找到科幻类作品。古巴科幻小说受到了加勒比海地区巫术文化的影响，也受到了苏联科幻小说的影响。

古巴的科幻传统来源于奥斯卡·赫它多（Oscar Hurtado）的诗作《康瑞德的死城》，以及安吉尔·阿兰戈（Angel Arango）的《希菲尔哈姆斯要去哪儿》《黑色行星》《罗伯特莫斯》《猴子的彩虹》《透明度》和《接合点》等小说。阿兰戈和米盖尔·科拉佐（Miguel Collazo）等人的作品，使古巴的科幻小说开始具有了自己的特色。后一位作家的作品包括《奥基的幻想书》《旅程》和《伯利恒的拱门》。这种科幻小说有着强烈的政治倾向，但也有不被人期望的纯幻想性和色情色彩。丹纳·恰瓦亚诺（Daina Chaviano）是民族文学奖（"大卫奖"）首位科幻得奖者，获奖作品是短篇小说集《我爱的世界》。她的其他作品有《可爱的行星》《写给成人的童话故事》《外星祖母的故事》和《恐龙的水洞》等。

四、葡萄牙文科幻的发展

拉丁美洲除广泛使用西班牙语外，葡萄牙语也是一个共享语言平台。葡萄牙语拉美文学领域一直以出版翻译外国科幻作品为主，本土创作并不充分。在巴西，科幻小说的成长较多地受到美国影响，但主流文学传统中的科幻成分和讽刺风格也给了当地作家一定启发。20世纪60年代，古梅辛多·罗沙·多雷亚创办了自己的出版社，并出版了一些本土作家的创作，为巴西科幻提供了成长的空间。巴西著名的科幻作家包括安德烈卡内罗、吉拉尔多·莫乌罗奥、蒙特伊诺、福斯托·库尼亚等和布鲁奥里欧·弗纳德·塔沃斯·尼托（Braulio Fernandes Tavares Neto）等。后者的第一本小说集《记忆链条》于1989年，以葡萄牙文结集出版，并赢得了葡萄牙科幻小说奖。他还在《科幻是什么?》这篇文章里向青年读者介绍了科幻小说。

（胡俊）

第五节　北欧及波罗的海各文种科幻的发展

一、芬兰文科幻的发展

（一）起源和简史

芬兰文学中最早的幻想作品可以追溯到《卡莱瓦拉》，这部芬兰民族史诗不仅为芬兰贡献了宝贵财富，也影响了外国作家。芬兰文科幻的出现相对较晚。1879年，儒勒·凡尔纳《地心游记》被译成芬兰文。本土具有明显科幻元素的第一部作品是《我于1983年新年前后拜访鲁斯克拉的牧师的回忆录》，作者为教师兼牧师爱瓦德·费迪南德·杨生（Evald Ferdinand Jahnsson）。这篇故事讲述了在未来社会的见闻。作品中的女性与男性地位平等、习惯相似，表达了当时男性对于女性的恐惧，又体现了作者超越时代的洞察力。这一时期的更多作品偏向于童话故事或乌托邦小说，而非真正的科幻，直到蒂柯·哈格曼（Tyko Hagman）的《月球之旅》的出现。这是一个科学童话，讲述人们乘坐冰冻气球飞向月球。

20世纪是芬兰科幻真正产生、发展的世纪。苏洛·希托讷（Sulo Hytönen）的《梦》是一篇乌托邦小说，讲述码头工人梦见去往未来，在那个时代工人阶级通过和平方式获得社会地位。阿维德·李德肯（Arvid Lydecken）的《群星之间》是第一部真正意义上重要的芬兰文科幻小说。故事讲述了2140年地球遭到火星人袭击，最后两个种族在地球上和平共存。第一次世界大战期间芬兰普遍存在着对俄国共产主义运动的恐惧，这催生了未来战争小说。孔拉德·雷蒂马基（Konrad Lehtimäki）的《自地狱来》讲述了工程师发明黑暗中隐形的飞机和一种超级炸弹。书中没有写明战争的时间和地点，反战是故事的基调。在雅马利·卡拉（Jalmari Kara）以笔名钢铁队长（Kapteeni Teräs）写作的《伟大祖国》中，俄罗斯在1946年被芬兰击败，圣彼得堡被彻底毁灭，所有历史和艺术的珍宝消失殆尽，英国对此很不满，派军攻打芬兰，芬兰最后获得了全胜并成为新的霸主。阿尔诺·卡里莫（Aarno Karimo）的《命运的第三时刻》讲述了

1967—1968年芬兰和苏联之间的战争，故事中芬兰的奇怪发明毁灭了整个苏联。这一时期小说中的典型人物是科学家和发明家。H. R. 哈利（H. R. Halli）的《四维来的男人》（1919）中有一种化学物质，喝下这种物质，发明家本人得以穿过固体。神奇发明遭人觊觎，他不得不积攒力量。通过策划英国和芬兰之间的战争，主人公最终登上权力宝座。哈利是理查德·鲁斯（Rikhard Ruth）的笔名。用同一笔名写作的《最后一刻》，描述了地球的遥远未来，被认为是这一时段最好的科幻作品。

20世纪40年代共有30本芬兰文科幻小说出版。其中最流行的是机器人阿托罗斯系列。阿尔纳·哈帕克斯基（Aarne Haapakoski）以局外人（Outsider）为笔名写作的这一系列非常成功。阿托罗斯可以说是芬兰科幻中最有趣的发明，读者随他探索宇宙和未来。芬兰最重要的短篇小说奖项阿托罗斯奖即以它命名。这一时期最出色的芬兰文科幻小说是沃尔特·吉尔皮（Volter Kilpi）的《格列佛漫游范托弥弥大陆》，斯威夫特笔下的格列佛离开18世纪去到20世纪，作品展现了对未来社会的讽刺。

20世纪60年代唯一值得一提的作家是艾尔吉·阿和纳（Erkki Ahonen）。他的《叫普拉斯托的地方》讲述一个群居且由电脑控制的星球。本书续集《电脑儿童》讲述一个女记者因车祸而死，腹中未出生的孩子的大脑却能与电脑相互连接。《深空旅行》则讲述另一颗星球上的意识进化。阿和纳凭借这些作品成为芬兰最重要的科幻小说作家。20世纪70年代值得一提的科幻作品有里斯托·卡瓦纳（Risto Kavanne）的《最后的消息》。该书描述了近未来的政治局面。库勒沃·库卡斯亚维（Kullervo Kukkasjärvi）的《太阳风》也值得看看。20世纪80年代早期最出色的作品是主流文学作家哈努·萨拉马（Hannu Salama）的《阿莫斯与岛民》（1987）。故事讲述了核战争之后一个教会控制国家的崛起。这里男人当权，实施暴政，女人处于附属地位。故事还涉及核辐射受害等主题。卡利·纳诺那（Kari Nenonen）的《弥赛亚》讲述了借由都灵裹尸布的细胞克隆基督的故事。

芬兰的第一本科幻杂志《旋转》创刊于1977年，由图尔库科幻协会出版。紧随其后的是1981年创刊的《时间机器》、1982年创刊的《门户》和《巡星者》，然后是1986年创刊的《伊卡洛斯》。这些杂志既发表翻译作品，又发表芬兰文原创作品。芬兰所有的科幻杂志都不是专业性杂志，全部由爱好者志愿编辑出版，编辑、作者、画手都没有任何报酬。除常规芬兰文期刊外，芬兰科幻刊物偶尔也会推出英文专号，以向世界介绍芬兰科幻情况。

20世纪90年代初期，里斯托·伊索马基（Risto Isomäki）的《水晶玫瑰》出版。这是一部优秀的科幻短篇集。玛丽特·维罗纳（Maarit Verronen）的《不要付钱给船员》由9个独立的科幻奇幻故事和7个介于科幻和奇幻之间的系列故事构成。维罗纳后来出版的长篇小说《孤独的山》是这一系列的前传。诗人吉莫·萨讷里（Kimmo Saneri）的《光之后》、马克·阿和纳（Marko Ahonen）的《新天堂》、卡利·何塔凯纳（Kari Hotakainen）的《布朗克斯》也值得推荐。

进入21世纪后，芬兰文科幻的第一件大事就是女作家约翰娜·西尼萨洛（Johanna Sinisalo）的长篇小说《不在日落前》获得芬兰文学最高奖项——芬兰文学奖（Finlandia Prize）。这对于芬兰科幻界来说无疑是一件开天辟地的大事。西尼萨洛并不愿自己的作品被称为"科幻小说"，而是称之为"芬兰怪谭"（Finnish Weird）。小说驰骋于科幻和奇幻、类型和主流之间。芬兰怪谭现在已经成为一种流派，代表作家中莉娜·克洛恩（Leena Krohn）的《数学生物或共享梦境》夺得芬兰文学奖。奇怪的数学生物在她的小说中一再出现。《曼陀罗》探讨了幻象与现实的关系。帕西·伊尔马力·亚斯克莱纳（Pasi Ilmari Jääskeläinen）的处女长篇《兔子归来文学俱乐部》是一本融合了主流与幻想的杰作，翻译为英语后也获得了英国媒体的赞赏，故事中图书馆里的书每天晚上都会变换内容。芬兰科幻作家在海外最有名气的硬科幻作家是哈努·拉亚涅米（Hannu Rajaniemi）。他的《量子窃贼》《分形王子》和《因果天使》三部曲在国际上广受赞誉。拉亚涅米在爱丁堡大学获得数学物理博士学位。

（二）主要作家及作品

1. 艾尔吉·阿和纳

艾尔吉·阿和纳写作诗歌、散文和科幻小说。他的作品属于心理现实主义，常常反映人类的心智现实。现代主义的影响在他的作品中也常常出现。阿和纳的代表作《山中石》就是一部心理小说。

《叫普拉斯托的地方》一经出版就受到极大好评，被誉为"第一本芬兰的严肃科幻,将本土认知引向未来"。年轻的昆虫学家被一艘电脑控制的太空船绑架到名为普拉斯托的行星上。行星居民建造和编程的机器仍在运转,居民们却因技术退化而成为胚胎状,不再是具有认知能力的个体。这种胚胎属于在电脑看管下的集合行为体。主角昆虫学家有作家本人的影子,吸着烟斗观察星球上的生命。与安部公房《砂女》(1967年被译成芬兰文)中的昆虫学家观察沙洞中的居民颇具相似之处。《电脑儿童》描写在一场车祸中去世的女人腹中5个月大的孩子大脑与电脑连接。大脑在某种程度上与普通人类大脑一样成长,但孩子通过电脑获取一切信息。最终电脑儿童成为一个巨大的有机体,通过扬声器、终端和打字机讲话。数不清的摄像机成了他的眼睛。半人半电脑的儿童具有人类的人格,尽管它有无限智慧,可它还是一个孤独的孩子。这是一个以冷静克制的笔调写作的对人类成熟关怀强烈的作品。《深空旅行》在之前两部小说的基础上拓宽了视角,继续深入挖掘意识和心理主题。在遥远的未来,一组年轻人正在探索一颗未知星球,星球上一个石器时代部落也正迎来他们文明的曙光。这些年轻人自从胚胎时期就被编程和训练,他们的意识与一台电脑相连。与前文不同的是,电脑也有意识。评论家认为,上述三部作品涉及了人类和技术的关系,特别是有关后人类问题的思考。

2. 里斯托·伊索马基

里斯托·伊索马基出生于图尔库,他的作品中常出现生态和启示录主题,探讨全球化和发展中国家的问题是里斯托的主要兴趣。

《水晶玫瑰》是一部优秀的短篇集。书中的第一个故事《寻找》讲述一个失去记忆的男人通过梦境增强来寻找自我,从而在自己脑海中的内心世界展开冒险。《彗星》描述了彗核中活的宇宙生物。《水晶玫瑰》是书中最美的故事,介绍了土星附近一个微观世界。《树》讲述了一棵巨树统治全球的故事,获得过阿托罗斯奖。人们认为,里斯托的故事中既有冒险元素又有对人类和地球未来的关怀,反映了现实中存在的问题。长篇小说《吉尔伽美什战败》是几十年来芬兰最好的长篇小说之一。故事从作者上一本书中的《树》开始,描述了地球臭氧层的消失。一艘探测船来到海佐星——由巨树统治的星球。地球人清除了海佐星上的植被试图建造房屋、开采矿物,可巨树统治的星球生态系统却将地球人视作病毒要加以清除。人类决定毁掉巨树。可它却不仅仅是一棵树,而是改变了整颗星球的巨大有机体，与其他星球上的巨树也有着联系。故事最后有一段关于800亿年之后被巨树改造的银河系的壮观描写。《骑士黑云》讲述2100年代亿万颗彗星威胁到地球安全，人们通过发射核弹来保护地球的故事。《觉醒》是一本关于温室效应的恶托邦小说。《辩才之沙》赢得了2006年赫尔辛基科幻俱乐部颁发的星际漫游者奖。2009年《辩才之沙》漫画版赢得了漫画芬兰奖。《上帝的小手指》讲述巨大的太阳能风力发电厂受到恐怖分子威胁后的状况。

3. 约翰娜·西尼萨洛

约翰娜·西尼萨洛是芬兰当代最受国际瞩目的科幻奇幻作家之一。她在坦佩雷大学学习比较文学和戏剧，曾从事广告行业，自1997年开始全职写作。西尼萨洛自20世纪80年代末90年代初开始就已成为芬兰科幻界的重要人物。迄今为止她共获得7次芬兰短篇科幻小说奖项——阿托罗斯奖，是获奖次数最多的人。她也是第一个打破类型界限在主流文学界获得认可的芬兰作家。西尼萨洛也参与了芬兰科幻电影《钢铁苍穹》的编剧工作。

2000年，西尼萨洛凭借自己的处女长篇《不在日落前》获得芬兰文学最高奖项——芬兰文学奖。这部小说2003年被翻译成英文版《不在日落前》在英国出版，随后又推出美国版《巨怪———一个爱情故事》。小说讲述一位同性恋摄影师在自家院子里发现一个受伤的年轻巨怪，于是把他带回了家。巨怪形象源自芬兰民间传说，是一种人形智慧生物，外表像猫又像猴子。小说中，巨怪是真实存在的稀有生物。这部作品的叙述层次异常丰富，作者通过聚焦作品中的同性恋主角，探索人际关系中不受性别角色影响的权力结构。

西尼萨洛的作品擅长跟芬兰神话和芬兰文学经典建立互文性。在她被翻译成英语的小说《鸟脑》中，一对男女在艰苦险恶的环境中旅行。随着他们旅行的深入，他们也进入到人类心理的深处。最终，展现在读者面前的是赤裸裸的非人性。西尼萨洛在2010年12月观看芬兰电影《稀有出口》后提出"芬兰怪谭"（Finnish Weird）这一类型。"怪谭"指的是未被命名的、试图探索日常和社会问题的、"对角线"式或混杂式的作品。"模糊类型界限，把不同类型放在一起，放飞想象力"是这类文学的特征。"芬兰怪谭"已经将所有无法被明确界定的作品囊括其中。

（三）芬兰的科幻圈

芬兰最早的科幻大会是1969年由图尔库大学学生会举办的。不过，芬兰最早的科幻迷组织图尔库科幻协会则直到1976年才成立。自1977年开始，该协会出版《旋转》，这也是芬兰第一本科幻奇幻杂志。

芬兰科幻大会（Finncon）是芬兰科幻圈的品牌活动，也是北欧乃至整个欧洲最大的科幻大会，最多参与人数曾达15000人。1986年第一次Finncon在赫尔辛基举办，目前固定为1~2年一次，在赫尔辛基、于韦斯屈莱、坦佩雷和图尔库之间轮回举行，观众可免费入场。尽管有影视、游戏、动漫等内容参与，但这个大会参加者的主要关注点仍是文学，历届特邀嘉宾都是作家。

在赫尔辛基、于韦斯屈莱、坦佩雷和图尔库这几个大城市中都有活跃的科幻群体。他们定期在酒吧聚会，也举办野餐、派对、观影等活动。赫尔辛基大学和图尔库大学也有科幻协会，与各自城市的科幻群体有机融合。所有这些地区性科幻群体都有机融合成一个大的国家性科幻群体，确保组织大型活动成为可能。2007年，芬兰与瑞典的科幻迷在芬兰自治省奥兰群岛上组织Åcon，旨在打造与Finncon不同的，相对小型、纯粉丝向、更加轻松也更加国际化的科幻大会。这个会议规模为百人左右，收取门票，大多数项目用英语进行。

最主要的芬兰文科幻奇幻奖项有如下几个：埃特洛克斯奖，颁发给该年度芬兰最佳短篇科幻奇幻小说，由所有芬兰科幻迷组织的代表构成的评委会选出，始于1983年；星之浪游者奖，颁发给该年度最佳科幻奇幻图书，旨在鼓励出版商出版更多科幻奇幻作品，由赫尔辛基科幻协会的评审团选出，始于1986年；宇宙笔奖，由芬兰科幻作家协会颁发，授予对芬兰科幻奇幻作出巨大贡献的人。

目前仍在出版的芬兰主要科幻奇幻杂志包括如下几个。《旋转》（Spin），由图尔库科幻协会创办于1977年。《星户》（Portti），由坦佩雷科幻协会创办于1982年，目前是芬兰最大的科幻杂志，全彩印刷。《宇宙笔》，由芬兰科幻作家协会创办于1984年，旨在鼓励新人创作科幻。《雾》（Usva），由安妮·雷诺纳（Anne Leinonen）创办于2005年，每个季度出版一期的电子刊。《星际漫游者》，由赫尔辛基科幻协会出版，创办于1982年。《外星人》，由于韦斯屈莱科幻协会"42"出版。

二、瑞典文科幻的发展

（一）瑞典文科幻在瑞典的发展

瑞典文学中最早的幻想作品可以追溯到自然学家欧洛夫·鲁贝克（Olof Rudbeck）的《亚特兰，或人类家园（四卷）》。这本以瑞典语写作的"伪科学"作品，试图证明柏拉图笔下的亚特兰蒂斯实际上就是瑞典。欧洛夫·冯·达林（Olof von Dahlin）的讽刺短篇小说《哥特人埃里克的故事》，讲述了一个缩微人看世界的故事。

最早一本可以被称作科幻的瑞典文作品是克莱斯·隆丁（Claës Lundin）的《奥克赛金和阿罗马西亚：2378年印象：受国外作品启发》，书中充满了各种技术发明，可这本书的原创性却有待商榷，因为它受到同一时期的德国作家库尔德·拉斯维茨的作品《未来印象：来自24世纪和29世纪的两个故事》的影响。两个故事有极大的相似性，隆丁故事的主角命名也借鉴了拉斯维兹的作品。

20世纪初，伊万·T. 阿米诺夫（Iwan T. Aminoff）的几部科幻作品主要描绘了近未来发生在斯堪的纳维亚及整个欧洲的战争。其中最著名的是《入侵》。故事讲述了一场大战中的入侵。他的另一部作品《挪俄之战》是关于挪威和俄罗斯之间的未来战争。奥托·维特（Otto Witt）一生共出版40多本书，其中15本可以被认为是科幻小说。《最后的人类》发生在遥远的未来，一位20世纪的工程师被时间机器传送到2万多年后，他发现地球的大部分地表被冰所覆盖，幸存的人类生活在和平与舒适中，但对生活却没有热情。工程师想办法把地球挪到了离太阳更近的地方。此后冰面融化，进化重新开始，更新更具有创造力的新人类就此出现。在后期小说中维特表现出强烈的国家主义，他笔下的斯堪的纳维亚英雄成为天生优于他民族的人。《月亮如何被征服》的故事，毫无疑问是瑞典人完成的壮举。

20世纪20年代和30年代，零星的翻译和原创瑞典文科幻作品继续出现。皮尔·弗洛德塔（Per Freudenthal）的《金星之旅》、古斯塔夫·山德格林（Gustav Sandgren）以笔名加布列尔·林德（Gabriel Linde）发表的《未知威胁：未来视角》等都是科幻小说。艾尔弗雷德·贝格林（Elfred Berggren）出版了《机器人上帝》，作品受到捷克作家卡雷尔·恰佩克《罗素姆万能机器人》影响。动物学家、作家阿克塞尔·克林科斯托（Axel Klinckowström）出版了恶托邦小说《北方恐惧》，故事描写了斯堪的纳维亚社会在气候变化而产生的冰川期中毁灭。惊悚和冒险小说作家古纳·塞讷（Gunnar Serner）以笔名弗兰克·海勒写作了不少包含科幻元素的作品，最著名的是《柯林先生对拿破仑》和《埃菲尔铁塔盗窃案》。他的大型选集《世界各国奇异故事》中选入了好几位作家的科幻作品，也包括他自己的。

第二次世界大战临近，两部关于瑞典未来的走向截然不同的小说出现。鲁格·艾森（Rütger Essén）以笔名莱夫·埃里克松（Leif Eriksen）发表的《黑暗都市》，世界从大灾难中幸存，金发白肤的雅利安人和黑皮肤的羌达拉人（Chandalas）决一死战。雅利安人最终获胜并建立了一个以国家社会主义和种族理论为基础的"美好新世界"。凯林·博耶（Karin Boye）的《卡罗凯恩》则受到俄国作家扎米亚京《我们》的影响，讲述了未来世界被分成两个敌对国家，个人完全服从国家，每一个人无时无刻不遭到审查。小说以科学家里奥·卡尔的日记体写成，他发明了一种让人泄露内心最深处的想法和感受的药物，使得完全控制人性成为可能。卡尔本人相信，他的发明可以创造一个更好的世界。

1943—1945年期间，瑞典作家斯图勒·隆纳斯坦（Sture Lönnerstrand）发表了近80篇短篇小说，几乎全是科幻。艾克·林德曼（Åke Lindman）则出版了两本质量很高的少年太空探险小说：《濒死的行星》和《塔林，誓约之星》。

瑞典第一套科幻小说丛书由小出版社艾克隆兹（Eklunds）出版发行，共出版七卷，引进了艾萨克·阿西莫夫、阿瑟·查尔斯·克拉克、海因莱因、范·沃格特和约翰·温德姆的作品。20世纪50年代，文学史研究者、教授伊丽莎白·泰科松（Elisabeth Tykesson）在瑞典最重要的文学杂志邦尼尔文学杂志（*Bonnier's Literary Magazine*）上发表了她对科幻的评论《下一站金星》（1954年3月号）。这一时期，瑞典文科幻作品很明显走上了两条不同的路：一类模仿盎格鲁·撒克逊科幻小说；一类则受到瑞典传统文学影响，主要关注社会和政治问题。

帕尔·拉斯托姆（Pär Rådström）被认为可能是20世纪50年代瑞典文学界最有才华的作家，他早期主要写作主流文学作品，偶尔也写科幻小说，同时担任瑞典语版的《银河》（*Galaxy*）杂志编辑。后来，他写了一部两小时的科幻广播剧《你为何不回答》。他的最后两本长篇小说《夏日客人》和《殖民地》都用到了关于时间、身份和现实的科幻主题。

以卡尔·亨纳（Carl Henner）为笔名写作的亨里克·南纳（Henrik Nanne），他在1954—1969年写作了10部科幻小说，大多数是青少年小说且全部发表。其中一本面向成人的《月亮替代品》探讨了未来宇航员可能面对的心理压力。拉尔夫·帕兰德（Ralf Parland）的6本个人选集中选入了许多上佳的科幻小说。他的长篇处女作《i》是对斯堪的纳维亚遥远未来的描写，明显受到了威尔斯《时间机器》的影响。博乐·克罗纳（Börje Crona）在1958年发表了他的第一个科幻短篇故事，很快成为瑞典科幻界最多产的短篇小说作家，至今已出版5部短篇选集、2部长篇，他的作品以离奇的情节和惊人的结局著称。久负盛名的诗人哈里·马丁逊（Harry Martinson）的作品《阿尼阿拉号》是一部史诗，讲述了一艘太空飞船将地球移民运往火星，却遭到小行星撞击偏离轨道，被迫驶向无尽的宇宙。这部作品是瑞典诗歌的重要作品，被改编为歌剧在国际上演出，这也是马丁松后来获得诺贝尔文学奖的主要原因。马丁逊本人曾公开表示他对科幻的兴趣，无论主流文学界是否承认，这无疑是一部科幻作品。

贝提尔·马特松（Bertil Mårtensson）的《这是现实》（1968）是他的处女作，受他最喜欢的作家菲利普·K. 迪克和克利福德·D. 西马克的影响。山姆·J. 鲁德沃（Sam J. Lundwall）1969年出版了瑞典第一本介绍科幻的非虚构图书《科幻：关于什么?》（1971年由作者本人翻译、重写、扩写为英文版）。这本书反响很好，不少新出版商纷纷尝试出版科幻。截至1973年，共有5个系列的翻译或原创科幻丛书出版。丹尼斯·林波（Dénis Lindbohm）写作的20多部科幻动作冒险小说；佩达·卡尔松（Peder Carlsson）创作了两部具有哲学和讽刺意味且带有科幻和惊悚元素的小说。史蒂夫·塞姆-桑德贝里（Steve Sem-Sandberg）在20世纪70年代晚期写了3部科幻小说，后来他成了瑞典现实主义文学的主流作家。斯凡·克里斯特·斯万（Sven Christer Swahn）的科幻作品总共有8部，还有10多篇短篇小说，1部喜剧和数首诗，他可能是迄今为止最重要的瑞典文科幻作家。拉斯·古斯塔夫松（Lars Gustafsson）的短篇小说集《北方来的神奇动物》是唯一的作品集。不过，他在其他许多作品中运用了社会、政治、历史和技术推测。乔治·约翰生（Georg Johansson）出版了不少关于太空冒险的畅销青少年小说。卡尔-约翰·德·吉尔（Carl-Johan de Geer）写了几部用到科幻元素或主题的小说。宇航员彼得·尼尔森（Peter Nilsson）凭借《方舟》成为第一位瑞典科幻畅销书作者，该书讲述了一位不死的人类见证历史，在不断加速的太空船上飞向宇宙的热寂。

进入21世纪后仍然活跃的科幻作家中受评价最高的是拉斯·雅科布松（Lars Jakobson），他的作品曾多次获奖。雅科布松擅长将传统科幻主题和元素与实验性形式和风格相互结合，他的代表作为《运河建造者之子》和《红皇后的城堡》。

（二）瑞典文科幻在其他国家地区的发展

芬兰有5%~6%母语为瑞典语的人口，因此在芬兰境内也曾出现过一些瑞典文科幻，其中不乏一些优秀作品。维克多·彼得森（Viktor Petersson）的短篇《三十年后》是最早出现在芬兰的瑞典文科幻，描述了30年之后的未来。夏尔马·波若菲尔德（Hjalmar Brofeldt）以阿尔巴·卢迪密（Alba Rudimi）为笔名发表《船上的某电器》，是早期的一部发明小说，介绍了电能潜水艇中有将海水转化为饮用水的装置，还有一种无线电话等。笔名为迈克尔·山德（Mikael Sand）的约翰·贝尔（John Bell）写作的《小拉里的星世界》是早期一部优秀的科学童话，书中人物通过望远镜抵达太阳系中的各大行星，每一颗行星上都有生命被发现。T. A. 恩格斯特罗姆（T. A. Engström）的《太空球》是一部优秀的太空冒险小说，讲述了一位博士和六个不同种族的男孩乘坐太空球在太空冒险的故事。B·卡佩兰（Bo Carpelan）的《深夜之声》讲述核战争威胁下人的感受。卡普兰是芬兰的优秀诗人和作家，以瑞典语写作，1997年曾获得有"小诺贝尔奖"之称的瑞典学院北欧文学奖（Swedish Academy Nordic Prize），他也是唯一一个曾两度获得芬兰奖的人。

在芬兰还有一本瑞典文同人刊《独角兽》（*Enhörningen*），由本·罗莫拉（Ben Romola）创办于1987年，发表原创瑞典文短篇以及从芬兰文或其他文种翻译到瑞典文的小说。

（三）主要作家及作品

1. 奥托·维特

奥托·维特是瑞典矿业工程师、出版人和作家。维特的父亲是瑞典法伦一家锡矿的工程师，维特继承了他的事业，在诺尔雪平学习技术，随后前往德国弗莱贝格求学。在挪威和芬兰工作之后，他于1912年回到瑞典实现他的理想——成为一名发明家和作家。维特于48岁英年早逝，一生共创作30多本书，创建并写作了一本杂志中的所有内容，在全国各地巡回演讲，给不同杂志和报纸写作了300来篇文章。

在《大小皆宜的技术童话》中，维特介绍了被他称为技术童话的文类：既有自然现象（闪电、太阳）又有人类发明（火柴、铅笔），以拟人化的、简单有趣的类似传统童话的形式表现出来。这本书的成功很有可能激励了维特创办杂志《休金：有趣的自然科学杂志》（简称《休金》）。杂志于1916年4月创刊，宣称是周刊，事实上在直到1920年1月的这200来周里只出版了85期（大多数都是两期、三期甚至四期合刊；每期24页到32页左右）。维特个人声称杂志发行量有1.5万左右，如果数字属实，说明杂志相当成功（1920年的瑞典只有不到600万人口）。每一期杂志都会附上16页的小说连载，杂志上的所有内容和所附的长篇小说都由维特所写。《休金》被一些人称作瑞典第一本科幻杂志，不过杂志刊登的主要内容是科普文章而非科幻。可所附的长篇和刊登的几篇小说确实是科幻作品。

维特的许多小说都是科幻，这些作品以具有创新精神的工程师为英雄，保守而不切实际的理论科学家往往扮演笨蛋甚至恶棍的角色。《地球内部》发生在1910—1940年的俄罗斯，故事的目标是改善西伯利亚的气候。一家公司为了利用地热能要挖掘一个巨大矿井，所有科学家都支持这个项目，可是聪明的工程师庞博斯基却反对，他通过加热西伯利亚的河水制造了人工湾流。矿井公司破产，庞博斯基的点子造就了不冻港，新的城市和工业区被建立。

在维特的第一本小说《最后的人类》中，工程师英雄穿越2万年去往未来，那时人类已濒临灭绝，动植物消失已久，自然资源也消耗殆尽，这都是早期无节制开采的结果。但是，这位20世纪的工程师想办法将地球轨道挪到离太阳更近的地方，覆盖地表的冰川化作洪水，人类在漂浮的城市里幸存，获得新的能源和生活热情。这部小说受德国自然学家恩斯特·海克尔（Ernst Haeckel）的影响很深。

当第一次世界大战在欧洲大陆上爆发时，维特开始在作品中显著表现出国家主义。在《月亮如何被征服》中，瑞典工程师造出了第一艘太空船并成功登陆月球，他在月球上看到地球上深蓝色的雪和黄色的光构成了瑞典国旗。

2. 斯图勒·隆纳斯坦

斯图勒·隆纳斯坦是一位诗人和作家，从青少年时期开始阅读美国科幻杂志。他很喜欢科幻，并想成为一名诗人。他去隆德读大学，不过没毕业。在那里他出版了两本诗集。在第二本《那里》中有一首诗歌讲述了奇幻故事。这个作品明显受到冰岛史诗《埃达》的影响。

战争爆发后，隆纳斯坦搬到斯德哥尔摩，无法靠写诗养活自己的他也开始给一本娱乐周刊写短篇故事。1942年，他开始给畅销周刊《生活》（Levande Livet）写科幻故事。两年期间约75篇故事发表在《想象与现实之间》栏目下。其中十几篇都关于一个叫多蒂·维尔温德（Dotty Virvelvind）的女孩，她被科学家植入了动物分泌物从而获得超能力成为超级英雄。这些故事非常流行，甚至被改编成漫画。1945年后，隆纳斯坦开始在其他期刊上发表作品。他的科幻诗集《持续不断的血交响乐》被视作瑞典实验诗歌的经典之作。

1952年，一场严重的车祸给隆纳斯坦造成了终身的健康问题，他的产量急剧下降。1954年，他以《太空猎犬》一书赢得最佳原创瑞典科幻比赛。自那以后，他将重心放在非虚构上，出版翻译和评论作品。

1960年，他出版最后一本实验性恶托邦小说《病毒》，还写作了一部关于亚特兰蒂斯陨落的广播剧，并在20世纪60年代中期被制作播放。尽管创作量下降，隆纳斯坦仍积极在瑞典推广科幻。作为瑞典第一个科幻俱乐部Futura（成立于1950年）的首任主席，作为报纸和杂志上科幻的发言人，作为多年来的同人刊贡献者，他改变了公众对科幻的印象，也影响了第一代瑞典科幻迷，他们中的许多后来成了作家、编辑和批评家。

3. 斯凡·克里斯特·斯万

斯凡·克里斯特·斯万是一位诗人、小说家、剧作家、文学批评家和翻译家，斯万被认为是迄今为止最多产、最有成就的瑞典文科幻作家。他自幼读科幻，通过早期的瑞典科幻杂志《儒勒·凡尔纳》接触了许多作品。尽管他的大多数诗作和小说都是现实主义的，但他写过一些科幻作品。在《我们在新港，或冷酷的亚特兰蒂斯人》中，一位年轻的记者在哥本哈根遇见三个从亚特兰蒂斯沉没以来一直处于假死状态的男人。他们才刚刚醒来，想要恢复亚特兰蒂斯曾经对世界的统治。

《海门》描述年轻的主人公发现自己在一个未知的岛屿上，这里的居民着装奇怪，能使用魔法。《狩猎巨蜃》中海员与他寻找一生的巨大未知海怪相遇。《决斗在月球》讲宇宙飞船的船员在月球上同外星怪物决斗。发表于2004年第2期《新科幻》杂志上的《科幻星系》描述了一群年轻的斯堪的纳维亚科幻迷去英国参加科幻大会，发现两位嘉宾作家其实是外星人。《半人马座α之光》中，一个男人的一生因为他与外星人的相遇而改变。《八边形，或八位太空舰长》讲述了八位前太空舰长决定执行终极任务以拯救地球的故事。前五部小说作为青少年小说出版，可风格与后两本作为成人小说出版的作品并没有多大不同。

除长篇小说以外，他还写了不少科幻短篇，至少一部科幻戏剧和许多科幻诗。作为一个批评家，斯万从20世纪60年代中期开始写作大量科幻评论，发表在日报和20世纪七八十年代广为流传的瑞典科幻百科全书中。他的非虚构作品《7X未来》中收录了一篇关于科幻的重要性和意义的文章，该文对奥尔迪斯、菲利普·K. 迪克、菲利普·何塞·法马尔和斯坦尼斯拉夫·莱姆进行了深度分析。

（四）瑞典科幻圈

1950年夏天，瑞典乃至北欧第一个科幻俱乐部Futura成立，创始人为作家斯图勒·隆纳斯坦和图书馆员罗兰德·阿尔贝特（Roland Adlerberth）。成立初期，Futura的两位创始人通过书信保持联系，不久后许多新成员加入进来，新成员中有律师、空军军官和电车司机，他们很快便开始定期在隆纳斯坦在斯德哥尔摩的家中聚会，讨论从科幻到未来再到超自然的种种话题。成员中的不少人把对科幻的兴趣视作对他们在福利系统中被迫承担角色的无声抗议，一些人甚至向妻子隐瞒了Futura会员身份。阿尔贝特后来成了多产的科幻翻译家和批评家，隆纳斯坦则是为数不多的瑞典本土科幻作家。他们发表的论文、组织的活动和在Futura俱乐部中维持的联系不仅是向瑞典介绍当代英文科幻，更创建了瑞典乃至整个北欧科幻迷网络。Furura的不少成员都投身出版业，成为瑞典文科幻杂志《惊异!》的主要力量，该杂志在1954—1966年出版，每月一期，主要翻译美英科幻杂志上的作品，同时也发表原创作品，包括山姆·J. 鲁德沃、丹尼斯·林波（Dénis Lindbohm）、贝提尔·马特松等人的处女作，杂志还刊登科幻评论和科普文章。

杂志本身的重要作用之一是帮助建立了瑞典科幻圈。在第一期杂志中，编辑介绍了他们建立全国性瑞典科幻运动的计划，瑞典和斯堪的纳维亚各地都建立起了科幻俱乐部，尽管每一个俱乐部的成员最多都不过几百人，核心成员不过数十人。20世纪五六十年代，30多家科幻俱乐部在瑞典成立，80多本不同的同人刊创刊。这场运动受到了20世纪30年代英美科幻运动的影响。那时典型的科幻迷是二十多岁的男学生，他们对科学和人文都感兴趣，读英语原文，也读翻译作品。

20世纪70年代晚期最长寿的同人刊的编辑是凭借"千禧三部曲"红遍全球的犯罪小说作家斯蒂格·拉森（Stieg Larsson）。不少瑞典文化名人都和科幻圈有关系甚至在科幻圈中长大，比如演员、译者埃里克·安德森（Erik Andersson），演员瑞内·拜诺索恩（Reine Brynolfsson），作家英格·艾德福尔德（Inger Edelfeldt），诗人赫莲娜·埃里克森（Helena Eriksson），作家史蒂夫·桑姆·山德堡等。

第一届北欧科幻大会于1956年8月在隆德举行，名为Luncon。目前，每年都有至少一次大型的科幻大会在瑞典的某一城市举行，每年的瑞典科幻大会（Swecon）则冠名于这些既存的各城市科幻大会之上。在瑞典，最活跃的科幻圈有五个，分别是乌普萨拉、斯德哥尔摩、哥德堡、林雪平和马尔默，五个城市都有定期的科幻迷聚会。

三、丹麦文科幻的发展

丹麦文中最早的科幻小说是卢兹维·霍尔堡（Ludvig Holberg）的《尼尔斯·克里姆地下旅行记》。故事讲述了主人公在地心的旅行。这是各文种中最早描述地心旅行的作品。另外值得一提的是时间旅行剧《7603年》，一部关于性别角色倒错的讽刺剧，由约翰·赫尔曼·维塞尔（Johan Hermann Wessel）写就，尽管剧作本身的文学性很低，却可能是世界范围内最早的时间旅行相关作品。

19世纪早期并没有多少丹麦文科幻奇幻作品，不过汉斯·克里斯蒂安·安徒生（Hans Christian Andersen）却在童话之外写过几个科幻故事。其中最有名的是《一千年之内》，描述了一个欧美紧密联系的未来，预见了因技术进步而加快节奏的日常生活。安徒生的另一个短篇故事《海蟒》也在某种程度上被认为是一个科幻故事。小说讲述博斯普鲁斯海峡下延伸着的长长海底电缆。安徒生曾经将自己的诗作称为"我的未来诗"，其中不少佳作讲述了我们在宇宙真空中旅行，拜访彗星，体验技术进步带来的荣耀。

同样在19世纪，维尔汉姆·贝格索（Vilhelm Bergsøe）的中篇小说《飞鱼"普罗米修斯"号之旅》是一部十分有趣的作品，故事讲述了搭载可以在空中飞行和水下潜行的交通工具周游。乌托邦主题的小说则有C. F. 斯贝恩（C. F. Sibbern）的2卷本《2135年论文内容报告》和奥托·穆勒（Otto Møller）的《黄金与荣耀》。

20世纪初期，尼尔斯·梅恩（Niels Meyn）写作了不少青少年小说，他的作品多为种族主义和帝国主义的太空歌剧。其他作家则写作了一些讽刺小说和社会批判小说，比如阿格·海因堡（Aage Heinberg）的《年轻的泰坦》。第二次世界大战以后，丹麦文学中表现出对技术恐惧与热情交织的情绪，加上美国文化和经济的主导，丹麦科幻文学呈现出一种新的态势。其中最主要的是尼尔斯·E. 尼尔森（Niels E. Nielsen）的作品。尼尔森的处女作发表于1952年，之后写作了大约40篇长篇科幻小说。他对技术的态度偏向谨慎，经常在书中对人类篡夺造物主的权力进行警示。早在1970年，他就写作了一部关于基因工程的小说《统治者》（1970）。

1958年，短命的科幻刊物《行星杂志》在丹麦创刊，不过才出了不到6期就停刊了。1957—1959年期间，有三个系列的外国翻译小说在丹麦出版，其中"星球书系"是法文科幻的翻译。20世纪60年代，丹麦国内对于科幻的兴趣大为增长，这有两个原因。一是美国太空电视节目引起的热潮，二是雅尼克·斯托姆（Jannick Storm）对于欧美和斯堪的纳维亚科幻的译介推广。作为编辑和翻译者，斯托姆是新浪潮的支持者，但他也将阿西莫夫这样的经典科幻作者作品引进丹麦。斯托姆自己著有长篇科幻小说《心是王牌》，书稿在20世纪70年代早期就完成了，却一直迟迟找不到出版商，1976年故事被改编成同名电影，由拉斯·布莱德森（Lars Brydeson）执导。故事发生在近未来，丹麦第一位心脏移植患者寻找拯救他生命的捐助者。

20世纪60年代晚期，科幻的流行使得不少丹麦作家偶尔也尝试写作科幻，他们的创作可以被划分为几种类型。受到新浪潮和漫画的影响，将科幻视作一种讲述神奇故事的工具的人是有的。比如克努德·赫尔顿（Knud Holten）和他的《苏马-X》。现实主义作者则认为科幻是现实主义的另类延续。他们创作了一系列近未来场景。比如安德斯·博德尔森（Anders Bodelsen）的《冰点》和亨里克·斯坦格鲁普（Henrik Stangerup）的《想有罪的男人》。实验性现代主义作家把科幻作为一种工具，将之用于其他目的，比如在斯文·奥厄·马森（Svend Åge Madsen）的《身体和欲望》中包含科幻元素，却并非真正的科幻。神秘学者和UFO专家创作了不少科幻小说，其中最好的是艾尔温·纽兹斯基·伍尔夫（Erwin Neutzsky-Wulff）的《西元》和《神》。具有政治意识的作家则利用近未来设定来批判污染和核能，约亘·林德格林（Jørgen Lindgreen）的《海角核电厂》是一部技术惊悚小说，且摆脱了政治局限。

20世纪70年代末80年代初，一组十分分散的女性作家涌现。多丽特·魏璐姆森（Dorrit Willumsen）的《为爱编程》和恶托邦作家魏蓓科·格罗菲尔德（Vibeke Grønfeldt）的《神奇的孩子》是她们的代表作。

上述这些从20世纪60年代后期开始持各种目的创作科幻的作者中，他们的作品也就只有那么一部可以被认为是科幻小说，因此他们不是职业科幻作家。但有两位例外，分别是博德尔森和马德森。博德尔森写作了许多科幻短篇。马德森则发展出了有他自己独特风格的科幻小说，如《善恶同时》，描述了生活在遥远未来的男人写作一个设置在20世纪70年代的故事。此外他还有《面对曙光》和《让时间流逝》。20世纪80年代，女作家英格·埃里克森（Inge Eriksen）创作了很有野心的四部曲《没有时间的空间》（1983—1989）。这三位可以说是丹麦特色科幻的领军人。

20世纪90年代，几位之前在同人刊上发表过作品的作者出版了自己的书，包括伯纳德·里德贝克（Bernhard Ribbeck），汉斯·亨里克·罗彻（Hans Henrik Løyche）、克劳斯·艾·摩根森（Klaus Æ. Mogensen）等。罗彻不仅是一位作家，也是两本重要丹麦文同人刊《新世界》和《圈系列》的编辑，他的处女长篇《噪音》及关于气候的系列故事为他打开了市场。罗彻在丹麦科幻作家中有些特别，因为他主要受到法国作家而非英美作家的影响。

进入21世纪以后，不少主流作家尝试在小说中使用幻想元素，夏洛特·维泽（Charlotte Weitze）、尼尔斯·布伦瑟（Niels Brunse）、尼尔斯-欧勒·拉斯姆森（Niels-Ole Rasmussen）等都为幻想文学的跨类型创作做出了贡献。同时，一批积极参与短篇小说比赛的新一代作者也正在兴起。

1974年之前可以说是丹麦科幻圈的史前时期，这一阶段在丹麦当然存在科幻迷，也有一些聚会和讨论活动，可是缺乏组织。一些科幻迷在哥本哈根的一家书店举行小型私密聚会，每年也有大的聚会，但丹麦第一次真正意义上的科幻大会在1973年举行。丹麦的科幻专门书店"幻想"（Fantask）和丹麦电影学院参与了大会的组织。1974年，丹麦第一个成型的科幻迷组织"科幻圈"（Science Fiction Cirklen，SFC）成立，SFC出版过两本杂志：《比邻星》和《新》。前者偏学术，主要刊登评论和感想等非小说作品，后者则偏重发表小说。2003年，SFC的一些积极成员创立了一个新组织——"幻想"（Fantastik），旨在包含科幻、奇幻、恐怖等所有幻想类型，以及书本、影视、游戏、漫画等各种媒体，以弥补SFC主要关注科幻文学的遗憾，他们同时出版《天空船》。"科幻圈"和"幻想"每年都组织自己的科幻大会Dancon和Fantasticon。SFC自1976年开始颁发"SFC奖"，授予前一年在丹麦出版小说、编辑或学术作品。"丹麦科幻奖"则自2004年出现，由为《科幻》杂志工作的评论家组成评委会，在参与竞赛的丹麦文短篇小说中评出优胜作品。2007年，哥本哈根承办了欧洲科幻大会Eurocon，吸引了大约800名参与者，是丹麦科幻的一次重大国际性展示。

四、挪威文科幻的发展

由于历史原因，挪威与丹麦曾同属一国，丹麦文是通行的书面语言，甚至可以说那时的丹麦文和挪威文本就是一种文字。直到19世纪，才有人开始对丹麦文进行调整，逐渐形成挪威文，并在20世纪初确定了目前在挪威通行的两种挪威文书写形式。

前面提到的时间旅行剧《7603年》的作者约翰·赫尔曼·维瑟尔出生在挪威，不过在哥本哈根度过了大部分年月。尽管这部作品的书写语言应被界定为今天的丹麦文，但作者本人却是当时的挪威文学社的骨干。

英雄仗剑斗恶龙救美的幻想小说在挪威一度很流行，不过第一部真正意义上的挪威文现代科幻小说直到20世纪早期才出现。欧尔勒·里彻·弗里奇（Øvre Richter-Frich）自1911年开始出版了20多本畅销小说，详细描述了超级科学家琼纳斯·费尔德的冒险。在弗洛斯·弗洛斯兰德（Frøis Frøisland，1885—1930）的《X光眼和其他前沿故事》中收录了不少一战小说，其中有几篇是科幻故事。直到第二次世界大战以后，挪威才有了自己的科幻刊物——《时间杂志》（Tempo Magazinet）。

在挪威文科幻历史上两位不得不提的作家是约恩·宾（Jon Bing）和托尔·艾格·布林斯韦德（Tor Åge Bringsværd）。1966年，两人在奥斯陆读大学时相识了，同为科幻读者，于是宣布成立奥斯陆大学科幻协会——阿尼阿拉（Aniara）以及主办了会刊。1967年，他们作为职业作家参加了一个短篇小说竞赛，《太阳环》收录到了1967年出版的第一本由挪威作者写作的、贴上"科幻"标签的书中。同年，他们合作编辑出版了翻译选集《世界会摇晃》。在之后的年月里，他们又合编了二十来本选集。他们的第一部剧作《丢失一艘太空船》在奥斯陆的挪威国家剧院上演。1970年，两人分别出版了自己独立写作的第一本长篇。宾的《柔软景观》是新浪潮风格作品，具有很大实验性。布林斯韦德的《巴扎尔》主角发现自己的公寓在原来的地方消失，出现在一个公园里。同年，两人还将4个科幻短篇改编为剧本并在挪威电视台播放。早在1967年，两人与挪威最主要的出版商吉尔登达尔谈判后，说服对方出版了一系列翻译外国作品。但直到1980年，其中的55本才被翻译出版。这些作品包括阿尔弗雷德·贝斯特、雷·布雷德伯里、亚瑟·C.克拉克、菲利普·K.迪克、厄休拉·K.勒古恩等多名作家的作品。几位挪威本土作家的处女作也囊括在这一系列中。宾因其国际声誉而担任过1997年英国科幻大会的特邀嘉宾，布林斯韦德则是斯堪的纳维亚最受人尊敬的作者之一。

克努特·法德巴肯（Knut Faldbakken）凭借他的"甜水"系列小说成为国际畅销的挪威作家。《暮光之国》和《甜水》设定在一个近未来世界中，甜水是一座水资源短缺的城市。该系列的两部作品分别在1993年和1994年推出英译版本。

另一位非常流行也很畅销的挪威文科幻作家是欧尔温德·米勒（Øyvind Myhre），他的作品遵循欧美类型科幻风格，而且是硬科幻。米勒自幼便是一个科幻读者，在20世纪60年代接触到挪威科幻圈，开始出版一本奇幻主导的同人刊《甘道夫》。1972年，他在挪威的《科幻》杂志上发表第一篇小说。该杂志自1973年起改名为《新星》（Nova）。米勒在1975—1977年担任杂志编辑。米勒的第一部长篇小说《翠菊》根植于挪威传统，故事发生在久远的过去，记录了两个智慧种族之间的冲突，他们在火星和木星之间两个截然不同的环境中平行进化。米勒已出版了20多本长篇小说和若干短篇。女作家吉尔德·布兰登堡（Gerd Brantenberg）的作品《爱加利亚之女》讲述了一个性别转换的故事。阿克塞尔·延森（Axel Jensen）和哈里顿·普什瓦格纳（Hariton Pushwagner）合作的漫画《普什瓦格纳柔软城市》是一部非常优秀的挪威文科幻漫画，讲述世界末日前最后一个工作日发生的故事。延森本人也写作过科幻小说，比如恶托邦题材的《埃普》。

更多的挪威作家继承的是古老的欧洲文学传统，而非类型科幻传统。他们离科幻圈很远，作品在主流文学出版社出版，不会被贴上"科幻"的标签，偶尔写作科幻却能够畅销。

科幻运动在瑞典兴起的同时也到达挪威。瑞典科幻杂志《惊异！》的俱乐部成员之一——来自挪威德拉门的罗尔·林达尔（Roar Ringdahl）和他的邻居卡托·林德堡（Cato Lindberg）一道种下了挪威科幻圈的种子。他们两个自童年起就一同手工制作手写的杂志。1954年圣诞，受到英美杂志的启发，他们制作了挪威第一期科幻同人刊《幻想》，印刷了5份。出版到第三期时《幻想》的印数已经成倍增长。20世纪60年代，林达尔与皮尔·G. 欧尔森（Per G. Olsen）创办同人刊《阿尔法波》。1965年，奥斯陆大学的学生创办挪威第一个科幻迷组织阿尼阿拉，并出版同人刊《66现象》，印量达到1000份。1975年，挪威举办了第一届科幻大会。

五、冰岛文科幻的发展

冰岛文学以其丰富奇异的幻想著称，《魔戒》的作者约翰·罗纳德·瑞尔·托尔金（John Ronald Reuel Tolkien）和《纳尼亚传奇》的作者克莱夫·斯特普尔斯·刘易斯（Clive Staples Lewis）都曾受冰岛文化的影响。冰岛儿童文学中也广泛用到传说和神话中的幻想元素，比如伊瑟恩·斯坦斯多蒂尔（Lðunn Steinsdóttir）的作品，可它们并不会被认为是科幻或奇幻。克里斯蒂安·埃斯基尔·贝纳迪克松（Kristján Ásgeir Benediktsson）以斯纳·斯纳兰德（Snær Snæland）为笔名写作的短篇小说《2000圣诞之旅》描述了2000年的冰岛和加拿大，空气机车实现了国际交通。贝纳迪克松也写作了冰岛第一篇恐怖小说《麻风病》。冰岛第一次在科幻小说中出现是在儒勒·凡尔纳的《地心游记》中，主人公从冰岛的斯奈菲尔火山的冰川进入地心。

英吉·维塔林（Ingi Vítalín）的《去往群星》是第一部冰岛文科幻长篇小说，讲述了冰岛教师英吉·维塔林独自在郊外行走，看着群星思考我们何时才能去往那里。这时他遇见了一个穿着华丽的奇怪男人。按照冰岛文学传统他应该是一个精灵，不过他用英语向维塔林自我介绍说是外星人。随后他将维塔林带上太空船去到他的母星。那是一个乌托邦社会，教会他人性的缺陷以及如何修补。小说发表后不久，人们就发现英吉·维塔林是著名作家克里斯特曼·古孟德松（Kristmann Guðmundsson）的假名。古孟德松还用自己的真名写过同系列另外两部小说《太空冒险》和《星船》。两个故事都是关于冰岛人被带走进行星际旅行的故事。

很长一段时间内，冰岛文科幻都陷于沉寂，因为冰岛人口少，出版商不相信冰岛科幻奇幻可以作为一种文类打开市场。不过进入21世纪后，冰岛文科幻似乎开始抬头。安德烈·斯纳·马格纳松（Andri Snær Magnason）的《爱星》是一个发生在冰岛的近未来故事，一家叫爱星的冰岛公司发现了一种方法可以将所有人无线连接。

2003年发布的大型多人线上角色扮演游戏EVE大概是最广为人知的科幻作品了。游戏设置在一个太空歌剧背景下，一组人类穿越超光速通道抵达另一个星系，通道却发生崩塌使得他们只能自力更生。EVE的背景故事十分丰富翔实，游戏激发了许多科幻创作。海尔蒂·丹尼尔森（Hjalti Daníelsson）以EVE宇宙为背景创作了超过80篇短篇小说，发布在游戏网站上，他还写了一部长篇《EVE：燃烧的生命》，讲述残酷宇宙中的复仇和救赎。当然，这些作品都以英文创作。

2010年后，出现了更多冰岛文科幻奇幻作品，包括古典奇幻、都市奇幻、科幻、蒸汽朋克、后启示录、恐怖和新怪谭。冰岛语中甚至出现了一个新的专有名词furðusaga（复数furðusögur）来描述这一文类，直接翻译是"怪谭故事"或"惊奇故事"，如果一个人说到furðusaga，人们知道他说的是什么，只是会问他说的是哪一类furðusaga。

近几年出版的冰岛文幻想类小说颇多。《诸神黄昏后：霍德尔和巴德尔》（或称《幸存者传说：霍德尔和巴德尔》）是艾米尔·休瓦·彼得森（Emil Hjörvar Petersen，1984—　）的后启示录幻想小说，一本是带有科幻元素的蒸汽朋克。2012年冰岛有两部科幻出版：大卫·托尔·约翰逊（Davíð Þór Jónsson，1965—　）的科幻小说《折叠之战》和克里斯蒂安·马塔里（Christian Matari，笔名）的太空歌剧《轨迹源头》。2013年，冰岛出版了一部科幻、一部蒸汽朋克、一部恶托邦青少年小说，还有艾利·弗雷松的系列第三本《召唤》。2014年，一部恶托邦青少年小说、一部新怪谭，还有艾利·弗雷松的系列第四部《胸膛》和艾米尔·休瓦·彼得森的三部曲第三作《诸神黄昏后：尼德霍格》出版。

纵观这几年冰岛幻想小说的出版情况，不难发现幻想在冰岛日趋繁荣，类型间的界限并没有那么明显，而撰写系列小说也是趋势。相较于奇幻和恐怖小说，软硬科幻在冰岛还没有彻底流行起来，不过未来几年中热潮很可能会快速涌起。

目前，冰岛还没有正式的科幻迷组织。2012年和2013年，一个小型活动在冰岛的北欧之家召开，作者、学者、科幻迷聚集一堂，类似于各国的科幻大会。值得注意的是，冰岛科幻圈中最积极活跃的是作家，因为他们自己也是科幻迷，而且相当一部分人有大量读者，让人认识到冰岛文也可以写作科幻奇幻。纽带是冰岛一家科幻奇幻商店，时常举行各种相关活动，作者也乐于同其合作。

六、爱沙尼亚文科幻的发展

1990年以前，在爱沙尼亚只能见到零星的科幻作品。艾薇·埃龙（Eiv Eloon）的长篇小说《双物种》（续作《双物种2》发表于1989年）探讨了性别身份的问题，可能是最早的科幻小说。爱沙尼亚最多产的科幻作家之一——乌尔马斯·阿拉斯（Urmas Alas）的处女短篇《怪物》发表于1985年1月的《先锋》杂志上。另一位重要的爱沙尼亚科幻作家提特·塔拉普（Tiit Tarlap）的处女短篇《窗户之外的街道》发表于1988年6月的《青春》杂志上。

直到20世纪90年代，持续写作科幻的作家才开始涌现。这一时期可以称作爱沙尼亚科幻的萌芽期。在20世纪80年代末发表处女作的阿拉斯和塔拉普也在90年代创作了更多作品。阿拉斯的《爆炸》是一部另类历史小说，描述了一个非常不同的1990年代的爱沙尼亚。《礼仪守护者》是一部近未来恶托邦小说。阿拉斯的作品继承的是英美科幻的标准模式，缺少自己的特色。塔拉普可以被称作20世纪90年代爱沙尼亚最重要的科幻作家，他在不同报纸上连载作品。《邪恶一小时》是一部十分严酷的军事科幻，故事发生在当代，另外还有《吸血鬼陷阱》《精灵舞蹈》《过去的圣骑士》和《仇恨的方向》。其中，最后一部赢得了1998年爱沙尼亚科幻最高奖项潜行者奖。

20世纪90年代另一位不得不提的爱沙尼亚科幻人是马里奥·基维斯第（Mario Kivistik），他从1991年开始出版的科幻杂志《女妖》（Mardus），至今仍在出版。基维斯第和他的杂志培养了一批作家，而这批作家之间也多少相互影响。维科·贝里奥斯（Veiko Belials）无疑是最多产的当代爱沙尼亚科幻作家之一，他同时也是一位诗人和业余摄影师。他的代表作《阿什那编年史》是一部英雄幻想小说。贝里奥斯共出版了六部长篇幻想小说、六部诗集和两部儿童故事，他也曾六度获得潜行者奖。马雷克·辛普森（Marek Simpson，笔名）的处女作《雨人》发表于1994年春天，这位多产的科幻作家的作品包含了赛博朋克和太空歌剧的元素。他最重要的作品包括《"入侵"计划》和《那些孤单的人》。1999年，辛普森和贝里奥斯合作出版了一部科幻长篇《存在感》。但这本书被本土科幻评论家认为是一个巨大的失败。莱姆·R. 贝格（Lew R. Berg）

的处女作发表于1995年春天，主要是军事科幻冒险和太空歌剧，他作品中相当大的一部分属于"威拉德"（Willard）系列，包括《实验室中的混乱》《极地站》和夺得潜行者奖的《幽灵河魅影》。

20世纪90年代后期还有一些作家值得提到。马特·劳德萨（Mart Raudsaar），他的处女作发表在1993年秋天的《青春》上。劳德萨写作的并非传统科幻，他的一些故事可以归类到都市幻想，可实际却发生在乡村。以房地产经纪人马克·库斯（Mark Kuuse）为主人公的一系列故事是他最重要的作品，他值得被关注的短篇有：《没有无限的空间》《我的宇宙》《沼泽城》《纹章动物》《狗仔队之死》，以及长中篇《黄金船》。

1998年11月，爱沙尼亚科幻电子刊《阿尔吉侬》的出现极大地改变了爱沙尼亚文原创科幻的境况。因为它很快成为本土科幻的发表阵地。新一批作者涌现出来。英德雷克·哈格拉（Indrek Hargla）的处女作发表于1998年12月，不过第一篇重要作品——中篇《冈瓦纳之子》发表于1999年2月，他的其他重要作品包括《怀疑的代价》、2000年"潜行者奖"得奖作品《最高征服者》《今夜它会来》等。哈格拉最著名的作品是"米兹斯洛·戈洛普斯基"（Mieczislaw Grpowski）系列，故事结合了恐怖、奇幻和科幻、侦探等元素。这个系列包括短篇小说《顾客的愿望》、赢得"潜行者奖"的《斯匹兹卑尔根的夜曲》、中篇小说《坚定之城》《乌木》《潘·戈洛普斯基的圣诞》。西姆·维斯基米斯（Siim Veskimees）的第一篇故事发表于1999年。他的中篇小说《宇宙之声》和《月球秩序》是太空冒险佳作，他的太空歌剧作品带有作者独特的幽默，敢于谈论意识形态和政治现状，因此很被看好。弗雷亚·艾克（Freyja Ek）的处女作发表于20世纪90年代初期。他的《飞吧，老鹰！》既是对苏联科幻的戏谑又是怀旧。《漫画》则是赛博朋克的范本，节奏和情节参照了日本风格的赛博朋克。

在爱沙尼亚首都塔林和第二大城市塔尔图都有科幻迷的定期聚会。成立于1995年的爱沙尼亚科幻协会自1998年开始每年举办爱沙尼亚科幻大会Estcon。参与人数通常是几十到一百来人。每年的Estcon上都会颁发爱沙尼亚最高科幻奖项——"潜行者奖"，该奖由读者投票选出，爱沙尼亚科幻协会颁发。"潜行者奖"得名于俄国导演安德烈·塔可夫斯基的同名电影《潜行者》，有不少场景取景自爱沙尼亚。

七、拉脱维亚文科幻的发展

拉脱维亚的幻想传统根植于民间传说。相比于更多从本土童话、传说和神话中汲取营养的奇幻小说，科幻小说在拉脱维亚的萌芽无疑受到了全球化发展的影响。

第二次世界大战之前，科幻并没有作为一个自觉的文类出现，虽然在20世纪20—30年代拉脱维亚也有作家尝试写作科幻冒险小说，但却没有精彩作品。格特弗莱·米尔贝加（Gotfrīds Mīlbergs）的《银太阳升起》（1924）发生在2107年的莫斯科公国。拉脱维亚对其发起战争并获得胜利。据悉，作家米尔贝加在1942年被枪决。苏联时期，拉脱维亚科幻与奇幻之间仿佛竖起了一座"柏林墙"。作为神话、寓言、童话而存在的文学想象因其对旧道德的遵从而被视作"有害"。这一时期拉脱维亚的奇幻小说几乎销声匿迹，而科幻小说则被认可。大量国外科幻作家的作品被翻译成拉脱维亚文。除了艾萨克·阿西莫夫、雷·布拉德伯里，来自俄罗斯的斯特鲁伽茨基兄弟的作品也受到追捧。拉脱维亚本土作家维利斯·拉齐斯（Vilis Lācis）写作社会主义现实风格作品。他的小说《日落之城的旅行》是拉脱维亚本土作品的先驱之一。但很可惜他的作品有反苏倾向，于是遭到批评并被迫修改。作家兼画家阿纳托斯·伊莫马尼斯（Anatols Imermanis）是犯罪小说畅销作家，作品在被翻译成俄文后畅销过百万册。他的科幻小说《莫顿金字塔》受到广泛关注，是一本很好反映当时社会的恶托邦小说。

苏联解体之后，奇幻小说重回人们的视线，科幻也同时繁荣。安德烈斯·普林斯（Andris Puriņš）的作品《粗心的旅行者》是时间旅行者的故事。女作家莱多塔·赛丽（Laimdota Sēle）的作品《镜子测试》讲述了三个好友穿越回1685年后所经历的冒险。

2010年，拉脱维亚幻想文学迎来了一波新的热潮。仅2010—2013四年，拉脱维亚就有21本幻想类图书出版，18部长篇小说和3部短篇小说合集。狄泽思·赛德雷尼（Didzis Sedlenieks）出版了短篇小说合集《波西米亚贼》。劳拉·德雷泽（Laura Dreiže）出版了恶托邦小说《快乐监控》，该书讲述当权者非法控制叛逆少年的思想，消除他们的负面情绪的故事。爱莲娜·R. 兰达拉（Ellena R. Landara）的恶托邦小说《数字遗忘领域》讲述在人与科技的界限逐渐消融的城市中，一个女孩的生活发生了翻天覆地的变化。伊尔泽·恩格勒（Ilze Eņģele）的乌托邦小说《七十五天》，讲述在21世纪末的数字时代，世上每个小时都在变化，基因层面改变外形成了廉价商业。《紫色御庭——拉脱维亚科幻奇幻小说选》《蓝色海牛——拉脱维亚科幻奇幻小说选》两本选集则收录了最近几年的拉脱维亚短篇幻想小说。值得一提的是用英文写作的拉脱维亚籍作家汤姆·克洛希尔（Toms Kreicbergs），他的作品曾三次被提名"星云奖"。选择用英文而非母语拉脱维亚文写作为他赢来了更多国际声誉。

拉脱维亚奇幻科幻协会（Latvijas fantāzijas un fantastikas biedrība, LFFB）是拉脱维亚最大的幻迷组织，成立于2000年，成员包括热爱泛幻想文学、游戏、电影、音乐、真人角色扮演游戏（LARP）的人。自2005年起每年举办拉脱维亚科幻奇幻大会（Latcon）。

八、立陶宛文科幻的发展

立陶宛文中的科幻被称为mokslinė fantastika（科学幻想），且与幻想小说并没有太大的区分，发表的科幻小说也大多被归类在fantastika（幻想小说）的标签之下。朱斯蒂纳斯·皮里伯尼斯（Justinas Pyliponis）被公认为第一位立陶宛科幻作家，他于1928年发表的《80天环游立陶宛》很明显受到了儒勒·凡尔纳的影响。在接下来的11年间，他共出版了15部作品，且大多为凡尔纳式的冒险故事。这些故事在异域或未来发生。其最广为人知的作品《第二次世界洪水》的背景是在37世纪。皮里伯尼斯的作品在文学质量和深度方面有所欠缺，他的小说也不流行。20世纪30—50年代，立陶宛也出现过一些其他的科幻作品，以带有幻想元素的犯罪小说为主，疯狂科学家、优生学、死后复生、太空幻想是其中的常见元素。

维陶塔斯·诺布塔斯（Vytautas Norbutas）被认为是现代立陶宛文科幻之父。他于1968年开始发表短篇小说，1970年出版第一本长篇小说《不朽的方程式》，1972年出版第二本书——短篇小说集《天蝎座符号》，1991年出版第三本书《撒玛利亚人》。诺布塔斯的作品更接近现代意义上的硬科幻，他在小说中探讨了人类与技术的关系、技术进步会给世界带来怎样的影响，他试图预测科技进步之后的未来。

苏联时期的立陶宛文科幻作家包括卡兹斯·保罗斯卡（Kazys Paulauskas），代表作为《多拉多》《太阳之子》《火卫二效应》等。班格里斯·巴拉瑟维修（Banguolis Balasevičius）的代表作是《代理与机器人》和《我们，非机器人》等。

苏联解体后，新一代立陶宛文科幻作家开始涌现。自1997年起，历年《立陶宛最佳幻想小说年选》中都会收录代表作家的作品。这些作家包括杰迪米纳斯·库里卡斯卡（Gediminas Kulikauskas）、罗兰达斯·佩科维修（Rolandas Petkevičius）、普拉纳斯·萨普尼基（Pranas Šarpnickis）、朱斯蒂纳斯·泽林斯卡（Justinas Žilinskas）等。2012年，一部叫《极光》（国际片名为《消失的浪潮》）的科幻电影让立陶宛科幻迷和影迷一度兴奋不已，这部由年轻女导演克里斯蒂娜·薄兹特（Kristina Buozyte）执导的影片是该国罕见的科幻片。可不久后，该片就由于"色情内容"被主流影院拒之门外。事实上，影片中性的部分并非主要情节，导演想要探讨的是人类之间不通过任何物理接触所建立的联系，其中既有科幻元素又有超现实元素。遗憾的是，保守的立陶宛文化却无法接受如此先锋的影片。

杰迪米纳斯·贝勒聂维修（Gediminas Beresnevicius）于1979年创办的维尔纽斯科幻俱乐部——多拉多，是立陶宛相当重要的科幻组织。不少作家都是多拉多的成员，包括上文提到的库里卡斯卡、泽林斯卡，还有女作家艾尔泽·汉密尔顿（Elze Hamilton），戴安娜·雷斯维新（Diana Lenceviciene）、奥多娜·冯泽斯凯·斯塔德（Audrone Vodzinskaite-Stadje）等。这三位女作家于1994年创办了立陶宛的科幻奇幻同人刊《多拉多女巫》（Dorado Raganos）。立陶宛首都维尔纽斯举办过1996年的欧洲科幻大会（Eurocon），而国内则每年都举行立陶宛科幻大会Lituanicon。在维尔纽斯和考纳斯都有科幻组织的存在。

（王侃瑜）

第六节　日本、非洲各文种科幻的发展

一、日本科幻的发展

（一）简史

真正的科幻文学于日本现代化进程开始之后从西方传入。1853年，美国海军准将马休·佩里率舰驶入江户（东京）湾，用火炮迫使还处在中古时代的日本接受现代生活。1868年明治维新之后，日本出版了许多有关科技的图书，使得妖怪之类的东西在日本文学中开始淡化。明治十一年（1878年）后20年间，日本译介了大量西方科幻小说，凡尔纳和威尔斯的作品极受欢迎，甚至获得与莎士比亚同等的好评。

虽然日本科幻受到强烈的西方影响，但民族主义却是许多作品的主题。在一些作品中，"南进论"非常明显。这期间的重要作品包括矢野龙溪在《报知新闻》连载的《浮城物语》、末广铁肠的《二十三年未来记》、须藤南翠的《朝日旗》、小宫山天香的《联岛大王》、迟塚丽水的《南蛮大王》等。其中押川春浪的《海底军舰》较为著名。押川春浪生于爱媛县松山市，在东京专门学校（现早稻田大学）学习时发表处女作《海底军舰》，其中预言了未来的日俄海战。此后他成为《冒险世界》《武侠世界》杂志的主笔。他的小说深受凡尔纳的影响。押川春浪还创作了《武侠的日本》《新造的军舰》《武侠舰队》《千年后的世界》《新日本岛》《东洋武侠团》《铁塔之怪》《北极飞行船》等作品。

但在早期萌芽之后，日本科幻小说终究没能大行其道地发展起来。在大正至昭和年间，一批刊载科幻的杂志得以创刊。其中包括《冒险世界》（1908年创刊）、《新青年》（1920年创刊）、《科学画报》（1923年创刊）等。科幻小说主要散见于这些杂志及侦探小说当中。虽个别作品科幻味较浓，但多数作品科技色彩并不浓厚。评论家山田博光甚至认为，日本的科幻小说在萌芽中即被扼杀。

这期间值得一提的是海野十三。海野十三原名佐野昌一，生于德岛县，自早稻田大学理工系毕业后，任通信省电气试验所技师。海野十三是科幻小说家、

推理小说作家，科幻作品极多，很多与侦探推理小说相融合，包括《电气浴室的怪死事件》《爬虫馆事件》《红外线男人》《俘囚》《深夜的市长》《恐怖的口哨》《军用鼠》《十八点的音乐浴》《三人双胞胎》《地球发疯事件》《振动魔》《被盗窃了的脑髓》，以及少年科幻小说《地球失盗》《火星兵团》《漂浮的飞行岛》《地球要塞》《四元世界漂流记》等。海野十三擅写人体改造或外星入侵的主题，其作品中科技知识丰厚，颇具影响力，但作品中的文学性则有所欠缺。

1945年，第二次世界大战后美军再次进驻日本，对战败国日本进行单独占领和管制。美国科幻文化再度在日本大行其道。此时，本土科幻作品也逐渐发展起来。在战争结束的早期，多数作品属于对西方科幻的模仿，市场也不甚良好。诚文堂新光社的《娱乐小说集》仅出版7册。森道社1954年末创刊的科幻小说专刊《星云》仅出版了一期。室町书房1955年开始的科幻小说丛书仅出版两册。讲谈社的《科幻小说丛书》仅出版六册。成立于1957年的日本最早的科幻迷组织"ω俱乐部"所属、由渡边启助等人编辑的《科幻小说》仅出版了两期。元元社从1956年开始推出的《最新科学小说全集》出版到20册时中断。唯有1957年创刊的科幻迷同人刊物《宇宙尘》坚持了下来，创办者为"日本科幻迷之父"、作家兼翻译家——柴野拓美。据称后来成名的科幻作家半数以上出自这一杂志。同年《早川幻想小说》（后改名《早川科学幻想小说丛书》）销路也很好，后来每年能出版近200种。这个丛书除了包括科幻小说，也包括一些非小说的科学读物。1959年底，第一本正式刊物《科幻小说杂志》创刊，由早川书屋出版。后来还产生了像《新潮SF季刊》这样的半公开性刊物，每年三四册，在东京出版，印数为5000册。

1962年，第一次日本科幻小说大会在东京召开。1963年成立科幻作家俱乐部。1970年，日本设立"星云赏"（相当于日本的"雨果奖"）。1978年，写有"梦中书房"系列的科幻作家兼评论家石川乔司在东京大学开设日本第一个科幻课程。

随后，日本涌现出一批优秀的科幻作家和科幻作品，甚至还有一些主流作家加入科幻创作，如深受卡夫卡和贝克特影响的作家安部公房，就著有《红茧》《铅蛋》《第四间冰期》《他人的脸》《箱男》等科幻类作品。其中《第四冰河期》描写两极冰川融化后地球被水所淹，人类为了生存被改造成能够在水中生活的"水栖人"。故事的主人公是一个研究电脑系统的专家。《箱男》也是具有科幻元素的作品。该书描写生活在纸板箱的东京人如何拒绝正常生活。两书都曾被译成多种文字出版。安部公房还写过关于原子弹后的世界的作品。

这一时期重要的科幻人物是今日泊亚兰和矢野彻。今日泊亚兰与矢野彻等人最早接触和译介了美国科幻小说。1957年，他参与创办"ω俱乐部"，其小说《河太郎归化》曾获"直木奖"候补奖，他的主要作品还包括长篇科幻小说《光塔》等。矢野彻生于爱媛县松山镇，长于神户，入伍前曾在中央大学就读三年，后在军中担任坦克指挥官。矢野彻以翻译美国科幻小说为主，在译介的同时也自己从事创作，他的主要作品是《纸折飞船的传说》。20世纪50年代，他发起成立日本科幻作家协会，并任主席至80年代。

在最近30年里，最重要的日本科幻作家除了小松左京、星新一、半村良、光濑龙、筒井康隆、眉村卓、丰田有恒、田中光二，还有20世纪70年代后走上文坛的山田正纪、梦枕貘、新井素子、大原茉莉子等。其中丰田有恒的主要作品有《蒙古的残阳》《退魔战记》《达伊诺沙乌尔斯作战》等一系列时间旅行小说。田中光二生于东京，其父是作家田中英光。1970年自日本广播协会辞职，成为自由导演，同时参加《宇宙尘》的编辑工作。1972年在《宇宙尘》发表《幻觉的地平线》，同年12月转载到《科幻小说杂志》。1974年出版第一部长篇《大灭亡》。后又创作其代表作《异星人》及《大流浪》《大逃亡》《天堂的战士》等长篇，《杀死狮身人面像》《我们去的是蓝色大地》《灼热的水平线》等作品集。田中光二的风格明快热烈，具有鲜明的故事性。山田正纪1974年在《科幻小说杂志》上发表中篇科幻《神狩》，它与《弥勒战争》《神的埋葬》都涉及向"神"的概念挑战的主题。此外还有《袭击的旋律》《化石之城》《昆仑游击队》《谋杀的国际象棋队》《盗取火神》等作品。到20世纪80年代，田中芳树的《银河英雄传说》以宇宙帝国间的纵横捭阖感动了读者。小说场面宏大，人物众多。作者生于熊本县，大学期间开始尝试推理小说创作，参加比赛并获奖。田中芳树的作品受中国历史作品影响较重。

近年来，日本科幻还逐渐进入电影和卡通行业。早期日本科幻电影以描写怪物较多，如科幻电影《哥斯拉》。后来手冢治虫的《铁臂阿童木》等一系列电影问世，使得科幻卡通片大行其道，影响了后来自《银河铁道999》到《变形金刚》等诸多卡通科幻片。

（二）主要作家及作品

1. 小松左京

小松左京生于大阪。自京都大学文学系意大利文学专业毕业后，从事过记者、监工、街道厂厂长、相声类作品脚本作者等多种工作，后开始创作科幻小说。1961年，《在大地上建立和平》于科幻杂志主办的第一次科幻小说征文比赛中获"努力奖"（后获1963年下半年直木奖候补奖）；1963年，《茶泡饭的味道》在第二次征文比赛中再次获奖。1962年10月，处女作《蜀仙回乡记》在科幻杂志上发表。

小松左京的主要作品有长篇《日本阿帕奇族》《复活之日》《日本强盗》《无尽长河的尽头》《谁来继承地球？》《日本沉没》《再见了，丘比特》《首都消失》《陈列虚无的长廊》。其中《日本沉没》是小松左京最著名的作品，据称作者花了九年时间写成。作品描述了由于地震诱发火山爆发，日本列岛在一年内沉入海底的故事。出版后日本正好发生了海底火山喷发、气象异常和地震等一系列自然现象，引起巨大轰动，行销400万册，并被译成多种语言。关于这部作品的内涵，许多人将其划归为深入探讨日本人岛国意识、不安感的重要作品。小说于1976年出版英文版后被拍摄成同名电影和另外一部电影《巨浪》。小松左京的《无尽长河的尽头》也是十分著名的作品，描写了宇宙与人类历史。

在创作的同时，小松左京也十分关注科幻评论、影视和相关活动。1970年他还在日本组织了第一届国际科幻小说研讨会；1977年他为《威尔斯与现代科幻》撰写《威尔斯与日本的科幻小说》一文。

2. 村上春树

村上春树出生于日本兵库县，毕业于早稻田大学戏剧专业，大学时期参加过学生运动，后多年经营爵士酒吧，并以此为途径观察各类人格的表现。近年来，他主要居住在欧洲。村上春树深受菲茨杰拉德等美国作家影响，他的主要小说包括《且听风吟》《世界尽头与冷酷仙境》《挪威的森林》等。其中《挪威的森林》一举打破了日本文坛的沉寂，出现了所谓的"村上春树现象"和"《挪威的森林》现象"。

村上春树的小说充满幻想，其中一些作品是典型的科幻小说。《世界尽头与冷酷仙境》（又被译为《末世异境》）创作于1985年，获得当年谷崎润一郎文学奖。随后译成英文，大获好评。小说以两条平行的线索发展。一个世界是以当代大都市为场景的"冷酷仙境"。在这个"仙境"中，情报大战如火如荼。据说战争的双方一旦获胜，将能控制全世界人的大脑。这个世界阴森、黑暗、冷酷、怪异，唯有一位粉红女郎带来了一丝浪漫。与此同时，小说的另一个世界是山川寂寥、村舍井然、鸡犬相闻的"桃花源"，被称为"世界尽头"。两个世界虽然各不相同，但却有着内部的联系。原来，小说的主人公被分裂成两半，各在一个世界中。第一个世界是存在的世界，具有可视性；第二个世界为非存在的世界，具有虚无性。两个世界中的主人公无时无刻不在为分裂所烦恼。小说表达了对工业文明、物质文明和高度发达的资本主义社会中人的存在意义的反思。《舞！舞！舞！》发表于1988年。小说仍然在发达的资本主义社会中构建。科技的文明并没有让超自然的现象消失。故事主人公在遇到一系列神奇的事件之后，开始遭遇六具白骨。而当这些白骨的谜团解开之后，它们便在世界上消失。评论认为，小说仍然在描述当代青年的生存困境。

3. 星新一

星新一生于东京文京区的本乡，1945年考入东京大学农学系攻读农业化学，毕业后留校，并在研究生院研究微生物学。1956年加入飞碟研究团体，1957年与柴野拓美等人一起创办《宇宙尘》杂志。在科幻作家中最早获得直木奖候补奖。主要作品是大量的科幻微小说，其代表作为《人造美人》等。《人造美人》的主人公是一个酒吧女招待，其实是个机器人。她不断地倾听焦虑中的当代各色人的诉苦，也接受他们爱的告白。然而，虽然她美艳绝伦，却无法真正与任何人具有爱的关系。最后，失望的小伙子在酒中下毒，希望毒死这个美丽的女招待。而毒酒通过女招待的身体重新回流到酒吧的出售系统中并毒死了所有的客人。星新一的每个短篇小说在构思上都力求精巧，并在结尾处发人深省。他是一位日本的欧·亨利。在产量上他的作品也非常惊人。在长篇方面，他还著有《声之网》和《梦魔的标准靶》等。

4. 半村良

半村良生于东京深川附近，毕业于东京都立国际高等学校，曾做过纸张批发店店员、酒店俱乐部、麻将房、茶馆和旅馆老板，还从事过厨师等多种工作。1963年，他的小说《收获》在科幻杂志主办的第二次科幻小说征文比赛中获奖，

1973年以长篇科幻《产灵山秘录》获得第一届泉镜花奖。1974年半村良以《雨星宿》获得直木奖，成为日本第一个获得直木奖的科幻作家。半村良是一个多产作家，赢得评论界广泛赞誉。其主要作品有《产灵山秘录》（4～12连载；1973年出版）、《石头的血脉》和《妖星传》等。此外，他还从事历史小说创作。

5. 光濑龙

光濑龙生于东京，1951年自东京教育大学理学部毕业，之后进入文学部学习哲学。他毕业后担任一个高中的生物教师，同时参与《宇宙尘》的编辑，1961年在《宇宙尘》发表《派遣军归来》。1962年10月，他在正式科幻刊物上发表《晴海1997年》。此后，他陆续发表主题为"星际文明史"的科幻小说，这些小说大都收入《墓志铭2007年》《落日2217年》《理想国5100年》等作品集。此外，作者还写有《征东都督府》等虚构历史小说。光濑龙的主要科幻作品是《返回黄昏》。该书以茫茫宇宙为背景，满怀忧愁地描写了令人战栗的人类未来，堪称一部宏伟壮丽的宇宙叙事诗。作品问世后引起轰动。他以"永恒的宇宙"为主题的《百亿之昼、千亿之夜》和以"宇宙的诀别"为主题、以短篇作品集形式表现太阳系及第五行星的悲壮作品《丢失城市的记录》等，都在日本科幻界受到很高评价。光濑龙的科幻小说常被称为"时间支配者"式的作品，他善于以诗的笔调创作，喜欢描写人类无法抗衡时间的流逝，同时又在面临因时光流逝有可能被毁灭时努力争取生存的主题，其作品被认为具有最广阔和最深刻的构思。

6. 筒井康隆

筒井康隆生于大阪船厂，经历颇具传奇色彩。他为家中长子，父亲筒井嘉隆是动物学家。1946年，还是小学生的筒井康隆在转学时被测智商高达187，因此被作为天才儿童转入特殊教育。1953年他进入同志社大学文学部，热衷心理学和戏剧表演，并成为"日活"剧团的新人。1957年大学毕业后，他成为装潢设计公司职员，同时开始发表科幻作品。1961年他开设自己的装潢设计室。小说《幻想的未来》于1964在《宇宙尘》连载（1968年出版）。1965年筒井康隆前往东京，开始专业写作。他的主要作品包括短篇小说《东海道战争》《越南观光公司》《巴甫林克创世纪》等，长篇小说《四十八亿的妄想》《马首风云录》《灵长类，向南方》《俗物图鉴》等，此外，他还有许多其他类型的创作，作品曾获直木奖候补奖。

7. 眉村卓

眉村卓原名村上卓儿，生于大阪，高中时喜爱文艺，热衷俳句。自大阪大学经济系毕业后，眉村卓在耐火砖公司做职员，同时参与《宇宙尘》的编辑工作。他于1960年起向刚创刊的《科学幻想小说杂志》投稿，1961年在科幻小说征文比赛中以《下级智慧者》获得佳作第二名。1963年，他辞职成为广告撰写人，同时创作《幻影的构成》、《1987世界博览会》（1967，11连载，1968年出版）等科幻作品。1965年他成为专业作家，同时以演员身份活跃于媒体。

眉村卓的主要作品有长篇小说《耀眼的斜坡》《消灭的光环》《黑夜》和《饥饿列岛》等。《耀眼的斜坡》改写自中篇科幻《文明考》，发表于《宇宙尘》杂志1961年第8期，小说反映了一种人本思想。《消灭的光环》于1976年2月在《科学幻想小说杂志》上连载，属于作者的"司政官"系列。故事描述了人类为了躲避太阳爆炸而向其他行星移民的计划，而所谓"司政官"即地球人派到相关星球上的总督。《黑夜》是作者在创作风格上变化的开端。而《饥饿列岛》是一部危机科幻小说，是眉村卓与福岛正实合作的作品。

8. 田中芳树

田中芳树原名田中美树，生于熊本县。1972年入学习院大学文学部，1984年获得博士学位。田中芳树少年时代酷爱漫画，就读学习院大学期间即开始推理小说创作并参赛，1975年发表处女作《寒泉亭杀人》。1982年以笔名田中芳树出版第一部长篇科幻《银河英雄传说》，并于1988年获得"星云奖"，成为"架空历史小说"的代表人物。

除《银河英雄传说》外，田中芳树的代表作品还有《创龙传》《亚尔斯兰战记》以及以中国为题材的历史小说《风翔万里》《红尘》《奔流》和《中国武将列传》等。他曾与历史小说名家陈舜臣合著《中国名将的条件》。此外还有《梦幻都市》《马法尔年代纪》《地球仪的秘密》等其他作品，短篇集包括《战争夜想曲》《流星航道》《半夜旅程》等。

田中芳树一直深爱中国历史，因此作品中往往带有浓厚的中国气息，笔下的许多人物也都带有《三国演义》《水浒传》或《史记》里英雄的影子。

（星河）

二、非洲各语种科幻的发展

辽阔的非洲大陆上，科幻是兴起不久的文学品种。现存资料有限，我们只能通过西方观察家的一些观察，对这个大陆上的科幻作一简单描述。

从已经观察到的现象来看，非洲大陆的科幻小说以英文为主，而且多数是青少年读物。尼日利亚作家弗罗拉·努瓦帕（Flora Nwapa）的中篇小说《到太空旅行》和加纳作家J. O. 伊顺（J. O. Eshun）的长篇小说《卡帕帕的冒险》是两个代表，后者讲述了一个科学家发现反引力的故事。

毛里求斯作家阿兹兹·阿斯卡瓦利（Azize Asgarally）撰写的剧本《被选者》（*The Chosen Ones*）是为数不多的成人科幻作品之一，它的一些故事背景被放在30世纪。更多成人作品的是包含着科幻元素的冒险小说和间谍小说，这类小说大多数是按照 "邦德系列电影" 的模式创作。如尼日利亚人瓦兰汀·阿利里（Valentine Alily）的《眼镜蛇的标记》，讲述了一场关于阻止有野心的富豪利用太阳能武器获取世界支配权的间谍战故事。肯尼亚作家大卫·麦卢（David G.Maillu）是一个多产的冒险小说作家，他的小说中有一些是科幻小说。在《赤道任务》中，一个特工看穿了试图用奇怪的武器控制整个非洲的阴谋。

非洲国家也引进国外科幻作品，如奥威尔的《一九八四》的尼日利亚改写本，于20世纪70年代中期由方图阿（Bala Abdullahi Funtua）改写出版。奥威尔《动物庄园》的另一个改写本是《家畜的集会》由麦勒（Libakeng Maile）改写，以梭托（南非）语出版发行。

非洲科幻文学早已走向自己的语言。例如，乌玛鲁·A. 丹伯（Umaru A. Dembo）用尼日利亚豪萨语撰写的儿童科幻《彗星》，早在1969年就已经出版。小说讲述了在太空中旅行的小男孩和一个友好外星人的遭遇。

（胡俊）

第八章 中国科幻的发展

第一节 中国科幻的起源和早期发展

一、起源

（一）想象文学之渊源

发挥想象力是中国文学的伟大传统之一。早在先秦时期，神话故事就充满了气势磅礴的想象。在《共工怒触不周之山》中，水神和火神争霸。水神共工发怒头触不周山，折断天柱，系地的绳索由此失落，日月遂向西运行，江河向东流淌。整个故事场景宏伟，而且，对天地江河的运行给出了一种有趣的认知观念。作为这一神话的续集，《女娲补天》则动用了地球上的资源紧急应对由天穹崩溃造成的洪水四溢。女娲用炼就的五色石和乌龟壳重铸天穹，群星再次闪耀不止。随后，又有精卫填海和夸父逐日。所有这些壮丽的想象，不但勾勒出了人类与自然之间种种可能的关系，还展现了弱小者的雄心和向往未来的伟大力量。

在古代神话之后，哲学家对自然现象的思考，再度给想象力文学增添了色彩。无论是儒家对理想社会的乌托邦追求，还是道家对人和自然关系的阐释，都是想象力的产物。被称为中国小说先驱的作家庄周，在《庄子》中所塑造的人神共住的世界，不但上达天穹，下至黄泉，还从遥远的世界起源纵深发展到今天的人类社会。就连情节都随着想象而变，与真实的人类生活拉开了距离。庄周对人与自然、人与社会、人与变化等所做的思考，与当今科幻小说的主题有着惊人的相似。

以御风而行闻名的列子，想象力也相当惊人。按照科幻作家童恩正和杨鹏的观点，列子是中国最早机器人小说的撰写者。在《列子·汤问》中有一篇叫《偃师造人》的短文。故事讲述周穆王在一次视察中遇到巧匠偃师，偃师给穆王看他创制的机器人。这个机器人不仅会唱歌、跳舞，而且在表演将结束时，还眨眼睛，招引穆王身边的美女。穆王因此大怒，马上下令要杀偃师。于是偃师便将其拆卸开给穆王看，原来全是些皮革、木头、胶漆，以及红、黑、青各色颜料拼凑起来的。虽肝、胆、心、肺、脾、胃、筋、骨等全是假的，但没有一样不具备。把这些合起来又像刚开始看到的一样。若摘了心，口就不能说话；摘了肝，眼睛就不能看东西；摘了肾，脚就不能走路。穆王感叹偃师的灵巧，并下令带着这个机器人一起回京城。小说虽然短小，但情节发展起伏跌宕，将创新、科学、权力、爱情共烩一炉。这篇小说在行文上已经远离古代神话那种飘浮于太空，游荡在人类生活之上的疏离感，更像是一篇发生在身边的亲切故事。

事实上，中国古代与自然或技术相关的幻想文学，一直可以分解成两个不同的支系。第一个支系崇尚宏大的场景、空灵的氛围，力图表现整个宇宙自然或人类作为整体的兴衰。《山海经》《九歌》《淮南子》《桃花源记》等作品中的许多故事，都是这样宏大想象的先驱。而另一个支系则力图贴近人的生活，使想象力与个体的生存发生关系。这些就是散见于各类神话、历史、志怪读物中的故事，包括那些小小的闹鬼故事和讲述机器仆从、长生不老药物、飞天器和望远镜等如何改变个人生活的小故事。杨鹏等在《中国古代科幻故事集》中辑录了唐朝张鷟在《朝野佥载》中记载的"能飞的木鸢"、段成式在《酉阳杂俎》中记载的"发光的纸片"、宋朝沈括在《梦溪笔谈》中记载的"返老还童的药"、洪迈在《夷坚志》中记载的"自沸的瓦瓶""除蚊药""奇妙的染料""下颚移植术"、明朝谢肇淛在《五杂俎》中记载的《诸葛亮与木头人》等故事，但这仅仅是类似读物中很少的一部分。

随着时代的发展，想象性文学在整体构造上趋于丰富，在文体上越发复杂多样。在幻想小说类作品中，情节的复杂性和人物的多样性都得到了重大发展，产生了像《西游记》《封神演义》《镜花缘》这样的重要作品。在吴承恩的《西游记》中，佛教的想象力占据了主要位置。万物的轮回、人与生物之间的相互转换、人与神鬼的共存等情节都写得十分自然。主人公的成长经历也显得尤其明显。与《西游记》类似，许仲琳的《封神演义》也是借助一段历史事件生发的幻想小说。作品中各类天神在人的土地上交戈，各类来自不同空间的兵器与各类具有超能力的主人公之间的浴血搏杀给小说增添了阅读现实主义文学所少有的欣快感。而人与神之间的杂交使人类社会和非人类社会之间具有了某种奇妙的联系。如果说《西游记》展示佛教的想象力，《封神演义》谈论战争和权力，那么《镜花缘》则聚焦于乌托邦的展示，在这个理想的世界中，儒家所企望的那种政治清明、道德健全、礼尚往来、个体成长的社会给饱经沧桑现实的国人找到了一个丰饶的文学避难所。三部小说虽然各具特色，但在想象力方面都值得称道。

在长篇幻想小说繁荣的同时，短篇幻想小说也在继续发展。蒲松龄的《聊斋志异》继承了那种发生于个体周围的想象故事的传统，在少则一行，多则几百字的珍珠似的小故事中，人们会清晰地感到，周围的世界正在失去稳定性，神怪、鬼狐穿行于周围，莫名其妙的光亮、味道、声响不断刺激你的感官。作者以一种貌似中立的笔法叙述这些，试图让失去稳定的世界重新归于稳定。高超的写作技巧和其中蕴含的思想，使中国的幻想文学达到了一个全新的高度。

不但幻想文学中充满了想象力，各类浪漫主义，甚至现实主义作品中也不乏想象力的影子。想象力不但给文学增添了无穷发展的可能性，还用自己独特的文字填补了现实与理想、自然与人类、社会中不同群落之间的种种鸿沟，构筑起复杂的世界网络。也正是这种想象力的传统，在各个时期不断地给中国科幻文学以民族文化的滋养。

但是，科幻终究没有在中国的土地上自创。这与中国文化先天缺乏对科学技术的热情有着重要的关系。

（二）西方科技的传入和中国的现代化

科学在古代中国是否存在？它是否已在这片古老的大地上自主地产生和发展？这是近年来争论不休的两个问题。在西方，普遍接受的观点是科学产生于最近300年的工业革命。在《不列颠百科全书》中，"科学"被认为是"涉及对物质世界及其各种现象并需要无偏见的观察和系统实验的所有各种智力活动，一般说来，科学涉及一种对知识的追求，包括追求各种普遍真理或各种基本规律的作用"（第15卷，137）。《中国大百科全书》对"科学"的定义是：对各种事实和现象进行观察、分类、归纳、演绎、分析、推理、计算和实验，从而发现规律，并对各种定量规律予以验证和公式化的知识体系。两个概念的内在精神如出一辙。科学就是一种针对现实的、系统化的知识体系。它来源于观察——提出问题——提出假设——验证假设——修改理论的循环过程。而这种知识体系和认识世界的方法，均来源于西方工业革命前后所谓的"现代科学产生"的过程。遗憾的是，以这样的定义考察中国历史，会发现在中国数千年的历史中，自身根本就没有发展起符合这种要求的文化内容。中国虽然有处理与自然关系的理论与方法，但这些理论和方法的范型与西方科学完全不同。

西方科学的东渐，是中国产生现代科学的主要外部成因。但这个成因也需要中国文化的内部支持。这一内部因素就是产生于明朝中期的实学。实学是对理学的反动，是以经世致用为宗旨去批判理学的空谈性命题，它提倡实文、实行、实体和实用。这一观念突破了儒家理学以修养心性为本的价值观念，一定程度上松动了理学对技艺"末务"不屑一顾的价值倾向。在新的实学价值取向下，科学技术作为经世之有用之学而被接纳。

西方科学技术传入中国，其功能和作用是在逐渐的了解和认识中得到深化的。首先，以林则徐、魏源、冯桂芬等知识分子的文化活动为引导，产生了器物科学观。这种科学观是在器物层面上取西方科技之长，以中体西用为基本思想。甲午战争失败导致了器物科学观的全面破产。知识分子终于看到，仅仅取西方科学的外观无法真正改变中国的命运。于是，维新派提出变法，试图进行政治变革。以严复为代表的学者提出，应该以自然科学知识为基础，以人学群学为归宿，以逻辑实证和进化为方法论，进而构造起一个大的科学文化系统。这类倡导引进科学方法论的学者还包括康有为和梁启超。科学方法论的引入，导致了中国传统文化的改观。随后，以任鸿隽、陈独秀等为主要作者的《科学》和《新青年》两大刊物主导了科学用于国民性的改造。在他们眼中，剖析国人本性、唤醒国人反对封建和愚昧，成了比用科学改造中国外观、抵抗强敌更加基础的能力。

也正是在这一系列思想的影响下，中国人对西方科学技术的引入力度逐渐加强。

（三）西方科幻的传入

科幻小说在一定意义上是舶来品。据林健群的硕士论文整理，当时翻译的大量科幻文学作品几乎遍及了所有重要的刊物。这些科幻小说多数为西方科幻的日文转译或者日本小说的直接翻译。译者包括梁启超、鲁迅等。其原文来源包括英国、法国、美国、日本、荷兰等。其作者包括凡尔纳、斯蒂文森、押川春浪等。对于这一时期翻译科幻的具体研究，仍然没有深入展开。此外，早期中国科幻对日文中介的依赖作用，也有待更有深度的研究。但是，这些作品引发了中国文化先行者的种种改造国家的幻想、丰富了当时读者的心灵、启发了中国早期的科幻写作却是三个不争的事实。例如，鲁迅先生就曾确认科幻文学的重要价值和科幻对中国的重要作用。与鲁迅类似，孙宝瑄在名为《忘山庐日记》的作品中，从另一个角度为西方科幻小说张目。他写道：

观西人政治小说，可以悟政治原理；观科学小说，可以通种种格物原理；观包探小说，可以觇西国人情土俗及其居心之险诈诡变，有非我国所能及者。故观我国小说，不过排遣而已；观西人小说，大有助于学问也。

对西方科幻文学抱有肯定态度，一般伴随着对中国文化或文学的消极评价。这种强烈的反思性，是中国早期翻译科幻文学繁荣的一个重要原因。虽然这些看法在今天显得偏颇，但在当时却促进了文化更新与现代化，因而有着不容忽视的历史意义。

科幻文学的引进极大地丰富了小说文化的内容。读者的目光第一次从天道人伦和神仙鬼怪上移开，投向现代科学技术。作者们则感受到了一种新的文学形式的召唤。于是，新的中国小说形式正式产生了。

（吴岩）

（四）《月球殖民地小说》的科学叙事

按照叶永烈的观点，中国最早的科幻作品是荒江钓叟的《月球殖民地小说》。该书为未完成的作品，全篇总共35回，大约13万字，可能是边写边连载，从《绣像小说》第二十一期起开始连载，到了第四十二期的第三十一回，突然中止。然后又从《绣像小说》第五十九期开始第三十二回，至六十二期第三十五回止。小说可能没有写完，或者由于特定原因无法继续而停载。

根据已有的内容，笔者认为，这部小说旨在描写月球人到达地球建立殖民地的故事，这一构想相当宏伟，整部作品应该达到百回以上才是符合设计要求，但已有的35回未能写出月球殖民地球的情节。

与依凭科学技术展望未来的作品不同，《月球殖民地小说》的主旨其实与《红楼梦》相似，是对现实的无望导致的空灵幻想，具有典型的中国人伦风貌。小说叙事生动，人物丰满，背景也相当广阔。

然而，与普通社会小说不同，《月球殖民地小说》推动情节的重要手段是引入包括新式气球在内的多项科技发明。

陈述种种发明，并不必然意味着这是一部科幻作品。许多中国古典文学作品中都有若干发明，但它们缺乏基本的科学背景。《月球殖民地小说》中则利用文辞铺陈了与各种发明相关的一系列科学背景，包括对学科、科学工作者、科学工作场地的提及，详见表三。

表三：科学相关背景

科学词汇	内　容
学科	动植物学
	心理学
	天文学
科学工作者	科学家
	医生
科学工作地点	天文台
	化学房
	药房

在科学背景下呈现科学的功能性创新——技术创造物，是《月球殖民地小说》在阐述科学问题方面的一个特色。不但如此，作者还对科学及其相关问题进行过一些理念分析，包括对医道和文明发展之道两个问题的探索。在医道方面，作者提出医学与知识和经验直接相关，仅仅知道零星知识无法行医。在文明进步方面，作者指出，文明进步虽然飞快，但也不能过猛，否则将贻害于人类自身。由上可见，《月球殖民地小说》中的科学叙事，包括了一种从基本科学观念到科学背景再到科学器物最终达成科学功能的设计链条。

（吴岩、方晓庆）

（五）《新法螺先生谭》的科学叙事

由于《月球殖民地小说》是一部未完成的小说，因此，将其作为中国第一部科幻小说就存在困难。于润琦认为，中国近代第一部科幻小说应该是东海觉我的《新法螺先生谭》。该文虽然比《月球殖民地小说》晚出现一年，但却是完整之作。

1905年（光绪三十一年）6月，上海小说林社出版《新法螺》一书，首页及书末均标明"科学小说"。该书由《法螺先生谭》《法螺先生续谭》和《新法螺先生谭》三篇科幻小说组成。其中《法螺先生谭》《法螺先生续谭》系译作，原著为德文，此二篇转译自日本岩谷小波的日译文，译者吴门天笑生。"法螺"两字取自日文，即"荒唐不经"的意思。"谭"，也就是"谈"，即所谓"老生常谭""天方夜谭"。第三篇《新法螺先生谭》（1.3万字）则非译作，而标以"昭文东海觉我戏撰"。东海觉我，即徐念慈笔名。

徐念慈，字彦士，江苏常熟人，自幼博览群书，尤喜数学，曾在多所学校任教，后为上海小说林社编辑主任。徐念慈著译甚众，多达数十种。在创作《新法螺先生谭》之前，曾翻译日本科幻《新舞台》（押川春浪，上海小说林社）、美国科幻《黑行星》（西蒙纽加武，上海小说林社）。1908年徐念慈胃病发作后服药不当去世，年仅34岁。

《新法螺先生谭》是作者在阅读了吴门天笑生的前两篇译作后，"惊其诡异"，"津津不倦"，于是"东施效颦"，"不揣简陋，附诸篇末"，是以自称"新法螺先生"。作者让主人公在月球、火星、金星等地游历一番之后，又在地表以下有了一番奇特经历。

与《月球殖民地小说》用"气球"贯穿全文类似，《新法螺先生谭》也有一个与科学相关的轴心。这个轴心是利用宇宙的强"风"将人的灵魂与肉体分割，随后上穷碧落下黄泉。在天空，主人公访问了包括太阳在内的诸星球，在地球上，不但到达了北极，还进入地下寻找遥远的中国人始祖。

有趣的是，与《月球殖民地小说》一样，这部小说也涉及力学、天文学、动植物学、医学、电学、化学等科学范畴，并将造访星球、异地探险、对身体病患的修理也作为小说的主要技术创新。但与前者中插叙科学成就的做法不同，《新法螺先生谭》中的科学叙事无孔不入。小说将时间计量的方法、利用切线进行宇宙飞行的方法、利用动物磁学进行心理治疗的方法等非常微细的知识，与对整个自然世界运作机理的论述混合在一起，直截了当地表达了作者的科学观。这样，读者不必像面对《月球殖民地小说》时那样寻找隐藏在功能、器物和背景中的科学观描述，而可以直接从对科学本身的展示中寻找信息。

首先，小说中的细节明显地表达了作者将科学等同于某种现有知识体系的想法，而这正是对现代科学的一种基本理解。为了强化这种知识的作用，作品中多处巧妙地通过公式、计算等拟科学叙事，营造出一种科学知识贯穿全文的氛围。

其次，小说中的科学将人类引向对新疆域和新人界的发现，这种对科学功能或成果的理解也与西方启蒙主义思想一致。而恰恰是启蒙主义导致了西方现代科学的最终产生。在小说中，这种提问、探索、发现的描写颇多。

再次，小说试图发现宇宙内部的运作规律，这也与现代科学的基本导向一致。从开普勒、笛卡尔、牛顿的工作开始，西方科学工作者自信于他们逐渐找到了宇宙内在的规律。故事还阐述了进化论等科学理论。

上述三个分析向我们展示，《新法螺先生谭》已经是一部具有相当复杂科学观念的成熟的科幻小说。

但是，在这种貌似现代科学观的表象之下，《新法螺先生谭》还存在着另一些有趣的特点。

首先，《新法螺先生谭》是一部根据德国18世纪童话作家毕尔格的作品《法螺先生谭》创作的续篇。法螺的含义是吹牛或说大话。这部作品在新中国成立之后的译名分别为《闵希豪森奇遇记》《吹牛大王历险记》《吹牛男爵历险记》。一部根据童话作品续写的科幻小说，自然会受到之前童话思维的重大影响。小说中所谓的风是"无量吸力之中心点"，灵魂是"一种不可思议之发光原动力"，对人进行灵肉分离的处理、将时间加速和减慢、相信修炼能形成超人，以及用灵魂能将月球冲碎并撞击太阳等等，都与古代原始自然观有着直接联系。将宇宙的内部规律描述成"风""气""脑""身""光""火""电""磁"，或者"变""换""合"，其中前科学的成分相当明显。认为地下也存在着"河南省"，宇宙的运动模式无非是"变""换""合"，则更是对中华本土的前科学思维的借用。

其次，小说的整体布局是一个简单化的"天堂—地狱"访问模式，这凸显了宗教与作品内容之间的关系。主人公说，他自幼就受到宗教的强烈影响，这种影响甚至让自己怀疑科学！在处理科学深入社会这样的复杂问题时，故事中也常流露出对科学的质疑和否定，例如认为将世界进行分类、作学科单独研究的想法不能解决问题，科学软弱而幼稚，等等。

再次，小说在科学与社会规律内在一致性上的看法，也值得分析。例如，作者认为科学的概念、方法和解释体系可以用于社会生活。在许多地方，作者以科学警示社会，用科学用语暗示政治生活。例如，有光没有热没有声，则无法拯救中国。中国已经成了冷血动物之国。从地下人使用"外观镜"观察地面，讲到一个开放社会的重要性。在谈到中国人心理特征时，作者还用一个明确的统计数据证明具有善良天性的中国人和具有恶毒天性的中国人的比例。这些将自然科学的内容直接引入社会科学领域的办法，具有简单化的特征，也与中国自然观天人合一的想法一致。

给科学带上伦理价值判断，也是小说的一个特征。作者在屡次怀疑西方科学之后认为，西方科学其实不如东方科学，引进西方科学，不如更多开发中国人的脑力进行创造。与《月球殖民地小说》中强调日本已经成为西方学习的对象相比，《新法螺先生谭》更进一步，认为中国将领导世界科学的潮流。只有中国超人能够拯救中国。

这样，在《新法螺先生谭》成熟科学观的外壳下，仍旧生长着中华文明，它仍旧受中国古代道家、道教、佛教、中医、文学，甚至方术文化的浸染，它是东西方文化交融过程中出现的复杂的"表现型"。

（吴岩、方晓庆、贾立元）

二、早期发展

（一）清末科学小说概况

在晚清，"科学小说"并不是一个严谨的范畴。作为一种完全舶来的小说类型，晚清的科学小说一直处于一种与政治小说、理想小说等类别杂糅共生的状态。对于"科学小说"的划分，晚清学人远未达成共识，而芜杂的创作，也使许多当时名为"科学小说"的作品如今看来如同玩笑。《新民丛报》（1902年第

14号）上的《中国唯一之文学报〈新小说〉》一文，对小说类型进行了近乎琐碎的划分，其中包括了"历史小说""政治小说""哲理科学小说""军事小说""冒险小说""侦探小说""写情小说""语怪小说""札记体小说""传奇体小说"等等。而后来才出现的"科学小说"，在此则为"哲理科学小说"。被后世研究者认为比较典型的科学小说《世界末日记》，在《新小说》杂志上被归为"哲理小说"一类。这一混淆在一定程度上表明，当时科学小说中的科学与幻想成分被认为具有某种反思倾向，从而在思想上具备较大价值，于是才会有"哲理"一说。此外，晚清时局使得政治成为文学绕不开的话题，亡国灭种的危机使许多人的目光投向了未来，试图在幻想中得到安慰。相当多的科学小说，都被寄予了政治幻想。然而，既然是对未来的幻想，当然离不开对未来社会方方面面的描述，对科学发展的幻想自然是其一，因此使得当时许多所谓的"政治小说""理想小说"与"科学小说"界限模糊。如《新石头记》1908年单行本即被标为"社会小说"，而周树奎在《神女再世奇缘》自序中则将科学小说归入理想小说之类："盖天下事，必先有理想，而后乃有实事焉。故彼泰西之科学家，至有取此种理想小说，以为研究实事之问题资料者，其重视之，亦可想矣。"另外，"冒险小说""奇情小说""工艺实业小说"等称呼，也时有落于科学小说头上。

侠人在《小说丛话》（1905年《新小说》第1号）中说："西洋小说尚有一特色，则科学小说是也。中国向无此种，安得谓其胜于西洋乎？应之曰：'此乃中国科学不兴之咎，不当在小说界中论胜负。若以中国大小说家之笔叙科学，吾知其佳必远过于西洋。且小说者，一种之文学也。文学之性，宜于凌虚，不宜于征实，故科学小说终不得在小说界中占第一席。且中国如《镜花缘》《荡寇志》之备载异文，《西游记》之暗证医理，亦不可谓非科学小说也。'"从这段话可以看出，当时学人面对"科学小说"这一外来文学品种，一方面清醒认识到中国的先天不足，另一方面又碍于文化自尊而不肯承认中国的完全空白，而将一些古代幻想作品拉入科学小说的门下，这也反映出他们对"科学"范畴的认识模糊。

虽然对待科学小说的态度颇有些矛盾，但这并未在实质上影响科学小说在当时的地位。鲁迅在《月界旅行·辨言》（1903年日本东京进化社版《月界旅行》）中就写道："盖胪陈科学，常人厌之，阅不终篇，辄欲睡去，强人所难，势必然矣。惟假小说之能力，被优孟之衣冠，则虽析理谭玄，亦能浸淫脑筋，不生厌倦。……故掇取学理，去庄而谐，使读者触目会心，不劳思索，则必能于不知不觉间，获一斑之智识，破遗传之迷信，改良思想，补助文明，势力之伟，有如此者！"这一看法代表了当时的普遍态度。海天独啸子在《〈空中飞艇〉弁言》（1903年明权社版《空中飞艇》）中更直言："小说之益于国家、社会者有二：一政治小说，一工艺实业小说。人人能读之，亦人人喜读之。……使以一科学书，强执人研究之，必不济矣。此小说之所以长也。我国今日，输入西欧之学潮，新书新籍，翻译印刷者，汗牛充栋。苟欲其事半功倍，全国普及乎？请自科学小说始。"用今天的眼光看来，似乎科学小说从一开始就有被工具化的倾向，承担了科学普及的功能，露出其在后世的命运坎坷的苗头。然而，当时国难所迫，有识之士痛定思痛，越发明了科学举足轻重的改良作用，所以才有科学小说身价倍增的现象出现。

这样的时势，带来了中国科学小说发展的第一个繁荣期。清末民初小说的繁荣与当时大量刊行的文艺报刊分不开，《新小说》《月月小说》《小说林》《小说月报》《绣像小说》《礼拜六》《小说世界》《小说时报》《中华小说界》等报刊都比较多地刊行了科学小说。在单行本方面，上海小说林社、上海商务印书馆、上海广智书局、文明书局等都是科学小说发行的重要力量。中国的科学小说创作虽然是在外来翻译文学的促使下发生的，但原创作品却也取得了不少成就。

综上，在晚清这样一个特殊的时期，科学小说作为一种被寄予了厚望的小说类型开始了最初的发展。虽然科学小说的早期发展呈现了某种程度的畸形，但是，作为整个中国科幻的源头，这个时期的作品的复杂面貌使其研究价值远非单纯的文学价值可限定。正如吴岩所说，晚清科幻是一个巨大的宝库，晚清科学小说的独特价值将越来越被更多的研究者所发掘。

（二）早期创作的主要类型

晚清科学小说创作的繁荣是短暂的，到1908年《小说林》统计新小说的具体数量，则为"记侦探者最佳，约十之七八；记言情者次之，约十之五六；记社会态度、记滑稽事实者又次之，约十之三四；而专写军事、冒险、科学、立志诸书为最下，十仅得一二也"。科学小说的创作和翻译势头已经衰落。然而，在这短暂的繁荣中，科学小说虽然没能形成大规模的文学景观，却也取得了不容忽视的创作实绩。下面，就将晚清科学小说分为几种主要类型加以介绍，使读者能够对其全貌有所了解。

晚清时局破败，国势衰颓，现实的黑暗让人们投向未来的眼光充满了对光明的期许，幻想也因此带有浓重的乌托邦色彩。晚清科学小说的代表作品多属此类。例如，《月球殖民地小说》虽以龙孟华一家悲欢离合的故事为主干，但其中随处可见对现实的影射和抨击，与其相对应的则是"月球"这一乌托邦幻境。文中借玉太郎的梦境写道："你是从什么肮脏世界，引了个肮脏的人，来到此间？我们这个社会虽然算不得是甚么高等，那一种龌龊卑鄙的恶根性却还没有呢。"（《月球殖民地小说》第十三回）"月球"显然成为文明和理想的化身，其中寄托着作者改变现实的强烈愿望。再如，《新法螺先生谭》虽是一部"漫游"式的作品，戏谑之中却有着严肃的现实观照。虽然没有对未来社会的想象，徐念慈却开辟了另一种乌托邦模式：世外异境。主人公坠入火山口以达地下世界，他在那里遇见的"黄种祖"及其所展示的奇异器物"外观镜""内观镜"，无疑都有深刻隐喻，这让文章的滑稽氛围在此一扫而光，代之以沉重悲哀的基调。

除了这两部作品，《新石头记》《乌托邦游记》《电世界》等几部作品也是这一类型的典型代表。其中《新石头记》以再度入世的贾宝玉为主人公，围绕着他在20世纪初的见闻展开，其高潮则在宝玉游历"文明境界"时到来。"文明境界"是一个科技昌明的社会，人们在入境之初都要接受"测验性质镜"的检验，饮食皆为流质的食物精华，也有"司时器"和"控光器"。在向导"老少年"的带领下，宝玉先参观验病所，见识其中发明的"验骨镜""验血镜""验筋镜"等器械，后又借得"空中猎车"飞往中非洲狩猎大鹏；又乘"海底猎艇"绕行地球一周探险，回国后又游"冬景公园"、乘"隧车"惊叹地底世界。除了科技发明，"文明境界"在政治上也发展出了"文明专制"，为世上完美的政体。《乌托邦游记》仅存4回，未完结，但作者所构思的乌托邦世界已能从"飞空艇"窥见端倪。书中的主人公"乌有生"从"何有乡"搭乘"飞空艇"前往乌托邦。船里一律平等，有完善之章程。船共五层，最上一层可供客人呼吸新鲜空气，观赏风景，又有"小世界"戏园、演说场、工艺场。第二层有阅览室，中藏各国的小说，所备小说，皆分等级存放，《封神传》《杏花天》等最坏的小说，任意堆放地上，以示轻贱。"小世界"戏园演出地球上最有名的一个四千年的专制国，小丑穿着龙袍，扶着拐杖，扮演专制国的君王；那些大员，却个个像畜生一样。作者的理想推崇和现实鄙弃一目了然。《电世界》在发表时标注为"理想小说"，作品的乌托邦气质由此可见一斑，其中叙述了"电王"为建立电世界所经历的种种波折，对于乌托邦世界的构思较为完整。宣统一百零二年，即西历二千零十年，正月初一，中国昆仑省乌托邦府共和县，电学大王黄震球开设帝国大电厂，帝国电学大学堂同日行开幕礼，中国皇帝御驾亲临，盛况空前。次日新电学展览会开馆，黄震球试验新原质"镭质"，可用于空中发电，又发明了电翅，可以空中飞行，瞬息千里。不久后西威国发兵要尽灭黄种，举国惊慌，黄震球又制"电枪"，不仅将一千多只飞行舰队射落在太平洋底，还将整个西威都城烧成焦土，各国由此归顺。后电王又飞至南极，招募欧工开采金矿，发明"铂灯"，如太阳一样，使南极变成一个温暖世界。世界从此富足，国民因此不思劳作，日日吃喝嫖赌，于是电王又遍设学堂，不上三年，盗贼淫荡之事几乎绝迹。电王又发展交通、农业、卫生、教育等业，兴建北极含万公园供万民同乐。后来叛乱发生，电王仍以仁慈为本，从轻发落。人类滋生，电王又开辟海底殖民地，不料却成为淫盗之窟，电王因此大伤感情，萌生出世之念，又因电世界人满为患，于是想到其他行星扩充世界，遂辞去职务，于宣统三百零二年正月初一，乘上空气电球，告别众国民，升空去了。《电世界》在一定程度上与太平盛世的乌托邦作品有所区别："电世界"虽然科技进步，政治昌明，国民衣食无忧，但却绝非完美，其中也时有人性恶的表现。对此，电王颇有认识："如今诸同胞看得世界，好像已达到文明极点了，实在把电的性质比起来，缺点还多着哩！"《电世界》的乌托邦寄托因此具有了更加理智的反思成分。

前文已述，科学小说被赋予"获一斑之智识，破遗传之迷信，改良思想，补助文明"的重任，其以普及知识为目标的作品自然不在少数。一方面，晚清的科学小说创作仍以普及知识的功利目的为主导；另一方面，当时"科学小说"这个概念本身实际上同时包含了"科幻"和"科普"两个范畴。在于润琦主编的《清末民初小说书系·科学卷》中，有不少"科学小说"更确切地说是科普作品，其中较有代表性的两部作品是《生生袋》和《幻想翼》。

《生生袋》讲述了一位"客"路遇村中的老学究，与之偕游村中，用科学的生理卫生知识解决诸多疑难杂症的故事。例如，"移血之奇观"是用换血的方法医治疯病，"客"的解释是："尔之病由于劳心民事，脑盘疲乏，失其性灵，精神遂全错乱，血行驰滞，凝积而发炎，扰动神经，因发种种之狂态。……今某以强壮之血注于尔身之回管，催入尔心之右上房，使通过肺经左上房而循环一周，将坏血催死，尽换新血，饱十八镑之容量，而无馁乏，神经固活泼，脑力亦苏，尔之病遂尽失，狂病又何有乎邪魔？"（《生生袋》四"移血之奇观"）暂不说作者的生理知识是否真的"科学"，所设想的治疗方法是否真的可行，单说文章中一以贯之的启蒙姿态、"问答模式"下的知识普及、时刻以破除愚昧迷信为己任的拳拳用心，已经值得肯定了。其"叙言"中明确提出自己的构想并非臆说，而是基于生理学的科学阐释："人之全身，为膜所裹，宛如双层之夹皮袋，外为皮肤，内为涎膜；肌骨经血，包罗宏富，生生之道，实寓于此。……尝观中国稗官中有《萤窗异草》者，其内有《生生袋》轶事一则，所谈皆酆都不经语，鄙人则为生理学绘一副真相，与彼地狱变相者大异，谓予不信，请窥此袋。"作者在行文中也处处力图对一些传统误识做出纠正。相比第一类着眼时局国运的大命题作品，这一类科普作品的关注点则在于提高国民素质的点滴教化，更为实际和基础。

与普及生理卫生知识的《生生袋》不同，《幻想翼》主要是介绍天文知识。"霭珂"是泰西的一名童子，一夜遇到飞天而降的仙女赐予"幻想翼"，借此遨游太空，经历月球、太阳、彗星、水星、金星，直远至海王星，对沿途所经过的行星一一介绍其特点。结尾处点明一切不过是梦境，然而作者却另有高论："述者曰：志士求学，往往凝神不已，致生幻想。幻想不已，乃成幻梦，如霭珂者。可谓小子有造。"这里对幻想作用的肯定，不单单是为了让所讲故事自圆其说，更深层上，是因为作者认为幻想能够成为一种动机，从而促使"小子有造"。相比于当时普遍将科学小说工具化的论调，这种认识无疑有利于文类的长远发展。

除以上两类外，还有一部分作品是围绕某种科学发明展开的。前文提到的《月球殖民地小说》也可归入此类，因为整部作品都由"气球"贯穿。下面要介绍的一些作品在政治主旨上相对淡化，而更加集中于科学发明。这种形态的作品其实更加接近于今天的科幻小说。比较典型的有《消灭机》《贼博士》《发明家》《科学的隐形术》等作品。《消灭机》想象了一种类似照相机的机器，名为

"摄魂箱"，能够摄人和物体的"魄相"，再放入消灭机中即能使物体消失。凭借这个机器，发明人哈味阴谋统治世界，最后归于失败。《贼博士》写一理化科学家发明了能吸金的电磁圈，利用此物盗窃黄金，篇幅虽短，却不乏悬念，似乎对侦探小说的写作方式有所借鉴。《发明家》则是一篇幽默小说，写自号为发明家的施门士根据日常生活的需要发明了许多机器，家务事自不必言，连洗脸、刷牙、穿衣等事都由机器代劳，闹出了许多笑话，以至于害人害己。在这一类作品中，"科学原理"普遍比较可疑，情节构思也颇显幼稚，但作品的国界背景被淡化，文化差异也少有提及（有学者怀疑为译作），其中人物塑造、对话、心理描写都更多借鉴现代短篇小说的创作技巧，比之仍然使用"章回小说"模式的其他作品，无疑是一种进步。

以上的三类并不能涵盖晚清科学小说创作的所有情况，各类作品之间也不是泾渭分明，而是时有交叉。但通过这三类作品，我们能够基本了解晚清科学小说的整体面貌。这里只对部分文本进行了简要的介绍，要深入了解晚清科学小说的价值，请参阅李广益主编的"中国科幻文学大系·晚清卷"。

（三）早期创作的主要特征

晚清科学小说产生在新旧交替的历史时期，其创作打上了鲜明的时代烙印。在具体的文本中，则呈现出纷繁复杂的面貌。虽然晚清科学小说的整体艺术水准不高，文学价值较为缺乏，但其特色却非常鲜明，从一个侧面反映出当时的社会变动和思想冲突。可以说，晚清科学小说虽然远未成熟，但正是这种"不成熟"甚至"早夭"，使我们得以瞥见其后的诸多隐藏因素，更可以从这种文类的艰难发展反观整个时代的躁动和转型。

首先，晚清科学小说具有强烈的时代气息，救国和启蒙成为最集中的两个命题。阿英认为晚清小说作为一个整体有几个主要特征：第一，充分反映了当时政治社会情况，广泛的从各方面刻画出社会每一个角度。第二，当时作家，意识的以小说作为了武器，不断对政府和一切社会恶现象抨击。……第三，……利用小说形式，从事新思想新学识灌输，作启蒙运动。（阿英《晚清小说史》第一章）阿英的概括也适用于科学小说这一单独文类。与晚清时期的其他"新小说"一样，科学小说也主动承担了"振国民精神，开国民智识"（《〈新小说〉第1号》）的任务，在"智识"一方面尤为用力。这是因为当时的先进知识分子已经清醒认识到：要启蒙，必要救国，而要救国，也离不开启蒙。启蒙与救国早已成为重中之重，科学小说的种种或隐或显的创作意图，无不指向这个时代主题。林健群在他的硕士论文《晚清科幻小说研究（1904—1911）》中，将晚清科幻小说的时代论题分为四类阐述："科学救国的呼吁""政治改革的寄托""民族意识的觉醒""女权思想的促发"，这样的分析已经非常细化，但从根本上而言，这些论题都围绕着"救国"和"启蒙"两个中心。

其次，晚清科学小说中呈现出文化冲突的强烈痕迹。其一，科学小说中常常出现生硬地使用科学名词的现象：在典型的中式场景中，一些西方器物、西式名词常常"不合时宜"地出现。如《生生袋》中就有，"客"至村野之中，为村民解决疑难杂症，治愈后，"妇自厨出，曰：'水已沸，牛乳和糖均购备，请客饮咖啡，聊以提神。'"作者特意写这样的细节，显然希望为自己的作品增添一些西化色彩，中西文明程度的差异导致了人们对西式生活的向往，但这种向往还具有一定的盲目性，因此在文本中呈现出不和谐的面貌。科学名词的人文与此类似，也是《生生袋》中，作者有这样的句子：遥见绿槐一行，浓荫覆天，隐约闻犬吠声，逐空气而触鼓膜。"鼓膜"一词明显是刚刚传入的科学名词，在这种语境下出现，暗示了当时的作者在启蒙时的激进心态，这也造成晚清科学小说"科学"部分生硬的存在状态，是否为读者所喜值得怀疑。语言层面上的中西杂糅还是浅层次的，科学小说中的中西文化冲突在更深层处体现在伦理层面。简单而言，中国传统伦理主要是儒家、道家和佛家的。但不论何种伦理体系，善恶观都是基本一致的。中国民间"魔高一尺，道高一丈""邪不压正"和"善恶循环，因果报应"等说法基本体现了传统的善恶观念。但是西方科学文明传入之后，在善恶对立的情况下，善恶的较量结果引入了"科学"这一要素，使从前道义上正确的一方通常会成功或最后胜利的情节构思不再占绝对的统治地位，而出现了占有科学优势的一方会取得最后胜利的结局，哪怕这一方是"恶"的。例如《贼博士》中，一个将科学发明用于盗窃黄金的贼博士最后悠然远走高飞，还留书一封自告实情。"科学"在这里表现为强势的、居高临下的，可以藐视一切的伦理法则。西方科学文化对中国传统伦理的冲击于此可见一斑。

再次，晚清科学小说虽名为"科学小说"，却有着明显的前科学倾向。在这里，还不能说晚清科学小说宣扬的是"伪科学"。不可否认，这时期作品中的科学构思很多都是缺乏科学根据、违背科学规律的"想当然"。一些幻想若用后世科幻小说"基于科学规律的想象"来衡量，则都属于妄想。如《消灭机》中用拍照一样的方法来摄取物体的"魂魄"，《新法螺先生谭》中的灵魂出窍，《月球殖民地小说》中过于万能的气球，《电世界》中被严重夸大的"电能"……客观说来，这些臆想科学今天看来是荒诞不经的，但是，这种状况是由复杂的历史现实因素决定的。一方面由于中国科学素养的先天不足，科学和巫术、迷信的界限混杂，带有神秘论色彩的遗留；另一方面，科学小说的作者在创作中多只是片断、零散地体现着自己对科学的点滴收获，少有系统全面的理解，而启蒙阶段较难避免的急进心态，也使这种理解更加断章取义，呈现消化不良的病态。这些都是典型的前科学阶段表现。对于晚清科学小说来说，"科学"还没有成为作品的真正"骨架"，而多半是一种符号化的存在。在当时的历史条件下，我们无法强求科学小说能够到达多么"科学"的程度，这种肤浅的、主观性极强、符号化的"科学"，毕竟打着"科学"的旗号进行着涤旧革新的工作。晚清科学小说真诚地表达了对先进文明、理想社会的强烈向往，与"伪科学"有着本质区别，应该充分肯定其探索价值和先驱精神。

（方晓庆、贾立元）

（四）民国初期至新中国成立之前

辛亥革命推翻清朝统治建立中华民国，旧政权解体，政治进入新纪元。然而，文学发展的进程未必与政治变化同步，政治变动对民国初期文学的冲击并不明显，民国初期小说界仍然承续着晚清小说的余脉。直至五四文学革命的展开，小说创作才呈现出新的气象。但是，就科幻小说的创作而言，五四文学革命的推波助澜，并未有立即效果。

辛亥革命之后，民国的建立并未带来人们所希望的治世，外有强邻压境，内有军阀割据，内政外交纷扰威胁如昔，严重的失落感反使人们转而沉溺于精神的享乐与麻醉，"鸳鸯蝴蝶派"小说因此大为兴盛。进入民国以后，由于"新小说"的落潮，部分科幻小说"蜕变"为鸳鸯蝴蝶派小说的一部分，一方面加大了小说中游戏、娱乐和消遣的因素，使得小说阅读起来更加有趣味，有些科幻小说甚至只强调其滑稽、荒谬或神秘的氛围，如徐卓呆的《秘密室》（《小说月报》）、天愤的《思儿电》（《礼拜六》）、秋山的《消灭机》（《中华小说界》）、谢直君的《科学的隐形术》（《小说月报》）等，其中徐卓呆的《万能术》（《小说世界》）是一部集哲理、科幻、寓言、讽刺于一体的长篇科幻小说，可谓鸳鸯蝴蝶派科幻的代表；另外一方面，有些科幻小说虽然在身份上属于鸳鸯蝴蝶派，叙事上不乏娱乐、消闲因素，但其中仍然保留着晚清科幻小说一以贯之的思想启蒙、社会批判与国族叙事话语，仍然试图在小说中续写"强国梦"，这样的科幻小说有鲁哀鸣的《极乐地》（汉口人道学社）、老虹的《解甲录》（《大中华》）、毕倚虹的《未来之上海》（上海有正书局）、劲风的《十年后的中国》（《小说世界》）、市隐的《火星游记》（《交通丛报》）等。

消闲的潮流引发了"文学革命"，到了五四新文学运动，娱乐消遣之风廓清无疑，中国文学的发展进入崭新旅程，小说创作也获得转变的契机，加上五四时期提倡"民主""科学"，一切的表象似乎有利于科幻小说的创作，但是反观当时科幻创作的实际成果可以发现，五四时期的新思潮并未掀起科幻小说创作的波涛。"五四"的"科学"呼吁未能带动科幻创作的风气，除了当时科学环境尚未成熟之外，与"五四"科学思潮的偏向颇有关系。

在"五四"的科学思潮中，科学认知朝着两个方向发展：一是"科学主义"的泛滥；一是严肃的科学专业研究。"科学主义"是对科学的理性思维方法与精神的过度崇拜，在"科学主义"的指示下，对于当时渴望改革现实的知识分子而言，自然地将"科学"导向改造社会政治一途，"科学"的思想启蒙原意被政治救国的激情所压倒，这一脉的"科学"提倡当然无助于科学文艺的创作。

在泛"科学主义"的时势中，另有一批接受西方系统的科学教育，具备严谨的科学专业修养的知识分子，扬弃浮华的"科学主义"色彩，致力于近代科学知识的引进与科学研究的开展，从而将西方近代科学本体移植入中国。他们发行刊物，出版论著以宣扬、灌输科学知识，然而，其活动是高度专业化的，其追求的是分门别类的专业知识、严肃而精辟的科学论文与观念，只有专家才能加以鉴定、接受和发挥，"外行人"休想登堂入室。这一脉"科学"的倡导轨迹，虽然改变了近代中国对科学的片面认识，并理性准确地建构了中国科学发展的基础，但是对科学技术的推广普及并无立即的成效，因此对于当时推动科学小说的创作仍未产生作用。五四时期所倡导的"科学"思潮，虽然未能直接促成科幻小说的发达，却为中国的科学文艺创作奠定了稳固的思想和社会基础，"科学"逐渐为国人所重视，科学文艺的创作环境日益成熟，自20世纪30年代起，各种科学文艺形式开始被尝试性创作，科幻小说也在30年代后期展现了新的风貌。

20世纪30年代是我国科学文艺创作环境成熟的时代，除了继承晚清以来科学文艺著、译的成果，五四时期所奠定的思想与社会基础也开始发挥影响。1930年，陶行知提出了"科学下嫁工农"的口号，开展了"科学大众化运动"。此时期伊林和法布尔的科学文艺作品相继译介入中国，到了1934年《太白》半月刊创刊，特辟"科学小品"专栏，掀起了"科学小品"的创作风潮。此举标志着我国科学文艺创作整体条件的成熟——不但提供了科学文艺固定的发表园地，培养稳定的作家队伍，并有相关理论的宣扬，中国的科学文艺创作规模可谓大体具备。

科学文艺创作迈入轨道之后，作家开始尝试创作科学文体。1926年，顾均正写作了个人首篇科幻小说《无空气国》，1939—1940年又陆续完成了3篇科幻译作和1篇科幻创作；1932年，老舍创作出了《猫城记》；1935—1938年，筱竹作了4篇科幻小说，《冰尸冷梦记》《杞人呓语记》《橡林历险记》《未来空袭记》，都发表在《科学世界》上；1941年许地山也发表了一篇科幻小说《铁鱼的鳃》，周楞伽的《月球旅行记》也在这一年由上海山城书店出版，一时间科幻小说创作似乎有兴盛趋势。然而，在战事吃紧的情况下，科幻小说创作并未再见新作，复苏迹象夭折，再加上1945年紧接而来的国共斗争，20世纪30年代兴盛一时的科幻小说就在战火中消逝了。

在本节的最后，将民国时期一些著名科幻小说做一简单介绍，读者可从这些纷繁作品的形式与内容上发现民国时期科幻小说的奥妙。例如，1923年1月，《小说世界》第一卷第一期刊登了署名劲风的《十年后的中国》。作品中，作者在阐述强国的双倍X光及W光时，并未详细描述其机理及使用方式，只是以此为契机，表达一种希望国家尽快强大起来的心境。再如，《猫城记》系老舍创作、从1932年开始连载于《现代》杂志（自8月号起）的一部科幻小说，至翌年载毕，由现代书局列入现代创作丛刊出版，1947年又由晨光出版公司作为晨光文学丛书出版。小说是以第一人称写的，讲述"我"坐着飞机，离开地球，坠落在火星上。"我"在那里的"猫国"遇上"猫人",被当作"地球先生"受到尊敬。"我"学会了"猫语",这才懂得"猫国"无异于旧中国,那里也是"外国人咳嗽一声,吓倒猫国五百兵",那里"总是皇上管着大家的,人民是不得出声的",那里的"圣人",也会"忽而变为禽兽"……堂堂"猫国",居然被"矮子兵"所征服。整个猫国的社会沉浸在衰败、颓废、污浊、肮脏的气氛之中。在那里,民族心灵和道德的衰亡通过扭曲的反射镜被逐一呈现出来,使读者产生痛楚、愤恨,甚至自我谴责等联想。老舍先生这部在艺术水准和构思上比其他作品明显有些下降的作品,却为中国"社会派"科幻文学发展缔造了一个"早到"的巅峰。

又如,1941年,纯文学大家许地山在《大风》半月刊发表了科幻小说《铁鱼的鳃》,作品以潜水艇中的氧气提取装置为科幻创意,反映了旧中国科学家报国无门的悲剧处境。再如,香港著名企业家安子介年轻时,也是美国科幻杂志的热心读者。他在读了美国科幻小说作家G. P. 塞尔维斯(G. P. Serviss)的科幻小说《第二次洪水》后,与艾维章一起翻译此书。不是直译,而是一边删、一边加,取名《陆沉》。《陆沉》脱稿于1937年,初版于1938年7月,分上、下两册,到了1939年8月,印行第三版。1984年,安子介的长子安如磐重读父亲的旧作,非常喜欢,复印了200套,分赠亲友。上海三联书店得知此事,征得安子介本人同意,在1988年再版此书。

该时期的科幻作家还应当提到的是顾均正,他于1923年入商务印书馆任编辑,1928年转至开明书店。他从20岁起就开始翻译安徒生童话,发表于《小说月报》。在开明书店任《中学生》杂志编辑期间,顾均正翻译了法布尔的《化学奇谈》,以后陆续在陈望道创办的《太白》月刊上发表科学小品文。早在1926年顾均正就已经发表过一篇短篇科幻小说,名为《无空气国》。小说发表在1926年第13卷第1期的《学生杂志》(1月10日)上,署名"均正"。《无空气国》讲述了由于空气的消失,种种物理现象也随之发生变化,以及主人公在没有空气的国度里的种种奇遇。更难能可贵的是,顾均正还把这种物理方式的改变和人的心理变化结合起来,由此联系社会实际,针砭时事,借小说人物之口发表了一番对于五卅惨案的评论,真正做到了科学、文学与社会现实的结合。1939年,顾均正翻译了三篇美国通俗科幻杂志上的小说,分别是《和平的梦》《伦敦奇疫》

《在北极底下》，均发表于他主编的《科学趣味》上。次年1月，以《在北极底下》为名的中国最早的科幻小说集由上海文化生活出版社出版，全书五万多字。当时中国抗战烽火正烈，世界大战的危险也已经逼近，顾均正翻译的作品能够及时反映时代特点。比如《和平的梦》讲的是科学家发明了能够改变人的思维的无线电波，然后通过这种电波，用和平的意愿影响敌对国家的人民。小说以"极东国"暗指日本，时事意义十分明显。1940年，《科学趣味》发表了顾均正自己创作的又一篇科幻小说《性变》，这是一篇以变性人为题材的短篇科幻小说。在小说创作后不久，变性外科手术就在美国诞生了。当然，直到今天，变性手术仍然只是一种整形外科技术，没有达到小说《性变》中从基因上根本变性的水平。但在那个各种政治势力针锋相对的时代里，在中国能够产生《性变》这样并非关注时局和政治，而是关注基本人性的科幻小说，应该是个小小的奇迹。

（林健群、方晓庆、星河、任冬梅）

三、1949年前的科幻研究

1902年，梁启超发起"小说界革命"，"觉世新民"成为当时小说写作的准绳与目的，以前被视为"消遣"的小说成为晚清文人志士抒发抱负、维新救国的工具，各种新题材被纷纷引进和创作。晚清科幻小说翻译与创作的热潮与当时"小说界革命"的大潮是相呼应的，晚清新小说家们从"兴国化民"的实用目的出发，对科幻小说给予了热忱的关注，撰写了相当数量的提倡讨论科幻小说的文章，开始了中国科幻文学的初步理论探讨。

新小说家们是从工具性的角度来提倡科学小说的，而这种在特定时代下对小说功能的不恰当夸大被普遍接受。

1902年，梁启超在《〈十五小豪杰〉译后语》中指出科幻小说在艺术上"寄思深微，结构宏伟"。1903年鲁迅的《月界旅行·辨言》前面已经多次提到，这里不再赘述。同年，包天笑在《〈铁世界〉译余赘言》中就明确提出：科学小说者，文明世界之先导也。定一在《小说丛话》中也指出：然补救之方，必自输入政治小说、侦探小说、科学小说始。至若哲理小说，我国尤罕。吾意以为哲理小说实与科学小说相转移，互有关系：科学明，哲理必明。孙宝瑄也指出：观科学小说，可以通种种格物原理……故观我国小说，不过排遣而已；观西人小说，大有助于学问也。甚至有学人认为应该将科幻小说推广为学校的教材："读科学小说生其慧力，有以使之然也"。

中国的"科幻小说"从引进之初就被纳入了功利主义的方向，这种"科幻小说"应负有传播普及科学知识、进行思想启蒙的观点，对于当时以及后来的科幻小说创作与理论产生了极其深刻的影响。

除了基于"科学救国"的抱负而倡导科幻小说"工具论"，晚清新小说理论家们还试图对"科幻小说"进行文类上的定义。1902年，饮冰（梁启超）在《〈世界末日记〉译后语》中将"科幻小说"定义为"以科学上最精确之学理，与哲学上最高尚之思想，组织以成此文"。同年，梁启超在《中国唯一之文学报〈新小说〉》中论及《新小说》杂志上准备登载的小说类型时，专门列出一类"哲理科学小说"，指出这是"专借小说以发明哲学及格致学，其取材皆出于译本"。同年从《新小说》第一号起连载的《海底旅行》，标题前标识了"泰西最新科学小说"，这是"科学小说"一词在中国文学史上的首次单独使用。成之在洋洋洒洒三万余字的长篇论文《小说丛话》中也明确写道："科学小说，此为近年之新产物，借小说以输进科学智识。"

《新小说》开小说分类风气之先，此后创刊的小说杂志纷纷仿其做法，为自己刊载的小说分类。但是晚清作家们虽然热衷于对小说的分类，却很少对所分的小说类型进行深入的分析。晚清作家对"科学小说"的界定着重在实用的功能意义上，导致了"科学小说"类型理论的疏漏。

晚清新小说家们对"科学小说"与"科幻小说"不加区分，科学成分相对较多的"科幻小说"倒是被列入了"科学小说"的范畴，而科学描述较少的"科幻小说"则常常处于分类的尴尬之中，最常见的就是被冠以"理想小说"之名。如《电世界》就标注为"理想小说"，《空中飞艇》是"以高尚之理想，科学之观察，二者合而成之"，《新法螺先生谭》被称为"属于理想的科学"（《觚庵漫笔》），《新纪元》则"专就未来的世界着想，撰一部理想小说，因为未来世界中一定要发达到极点的，乃是科学，所以就借这科学，做了这部小说的材料……就表面上看去，是个科学小说"（《新纪元》第一回，上海小说林社，

1908），而如《光绪万年》干脆标注为"理想科学寓言讥讽诙谐小说"（《月月小说》，1908年2月8日），《新石头记》标示为"社会小说"（《新石头记》，1908年改良小说社单行本），却是"兼理想、科学、社会、政治而有之"。

而有部分新小说家们甚至将中国传统小说中的奇闻异事与医药记载认为是"科学小说"，企图向传统小说中为中国科幻小说溯源，"且中国如《镜花缘》、《荡寇志》之备载异闻，《西游记》之暗证医理，亦不可谓非科学小说也"。"小说有医方，自《镜花缘》始……则又奚啻足为中国之科学小说"，而不管这些知识是不是真正的科学。

由此可见，"科学"概念的模糊以及"科学幻想"要素的存在，已经混淆了晚清小说家们对"科学小说"的认知，因此晚清虽有"科幻小说"的创作，却没有"科幻文学"文类创作特征的自觉。在晚清新小说理论家、作者与读者那里，"科学小说"一词就成了宣扬科学知识的小说与科学幻想题材小说这两种不同的文学类型的共同名称。

辛亥革命后，民初科幻创作在消闲风潮影响下，出现了更多的娱乐倾向，兴国化民的严肃主题开始慢慢淡化，科幻小说的创作开始进入更多元、更自由的想象空间，五四时期大力倡导"赛先生"思潮，为以后中国科学文艺的创作打下了稳固的思想基础和社会基础，到20世纪30年代，各种科学文艺形式颇有繁荣之貌，出现了如顾均正那样直接受启发于西方科幻小说而进行的写作，晚清科幻小说的影响在此已经渐趋微弱了。此后战火连连，科幻小说的创作和理论都随之隐匿。

总的来看，这一时期科幻小说研究的特点如下：首先，基本上没有专门的理论研究文章，对其进行的研究往往随同于对当时"新小说"的研究。其次，对作家的作品略加评点后很快转入对小说历史和现状的不满和反思，从一开始就伴有强烈的功利目的。最后缺乏研究意识，基本上没有对科幻小说这一文类本身的深入探讨，且概念上的模糊与类型理论上的混淆相当严重。

（杨蓓）

第二节　新中国科幻的起源与发展

一、起源和科普化时期

科普是科学技术的大众化和通俗化。除了传播科学知识，使大众了解科学接受科学，科普还担负着传播科学思想、科学观念、科学精神和科学方法的任务。我们认为，新中国成立之后，大陆科幻的前期以科普化为中心，这一时期以"文革"为界分为前后两个阶段。

1949年至1966年是中国科幻发展过程中第一个特点鲜明的阶段，也是新中国科幻的起步阶段。在此之前，中国科幻小说凤毛麟角，社会影响不大。新中国成立之后，这一领域发生了重大变化。肖建亨指出："我们的科学幻想小说，也只有到了解放以后，才获得了真正的新生，获得了真正的原动力，才有了很大程度的发展。"

新中国成立初期，苏联科幻文学被大量引进。别利亚耶夫和叶弗列莫夫等人的作品，让中国读者看到了一个全新的科幻类型。这是以苏联社会主义现实主义为基础的科幻，是对幸福、理想、丰饶未来的想象，也是对科幻如何服务于"五年计划"理论的体现。由于苏联科幻界热烈地推崇凡尔纳，因此，1957—1962年中国青年出版社翻译并隆重出版了《凡尔纳全集》。凡尔纳的乐观主义通过俄文转译成中文，给作品平添了不少独特的色彩，包括郑文光、萧建亨等作家，都受到了凡尔纳的不少影响。

20世纪50年代，现代中国人第一次可以在自己的国家中摆脱战乱，走上自强之路。以讨论未来为主要内容的科幻文学也应运而兴。1954年暑假，《中国少年报》刊发了郑文光的《从地球到火星》。自此之后，中国原创科幻小说屡见报端，许多作品流传广泛且影响深远，深受读者欢迎。这些作品包括郑文光的《第二个月亮》（1954年11月23日）、《火星建设者》，迟叔昌的《割掉鼻子的大象》《起死回生的手杖》，于止（叶至善）的《失踪的哥哥》，童恩正的《古峡迷雾》《五万年前的客人》，肖建亨的《布克的奇遇》等。同时，一批优秀的科幻作家，如郑文光、肖建亨、迟叔昌、童恩正、于止、赵世洲、王国忠等人也在这一时期渐渐成长起来，这些人不仅在新中国成立初期崭露头角，而且还在新时期的科幻创作与探索中充当着重要角色，成为中华人民共和国的第一代科幻作家。

在这一阶段，科幻仍然是科学普及的工具，鲁迅的倡导加上苏联科幻理论的传播，普及科学知识、引导人们追求美好未来的观念始终伴随着科幻的创作与传播。即便如此，饶忠华还是将这一时期视为中国"现代科幻小说的崛起"。孔庆东也指出，这是"中国科幻小说迎来的第一次创作高潮"。肖建亨虽然同意这一时期科幻具有重要作用，但也具有批判性地认为：作品情节模式单一，表现手法僵硬，看起来像是"小儿科"，并正确地把这一时期的科幻文学定位为"正统科学普及的一支"。

1966—1976年，科幻小说在中国几乎绝迹，仅1976年5月上海《少年科学》创刊号发表了叶永烈的《石油蛋白》。在当时，为了防止被质疑，作品被标明"科学小说"，而不是通常所采用的"科学幻想小说"。

从"文革"结束到1979年，童恩正在《谈谈我对科学文艺的认识》中提出科幻应该"普及科学的人生观"之前，中国科幻的科普化时期进入了短暂的过渡。

有趣的是，在新时期之初科幻小说并未如人们想象的那样，立刻从科普的窠臼中挣脱出来，而是仍然走着科普的老路。虽然老作家恢复了写作，新作家不断涌现，但科幻小说的创作观念不变。有所不同的是，这个时期的科普科幻已经有了向社会化时期过渡的意味，图解科学的痕迹渐渐变淡，故事性有所增强，人物形象较为丰满，知识硬块与文学表达的矛盾得到了一定程度的调和。例如，金涛的"马小哈"系列，以一个有着鲜活个性的孩子——马小哈作为故事的主角，通过在他身上发生的一系列故事，介绍了科学知识，并对这些知识做出了创造性应用的设想。从而，将介绍科学知识，启迪青少年的创造性思维，鼓励孩子努力学习为建设美好的未来做准备等方面结合了起来。在金涛笔下，这个形象并不概念化，他有自己鲜明的性格特征。而这是与小说的情节发展、科学幻想有着密切联系的，从而没有流露出明显的图解知识的痕迹。叶永烈的《小灵通漫游未来》第一次就印了150万册，成为1978年的畅销书。作品中塑造了心明眼亮、消息灵通的少年记者"小灵通"，还从他在未来世界的种种新奇见闻，全方位地勾画了未来世界的奇异景观。在这一时期，包括宋宜昌、郝应其、郑渊洁、徐唯果、郑平、尤异、王亚法等许多科幻作家都创作了丰富多彩的作品。

我们认为，在长达70余年的科普化时期，涌现过很多无论文学性还是科学性都十分优秀的科幻作品。但从作家创作的出发点而言，则都是以普及科学知识为目的。这种目的性极强的创作行为，已经拖垮了作家，伤害了作家的想象力和文学热情。因此，一场大的变革即将到来。

二、社会化时期

（一）描写"社会生活"的强大思潮

1978年，童恩正的《珊瑚岛上的死光》发表之后，引起了广泛的社会影响。随后应编辑部之约，他在次年的《人民文学》第6期上发表《谈谈我对科学文艺的认识》，提出科幻文学无法以普及具体的科学知识为目的，至多，也只能普及一点"科学的人生观"。随后，童恩正又写了一系列文章详细阐述这一观点，这些文章包括《关于当前科幻小说的发言》《科幻小说属于文艺》《创作科学幻想小说的体会》等。童恩正的观点立刻引起了广泛反响，郑文光、肖建亨等都先后撰文表示支持。郑文光在《科学文艺杂谈》中谈道，"科学幻想小说要不要反映一定的社会问题，我认为是需要的"，"如何利用科学幻想小说这一特定的文学形式反映现实生活，是今天科学幻想小说面临的任务"。肖建亨则在《试谈我国科学幻想小说的发展》中指出，科学幻想小说的"社会功能决不应该就在这几百个字的科学知识上"，"它的确不能承载过多的科学知识，尤其是不能承载过分具体的、解决一个实用的工程技术知识的普及任务"。

在新理论的观照下，创作也呈现出全新的局面。郑文光的《地球的镜像》、萧建亨的《沙洛姆教授的迷雾》、刘兴诗的《美洲来的哥伦布》等都是这方面的代表作。《地球的镜像》让地球人站在外星球上，通过参照人类的文明史来反思"文革"；《沙洛姆教授的迷雾》和《美洲来的哥伦布》让科学出现在西方社会的浓重背景之中，科学探索与社会生活并重。而更早的《珊瑚岛上的死光》则更是以其鲜明的爱国主义色彩，反映了当时的国际时局。

新作家的创作比老作家更胜一筹。金涛的《月光岛》通过一个哀怨凄美的爱情故事，反映了"极左"思潮再次蔓延后的可怕未来。这是一篇颇有"伤痕文学"味道的优秀科幻作品，充满沉重的现实反思。魏雅华用轻快的通俗小说手法创作了大量揭露社会丑恶的作品，有灾难到来后的"群氓"状况（《天窗》），有能看穿腐败的神奇眼镜（《神奇的瞳孔》），有跳出思想禁锢、走向思想自由的机器人（《温柔之乡的梦》和《我决心跟我的机器人妻子离婚》）。已经初步获得声誉的叶永烈，则撰写了《黑影》，这是一本反映"文革"中科学家如何走入深山，变成"崂山道士"的故事。

1979—1984年，中国科幻小说不论在主题、题材、创作方法，还是在理论上都得到了开拓。正统文学刊物也对科幻文学热烈欢迎。发表过科幻小说作品的杂志包括《人民文学》《北京文学》《上海文学》《新港》《钟山》等。

英美的科幻作品及其理论开始进入中国，对中国科幻的发展造成了突出的影响。中外科幻作家的交流也逐渐展开。西方科幻小说中强大的想象力和全新的风格，给中国作家极大的冲击。一些模仿的作品也逐渐产生。

新科幻理论和创作对科幻内外的冲击很大，一些评论家开始对这一理论进行质疑和批评。在《中国青年报》，专门开辟了一个版面，对各类科普作品进行批评，科幻文学成了主要靶子。

其实，就在这一时期，传统的以科学普及为中心的科幻作品也在通畅地发展。这些作品包括郑文光的《飞向人马座》、童恩正的《雪山魔笛》《石笋行》、叶永烈的《飞向冥王星的人》。《飞向人马座》围绕着三个学生如何在太空中稳定自己的飞船并找到返回家园的道路展开了紧张的行动，也唤起了无数青少年心中的宇航梦。小说获得儿童文学创作一等奖。《雪山魔笛》讲述的是中国科学家在野外考察中偶然发现了人类远古祖先的遗留者；而《石笋行》则将石笋这种自然物与古代人的生活甚至天外火箭联系起来。两部作品都细节逼真，想象力丰富，很好地实现了历史记载、民间传说与科学幻想的有机结合。《飞向冥王星的人》则涉及宇宙航行和起死回生的题材，作品中，吉布遇难暴死，后又通过速冻起死回生，这正好解决了飞向冥王星的飞行时间超过人的寿命的难题。

(二)"姓科姓文"之争和对科幻的批判

科幻文学改变了科学普及的中心价值,导致了社会上一些人对科幻文学的不信任。他们质疑科幻文学的属性到底是科学还是文学("姓科姓文")?一些批评家更是由此掀起了一场对科幻的批评和清剿。这场本来应该能够繁荣科幻的争执,最终导致了中国科幻文学在20世纪80年代中期的没落。

这场争论是从叶永烈的小说《世界最高峰上的奇迹》开始的。这是一个从珠穆朗玛峰找到恐龙蛋及如何将其复活的故事,该作品最初连载于1977年第2—3期的《少年科学》杂志。1979年7月19日《中国青年报》的"科普小议"刊登甄朔南的文章《科学性是思想性的本源》,该文批评根据《世界最高峰上的奇迹》改编的连环画《奇异的化石蛋》,认为该作品背离了起码的科学事实,没有思想性,错误连篇,是伪科学的标本。针对这种批评,叶永烈在同年8月2日的《中国青年报》上发表了《科学·幻想·合理——答甄朔南同志》一文,认为科学幻想小说的幻想只要大致上符合科学,就会给读者许多鼓舞。为此,甄朔南再撰《科学幻想从何而来?——兼答叶永烈同志》一文,继续批评叶永烈,而叶永烈则无法再度发表自己的反驳。4年以后,1983年3月26日甄朔南旧事重提,再在《中国青年报》发表《还是应当尊重科学——补谈〈世界最高峰上的奇迹〉》,再度打击叶永烈的科幻作品,而叶永烈则于5月28日再度于《中国青年报》发表《争论四年,分歧如故》。这一次,叶永烈表示,他对对方没有使用"伪科学"一类的表达感到欣慰。《中国青年报》没有就此罢休,于6月4日又发表了李凤麟的《科学幻想≠无知》,认为叶永烈的小说存在"常识性的错误"。叶永烈则再度失去发言的机会。

有关叶永烈科幻小说的争论,其实是与对童恩正科幻革新概念的质疑同时进行的。1979年8月14日,鲁兵在《中国青年报》上撰文,称童恩正的理论把科幻当成了"灵魂出窍的文学"。作者认为,当"科学文艺失去一定的科学内容,这就叫做灵魂出窍,其结果是仅存躯壳,也就不成其为科学文艺"。1982年4月24日,鲁兵再次在《中国青年报》上发表《不是科学,也不是文学》的文章,讽刺童恩正的科幻理论。这样,一方面对童恩正的新理论进行批评,一方面对叶永烈的小说进行质疑,两者虽然目标不同,但打击的对象都是科幻文学,评论的作者似乎想引起社会的关注,告诉公众说,传统的科幻正在成为伪科学的标本，而新科幻则已经灵魂出窍！

从1979年到1983年，争论持续发酵。1982年7月11日《文汇报》发表邓伟志的《科幻小说应当宣传科学》，支持《中国青年报》。同年12月11日《中国青年报》刊发李丰《并非无的放矢》一文，指出对"灵魂出窍的文学"的批评并非无的放矢。1983年之后批评升级，10月29日《光明日报》刊发房亚田《警惕"科幻小说"中的精神污染》一文。由于当时社会上正在进行一场反对精神污染的运动，其主要对一些人的观点进行批判，这些观点被认为是对社会主义的精神污染。把科幻文学纳入精神污染的举动，立刻提升了批评的等级。同年12月5日，郭正谊、赵之发表《当前我国科幻小说争论的我见》，将不同思想混合起来，指出这场关于科幻的争论，其实是科学与反科学之争，更是科幻创作中思想政治倾向之争。

当科幻文学问题变成政治问题之后，科幻在中国的处境便发生了巨大变化。创作和出版迅速衰落下来。20世纪80年代中期以后，中国科幻领域陷入了极度萧条之境。科幻期刊纷纷停刊（如天津《智慧树》、北京《科幻海洋》等），普通杂志和出版社不再出版科幻作品。

（星河、陈宁）

三、当代发展

20世纪90年代，中国政治、经济、文化、科技领域都发生了显著的变化，在长期停顿之后，科幻文学再度复苏。在这一时段，坚持推进科幻发表的期刊是《科学文艺》。该杂志曾一度改称《奇谈》，后来才定名为《科幻世界》。在很长一段时间里，《科幻世界》一直是中国专业科幻杂志的主力。它刊发中国科幻作品，译介国外优秀科幻作品，通报世界科幻消息，颁发"银河奖"，为推动中国科幻的发展和培养"新生代"作家起到了不可估量的作用。1991年和1997年，以四川《科幻世界》（原名为《科学文艺》）为主要发起者和组织者，邀请中国科协和四川省科协共同召开了两次国际性科幻大会。会议邀请了时任世界科幻协会主席的奥尔迪斯等来自世界各国的科幻作家和科幻爱好者出席了会议。这对科幻文学在中国的复兴，起到了积极作用。

《科幻世界》不但组织了濒于溃散的作家队伍，还大力扶持新人。在发表20世纪80年代活跃作家姜云生、绿杨和吴岩等新作的同时，发掘了一批新锐，这就是所谓的"新生代"。新生代按照出现的先后顺序包括了韩松、星河、杨鹏、何夕、苏学军、凌晨、潘海天、江渐离、柳文扬、杨平、赵海虹、王晋康、刘慈欣等。

新生代作者的写作风格和关注方向差异很大，语言特色也非常明显。例如，韩松热心将整个社会生活都纳入科幻的视野，而不是仅仅关心科学带给社会的影响。他的想象力丰富，能把中国社会的种种弊端与科技时代的全球思考相互结合。再如，星河撰写的小说主要以高校为背景，而且常常与电脑技术的发展有关。小说的主人公无论从语言上还是从行动上，都带有青春期的特征。杨鹏写作的主要对象是小学生和初中生，他深入研究了叙事原理，将传统科幻的元素大量配置于新作之中。在所有这些作家中，王晋康和刘慈欣获得了大量读者。王晋康的科幻小说主要立足当前，他热心撰写中国人在传统道德充盈下对全球化变革的抵抗与顺应。而刘慈欣则将经典科幻的宏大场景进行了中国化重构，为中国科幻小说找到古典性进行了多方尝试。

如果说新生代作家是一种年龄和背景杂糅的群体，只是出现在同一时间内，那么此后文坛上出现的后新生代作家，则大多更具有青春活力，在文学探索上更加前卫。这些作家包括程婧波、拉拉、马伯庸、陈楸帆、夏笳、飞氘、长铗、迟卉、宝树、郝景芳、梁清散、张冉、阿缺等。此时，受到国际奇幻文学热潮的影响，许多作家的作品已经与奇幻文学相互融合，形成了一种无羁想象力的全新局面。

新世纪以后，北京师范大学文学院现当代文学专业开始招收科幻方向硕士研究生，2015年开始招收博士生，为中国科幻研究走向更高层次提供了基础。2002年4月12日，北京师范大学中文系与中国科普作家协会科学文艺委员会合作举办了"科幻与后现代"学术报告会。同年9月24日，北京科普作协与北京师范大学合作，在北京科技活动中心举办了"科幻与创造力、想象力与科幻文学"研讨会。2004年12月15日，由北京科普作协在北京科技活动中心举办了"2004科幻百年回顾与新趋势研讨会"。这一系列研讨会的召开，引起了社会上对科幻文类的重视。2004年，吴岩获得国家社会科学基金资助，正式开始"科幻文学的理论和学科体系建设"课题的研究。该研究是中国国家级基金第一次介入科幻领域。

在出版行业日益开放的时代，科幻文学刊物也逐渐增多。除了上文提到的《科幻世界》，陕西的《科幻大王》（2011年改名《新科幻》，2015年停刊）和福建的《世界科幻博览》（2004—2007）也开始吸引更多作者和读者。此后，《九州》（2005—2008）、《幻想1+1》（2006—2008）等刊物也逐渐发行，读者可以从这些新锐刊物中找到许多与他们的阅读爱好息息相关的全新作品。

在以数字技术、信息时代为特征的21世纪，除了传统书面文学出版形式之外，互联网的普及正越来越深刻地影响、改变着中国当代科幻的创作与接受面貌。科幻星云网、蝌蚪五线谱、果壳、科学松鼠会等网站，成了孕育科幻新生代作者、评论者、译者和爱好者的线上交流社区，不断尝试探索推进科幻文类的边界。

科幻翻译和科幻电影、游戏等也在中国产生了巨大影响。《星球大战》系列作品被人民文学出版社引进出版后，获得巨大成功。《奥特曼》系列等日本科幻作品的销量也相当可观。2014年，《三体》（第一版）改编电影开拍，引来社会关注，在一定程度上促进了对国内本土科幻电影的讨论。电子游戏则更是家喻户晓。《红色警戒》《生化危机》等作品玩家众多，一些孩子还因此染上了游戏成瘾症。

随着中国当代科幻的发展，国内科幻在世界舞台上也日渐活跃。刘慈欣的《三体》由美籍华裔科幻作家刘宇昆译介至西方世界，并获得2015年世界科幻雨果、星云双奖提名，且成功摘取第23届雨果奖最佳长篇小说奖；郝景芳的《北京折叠》也获得星云奖提名，并成功摘取了第74届雨果奖最佳中短篇小说奖；除此之外，大量新锐作家的作品被译为外文，在国外科学、科幻杂志上发表。华裔科幻作家姜峯楠（Ted Chiang）、刘宇昆等在西方科幻界的影响力同样不可小觑。而中国科幻迷的身影也越来越频繁地出现在世界科幻大会的现场。

（星河、陈宁、邱苑婷）

第三节　新中国各时期主要科幻作家

一、"文革"前十七年开始创作的主要作家

（一）郑文光

郑文光于1940年开始文学创作，1954年5月，郑文光发表了自己的短篇科幻小说《从地球到火星》。20世纪50年代，郑文光的主要作品有科幻小说集《太阳探险记》、大型科学文艺读物《飞出地球去》、科普译文集《宇宙》、长篇小说《飞向人马座》、长篇小说《大洋深处》、短篇小说《地球的镜像》、长篇小说《神翼》、中篇小说《命运夜总会》和长篇小说《战神的后裔》等。郑文光的创作多次获奖，其中《飞向人马座》荣获第二次全国少年儿童文艺创作评奖一等奖。《神翼》荣获1980—1985年中国作家协会少年儿童文学创作一等奖、1990年全国第二届宋庆龄儿童文学奖银质奖（当年金质奖空缺）。他的动物小说《猴王乌呼鲁》获得北京作家协会少年儿童文学一等奖。除了科学文艺作品，他还创作过《康德星云说的哲学意义》、《中国历史上的宇宙理论》（与席泽宗合著）和《中国天文学源流》等三部学术专著。他的传记文学《火刑》曾被收入全日制初中教材。

《飞向人马座》是新中国第一部长篇科幻小说，也是郑文光"文革"后恢复写作后的第一部作品，是他科幻小说系列的代表作之一。该作品延续了《从地球到火星》"事故加冒险"的故事框架，但场面更为宏大，人物更多，刻画上也更出色。《地球的镜像》则是郑文光科幻小说中被翻译次数最多的短篇名著。作品描绘了地球宇航员在被称为乌伊齐德的星球上的发现：借助光学的补色原理，在乌伊齐德上用彩色负片拍的照片，酷似地球的镜像。更加惊人的是，外星人还观察并拍摄下地球文明进程中的众多影像。借助宇航员在遥远外星球之所见，作品对中华文化应该如何繁衍提出了反思。用科学幻想构筑了科幻文学，但又突破科普，郑文光在其科幻作品中开辟了"剖析人生，反映社会"的新道路。《命运夜总会》是一部"直接反映生活"的科幻小说。这部作品发表于1982年天

津《小说家》杂志。小说中，恩怨情仇从中国北方的北大荒一直伸展到南方的H港，时间从1966年一直持续到1976年10月，场景从阳光下开阔的北方乡野一直过渡到南国阴暗的夜总会，人物从科学家、国家干部、知识青年一直到港商、歌星、私人侦探。20世纪70年代的所有生活潮流在小说中均有体现，而且，主人公的数量几乎等于过去郑文光小说中所有人物数量的总和，他们的性格之间也有着显著的区别。中国作家协会原党组书记鲍昌认为，这是一部"将历史和未来放在一起考虑"的成功作品。

科学构思与文学色彩并重是郑文光科幻小说的突出特点。在《飞向人马座》中，整个情节的发展变化多端，扣人心弦，但作者运笔的重点则是人物形象的塑造和细节刻画的真实性，追求的是一种诗意的美。无论是惊心动魄的宇航场面、复杂细腻的内心世界，还是深奥抽象的科学道理、新奇怪异的自然现象，作者都以极富表现力的语言，作了精彩的描绘。小说将宇宙飞船在太阳系中的探险描写得淋漓尽致，而对飞船如何启动、以怎样的速度前进、以何种方式导航、又如何将受到宇宙线辐射伤害的飞行员拯救这样的细节都进行了完整准确的描写。在郑文光的作品中，科学技术通过小说的情节轻盈地走向读者，平常人看来枯燥无味的宇航知识，在他的故事里成了小说发展的线索和读者关注的中心。很好地做到了文学性与科学性的融合。

郑文光的科幻小说曲折地反映了现实生活，有浓厚的浪漫主义气息。他与童恩正、叶永烈、金涛等共同铺就了科幻文学突破科普，走向"剖析人生，反映社会"的全新道路，为中国科幻小说最终进入主流文学领域，进行了良好的准备。

（陈宁）

（二）迟叔昌

迟叔昌出生于哈尔滨，1935年赴日本留学，毕业于日本庆应大学经济系，1955年开始发表科学文艺和翻译作品，并成为专业作家。迟叔昌的主要作品有《割掉鼻子的大象》（与于止合作）、《大鲸牧场》、《三号游泳选手的秘密》、《起死回生的手杖》、《"科学怪人"的奇想》（与于止合作）、《冻虾和冻人》、《人造喷嚏》、《机械手海里得兵器》、《小粗心游太阳公社》、《旅行在1979年的海陆空》等。1975年迟叔昌东渡日本，在庆应大学任教并兼任日本索尼公司中日协作事业首席顾问等职。1996年他在日本去世。

《割掉鼻子的大象》是迟叔昌作品中被评论家引用最多的一部。故事中的"我"是一个新闻记者，他来到戈壁滩上一座名为"绿色的希望"的城市参观，被戈壁滩巨大的变化所震惊。在这里，一种被称为大象的巨型动物其实是没有长鼻子的巨大的猪："白猪——奇迹72号"。原来，科学工作者们"依靠科学"，通过刺激猪的脑下垂体，使其分泌大量的生长激素而长成体重为普通猪"125倍"的巨猪。参观完毕时，主人公的老同学李文建为他准备了一顿丰盛的猪肉大餐，深刻地使对方体会到了"猪的全身都是宝"这句在农村推广养猪的口号。《割掉鼻子的大象》之所以被人们多次引用，是因为它的标题、内容都反映了当时社会政治和文化生活的强烈倾向。这是一部政治符码强烈的作品。以猪和大象两个动物作为隐喻，又从两个动物之间的转换调动起人们诸多表层和深层的遐想。首先，在浅表的层面上，读者看到的是一个科学至上的时代，科技无所不能、可以为全人类造福的想法，催动着作家的神经，让作家在作品中构筑了变形的大猪。但是，这样的"变形"，有着更深层次的社会和现实根源。在当时，中国已经是世界上人口最多的国家，解决中国人吃饭问题，已经是中国领导人关注的核心问题。在这个问题上，科幻作家必然会作出自己的构思和选择。于是，一幕改造动物，让它成为服务于社会主义事业的家畜的喜剧，就自然而然地被创作了出来。

在今天看来，小说展示出人类积极寻求创新、发展的乐观态度与热情。小说对科学的那种内心渴望和依赖，仍然感人至深。从作品的行文可以看到，在这个新社会中，经济发达，自动化的工业生产将取代传统手工劳作，进入到农业、畜牧业、加工业领域。劳动生产率大大提高，人们普遍过上了衣食无忧的富足生活。所有这些当然都是好的。但是，盲目渴求也会欲速不达，也会毁掉原本美好的东西。刺激垂体而催肥的猪所改造的新的大象，失去了与众不同的长鼻，变成了人人皆可品尝的盘中美味。这样的变化只能是一种躁动热情下的雕虫小技，美被降格为日常的庸物。读者在品尝了前半部分科学创造的奇迹之后，不得不将这种奇迹在餐桌上分食消化，审美的过程戛然而止。

《大鲸牧场》是另一部描述科学奇迹的科幻小说。极富求知欲的主人公我和妹妹钓鱼时发现了一架"吊着很大很大的鱼"的直升机。跟着这架飞机，我们闯进"大鲸综合加工厂"。在那样的时代，中国人可以在海洋中人工饲养鲸鱼。吊着"大鱼"的直升机就是一个同时可以潜水和取奶的多用海洋饲养机器。在宰鲸车间，鲸鱼的身体被快速地分割、清洗、包装。随后，鲸甘油、龙涎香脂、鲸须塑料、鲸毛围巾从厂门口徐徐而出。

其实，并非所有的迟叔昌科幻小说都属于这种少年访问记。他是一个故事多样、题材多样的科幻写手，作品涉及多门自然科学的前沿领域。《三号游泳选手的秘密》是一篇关于仿生学帮助运动员制造游泳服的作品。他所设计的那种根据海豚皮肤制作的泳装，已经成为今天的现实。《冻虾和冻人》是一篇关于生命如何起死回生的科幻。小说表达了作者对生命延续的一些设想。《没头脑和电脑的故事》则是新中国早期少有的电脑题材科幻作品，小说还批评了官僚主义。

用生物进行冷冶金的小说《"科学怪人"的奇想》，可能是体现迟叔昌科幻小说最高艺术水准的作品。小说是新旧中国两位生物学家的个人遭遇对比。1949年前，"科学怪人"桑德煌大胆设想，应该借助生物体能积聚元素的奇妙能力，提炼微量元素。这是一种相当具有实现前景的设计。然而，在那样的社会中，科学妙想被斥为"异想天开，荒唐已极""哗众取宠，沽名钓誉"，桑德煌在绝望中跳崖自杀。解放以后，桑德煌的弟弟桑德辉终于实现了哥哥"生物炼矿"的"空想"，利用海参提炼出了金属矾。同样是一项能够带给社会巨大利益的科学技术，在新旧中国所受的待遇截然不同，前者失败，让民族始终走在痛苦的深渊中；后者成功，将民族带入更为广阔的天地。小说将科幻构思与人文主题合二为一，揭示了天才与环境的潜在冲突，寄寓了作家对科学的向往和英雄无用武之地的痛惜之情，这才是小说真正打动人的地方。

小说的明暗两条线索——"科学怪人"之死与"科学空想"之实现互为表里，以五封信推动故事情节的发展，行文紧凑不拖沓，情节曲折，丝丝入扣，文学表现手法渐趋圆熟。被逼跳崖的科学家桑德煌文中虽着墨不多，人物形象却依然丰满感人。他之所以被斥为怪人，是因为他以科学家的开阔眼光和大胆探索构想了他人无法企及的科学境界，仅仅因为他人的短视和薄情断送了宝贵的生命，让人无不为之扼腕。这篇小说无论从科学构思和主题挖掘上看都是当时不可多得的优秀之作。

迟叔昌的作品总是会带给那个时代的人们对科技发展的惊喜和期盼。他的语言明朗欢快，情节步步推进，引人入胜，尤其受青少年的喜爱。其中所描述的科学技术在今天看来多数已经实现，可见作品的科学预见性。

迟叔昌的小说是"文革"前十七年科幻小说的典型代表。在他的想象世界，农业已经工业化，大量的各类工厂不断涌现。"蔬菜工厂""大鲸综合加工厂""海洋生物联合加工厂""海底渔场""生物冶炼厂"……这些工厂在生产的过程中无不实现了机械化、自动化，仅需要少数几个技术人员负责操作机器即可。这种工业化的想象，已经成为科幻小说作为一种现代性文学的突出代表。

由于社会的发展，科学技术变革的伦理也在发生着变化。一些当时作家刻意宏扬的主题，今天已经显得有些不合时宜。改造自然的提法，正变得失去支持。但这并不影响迟叔昌小说的读者对诸如"激素催长"等科学幻想构思的思考。更加令人敬佩的是，在《大鲸牧场》中，作者为了兼顾生态整体观和鲸鱼的可持续生长，并未让主人公盲目地滥捕滥杀，这样的描写实属难能可贵。

（三）叶至善

叶至善，江苏苏州人，1941年毕业于国立中央技艺专科学校农产制造科，曾任技师、教员，22岁开始跟着父亲叶圣陶学习写作和编辑，1945年进开明书店，开始了编辑生涯。新中国成立以后，叶至善转入中国青年出版社任编辑室主任，1956年任中国少年儿童出版社首任社长兼总编辑，此后职务屡有变更，曾任中国科普作家协会理事长、中国人民政治协商会议全国委员会常务委员、中国民主促进会中央委员会名誉副主席等职务。叶至善深受父亲叶圣陶的影响，在编辑、写作两个领域勤耕不辍。在他主持少儿刊物编辑工作的50多年中，为少年儿童写了大量优秀的科幻和科普作品。其中，科幻小说《失踪的哥哥》获全国优秀少儿读物二等奖。科学家传记《梦魇》获新长征科普创作一等奖及宋庆龄儿童文学银奖。叶至善经常发表关于科普创作的论说，这些作品大多收入杂文集《我是编辑》。

叶至善的科幻小说多数以"于止"的笔名发表。其中，以1957年发表的《失踪的哥哥》最为著名。该作品的科学构思是生命的冷藏。文学构思则是超低温条件下人体冷冻死而复生。小说原题《失去的十五年》，从公安局的电话勾起了15年前的一桩失踪案讲起。原来，已经长大成人的张春华曾经有一个哥哥，15年前突然不知所踪，经多方寻找一直杳无音信。然而，刚刚的消息证明，这个失踪的哥哥已经找到。令人大惑不解的是，找到的"哥哥"模样和体型与15年前丝毫没有变化。原来，当年还是小学生的"哥哥"无意中闯入一个冷藏厂里，超冷速冻导致生命被保存。小说围绕这个被保存的人体如何复活，提出了自己的科学展望。那就是从冻豆腐中的小眼想到细胞在冷冻时的破裂原因，进而攻克这个可能导致冷冻哥哥死命的难题。小说的结尾，在陆工程师和王大夫的不懈努力下，哥哥终于苏醒。这篇小说的科学构思，成了后来中国科幻小说重写不衰的主题。叶永烈的《飞向冥王星的人》、吴岩的《冰山奇遇》、刘慈欣的《三体》等都有这个主题。

一篇科幻小说中所描述的情节之所以如此真实可信，并不在于结果是否如愿以偿，更重要的是在这种严谨缜密的科学思维的洗礼下，人类的智慧展示出更加强大的魅力，这种科学的理性思维，也必然会指引人类迈进成功的大门。叶至善的这篇科幻小说，就突出地体现了科幻作为一种思维手段，具有着怎样的魅力。

短篇科幻小说《到人造月亮去》是主人公"我"的一个神奇梦想。梦中，我与好同学李建志以及张老师接到人造月亮发来的邀请电，乘火箭到人造月亮去。不断旋转的人造月球产生的离心力使人可以在空间站立。在人造月亮内部，空间效应使人们变成了大力士，可以轻而易举地搬动重物。失重状态下的发电厂能更加高效平稳地转动发电机。植物园里太空育种的水果蔬菜鲜美可口。正当我兴致勃勃想要从天文台的巨型望远镜里观测太阳时，没有空气层阻隔的强烈太阳光刺痛了"我"的双眼，"我"的美梦被惊醒。小说结构紧凑，情节虽然简单，但科技表达却栩栩如生。小说没有什么鲜明的人物形象，"技术发明"占据了作品的核心地位。人物的主要功能是传达科学知识，这反而成了当时科幻的典型代表。

叶至善的作品大部分充满童趣，妙味横生，语言风趣幽默，是典型的儿童科幻作品。叶至善也说过，他尽可能用孩子喜闻乐见的文艺笔调为孩子写作，给孩子介绍科技知识，引领他们走进科技的殿堂。他用他的作品体现了自己的风格，做到了言行如一。

《没头脑和电脑的故事》是叶至善与迟叔昌合作完成的短篇小说。故事原题为《电脑》，载于1956年7月的《中学生》。小说中的小主人公"没头脑"是一个做什么事情都丢三落四、毫无头绪的小孩，在家里弄得全家人晕头转向，在学校搞得老师同学哄堂大笑。虽然"没头脑"很聪明，但他的性格让老师和父母头疼不已。为此，身为电机工程师的爸爸为"没头脑"设计了一顶奇妙的帽子。帽子内部安装了一台袖珍电脑，靠大脑皮质神经细胞的兴奋和抑制接通和切断电流。父亲的用意是帮助可怜的儿子改变自己的个性。他甚至把一些知识和解决问题程序都安置其中。小说中的"没头脑"戴上这个帽子，变成了聪明绝顶、人见人夸的好孩子。当然，电脑也不是事事万能。好景不长，这个人工智能水平太低，不会逆向思考，一道题反过来问时马上就不能转动。当电脑成了毫无用处的玩具时，依赖电脑的孩子再次变成了"没头脑"。看来，要做电脑的主人，就应该训练孩子进行独立思考。

《没头脑和电脑的故事》是叶至善科幻小说中注重人物性格描写的典范。故事中的主人公聪明调皮，虽然事事马虎，但却有一种知错就改的作风。小说人物在性格发展过程中凸显人机冲突，具有科学和文学水乳交融的特点。叶至善早就明白，只有提高小说的故事性和文学水准，科幻小说才能真正插上想象的翅膀；只有将故事立足现实，才能给孩子提供一种真正的未来导引。

从今天的角度看，叶至善的科幻小说也有夸大"科学"作用的一个方面。小说中过于浓重的科普倾向，淡化了科幻小说独特的阅读感受，没有能给读者一个更加广阔的想象空间。胡俊指出，这些不足，应该是时代大背景造成的。与作者的个人能力无关。

（四）肖建亨

肖建亨生于古城苏州，3岁丧父，4岁开始随母躲避战乱，直到抗战胜利后才返回故土。1953年肖建亨从南京工学院毕业后被分配到北京一家大型电子管厂。他的第一篇科学文艺作品——电影剧本《气泡的故事》，获得了我国第一次（也是唯一一次）全国科普电影文学剧本征文二等奖（一等奖空缺）。从此以后，肖建亨全身心投入到科普创作当中，并在苏州发起成立我国第一个科学文艺创作研究小组。"文革"期间，肖建亨当过工人，落实政策后回到创作岗位，曾担任当地文化局创作室创作员，曾经被选为中国科普作家协会理事、中国作家协会会员、苏州市政协委员。

肖建亨的科幻创作是从20世纪50年代后期开始的。1966年前，他已陆续创作了《钓鱼爱好者的唱片》《奇异的机器狗》《布克的奇遇》等一系列中短篇科幻小说。"文革"期间他还创作了两部科幻长篇，但无缘出版。之后，他的科幻创作进入了一个新阶段，陆续有《密林虎踪》《万能服务公司》《梦》等佳作问世。其中《密林虎踪》获1980年上海市新长征优秀科普作品一等奖，《万能服务公司的最佳方案》获1980年"我们爱科学"一等奖，《梦》获江苏省建国30周年少儿文学一等奖。1980年和1981年他在《人民文学》杂志发表《沙洛姆教授的迷误》和《乔二患病记》等，试图开拓成人科幻创作的新途径。

1966年前，肖建亨的科幻创作主要以儿童科幻为主，著名的如发表于1962年的《布克的奇遇》。布克是马戏团里一条小狗的名字，一次不幸被汽车压死，而科学家们则采用最新技术，把布克的头换到另一条狗的身上，把它救活了。小说被译作日文、英文、朝鲜文等多种文字在国外出版，国内曾将其改编成广播剧。在全国30周年儿童读物评比中，小说获得了二等奖。

进入新时期之后，肖建亨的创作与其说是围绕科学前沿，不如说是围绕社会前沿展开，比如，《沙洛姆教授的迷误》虽然是一个机器人的故事，发表于《人民文学》1980年第12期。但小说中智能机器人仍无法代替有感情的人。"机器人只能按照人们预先制定的方案去选择。可是人不同，人可以为了别人而牺牲自己……也就是说，人会走'负方向'的路，这是人永远比机器人高明的地方。"这篇小说引起了巨大反响。

当然，肖建亨的多数科幻作品主要是为少年儿童创作的，他善于把科学题材放在孩子们熟悉的生活环境中，将遥远的未来幻想成与现实事物一样真实。邻居家狗的失踪，导致了大脑移植术的进展；而掌握了嗅觉秘密的人使用过电子鼻之后，就可以将周围世界中微弱的味道进行"放大"，仅仅从路边的一棵小草上也能闻到"99朵玫瑰"般的芬芳。就连人类生存的宇宙，也在肖建亨的小说中拉近了与人类的距离。在《球赛如期举行》中，遥远火星上的低等蓝藻，居然在跨过数亿公里的黑暗之后，降落到北京、哈尔滨或者延吉市某个"第九中学"的操场上，而它的到来，只是为了"清除积雪"，为了让九中足球队与莫桑比克青年队的赛事如期举行。在他的作品中，人物往往被赋予一种较高的思想境界，通过人物的境遇去调动读者内心深处的美好情感——好奇心、同情心、责任感，对科学的追求，对未来的向往……而不是单纯地追求离奇的情节，更不是去追求满足于某种刺激。在《布克的奇遇》中,科学与故事有机地结合在一起,科学随着故事的发展而逐步展现,逐步深入。在语言上,萧建亨的科幻作品充满着少年儿童的情趣,就像面对面跟孩子们讲故事一样,故事动人,语言明快,还有许多诙谐、幽默和风趣的细节描写。

(刘妮)

(五)王国忠

王国忠,笔名石焚,出生于江苏无锡,1947年考入无锡江南大学农学院农艺系,解放前夕在中央团校学习,后来到苏南团委从事宣传工作。从1951年起,王国忠任《苏南农村青年报》总编辑。1952年,他调任华东青年出版社《新少年报》工作。1954年王国忠被调入少年儿童出版社,先后任知识读物编辑科科长、出版社副总编等职。1978年起,王国忠任上海科学技术出版社社长兼总编辑,1983年任上海市出版局局长,1986年底任上海市文史馆馆长直至退休。从事少儿科普编辑期间,王国忠主编了影响巨大的科普读物《十万个为什么》,并与他人合作主编了《少年科普佳作选》《儿童科普佳作选》《幼儿科普佳作选》《少年自然百科辞典》等科普著作。他也曾创作和出版过科学童话、散文、科学故事、科幻小说等多篇。

王国忠的科幻创作别具一格,构成了他文学实践的主要内容。20世纪50年代,他的科幻作品主要有《在海底里》《海洋渔场》《火星探险记》。20世纪60年代,王国忠进入创作高峰期,主要作品有《神桥》《第一仗》《春天的药水》《黑龙号失踪》《打猎奇遇》《半空中的水库》《山神庙里的故事》《渤海巨龙》等。粉碎"四人帮"之后,由于管理工作繁忙,王国忠的科幻创作基本停止。

王国忠最著名的科幻小说是《黑龙号失踪》。故事以甄一刚教授发明的海底潜泳机为起点。由于该机是世界上功能最强的潜水设备,因此海军司令部请求甄一刚启用该设备,进行二战期间沉没在太平洋底的"黑龙号"的搜寻和打捞。小说的紧张情节由此展开。当甄教授一行进入太平洋124号地区海底一万米深处潜行时突遇水雷,潜泳机彻底被破坏。随后,一系列围绕着该水域的事件频频发生,一些潜水者甚至死亡,引发了全球关注。一个半月之后,甄教授赶制的第二号潜泳机下水,它成功地躲过了防御水雷的袭击,找到了庞大的海底沉船"黑龙号"。令所有人惊奇不已的是,黑龙号的海底坟场,竟然不是腐朽黑暗的沉船世界。在巨大水雷网的掩护下，七艘有透明圆屋顶的先进潜水艇排成一列蛰伏在黑龙号周围的海底。这些潜水艇异常先进、异常明亮。而且，每两艘之间被铜管一样的通道相连，形成一个复杂的海底迷宫世界。透过模糊的海水，甄一刚的潜水艇还能拍摄到这些圆屋顶潜水艇中匆忙来往的工作人员！在小说的结尾，人们终于知道，这个神秘的太平洋水下基地是由抗日战争后突然消失的日军731细菌部队的残余组成的。原来，这个已经改名为"太平洋第一公司"的神秘基地的主人，仍然抱着日本军国主义的梦想，期望利用他们培植的细菌武器，重新发动第三次世界大战，以挽回日本在第二次世界大战中可耻的颓败。

《黑龙号失踪》是中国科幻小说的重要代表作。作家没有受到当时流行的注重描写科学原理思潮的诱惑，而是把技术推向侧面，让科学对社会生活的影响进入了主流创作视野。故事从人物到情节，均按照一般小说的构思模式展开。于是，战争与和平、科学与和平等主题，直接渗透到科幻作品中。人们仿佛看到，日本侵华战争的硝烟，再次从太平洋深深的海底冒出。

小说对日本军国主义复活的预感，使小说看起来具有强烈的现实价值。在对中国崛起的估计上，作家的预见性则更加令人震惊。例如，在小说中，中国科学家在世界上首次发明了灵活进入深海的潜泳机，这当属令人瞩目的科技成就。但比起那个已经在水下建立细菌培养基地多年的帝国主义先进国家来讲，技术的差距仍旧清晰可见。

王国忠擅长构筑宏大场面和令人震撼的科幻场景。他关于在白令海峡中修建通道的作品、关于利用微生物建造桥梁的作品，都体现了这种特点。但是，他也关注社会生活中的微细场面。以《打猎奇遇》为例。该小说讲述了少年假期到农村度假中的所见所闻。主人公"我"在暑假刚开始时，带了双筒猎枪和弹药到好友无线电专家叶立明处去玩。叶的爸爸是个有经验的猎人。打猎过程中天降大雨，主人公进山洞躲雨，忽然，山洞中响起机枪、手榴弹和"同志们，冲啊"等令人紧张奇怪的声响。雨停之后，叶立明实地勘察了现场，发现这里是一处由于自然条件恰当而保存了声音记录的抗日战场。小说对磁铁矿怎样能够录音和放音的原理，进行了细致的说明。小说构思奇特，到20世纪70年代末，这种自然条件可以录音的构思被拓展，变成了自然条件下的"影像记录"。有人还用其撰写了电影剧本《故宫幻影》。

王国忠的小说在人物的塑造上也非常细致认真。在《半空中的水库》中，"爱唱歌的"共青农场广播员小霞，在极度缺水的夏天突然失声。缺水的农场急坏了这些共青团员。最终，还是小霞想出了办法，她提议大家应该向物理学家求教。科学家们用大卡车运来一台能放射强烈射线的机器，这种射线通过一根电缆放射到空气中，使周围600平方米的空气充电，把空气中的水分集中成小水珠；同时，通过另一根细管子，把干冰喷到小水珠中，可以使小水珠凝结成水滴落到地面来。空气中的水分永远取不完，就像半空中吊着一个水库一样，要多少水有多少水。人类终于用智慧、用科学拯救了庄稼，从空气中"榨"出水来。在小说的细致科学描述中，悬念逐渐得到了化解，主人公的形象也逐渐丰满，人们又听到了小霞的嘹亮歌声。

除了在宏大背景、科学构思和人物塑造方面具有特色，王国忠的科幻小说还在刻意营造科幻气氛方面匠心独具。他的科幻小说洋溢着一种科学的气味、未来的气味、美好甜蜜的生活气味。这些，虽然与苏联科幻小说的引进不无关系，但更多地，可能来自作家对科学和未来的无限信赖感和对美好生活的追求渴望。

（六）刘兴诗

刘兴诗，出生于武汉，毕业于北京大学地质学系，曾先后在北京大学、华中师范学院、成都理工大学（原成都地质学院）任教，主讲地质学、史前考古学和果树古生态环境学。刘兴诗于1944年发表第一篇文学作品，于20世纪50年代开始科普创作，60年代逐渐转入儿童文学创作。1961年，刘兴诗发表第一篇科幻小说《地下水电站》。迄今，他的科幻作品已经获奖超过20多次，其中包括他的代表作《美洲来的哥伦布》和荣获意大利第十二届吉福尼国际儿童电影节最佳荣誉奖、共和国总统银质奖章的中国第一部科幻动画片《我的朋友小海豚》。

刘兴诗的科幻作品大多和地质、环境、历史、考古有关。《北方的云》是一部具有特色的短篇小说，故事中的"我"是北京天气管理局的一个天气调度员，工作是按全国各地各类人员的预约，控制这些地区的天气。"我"可以给某个地区下雨，也可以给另一个地区晴天。这是一个人定胜天程度很高的科技社会。然而，就在这样的科技世界中，出现了混乱：离北京几百公里之外的内蒙古浑善达克沙漠的天气失去了控制。恰巧，一场地震又使当地的地下水管全部破坏，短期无法修好，若无法及时"送雨"，那里农业试验站的作物将全部枯死。随后，小说围绕着如何实现这次人工降雨逐渐展开。在会商中，一些人提出，应该利用渤海湾将要登陆的一股气流，增加沿途水分蒸发量，将雨带至目的地。这个方案得到了大家的赞成。但天有不测风云，由于气流偏移，雨水被浪费在毫无意义的沙漠腹地。人类再度失去了对天气的控制。正当众人一筹莫展之时，一股东南气流的登陆引发了一场小雨。但远水解不了近渴，雨量远远不足。最终，人类在自然界不合作的状态中奋起反击，用先进的科学技术在渤海湾制造了一股湿润气流：让九架热核反应器悬挂在半空中，连同头顶的红日，烘烤得大海蒸腾，经过人工传输，最终使一场瓢泼大雨全部浇灌在农业试验站附近的土地上。这篇科幻小说行文优美，有强烈的散文风格。但小说中的科学技术却被用到了极限。为了一个试验站的小小地区，人类不惜动用多架"热核装置"去蒸发海水。然而用能源的消耗换取效益得不偿失。由于人工影响局部天气扰乱了整个地球的环境，其对全球生态的影响也将是非常严重的。但所有这些都没有被作者提及。一种粗暴的、苏联式的共产主义设想驱动着作者，同时也给作品打上了鲜明的时代烙印。

改变环境、改变生活是刘兴诗科幻小说的一个重要主题。在《死城的传说》中，主人公小艾桑曾听爸爸说过，死城里有一口被魔力封禁的宝井，找到它，在井底引出长流不竭的清水，整个塔克拉玛干就会变成一片绿洲，遍地开出最美丽的花朵。于是，在茫茫无际的塔克拉玛干沙漠里，艾桑和伙伴古扎丽历尽千辛万苦找到了古井，也找到了掩埋着的神秘的古城。粗看起来，这部小说与一般文学作品没有区别，小说中心狠手辣的焦胡子妄想把古井填掉，古扎丽逃进密室把绘有宝井位置图的丝绸藏入衣襟却被凶残的焦胡子打死等情节让人感到某种阶级斗争的意味，这也证实了小说的确是一部一般性质的故事。但当你看到艾桑为伙伴报仇后在死城附近创办了第一个沙漠农场，和"科学院的同志们"一起反复试验并制造出一种乳化剂以防止水分流失之后，你不得不承认，在普通小说的侧面，还有一系列的科幻构思存在。也正是因此，塔克拉玛干终于脱掉沾满灰沙的黄色旧衣袍，换上了翠绿的新装。复活的死城也恢复了"丝绸之路"上西域名城的称谓。

让科学改变世界，让自然为人类让路是刘兴诗早期科幻小说的主要特征。这些特征从20世纪60年代持续到"文革"之后。但很快，他的创作重心发生了改变。《美洲来的哥伦布》是刘兴诗最主要的中篇科幻小说，也是他科幻文学的代表作。这是一部发生在异域世界的科学探险故事。小说从英格兰水手威利的处女航开始。威利幼年时，曾和小伙伴们在家乡苔丝蒙娜湖湾的泥潭中发现过古代印第安人的独木舟。为了寻找这只独木舟的来历，他找到郡城历史博物馆馆长古德里奇教授。然而，古德里奇不相信在英国土地上会出现美洲的原始文物，而威利也没有更多材料可以证明。不久，威利当上了"圣·玛丽亚"号水手，并在一次撞礁检修时有幸深入美洲印第安人古国遗址进行参观。在这次参观中，主人公发现当地土著的确曾经使用过自己在英国找到的独木舟。于是，古印第安人曾经远洋横渡到达欧洲的历史获得了证实，而这反过来也推翻了西方人最先进行跨洋横渡发现美洲的历史。但是，揭开和宣布这一发现的过程充满了恐怖。一些为了宣布真相的人惨遭暗杀，另一些人则遭到恐吓。更多的学者则质疑，采用如此小的舟筏，能否横渡大洋？为了证明这种推测的真实性，主人公"我"开始了一次现代世界的古代远航。他谢绝了所有好心人的护航，拒绝了充足的食物和水的携带，战胜了途中风暴暗礁和鲨鱼的威逼，顺利地验证了四千年前独木舟横渡大洋的确是可能的。

《美洲来的哥伦布》将刘兴诗的科幻创作从儿童文学带入了成长文学，小说中的成长主题清晰可见。此外，作者还将一种异国情调带入科幻。与其他试图描写各国生活但却缺乏基本感受的人不同，刘兴诗的异国科幻小说，经过了作者认真的地理研究，他的异国世界显得更加可信可感。

这部小说还促进了刘兴诗科幻理论思维的产生。他把这种观点归入"幻想从现实起飞"的大框架。也许正是因此，评论家饶忠华才称它为"中国科幻小说中科学流派的代表作"。按照刘兴诗自己的想法，科学研究在资料齐全的基础上可以顺利进行，但如果资料不全，则可提出种种猜想。科幻小说就是这些猜想的文学表达。他还在作品后面附加了一系列参考文献以证明其中的若干内容的确可以找到资料的支持。刘兴诗曾经回忆说，他在创作中参考了大西洋的"海流图"考虑了让主人公漂到何处比较合理。他甚至考察了上岸地的峭壁质地与颜色。他还曾将小说刻写为油印稿，广泛寄送给一些朋友，请大家挑毛病提意见。金涛十分肯定作者的真实感营造，认为他写作前"好像真喝过几两海水"。

遗憾的是，环境地的真实感、细节的考证不能成为一部科幻小说的特征。其实，《美洲来的哥伦布》也并非以独木舟航行或美洲人如何到达欧洲的考古为主题，它明显地是在讽刺"白人至上主义"，他在为被压迫民族抵抗殖民主义的文化风潮助威。

刘兴诗的科幻小说创作观是逐步发展起来的。他主张科幻小说应具备科学与社会双主题，从切实可靠的科学基础上萌发幻想。科学家应该把科幻作为自己研究的一部分。他认为，科幻要注意反映现实生活，书写人民大众心声。他反对闭门造车、胡思乱想，反对脱离现实生活和人民大众的纯娱乐性创作。为了证明他的这些创作追求的合理性，他提出了优秀的中国科幻作品应该具备的四个要素：科学性、文学性、民族性和联系现实。他认为，现在的中国科幻，在这四个方面的问题都是很明显的。例如现实性。在他看来，现在的很多作品是脱离现实，闭门造车，"少年不识愁滋味"，在象牙之塔中自己编造一些东西，越离奇越好，这个是有问题的。中国科幻现在看起来非常繁荣，但是给人的印象，还是一种校园文学，基本上没有脱离校园文学的框框。有趣的是，在强调科幻文学应该从现实起飞的同时，刘兴诗认为儿童文学应该符合真善美原则，即美的意境和语言、真的情感和知识、善的性灵和追求。

刘兴诗的科幻小说除了20世纪60年代的《地下水电站》《北方的云》《死城的传说》，70年代末的《海眼》，80年代的《喂，大海》《雪尘》《辛伯达太空浪游记》《雾中山传奇》《失踪的航线》等，还包括90年代到2000年之后的《中国足球幻想曲》《三六九狂想曲》《柳江人之谜》等。在后期作品中，他还探讨了有关中国足球发展、住房改革等社会问题，并用小说追念好友童恩正。遗憾的是，他的这些现实主义味道浓厚的小说在社会上的影响，远远不及《美洲来的哥伦布》。

（刘妮、吴岩）

（七）童恩正

童恩正是中国著名科幻作家。1957年，童恩正开始在《红领巾》上发表小说《我的第一个老师》（第7期）和《大弟》（第19期）；1960年，发表第一部科幻作品《五万年以前的客人》(《少年文艺》第3期),并出版《古峡迷雾》单行本(上海少年儿童出版社)。随后便笔耕不辍,不光在考古学和历史学上不断结出硕果,而且创作了《电子大脑的奇迹》《失踪的机器人》《失去的记忆》等一系列科幻小说。1965年,创作中篇惊险小说《山寨春晨》,同年10月由上海少年儿童出版社转到群众出版社,但遗失。"文革"不仅使他的科研停止下来,而且也中断了他的科幻创作。"文革"结束后,他的科研与创作重又焕发了生机,曾多次主持重大的考古发掘工作,并撰写相关论文。科幻创作也步入第二春,创作了《珊瑚岛上的死光》《遥远的爱》《石笋行》等重要作品,还曾创作"准科幻"作品《西游新记》,在《智慧树》上连载而使该刊销量大增。1989年赴美,后期的科研论文甚丰,科幻作品只有《在时间的铅幕后面》(《科学文艺》第3期,获第二届国家"银河"科幻奖)。

童恩正创作了中国科幻小说史上的几个"第一",称其为开山祖师一点也不过分。《珊瑚岛上的死光》是大家所共知的。小说以第一人称"我"叙述故事。祖辈流浪国外,受祖国建设事业的召唤,"我"在父母相继去世之后,决定回国。回国前,老师赵谦教授赠"我"他毕生研究的心血——高效原子电池,嘱托"我"将其献给祖国。回国前一天,赵教授被匪徒所害,电池图纸被赵教授烧毁。"我"手里的电池样品成了某大国追逐的目标。回国途中,"我"所乘坐的"晨星号"被某大国特务机关击毁,幸免于难的"我"在海上漂流数天之后被小岛上的马太博士及其仆人阿芒所救。而这位马太博士即是失踪多年的研制激光测距仪的华裔工程师胡明理。此时,马太博士仍被蒙在鼓里,而"我"很清楚马太所献身的洛菲尔公司正是受某大国操纵的。正直的马太博士未看清这些,仍埋头自己的研究,以为自己所做的研究是为了保卫和平的。当得知自己研制的激光焊接机即是击毁"我"的"晨星号"的"闪电"时,马太博士方如梦初醒。科学家的直率使马太当场揭穿了自己所知道的洛菲尔公司的一切内幕,布莱恩一伙终于原形毕露。马太在生命垂危之际将高效能电池与激光器连接起来,摧毁了敌人的军舰。设计图没有了,却拯救了千万人。"我"带着高效原子能电池样品充满信心、充满仇恨地离开了马太博士岛,去迎接新的斗争生活。《珊瑚岛上的死光》体现出中国科幻小说的新倾向,即科幻小说不是普及科学技术的工具。作品中关于科学技术的描写俨然已成为推动故事情节发展的道具而不是主体，同时人物性格的刻画比较成功，如"我"的一腔爱国心，疾恶如仇而又顾全大局；马太博士身上所体现出的作为科学家的正直；布莱恩的虚伪与狡诈……都得到了很好的体现。

另外一部《雪山魔笛》堪称中国科幻史上第一部有关自然之谜的小说。故事讲述了"我"所在的考古队无意间发现了一卷羊皮纸和人骨笛，骨笛吹响，引来了一只没有进化的猿人。考古队借机记下了猿人的生活，并决心建设人工保护区，使这些猿人自由地生活。小说中的笛音、血迹……增加了不少神奇诡异的气氛，当事实真相被发现之后，又有一种拨开乌云重见蓝天之感。

在主流文学作品中爱情主题似乎已经荒芜的年代里，《遥远的爱》是尤其值得一提的，这部小说是中国科幻史上第一部以爱情为主题的小说。UFO国际研究中心科研人员"我"潜入海底，潜艇触礁使我终于与UFO有了直接打交道的机会，即所谓"第三类接触"，从而与由高级生物利用遗传工程培育的"琼-101"相识、相爱、相别。在缠绵悱恻的爱情故事背后，作者企图揭示的是科学、社会和道德等问题之间的辩证关系，同时又对许多迄今无法解释的古迹和传说之谜做了大胆而又有趣的推测。

童恩正作品的创作特点也是很鲜明的。第一，坚实的现实基础与丰富的题材。童恩正的创作反映出科幻其实并非漫无边际的幻想，而是有其现实基础的。作者总是从自己所熟悉的专业领域出发，展开大胆而又合理的想象。这样，一方面想象显得极为丰富，另一方面也赋予了这些想象以坚实的现实基础。《石笋行》将考古发现、古代传说与地外文明结合得恰如其分，类似的作品还有《神秘的大石墓》《在时间的铅幕后面》等。但如果仅限于自己的专业领域，又会显出其作品题材的狭隘，童恩正的可贵之处还在于，他对科幻小说的各类题材都有涉猎，如机器人题材《失踪的机器人》《世界上第一个机器人之死》，后者更是将科学幻想与中国历史传说有机地结合了起来；此外还有有关地外智慧和地外文明的，如《石笋行》《五万年以前的客人》等；有关现代科技的，如《珊瑚岛上的死光》中对激光技术的设想，《失去的记忆》中对生物技术的想象，《电子大脑的奇迹》等也是有关新科技的；有关神秘事件的，如《追踪恐龙的人》《雪山魔笛》《古峡迷雾》等。

第二，自我的投射。这可以说也是当时中国科幻的共有特点。作者以第一人称出现时，总是以考古队员的身份，即使是在以第三人称叙述的故事中，主人公也总能体现出作者自己的影子，如在《古峡迷雾》中对助教陈仪的描写：历史系考古学教研组年轻的助教，26岁的共产党员，饱满的前额，高而直的鼻梁，高大结实的身材……同时，有些作品也直接反映出作者的一些观念，如《五万年以前的客人》就很明显地反映出作者认为人类可以征服宇宙的观念，《遥远的爱》中又涉及作家眼中的科学观问题……

第三，浓郁的文学色彩。受时代背景的影响，20世纪50—60年代以至70—80年代的文学或多或少都打上了时代的烙印，具有鲜明的政治色彩，科幻也不例外。然而，童恩正的科幻小说在一定程度上对这种倾向有所扭转，放射出别样的光芒。首先，在故事性上，童恩正科幻小说总能做到故事情节的曲折动人、悬念迭起，如《古峡迷雾》《雪山魔笛》等；也有以人物性格的鲜明性而打动人的作品，如《遥远的爱》中那位琼-101，虽然并非肉身，但她的美、她的爱、她的见解，都足以打动人心，最可贵的是她竟然唤醒了以男主人公"我"为代表的人类心中生疏的感情——爱情；有些作品中对环境的渲染也相当成功，比如《世界上第一个机器人之死》中，开篇即展开对荒凉世界的描写，为读者营造了一种即将发生一个悲惨故事的意境，故事与场景相得益彰。

创作之余，童恩正还发表了不少有关科幻的论述。这些论述和作品一起，对中国科幻产生了深远的影响。

（八）叶永烈

叶永烈于1950年开始发表作品，1979年加入中国作家协会。早期从事科学小品的写作，20岁时出版第一部科学小品集《碳的一家》，并因此成为《十万个为什么》的主要作者。20世纪70年代末80年代初是其科幻作品的高产时期，短短几年发表了近200万字的作品，既有《小灵通漫游未来》这样的少儿科幻，又有《腐蚀》《爱之病》等社会题材，还写了"金明、戈亮探案集"这一系列的惊险科幻小说。作品的数量和开拓的题材领域，在中国科幻界一时无人能敌。后来转向纪实文学的创作，写出《历史选择了毛泽东》等数十部长篇，同样取得很大成就。总共出版文学著作150余部，有《叶永烈文集》50卷。

1961年秋写作《小灵通的奇遇》是叶永烈科幻创作的开端。这部小说直到1978年才得以出版，更名为《小灵通漫游未来》。作为"文革"后出版的第一部科幻小说，该书一经推出即成为畅销作品，总印数达300万册。同时还获得了全国第二届少年儿童文学创作一等奖。在作者幻想的笔触中，眼明手快的小记者小灵通经历了一场冒险和奇异的现代科技之旅，最后满载着新奇的感受，身穿宇航服乘坐火箭从未来世界回到家中。作品几乎对未来作了一番全景式的"扫描"：机器人、气垫船、电视电话机、电视手表、飘行车、人造器官、环幕立体电影、隐形眼镜……这些当初为读者津津乐道的想象，已经成为今天生活中司空见惯的事物。很多人更由此激发出对科学研究的执着，这也是作品最为人所称道之处。另一方面，作品运用生动活泼，极富儿童情趣的语言，成功塑造了大眼、灵活、憨直的小灵通形象，而成为中国少儿科幻的代表作。

《腐蚀》是另一部让人印象深刻的作品，充分体现了作者在"科幻反映社会"这一方向的探索。这部作品发表于《人民文学》1981年第11期，具有较强的文学性。作品树立了生活中几个普通的科学工作者形象，描写了他们在工作和荣誉面前的不同心态，体现出了美与丑、善与恶的搏斗。对于自然界中的腐蚀菌，人们可以通过科学和智慧去制服它，但是对于心灵的腐蚀，却往往被人们所忽视，而这后一种腐蚀却是更可怕的。作品的主人公之一———度被腐蚀了灵魂的王聪，终于在方爽等美的强烈光辉照耀下，得到了净化。美终于战胜了丑，善良终于战胜了邪恶。

从叶永烈的科幻创作中，可以清晰地看到中国科幻从科普化向社会化过渡的痕迹。

首先，叙述科学知识的目的发生了改变。比如，在《小灵通漫游未来》中，虽然作者仍采用的主人公带着读者经历种种奇遇这一科普化时期所常用的写作模式，作品中也充斥着大段的对科学知识的描述，但这些描写已迥异于科普化时期：它们的目的是宣扬"科学即是美"的理念，并表达作者对科学的崇尚。因此，它们成了表达作品主题思想的一种手段，而不再是传播普及科学知识的工具。其过渡时期的特征还表现在对科学的理解上，叶永烈无疑继承了科幻鼻祖凡尔纳所开创的乐观主义传统，认为科学可以解决一切问题，因此，其作品所描绘的未来图景便具有极强的感染力。但过于重视作品的科学解释，也给其创作带来了束缚。在《世界最高峰上的奇迹》中，他描述了人类借用科学手段，成功地从一只恐龙蛋化石中孵化出一只小恐龙的故事。这一极具想象力和趣味性的作品，却遭遇了质疑和批判的声音。而叶永烈的反驳却仅仅强调作品具有现实的科学依据。某种意义而言，这依然是没有完全脱离科普思维的一种表现。

其次，叶永烈在创作中不断加强对文学性的追求。早期的《小灵通漫游未来》及其他一些惊险科幻，虽然吸引了许多读者，但是文学性都比较欠缺。它们只是一个故事，只是对科普化时期科幻故事模式的一种继承。而随着时间的推移，叶永烈开始着力于人物形象的塑造和主题思想的开拓，作品的时代感和现实感也得到了加强。塑造具有鲜明性格特点的典型人物形象，成为叶永烈科幻小说的一个追求，也成为其成功作品的一个标志。以《腐蚀》为例，作品中的几个人物的性格都很丰满，有血有肉，同时作品还出现了人物性格的变化。同时，此部作品在主题思想上也有进一步的开拓：作者已不再单纯地颂扬科学，而是颂扬高尚的科学道德，同时关注到社会上一种用显微镜看不到的"烈性腐蚀菌"——名利思想的腐蚀。

从这些过渡时期的特有痕迹中，我们不难看出叶永烈为中国科幻的探索旅程作出的独特贡献。

（肖洁、刘妮）

二、改革开放后开始创作的作家

（一）金涛

金涛，安徽黟县人，1957年入北京大学，曾任《光明日报》记者部主任，科学普及出版社（暨中国科学技术出版社）社长兼总编辑，中国科普作家协会副理事长兼科学文艺委员会主任委员。

上大学时，金涛便开始了创作。在北大地质地理系念书时，他曾参与创作歌剧《骆驼山》和反映大学生活的多幕话剧《冰川春水》，后者发表在当时的《北大青年》上，毕业后从事新闻工作，长期从事科技新闻报道。在全国科学大会召开后，金涛在《光明日报》主编《科学副刊》，创作了不少科普与科幻作品，如《月光岛》《马小哈奇遇记》《人与兽》《台风行动》《暴风雪的夏天》《魔盒》《大地的眼睛》《冰原迷踪》《小企鹅和北极犬》《狐狸探长和他的搭档》等，其中《魔盒》获1993年首届全国优秀少儿科普图书特等奖——周培源奖。他还创作了散文集《风雪之旅》《从北京到南极》《环球漫笔》，科学考察记《奇妙的南极》《探险家的足迹》《大地的眼睛》等，1990年，被中国科普作家协会评为"建国以来特别是科普作协成立以来成绩突出的科普作家"；1997年，被北京国际科幻大会授予银河奖。

《月光岛》发表于《科学时代》1980年第1—2期。作品讲述了这样一个故事：生化系毕业生梅生在与孟教授进行一项重大的科研项目时，由于孟教授被人陷害生死不明，梅生不得不来到了与世隔绝的月光岛。在那里，他与岛上仅有的36名渔民和睦相处，最后又用他与孟教授共同研制的生命复活素使漂流到岛上的孟教授之女孟薇起死回生。渐渐地，两人产生了爱情。不久，梅生被要求参加出国考试，在孟薇的鼓励下，梅生走出了月光岛。在T城，他遇到了刚刚出狱的孟教授。当两人重返月光岛时，才发现那里已空无一人。原来，岛上的渔民是从天狼星来地球考察的天狼星人。他们已在地球上考察了十年，收集了大量资料，现在要回去了，孟薇也随着他们一起离开了地球。

《魔鞋》发表在《儿童时代》1980年第11期。准备代表学校参加1500米决赛的马小哈清晨醒来却找不到自己的球鞋了，在不得已的情况下，只有让前来叫他的同学先走。但是，当同学乘公共汽车赶到场地时，却发现马小哈已提前到达，颇感奇怪。比赛开始后，马小哈不仅在一眨眼的工夫跑到了终点，而且还由于冲力过大无法刹住，从观众头上飞了过去。原来，他穿着的是他爸爸的"魔鞋"。它是根据气垫船原理设计的，由人体生物电流自动操控。

金涛的科幻作品最能体现出科幻社会化时期的特点：成功反映时代大环境，文学色彩浓郁。这些作品首先给人的印象，便是从社会普遍关心、企望解决的科技难题中选材和开掘，并在构思故事的过程中，紧密地结合社会问题。因而，他的作品达到了巧妙融合科学主题与社会主题的效果，从而使作品更具有现实感。比如，《月光岛》用天狼星人的角度来观察地球的文明，将"文革"的罪恶性暴露出来，让人们去认识那段野蛮当道、文明倒退的悲剧性历史。同时，具有悲剧色彩的语言的运用，也增强了作品的文学感染力。结尾"外星人"的介入使读者感到出乎意料，也开阔了作品的意境。

在注重作品文学性的同时，金涛的科幻小说并没有抛弃科学性，比如在《魔鞋》当中，这双"魔鞋"并不像哈利·波特那把借助咒语飞上天的飞天扫帚，而是有其科学原理的：当大脑发出信号，指挥脚向什么方向移动时，大脑的生物电通过神经系统迅速传递到脚上。魔鞋能接收大脑发出的电波，经过放大处理，传到魔鞋的电脑里，电脑再操纵另一台微型高效空气压缩机，魔鞋就立即工作，腾空飞奔。虽然科幻的可信度不依特定的科学根据，但是故事整个虚构情境的意义最终还是在于一项事实："其所取代以及因而诠释的现实"只有在科学或认知的范围内才可以诠释。这也就构成了金涛科幻小说的第二个特点：科学与想象并重。

作为科技新闻记者和科普作家，金涛曾两次赴南极考察，并创作了很多有关南极题材的作品。金涛最大的特点是勤奋、善于观察。有一次他在烟台出差，早早地就起床出去跑步锻炼身体，看到有人为丢垃圾而争吵，当时就从中得到灵感，写出《谁丢的垃圾》，用童话的方式，通过动物们对丢垃圾的调查，把每一种动物的生活习性讲述出来，很有趣味性和科普意义，深受读者的喜爱。

（二）王晓达

王晓达，苏州人，本名王孝达，1961年毕业于天津大学机械系，先后在成都汽车配件厂、成都工程机械厂从事技术工作。1979年后任教于成都大学，曾任《成都大学自然科学学报》常务副主编、编室主任、编审、教授。王晓达1982年加入中国作家协会和中国科普作家协会，曾任中国科普作家协会科学文艺委员会荣誉委员、四川省科普作家协会副主席、成都市作家协会副主席。

1979年王晓达发表处女作科幻小说《波》后，陆续发表50多篇科幻小说及200多篇科普、科学文艺作品，共200多万字，有多篇作品被译为英、德、日和世界语在海外发行，先后获国家级和省部级科学文艺、科普、文学奖多项。

王晓达的科幻作品以新奇的科幻构思和有趣的故事见长，20世纪80年代被海内外科幻评论界视为中国硬派科幻代表人物。其科幻代表作有《波》《太空幽灵岛》《冰下的梦》《诱惑·广告世界》《复活节》《莫名其妙》《诱惑》《电人历险记》《黑色猛犸车》等。

《波》发表于《四川文学》1979年4月号。此前，年届四十的他没发表过任何文学作品。《波》是王晓达的成名作，构思奇妙。主人公张长弓，也就是小说中的"我"，是一位军事科学记者。他奉命到88基地采访"波-45"防御系统的工作情况，恰巧目睹了敌机入侵并沦为俘虏的经过。原来，"波-45"系统是枫市大学物理系王凡教授新研制出来的高能综合防御系统，其原理建立在波理论的基础上。他所看到的入侵敌机失常行为，正是他要采访的这项由信息波造成的虚幻目标使驾驶员受尽愚弄而自投罗网的最新成果。在采访王教授的过程中，记者本人又陷入险境，遭到敌特的暗算，这个不速之客洪清以主人公作为人质，要挟教授交出88基地设计的图纸。教授同主人公一起跟敌特巧妙地周旋，记者从中看到了实验室的种种奇特现象，到处是视听幻象、幻象能无限复制，神秘的"波"令主人公化险为夷。作者通过一个个情节高潮，极力渲染了波的奇妙效应，情节紧凑，描写相当成功。由于作者是科研工作者，所以科学幻想高人一筹。小说的语言也颇为到位，使科学和小说有机地结合。故事每深入一层，悬念也增加一层，科学的内容也更深入一层，情节环环相连，扣人心弦。虽然小说作者没有对主人公张长弓进行很多外形描述，但在小说中，他的言行举止"有血有肉"，富有个性。作为军人，他恪守"警报就是命令"，毫不犹豫地主动请战；发现敌特危害教授时能奋不顾身进行搏斗。但作为年轻人，他做事易激动，冒失；见到姑娘会尴尬地脸红。血气方刚的年轻职业军人形象由此跃然纸上。对王教授的沉稳刚直、玲妹的机敏活泼和温情、洪青的阴险狡猾等等，作者均以不多的笔墨生动地刻画了出来。

《波》的语言朴实，没有华丽辞藻，但对人物、场景的描绘很注意个性化和意境的营造，特别是关于技术性很强的"波"的描述，既生动形象又通俗有趣，使人如身临其境。全篇自然流畅、娓娓道来，毫无故作深沉的"刻意"，使人感到"清爽"、亲切。作为科学构思的波，贯穿了小说的始终，是小说故事中不可缺少、不可替换的有机组成。正是通过"波"，给读者展现了一个神奇的"科幻世界"，描述了幻想中的科技威力，描绘了幻想科技对社会、对人的影响。

《冰下的梦》是王晓达继《波》之后，推出的"陆海空三部曲"中的第二部，1980年由海洋出版社出版。第三部《太空幽灵岛》1981年由黑龙江科技社出版。三部曲奠定了王晓达在科幻界的"新秀"地位。

《冰下的梦》写的是南极冰下神秘世界的故事，主人公依然是《波》中的军事科学记者张长弓。小说的故事结构、人物塑造和语言都比《波》更胜一筹，其科幻构思也更为宽广。故事以倒叙开始。冻僵的主人公"我"被澳大利亚捕鲸船"金羊毛号"从斯科特岛上救出后，送回中国南极科学考察站。于是在众人的惊喜与不解中，"我"开始撰写自己起死回生的经历。原来，半年前"我"去北非某国帮助改进合成水及液氢生产系统时遭受宇宙线辐射，医生为"我"受到重创的头部换了钛合金头盖骨。随后在解决水源问题的过程中，我们营救了神情恍惚的日本人中村太郎。中村的异常表现令众人颇为不解。接下来，在南极浮冰下探测时潜艇突然被一股异常的力量控制，失去知觉的我们来到一个神秘古怪的房间。房间里，年轻姑娘维纳斯给我洗脑并输入特殊的信息。但我的钛合金头盖骨使我幸免于失去全部记忆。随后，"我"以张长弓和RD-229号的双重身份参观了这个海底的现代化世界。原来，这里是南极冰下的RD中心，这个中心自给自足，目标却是盗取地球上各地的先进知识。我被迫掌握RD语言并成为RD的奴隶。在小说中，RD中心正在执行其最高长官雷诺的一个重大计划：准备以南极为基地，对澳大利亚及巴西高原以南进行一次袭击，并以此为桥头堡，再行占领全球。雷诺是一个卓越的科学家，同时又是一个地道的尼采哲学和希特勒主义的崇拜者。若干年前，他因海上意外事故被困海底，雷诺作为一个勇敢、顽强而有创造性的科学家和组织者，竟然在这样的地方创造了新的生活。RD中心就是在这样的基础上发展起来的。中心有十几名探险科学家，他们中的大部分都成了RD中心的长官。到此，日本人中村之谜被破解。原来，他就是被奴役的Boys中的一员。在RD，Boys是被处理过大脑的忠诚服务员，这些人都接受雷诺的畸形思想。正当"我"震惊与绝望的时候，事情出现了转机。原来，维纳斯、她的父亲、她的未婚夫均因客轮失事被迫留于此地，维纳斯虽贵为"长官级"成员，但父亲和未婚夫却被洗脑，成了只知道唯命是从的Boys。仇恨早已燃烧在维纳斯的心中，于是她和我这个仍有着自由意识的人以及一直倾慕维纳斯的高级工程师斯坦利一起，商议复仇并逃离这个巨大的牢笼。此事被头目雷诺发现，斯坦利没有摆脱被洗脑的厄运，成了奴隶。而雷诺却在无意中被维纳斯开动仪器，洗掉了脑中的信息，成了白痴。由于雷诺把自己作为中心的指令输入电脑，他一旦不存在，一切皆会毁灭。千钧一发之时，"我"开启逸出器死里逃生，而维纳斯却被渗进来的速冻剂冷冻。记忆在此处戛然而止。醒来的时候，"我"发现自己已经躺在"金羊毛号"上。

《冰下的梦》故事结构非常成熟，和《波》所采用的"抽丝剥茧"、层次递进的方法不同，《冰下的梦》巧妙地运用了倒叙、插叙和故事嵌套来设置悬念和营造氛围。于是，故事情节在跳跃的时空和更为宽广的场景中展开。随着故事的推进，"科幻"构思不动声色地融入情节，也为后面的"主要情节"埋下了伏笔。南极千米冰层下，现代化的王国"RD中心"才是《冰下的梦》的故事主体。在那里，尼采"超人哲学"和"希特勒主义"的信奉者、"情"迷心窍的工程师、美丽的"复仇女神"、丧失"个性"的"Boys"，加上"双重思想"的张长弓……他们错综复杂的关系和活动，触及了小说真正的哲学和理念。"洗脑""当面告密""统治世界、号令天下"的狂人和"Boys"的卑劣，都是社会现实的折射。

除此之外，《冰下的梦》的语言文字也更具文学色彩，更有感染力。科幻构思也比《波》要丰富很多。此后，他还沿着这个线索继续发表了《太空幽灵岛》等作品，将三部曲构造成了一个完整的体系。

王晓达的科幻小说创作观，在他的《科幻小说与科学技术》中有详尽叙述。在这篇文章中，他首先旗帜鲜明地指出，科技进步是科幻小说发生发展的源泉。回顾世界和我国科幻发展历史，我们发现科幻的发生发展，和其他的文学艺术和各种文化现象一样，并不是理论概念先行，而是历史发展和社会进步的产物，科幻小说的发生发展与科学技术的发展休戚相关，科幻小说是社会发展和科技进步的文学反映。

虽然承认小说中的科学幻想，是关于科学技术的幻想，但王晓达也指出，要求自己作品中的科学幻想完全符合当今科技规律是不可取的。符合科技发展的"幻想"，不该称幻想而应称科学假设、科学推想或科学想象。幻想毕竟是幻想，科学幻想只是关于科学技术发展变化，以及对人和社会影响作用的幻想，不是科学的假说和推想，科学认识是辩证发展的，真正的科学研究都会有十次百次甚至上千次的失败和错误，要求关于科学的幻想符合科学百发百中，这本身就不科学。科幻小说是一种特殊的小说，是以幻想的科学技术发展变化及其对人和社会影响作用为内容的小说。科幻小说倡导大胆幻想、勇于创新，宣传科学技术变化的无穷威力，是时代精神的反映，科幻小说就是当今时代的先导文学。

（刘妮）

（三）魏雅华

魏雅华，中国作家协会会员、陕西省作家协会会员，1978年开始发表作品，现从事专业文学创作。魏雅华的主要科幻作品包括《温柔之乡的梦》《天火》《天窗》《神奇的瞳孔》《丢失的梦》《飘来的梦》《晶种》等。其中《温柔之乡的梦》荣获"北京文学奖"，《女娲之石》荣获"青春文学奖"。《远方来客》荣获"中国科幻小说首届银河奖"，《天火》荣获"中国科幻小说第二届银河奖"。

《温柔之乡的梦》是一部以第一人称"我"为主人公的科幻小说，描写的是一位科学家"我"，在环球机器人公司迎娶了一位高级机器人丽丽为妻。这位妻子以阿西莫夫"机器人学三定律"为原理进行设计，不仅具备天然女人所有的优点：美貌、温柔、贤惠、顺从，而且天然女人的"缺点"一概全无。"我"在事业和家庭上获得了双丰收，沉浸在甜蜜和美满之中。然而，好景不长，"我"逐渐厌恶并排斥外界社会，对周围的一切人都表现出厌倦、蛮横与自私。"我"开始自我膨胀、自我中心、自我崇拜、自我欣赏，目空一切。而丽丽作为一个机器人，服从着"我"的一切命令，甚至在"我"酗酒后，按照"我"的命令，烧掉了"我"多年全部心血凝成的重大科研成果。随即，我因渎职罪而被送交特别法庭，被判罚20年才能偿还的巨额罚款。大难后的"我"痛定思痛，终于明白了"绝对服从"与"绝对权威"这件事情本身的可怕。小说的结尾，我毅然决定和这个机器人妻子离婚！

《温柔之乡的梦》发表在1981年元月号的《北京文学》上。当时，人们对"文革"的反省反思刚刚开始，中国社会还处在"两个凡是"和"四个坚持"的"文革"惯性之中。思想界依然春寒料峭。小说中对长期以来弥漫在我们社会中的盲目服从、奴隶主义进行了深刻的批判，是一篇高举思想解放大旗、大胆跳出原有科普模式的科幻创新作品。也正是如此，小说一经问世，便在文学界和社会上引起了强烈反响。《小说选刊》和《小说月报》在1981年3月号上同时转载。虽然有人认为，这是惊世骇俗的优秀之作。但也有人说，这部作品从思想倾向和政治倾向上看都有问题，宣扬了资产阶级人性论。更有莫名其妙地从"维护美国名家阿西莫夫名誉"的角度对作者的批判。

魏雅华在这一时期的重要作品大都以梦为标题：《温柔之乡的梦》《飘来的梦》《丢失的梦》。这些梦贯穿了同一主题，对现实生活进行批判。小说突出对人物形象的塑造、突出人对自身悲剧所负的责任。魏雅华还对男权社会进行讥讽，在他看来，男权世界阻碍人性发展，而其背后则是中国腐败的封建文化。

在《温柔之乡的梦》的续篇《我决定与机器人妻子离婚》中，作者继续深化先前的主题。"我"作为"人"的代表受到了"机器人"的代表丽丽、"机器人"的辩护律师陈冰的控诉。法庭上，机器人妻子丽丽逐渐"觉醒"，她控诉了"我"的罪行。此时的丽丽已非彼时的丽丽，她大量阅读了以孔孟老庄为代表的东方哲学，也饱读了亚里士多德、苏格拉底、黑格尔、费尔巴哈、尼采等的西方哲学著作。文化启蒙和思想解放使丽丽走向独立自主的人生。如果说《温柔之乡的梦》中的丽丽还仅仅是一个物理机器，那么在《我决定与我的机器人妻子离婚》中她已经演化为一个真正拥有了独立思考的合格之人。小说中所讲述的不是机器人科技的成果，而是民主、自由、博爱、文明、平等的新时代。

魏雅华在20世纪80年代初期创作了大量力图反思社会、反思文化痼疾的科幻小说。他对现实的鞭挞显得严厉和真切。例如，在《神奇的瞳孔》中，他发明了一副眼镜，这副眼镜能够看透最深的隐私，还能发现人性中的"恶"。遗憾的是，眼镜不仅没有能够给他带来他所期望的净化后的世界，反而导致善良人的自杀、自残和自虐，导致爱人弃他而去。这部作品刚刚发表，"清除精神污染运动"就已经展开。于是，《温柔之乡的梦》和《神奇的瞳孔》等成了"清除精神污染运动"的箭靶。多个报纸参与了对他作品的批评。

除上述作品外，魏雅华的其他作品也很有特色。在《天窗》中，普通人对自然灾害束手无策，但精神病患者才保有真知。这种社会的颠倒形象生动地暗示了生活中所有不公正的存在。作者承认，他更加青睐法国批判现实主义作家的作品，更乐意从福楼拜、梅里美、左拉、莫泊桑、都德、小仲马以及罗曼·罗兰等人的作品中寻找营养。魏雅华的作品曾经被翻译成多种文字，在世界上广为传播。遗憾的是，从20世纪80年代中期之后，他的创作被迫转向其他领域。

（刘妮、吴岩）

（四）韩松

韩松在新生代作家群中独树一帜。他毕业于武汉大学英文系、新闻系，就职于新华社，主要作品包括《宇宙墓碑》（小说集）、《在未来世界的日子里》、《红色海洋》、《地铁》、《火星照耀美国》（又名《2066年之西行漫记》《医院》《驱魔》《亡灵》）、"高速轨道三部曲"和"医院三部曲"等。其中三篇作品在20世纪80—90年代获得银河奖，而短篇科幻作品《宇宙墓碑》则于1991年获得了"世界华人科幻艺术奖"首奖。与此同时，他还获得了评论界的颇多好评："他的科幻小说充满寓意和隐秘感，具有强大的暗示性"（美国《新闻周刊》，*News Week*），"韩松先生是中国目前唯一在科幻和主流文学读者中同时获得好评的作家"（美国最佳科幻杂志《轨迹》，*Locus*），"韩松的作品是预知的历史小说，铺陈整个人类内在的实质"（台湾《幻象》），"备受科幻迷尊敬的作家。1998年被读者投票评选为新中国成立以来最受欢迎的十大科幻作家之一"（《星云》，中国科普作协科学文艺委员会会刊）。

这些评价主要来自其迥异于同时代其他科幻作家的作品风格。首先，韩松的作品带有明显的先锋性和后现代主义特征。他在作品中主动建构了一个假设的虚构场景，而这种虚构又不完全脱离现实，在韩松作品的超现实世界中，我们找不到科幻作品中常见的"宏大叙事"，一切琐碎的、纠缠不清的、偶然的、不确定的人际关系让人感觉不是在读书，而是在费解地"啃"书。更重要的是，这种虚幻世界的构建并非依照代表人类文明的科技，他的作品有时全然不顾甚至有意颠覆科幻小说既定的科学法则。例如，在他早年的成名作《宇宙墓碑》（1991）中，人类存在的意义，凝缩成了遍布宇宙的黑色墓碑，悲壮而凄凉，却又诡异且无足轻重。用能保持数十亿年不变原形的材料修筑的坟茔，"象征宇航员在宇宙中不可动摇的位置"，试图确认这一种族的存在价值。而墓碑的集体神秘消失，却把星空的深不可测推向极致，人类探索未知的勇气显得不堪一击。最终得出的结论却是"我们本不该到宇宙中来"，"这个好心的老宇宙，它其实要让我们跟他妥帖地走在一起、睡在一起，天真的人、自卑的人哪里肯相信！"而后来的考古学家毕其一生也无法参透宇宙大开发时代的修墓风俗，这里既有对宇宙的迷思，也流露着作品写作时代特有的浓浓的愁绪：塑造今人之为今人的"历史"，却成了蛊惑人心而又难以接近的魅影，成了无法理喻却又不能摆脱的包袱。故事中的迷惘，也是故事之外一代人的困惑。

其次，虽然韩松作品中的虚幻世界经常是在阴暗诡异、绝望颠倒、梦魇般的血腥中展开，但是其作品并未消解既定的现实意义。现实生活中所谓的常态——野蛮、愚钝、污秽、变异等等在他的作品中一一彰显，原生态地、不加任何伪饰地暴露于读者面前，让人在作呕、刺激、惊悚、欲望中将自身以及现实世界进行犀利的解剖，这种清醒中透着无奈和悲观。例如，在《美女狩猎指南》中，神秘公司用生物技术，以工业化方式生产可以快速生长的人造美女，将这些"长有卵巢和子宫的纯种动物"放到一座岛屿上，供有钱而寻求刺激的好色男人狩猎。以真枪实弹武装的男人捕获女人后可以随意处置，但也有被女人杀死的危险。主持这一项目的博士竟说这种活动可以为当地经济作贡献。这里，科学的进步反而助长了最黑暗的欲望，而蒙受过性心理创伤、成年后又被僵硬的社会现实所掏空的男人们，只有在极端残酷而诡异的环境中，在以死亡为代价的猎捕和征服中，才能重新找回生命的激情，以变态的方式释放被扭曲的欲望。以这样的科幻构思，韩松的写作构成了对现实的批判。最后，韩松作品中，历史、现实、未来三者之间有着残酷的同一性。过去就是现在，现在也可能是将来，将来也许就是过去。所谓的"真理"以一种循环往复的形式在一个封闭的空间不断流动，他们没有本质上的区别，中国几千年来积淀的文明核心——循环论在此发挥到极致。在《地铁惊变》《逃出忧山》《美女狩猎指南》中，韩松都将故事放在一个完全封闭的空间中展开，最终打开一个通往无限的出口。而在《火星照耀美国》（2000年初版，2012年修订再版）中，韩松探讨了文明的兴衰变乱和人类"天生的邪恶"。故事中，衰败而闭关锁国的美国发生了第二次内战，甚至出现了对前总统的批斗。这究竟是历史的翻转镜像，还是对明日世界真实走向的推测和忧思？当读者跟随作家思索沉重的历史命题时，却又总是发现天边闪耀着诡异的红色火星，以及不时现身又神秘离去的外星飞船。结尾处，神秘的火星人来到地球，从此地球成为"福地"，作者没有交代所谓的"新时代"究竟是什么样子，暧昧、不安的气氛给读者留下了无从解答的悬念。而在《地铁》（2011）中，作者似乎更有意隐藏了"设定"的部分内容，只露出冰山一角，情节的晦涩达到一种极致，没有条理分明、系统完整的情节，五个有关联而又相对独立的短篇，构建出一幅破碎的文明崩解图：末班地铁把昏睡中的乘客变成了空心人，神秘的外星人将他们装进玻璃瓶中劫走，偶尔惊醒的乘客看见这一切，试图查明真相却处处碰壁，最终也失踪了。地铁继续不可思议地一往直前，遭遇离奇变故的人则在这幽闭空间里上演了一出出惊心动魄的进化/退化剧目，继续着为生存而"吃人"的故事，释放着人性深处的恶与无奈，背后隐隐浮现着中美之间为了文明生存而进行的竞速实验。

这些使韩松区别于当下其他科幻作家的宇宙观、历史观、文学观在其长篇小说《红色海洋》中达到了高峰。

《红色海洋》可能是韩松最有争议的作品，但同时也是最能表现其作品风格特色的长篇小说。不可否认的是，《红色海洋》是一个充满复杂多义性的长篇科幻小说。他大胆描述了在未来，核战争使陆地生态系统全部毁灭，残存的人类用基因工程把自己改造成如同鱼儿一样的水栖人，同时把蓝色海洋改造成红色海洋，使之适应人类下海生存……小说用倒叙的手法，截取不同的历史片段，描写了人类下海生活前后的经历，展示了一幅复杂诡异、令人扼腕叹息的未来人类寻求新生的命运全图。这部小说想象奇诡丰富、场面壮观悲凉、情节紧张刺激、内容神秘莫测、文学色彩浓郁，而又饱含深刻的哲理思想，有着很强的现实警示意义，是一部代表中国当今科幻创作较高水平的作品。《红色海洋》不是一个完整的故事，它分为四个大的部分，每一部分各自独立，但从整体上看，也能发现各章之间的逻辑关联。第一部分标题为"我们的现在"，讲述了关于海底"人"的故事，这些人生活在红色的海水中，有各自的种群，为了生存而不得不相互争斗厮杀；第二部分标题为"我们的过去"，讲述的是人从陆地世界进入海底世界以后的故事；第三部分标题为"我们的过去的过去"，讲述了人从陆地回到海洋的缘由和过程；第四部分标题为"我们的未来"，讲述了三个中国历史人物的故事。实际上，除了第一部分是一个整体，在其他三个部分内，每一章都可算作一个独立的故事，它们与其他章节之间不具备强有力的因果关系，也没有清晰的线索将其贯穿起来。

这为读者和批评家带来了极大的挑战，而它的价值恰恰体现在对于其意义世界的不断挖掘与探索、对现有解释的不断拷问、在否定与肯定之间的徘徊、在建构与解构缝隙中的挣扎。显而易见，一个贯穿整部小说四大部分的线索便是关于"历史"的理解。这一点非常明显，尤其是第一部分，整个内容实质上不过是抽空了的人类史的缩影。所谓"红色海洋"，也不过是人类文明的发展的隐喻而已。

韩松认为，从传统的角度来看，科幻是一个非常开放的体系，它不可能固定在一个标准的模式上。它的最大价值就是鼓励异端和疏离，展示一个神秘、模糊和不确定的新世界。不难看出，韩松力创自己心目中的科幻，某种程度上表现出少有的破旧立新的大气概。这种开拓精神无疑让他的作品在科幻文坛上独树一帜。但同时，正如他自己所说，他写《红色海洋》的初衷也许和成书后读者所领会的是不一样的，在整个写作过程中作家会无意识中发生主题的游移（如果真有一个主题的话），所以当读者非要向作家询问为何行文中有那么多血腥场面时，他自己可能也说不出明确的答案——可能是受当时某种不能控制的情绪左右——这也从另一面说明作品意蕴的不确定性和可挖掘性。

总之，我们应该为有像韩松这样清醒冷峻的科幻作家感到惊喜，他的作品是有挑战性的，让我们对现实总能保持警醒的状态，怀疑也许就是反省的第一步，直面阴暗，撕破伪装，也许更真实、更正常的现实才会重现。韩松是独树一帜的，这种现代寓言诗的写作同样是不可模仿的。从某种意义上说，他的作品在中国本土科幻文本的拓展中迈出了重要的一步。

（方晓庆、贾立元）

（五）星河

星河，中国作家协会会员，中国科普作家协会常务理事，北京市文艺联合会理事，北京作家协会理事。星河主要从事科幻小说的创作，已出版和发表作品上千万字，著有长篇科幻小说《残缺的磁痕》等10余部，中短篇科幻小说《决斗在网络》等数百篇，科幻作品集《握别在左拳还原之前》等10余部，主编《中国科幻新生代精品集》、"年度科幻小说"（漓江版）等作品集。星河曾获"五个一工程"奖、宋庆龄文学奖、冰心文学奖、陈伯吹文学奖、银河奖等多种奖励，并于1997年被授予"97北京国际科幻大会银河奖"，2007年被授予"在科普编创工作方面有突出贡献的科普作家"，2010年荣获第五届北京中青年文艺工作者德艺双馨奖，2012年被评为第五届全国优秀科技工作者（科普作家）。

星河是名副其实的高产作家，许多作品大家都耳熟能详。

《决斗在网络》是星河最负盛名的早期科幻作品之一，其影响甚至一直延续到了今天。

"1996年3月，星河在《科幻世界》杂志上发表了短篇科幻小说《决斗在网络》，开启了中国科幻小说计算机/网络题材的先河。这篇作品描述了一场在校园计算机网络中通过电子游戏进行的一场决斗。作品发表后，反响巨大，获得当年'科幻小说银河奖'特等奖。"（杨平：《科幻小说流派——赛博朋克》）

"在老资格的中国科幻迷记忆中，星河的《决斗在网络》（1995）和杨平的《MUD-黑客事件》（1998）无疑是中国赛博朋克作品的滥觞，事实上这两篇作品的影响力如此之大，两位作者在相当长一段时间内都无法摆脱被标签化的命运，以至于阻碍了日后写作生涯的进一步发展。显而易见，这两篇作品是伴随着中国互联网大潮兴起而卷起的亚文化浪花中的一朵，计算机与网络作为新生事物进入大众视野，而浪漫化的文学处理推动了对于未来生活的想象。"（陈楸帆：《为什么中国没有真正的赛博朋克》）

此后，星河又创作了一系列有关电脑网络的科幻作品，包括《带心灵去约会》《网络渣滓》《大脑舞台》《讯问后等待裁决》《永恒的生命》以及《去取一条胳膊》和《藕荷色的蒲公英》等作品，对中国科幻文学中的电脑网络题材做出了贡献。

星河作品的创作特点比较鲜明。首先，正如潘海天所说，星河笔下的人物，以及作品的叙事角度几乎全部采用了第一人称，即使在少见的第三人称视角的《网络游戏联军》中，主人公的名字也意味深长地带有作者的影子，有时候这些主人公的名字直接就是"张星河"三个字。这种特点多少体现了作者对自己所创造人物的认同感。其实文学史上作者在作品中使用真实姓名的例子并不是很多，毕竟这与文学作品中的"我"是有差异的。这样一来，给读者的感觉是作者有意将作品拉近现实而不让作品过于悬浮或游离于现实之外，而作为现实中的作家，仅仅介入是不够的，所以他的作品中即便使用的是第一人称的叙事角度，但绝非失去理性地一味沉溺于作品中，作者也能理智地跳出其刻画的人物角色和故事框架而表现出作家本人应有的沉着和克制。其次，星河所塑造的人物都是无足轻重的小人物，表面上的玩世不恭好似王朔笔下的顽主，面对刀子他们会发抖，面对危险他们想要逃避，但他们的肩上却往往背负着与其反英雄形象不一致的沉重责任。在调侃式的皮相下，隐藏着的是极端的理性思维潜质。亲情、友情、爱情，都不能和他们心目中所追求的价值相比肩。我们在这些小人物身上可以看到先秦时期那些轻死生重信义的豪侠之士的影子。在《生杀予夺》中,"我"杀死了自己的导师,杀死了自己的挚友,杀死了自己的恋人;在《不容分庭抗礼》中,"我"杀死了自己的恩人;为达目的不惜手段,甚至不惜遗臭万年,这就是"张星河们"为"义"所付出的代价。实际上,这些人物对其行为价值的坚信度到底有多大,也就是说这些人物是否认为自己所追求的崇高目的就是真理?星河自己对此也是持怀疑态度的。主人公暗淡的结局像是个隐喻?作者是否由于内疚而让自己在完成任务后死去?(见《生杀予夺》《不容分庭抗礼》)在《我活得还算潇洒》(又名《战争股票》)中,"我"对自己所做出选择的疑问显而易见,而在《朝圣》中星河更是直接否定了自己历尽生死所达到的目标。

那么在这些慷慨赴死的英雄后面,是不是表明了作者对个人思维的怀疑,也即包容了一种对未来轻微的恐惧感呢?就像星河在《让大机器再转起来》一文中自称其心态在世纪末是"兴奋、激动与喜悦的",但他同时却也不得不承认未来是"前途未卜的、不知所终的"一样。在星河的故事中,主人公别无选择,只能被明天发生的每一个重大事件拖着前进,而调侃也许是减轻恐惧的一种做法,在铺天盖地而来的外界压力和社会氛围的冲击下,一个人的行为是否真有意义,不是他所能决定的。于是星河借助这些人物口称:"面对未来,我们别无选择,只有相信。"(见《让大机器再转起来》)

虽然在表面上星河标榜自己对科学和工业文明的乐观态度,他的主人公却总是急匆匆地认定目标(来不及思考或是不思考),紧接着就为这一目标义无反顾地杀身成仁舍生取义。在《握别在左拳还原之前》中,主人公从撞入外星人老巢之初的恐惧、沮丧到接受,直至最后做出牺牲自己的决定,不过是短短一瞬。在这短短一瞬间,"我"其实已经是别无选择了。在现实生活中,我们不也有时会面临这样的重大关头吗?供我们选择的自由余地又有多少呢?萨特宣扬的自由意识论是不带任何前提的吗?星河显然认为,在决定生存还是死亡的重大关头,一个人做出的选择早已由他的格式塔心理所决定,延续在他心里数千年的民族浸染、信仰浸染、文化浸染、道德浸染使得他面前的道路只剩下了一条。所以,有时候,我们别无选择。

就星河个人而言,似乎比较喜欢与现实相关的科幻作品,并身体力行。近年来星河创作了一系列他自称为"伪写实"系列和"新校园"系列的科幻作品,前者如《十三分之一》《路过》《蚍蜉的歌唱》《酷热的橡树》《非理性时代》等，后者如《妇道人家》《倏忽如风》《喷薄欲出》《聚铁铸错》《语焉不详》等。

星河在从事科幻创作的同时，对科幻理论的研究也十分关注，撰写过数十篇相关文章，阐述自己对科幻文学的认识。谈到对科幻的认识，星河曾有一篇文章《站着说话的新生代》，其中坦言自己对科幻文学和儿童文学以及通俗文学之间关系的看法。他认为，在大部分真正的科幻读者面前，谈这个话题本身就显得有些滑稽。真正的科幻迷都已经长大，几乎没有人再把这一独立的文学种类视为儿童文学。但事实上，在文学评论当中，在大学课本当中，在各类文学艺术工作者的心目当中，甚至在不能被称为科幻迷的潜在读者当中，科幻始终属于儿童文学——而且仅仅是儿童文学中的一支。显然，星河对这一观点持不赞成立场。另外，他还谈到科幻文学与通俗文学关系的问题。他认为，同样是文学，被划分为儿童文学和成人文学、通俗文学和纯文学，那么同样是科幻文学，是否也同样应该被划分为儿童科幻文学和成人科幻文学、通俗科幻文学和纯科幻文学呢？划分的角度不同，得出的结论自然不同。以读者对象为标准的划分，不能代替作品形式与文学题材的划分。星河认为，之所以会使文学界和文学评论界产生上述两方面的错觉，问题还是出在科幻作家自己身上。一个重要的原因，就是科幻作者的文学功力确实不够。

此外就是有关"科幻"概念本身。这似乎是一个自科幻文学问世起就说不清道不明的问题。星河认为，概念不清的原因是多方面的。有时候科幻作者所张扬的观点经常是以自己目前的状况为出发点的：大力提倡科幻作品中文学性的作者往往缺乏必要的科学知识，向文章中大量充填知识硬块的作者常常在文学修养方面有所欠缺；而这两方面都不具备的作者，则借所谓"追求人性"的外衣就把上述两点都遮掩过去了。毋庸置疑，文学性、科学性和"追求人性"对于科幻来说的确十分重要，甚至可以说是最重要的几个方面，但是在某些环境下被某些作者这么一说，却难免有一种自我辩解之嫌。星河在对科幻界进行批评时从未把自己剔除在外，所以他的看法总体而言还是比较中肯的。

（陈宁）

（六）杨鹏

杨鹏，笔名雪孩、征士，中国作家协会会员，中国科普作家协会会员，北京作家协会会员，1997年毕业于北京师范大学中文系，文学硕士。杨鹏曾供职于中国社会科学院文学所。

杨鹏在中国1000多家少儿刊物发表作品，主要作品有"杨鹏科幻系列"（6卷本）、《装在口袋里的爸爸》（童话集）、《来自未来的幽灵》（科幻小说集）、《地球保卫战》（卡通丛书）、《蝙蝠少年》（长篇科幻）、《外星鬼远征地球》（长篇童话）、"校园三剑客"系列等。

"校园三剑客"系列是杨鹏影响较大的作品。

这部系列作品的主要特点是作者在写作时试图弘扬具有世界性的大主题，比如对人性的反思和对现代化的反思。作者用轻松的笔调宣泄着沉重的主题，给人以无尽的反思、深刻的教育。

奇特曲折的故事情节也是"校园三剑客"系列小说的一个特点。作者出众的想象力为读者提供了广阔的空间。例如，《疯狂的薇甘菊》中，薇甘菊不仅有惊人的生命力，而且具有辨别噪声分贝的能力，现代的工业文明在这种看似弱小的植物面前简直不堪一击。就在薇甘菊即将吞没人类的危急时刻，校园三剑客凭借着知识、智慧和勇气解除了危机。"校园三剑客"系列小说的每一个故事都是一波三折，充满紧张的冲突，而其中变幻不定的情节更是出人意料，让人回味无穷。

从杨鹏早期科幻小说的苍凉和冷郁、童话创作的活泼和清新，到后来的大幻想系列，作品中的人文色彩、淡淡的感伤一直是作者的个人的创作印记所在，让读者直接体会发自内心的深刻审美体验。但是值得注意的是，他也创造了一些举止怪异的精灵形象，这似乎是风靡世界的《哈利·波特》的中国翻版，但是我们应该意识到随着世界一体化进程的加速，全人类实际上也面临着同样的挑战，要共同探索未知的领域，分享共同的经历。所以与其说是一种模仿，还不如说是一种结合。杨鹏的作品并不像西方自20世纪70年代兴起的科幻影片那样，注重超自然力量对人类社会的威胁和破坏，而是从人文主义的立场出发，力图传达平等沟通的信息。从中国儿童科幻文学发展的历史来看，这无疑是一种创新和发展。

总的来说，杨鹏的小说有以下几个特点。首先，试图深切地表述人类情感与现实之间的冲突。他的小说常常是人、超人、动物共存一体，在深刻的感情交锋中获得某种"超越种族"的交流，生物体之间的爱恋和生活逻辑的冷酷这对无法协调的矛盾爆发性地体现在他的小说中，使人动情。

杨鹏科幻小说的第二个特色是，他非常喜欢挖掘中国传统文化中神秘和幻想性的东西，无论是他的长篇小说《蝙蝠少年》，还是他的系列小说《太空三国志》《太空三十六计》都是这样。一个中国作家如果不关注中国的社会、中国人的思想和中国人的传统与生活，那他的作品将永远没有鲜活的生命力。值得一提的是，杨鹏的古典文化科幻系列不是简单的旧瓶装新酒，而是在新的时代对古代思想的重新理解和认识。他的一些童话也选取了这样的题材，显得非常具有时间上的穿透力。

此外，杨鹏很好地制约了他这个年龄的青年所特有的表现欲望，没有让它在外部压力下死亡，也没有让它无节制地过分宣泄。其作品的主人公不例外地还受着孤独情感的困扰，但是，他们为摆脱孤独，恢复信心所使用的方法则与许多青年作家不同，这些主人公没有陷入无穷无尽的内省状态，陷入歇斯底里的发作，恰恰相反，杨鹏的人物通常会投入对人类命运和世界前途的关注，并由此引发最原始的创造冲动。一些评论甚至认为，他的一系列关于中国古代故事的现代"改制"，正是这类私人孤独感冲出个体的假死外壳并最终获得朝向群体的建设性释放的例证。

（七）王晋康

王晋康，毕业于西安交通大学，高级工程师，民盟南阳市委副主委，河南作协会员、曾任中国科普作协副理事长。

单从年龄上来看，把一个在"文革"期间有过插队经历的人划归在新生代当中是很让人奇怪的。但事实上，无论是从科幻写作的时间上，还是从科幻写作的风格上，尤其是在对于科幻的认识上，王晋康都应该当之无愧地属于新生代。

王晋康自1993年开始涉足科幻文学的创作，发表了中短篇科幻小说《亚当回归》《天火》《生命之歌》《追杀》《豹》《养蜂人》等近40篇作品，还出版有长篇科幻小说《生死平衡》《生命之歌》《癌人》《蚁生》《逃出母宇宙》《天父地母》《宇宙晶卵》等，共计200万字，曾蝉联"银河奖"特等奖。作品风格苍凉沉郁、冷峻峭拔，富有浓厚的哲理意蕴，善于追踪20世纪最新的科学发现尤其是生物学发现。语言典雅流畅，结构精致，构思奇巧，善于设置悬念，作品具有较强的可读性，是严肃文学和通俗文学很好的结合。

《生死平衡》曾获科幻小说银河奖，是王晋康的代表作之一。1977年，人类彻底消灭了天花病，世界卫生组织某官员来到索马里西北部的一个村子，走访世界上最后一个天花病人。不料却得知，有三个不明身份的阿拉伯人取走了病人的病毒样本。2031年，中东地区局势骤然紧张。L国向石油大国C国发动了代号"新月行动"的细菌战。他们将几十年前秘密取得的天花病毒培养成毒性更大的变异体，并将其寄宿在野鸭体内，通过人工植入电极的方式使野鸭飞向C国，为掩人耳目，他们又借陨冰袭击C国的机会，制造了天花病毒来自外太空的烟幕。C国居民成批发病。世界各国纷纷组织医生援助C国，但他们只能用西医的疫苗法对付病毒，而L国则不断秘密投放新的病原体，使医生们的努力归于无效。一位名叫皇甫林的中国年轻医生来到C国旅游。几十年前，皇甫林的祖父皇甫右山创立了平衡医学学派。他认为，西方医学绕过人体自身免疫系统，直接与各种病原体作战，虽然可以暂时治愈一些病症，但人体自身的免疫能力却不断下降，各种病原体反而会不停变异，产生抗药性，使抗菌素药效大降，是一种饮鸩止渴的治疗体系。皇甫右山用几十味中药配制成"人体潜能激活剂"。此药不能直接杀灭病菌，但可以激发人体免疫系统的潜力，帮助人体战胜各种疾病。皇甫林用大批中药配制成人体潜能激活剂，挽救了大批C国人。

《生死平衡》讨论了一个严肃的科学问题。它分析了中西医基本理论的差异，质疑一味用外力治病的西方医学。《生死平衡》中还有大量阿拉伯民俗的描写，大大开阔了读者的眼界。

《生死平衡》的人物刻画非常成功。主人公皇甫林一反科幻小说中童话英雄的模式。他其貌不扬，狂放不羁且花天酒地。但在大祸降临之际，仍然充分展示了医生的职业道德。此外如萨拉米的疯狂阴险、皇甫右山的愤世嫉俗、埃米娜的自私高傲等都被刻画得入木三分。在一向重事理叙述、轻人物刻画的科幻小说中独树一帜。小说主人公中国民间医生皇甫林出游异域期间，奇迹般地扑灭当地大面积流行的早已绝迹的天花病毒疫情，勇敢地向现代西方医学理论挑战的故事，波谲云诡，引人入胜。这篇科幻小说被命名为《生死平衡》，因为它表达了一种新的医学观点。它认为，现代医学走的是一条辉煌的歧路。医学有两大进步：抗生素和疫苗。抗生素基本是绕开人体免疫系统直接和病菌作战，结果，人类免疫系统在长期的无所事事中逐渐退化，而病菌在抗生素的围剿中得到超强度的锻炼，强弱的易势形成了危险的临界状态。疫苗倒是通过人体免疫系统去和病毒作战，但人类社会是用赶尽杀绝的办法彻底消灭某种病毒，比如天花和脊髓灰质炎，这同样是危险的临界状态。对临界状态的防范不可能永远有效，理论上也不行，而一旦堤防决口就会造成大的灾难。从这个角度看，现代医学的进步只是把灾疫暂时推迟了。

文章还指出，救死扶伤的人道主义必然干扰甚至斩断人类的自然进化之路。遗传病患者（糖尿病、心脏病等）的长寿和繁衍，是以人类整个物种的退化为代价的。人类在进化中曾部分获得了对天花的免疫力，现在随着医学的干涉——灭绝天花病毒，这种宝贵的免疫力已经很快退化。黑猩猩同人类的基因极其相似，但为什么不得艾滋病？科学家说，从现存黑猩猩的基因看，它们是少数黑猩猩的后代，所以，很可能在遥远的过去，在黑猩猩社会中流行过艾滋病，大部分个体被杀死，仅留下有免疫力的种群。而人类由于医学的干扰，不会进化出这样的强势族群了。这是个绝对两难的问题：没有人会听任病人死去，或剥夺这些人生育后代的权利，但目前医学中的"无限救治"规则确实在制造着进化灾难，它会逐日累积，而在10万年后或50万年后爆发。这个问题是无解的，所以，人们只好对它装聋作哑。病菌出现耐药性的进程是不可逆转的，但如何尽量放慢这个进程？新病原的出现也是不可避免的，但如何稳定自然界的平衡，使新病原出现的频次降低？比如，对某些病毒的全歼或强抑制是否会打乱病原体的自然平衡？能否培养温和病原使其成为自然界中的优势种群？人类的进化史始终是一部与病原共存的历史，相信两者的关系会从今天的"势不两立"发展到某种新的共存。这就是新医学的目标。王晋康的作品是有深度的，并非仅仅因为他的作品多关注和人类生存状态相关的重大主题，更是因为隐藏于作品背后的作家本身的冷静思考和忧患之心。

王晋康，被誉为中国科幻小说预言派"掌门人"，他坦言自己对科幻持相当宽松的态度，认为只要能满足读者的想象力和阅读时的愉悦感，就是好科幻。纯幻想小说、武侠科幻、推理科幻、唯美科幻也都可以归入。但他也同时认为，作为这个文学品种的骨架，或称之为核心科幻的，应该是这样的作品：它能够传达科学本身的震撼力，使读者惊讶于科学之美，激起他们探索科学的兴趣，同时以润物细无声的形式，尽量向读者灌输一些科学概念。当然，科幻不承担科普功能，但如果能尽量兼顾就更好。总之，各种科幻品种没有高下之分，只要能打动读者就是好作品。

对科幻创作最重要的因素，他认为根据作品品种不同而大有分别，而最重要的因素有：能够发现科学之美的敏锐目光，心态识见，能够组织机智情节和精巧结构的才气、语言能力、激情。

首先，从文学接受角度谈对作品的多元阐释。王晋康认为作品的被接受不可能是一元的。有些作者认为不大好的却颇受欢迎，认为好的却反响不大，所以他的态度是：按自己的意见去写，让别人去评价。

再次，关于科幻与科普。有人认为，武侠小说不是为普及武侠知识的、历史小说不是为普及历史知识的，难道觉得科幻小说是普及科学知识的？或者科幻作者也和某些把自己想象成科学法官的人那样，认为自己可以当科学家的"教练员"呢？对于这个似乎很棘手的问题，王晋康有别于其他很多科幻作家。在他的作品中，虽然有时也把"科学"当成演绎故事的背景，但更多时候科学是他的信仰。首先作家自己被某种自然机理所打动，才把它介绍给读者。比如《生死平衡》受到不少人喜欢，当问读者是喜欢作品的文学性（人物、情节、结构）呢，还是喜欢其中所表达的哲理思考，大多数读者回答是后者！再比如《养蜂人》中关于整体智力的思考，还有《生命之歌》中关于"生存欲望存在于DNA的次级序列中并终将能为人类破译"，《豹》中关于人类进化的观点，都是他深为信服的。当然，他也对这些观点做了整理和深化。哲理思考是他小说中的强项，在国内外科幻作者中可以说是独树一帜（指品种而非指水平），很多读者正是因为文中所表达的科学震撼力而原谅了人物塑造的单调。不难发现，王晋康作品中少见"个性丰满"的人，其作品在剖析人性、给青年人呈现出复杂的社会生活方面的确存在着缺憾。王晋康承认这一点，同时他认为他是以哲理思考为主而不是以社会批判为主，人物难免受局限，所以写得较成功的是有殉道者激情、性格沉郁的哲人——偏偏大多是男人。

最后，当谈到自己作品时，王晋康认为中国的科幻文学就阶段来说，大致与美国黄金时代类似。在短篇中有一些已经达到美国黄金时代一流作品的水平，长篇还弱一些，尤其是社会批判性的小说更弱。

（陈宁、姜振宇）

（八）刘慈欣

刘慈欣，曾任中国电力投资公司高级工程师，现为中国作家协会科幻文学委员会主任，山西省作家协会副主席，中国新生代科幻小说的代表作家，已被公认为中国科幻文学的领军人物。目前已发表约350万字，包括7部长篇小说，7部作品集，16篇中篇小说，20余篇短篇小说，以及部分评论文章。作品蝉联1999年—2006年中国科幻小说"银河"奖。其中，《带上她的眼睛》《流浪地球》《全频带干扰阻塞》等短篇作品为他赢得了1999年至2006年连续8年的科幻小说银河奖。长篇方面则有《超新星纪元》《球状闪电》"三体"三部曲等。长篇小说《三体》于2015年荣获"雨果奖"最佳长篇小说奖，这是亚洲人首次获得该奖项。2019年上映的科幻电影《流浪地球》即根据他的作品改编，获得了45.56亿的票房，开启了中国科幻大片的元年。他成功地将极端的空灵和厚重的现实结合起来，同时注重表现科学的内涵和美感，努力创造出一种具有中国特色的科幻文学样式。作为从科幻迷成长起来的作家，他堪称本土科幻不断成长的一个证明。

刘慈欣最为人称道的，是对宏大场景的想象和描绘。他充分思考并把握了自然所能创造的美感，使用了关于自然灾变的一系列题材，细致地描述了拥有巨大物理体积、漫长时间跨度以及广阔空间延伸的种种事物、事件以及场景。他甚至将所描写的这些超出人们现实生活体验的物理参量——比如时间、距离、体积、质量、力、速度、温度、亮度等等，命名为"宏细节"。他的一系列代表作品《流浪地球》《吞食者》《诗云》等，都因此给人以强烈的震撼。同时，这些宏大场景，诸如太阳或地球的毁灭、星际战争、时代飞船等，并非单独存在，它们展示着整个人类的行动与选择这样的宏大命题，并在和个人的生存抗争的对比中，显示出极强的张力。

与此同时，空灵的、宏大的想象，却深深扎根于厚重的现实当中。《乡村教师》的交叉叙述中，一方是跨越亿万光年的宇宙战争，文明的毁灭只是刹那，而另一方却是中国西部的贫穷乡村的苦涩生活，临死的乡村教师在教他的学生牛顿的物理学定律。两者的对比所构成的恐怕是科幻史上最奇异的景象。这种展示，可能来源于刘慈欣的生活阅历，也因此成了科幻本土化最独特、最不可复制的一次尝试。必须提到的，还有《中国太阳》，这是一部大气、质朴而又颇具特色的作品。它讲述了一个来自农村的孩子平凡却惊人的成长经历，从擦洗城市摩天大楼玻璃墙壁的"蜘蛛人"到在远离地球的人造太阳上成为太空清洁工。当他在茫茫宇宙中的人造太阳上遥望生于斯长于斯的地球以及那个望眼欲穿也难以辨认的故乡时，一种平凡而伟大的情愫随之而生……这篇作品在意象上并无过人之处，然而其中体现的美感却很充分。这是由于一方面其现实主义文风在恰当的选题中得到了充分展示，另一方面作者经过多年的锻炼找到了适合此种风格的语言和词句，但更重要的是在人类的创造性活动中找到了表达美感的恰当方式，暗合了科技审美的角度。

刘慈欣作品的成功，还在于对"科学之美"的充分展示。作为具有较为坚实的科学素养的作者，对于科幻作品的科学性，他有着自己的认识。在他的作品中，科学性不再是一件不合适的外衣，不再让人感觉别扭或牵强，即使充满强烈的技术崇拜的味道，他对技术、对工业文化和对科学的描画，依然大气、精致而又神圣，充满着吸引力。阅读中，读者不再为科幻小说到底科学不科学（所谓的"硬伤"）的问题纠缠不清，而是充分地领略科技所带来的美感和震撼。这让我们重新反省自己对科幻小说的认识。判断什么是科幻、什么不是科幻，也许并没有那么多理论限制和概念约束，而只是一个感觉。这种感觉，应当超越形式和细节，是对科幻本质的一种深刻领悟。

此外，刘慈欣还相当重视小说的情节和节奏。这使得他的作品具有相当的可读性。他的长篇小说《球状闪电》长达18万字，描写主人公同一位军队中的少校姑娘追踪和研究球状闪电的过程。结果发现它是一个足球那么大的电子，可以在宏观尺度显示量子效应。这一发现最终在我军和美军的战争中起到了威慑作用。小说中包含了战争、爱情、悬疑等多种情节构成因素，一波三折，引人入胜。虽然作者更在意于球状闪电这一形象的塑造，但故事情节的丰满，无疑吸引了不少读者。

如果说，韩松的写作一部分是向外敞开的，一部分则为自己所保留的精神家园，那么刘慈欣的写作则基本上是完全敞开的，他高度重视读者的接受度，以古典主义的英雄气质塑造了一系列关乎科学的特殊文学形象，以其宇观尺度上的审美魅力向读者发出呼唤。不过，比起历史上中国科幻有过的辉煌，刘慈欣的响应者实在不算多。或许是为了改变局势，从2006年起他便极少发表短篇，而将全部野心付诸"地球往事"系列，即"三体三部曲"。该系列架构宏大，设置大量刺激性的符号和极富悬念的情节，将中国五千年的历史与宇宙空灵与残酷相融合，在科幻迷群体之外产生了广泛而深远的影响，也引发了主流媒体和学界的热情，带动了新一波科幻热潮，成为当代文化界的一个重要文学事件。2015年《三体》获得雨果奖更是将中国科幻推向全社会各领域，带动了整个中国科幻文学的发展。

"三体三部曲"属于"地球往事"系列。"地球往事"系列以历史学家口吻讲述了时间跨度数十亿年的"往事"。《三体》讲述叶文洁因"文革"和环境危机而对人性失去信心，参与军方探寻外星文明的绝密计划"红岸工程"，利用太阳向宇宙发出信号，请求半人马座三星上的三体人来地球治理人间的罪恶。因三颗恒星的运动规律无法预测，历尽劫难苦苦挣扎的三体文明具有高度的侵略性，在接收到叶文洁的信息后远征地球，并通过"智子"干扰人类基础物理学领域的实验结果以锁死地球的科学进步。《黑暗森林》讲述地球人在三体舰队到达前的四百年时间里试图通过包括"面壁计划"在内的各种方案来予以对抗，最终中国学者罗辑领悟到"黑暗森林"法则而以"同归于尽"为要挟迫使三体舰队离开。《死神永生》则以具有道德感和母性慈爱的女主角程心为线索，讲述她如何成为罗辑的接班人，并一次次地被证明自己的"妇人之仁"只能使地球的命运一步步沦陷。而更深不可测的"歌者"将整个太阳系压平为一张巨大的二维平面，黑暗森林中的不同智慧生物为了消灭彼此也不惜把宇宙不断地从高维推向低维，同归于尽于一维世界的黑暗前景笼罩着全篇，但最终作者还是给读者留下了希望，让文明间开始发出了谋求共存之道的声音。

尽管小说中充满了令人惊奇的科技构想，但当匪夷所思的"智子"锁死了人类的基础科学探索，也就将故事重心锁定在了科学以外的道德。罗辑最终取胜的法宝并非科学而是"宇宙社会学"：由于"生存是文明的第一需要"以及"文明不断增长和扩张，但宇宙中的物质总量保持不变"，因此每个文明都必须如林中猎人般幽灵似的小心潜行，如果他发现了别的生命，由于"猜疑链"和技术爆炸的可能性，为免除后患只能开枪消灭。在这片"黑暗森林"中，他人就是地狱，任何暴露自己的文明都将被迅速消灭。通过这一残酷的宇宙图景，刘慈欣不再像之前在短篇小说中常做的那样无拘束地放纵想象力来单纯地展示科学的美，而是试图做一次有力的思想实验："如果存在外星文明，那么宇宙中有共同的道德准则吗？……我认为零道德的宇宙文明完全可能存在，有道德的人类文明如何在这样一个宇宙中生存？这就是我写《地球往事》的初衷。"这种对于"星际伦理"杞人忧天式的思索，既有现实意义又极富飘逸色彩。

此外，刘慈欣一再强调，科幻最终要得到的不是科学家想要的精确和正确，而是小说家想要的美感和震撼。因此，就算零道德宇宙存在的可能性微乎其微，但"因为这样的未来游离于我们的想象范围之外，因而也能引燃想象，更有观赏力，更具震撼力……没有必要、更没有能力去追求真实"。与其说，"黑暗森林"是对"宇宙社会学"的严肃思考，不如说它只是为了迫使人物做出异乎寻常的举动，驱动故事导向令人惊愕的发展方向和结局，其中种种冒犯了读者道德直觉的黑暗情节，"只是科幻而已，不必当真"。这种美学追求，使刘慈欣得以去描绘一个让中国读者更感到可亲的未来。通过美国科幻大片，人们早已习惯美国人在未来人类的灾难中担任拯救者的叙事，比较而言，在许多中国读者和观众的心中，未来世界的中国形象显得含糊不清。"地球往事"极大地改变了这种局面：在三体文明引发的人类文明危机中，由中国政府领导的中国力量以积极有力的面貌登场，以符合人们想象的方式行动，起到至关重要的作用。该系列能引发科幻迷热议并在圈外取得一定影响，正和这一点有相当关系。

不论是叶文洁、史强，还是章北海、罗辑，这些有道德缺陷的人物，在特殊的情势下所做的异乎寻常的抉择，以人类文明之名而获得了同情，挑战了读者的道德观，引领他们思考超出道德底线的行为是否可能是一种必要的措施，并暗示读者：不管在未来遭遇何种异乎寻常的困境，中国人以及全人类都应该也只能以理性的精神、顽强的信念、狡黠的智慧、必要时不择手段的果决与冷酷以及临危不乱的从容不迫来捍卫人类文明的生存和发展的权利，中国人百年自强的历史经验与中国作风将在其中起到积极有效的作用。

除了人物，刘慈欣还调用了大量的文化符号以更直接的手段来强化读者的情感认同，如"红岸基地"的冷战背景、"唐"号航空母舰、中国太空军这一军种及其有"八一"两字的军徽等。以科幻独有的方式，刘慈欣不但试图培养和加深中国人"对宇宙宏大深远的感觉",他们"对人类的终极目的有一种好奇和追求愿望",更开启一条通道,使国人长久被困于革命历史叙事的国家认同感终于可以投射进未来的空间,在"刘式"宏观美学中尽情展开着他们对未来中国的想象与期许。因此韩松才称其完成了一个几乎无法完成的梦想:"近乎完美地把中国五千年历史与宇宙一百五十亿年现实融合在了一起,挑战令一代代人困惑的道德律令与自然法则冲突互存的极限,又以他那超越时代的宏伟叙事和深邃构想,把科幻这种逻辑严密而感情丰沛的文学样式,空前地展示在众多的普通中国人面前,注定要改变他们的思想和行为,并让我们重新检讨这个行星之上及这个行星之外的一切审美观。"

刘慈欣认为:"人类在思想史上没有对整个文明的灭顶之灾做过理论上的准备,这本微不足道的拙作也不可能对这点有任何改变,但有人开始想这个问题总是一件好事。""地球往事"系列在中国想象上也不可能达到尽善,在叙事艺术上仍显得粗糙,它的缺陷恰恰表征着困扰中国科幻界乃至整个文化界多年的诸多症结和挑战,不过它的回答在总体上来说已非常出色,在诸多细节上更是令人叫绝,其努力值得肯定。更重要的是,如鲁迅所说:"非有天马行空似的大精神即无大艺术的产生。但中国现在的精神又何其萎靡锢蔽呢?"刘慈欣的最大意义,可能就在于给一个精神萎靡的时代注入了这天马行空似的大精神,因此学者严锋对他的激赏便不无道理:"我毫不怀疑,这个人单枪匹马,把中国科幻文学提升到了世界级的水平。"

(彭浪、贾立元)

(九)何夕

何夕原名何宏伟,读大学时开始科幻创作。作为中国科幻新生代较早期的代表人物之一,何夕自1991年开始涉猎科幻创作,迄今已发表过不少重要作品。其主要作品包括20世纪90年代的《光恋》《小雨》《漏洞里的枪声》《平行》《本原》《盘古》等,以及世纪之交的《异域》《祸害万年在》《爱别离》《故乡的云》《六道众生》《伤心者》《审判日》等,他的最新作品是长篇科幻小说《天年》。

何夕十分垂青有关自然科学基础理论题材的科幻创作,虽然这种题材十分难写。在科学方面,何夕力图形象地把艰涩的理论告诉读者,而在文学方面则力图将宏观背景与人类细微的感受融于一文。何夕这个笔名,取"今夕何夕"

之意，希望"顺带抒发自己面对时间这个永恒命题时的迷惑"。

阅读何夕20世纪90年代的作品，总感到有相似的地方。比如用科学拯救人类未来的理想，以及这种理想的夭折或破灭，就是一个常常出现的主题。在何夕看来，科技的日益强大也许会使人类无所不能，但是最终还是不能挽回或改变衰落的命运。这无疑构成了一种"科技悲悯主义"。在《平行》中，主人公何夕是一个考古学以及天体物理学博士，他和托尼教授在瞬间以光速返回到公元前7000多年的远古人类社会后，在那个静谧而又绚烂的森林城市——远古轩人们的栖息地，历经了令他们难以想象的故事。而所有的一切竟归结为那块黑色石块上清晰可见的字迹：伟大的科学！那是人类的过去，属于图腾时代，是迷信和盲从的时代。但土著轩人们的头人——威普的智慧则绝不亚于现代人。在九千多年前，他就能用水晶石磨成的镜片观测星空，还建立了一套足以与欧氏几何原理媲美的数学，甚至用木头制造了一架完全符合空气动力学原理的滑翔机！他准确地预测了月全食的发生。小说中有一个刚刚出生就命中注定将成为虚有大神祭品的少女莎莎，她的甜美和纯净，足以让月光黯然失色。少女对生命的博爱和其父威普对真理的笃信产生了冲突，她怀疑、挣扎，欲逃离死亡的阴影。此刻，似乎唯有科学才能决定少女的生与死，也决定着人类的进化。月全食如期而至，"何夕"和"威普"都看到了大神的虚无，感受到了人定胜天终于不再是神话。然而在古人和今人的狂喜中，横空出世的十个太阳让轩人们毫无思考地陷入更大的恐慌和对大神更虔诚的顶礼膜拜中。小说的结尾，神女莎莎神往而痴迷地步入熊熊烈火，她以为心目中的大神——何夕在召唤着她。当天空中的十个太阳逐一隐去时，脚踏直升飞盘手持灭火导弹的何夕戏剧般地成为轩人膜拜的大神，爱人对他炽热的爱也在火的吟舞中化为灰烬。

在没有科学的时代，何夕创造了生命的又一次涅槃。科学显示出力量，然后又失去力量。当他重新回到现代，"何夕"们无奈地接受了历史不可改写的事实。在小说中，时间不能逆转。平行意味着永不纠结。这篇小说表达了作家对于生存的困扰，对挽救的无能为力感。他清楚地感到，用科技全副武装的人在面对祖先的信仰时，只能痛惜与无奈地退出舞台。

《本原》是一篇很有科普价值的科幻小说。这大概也是何夕创作该作品的初衷。以黑格尔、马克思的思想为基础的世界观，是一种决定论的世界观，这类思想家喜欢讲述历史的必然性。然而，量子理论则提出了非决定论世界观存在的可能性。这构成了《本原》的科学基础。小说把有序的世界和无奈的平庸相互联系，当一场赌局让小说中的何夕输得烂醉后，这个曾经的哲学硕士、现在的码头工人却发现，他的对手欧阳严肃是一个出身于诺贝尔奖得主世家、能将概率科学运用得炉火纯青的高手。何夕崩溃继而折服。欧阳用他的量子力学推倒了一切。但他却在他人眼中，成了精神分裂症患者。他是一个具有狂热无畏献身精神的科学家的后裔，他唯一的试验品就是他自己。

世界的本原到底为何？秩序，抑或无序？真相摧毁了这个世界的全部秩序，嘲笑了世界上一切所谓的规律。真相使一个人既在此又在彼，既是天使又是恶魔，从此，这个世界将无论善恶，无论是非。发现这一切的欧阳严肃，只能抛却常人的生活。那个几度为他更改专业的爱人白玫坚贞不渝的爱也不能留住他。终于，在一团紫光穿墙而过时，欧阳严肃义无反顾地成为十亿分之一成功概率试验的试验品。这一次，他本人成了这场赌局的筹码。作家用他主人公的遭遇恍惚地证明，有序或许只是一个神话，而无序才是人类本身。因为，宇宙之初就来源于永恒的混沌。小说对量子力学的介绍，引发了大量读者对秩序与混沌的深入讨论。

何夕的另一部小说《盘古》，原题《巨人传说》。两个天才青年楚琴和陈天石为了信仰不惜与权威针锋相对，最后双双被开除而躲入地下建立基地。青春的血是炽热的，他们几乎不计后果，也无暇顾及他人的协助是支持还是阴谋。十年之后，两个人的爱情果实瓜熟蒂落。这是一个仅由两个人创造神的神话。随后，盘古——人类的孩子出生了，他在母体孕育了几乎四载，他有着硕大的身躯和超人的智慧，他出生的目的在于拯救人类。原来，180亿年以后的地球将遭受灭顶之灾，而盘古是救出地球人类的唯一希望。但是，他们的抗争是徒劳的。即便是远离人世这么多年，盘古仍旧夭折在权威的压迫之下。在小说的结尾，何夕让新生的盘古在母亲的怀抱中，在纯美的摇篮曲中永远沉睡。现实不能容留的也许神话会容留，现实里只能死去的将在神话里永生。

以中国神话故事为题材写作科幻并不鲜见。中国神话与希腊神话相比显得粗糙，神祇也未成体系，但其中可用于科幻创作的养分并不缺乏。不过许多以神话为题材的作品往往缺少独特构思，每每只作简单的类比。比如将神话人物改为外星来客，将自动木偶改为机器人。如此科幻，令读者味同嚼蜡。而何夕的科幻小说，从整体构思就跳出了一般模式，创造了一种新的阅读感受。

值得一提的是，近年来何夕对社会生活和文明社会发展等主题的关注超过了他对基础理论的关注。在《伤心者》中，他刻画了一个醉心于科学但始终不为社会所承认的孤独者形象。而在《汪洋战争》中，何夕更对文明社会的基本规则进行了相当深入的探讨。

简而言之，《汪洋战争》探讨了有关文明与理性的问题。爱因斯坦曾经说过："如果有人赞成把人类从地球上消灭掉作为一个目标，人们就不能从纯理性的立场来驳倒这种观点。"但是非理性的观点在人类历史上却屡见不鲜。当一个群体甚至种族，不惜以灭绝自己为前提，试图达到某种目的，那么这一群体或种族存在的意义实在值得打上一个问号。《汪洋战争》以一个生动的故事，阐述了这一道理。作者认为，智慧与文明是宇宙中永远不熄的火花，但为了宇宙间所有文明的健康发展，对于某些文明的非理性行为，具备足够理性的文明不得不予以干涉。事实上何夕一直在思考与此相关的诸多问题，并在这篇作品中给出了明确的答案。毋庸置疑，这是近年来相当优秀的一篇科幻作品。

何夕在自述中承认，他最喜爱的科幻作家是阿西莫夫。他从阿西莫夫的作品中学到了很多东西，这包括将平凡的文字与出类拔萃的科学构思相结合所产生的难以抗拒的感染力。无论从作品的题材开拓，还是从主题挖掘、手法创新，何夕都不同于他人。他强调科幻小说的精髓永远是"科幻"二字，没有优秀的科幻构思，再好的文字、再曲折离奇的情节也无法产生优秀的科幻小说。何夕重视科普，不排斥科幻的科普功能。他指出，科幻最古老的使命之一便是普及科学传承知识，自己很愿意为之尽一点绵薄之力。何夕还认为，越是现代，科幻与非科幻的界限越模糊。魔幻现实主义、玄怪等因素也越来越多地渗入科幻领地。现在我们所说的科幻与凡尔纳的时代已经相去甚远，科幻今后的发展方向（如果持乐观的态度）肯定是畅销书与影视的结合。上述观点在何夕2015年出版的长篇小说《天年》第一部中已有初步体现。

（星河、刘妮）

（十）新锐女作家及其创作

早在20世纪70年代末到80年代末，中国科幻文坛就出现了女性写作的现象。嵇伟和张静就是那时的重要作者。

嵇伟，笔名缪士，是儿童科幻作家嵇鸿的女儿。她毕业于上海师范大学中文系，20世纪70年代末在大学时代开始文学创作，主要作品包括《奇怪的潜水员》《绿色怪客》《海底恐龙》等。嵇伟后来移居英国，并从事专业纯文学创作。

张静，笔名晶静，青岛国家海洋局北海分局退休干部，1985年开始创作科幻小说，著有《张静佳作选》《穿越时空访南极》《神秘的声波》等。张静的创作主要集中在少儿领域，她的海洋题材科幻小说把自己多年的海洋局生活融入其间，激发了孩子热爱海洋的激情。

到20世纪90年代之后，有更多女性科幻作家进入这一领域。这些作家包括英子、凌晨、赵海虹和于向昀等。

英子，吉林大学教师，1994年开始科幻创作，主要作品包括《翡翠山谷》《寻找一条河》《出访前人类》等。英子的小说节奏比较缓慢，追求古典美。她的主要题材也具有前现代特征。目前，英子更多从事儿童文学和纪实散文的创作。

凌晨，1971年出生，1994年开始科幻创作，由于生长在航天世家，因此耳濡目染了许多太空故事。她的小说包括《信使》《猫》《月球背面》《深渊跨过是苍穹》《潜入贵阳》等。其中《信使》讲述的是一个混乱的未来世界。《猫》则从一只猫的视角描述外星人与地球人之间的友谊。《潜入贵阳》是关于人与环境的彼此异化。凌晨习惯于描述普通人在复杂的科技和社会发展背景下的遭遇，认为科技发达的社会中自有暗流汹涌，她善于将虚幻的未来与现实生活融合，营造独特氛围。具有刚柔相济与浪漫的英雄主义情怀也是凌晨小说的特色。

赵海虹，1977年生，浙江大学英美文学硕士，现为浙江工商大学教师；1996年开始发表作品，曾获银河奖、"宋庆龄儿童文学奖"的新人奖和全国优秀儿童文学奖，她的主要作品为科幻小说集《桦树的眼睛》《伊俄卡斯达》《宝贝宝贝我爱你》和两部翻译科幻作品。赵海虹一直追求与男性科幻作家的创作具有区别，她把刻画女性、描述女性生活放在中心位置。她的女性常常既柔弱又柔韧，既孤独又孤傲。但在男权的社会中，失落是常常发生的，而这种失落为女性书写创造了更多条件。

于向昀，1969年生于北京，毕业于北京大学分校中文系，1997年出版长篇科幻小说《无法确定》，1998年主编《世界科幻电影经典》。她的作品还包括《地球的孩子》《时空摇摆》等。于向昀的短篇科幻小说分为几个不同的系列，每个系列都有其独特风格，"星座宫传奇"系列以历史研究的方式，将未来划分为数个历史时期，提出"在信息时代之后，当有超信息时代、宇航时代和大宇航时代"。"聪明人的游戏"是一个推理系列，小说的中心人物是一名女记者，小说基本上讲述当代白领的故事。"名探九章"系列则是以情景剧的形式融合当代前沿科学与中国古典文化。于向昀的作品具有较强的古典文化功底，注重科幻与当代社会生活之间的融合，还具有幽默色彩。

进入新世纪以后，科幻文坛上又出现了程婧波、夏笳等女性新秀。

程婧波，1983年出生，1999年发表《像苹果一样地思考》，主要作品还包括《西天》和《倒悬的天空》等。程婧波的小说被认为文字轻灵曼妙，故事构思精巧大胆，充满童心的幻想力。色彩、画面、声音交织得当，运用神奇。她小说中出现的水晶天、拇指海、浅水湾、雨城、鹦鹉螺、通天树等既有文字的美感，更有童话的清明澄澈。

夏笳，生于1984年，高中时期开始尝试创作各种幻想性作品，从2004年开始陆续发表各类短篇科幻作品，代表作有《关妖精的瓶子》《卡门》《茄子小姐》《夜莺》《黑猫》和一系列奇幻作品。其中《关妖精的瓶子》以一个穿越时空的"妖精"为引线，用一种趣味十足的口吻展现出物理学史上的重要人物和重大事件，语言成熟，叙述有趣。该篇作品获得银河奖（《科幻世界》杂志社独立设立）时，评委王逢振指出，虽然这篇作品篇幅不长，但却将典故、知识、隐喻融合，耐咀嚼，有韵味。小说还模糊了科幻小说与奇幻小说之间的界限。著名作家阿来则认为，这篇作品具有青春活力的象征。《卡门》是夏笳的另一部具有争论的作品。一些评论指出，这部作品淡化了科幻，而表达情趣、兴致才是作者考虑的首位。因此，该作品也赢得了"稀饭科幻"的名号。

女性作家进入科幻领地，给科幻文学带去了全新的视角、内容和叙述。这些作家的影响力将逐渐强大并给中国科幻的转型带去重要动力。近年来，钱莉芳、郝景芳、迟卉、E伯爵、双翅目、顾适、顾备、糖匪、彭柳蓉、陈茜、段子期、王侃瑜、王诺诺、暮明、陈奕潞等一大批青年女作家的作品给中国科幻场域带入了全新风格和力量。[1]

（星河、吴岩、姜振宇）

---

1. 对于香港和澳门地区科幻的发展，本书暂不讨论。

第三编

科幻批评
和科幻教学

第九章　科幻批评方法

　　严格意义上的科幻批评是20世纪60年代科幻进入主流文学文化研究视野之后才逐渐展开的。在欧美各大学的语言或文学专业，文学批评介入科幻，已经取得了丰硕的成果。本章将对主要的文学批评手段介入科幻作一些简介。读者应该理解，由于文学批评的流派众多，且发展迅速，因此，这里给出的仅仅是一些案例而已。

第一节　俄国形式主义

一、理论简述

　　俄国形式主义是文学批评的一个重要理论。该方法起源于20世纪早期，主要人物包括什克洛夫斯基、雅各布森、艾亨鲍姆等。俄国形式主义认为，重新体验和感受的过程是文学活动的重要目的。为了延长这种感受过程，必须增大感受的难度，其最佳途径就是使事物变得反常、陌生，即对人们早已司空见惯、习以为常的事物加以陌生化的处理。什克洛夫斯基在他的著名论文《作为手法的艺术》中说到，那种被称为艺术的东西的存在，正是为了唤回人对生活的感受，使人感受到事物，使石头更成其为石头。艺术的目的是使你对事物的感觉如同你所见的视象那样，而不是你所认知的那样；艺术的手法是事物的"反常化"手法，是复杂化形式的手法，它增加了感受的难度和时延，既然艺术中的领悟过程是以自身为目的的，它就理应延长；艺术是一种体验事物之创造的方式，而被创造物在艺术中已无足轻重。他认为文学语言的特殊之处就在于它通过各种各样的方式使日常语言"变形"，文学的各种构成要素都具有"陌生""反常"或"疏离"的效果，它们是文学之为文学的"文学性"的源泉。由此看来，一切的文学作品，不论它在多大程度上靠近现实，在作为一种文字语言形式产生的时候，在创设一种体验、感受情境的时候，其本身就使人与现实产生了疏离。而文学语言的陌生化程度越大，这种疏离的效果就越强，让人体验与感受的过程也就越长，这样文学本身的特性就越突出。

科幻文学，由于带有明显的幻想的特质，与现实的疏离较一般的文学更强，从而在意象、情节、语言等各个层面必然要创设更多的陌生化效果。可以说，科幻文学本身就是一种陌生化程度较高的文学类型。在西方最负盛名的科幻理论家达科·苏恩文眼中，陌生化几乎是构成科幻的三大成分中最重要的一个。其他两大成分称为认知和创新。认知指的是作品中的陌生化常常以认知进行化解，而创新则是这类文学期望追求的目的。

在俄国形式主义研究者看来，研究艺术程序应该包含两方面的内容：其一是艺术对生活的陌生化处理方面的分析，其二是新的艺术程序对旧的艺术程序的陌生化处理方面的分析。文学对既存现实的否定往往表现为一种疏远和异在的状态，这表明了艺术对既存现实的超越本性。在艺术形式中建立一种不同于日常生活的崭新经验，给了我们无限想象的空间，使我们有可能以一种超越现实的方式去把握此在；使我们始终可以保持一种置身事外的姿态，让艺术在与实际生活相互疏离、相互异在并形成某种距离感、假定性和超越性的前提下实施对生活的审美指导。

二、方法应用实例

让我们用俄国形式主义的概念和方法研究《一九八四》这部典型的科幻作品。小说"取自俄国革命的真实历史，但它们是作了技术处理的，它们的年代作了颠倒"作家奥威尔使用虚拟式的故事，使作品富有了一种虚拟的真实。奥威尔对自己选择的现实进行了虚构，使之获得了新的真实并获得了自己的主题，由此成功地将政治写作变成了艺术。而在他所采用的那些虚拟手段中，预言式的科学幻想使其不同一般。在作品中，时间是指向未来的，大洋国、欧亚国、东亚国三极世界的构想也超越当时。对大洋国内部社会阶层、社会生活状况的构想尽管有一定的现实影射、推演的痕迹，但又不摹写现实，富有独特的、非常规的美感体验。这种对"另外的世界、另外的看法"的艺术设想，其本身就是一种比较彻底的陌生化和反常化。

在传统的科幻小说中，对于指向未来的替代世界的描绘一般总与先进、富足、秩序、效率等联系在一起，总会在某些方面对于当时的社会现实有所超越，这是对于技术、文明进步规律的自然推演，也与一般人对于未来的期待心理相符合。但《一九八四》中描绘的未来社会却是一种倒退型的社会——1984年的社会比1948年的社会更落后，财富、文明不但没有增长，反而极大地萎缩了。如果以通常的关于未来世界的惯性思维和阅读经验来打量《一九八四》，这种逆反化的艺术处理方式无疑会给我们的内心带来一种强烈的震撼。

《一九八四》中的科技因素，除了那能洞悉人的一举一动，甚至是人的情绪、情感波动的窥探能手——电幕，我们很难在作品中感受到太多科技的震撼力。作品远离了传统的科技发明、星际战争等题材，而是致力于一种新的书写领域。《一九八四》作为科幻文学作品而具有的这些特殊性，也可以看作是在科幻文学艺术中的一种新的艺术程序对旧的艺术程序的陌生化处理。

从这两个方面的陌生化艺术程序来探讨《一九八四》这部作品，我们或许能更多地体会到它作为一部独特的文学作品以及一部独特的科幻文学作品而存在的意义。

以上是从艺术程序上的两种陌生化处理角度对《一九八四》这部作品所作的一种分析。而作为艺术本体论的先声，俄国形式主义强调文艺作品是一个自足体，要求从文学内在规律出发，通过深入分析作品的构成要素来揭示艺术的本质。从形式主义的这种观点出发，我们对作品的分析似乎也需要更进一步深入到文本内部的创作技巧中去。这将有助于我们进一步了解陌生化理论作为一种艺术理念在作品中的实际操作程度。以下，我们就从陌生化作为一种言说策略、一种艺术手段和一种审美体验三个方面来探讨作品的一些艺术特点。

第一，陌生化可以作为一种言说的策略。陌生化手法的运用所产生的语言的阻拒性及其张力，形成了语言的模糊性和暗示性，丰富了语言的表情意味。《一九八四》的语言魅力可以用细腻的叙说来描述。它不是特意的雕琢，本身没有太多新奇之处。但是，在必要的时候，作者却常常利用语言技巧来加深知觉的精确度。温斯顿累得人都冻胶了，冻胶是个很确切的字眼。它是自动在他脑海中出现的。他的身体不但像冻胶那么软，而且像冻胶那么半透明。他觉得要是举起手来，他就可以看透另一面的光。在这里作者有意识地对抽象性的事物——"知识的消化"和主观感受——"疲劳"进行了物化处理，使之成为可观可感的物体，并赋予其一定的空间和形态。

第二，陌生化可以作为一种艺术手段。艺术手段上的陌生化是指创作主体运用新奇的手段，使所表现的客体在接受者那里显得"陌生"，从而达到一种新鲜的美感。它通常采用的方式为反衬、夸张、扭曲、变形等。这种手段的使用使熟悉的事物难化、复杂化，通过对人们惯常的自动化生活规则的违反和对熟悉得失去意义内容的生活形态的变形，激发人们重新认识和体验已习惯的生活。在《一九八四》中，陌生化作为一种艺术手段的方式有反衬、夸张和扭曲。

第一种是反衬又可以称为反讽、互讽、对照，就是把两种不同的事物或者同一事物的两个不同方面放在一起相互比较，从而增强语言的表达效果。在《一九八四》中我们可以找到很多属于该文本独有的专门词汇和语汇，比如"双重思想""面罪""鸭语""犯罪停止""黑白论"等，这些作者创造的带有独特意义的专门词汇与常规词汇之间的差异本来就具有陌生化的效果，而其中很多词汇都具有两个相互矛盾的意义。比如文中知识分子所必须具有的"双重思想"，即要求人"故意抱着坚定的信念，认为自己是绝对诚实的，故意说自己也信以为真的谎话，故意忘记不适当的事实，如果需要，再把故意忘记的事情忘记，故意否认客观现实的存在"，将谎言与真实这种极为悖立的两重因素强制性地融为一个整体，词语相互矛盾的含义形成了反衬，从而加深了人物个性，而且加深了我们对持有这种思想的人物的精神状态的探知欲求。而文中设置的用"和平部专管暴力、仁爱部专管暴力压制"等从词语字面含义到实际含义的逆转带给了我们更多值得体味的东西。第二种是夸张。在作品中，敌对国家、阶级之间宣扬的是一种极度仇恨的情绪。国家生活中有固定的"仇恨两分钟""仇恨周"这样的节目。这种仇恨其实是人们在极度的精神压力下的一种宣泄的方式，而对于宣泄方式也有极度夸张的描写。第三种扭曲在作品中也比比皆是。社会的种种畸变与不合理，从两性关系（夫妻只能为了生产后代而结合，不能有真正的恋爱关系）、家庭关系（孩子被教养为监视、揭发父母的最有力的工具）到社会关系和国际关系，应有尽有。还有对各种基本认知的扭曲——统治者发动战争的目的是控制自己的人民，战争的目标不是征服别人或避免被别人征服，而是保持社会不受破坏；科学家成为心理学家和审问者的混合物；等等。这种对日常生活的极度变形、扭曲的表现形式，在很大程度上进一步加深了我们对社会政治的体会。

第三，陌生化可以作为一种审美体验。陌生化是对人们惯常的自动化生活的艺术违反，通过对熟悉得失去意识内容的生活形态的变形，吸引人们对习惯生活重新认识和体验，找回或恢复由于习以为常而丢失的审美感觉。《一九八四》包含一种荒诞感。关于荒诞感，加缪曾说过，一个能用理性方法加以解释的世界，不论有多少毛病，总归是亲切的世界。可是一旦宇宙中间的幻觉和照明都消失了，人便自己觉得自己是陌生人。他成了一个无法召回的流放者，因为他被剥夺了关于家乡的记忆，而同时也缺乏对未来世界的希望；这种人与自己生活分离，演员与舞台分离的状况真正构成荒诞感。用这样一段话来形容我们对于《一九八四》这部作品中所描写的世界、人的生存状态与人的内心世界的状况的阅读感受是非常贴切的。随着荒诞体验的深入和具体化，我们对自我的追问就越来越自觉了。而在与现实的这种疏离中所进行的反思又使我们更执着于对现实完满性的追求。

在《一九八四》这部作品中，和谐而有一定距离的静观默察的审美方式被取消了，作者在作品中构筑的那个混乱而残酷的强权社会带给我们的一种与之相反的审美体验——艺术震惊。震惊完全是一种现代经验，它具体呈现为一种突然性，使人感到颤抖、孤独和神魂颠倒。震惊强调的是一种对日常生活的激烈反应和表征。它关注的是艺术如何给人们带来日常生活的平庸和无聊所不具有的某种东西，亦即一种英雄式的甚至残酷的体验。表面上显得格外冷静、细致、耐心的文字所展示的残酷的政治现实，带给我们一种最强烈的艺术震惊。温斯顿被捕后被打得在自己的呕吐物中滚来滚去，一笼子饿得穷凶极恶的老鼠贴近他的脸颊。此时的行刑者奥布林还在旁边得意扬扬。场景的描写真实可信，于是读者对极权主义的恐惧与憎恨从内心向外涌动。审美震惊之后引起对现存事物的反思，从某种意义上说是作者用艺术的方式改造人类生存观念的文学追求。

20世纪70年代，达科·苏恩文采用俄国形式主义方法对科幻的概念、科幻的作用和东西方科幻文学名著进行了深入分析，相关资料请阅读苏恩文的《科幻小说变形记》等著作。

（王丽清、代冬梅、方晓庆）

第二节　接受美学

一、理论简述

接受美学肇始于20世纪60年代的联邦德国，70年代影响日益扩大。这种理论强调读者研究的重要性，重视接受者在文本意义建构上的重要作用。接受美学的理论家们把读者研究抬到了很高的地位，认为只有通过读者的阅读过程才能使作品获得新的规定性存在，文学作品是为读者而创作的，读者是文学活动的能动主体。接受美学理论的两位代表人物是尧斯和伊泽尔，他们分别代表了接受美学双飞翼的两翼——侧重宏观研究读者接受的"接受理论"，即文学接受史的研究，以及侧重微观研究读者响应的"响应美学"，即对"文本—读者相互作用"的研究。

尧斯前期的研究重点在文学史的研究。他认为，要克服形式主义、实证论的历史客观主义和马克思主义反映论的局限性，唯有依靠以读者为中心的接受美学。具体来说，他是依靠读者的审美期待视界及其改变这个中心概念来描述作为接受历史的文学史的。这样他就引进了"期待视野"这个概念，通过这个概念把作家、作品与读者连接起来，同时又把文学的演变与社会的发展沟通了起来。期待视野（horizon of expectation）是指文学接受活动中，读者原先各种经验、趣味、素养、理想等综合形成的对文学作品的一种欣赏要求和欣赏水平，在具体阅读中，表现为一种潜在的审美期待。读者在阅读作品前，头脑里并非完全空白，而是有着一系列自觉或不自觉的准备，这些准备使人产生一种潜反射的审美态度，这种潜在的反射影响了文学的解读与接受。他认为，在文学史上，一部部作品，作为一个个"文学事件"，它们的"相关性""基本上是以当代和以后的读者、批评家、作者的文学经验的'期待视野'为中介得到统一的"。这就是说，孤立的文学作品是借助作者与读者（包括批评家）的"期待视野"获得关联与统一的，而这种关联与统一体现了"文学事件"特有的历史性，构成了文学接受的历史之链。

二、方法应用实例

以接受美学观点分析英国女作家玛丽·雪莱的传世之作《弗兰肯斯坦》，相当有效。这部写作于1818年的作品，在将近200年的流传过程中，被处于不同时代、社会和文化背景的不同的接受者不断地重新阅读和重新阐释，形成了一条历史的链条；而且，这种重读和阐释都带有与接受者特殊历史处境密不可分的相关性和联系。这一现象，与接受美学下的文学史建构不谋而合。

《弗兰肯斯坦》最初是作为一部恐怖小说创作的。"哥特小说"的神秘和恐怖气氛形成了作品的大文化背景。在小说产生的初期，无论是其创作者还是最初的接受者（指听故事的雪莱等人），它都被当作一个彻头彻尾的恐怖故事。故事中的"怪物"、怪物被制造的血淋淋的场面和怪物报复人类的虐行成为整个故事的主要意象。但是，在长达200年的流传过程中，《弗兰肯斯坦》并没有被固定为一个恐怖故事，后世的接受者们依照自有的不同期待视野，把其中的不同意象作为关注重点，对其进行了不同的阐释。由于哥特小说又有"黑色浪漫主义"之称，因此有人将其归在浪漫主义作品名下，并运用浪漫主义文学的视角和理论挖掘其浪漫主义内涵。浪漫主义文学产生于18世纪末期，其特点之一就是崇尚情感、对大自然或异域的关注和描写，对神秘事件的极大兴趣以及对艺术之美的追求。科学家弗兰肯斯坦和探险家沃尔顿都被塑造成典型的浪漫主义者形象。弗兰肯斯坦喜欢阅读！吟诵华兹华斯等著名浪漫主义诗人的作品并受其影响，他认为大自然是美的化身，是无穷力量的源泉，所以在孤独苦闷的时候，他常常投入大自然的怀抱，让阿尔卑斯山等壮丽的自然景色安慰并且净化他的心灵。这和浪漫主义中"自然使人崇高"的基本观点一致。他创造怪物，本来是想使他成为一个完美的人类，可是怪物的丑陋打碎了这一美好愿望，他不得不遗弃怪物。由此看来，弗兰肯斯坦已把自己定位成一个崇尚自然、追求艺术美的浪漫主义者了。而怪物，这个从来到世界就孤独的生命，尽管受到不公平的待遇，仍然寻求人类的理解和爱，他帮助人类，并祈求得到人类的承认和家庭的温暖，甚至，他还希望得到爱情。他不止一次地称颂大自然的美丽，即使在临死前，也对夏日令人振奋的暖意、树叶的沙沙作响等大自然事物念念不忘。这些都是与浪漫主义的精神相吻合的。在将浪漫主义的观照重点作为期待视野来阅读《弗兰肯斯坦》时，自然、情感便成为这部作品的代表意象，整部作品便被解读成浪漫主义作品了。

随着时代的发展，读者不仅仅满足于将《弗兰肯斯坦》解读为浪漫主义作品。它其实更像一部社会政治小说。作为时代的明镜，《弗兰肯斯坦》在反映当时压迫者与被压迫者尖锐、激烈的矛盾斗争的同时，还以较多的篇幅展示了18世纪末英国大众渴求知识、开拓进取的社会风貌。科学怪物的诞生，标志着弗兰肯斯坦彻底揭开了生命起源的秘密，亦深刻反映了当时人们寻求知识、改造世界的强烈愿望。当然，弗兰肯斯坦探索超越世俗观念的知识领域这一举动，亦伴随着疑虑、负疚，甚至犯罪的心理。正如他自己所说，"我不顾亵渎神明，涉足于阴暗潮湿的墓穴之中，干着这等见不得人的秘密勾当"，"我从藏尸间里找来各种尸骨，用罪恶的双手搅扰人体骨架无穷的秘密"。弗兰肯斯坦这种负疚、犯罪的心理活生生地反映了19世纪英国大众对科学知识和技术既欲探究其奥秘，又深感疑虑不安的矛盾而复杂的心态。此外，怪物在追杀报复弗兰肯斯坦的同时周游各地，小说通过怪物的眼睛描写了当时英国社会中的种种压迫和不平。这些也支持了"《弗兰肯斯坦》是一部社会政治小说"的观点。

事实上，在世界各地，《弗兰肯斯坦》正在成百次上千次地被重新解读。它是一部《失乐园》式的人文主义作品吗？是父子关系的反叛父权小说吗？是女性主义小说吗？是科学反思小说吗？

综上可见，所有对《弗兰肯斯坦》的解读和阐释都是以读者（或曰接受者）所处的历史背景和其在此历史背景下对本文的期待为基础而生发的。这就构成了《弗兰肯斯坦》这一作品的接受史。

根据接受美学分析作品，不单单是看读者如何解读作品，还要看作品的吸引力。根据这一学派的理论，任何文学作品都具有未定性，这种未定性的文本只有在读者阅读过程中具体化才是完整的文学作品。这一方面要求文本本身能够吸引读者，另一方面要求读者有足够的兴趣响应文本的吸引力。文本的吸引力称作召唤性。召唤性存在于文本的各个方面，如语言、语义、情节、人物性格等。而它来自文本的整体结构系统，就被称为文本的召唤结构。按照伊瑟尔的论述，召唤结构就是它自身的空缺因素和暗示力量在读者的习惯视界引起的心理上的空白和确知究竟的期待，并由此激发阅读的动力。读者的兴趣则形成接受者的期待视野。阅读过程中，读者依据自己的先在经验，或实现或改变期待视野，从而形成新的审美视野。

以威尔斯的《时间机器》为例。一位科学家制造了一台能在时间中自由移动的机器，并利用它前往未来世界。这与人类想要控制时间的"集体无意识"相契合。自然而然地，读者在自己的阅读过程中，将自己预先对时间旅行的种种设想运用到文本的解读中。这样，一方面，文本本身能够吸引读者，另一方面读者又有足够的兴趣去响应文本的吸引力，文本就具有了强大的召唤性。这是分析之一。

在《时间机器》中，除了时间旅行家之外，菲尔比、医生、心理学家等都是倾听者。读者在阅读小说时，与这些人站在同样的位置。由此，故事倾听者的期待视野会不自觉地影响读者的期待视野。这是分析之二。

不同的"科学技术观"带来不同的期待视野和阅读感受。威尔斯在小说中对科学技术持的悲观态度，导致了80万年后的地球上人类的退化。持不同科学技术观的读者在阅读这部作品时，就会产生不同的阅读视野。在阅读过程中也会有产生认同或反驳截然相反的两种阅读感受。这是分析之三。

然而，小说结尾处的空白，为读者带来了更大的期待。威尔斯在文本的最后设置了一个开放的结局：时间旅行家又再次出发了，人们除了惊叹别无选择。大家都在猜测他还会回来吗？他是掉到了旧石器时代茹毛饮血、满身长毛的野蛮人中间，还是掉进了白垩纪海的深渊，或者掉到了侏罗纪奇形怪状的蝴蝶这种巨大的爬行动物中间？抑或是飞进了一个较近的时代，又或是飞进了人类的成年期？大家都进行着自己的猜测，都揣着这个猜测等待时间旅行家的返回。最终，读者就在阅读期待中完成了自己的期待创新。这是分析之四。

采用接受美学方法，还可以对更多作品进行分析，这里不再赘述。

（任岩、姜慧惠）

第三节　新批评

一、理论简介

　　新批评主要是指20世纪三四十年代在英美崛起并流行的不同于传统的批评理论，又称"本体批评""文本批评"。英国批评家、诗人、剧作家T. S. 艾略特（T. S. Eliot）为新批评的出现奠定了坚实的基础。他提出了诗歌的非个人化理论，他认为诗歌并非诗人用来表现自己的情感和个性的工具，而是客观事物的象征。"诗不是放纵感情，而是逃避感情，不是表现个性，而是逃避个性。"首先，艾略特提出一个艺术家是否成熟，关键就是看他能否把全人类的情感和经验转化为艺术的情感和经验。因为"艺术的情感是非个人的"，只有在这种非个人化的过程中，艺术才能达到完美的境界。其次，历代文学本身是一个独立的系统，古今作品构成一个同时并存的秩序，作家虽然在语言和形式方面有独创，因而对历代共存的旧的文学秩序有所调整，但从总体来看，他必须服从和尊重传统。因此某个作家的成长历程是"不断牺牲自己，不断地消灭自己的个性"。第三，在具体的创作过程中，一个艺术家如何才能把个人的情感和经验转化成非个人的、艺术的情感和经验呢？艾略特认为，表现非个人的情感的途径是借用"客观关联物"，"客观关联物就是表达特定情感的客体、情形或事件的发展过程"。总的来说，优秀的诗就是诗人把自己的个人情感转化为人类的普遍情感，既创新，又遵循传统，描绘出的客观关联物有机体。这样的有机体有自己内在的标准，它不以创作者与欣赏者为转移，所以艾略特提出应把文学批评的焦点和批评家的注意力由作家转向作品。这为英美现代文学批评带来了一场深刻的革命。

　　英国语义学家、诗人和批评家 I. A. 瑞查兹（I. A. Richards）提出的语义分析学，也对新批评的产生具有作用。瑞查兹认为，批评家不要做游离于文学作品以外的事，而是要对作品进行语义的解释。语义分析可以概括为三个方面。首先是以现代心理学为基础的"冲动平衡论"。瑞查兹认为普通人不能有条不紊地处理不同刺激所引起的相互对立、矛盾的复杂冲动，而诗人由于富于想象力，"能够把纷乱的、互不联系的各种冲动组织成一个单一的、有条理的反应"。优秀的诗是"包含的诗"，它是复杂经验的调和，是多种对立冲动的平衡。而普通人又不能很好地处理这种复杂的冲动，因此一首诗在普通读者那里的感受差别是很大的。为此瑞查兹提出"细读"的批评方法，要求对作品做细致的语义分析，以防误读的产生。其次，瑞查兹根据语言的用途，把人类语言分作两种，即科学的语言与文学的语言。科学语言是"参证的"，文学语言是"情感的"；科学语言旨在参证命题的真与假，是"外指的"，而文学语言是表达情感的媒体与手段，是"内指的"。科学的陈述传达真实的信息，说的话必须与客观事实相对应，情感的陈述目的在于激发人的情感和想象，说的话不一定与客观事实相对应，前者是科学的真，后者是艺术的真，它只具有内在的真实和心理上的真实。文学的价值是自证的、内指的，完全不需要外在客观世界的干预。另外，科学语言的科学性与其规定性、单一性相联系，它极力排斥歧义与含混，文学语言不同于科学语言，它不仅具有而且推崇多义性与含混性，强调柔韧性和微妙性。最后，语境理论。语境不单单是传统理解的词汇与上下文之间的联系和相互作用，而且还要受到一切历时和共时出现过的上下文和其他因素的制约，因而作品中的文字意义很难确定，甚至出现复义、多义。

英国批评家、著名诗人燕卜荪（William Empson）继承和发展了瑞查兹的观点，提出了含混理论。他认为，含混（ambiguity，又译"模糊""晦涩"和"复义"等）原指一种含有多层意义而无法使人确定本义的语言表达式。造成含混的主要原因是措辞简短或语序颠倒以及使用多义词，一般被视为缺陷，它通常不是作者故意为之。"任何语义上的差别，不论如何细微，只要它使同一句话有可能引起不同的反应"，就会造成"含混"。一首诗的理解是多种多样的，而且每一种解释都有一定的道理，对此不能独断地加以排斥。诗的丰富性和复杂性正是诗之为诗的要义所在。诗的语言能够同时激活数种各异的意义层面，由此产生的含混是优秀诗作的基本特征。燕卜荪对"含混"这种审美质素的赞美以及他对诗歌所作的精辟分析，都给其他新批评派成员以深刻的启迪。新批评所推崇、赞赏语义丰富和充满歧义色彩的诗歌作品，形成了一种特殊的审美趣味。

属于新批评派别的学者还有以下几位。约翰·克罗·兰色姆（John Crowe

Ransom）是承上启下的关键人物，他对艾略特和瑞查兹的批评理论加以总结，汲取了他们大量的理论观点和研究方法，摒弃了其中的心理主义，从而把新批评建立在明确的文本中心论的基础上。兰色姆的"本体论批评"模式，强调文学作品本身的本体存在，认为批评应当成为一种客观研究或者内在研究，它不应当探讨文学与各种社会生活现象的联系，而应当把文学作品看成一个封闭的、独立自主的存在物，研究其内部的各种因素的不同组合、运动变化，寻找文学发展的规律性东西。他还用"构架—肌质"理论来具体说明"本体论批评"。他认为作品的构成可分为"构架"和"肌质"两部分，"构架"是作品内容的逻辑陈述，"肌质"则指作品中不能用散文转述的部分，是作品中的个别细节，"肌质"的重要性远远超过"构架"，是作品的本质和精华。

克林斯·布鲁克斯（Cleanth Brooks）是新批评派中最活跃、也是最多产的批评家。他在其一系列著作中深入细致地论述了新批评派的基本理论和细读的批评方法，为传播和在美国高等学校中普及新批评做了大量工作。布鲁克斯认为，文学批评应当与作者和读者划清界限，主要关注作品本身。他对文学语言中的悖论和反讽加以细致分析，并倡导用"细读法"具体分析作品。布鲁克斯对文学作品的结构坚持有机整体的观点，强调作品的部分和部分之间应当具有有机的联系，产生一种整体的魅力。结构的基本原则是对作品的内涵、态度和意义进行平衡和协调。结构本身就是一种含有意义、评价和阐释的结构。他还认为，诗的结构是各种张力作用的结果，而这些张力则通过隐喻、象征等手段建立起来。文学作品中的词语的意义离不开它们的语境。文学批评不能用科学的或者哲学的尺度来衡量文学作品。诗歌并不排除思想，但诗歌中的思想是通过具体情景加以表现的。

W. K. 维姆萨特（W. K. Wimsatt）、门罗·比尔兹利（Monroe Beardsley）提出了"谬见"理论，批评了作者"意图说"和以作者感受为依据的"感受说"。在他们看来，"意图说"之所以是一种谬见，是因为文学作品本身就是一种独立自主的存在，如果作者成功地实现了自己的创作意图，那么它就会在作品本身中得到充分表现，大可不必再以作品之外的意图去加以批判了。研究作者的生平传记、思想感情和创作意图与真正的文学批评没有必然的联系，"希望知道所有关于艺术家个人情况和尽可能多的关于他的历史背景的情况"实在是多此一举，甚至对真正的文学批评构成伤害。维姆萨特和比尔兹利都反对"感受谬见"，认为它将诗和诗的结果相混淆。诗不仅应该独立于诗人而存在，而且应该独立于读者而存在。读者不应该把自己的价值判断强加于作品，而应按照作品本身的规范小心翼翼地加以解读，否则就会造成"感受谬见"。他们将"感受谬见"分为四种：感情式谬见、想象式谬见、生理式谬见、幻觉式谬见。指出读者的个人感受并不等于作品的感情内容，读者的感受与作品的价值无关，因此它不能成为文学批评的对象。把作者的意图和读者的感受剔除之后，维姆萨特和比尔兹利把文学批评的目标置于作品之上：分析文本、探究意义，展示其内在的对峙与和谐，并对作品作出必要的评价。

韦勒克和沃伦则提出了层面分析理论。作者认为，文学作品都有其独特的生命，生命的意义并不取决于作者的意图和读者的感受，也不取决于外在流行的社会价值准则。文学研究的对象不是作者，不是读者，也不是现实人生，而是作品本身，引导人们从"外部研究"转向"内部研究"。韦勒克和沃伦毫不讳言要向俄国形式主义学习，用"材料"与"结构"之间的二分法取代"内容"与"形式"的提法，认为艺术品是服务于特定审美目的的符号结构体系，文学作品是由多个层面构成的符号和意义体系，而每个层面都有不同的组合和变化。第一个层面是语音层面，第二个层面是意义层面，第三个层面是意象和隐喻层面，第四个层面是存在于象征和象征体系中的诗的特殊"世界"，可以把这些象征和象征体系称为"神话"。

新批评派对文论史的重要贡献之一便是他们创造和更新了一些重要的批评范畴，这些范畴几乎可以构成一个完整的修辞学体系，新批评家们就是用这些范畴去把握、理解、描述文学特征的。其中，重要的批评范畴包括反讽、悖论、隐喻、语调和张力。

反讽术语源于古希腊喜剧，指说反话，也常常指希望与结果之间存在的矛盾与对立。反讽可以体现在诸多层面上，如词语反讽、结构反讽、戏剧反讽、浪漫反讽、命运反讽等。新批评赋予反讽以新的内涵，并把它作为评价文学的一个重要尺度。瑞查兹认为诗必须经得起"反讽式观照"。布鲁克斯认为，反讽是"语境对于一个陈述语的明显的歪曲"，它是诗歌的结构原则，是"诗歌的一个普遍而重要的方面"。悖论是指那种表达上自相矛盾而实质上千真万确的语句，这一术语是由美国新批评派理论家克林斯·布鲁克斯提出的，悖论不仅是语义陈述上的特征，而且是文学结构上的特征，特别是诗的结构上的特征。悖论正合诗歌的用途，并且是诗歌不可避免的语言。创造悖论的方法有很多，但它有一个基本的原则——违背常情地使用语言，造成诗在语言与结构上的不协调和不一致，并进而产生丰富的含义。隐喻一般指在彼类事物的暗示之下感知、体验、想象、理解、谈论此类事物的心理行为、语言行为和文化行为。真正对"隐喻"进行认真研究的是瑞查兹，随后新批评派继承了这一理论遗产。在新批评派那里，隐喻是诗篇的主要表达方式之一。瑞查兹认为隐喻是由"喻衣"和"喻旨"组成，"喻衣"即彼类事物，常常表现为具体生动之物，"喻旨"即此类事物，常常表现为抽象的意义。新批评高度重视隐喻，韦勒克将隐喻列为"新批评的关键词"。语调是文学作品中说话人"对他的听众所采取的态度"，昭示说话者与听话者之间复杂微妙的关系。新批评主张仔细辨析文学作品的语调。张力指内涵外延之间的对立与矛盾，这是内涵和外延之间的矛盾对立和相互作用，这种作用的存在使读者获得多于和大于作品本身表达的意义。新批评所推崇的作品几乎无一例外地是充满了"含混""悖论""反讽"和"张力"等复杂质素的诗作，由于这些作品本身的复杂含义常常隐藏在作品的形式结构之中，因此简单的分析无法达到批评的目的。为此，新批评派发明了"细读法"，要求读者在阅读文学作品时，从细节着手，耐心揣摩、仔细推敲文学作品的语言和结构。其具体步骤一般包括分析语调、语法、语义、格律、音步、意象、隐喻、寓言、神话等因素，以便读者细细品味作品中的张力、反讽、悖论等诗歌质素，并揭示出作品的内在有机结构和内在意蕴。

二、方法应用实例

英美新批评的理论更适合分析诗歌一类带有强烈的象征、隐喻意义的作品；而英美新批评的实践也基本上是在诗歌领域展开。用此理论分析小说本身就是个艰难的任务。但也可以尝试对其他文学形式进行研究。科幻文学就是其中的一种。下面以《弗兰肯斯坦》为例，进行若干分析。

《弗兰肯斯坦》作为一部科幻小说，在某种程度上，也具有了诗歌文本所具有的一系列象征、隐喻、寓言、悖论的特质。弗兰肯斯坦背后的鬼是什么？怪物背后的鬼是什么？而作为叙述人的沃尔顿，背后的鬼又是什么？如果说第一个答案在这些年中被多次指认过，它就是人类所创造出来的科技文明。那么，第二个问题的答案到底是什么，便要深入分析。事实上，小说的叙述者沃尔顿也是一个怪人。他的怪在于他兼具弗兰肯斯坦的狂热和怪人的孤独。他给姐姐的信表明，他和弗兰肯斯坦一样，迷恋于探索自然奥秘；他不顾一切地要去无人造访的天涯海角，无惧任何危险和死亡。但与此同时，他在冰天雪地里感叹"举目茫茫，我形单影只，连个朋友也没有"，"这实在是人生最大的不幸。"他诉之可怜巴巴的纸笔，呼唤亲爱的姐姐，"我希望有个肝胆相照、休戚与共的知己"。这正像怪人的哀哀诉求，怪人恳请弗兰肯斯坦："你得给我造个女人出来，这样我就有了一个休戚与共的伴侣，可以跟我相依为命地在一起生活了。"因此说，沃尔顿可以作为怪人的一面镜子。沃尔顿背后所隐喻的也是科学怪人本身。

《弗兰肯斯坦》中有趣的悖论也比比皆是。怪人是一个被人类生产出来的附庸，但他同时又有成为人类敌人的隐患，他自己还遭受着似人非人的尴尬。在与造人者狭路相逢时，弗兰肯斯坦愤而指责他说：我的本性是博爱和仁慈的，可是你让我孤独不幸，连你也嫌弃我，你的同类还会给我好脸看吗？作品的深刻力量正是在于此，她赋予了妖怪以人性的欲求，所以这个怪人的性质是分裂的，他既有先天的人性又有后天的无人性，他是人与非人——怪物的集合：怪人原本无辜，他的丑，是造人者造成的，他的孤独也是造人者的错。造人者不借助父母家庭的传统模式生育出他来，造人者剥夺了他应该拥有的人性和人道的生存环境。因此，他对人类所有的报复——这些报复全都落在造人者一家身上——都有毋庸置疑的正义性。这种表面的为非作歹与怪物深层的正义性就形成了一组悖论。施行这个报复，就是怪物生存的理由。所以，当怪物发现弗兰肯斯坦已经悲惨地死去时，他便放弃了生存。

《弗兰肯斯坦》并不是传统线性因果结构，独特的叙述层面和叙述视角使事件在读者面前并非明确而是含混不清的。而这也是作品荒诞感的根源。作为故事接受者和部分事实见证人的"我"——沃尔顿，一方面向他的远在家乡的姐姐声称弗兰肯斯坦在"叙述的时候就像在讲朴素的事实"，自己也确信"那是事实"，然而另一方面却又掩饰不住自己复杂矛盾的心理，认为"我还是惊讶和感叹得难以自持"。这种叙述上的含糊、矛盾、对立态度所造成的迷离效果，正是情节魅力之所在。出于真实感的考虑，作者更特意安排了沃尔顿奇遇怪人并与怪人面对面谈话的场面，从而不仅亲耳聆听了怪人自述的他与他的创造者之间发生的故事及其所犯罪行，而且又进一步确证了弗兰肯斯坦讲述的可靠性。在这里，原本荒诞的故事经第一人称视角呈现出来，就不太像小说，倒更像是真实的生活经历，但读者的理性往往又马上会质疑这种"像真实"。它们之间形成的张力关系，必然导致作品更加强烈的荒诞感。罗斯玛丽在谈到雪莱的这一文本时说，小说的结构像一线隐退的镜像，从沃尔顿的外在故事向弗兰肯斯坦的内在故事，移向怪物忏悔的故事中的故事，叙述的三个圈并未完整地相互衔接在一起，而是一起崩溃，就像沃尔顿记录怪物的逐渐消失，凶吉未卜，文本是片段式的，结局也悬而未决。

最后，小说具有强烈的寓言性。小说实际上是一种针对科学发展以及为西方社会而写的文明与道德责任感的寓言。人类创造的事物终有一天会失去控制，甚至反过来威胁到人。正是它的这种寓言性，小说的标题已经成了西方辞典中的新词汇，它表示作法自毙的人、毁灭创造者自己之物。

为了展示新批评方法如何作用于文本，我们以另一部著名科幻小说《一九八四》作为例子谈一谈细读法（仅以小说中温斯顿和裘莉亚的爱情过程为例）。

场景一：我爱你

过程：裘莉亚在过道里对温斯顿假意绊倒，于秘密中传送了一张纸条，拿到纸条的温斯顿忐忑猜测，终于找到机会适时察看，原来纸条上写的是"我爱你"。

具体文本之一：从灯光明亮的狭长走廊的那一头，向他走来了一个孤单的人影。那是那个黑发姑娘。

解析："灯光明亮"体现了象征的批评范畴。

因为裘莉亚，也就是文本中的黑发姑娘，是温斯顿生命中的一抹亮色，她象征着美好和明亮，还有希望的意味，是温斯顿追求的方向。

具体文本之二：她走近的时候，他看到她的右臂挂着绷带，远处不大看得清，因为颜色与她穿的制服相同，大概是她在转那"构想"小说情节的大万花筒时压伤了手。那是小说司常见的事故。

解析："构想"体现了语境、含混、反讽的批评范畴。

"构想"原本是中性词，就是构思想象的意思，用来说构思小说是可以理解的。但是这里的"构想"，联系上下文，就能看出在这个语境中，"构想"一词就有了含混的意味。因为在《一九八四》中所描述的"小说司"所编造的小说，其实就是用一个万花筒旋转，调出什么词就写什么词，如此瞎编乱造的小说"构想"，已经有了明显的贬义，这里不能不说是对"构想"这一词语的反讽啊。

具体文本之三：她说完就朝原来的方向走去，动作轻快，好像真的没事儿一样。整个事情不会超过半分钟。不让自己的脸上现出内心的感情已成为一种本能，而且在刚才这件事发生的时候，他们正好站在一个电幕的前面。

解析："本能"体现了张力的批评范畴。

"本能"在字典里的解释是"人类和动物不学就会的本领"。而在这里"不让自己的脸上现出内心的感情"显然并不是一种"人类和动物不学就会的本领"。所以很明显，"本能"在这里其内涵和外延并不一致，这样形成的张力，让"本能"一词在这里拥有了更丰富的意义，我们可以将它看成一种专制统治的反面不良后果。

场景二：食堂约会

过程：收到纸条的温斯顿开始失眠，晚上辗转反侧，无法入眠，对裘莉亚的深切思念攫住了他。于是他开始找机会再次接近裘莉亚以便进一步约会。他决定在人最多的食堂和裘莉亚初次约会。在温斯顿想要走过去和裘莉亚同桌吃饭的过程中出现了三次阻碍，分别是面貌愚蠢的、丑恶的还有怪异的人们阻碍了他们坐在一起。但后来他们还是成功地在广场约会了。

具体文本之一：即使在睡梦中，他也无法完全逃避她的形象。他在这几天里没有去碰日记。

解析："日记"体现了象征的批评范畴。

温斯顿总是在工作之余，尽力避开"老大哥"的电幕，偷偷写着他的私人日记，每天写日记对于温斯顿来说已不单单是写日记，而是代表着一种正常的生活。所以，在这里，日记象征着温斯顿的日常生活，温斯顿因为思念连日记都不写了，其实象征着裘莉亚已经打破了他的正常生活，他已经无可救药地坠入爱河了。

具体文本之二：再过两秒钟就可到她身旁了。这时他的背后忽然有人叫他"史密斯"，他假装没有听见。那人又喊了一声"史密斯"，声音比刚才大一些。再假装没有听见已没有用了。他转过头去一看，是个头发金黄、面容愚蠢的年轻人，名叫维尔希，此人他并不熟，可是面露笑容，邀他到他桌边的一个空位子上坐下来。拒绝他是不安全的。

队伍里站在他前面的那个人个子矮小，动作敏捷，像个甲壳虫一般，他的脸型平板，眼睛很小，目光多疑。温斯顿端起盘子离开柜台时，他看到那个小个子向那个姑娘的桌子走去。他的希望又落空了。

要不是他看到那个长发诗人安普尔福思端着一盘饭菜到处逡巡要想找个座位坐下，他很可能根本不想开口的。安普尔福思对温斯顿好像有种说不出的感情，如果看到温斯顿，肯定是会到他这里就座的。

解析：这三个人体现了隐喻、象征的批评范畴。

在温斯顿向裘莉亚靠近的过程中出现了这三个人，他们差点阻止了温斯顿和裘莉亚的进一步接触，而他们的外形和性格又分别是愚蠢、丑恶和怪异。在这里，他们不再仅仅是个体的阻碍了，他们的出现其实是一种隐喻，象征着阻碍他们的极权统治就是愚蠢、丑恶还有怪异的。

场景三：广场约会

过程：温斯顿怀着激动的心情提前来到了胜利广场赴约，不久后，裘莉亚也来到广场，但是就这样直接接触还是比较危险的，于是他们等候时机到来再碰头。终于来了成队的俘虏车，使得广场热闹起来，人们拥挤着看俘虏，于是他们找准时机，挤入人群，两人挤在一起，非常谨慎地约定了下次约会的地点、时间，还有路线，在最后即将分手的时候，裘莉亚主动捏了一下温斯顿的手，成为他们最初的身体直接接触。

具体文本之一：温斯顿在约定时间之前就到了胜利广场。他在那个大笛子般的圆柱底座周围徘徊，圆柱顶上老大哥的塑像向南方天际凝视着，他在那边曾经在"一号空降场战役"中歼灭了欧亚国的飞机（而在几年之前则是东亚国的飞机）。

解析："胜利广场"体现了反讽的批评范畴。

正如文中所言，胜利广场似乎是为了纪念一场伟大战役的胜利而建的，但是括号里的话语也告诉我们这个胜利是否真实还不知道，说不定这根本是一个骗局。于是在这里的"胜利广场"其实并不真实，或者甚至可以说是一个讽刺，是一个反语，体现着反讽的批评范畴。

具体文本之二：他慢慢地走到广场北面，认出了圣马丁教堂，不由得感到有点高兴，那个教堂的钟声——当它还有钟的时候——曾经敲出过"你欠我三个铜板"的歌声。

解析："教堂""你欠我三个铜板"体现了象征的批评范畴。

"教堂"是宗教建筑，宗教意味着信仰，而在这个极权的社会，人们的信仰已经完全变成了单一的"老大哥"崇拜。在这个时候，这个社会的叛逆者温斯顿在这个反讽的"胜利广场"上却留意到了一座代表非极权信仰的教堂，这其实象征的是这个极权社会还存在着以温斯顿为代表的非极权信仰者。他们挑战着极权的统治，显示着多元的信仰。而"你欠我三个铜板"的歌名很滑稽，在庄严的教堂竟然会有这样一首滑稽的歌曲在吟唱。其实这里这个歌名也有着象征意味，它象征着极权统治对人们正常快乐生活和原初本真人性的剥夺和亏欠。

具体文本之三：温斯顿知道他们不断地在经过，但是他只是时断时续地看到他们。那姑娘的肩膀和她手肘以上的胳臂都碰到了他。她的脸颊挨得这么近，使他几乎可以感到她的温暖。

解析："温暖"体现了含混、语境的批评范畴。

"温暖"原本指的只有身体上的热量增多的一种舒适感，而在这个语境中的"温暖"却拥有了更多的含义，既表现着温斯顿和裘莉亚靠得很近，的确有一种生理上的舒适，然而更多的则应该是温斯顿的心理感受。因为这个姑娘，是他的爱，是他的梦想和希望，她带给他心理上的春天，所以有一种温暖充溢心间。

具体文本之四：他们两人的手握在一起，在拥挤的人群中是不易发觉的，他们不敢相互看一眼，只是直挺挺地看着前面，而看着温斯顿的不是那姑娘，而是那个上了年纪的俘虏，他的眼光悲哀地从毛发丛中向他凝视着。

解析："看着温斯顿的不是那姑娘，而是那个上了年纪的俘虏，他的眼光悲哀地从毛发丛中向他凝视着。"这一句话有着明显的暗示性，是一种隐喻和象征。借着俘虏的凝视而非姑娘的青睐，我们可以隐隐感知到温斯顿的最后归宿不会是裘莉亚所代表的自由与爱情，而是年老俘虏所代表的束缚和悲哀。

场景四：丛林定情

过程：温斯顿和裘莉亚来到丛林，进行了第一次僵硬但是具有重大意义的亲吻，然后两人互相倾诉了爱慕之情，接下来自然少不了一番缠绵悱恻，云雨过后，两人进行了深刻的思想交流。

具体文本之一：那个年轻的身躯靠在他的身上有些紧张，一头黑发贴在他的脸上，说真的，她真的抬起了脸，他开始吻她红润的宽阔的嘴……他很高兴，终于发生了这件事情，但是他没有肉体上的欲望。

解析："这件事情"体现着含混和象征的批评范畴。

"这件事情"在文中的语境里有着含混的多义性，既是说两人初次接吻这件具体的事情，同时又意味着温斯顿对"老大哥"的反抗开始了，发生了。同时，接吻这件事情也就具有了象征反抗极权的象征意义。

具体文本之二：事情来得太快了，她的年轻，她的美丽，使他害怕。

解析："她的年轻，她的美丽，使他害怕"体现着悖论的批评范畴。

"她的年轻，她的美丽，使他害怕"在字面意义上看是明显的矛盾，年轻、美丽应该是让人们欣喜和快乐的，但是在这里温斯顿说的又的确是实话，他是会害怕，因为裘莉亚越美丽越年轻就说明温斯顿自身对极权统治的反抗程度越深，这是一个看似无理却又千真万确的悖论游戏。

具体文本之三：接着，她想起了一件事情，从外衣口袋里掏出一小块巧克力来，一掰成两块，给了温斯顿一块……第一阵闻到的香味勾起了他的模糊记忆，但是记不清是什么了，尽管这感觉很强烈，久久不去……那个模糊的记忆仍在他的意识的边缘上徘徊，一种你很明显地感觉到，但是却又确定不了是什么具体形状的东西，好像你从眼角上看到的东西。他把它撇开在一旁，只知道这是使他很后悔而又无法挽救的一件事的记忆。

解析：这里的巧克力的味道的似曾相识体现了隐喻、象征的批评范畴。巧克力象征着一种似曾相识的幸福生活的追忆，隐喻着一种正常的美好生活。而后悔又无法挽救则暗示着曾经有过的推翻专制统治的可能性，但是这个机会已然逝去，同时也隐喻着温斯顿将会紧紧抓住这次新的机会来实现理想，为后来的温斯顿义无反顾加入兄弟团埋下了伏笔。

具体文本之四：一只画眉停在不到五米远的一根高度几乎同他们的脸一般

齐的树枝上。也许它没有看到他们。它是在阳光中，他们是在树荫里。它展开翅膀，又小心地收了起来，把头低了一会儿，好像向太阳致敬，接着就开始唱起来，嘤鸣不绝……那只鸟是在为谁，为什么歌唱？并没有配偶或者情敌在听它。它为什么要栖身在这个孤寂的树林的边上兀自放怀歌唱？

解析：这只乌鸦就是温斯顿和裘莉亚的自况，隐喻着他们自己，他们同样正栖身在这个孤寂的树林边上兀自用自己的方式放怀歌唱。他们在为谁唱，为什么唱，都没有定论，都有待寻求，都是将要在后面发生的事情。这里又是一处抒情的伏笔，让读者自己悉心体会。

具体文本之五：几乎同他想象中的一样快，她脱掉了衣服，扔在一旁，也是用那种美妙的姿态，似乎把全部文明都抛置脑后了。

解析："全部文明"体现了含混的批评范畴。在此种语境下的"全部文明"是含混多义的，既指真正的人类文明，又指束缚的荒谬的违背人性和欲望的极权统治的丑恶。裘莉亚脱去了衣服，也就是卸下了丑恶的伪装，恢复了自然的天性，是真善美的造物了。

具体文本之六：他的心跳了起来。她已经干了几十次了；他真希望是几百次，几千次。任何腐化堕落的事都使他感到充满希望……你听好了，你有过的男人越多，我越爱你。你明白吗？

解析："任何腐化堕落的事都使他感到充满希望""你有过的男人越多，我越爱你"体现悖论的批评范畴。

这些表面上看起来完全相反的说法，在这个语境中都是真实的，是一种表达上自相矛盾而实质上千真万确的语句，即"似非而是"的语句。腐化堕落应该意味着没有希望，而这里的腐化堕落是站在对立面的腐化堕落，于是它拥有了另外的意义，另外的摧毁更加腐化堕落的意义。而面对自己的爱人，怎么能说出有过的男人越多就越爱你的话呢？但是在这里，裘莉亚已经不是单纯意义上的爱人了，她是一个战士、一个反抗的斗士、一个和温斯顿站在同一战壕的同志，她的出轨就是对敌人的反叛，而这种反叛的程度越强烈，温斯顿和裘莉亚在心灵上的契合将越紧密，那么"你有过的男人越多，我越爱你"则很顺理成章，容易理解了。

具体文本之七：我恨纯洁，我恨善良。我都不希望哪里有什么美德。

解析："纯洁""善良""美德"体现了语境、含混、反讽的批评范畴。

在温斯顿语境中的"纯洁""善良""美德"都不再代表原来的意义，他们已经从褒义词变成了贬义词，这里的"纯洁""善良""美德"是极权统治下的所谓的"纯洁""善良""美德"，是"老大哥"用来钳制人民的工具，是一种教化，是一种愚民政策，是一种顺民所要具备的条件。而作为革命者的温斯顿自然应该对这些所谓的道德进行鄙弃和憎恨了。

具体文本之八：没有一种感情是纯真的，因为一切都夹杂着恐惧和仇恨。他们的拥抱是一场战斗，高潮就是一次胜利。这是一件政治行为。

解析："他们的拥抱是一场战斗，高潮就是一次胜利"体现着语境和隐喻的批评范畴。

在这里，"拥抱"是喻衣，"战斗"是喻旨，用"拥抱"这一具体动作比喻一种"战斗"的抽象效果，同样"高潮"是喻衣，"胜利"是喻旨，用"高潮"这一具体感受来比喻"胜利"这一抽象效果。在温斯顿和裘莉亚的语境中，这样的隐喻是显而易见的。

通过以上对温斯顿和裘莉亚恋爱四个过程的分析，我们已经能从具体语句中看到新批评范畴在《一九八四》中的运用。不仅仅在细微的词语处能看得出来，就主人公恋爱的全过程，我们也能看出其中的一种命运的反讽。奥勃良测试温斯顿能否加入兄弟团时的一段话：

"你们准备献出生命吗？"

"是的。"

"你们准备杀人吗？"

"是的。"

"你们准备从事破坏活动，可能造成千百个无辜百姓的死亡吗？"

"是的。"

"你们准备把祖国出卖给外国吗？"

"是的。"

……

"你们准备隐姓埋名，一辈子改行去做服务员或码头工人吗？"

"是的。"

"如果我们要你们自杀，你们准备自杀吗？"

"是的。"

"你们两个人准备自愿分手，从此不再见面吗？"

"不！"裘莉亚插进来叫道。

温斯顿觉得半晌说不出话来。他有一阵子仿佛连说话的功能也被剥夺了。他的舌头在动，但是出不来声，嘴型刚形成要发一个字的第一个音节，出来的却是另外一个字的第一个音节，这样反复了几次。最后他说的话，他也不知道怎么说出来的。他终于说："不。"

这里，温斯顿在极度狂热和亢奋的状态下还是保持了理性，保持了对爱人裘莉亚的忠贞，我们似乎就要为这种矢志不渝的爱情感动了。但是让我们再看看温斯顿在"友爱部"接受刑求时的一段话，当时那些他最为恐惧的大老鼠就在面前，准备拥上来撕咬他的脸：

"他刹那间丧失了神志，成了一头尖叫的畜生。但是他紧紧抱住一个念头，终于在黑暗中挣扎出来。只有一个办法，唯一的办法，可以救自己。那就是必须在他和老鼠之间插进另外一个人，另外一个人的身体来挡开……他突然明白，在整个世界上，他只有一个人可以把惩罚转嫁上去——只有一个人的身体他可以把她插在他和老鼠之间。他一遍又一遍地拼命大叫：

'咬裘莉亚！咬裘莉亚！别咬我！裘莉亚！你们怎样咬她都行。把她的脸咬下来，啃她的骨头。别咬我！裘莉亚！别咬我！'"

与此同时，裘莉亚也出卖了温斯顿，就这样，一切都结束了，他们不再忠贞，他们彼此出卖，"在这批判斗争的世界里，每个人都要学习保护自己，让我相信你的忠贞，爱人同志"成了一个神话，在这批判斗争的世界里，每个人都要学习保护自己，哪怕是最亲近的爱人同志，他（她）的忠贞也无法相信。

一个巨大的反讽，命运的反讽，沉沉地扣在了这段恋情之上，扣在了所有阅读《一九八四》的读者心上。让我们看看温斯顿出卖裘莉亚后的感受吧：

"他往后倒了下去，掉到了深渊里，离开了老鼠。他的身体仍绑在椅子上，但是他连人带椅掉下了地板，掉过了大楼的墙壁，掉过了地球，掉过了海洋，掉过了大气层，掉进了太空，掉进了星际——远远地，远远地，远远地离开了老鼠。

他已在光年的距离之外，但是奥勃良仍站在他旁边。他的脸上仍冷冰冰地贴着一根铁丝。但是从四周的一片漆黑中，他听到咔嚓一声，他知道笼门已经关上，没有打开。"

采用文本细读的方式，采用新批评的方法，使我们能洞见其中许多深刻的问题。

（苗卉、杨萌、陈宁）

第四节　结构主义

一、理论简介

结构主义文学批评首先发端于瑞士语言学家弗迪南·德·索绪尔（Ferdinand de Saussure）创立的、以符号意义系统为特征的共时性结构主义语言学。20世纪60年代在法国发展成为一种声势浩大的文学批评流派。在法国，社会学家、人类学家列维·斯特劳斯（Claude lévi-strauss）率先将索绪尔所创立的结构主义语言学的基本理论和方法应用于人类学研究，并以此解释社会和文化现象。罗兰·巴特（Roland Barthes）、茨维坦·托多洛夫（Tzvetan Todorov）进一步将结构主义理论应用于叙事作品的阅读和批评中，使之成为一门系统的文学批评方法。结构主义文学批评的代表人物还有费拉基米尔·普罗普（Vladimir Propp）、热拉尔·热奈特（Gérard Genette）、格雷马斯（Greimas）、乔纳森·卡勒（Jonathan Culler）等，虽然他们的观点不尽相同，分析方法也各有特色，但都把叙事作品的话语结构作为文学研究的对象，致力于探求叙事作品的结构方法，试图勾画出若干模式，以揭示语言从符号信息转变为有艺术魅力的艺术作品的规律和奥秘。

结构主义者的观点是首先从叙述层面来分析作品的结构，先确定最小叙述单元。借助托多洛夫的句法分析理论，从句法的角度把叙事内容简化为基本句型，这种最小的单位叫作叙述句。故事中包含的基本事件（人物的行为或状态），我们把其中的人物作为主语，把他们的行为简化为谓语，或是将人物的状态当作表语，这样，就把叙事结构化为一套话语系统，它的内部结构可以从共时、历时两个向度进行分析：历时性即根据叙述顺序研究各个叙述单元之间的关系，这是分析作品的表层结构；共时性也就是把握各个要素在叙述背后的内部联系，找到作品的深层结构，发掘"故事下面的故事"。

二、方法应用实例

我们尝试运用结构主义叙事分析方法来重新解读《弗兰肯斯坦》。按照结构主义方法，《弗兰肯斯坦》的主要叙事内容可以简化为以下叙述句：①沃尔顿早年生活。②沃尔顿不顾劝阻出海探险。③弗兰肯斯坦全家早年的平静生活。④弗兰肯斯坦对科学的狂热。⑤弗兰肯斯坦的母亲救了伊丽莎白，自己丧命。⑥弗兰肯斯坦造出怪物又抛弃他。⑦弗兰肯斯坦弟弟被杀，贾丝汀被冤枉致死。⑧怪物生命之初的平静生活。⑨怪物对知识的强烈渴求。⑩怪物帮助费利西斯一家。⑪费利西斯帮助萨非父亲。⑫费利西斯家产被夺，全家遭流放。⑬怪物渴望友谊却导致费利西斯一家离开。⑭怪物救人却遭枪击。⑮怪物因嫉妒无意中杀死弗兰肯斯坦弟弟。⑯怪物渴望同伴。⑰克瓦莱尔出于强烈的好奇心和扩大知识的愿望游历伦敦。⑱弗兰肯斯坦放弃为怪物制造同伴。⑲克瓦莱尔被杀。⑳弗兰肯斯坦和伊丽莎白明知危险依然结婚。㉑伊丽莎白被杀。㉒沃尔顿陷入冰山包围。㉓弗兰肯斯坦追杀怪物筋疲力尽而亡。㉔怪物悔恨自己因可怕的自私心理驱使犯下的种种恶行，决定自绝于人世。㉕沃尔顿放弃对荣誉的渴望返航。以上这25个句子组成了极为复杂但不可错乱的三组序列关系。第一组序列：第①—④个叙述句，是初始的平衡状态，大家都平静生活；第二组序列：第⑤—㉒个叙述句，平衡被破坏，人物都经历种种不幸；第三组序列：第㉓—㉕个叙述句，由不平衡到否定平衡，死亡或放弃。正是这三种序列形成连环，组成了《弗兰肯斯坦》的表层结构。

我们知道，故事一般叙述的都是存在着的社会中人物的遭遇，一切故事都差不多是一个故事，我们所看到的和所听到的故事，总是以对抗为线索并最终走向淘汰的悲剧叙事，它给人一种根本冲突得到调和的幻觉。

读者一定会看出，《弗兰肯斯坦》的叙事模式符合叙事的普遍共识：从冲突到对抗再到淘汰。这和斯特劳斯提出的"非时间性矩阵结构"非常一致，即冲突的双方相互对立、对抗，弗兰肯斯坦、怪物、沃尔顿，故事中所有的人物都和他人或自身存在激烈的冲突，而整个故事也完全按照淘汰的辩证公式向前发展。《弗兰肯斯坦》称得上彻头彻尾的悲剧，因为主人公们几乎都按照最极端的方式以失去生命的残酷结局完成被淘汰的宿命。

了解了《弗兰肯斯坦》的表层结构和情节，我们再来看它的深层内涵，可以按共时性的排列方式找出支配这些叙述句的恒定关系。如果我们将所有叙述句按照依某种相似特征重新组合的方式进行译解，就可以得到这样的组合：①沃尔顿早年生活，弗兰肯斯坦全家早年的平静生活，怪物生命之初的平静生活。②沃尔顿不顾劝阻出海探险，弗兰肯斯坦对科学狂热，怪物对知识的强烈渴求，怪物帮助费利西斯一家，费利西斯帮助萨非父亲，怪物渴望同伴，克瓦莱尔出于强烈的好奇心和扩大知识的愿望出门游历，弗兰肯斯坦和伊丽莎白明知危险依然结婚，弗兰肯斯坦放弃为怪物制造同伴。③弗兰肯斯坦的母亲救了伊丽莎白自己丧命，费利西斯家产被夺全家遭流放，怪物渴望友谊却导致费利西斯一家离开，怪物救人却遭枪击，怪物因嫉妒无意中杀死弗兰肯斯坦的弟弟，克瓦莱尔被杀，伊丽莎白被杀，沃尔顿陷入冰山包围，弗兰肯斯坦追杀怪物筋疲力尽而亡，怪物悔恨自己因可怕的自私心理驱使犯下的种种恶行决定自绝于人世。

经过这样的重组我们可以看出：第一组行为反映出主人公们最初平静的生活状态；第二组行为反映出主人公们共有的"深渊性格"，有意无意地具有狂热追求某个目标而不顾一切的潜在特征；第三组行为是主人公一意孤行追求目标带来自己无法控制的种种不幸。那么，到这里我们就可以这样说，《弗兰肯斯坦》的深层结构启示出表面故事下的深层意义：盲目追求自身愿望必然带来不可预知的种种不幸，导致内心不得安宁。弗兰肯斯坦追求自然科学，渴望卓越成就，但事与愿违，怪物的产生让他不由自主地恐惧厌恶，他抛弃怪物进而引发一系列自己、亲人、怪物自身不可避免的悲剧。主人公们全都生活在内心的剧烈冲突之中，矛盾无法调和，只能以激烈的方式寻求突破，但结果只能是失望和更大的不幸。

结合玛丽的生活经历，这一观点似乎也能得到佐证：1814年，她邂逅有妇之夫珀西·雪莱，两人不顾一切地私奔，旅居法国、瑞士……1816年，九月返回伦敦之后，亲身经历雪莱前妻哈丽特的死亡，但十二月仍与雪莱正式结婚，玛丽执着地追求幸福，但冷静下来之后她内心少得了矛盾冲突吗？她对茫茫不可知的前途乐观吗？她不担忧可怕的"报复"吗？……这虽然只是一个侧面的猜测，但也许正是作者无意识心理的自然流露？

关于这一主题，我们还可以借助结构主义的另一个代表人物格雷马斯的二元对立结构进一步阐释。索绪尔曾说"语言是由对立构成的"，他认为"差别是产生意义的基础"，比如，当我们说"光明"时，主要是由我们对其对立面"黑暗"的感觉来界定的；同样，男与女、运动与静止、爱与恨、东与西等，都是在一种二元对立的格局中呈现出来的。格雷马斯说，人类是通过"感知差异"来感知世界的。这种对差异的感知使我们对世界的理解和认识更为明晰、确切、整体化。我们由此推论出："一个对象词项单独在场没有意义。"这正是结构主义理论家所一致赞同的二元对立思想。格雷马斯以这种二元对立的思想，试图寻找叙事作品内部结构的二元对立关系，再由此推衍出整个叙事模式，以此分析叙述作品深层次的主题内涵和意义。于是就产生了格雷马斯的"语义方阵"，也称为"符号矩阵""意义的基本结构"。

根据二元对立的思想，格雷马斯认为，任何一个叙事文本中，基本都包含着一组对立的关系，我们根据这种对立的关系简单地做出下面的矩形图示（图七）。

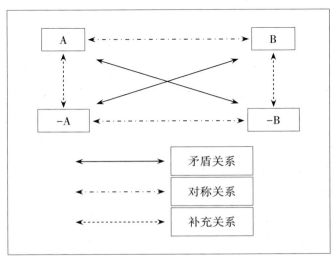

图七：格雷马斯方阵图

A与-A、B与-B是矛盾关系，A与B、-B与-A是对立关系，A与-B、B与-A是补充关系（也可称为蕴含关系）。在格雷马斯方阵中，对立关系是一对基本关系，矛盾关系和补充关系是辅助关系。运用到具体的文本中，它们可以是两两相对的文本中的人物角色关系，也可以是文本中互相对立的一种情节关系。语义方阵是一种具有普遍意义的抽象模式，它既可应用于话语分析和符号分析，也可应用于人类学分析；既可以说明叙事结构，也可以说明社会和历史结构。其方法论意义在于：任何表面上孤立的概念都有一个与其相应的对立概念，这是由事物的结构决定的，只有将该概念置于方阵关系中，它才能获得意义，才具备被理解的基础。同样，只有将这种方式带入具体的文本中才能产生意义。

以这种分析方法观察《弗兰肯斯坦》，可以提取出一个二元对立基本结构（图八）。

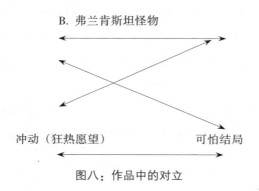

B. 弗兰肯斯坦怪物

冲动（狂热愿望）   可怕结局

图八：作品中的对立

故事的主语是弗兰肯斯坦和怪物，两者正是对立的关系。弗兰肯斯坦的否定面是可怕的结局，他尽力避免却躲不开，因为它在巨大的热情之下造出了怪物又抛弃了他。怪物的否定面是冲动，怪物努力学习知识，企图借助人类知识的理性融入社会但却屡遭打击，冲动驱使下连连杀人却又悔恨自己的残忍。而冲动与可怕的结局又是人人避免却无法控制的矛盾关系，所有的对立面其实又往往存在于一个主体内。由此，我们再次确认，不可抑制的冲动是人类自身的种种不幸的根源。

《弗兰肯斯坦》在叙述上的独特之处还表现在多处采用表现语式，即"直接引用人物的话语行为"，或借某个主人公来描述周围环境。叙述者总是摆出和读者"同时观察"或是"从外部观察"的姿态，作者只是作为一个见证人来和大家一同亲历这个动人心魄的故事，使故事更具备现场感。故事的自然时间被完全打乱，不同的语式（描述、叙事、表现）和角度交替出现，叙事时间的精心安排使整个故事跌宕起伏，读者永远处在一种不断起伏交变的叙事流中，紧张之后是快乐，随之而来又是压抑和恐惧……阅读时读者充分体验了感受悲剧的逆向的满足，但这绝不是阅读快感，而是难以排遣的悲剧意识。人物最终在与他人、与自我的冲突对抗中遭到淘汰，无可挽回……

　　短篇小说《冷酷的平衡》也可以放入语义方阵解读。该作品讲的是一个飞艇运送一种血清去救治远在密曼星球上的工作者，一个女孩（玛丽）为了去看望在密曼星球的哥哥，偷偷地乘上飞艇，但是她的偷渡打破了飞艇的平衡，致使飞艇面临危机。为了保证飞艇的安全，保证飞艇上人的生命安全，玛丽只能结束自己的生命。如果把整个故事提炼一下，可以看到故事的核心语义轴是打破平衡—保持平衡的过程，也是女孩由生到死的过程。按照这种情节关系，根据格雷马斯的语义方阵来布阵，可以列图如下：

图九：作品中的对立

　　从中我们可以看到，平衡与不平衡、生与死的对立关系，以及生与不平衡、死与平衡的矛盾关系。当我们把视角放在生—不平衡的这对矛盾关系中时，可以看出，玛丽的出现打破了飞艇的平衡，迫使整个飞艇面临毁灭，飞艇无法成功到达密曼星球，密曼星球上的人也会因为不能及时得到血清而死亡。她的"偷渡"会导致一系列的悲剧发生，因此她无法决定自己的命运，只能牺牲自己，以维持飞艇的正常飞行。小说似乎告诉我们，作为个人，在生活中不要轻易地打破"平衡"关系。一个人不循常轨，总想特立独行，一旦打破了生活的平衡关系，自己将遭遇厄运。小说的主题似乎可以延伸为：不论作者主观上如何，作为这个姑娘，她是"生"而就被"排斥"（不平衡）的对象，敞开的是生存的被隔离、被排斥状态，是人的孤独、无助，一种人和人无法沟通交流的"存在主义"主题。

　　从小说的角色关系中来布阵，也可以分析这部作品。小说的人物角色很简单，主要是飞艇驾驶员巴顿、姑娘（玛丽）、哥哥、艇长四个人物。这四个人物的矛盾对立关系是怎样的呢？首先可以肯定的是以主要人物玛丽为核心，以她来确定其余关系。例如，以玛丽和某种关系为主要对立项，以双方的助手和对头为辅助项布阵如下：

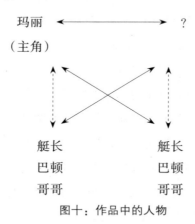

图十：作品中的人物

在小说中，艇长、巴顿和哥哥都不是导致玛丽走向死亡的直接原因，他们从内心里也不愿意看到这个结果，因此从角色关系上看，艇长、巴顿和哥哥是玛丽的助手。但是从另外一个角度来看，这三人同时也是导致玛丽死亡的间接原因，是他们执行的宇宙冷酷的平衡法则，从而导致悲剧的发生，所以又是玛丽的对头。但是，真正导致玛丽悲剧的根本原因却并不是她的助手和对头，那么是什么呢？在上面方阵中，列出了一个与玛丽对立的一个关系项"？"，这个"？"是什么呢？这个隐形的"杀手"就是冷酷的平衡法则，而这个法则完全由计算机来操纵。在这个信息飞速发展的时代里，科技一日千里，机器人、飞艇、计算机在不断为人做出各种决定，而人却变成了无能为力的懦夫，听任计算机的摆弄和指使。巴顿、艇长和哥哥对这个冷酷的平衡法则毫无办法，只能听任它的摆布，正如文中所写。

巴顿发觉艇长好像知道了自己的心思，似答似辩地说："我想，如果计算机允许的话，姑娘可以……"

"可以什么？"艇长随口问了一句，但没有训斥巴顿严重违反规定的行为，他只是讽喻地说："请向计算机求情吧！"

计算机是冷酷的，它不会在意任何人的求情。

控制台上的指示灯闪着各种色彩的灯光，开闸、充气、弹出……一切都由计算机操作。巴顿呆呆地坐着，神不守舍地凝望着封闭室的铁门。过了不知多少时间，门又开了，里面空荡无人。

飞艇在前进。巴顿望了望面前蔚蓝色的仪器板上，白色的指针又跳到零位，冷酷的平衡又实现了！

最后，在茫茫的宇宙中，玛丽不得不跳下飞艇，结束自己的生命。

正如海德格尔早就告诫人们的一样，警惕现代科技对人类的危害，不要让人们在技术提供的舒适世界中丧失人的本性和价值而沦为技术的奴隶。马尔库塞则更为尖锐地指出，科学技术的发展，不仅没有使人们得到解放，反而使人性更加压抑。我想，这部小说确实反映出了这一深刻的主题内涵。

（孙静、刘丽）

第五节　后现代主义

一、理论简述

后现代主义是20世纪晚期在文学、艺术、建筑、绘画以及学术界等领域中最时髦的名词之一。对于后现代主义的界定，到目前为止，仍是众说纷纭，莫衷一是。有的人想从时间上对其进行界定（这些人多半是受汤因比的《历史研究》一书的影响），也有的人想从主体的认知角度出发，从思想和思维的体验来界定（如法国当代哲学家利奥塔等），还有的人从社会政治学的角度出发，认为后现代主义只不过是资本主义发展阶段上的三个阶段之一（弗雷德里克·詹姆逊），有的人认为后现代主义与现代主义有着千丝万缕的联系，其特征是资本在全球范围内更深层次上体现的渗透性和均质化（斯蒂文·贝斯特、道格拉斯·凯尔纳），更有甚者，如博德里拉认为，后现代主义只不过是一种语词的表达方式，它甚至都不是一个概念，只是当宏大理论像利奥塔所说的那样已经成为明日黄花时，人们尚无法或不能确切地对其进行命名时，便为其冠上了一个"后"字，来说明或解释这种在一定的意义上并不存在的虚空状态。但无论人们如何界定，在当今社会中，后现代主义的存在已经是一个不争的事实。它作为一种思潮，滋生于现代主义的土壤中，并反过来对其总体观念进行解构和颠覆，戏谑和拒斥。它一方面摒弃和排斥与现代性相关的宏大叙事，力主取缔基础主义；另一方面则主张相对主义、虚无主义、非理性主义以及超理性主义等观念。后现代主义者决意与传统人文主义和现代主义精英意识彻底决裂，他们反解释、反严肃、反高雅、反主流文化、反整体性、反自我中心、反统一性、反理性、反权威，提倡多元性、碎片性、微观政治、欲望机器、多神教、游牧者、根茎以及语言游戏等。它的主要形式是态度与价值的多元化，人们可以任意地加以选择。社会现实在各个层面上都被当作异质的、片断的、偶然的东西加以肯定。后现代主义者坚持认为艺术已经没有任何使命，而只是某种消遣和商业的利益所致。先锋艺术的所有原则都遭到质疑。大众对艺术品的需求只是以消费的价值尺度来界定其高雅和低俗。对艺术尊严感的不信任导致了这样一种信念：一切都不过是商业化了的展出。

后现代主义的代表人物众多，这里仅仅选取几个进行介绍。第一位是鲍德里亚。他最重要的理论被称为"拟像理论"。在这个理论中，鲍德里亚提出了"拟像三序列"（The Three Orders of Simulacra）。这是对价值规律突变进行的匹配性描述，讲的是自文艺复兴时代以来价值观方面的依次递进变化，首先是仿造（counterfeit）。仿造是文艺复兴到工业革命这一"古典"时期的主导模式。然后是生产（production）。这是工业时代的主导模式。最后是仿真（simulation）。这是被代码所主宰的目前时代的主导模式。第一序列的拟像遵循"自然价值规律"，第二阶段的拟像遵循"市场价值规律"，第三阶段的拟像遵循的则是"结构价值规律"。下面以艺术品为例。在工业革命之前，艺术品的仿制只能通过手工制造的方式来完成，从一幅画临摹成另一幅画，这是并不破坏自然规律的模仿，这种"仿造"只能在原作之外增加"赝品"。工业革命之后，由于机械化大生产方式的出现，艺术品的复制就可以采用机械制造的方式，比如古典主义的名画可以通过印刷术来翻制，这也就是本雅明所说的"机械复制时代"的艺术生产方式，市场规律这只"无形的手"在其中起调控作用。而现时代，随着以"互联网"为标志的知识经济时代的来临，任何造型艺术品都可以被转化成影像在网上传播，这些被无限复制的"拟像"，已成为可以被简约为1和2两个数字的符码。属于第三阶段的"拟像",是那些没有原本的东西的摹本。例如汽车,一个型号的汽车假如有500万辆,则都是一模一样的,在工业生产中具有同样的价值。我们的时代是个机械复制的时代,原作在我们的社会中已经不那么宝贵。或者说拟像的特点在于不表现任何劳动的痕迹。原作和摹本都是由人来创作的,而拟像看起来不像任何人工的产品。安迪·沃霍尔著名的波普艺术《玛丽莲双连画》可以与"拟像理论"互为印证。画面中是丝网印刷的横竖排各五个玛丽莲·梦露照片,她们都被套以头发的黄色、双唇的红色和诱人的肤色,除了印刷造成的阴影差异之外,这为数众多的梦露像几乎都是一样的。这就暗示出,"文化工业"一方面在不断生产这种"拟像"并使其增殖和蔓延,但另一面,大众所面对这种拟像所感受到的却只是"千人一面"。

在拟像社会里,真实与非真实之间的差别变得日益模糊。超真实一词的"超"字表明它比真实还要真实,是一种按照模型生产出来的真实。表现在迪士尼乐园中,它的美国模型显得比现实社会中的美国更为真实,它以微缩的方式概括了美国的生活方式,赞美了美国的所有价值观,同时也置换和美化了矛盾的现实。当我们把迪士尼认作美国之后,迪士尼周围的洛杉矶及美国的其他地方反而成了迪士尼的超真实的仿真系列。模型领先出现在一切领域。妇女杂志和生活杂志里描绘的理想的生活方式,性生活手册中呈现的最好的性爱方式,广告中宣传和电视上展示的理想服饰,计算机手册中提供的理想的计算机技术……本是一种超真实的模型,但却被认为是一种真正的真实,而现实生活中每一个个体的实际生活、实际性爱、实际服装、实际计算机操作,却被认为是对真实的模仿,是超真实。真实与超真实不断地相互换位,就在这不断的相互换位中,整个后现代的真实都显得像超真实。

借用麦克卢汉的内爆概念,鲍德里亚宣称整个世界的各种界限均已内爆。比方说,在后现代的媒体场景中,电视新闻和纪实节目越来越多地采用了娱乐的形式,用戏剧和传奇的方式来组编它们的故事。信息与娱乐的界限内爆。还有政治竞选,政治家们靠着媒体顾问、公共关系专家和民意测验数据,不断地调节、改变和包装自己的形象。他们以得体的举止在媒体上亮相,以设计好的手段在电视里辩论,以精心包装后的形象在电视广告里出现。他们本来是什么样的人已经不重要了,而他们呈现了什么样的形象才非常重要。政治竞选活动已经变成了形象的竞争和符号的斗争。娱乐和政治的界限内爆。

质言之，在鲍德里亚的视野内，后现代主义文化的最核心特质在于：拟像与真实之间的界限得以"内爆"，今天的文化现实就是"超真实"的，不仅真实本身在超真实中得以陷落，而且，真实与想象之间矛盾亦被消解了。

同时，"拟像"与大众之间的距离也被销蚀了，"拟像"已内化为观众自我经验的一部分，幻觉与现实混淆起来。毫不夸张地说，生活在这种拟像所包围的世界内，"我们的世界起码从文化上来说是没有任何现实感的，因为我们无法确定现实从哪里开始或结束"。在文化被高度"拟像化"的境遇中，大众只有在当下的直接经验里体验时间的断裂感和无深度感，实现日常生活的虚拟化。

鲍德里亚的《海湾战争并没有发生》就道明，1991年的海湾战争其实大众看到的只是没有发生的虚拟的"媒介之战"。同理可证，美国的"9·11"事件"入侵阿富汗""伊拉克战争"，对于大多数的中国人而言，其实都是不真实的"媒体事件"或"电视战争"。当大众夜以继日地观看美军与伊拉克抵抗力量交火的时候，他对这场战争的观赏实际上与对美国越战大片的观感并无两样。因为他们所看到的电视影像，只是由持某一政治倾向的摄影师捕捉、剪接和变形的，大众看到的已远非真实的伊拉克战争，而是被具有实时转播功能的媒体所"虚拟化"的纪实叙事作品。更何况，对于摄影师和交战双方而言，他们置身于真实的战争现场之中，而对于歪在沙发里、吃着零食、瞥眼看电视的大众而言，这场战争倒似乎更像一场影像游戏。

第二个后现代哲学的代表人物是利奥塔。他从考察当代知识形态入手，指出存在着遵循不同原则的各种知识类型（如科学、艺术、道德），强调不同知识之间的异质性，强调各种知识原则之间不可通约，由此否定将全部知识统合于某一共同原则之下的做法。利奥塔对人类思维和语言的最大贡献是：发现"宏大叙事"的致命缺陷并解构这种叙事模式。简而言之，"叙事"就是讲故事。讲故事是自人类启蒙后，通过语言表述的一种超越历史、传承文明的最古老的现象。利奥塔认为，"叙事知识"是指由原始口述方式演化而来的传统知识体系，人们以之为自己的生命赋予意义。这些叙事通过社会传播过程构成一定的社会关系，叙事知识使社会内部的关系及外部的环境得以呈现，叙事知识实际上包括了从文化历史到政治伦理的各方面内容，以此形成一定的社会价值观念和行为模式，是整个社会文化的精神根源。因此，叙事内容、叙事模式、叙事策略便显得非常重要，用什么样的方法讲述什么样的内容，是"叙事"的核心问题。在利奥塔看来，现代主义的一个重要特征是"宏大叙事"，也称"元叙事"。

"宏大叙事"的表征是：首先，讲述者处于一种至高无上的地位，以一种固定不变的逻辑（公理）、普遍有效的原则（普世）来阐释世界，以此作为衡量一切的价值观念和思想体系。由于讲述者超越时空的地位和角度，由于它君临一切的高度和不可检验的身份，它沾染了"形而上"的色彩——它是谁？是谁在布道？上帝？神仙？抑或是"智者"和"圣人"？其次，宏大叙事以合法性自居、以合理性自命。宏大叙事的讲述者认为，它所说的都是合理合法的真理，这些"真理"是"放之四海而皆准"的、是"万世不易"的。第三，宏大叙事获得了政治权威的支持，作为回报，宏大叙事以自己的讲述和传播支持政治权威。第四，官方宣传、大学是宏大叙事的主体。这些机构进行的思想和知识方面的传播，成为一切理论和权威的基础。

利奥塔认为，科学历史的发展表明，并不存在什么永恒而绝对的真理。科学发展的历史就是一连串的否定史，同时，科学不断对"宏大叙事"的合法性进行质疑，因为其永远也不能提供证据来证明自身的合法性。从这一点看，后现代应该被界定为对宏大叙事的怀疑，对形而上哲学、历史哲学以及任何总体化思想——不管是黑格尔主义、自由主义、马克思主义还是实证主义——的拒斥。信息时代到来后，信息技术把知识纳入商品和大众传播的领域，这种走向势必瓦解一元化的"元叙事"即宏大叙事。解构这种"元叙事"，是从"现代"走向"后现代"的标志。

"后现代"叙事是一种"小型叙事"，这是一种消解共识、突出差异、张扬个性、以小见大的多元化叙事。小型叙事强调有差异的和平共存，强调差异的开放。它最明显的特征是以多元性和异质性废弃一元化的同质性。小型叙事注重传播的语境化、历史化和多元化。利奥塔说："让我们向统一的整体开战，让我们成为不可言说之物的见证人，让我们不妥协地开发各种歧见与差异，让我们为正不同之名的荣誉而努力。"

弗雷德里克·詹姆逊的主要理论可以归纳为两点。第一，他提出的晚期资本主义的文化逻辑理论，第二，他对后现代特征有自己的描述。有学者曾将他关于后现代特征的理论归纳为四点，即"平面感：深度模式削平""断裂感：历史意识消失""零散化：主体的消失""复制：距离感消失"。应该说，这些是詹姆逊著述中最具有代表性的观点，也具有一定的普遍意义。深度消失又称"平面感"，也称"削平阐释深度模式"，是后现代文化首要特征之一。"深度消失"指后现代主义力图推翻前现代、现代一切主张探究"深层意义"的思维逻辑模式。他指出，后现代主义作品，一般拒绝任何解释，它提供给人们的只是在时间上分离的阅读经验，无法在解释的意义上进行分析，只能不断地被重复。在后现代主义社会那种源于生活、高于生活，并引导生活的深度模式正在逐渐消失，而让位于平俗的表面化、自娱化、戏仿化的无深度模式。对理想、道德、人性、真情等的追求正变成对金钱、私利、享乐以至色情的追求。詹姆逊认为，从总体上看，后现代主义需要削平的是四种阐释深度模式，即辩证法关于现象（phenomenon）与本质（essence），精神分析关于明显（surface）与隐含（depth），存在主义关于确实（truth）与非确实（truthlessness），符号学关于所指（signified）与能指（signifier）的深度模式。毫无疑问，削平深度模式，实际上是从真理走向文本，从为什么写走向只是不断地写，从思想走向表述，从意义的追寻走向文本的不断代替翻新，后现代主义终于去掉了几千年来人类心灵梦魇般沉甸甸的深度，获得一种根本的浅薄。

后现代主义的第二个特征是历史意识的消失。这一特点也是后现代主义取消深度模式的另一种表现。历史意识的消失意味着后现代时间观的非连续性。詹姆逊曾经说过，在西方文化中，对过去最强有力的表现形式是历史小说。卢卡契写过一本重要的著作《历史小说》，他证明了历史小说并不是从来就有的小说形式，而是资产阶级革命时期出现的。因为资产阶级要成为一个统治阶级，要取消旧式的贵族阶级，就必须知道自己的历史，必须知道自己的过去，了解自己从什么地方而来。今天历史小说衰落了，因为资产阶级没有也不可能有一个关于其光荣过去的历史感，资产阶级不知道自身正向何处去，已经失去了控制，也失去了历史感。取而代替过去那种历史意识的，是一种新的对时间意识的表达，这种新的表达就是科学幻想小说。现时在科幻小说中成了未来某一时刻的过去。历史小说力图将现时看成过去的发展结果，而科幻小说则是对现时的一种新认识，要从历史的角度来想象我们所处的现时。

后现代主义的第三个突出特征是主体消失。自启蒙运动以来，主体一直被哲学文化科学赋予至高无上的地位。主体是现代哲学的元话语，标志着人的中心地位和为万物立法的特权。因此，现代主义作品总是努力地表现主体自身的情感体验，为此形成了诸如焦虑、疏离等情感性概念。然而，在后现代主义中，詹姆逊认为，主体已被"零散化"（scatter），丧失了昔日的中心地位。后现代人在紧张的工作后，体力消耗得干干净净，人完全垮了。这时，那种现代主义多余人的焦虑没有了立身之地，剩下的只是后现代式的自我身心肢解式的彻底零散化。在这种后现代主义的"耗尽"里，人体验的不是完整的世界和自我，相反，体验的是一个变了形的外部世界和一个类似"吸毒"一般梦游者的"非我"。人没有了自己的存在，是一个已经非中心化了的主体，无法感知自己与现实的切实联系，无法将此刻和历史乃至未来相依存，无法使自己统一起来。这是一个没有中心的自我，一个没有任何身份的自我。

后现代主义的第四个特征，詹姆逊认为表现在空间经验的处理方式上，即距离感的消失。所谓"距离感消失"，是指高技术社会中的人，在与人与物的相互关系中丧失了真实感。距离感消失反映了当代资本主义社会人的亲情感、真实感以及判别真与假的价值基准正受到商品化与高技术的巨大冲击。距离感消失与德国哲学家本雅明的"复制"理论有关。科技的进步使复制技术得以在大工业生产中广泛应用。当代的复制技术使艺术作品不再具有"独一无二"的特性。詹姆逊对距离感消失的研究受本雅明的"复制"学说影响并发展了该学说。他认为，"复制"是后现代主义中最基本的主题；在后现代主义崭新的空间里，"距离"（包括'批评距离'）正是被摒弃的对象。我们浸透在后现代社会大染缸里，我们后现代的躯体也失去了空间的坐标，甚至于实际上（理论上更不消说）失去了维持距离的能力。文化的空间直接影响文化的功能，没有了"空间距离"，就等于说没有了文化的"制高点"，从而也就不可能再有什么文化的批判、否定、反省等功能。后现代主义把自己完全融于社会之中，不再担当社会行为的指导者和仲裁人。在后现代文化中，由于个体不复存在、空间距离不复存在，所以个人风格、个体表达、原创等现代主义的特点失去了存在的意义。

总之，后现代主义文化作品无深度模式，断裂传统而造成历史意识消失、人的主体性丧失，丧失文化本源而导致距离感消失，连现代主义尚有的对社会现实的焦虑、恐惧都已消失殆尽。后现代文化为什么会有这些特点？詹姆逊指出：首先，后现代社会极大地张扬了商品文化。商品经济的发展、扩张，彻底打破了文化（主要是高雅文化）与商品的界限，也彻底抹掉了高雅与通俗的文化二分化。其次，后现代社会使语言和表达的问题更加突出。在全球化、信息化背景下，国际交往日益扩大，相应语言的标准更加普遍和强烈，个人的、民族的语言日益失去作用和生机。因而语言的主体消失了，表达意义的语言也就消失了。最后，后现代社会更加淡化标准和权威的意义。这样就产生了后现代理论关于主体死亡、权威不在的理论。

二、方法应用实例

后现代理论比较适合分析现代社会形成以来带有探索性个人风格的文艺作品，下面试图用此理论分析科幻作家韩松的长篇小说《红色海洋》。

在后现代社会，就个人而言，主体消失了。就形式而言，真正的个人"风格"也越来越难得一见。今天"拼贴"（pasticle）作为创造方法，几乎是无所不在的，雄踞了一切的艺术实践。而实际上，今天任何一个既定文学文本总有许多别的文本在背后支撑，并且有许多共同特点：除明显的暗示之外，还包括想法、意象及基本的故事模式；到头来所有的文本——也就是人类实际透过言说、报纸、信札、电视与广播，以及书本来沟通经验的文字——彼此都关联，因此每本书都表现出"互文性"（intertextuality）：人类语言、语言模式、意象及意义之间的相互关联性。当我们强调文本的互文性时，其实也就是强调文本要靠读者了解该文本与其他书写的关联性。韩松的《红色海洋》从某种意义上讲是一种"拼贴文本"，极大地展现了"互文性"写作和阅读的特点。

（一）主题

韩松的《红色海洋》延续他一贯的热衷探究的主题：人类社会的未来及时间意识、命运思考。从文章的标题："我们的现在""我们的过去""我们过去的过去""我们的未来"，我们能很容易想起韩松的成名作《宇宙墓碑》：

"数万年后，人类足迹已踏遍银河。考古学家们开始探索外星宇航探险初期的筑墓，以期追寻人类文明历史之谜。"

同样宏大的背景（由太空转入海洋），貌似严肃的主题，使读者迅速进入令人震惊的宏大叙事氛围和刺激中，浮想联翩。小说的第一部《我们的现在》描述在遥远的未来的现在，人类全面退化并移居"红色"海洋中。读者正式进入文本之后，无疑会和英国科幻作家威尔斯的《时间机器》形成"互文性"阅读，读者在阅读这一主题时会很自然地对威尔斯的寓言进行再思索，从而在文本之外拉开宽度，形成宽阔的思考维度。

（二）吃人意象

关于食物和吃人，在韩松的《红色海洋》里是很重要的意象。食物在动物界是第一法则，对水栖人而言，食物同样是第一位的。在水栖人的世界里，生活的所有内容就是食物和交配。"吃人"在这个世界里变得极其平常。海星在海底漫游，碰到了掠食族，第一次看到了他们吃人肉，大脑袋对他说："我们吃人肉，那本是大海鼠的食物。但大海鼠吃得太多了，这不公平，所以该轮到我们了，广阔无边的海洋中是没一条规定说不准吃人的，你有力气杀掉他们，便有运气吃掉他们。这便唤作道理！"我首次闻听"道理"，心中不禁一动。后来我才知道，海洋中的道理，已所剩无几了。读者很容易记起作为经典文本的《狂人日记》：

前几天，狼子村的佃户来告荒，对我大哥说，他们村里的一个大恶人，给大家打死了；几个人便挖出他的心肝来，用油煎炒了吃，可以壮壮胆子。我插了一句嘴，佃户和大哥便都看我几眼。今天才晓得他们的眼光，全同外面的那伙人一模一样。

想起来，我从顶上直冷到脚跟。

他们会吃人，就未必不会吃我。

弱肉强食的现实，每个人在吃人的时候也等待被吃的命运，便唤作道理。在《红色海洋》中反复出现一段寓言式的歌谣："炎帝皇帝呀，率熊罴虎貔之军，吃人无数；殷纣王呀，杀死姬昌长子伯邑考，做成肉羹，送给姬昌吃；春秋霸王齐桓公呀，吃掉易牙献上的儿子，而那弄臣只是为表忠心……"同样曾在《狂人日记》中出现，鲁迅在文本最后悲呼：救救孩子！在韩松这里孩子同样是靠不住的，他们只是自然界"文明"法则的忠实执行者。

后现代文本不仅具有十分明显的"互文性"，而且常能跳出文本之外，或者从一文本之中进入另一文本中，在文本与文本之间的复杂、含混的关联阅读中产生巨大的张力。《我们过去的过去》，写的是水栖人的产生史。其中第一个水栖人——科学家通过对几千个基因的编辑和拼接，创造了神话般的生物。据说因为某种有争议的文化和伦理上的考虑，在设计水栖人的过程中，还参照了一定程度的人形，比如还有其实并不适合在海洋中游泳的四肢，这项耗时十年的技术突破，使科学家喜极而泣。他们想：这世界有救了！

"他还是人吗？"忽然，在试验室里，传出一个不甚清晰的声音，有人说："可是，我们会是弗兰肯斯坦吗？"弗兰肯斯坦，是英国作家玛丽·雪莱笔下的人物，他用生物技术造出一个人工生命，但这个不人不鬼的东西最后以杀人为乐。啊，弗兰肯斯坦吗？我们造就的难道竟是要与人类为敌的有机怪物？听他竟这么说！

这里，读者在这里感受到一种奇妙的联系，从《红色海洋》的阅读进入《弗兰肯斯坦》的回忆和思索中。还有反复出现的"食人文明歌"让读者进入不同的联想经验中。在最后的平台这章中，船员纷纷被毒藻所吃，惊恐之中喊出这是科幻小说才有的情景。让人产生阅读上的延拓和断裂，典型地体现出后现代文本的叙述特点。

另外，从韩松《红色海洋》对文本意义世界的表达同样可以看出后现代文本的特点，那就是表达和阅读的意义同时被掏空，只剩下零碎化的感受本身。

文学理论家伊格尔顿在其著作《后现代的幻象》中简要归纳了"后现代主义"特征，他写道：后现代是一种思想风格，它质疑客观真理、理性、同一性和客观性这样的经典概念，质疑普遍进步或人类解放，不信任或者小心避开单一的理论框架、大叙事或终极解释；在它看来，这个世界没有一个预定的蓝图，而是由许许多多彼此不相连的文化系统和解释系统组成……从整体来看，则成为一种平面化话语的碎片。

有评论者认为：《红色海洋》不是一部通俗易懂的小说，它的价值恰恰体现在其对意义世界的不断挖掘与探索、对现有解释的不断拷问、在否定与肯定之间的徘徊、在建构与解构缝隙中的挣扎。作者要表达他的一些独特的思考，其核心在于他对历史、时间和文明的概念的梳理和传达。而在实际的文本阅读中，我们注意到作者的确在不断构建关于这些概念的"宏大叙事"，但是，又不断地消解掉，最终使得他的阐述变成了表面叙事的碎片。

（1）关于时间和历史。韩松对时间有着孜孜不倦的讨论热情。韩松利用时间感来表达他的时间观、时空意识和历史哲学。在作者的表达中，我们看到了四种时空观。一种是中国传统的循环论的时间观。《红色海洋》中在"受控的本源"一章，每一个蹦水期，控制论专家就会被作为奸细投进监狱，一个蹦水期后，又会成为国王座下贵客，周而复始。专家告诉海洋王：你们随时间而变化，却不能随时间而进化。而海洋王却告诉专家："时间？海洋中是没有时间的。"《红色海洋》总体结构我们可以看到现在——海洋王海星的成长，过去——水栖人的文明传说诸种，过去的过去——水栖人的由来。而最后一章我们的未来，讲的是未来，但是构成未来的寓言却是中国的几段似是而非的古人故事，从这种暗示我们可以知道所谓未来正是过去，过去即将来。在这里作者其实是含蓄地传达了自己对中国历史和当下社会和文化的思考。二是西方的现代进化时间观，对于这种时间观，作者的态度是比较暧昧的，"进化""将来"只存在于过去。三是静止的时间观。红色的海洋中的时间很大程度上是静止的，一代一代的水栖人在找寻海底城，也就是在找寻自己的历史、过去，这种找寻不得其果。其实在韩松看来，所谓时间，只不过是感受，时间是一种各种感受的碎片。人们虚妄地寻找时间的秘密注定是愚蠢而徒劳的，何谓时间？何谓历史？不过是工具论式悖论。海星急匆匆地去寻找时间，自认为肩负重整海洋文明的重大历史责任，企图联系起过去，重新进入历史描述中，结果到最后他自己的身份也已模糊。所谓的海洋王只不过是有着死女人头发和丑陋面具的肉体。海洋王甚至成为扼杀新一代探寻红色海洋历史者的刽子手！在海洋中，由于水的压力，水栖人的记忆力是很差的，记得的不过就几小时，又哪来的历史记忆？在海底城堡中，水栖人碰到了"唐人"，"明月几时有？把酒问青天。"水栖人自然是听不懂的，却也被这如诗如画的意境感染。他们禁不住浮想联翩：今夕是何年？在这里，无疑把时间狠狠地调侃了一把，一个唐人竟然吟哦苏轼的诗句，而懵懂无知的水栖人竟然浮想联翩"今夕是何年？"——开始有了时间意识。在作者这里，时间是断裂的，时间是被抽空的叙事话语本身。

与时间关注相关的是作者对"历史"的挖掘，韩松企图构筑一部史诗性的作品，从文章的标题和内容可以看出，贯穿整部小说四大部分的线索便是关于

"历史"的理解，因而这部小说的理解中所遇到的首要难题是文本中关于"历史"这一观念或者这一事实的阐释。而正是在对历史的梳理和阐释中，《红色海洋》体现了后现代的叙事特征。《红色海洋》的第一章实际上是对中华历史的隐喻式的探讨；第二章由一系列的诸种可能性构成，恰恰是对现在和将来的描述，而接下来的将来又回到了中国过去，企图分析历史偶然性所造成文明历史的种种可能性，看似科幻，实则现实；看似倒叙，实则顺叙；看似未来，实则历史……

在作者这里，历史虽然是由偶然性和文明之所谓"内在逻辑"必然结合而形成，然而，在他看来，历史也并不是独立在事实之外的空泛的存在，又或者是如克罗齐所说，"一切历史都是当代史"。作者往往在提出一种历史叙述之后，又把它消解掉，让其阐释变成了"碎片"，"尝试的颠倒历史、循环历史、多义历史等叙事方式"实则是为阐释构筑一个开放性的空间。作者着力给"第一部"的世界提供了多种可能的起源假说，每个假说都具有寓言的性质，每个假说都复杂异常，每个假说都充满了不可能的灵异，但每个假说都貌似有着现实的可能性。于是，整个人类的过去被质疑、被质问，所有行为的起因和结果，都成了某种可能与不可能、是与不是之间的摇摆物。当然，作为作者，他本身也许就只愿或只能对探讨提供开放的空间和多种可能性。

（2）关于文明和救赎。在这衰落的水栖人族群中的一个人，不相信海洋将要关闭的先知预言，他以为还有着另一个海洋，那里的水是蓝色的，而不是红色；在那个海洋中，没有海荒发生，食物要多少有多少；在那个海洋中，居住着成千上万的人类，他们人丁兴旺，繁荣昌盛，长命百岁。他为自己的想法激动不已。他对周围的人说，应该去寻找那个海洋，这样，水栖人才能得到救赎。他的话却引来了一片哄堂大笑。于是这个叫作一二的决定独自去寻找，找遍东南北三方向的海都是红色海洋，在西方他得到启示，也有人在寻找海洋，于是他赶上前，碰到了另一个找寻者贱人。于是一二喜极而泣，他告诉贱人在一瞬间他似乎看到了蓝色海洋，而贱人竟然告诉他他要找寻的是红色海洋。只有寻找红色海洋，他们的部族才能得到拯救。一二大吃一惊。后来他们惊奇地发现他们长得一模一样。于是让蓝色和红色合为一体吧，结果在他们接触的一刹那，正反物质发生了湮灭，这个地球消失了。之后，宇宙才被创生出来。文本这里存在着相当明显的隐喻：蓝色其实代表着海洋（西方）文明，而红色则代表陆地（中华）文明，作者想表明两种文明之间的碰撞，一二是作者常用的意象："道生一，一生二……像一个女人的子宫"，道家的一二指代着中华文明的源头，"贱人"则是某类群体表达的对西方文明的不屑。而在小说的最后一章更是道出导致人类灭亡的就是"怀特人"意即白人（white），恰是东方保留了最后的文明和救赎希望。然而，这种明显的寓言背后仍然是阐释的零碎化。作品的意义不可解释，只能体验，提供给人们的只是时间上分离的阅读经验，意义在不断阅读中……作者并没有对东西文明作价值判断的企图，只是提供一种体验或者说表达一种他人（不同人群）的表达。我们知道作者本意不在表达含义本身，我们还在进行感受追寻，作者的表达就已经发生了游离。控制论专家改变了海洋国的循环时间，加入了单向逻辑时间概念。他自以为拯救了海洋，结果却导致人类的灭绝。关于我们的过去，我们是否曾经生活在陆地，是如何来到水下，文明的希望在哪里，又该如何得到救赎也只是神话诸种，时间和历史既然不确定，所谓的现在命运救赎又何以可能相信？

从上面的分析我们可以看出，不论是从内容还是叙事手法上讲，《红色海洋》作为一部科幻小说，都具有明显的后现代美学特征。而实际上，作家韩松本人并不承认或认可自己的作品是后现代文本，他甚至认为自己的作品就是一种传统的"宏大叙事"。但一部小说完成之后，就不再属于小说家自己的了，它将属于它所有现实的读者和潜在的读者，它的意义也不再是独立地存在于文本之中。不论作者的主观意愿如何，只要他生活在当下的文化语境之中，又企图对当下现实发言，他就会自觉或不自觉采用最能表达自己的艺术手法和内容。任何文本或者说文本的裂缝里，都有着特定历史或文化语境的投射。

韩松作为一个为内心写作的科幻作家，对创作的执着和热情，导致了他对科幻文学文本的多次僭越。而《红色海洋》则是这种文学僭越的最新尝试。其实他的创作早就进入当下后现代文化语境本身，因而他的表达在传达思想时，不可避免地在有意无意之间渗入了后现代文化逻辑或者说是当下中国文化的后现代因素。

（唐玲、毕海）

第六节　解构主义

一、理论简介

　　1967年，法国哲学家德里达一连发表了《声音与现象》《书写与差异》《论文字学》三部作品，在这些著作中，德里达动摇了通常人们所熟悉的概念，对西方两千年来的文化传统提出了质疑。他的思想随后成为当今哲学领域中最重要的流派：解构主义。按德里达的解释，"解构"这一术语本身是他从海德格尔的《摧毁》和《缩减》中选出的，两者都暗指拆散但并不是毁掉西方本体论和形而上学的传统有机概念。"在某个既定时刻，我曾说过如果要我给'解构'下个定义的话，我可能会说'一种语言以上'。哪里有'一种语言以上'的体验，哪里就存在着解构。""解构一直都是对非正当的教条、权威与霸权的对抗。"

　　德里达解构主义的核心简言之就是反逻各斯中心主义。逻各斯中心主义是德里达对西方形而上学传统的总称。从词源学角度来看，"逻各斯"一词在希腊语中具有说话、思想、规律和理性等含义。古希腊哲学家赫拉克里特最先用这个语义丰富的词来表示他那个时代的一个崭新的哲学概念，即世界本原运动变化规律的概念；他还用"逻各斯"这个哲学范畴来取代神话中众神之主宙斯的地位，因而"逻各斯"就是"神的法律"，人类的一切认识能力都体现了"逻各斯"即理性认识的能力。此外，随着基督教在西方世界的兴起，并占据统治地位，逻各斯还被赋予了宗教神学的含义。在逻各斯中心主义看来，存在着关于世界的客观真理，而科学和哲学的目的就在于认识这种真理。德里达认为这种在西方两千多年的文化传统中一直占据着主导地位的观念代表着一种没有可能的、自我毁灭的梦想，其实质是假定存在一种静态的封闭整体，它具有某种结构和中心，在不同的哲学家手中，这个中心被命名为不同的名称，如实体、理念、上帝，等等。而解构的目的就在于消解这样的中心，分解这样的结构。

　　为了破除形而上学神话，德里达用延异、播撒、踪迹、替补等概念作为解构的策略。"延异"是德里达自创的瓦解结构意义确定性的关键性概念。这个词来自法语动词"to differ"（区分）和"to defer"（延搁）。Différance是一个几乎不可翻译的字眼，德里达用一个"a"字母换掉"e"，以使它的概念区别于差异（difference）。作者生造的这个词有两层意思，第一层是差异，主要诉诸空间，第二层意思是延缓，主要诉诸时间。德里达认为语言就是"差异与延缓"的无止境的游戏，永远也得不出最后的结论。"延异"摧毁了结构主义所建造的同时性的神话，结构主义认为解构的各种要素是同时出现的，否则结构就不可能同时呈现。而在德里达看来，任何差异都是延异，也就是说差异总是延异中的差异。因此，构成一定结构的不同要素就不可能同时出现，而只能是相继出现。延异是一种存在与语言背后或语言中的力量，它产生着构成语言差异的效果。"延异"一词的创立，充分体现了德里达独特的解构主义方法论，体现了其解构的基本立场：世界上不存在所谓终极不变的意义，与不存在一成不变的结构一样。语言不过是延异的无止境的游戏，终极意义永远可望而不可即。

"播撒"是德里达对"延异"一词的进一步扩展。在德里达看来，播撒是一切文字固有的功能。正是文字的延异所造成的区分和延搁，使得意义的传达不可能是直线传递的，不可能像在场形而上学那样由中心向四周散开，而是像种子一样，将不断分延的意义"这里播撒一点，那里播撒一点"，不断地以向四面八方散布所获得的零乱性和不完整性来反对中心本源，并拒绝形成任何新的中心地带。播撒作为解构策略的重要之维，试图进一步消解那种通过等级秩序而获求明晰的意义去把握真实的可能性，显示出在无始无终的符号分延网络中的文本自主性。播撒总是不断地、必然地瓦解本文，揭露文本的零乱、松散、重复。这样通过播撒，任何文本实际上都宣告了不完整、非自足性，播撒标志着一种不可还原和生生不息的意义多样性。播撒作为文本的文本性结果，是宣告任何一篇文本都有裂口而不完整。任何一种新的解释或误解，都成为原文不完整和不稳定的证据。解读原文既是对原文意义的发掘，又是对其意义的抹杀。这样，德里达的追问已经抵达对"根源"匮乏的分析层次。于是德里达又提出另一个概念：踪迹。

踪迹（trace）原来意味着一个不出场之物的现在，海德格尔那里仍然是指向根源和在场的，他意识到了语言与在场的宿命联系，所以在使用"存在"一语时，在上面加了一个无形的删除号"×"。海德格尔坚信通过踪迹可以追寻到那曾被遮蔽的存在，指涉出一个在之为在的本原。德里达认为这种抱持踪迹乃意味着一种本原的观点，应该加以消解。德里达认为，踪迹暗示了此时不存在的存在的不断出现和消失，在一个没有对等替代物的链条中呈现和延搁自身，并使那种寻迹求源的确定性企图永远落空。所指被延搁所造成的符号残缺不全，使其永远成为指涉其他符号的一组踪迹。踪迹指向分延，它永远延搁意义。

替补一词由"补充"和"替代"双重意义所构成。德里达在《文字语言学》中强调，一方面替补既是一种补充增加，又是存在的增补和积累；另一方面，它虽是附加的、次要的，但在增补过程中又成了取代者。同时，替补不是转在《系动词的替补：语言学之前的哲学》一文中，通过对亚里士多德《形而上学》中"是"的分析，对替补的概念进行了阐述。替补因存在的空虚而起，是存在不完善的证明，它的根本指向是彻底否定存在的根源和形而上学绝对真理的神话。德里达用替补这一概念完成了对形而上学不容置疑的先验假定前提和基本概念的颠覆，将追问本原、追求真理、抱持永恒意义的回归之路置换成一条永远走向不确定性、增补性、替代性的敞开之路。同时，对形而上学将虚假设定的前提作为出发点并据为真理的做法加以质疑，并提供了一种依据可疑的出发点、依据不真的概念去反向思维以重新认识世界的可能性。德里达通过延异、播撒、踪迹、替补等模棱两可、具有双重意思的词，所要达到的目的是：追问自诩为绝对真理形而上学大厦赖以建立的根基是什么？这一根基的先验虚幻性是怎样有效地逃脱一代又一代哲人的质疑？破除形而上学神话的基本方略怎样才能有效地避免自身重陷泥淖？诚然，德里达自己所创造的术语不仅可以收到揭形而上学虚假之底的功效，而且还可以免遭重陷形而上学之泥淖的厄运。因为延异、播撒、踪迹、替补等概念是一种亦此亦彼、亦是亦非，或者既非亦非、既是亦是的概念。这也是德里达的解构方略之一。

二、方法应用实例

从表面上看，小说《一九八四》的叙事似乎有着超乎一般的冷静。故事始终有条不紊，"娓娓道来"，极少情绪化。随处可以看到的是词句好像是"你应该怎样""你必须怎样""人人或大家怎样"等话语。当温斯顿以超乎事外的冷漠语调告诉我们发生在他身边的人和事时，他把自己早已置身事外，一切似乎与他无关，他只是一个冷眼的旁观者和叙述者。然而，看似冷静的表层叙事背后，潜藏于文本内部的深层叙事却无时无刻不在对前者进行消散和瓦解。原来，温斯顿的自由意志从来就没有停止过挣扎，他无时无刻不想毁灭、破坏、叛逆……他甚至在老大哥电幕的强大监控下不由自主地写下无数行的"打倒老大哥"。尽管他的表层叙事话语是冷冰冰的，裘利亚并不性感的猩红色腰带依然唤醒他内心对爱情的强烈渴望；他在与布卢姆若即若离的眼神交流中时常感受到彼此的相同之处，他甚至不可遏止地想要加入与老大哥为敌的兄弟团！小说中，双重的叙事角色和叙事话语不断地冲撞着、对抗着、瓦解着表面意图。一个试图包藏，一个却奋力冲破这种包藏，这种叙事话语的建构与解构在同一文本中已经展现得淋漓尽致。解构主义的"互文性"，在双重叙事话语的不断建立与消解中得到了充分的体现。隐含的叙事话语不断地以异延、反讽、悖论为手段，对现在的叙事话语进行解构，而后者也不甘于被前者吞噬而始终无处不在、贯穿始末。

　　再从叙事内容进行观察。政治和爱情是小说最引人注目的两个不断纠结的主题。小说对于政治本质最为核心的体现即是老大哥三句最响亮的口号——战争即和平，自由即奴役，无知即力量。这三句话本身就是建构与解构的绝佳表现。老大哥统治下的大洋国似乎井然有序，和平安宁，而战争却从来都未停止过——不仅是外在的有形的战争，温斯顿内心的思想战争也是无止息的，安宁与躁动，顺从与叛逆，所有一切对既存的表面现象的反讽和瓦解从也未停止过。自由是什么？不是舆论自由、恋爱自由、行动自由，而是孩子可以监视甚至揭发父母的自由，这到底是自由还是奴役？后者正是对前者的轰毁！无知者无畏，无知即不会构成对统治者的威胁，老大哥给无知者以无上的力量，所以像温斯顿这样还有个人意志和思想的人，从一开始就注定是无知的，自然也就对一切无能为力！好在还有爱情。爱情！多么高贵纯洁、神圣不可侵犯的字眼！还记得温斯顿和裘利亚信誓旦旦的爱情箴言吗？相信听过无数次有关甜蜜、幸福、快乐、唯美的爱情誓言的现代人来说，爱情的甜言蜜语早已不足以轻易摧垮我们的泪腺。然而每个读《一九八四》的人，对其浸透着杀戮、毁灭、破坏、绝望，对其弥漫着浓重血腥味儿的爱情表白是不能不动容的。这是真正的血色浪漫。他们的爱情就像是汹涌波涛中的小船，冒着时刻都有的葬身鱼腹的危险却依然义无反顾，多么容易让人在胆战心惊中肃然起敬，似乎真的一样。可是最终，他们，包括我们认为的为之可以放弃一切的如磐石般坚定的爱情居然在那些鼠须硬挺、毛色发棕的畜生甚至连畜生也不是的老鼠面前被消解一空，荡然无存！在温斯顿那歇斯底里的"咬裘利亚"的凄厉声中，爱情，真的成为一个千疮百孔的神话！一个自欺欺人的谎言！一切就这样始于平静，止于平静，似乎从来也没发生过什么，似乎从来都没有什么意义存在，那么，《一九八四》还存在吗？

尽管解构主义以其消解一切的姿态最终沦落到消解自身的尴尬境地，消解一切存在的终极意义，连解构本身也将是虚无主义的，尽管德里达式晦涩、模糊、玄虚的词汇让其难脱极端形式主义之嫌，尽管《一九八四》至今仍被很多人认为是绝望透顶的书，但是，不可否认，一切仍在继续！解构主义是过程的而非结果的，是变化的而非固定的，是开放的而非封闭的。解构的魅力就在于在前者的解构中重新建构。温斯顿被洗脑后重归老大哥怀抱，当他再次与裘利亚坦然相遇时，似乎是轮回，但事实上新的建构已经开始了，对于解构主义而言，文本是不断嬉戏的文字游戏，文本的意义在无休止地"异延"和"播散"，所以我们不要企图文本给我们一个结局。而对于读者而言，一切仍在继续，时间和空间都在继续，文本的意义也在继续。

（刘妮、房丽华）

第七节　女性主义

一、理论简介

女性主义理论作为一种方兴未艾的新型话语，已经影响到社会生活的各个方面，其深入到文学领域、文化领域的结果则是产生了女性主义文论、女性主义批评，对文学创作、文学研究产生了多方面的复杂影响。

事实上，女性主义是一个不断发展的批评流派。它的发展大概有三次浪潮。

第一次浪潮始自19世纪末延至20世纪60年代。这一时期的特征是争取妇女的权利和参政意识，强调的重点是社会的、政治的和经济的改革。早期的一些具有女性主义倾向的作家和批评家，如英国的弗吉尼亚·伍尔芙、法国的西蒙娜·德·波伏娃等都对第一次女性主义运动的高涨起过重要作用，也初步发展了女性主义批评理论。英国著名女作家伍尔芙在《一间自己的屋子》中以讽刺、夸张的风格，提出了许多有关妇女和文学的严肃问题，使女性主义文学理论得以初见端倪。法国著名女作家波伏娃在影响巨大的著作《第二性》中从存在主义出发，对蒙泰朗、劳伦斯、克劳代、布勒东和司汤达五位男作家笔下的女性形象作了精辟的剖析。就上述两位先驱者而言，她们的表述更多的是与性别意识紧密相连的对既往文学史的批判，而一直缺乏在概念的普遍性系统中进行的文学阐释和评价。尽管波伏娃的分析还只停留在静态层面，但却显示了将理论阐述与文本分析相结合的努力，这为后来的女性主义批评理论的转向提供了最初的蓝本。

第二次浪潮则使得女性主义运动本身及其争论的中心从欧洲逐渐转向了北美。其特征也逐渐带有了当代批评理论的意识形态性、代码性、文化性、学科性和话语性，并被置于广义的后现代主义的保护伞之下。诸如J. 克里斯蒂娃（J. Kristeva）、H. 西苏（H. Cixous）这样的欧洲女权主义思想家频繁往返于欧美两大陆著述讲学，其影响大大超出了在本国或本学科领域的影响。第二次浪潮持续的时间从20世纪60年代一直到80年代后期，以贝蒂·弗里丹（Betty Friedan）的著作《女性的奥秘》（*The Feminine Mystique*）的问世为开端，主要强调的是进一步争取妇女的解放。但此时论争的重点已由注重妇女权益转向了妇女的"经历"，以及女性与男性在性别上的差异，并带有强烈的政治和意识形态色彩。就其"中心"北美而言，女性主义的第二次浪潮实际上是高涨于20世纪60年代中后期的妇女解放运动的产物。其中有五个重要的论争焦点频繁地出现于女权主义理论批评家探讨性别差异的著述中：生物学上的差异、经历上的差异、话语上的差异、无意识的差异以及社会经济条件上的差异。

第三次浪潮则从20世纪八九十年代一直延续到今天。经过七八十年代的马克思主义的再度勃兴，后现代主义辩论的白热化和后结构主义的解构策略的冲击，女性主义本身已变得愈来愈"包容"，愈来愈倾向于与其他理论的共融和共存，从而形成了女性主义的多元走向新格局。由于女性主义者本身的"反理论"倾向，她们中的不少人热衷于介入以"男性话语"为中心的理论争鸣，因而在当今的西方便出现了女性主义的新走向，其中包括马克思主义的女性主义、黑人和亚裔及其他少数民族的女性文学、有色人种女性文学、解构主义女性主义、同性恋女性主义、精神分析女性主义、性别政治、怪异理论等等。这种多元性和包容性一方面表明了女性主义运动的驳杂，另一方面则预示了女性主义运动的日趋成形和内在活力。

在西方国家进入后工业化社会的进程中，出现了一个崭新的理论流派，这就是后现代女性主义流派，顾名思义它就是女性主义加后现代主义。代表人物有克里斯蒂娃、西苏、伊丽加莱（Luce Irigaray）等，她们将后现代理论导向对男权制文化和生殖器中心话语的女性主义的批判。这一思潮从1968年开始出现在女性主义之中。如果要追寻后现代女性主义的思想渊源，首先要提到的当然是后现代主义大思想家福柯。每一位后现代女性主义者都把他放在最重要的位置上，无论她们对他的思想是全盘接受，还是批判地接受。此外，后现代主义大师和重要思想家拉康和德里达也受到后现代女性主义的高度重视和大量引证。

后现代女性主义的主要观点有以下几点。第一，挑战关于解放和理性的宏大叙事，否定所有的宏大理论体系（grand theory）。在后现代女性主义看来，从启蒙思想开始，所有的宏大理论都标榜其普遍性和性别中立的性质，但实际上这些理论都是以男性为其标准的，完全忽视了女性的存在。例如在公众领域和私人领域的划分上，认为前者是男人的天地、后者是女人的天地，这就是典型的男权制的政治思想。在政治领域完全没有女性的位置，没有女性的声音，也没有为女性留下任何空间。后现代女性主义认为，女性从资产阶级自由主义的思想解放中没有得到过什么益处，自由主义和启蒙主义的话语，从洛克（Locke）到康德（Kant），从来都没有把女性包括在内。后现代女性主义向从启蒙时代开始形成的一整套现代思想提出挑战，其中包括像知识、理性和科学这样的范畴。因此，后现代女性主义认为所有其他女性主义理论都是以偏概全，没有一个单一的女性主义理论。因为女性属于不同的阶级、种族、民族、能力、性倾向、年龄，并没有一类女性可以代表所有的女性。

伊丽加莱是后现代女性主义的主要思想家，她所做的两项工作是：打破男性气质与理性、普适性的联系；发出"女性"的声音。她认为西方文化是单性文化，女性是男性的不完备形态（lesser form）。表面看去是客观的、性别中立的科学和哲学话语，其实是男性主体的话语。她的抱负是要创造一套女性的符号。

　　第二，反本质主义的社会建构论。后现代女性主义不仅反对性别的两分，而且反对性别概念本身，反对那种以为性别是天生的、不可改变的思想。法国著名女性主义者威蒂格（Monique Wittig）认为，就连女人的身体也是社会造成的。女人并没有任何"天生"的成分，女人并非生来即是女人。她反对某些激进女性主义者对所谓女性气质的讴歌，主张真正的女性解放不仅要超越自由主义的男女机会均等的境界，而且要超越激进女性主义的女性优越论。在维蒂格看来，真正的解放要消灭作为阶级的男人和女人，在她理想的新社会里将只有"人"，没有女人和男人。法国女性主义思想家克里斯蒂娃最重要的理论就是她的"形成过程中的主体"理论。她认为，主体植根于无意识的过程中，在符号秩序中形成，服从法律和秩序。她不愿意用一种话语（女权的）取代另一种话语（男权的），而是追求改变符号秩序。

　　第三，关于话语即权力的理论。在有关权力的问题上，自由主义女性主义认为，权力就是权威，是统治和剥削所有个人的权力；马克思主义女性主义则认为，权力就是统治阶级统治被统治阶级的权力；而后现代女性主义却把权力定义为分散的、弥漫的，而不是集中于某个机构或某个群体。过去，女性一般被认为是更看重事物，而不看重话语的，例如，她们更加关注低工资问题、强奸问题和溺杀女婴问题；而不太关注自己在历史文献中被置于边缘地位的问题。后现代女性主义主张在女性运动内部实行一个"模式转换"，即从只关注事物到更关注话语。因为按照后现代主义的观点，话语就是权力。

　　后现代女性主义的抱负之一就是要发明女性的话语。她们提出："这个世界用的是男人的话语。男人就是这个世界的话语。""我们所要求的一切可以一言以蔽之，那就是我们自己的声音。""男人以男人的名义讲话；女人以女人的名义讲话。""迄今为止所有的女性主义文字一直是在用男人的语言对女人耳语。""我们必须去发明，否则我们将毁灭。"

第四，关于身体（body）与性的思想。前文曾提到，后现代女性主义的抱负之一就是要创造出一套女性的话语。究竟什么是女性的话语？在莱克勒克（Annie Leclerc）看来，那就是令人难以想象的身体的快乐。她说："我身体的快乐，既不是灵魂和德行的快乐，也不是我作为一个女性这种感觉的快乐。它就是我女性的肚子、我女性的阴道、我女性的乳房的快乐。那丰富繁盛令人沉醉的快乐，是你完全不可想象的。"她这样阐述了身体快乐与女性话语之间的关系："我一定要提到这件事，因为只有说到它，新的话语才能诞生，那就是女性的话语。"

　　后现代女性主义哲学的口号如贾格尔（Jaggar）认为：男权制是实践，阴茎话语中心是理论。为了超越阴茎话语中心主义，后现代女性主义尝试发展一些方式，这就是将肉身化的女性的他者性视为抵抗和转变之基础。盖洛普（Jane Gallop）认为，女性的身体就是对男权制的抵抗基础。后现代女性主义向所有试图将身体的意义固定下来的性与性别差异理论挑战。

　　第五，关于表达的实践。后现代女性主义倡导女性写作自我表现的文本，发起了自传行动。将个人的经验与政治的问题联系在一起写作，要打破学院式的知识生产的传统形式。它主张，写作就是写自己。将个人与理论联系起来，从个人的角度批判社会。这种女性的写作或许是反理论的，或许是理论的新阶段。伊丽加莱甚至认为，女性的性是女性写作的动力之一。弗洛伊德对女性的性没有做过正面的评价，只有反面的评价。他认为，女性以为自己是一个没有阴茎的"小男孩"。男性的性欲受阻可以升华为创造性活动，女性的性欲受阻为什么就不可以同样升华为写作的动力呢？后现代女性主义认为，男性语言是线性的、限定的、结构的、理性的和一致的；女性语言是流动的、无中心的、游戏的、零散的和开放结尾式的。拉康也建议女性创造不同于男性的文化，避免线性思维和男性的科学样式，提倡"圆形写作"，并认为它是女性身体圆形线条的反映。

　　从以上梳理中，我们已经可以看出女性主义理论的一些特点：女性主义理论的产生既有社会历史的原因，也因为受到了精神分析、解构主义和新马克思主义等多种思潮和理论的影响与激发，这就使得作为文艺理论和文学批评的女性主义不可避免地沾染上浓重的政治倾向性，抗拒已有秩序和原则，表现出强烈的意识形态色彩和实践的特征，而且结构松散，内容纷繁复杂，运用多种批评方法，有时候也难免互相矛盾，甚至对女性主义最尖锐的批评就来自女性主义自身。

但女性主义理论毕竟给我们提供了一个批评的视角、一个新颖的方法。女性主义批评的范畴包括：批评男性中心主义传统文化，提倡两性平等，争取妇女与男性同等的权利；批判男权意识在文学领域的表现，研究女性特有的表达方式；解构以男性为中心的文学批评传统，重新评价文学史；关注女作家的创作状况，倡导具有女性自觉性的阅读以重建女性的主体性；

考察自然性别和社会性别的建构方式，建立对性别差异进行比较研究的性别理论等。它的贡献在于：首先，研究对象上，关注普通民众，特别是妇女、儿童等弱势群体，具有人民化或民主化的趋向；其次，研究方法上，具有多元化、群体性、跨文化与跨学科性及开放性的特点；再次，研究目的上，突出政治功用，强调理论服务与社会改造的目的。但这中间，也包含了女性主义自身面临的困惑，这既有"女性"的定义上的困惑，也有政治性与文学性的关系问题上的困惑，还有对旧有理论是全面否定还是扬弃问题上的困惑。

丁玲曾经慨叹："妇女这两个字，将在什么时候才不被重视，不需要特别的被提出来呢？"这一慨叹正体现了女性主义理论所追求的终极意义。女性主义理论背负着来自传统男性权力机制的质疑和批判而顽强地抗争着，为确立女性应有的地位而不懈地努力着，其目的就在于唤醒女性的自我意识。而当女性与男性站在了异而不相废、同而不相袭的平面上时，女性主义的使命便完成了。

二、方法应用实例

在对女性主义理论进行了简单的介绍后，我们尝试着来寻找科幻文学中的女性主义声音。

在传统文学作品中，科学更多的是以一种理性的姿态面对世界，与情感不说是完全对立，也是截然分开的，至少在早期反映科学的文学作品，或者干脆说在"科幻小说"中似乎是这样。与此相伴随的，则是多年来科幻文坛一直是男性作家称霸，把男性话语优势发挥到极致的状况，甚至有人说：科幻让女性走开。在男性作家笔下的科幻小说中即使有女性人物的存在，也是一个模糊而苍白的简陋符号。凡尔纳的作品以其著名的"父亲—儿子—仆人"（或者变体"叔叔—侄子—仆人""舅舅—外甥—仆人"）结构而著称，从无女性人物左右局势；而素以逻辑和推理著称的阿西莫夫，虽然经常性地请一些女性角色出场（比如苏珊·卡尔文，机器人心理学家，她被成功地塑造为"机器人的姐姐"），但这种貌似公允的安排又让人觉得多少有些力不从心；即便是以构造精彩故事著称的海因莱因，其作品中的女性性格也属平常……之所以会出现这种"作家不会写女人同时也避免写女人"的局面，按照阿西莫夫近乎戏谑的说法，一是当时的社会环境使然，写女人一不小心就会出现麻烦；二是当年的科幻作者多为年轻小伙，对女人没有什么经验。

而这种"不平等"的局面，一直持续到20世纪60年代中期兴起的"新浪潮"运动才告结束。正是"新浪潮"运动为更多的女性科幻作家打开了大门。因为"新浪潮"并非局限于科幻领域的一个流派，而是20世纪60年代遍及社会各领域的一场文化运动，而这一运动的一个显著特征，就是女性主义的兴起。此外，"新浪潮"运动中将科幻作品文学化的倾向，无疑也成为促使女性作家崭露头角的重要因素之一。

如同其他文学领域一样，在科幻文坛中，女性作家以其独特的视角、细腻的感觉、柔美的语言以及与男性截然不同的话语特征，为我们讲述了一个又一个离奇而美丽的故事。而女性科幻作家最大的功绩在于她们对女性人物的重新诠释，还有一个相当显著的特征，那就是她们多喜欢构造一个独立的世界，因为一个独立的世界才可能存在完全不同的、自成一体的逻辑和规则，女性科幻作家正是借助这种奇特的方式，来完成自己向男性话语霸权的挑战——在一个特殊的语境下构成的话语优势。比如被称为"科幻女皇"的美国女作家厄休拉·K.勒奎恩的代表作《黑暗的左手》，其中描写的就是一个与地球人类原本毫无关系的世界———颗被冰雪覆盖的、被称为"冬"的行星，在这一背景下，女作家为我们讲述了一个智慧种族开拓疆土的故事。

其实在国外科幻界，对女性科幻作家的关注和研究久已有之。参照主流文学理论的发展，女性批评很早就介入科幻领域当中，对科幻作品的分析也专有女性主义分析这样一个流派，比如澳大利亚学者贾丝婷·拉芭勒斯蒂尔的学术论著《科幻作品中的两性之战》一书，就对美国科幻作品中的女性和女性主义的有关问题进行了探讨。

事实上科幻与女性的关系由来已久，况且第一部近代意义上的科幻小说恰恰就出自女性之手——轰动至今的《弗兰肯斯坦》即为著名诗人雪莱之妻、女作家玛丽·雪莱所创作。在这部哥特式的感伤主义作品中，女作家讲述了一个利用器官拼凑进行造人活动的科学家的故事——但是很不幸，那个被制造出来的怪物最终走上了反叛弑主的道路。也许正是因为作家的性别特征，才使得雪莱夫人敢于把如此理性和充满逻辑的科学当作一种因素注入到文学作品当中去，敢于将科学与过去小说中所涉及的历史、战争、爱情等因素相并列，作为作家与读者共同关注的对象，继而产生了近代意义上的科幻小说。

现在，我们重点对这部作品进行文本分析。因为女性主义阅读理论要求文本分析、女性经验和文化批判的融合，而其对文本因素的关注主要集中于三个方面：隐喻、叙事和戏拟，所以我们对《弗兰肯斯坦》的文本分析主要从其隐喻性意象入手。

对隐喻性意象的重新解读、阐释和评价，使女性主义的文化意图在文本分析中大有用武之地。对隐喻进行的女性主义的细读，意在探寻那些在文本中经常、反复出现的意象或原型有何"性政治"意义，探寻对之进行怎样的解释有助于实现女性主义的文化目的，有助于更新和深化对文本的理解。而《弗兰肯斯坦》中的隐喻性意象就是怪物，他的复杂性、矛盾性足以让我们从多个方面去进行阐释。

首先，是性别与小说的想象。女性主义批评家认为，这本书实际上是被压抑的自传，怪物代表了没有父母的痛苦。"使改变父母模式成为可能的技术进步的实现，也将具有毁灭地球生命的威胁力。令人吃惊的是，这个带有对科学技术的爱与憎关系问题的、可与父母模式问题相匹敌的当代问题早已在玛丽·雪莱的小说中有所表现。在那里，发现生命奥秘的伟大科学创造了一个因为不能找到或变成父母而充满险恶报复冲动的可怕动物。""对科学技术的矛盾心理可以看作我们对后代的爱与憎关系的移置。"

而这个怪物在某种程度上正是女作家的自我。暴露出来的这种自我呈现了女性内心深处对做母亲的经历极度分裂的感情。由此，现代人对克隆人的矛盾心理在其中是可以找到一点解释的。简单地说，怀孕和生育对女人来说实在痛苦，如果能克隆一个体态和性能堪称完美的孩子，何乐而不为？

女性主义批评揭示了这个作品中对出生和后代产生厌恶、恐惧的心理根源——源于作家自己复杂而痛苦的性别经验。玛丽·雪莱是两个文化名人的女儿，其父威廉·哥德温是一位政治家、哲学家，母亲玛丽·沃斯通克拉夫特则是女权主义先锋，以争取妇女教育平等和社会平等著名的《女权辩》一书的作者。但女性批评家认为，"没有任何事件像她在成为一位作者、母亲的那一时刻的过早而浑浊的经历，使她在最初和以后很长一段时间与她自己所处时代的大多数作家分隔开来"。

这些经历叙述起来真是堪称浑浊、不清晰、不纯洁。玛丽·雪莱的母亲未婚先孕，正因如此，她的父亲才决定和这位女权主义作家结婚。而母亲是在分娩时死去，女儿竟无意中充当了杀母凶手。玛丽的继母与她的生母相反，是个典型的家庭主妇，她厌弃玛丽，自己也极受压抑。玛丽从两位母亲身上了解到了全部的女性之间的矛盾和僵局。不仅如此，她在爱上有妇之夫雪莱后，她父亲，一度是婚姻制度的激进反对者，要因此与她断绝父女关系。与此同时，雪莱相信多重恋爱，鼓励玛丽和自己的朋友发展性爱关系。如影随形的性爱关系还有：她的同父异母的妹妹克莱尔与拜伦怀孕，且与雪莱保持一种暧昧关系；而她的姐姐，在发现自己是母亲和其美国情夫的私生女这个事实后自杀。然后是雪莱合法的夫人与别的男人怀孕，投水自尽。而玛丽·雪莱16岁就怀孕，此后连续五年便不断怀孕。她的婴孩大多在出生后不久就死去了，而且她也不是一位合法的母亲。在她的日记里，有关于怀孕、哺乳、婴儿夭折的记载，却没有关于家务助理和看护的踪迹。

由于这些经历，女性批评家认为，《弗兰肯斯坦》表现了一种母性的恐怖。它不是一种母性神圣的神话——这通常是男性作家乐于创造的；而是出自厌恶、害怕和遗弃婴孩的这种原始的恐怖，这在古老的作品《俄狄浦斯王》中就有表现了。在小说里，出生显得污浊、阴郁——弗兰肯斯坦是从哪里弄来的造人材料？从陈尸所收集枯骨，从解剖室和屠宰场搞来原材料，可想而知，这是些死人和动物的骨骼和肉块。一个21岁的年轻女子做此恐怖想象，是让人惊异的。

其次，看看分裂的母性与怪人。上面的叙述已经说明，如果把《弗兰肯斯坦》作为一个女性的自传来读，可以看到，它是反母性神话的。作者是在这个神话的传统之下突围，力图用某种隐蔽的方式讲一个女性的生命的故事，对这个女性来说，生育实在是一件太多牺牲、污秽和痛苦的事。有足够的证据证明，在玛丽·雪莱的生活中，死亡和生育的经验像那个造人车间一样可怕和污秽；但还有另一面，这可能是《弗兰肯斯坦》故事更有魅力的一面。

故事中，怪物在与造人者狭路相逢时愤而指责他说："我的本性是博爱和仁慈的，可是你让我孤独不幸，连你也嫌弃我，你的同类还会给我好脸看吗？"他说到自己的经历，这个怪物发现了自己是个丑八怪，没有朋友也没有亲属，四顾茫茫，实在难受。他观察了普通人的家庭温情，后来又发现了自己的来历，于是他走入那个他向往已久的农家寻求庇护，结果遭到一顿痛打。他被人类拒绝，由此他才开始报复人类。

玛丽·雪莱的深刻力量正是在于此，她赋予了妖怪以人性的欲求，所以这个怪人的性质是分裂的，他既有先天的人性又有后天的无人性，他是人与非人——怪物的集合。作家写出，怪人原本无辜，他的丑是造人者造成的，他的孤独也是造人者的错。造人者不借助父母家庭的传统模式生育出他来，造人者剥夺了他应该拥有的人性的和人道的生存环境。因此，他对人类所有的报复——这些报复全都落在造人者一家身上，都有毋庸置疑的正义性。施行这个报复，这就是怪物生存的理由。所以，当怪物发现弗兰肯斯坦已经悲惨地死去时，他自动放弃了生存。他赴死前的长篇独白是激情洋溢的，他热爱人性的生活，为他所得不到的人性生活悲痛欲绝，他的报复欲源自对正常的人性生活的爱，爱导致了绝不饶恕的疯狂杀戮。

只有结合这一点，才能解释玛丽·雪莱那种分裂的母性的感情。说是分裂的，而不是说全然否定母性的；这是一种矛盾状态，而不是任何一个极端。也可以这么说，怪物有父亲，父亲是造他的弗兰肯斯坦，但他没有母亲。没有母亲，也就没有家庭和人伦之爱。他造成的最大的悲剧是杀死弗兰肯斯坦的新婚妻子，这正是针对父亲的报复，即让他没有妻子，更不可能有孩子，从而不可能有任何人世的幸福。所以，没有母亲，可以解释为怪物的根本缺陷。用这个缺陷，玛丽·雪莱证明了母亲角色的必要性、父母养育模式的无可取代。

但在玛丽的时代，性别处境显然是绝对的不公平。玛丽肯定无法接受女性必须独自怀孕、养育，饮泣吞声的合理性。在这种处境下，母爱肯定是靠不住的，可能会迁怒于孩子的。我想，正是这种分裂的经验，产生了小说中那种分裂的关系：弗兰肯斯坦和他的造物分裂、对立，他们不是父与子的从属关系，他们互相逃离，又互相追逐，然后你死我活、挑战征服、同归于尽。

　　与这种紧张冲突相对应的是大自然的雄奇壮丽，作品描写了迷人的海上风光，描写了探险者对奇幻航程的痴迷。出自男主人公的激情手笔是另一种女性表达，表达了女作家的精神向往，是男女平等的艺术想象，相信玛丽·雪莱在成年之后读她母亲玛丽·沃斯通克拉夫特的著作《女权辩》时会深感共鸣，是这位作家详加强调，女性的理性绝不弱于男人，她说："我蔑视那种被设想为女性特征的软弱优雅的心灵、细致微妙的敏感和温柔驯顺的风度，我只希望指出品德比优美更重要，指出可钦佩的抱负的首要目的是养成人的品格，不考虑男女的差别，其它次要的目的都应该用这个简单的标准加以衡量。"

　　怪物这个隐喻性的意象让我们接近了多重分裂：作家自身母性角色的分裂，怪物人性与非人性的分裂，人类的处境与自然界的分裂——大自然那么美丽，而人的命运那么悲惨。

　　最后，有关怪物形象的寓意分析。作为弗兰肯斯坦的异己，怪物的寓意非常复杂。正如人以神的形象被上帝创造出来一样，怪物一开始就意识到它是始祖弗兰肯斯坦的化身，从表面上看，怪物是雄性的丑恶之子，是父权社会中受压抑的男性代言人和刽子手，以更极端、更变态的方式，给女性和社会带来了可怕的灾难，在毁灭他人的同时也毁灭了自己。

　　弗兰肯斯坦是男权社会的代言人，他用独裁式的叙述，以女性权威的面目出现在文本的讲坛，对女性世界进行了全盘的主语置换，他把女性关押在地狱般狭小的家庭等私人空间内。以他和妻子伊丽莎白的关系为例来说明，伊丽莎白甘心于弗兰肯斯坦的男性权威，"日常的琐碎家务，占去了我的全部时间，我感到很有意思，只要看到周围无忧无虑的亲切笑脸，我就觉得自己的辛苦操劳已得到了报偿"。而他自己则一再说道："她（伊丽莎白）是上天赐予的礼物，是我的。""没有任何言语能表述我和她的关系，直到死她都属于我，仅仅属于我。"这都表达了他自认为无可挑战的男性权威。

　　但作为弗兰肯斯坦自我的化身和一位有超人体质的男性，怪物却没有造物主赐予其后代雄性的优势地位——对女性肉体和精神上的统治和占有，他对睡梦中的贾斯汀垂涎三尺，却知道这是遥不可及的事："这些美人儿所能赐予的种种乐趣，我是永远无权享受的。"被排除在特权之外的愤怒致使他不但杀死了小威廉，而且嫁祸于贾斯汀，使她像苔丝一样地被送上了男权道德法庭专为女性设置的绞架，他还在弗兰肯斯坦的新婚之夜取代了造物主，以死亡终结者的方式永远霸占了伊丽莎白。由此可见，怪物一直想通过与"他者"之间的主从关系来仿效雄性创造和征服的快感，在多次被拒绝后才疯狂实施报复的。怪物是父权社会中受压抑的男性代言人和刽子手，以更极端、更变态的方式，给女性和社会带来了可怕的灾难，在毁灭他人的同时也毁灭了自己。

怪物这一形象的神奇而复杂的寓意还在于，表面上它是雄性的丑恶之子，但从它所处的受压迫排斥的他者地位看，它其实又是女性的扭曲化身，本质上就是一个隐喻的女性和一个被男权和父权逼疯的女人。与女人一样，它本性善良，对文明社会抱有幻想，"我曾希望有人会原谅我的外表，因我具有良好的品性而爱我，事实证明我全错了"。然而他从一出生就由于外表的丑陋（女人是由于性别的丑陋）而受到蛮横的歧视和抛弃。一次次的孤独苦闷和来自文明社会的打击，迫使他在走投无路的绝境下诉诸暴力，以极端狂乱的方式，发泄心中积闷已久的屈辱和愤懑。为此它非常愤怒，"你（弗兰肯斯坦）可以把我心中的其他激情全部刷掉，可复仇的怒火却永不泯灭"。所以它才在狂乱之中杀害了弗兰肯斯坦几乎所有的亲人和朋友，最终也害死了造物主，自己消失在北极茫茫的冰雪之中。

怪物短暂的一生可以看作女性历史的哥特式观照，从纯洁开始，以毁灭告终。更可悲的是，怪物有生之年无名无姓。姓名是一个人的权利代码和符号指称，而姓名的缺席是以弗兰肯斯坦为首的主流文化对怪物实施压制最明显的标识，也是对其身份、历史和后代的残酷消抹。为此它痛苦地呻吟："我的朋友和亲属又在哪儿呢?我小时候，没有父亲在一旁顾盼照看，也没有母亲的笑脸和亲抚为我祝福……我到底算个什么呢?"虽然最后它找到了一本描绘其历史的日记，从而得知自己的身世，但它却是由男性独自撰写的。女性自身历史的主语地位在此被无情置换，女性在由男性书写的历史中是不在场的。文中造物的整个令人呕吐的细节都历历在目，其目的不言而喻，通过对女性历史的篡改和丑化，男性希望引发女性心中的原罪感、耻辱心和自贱情绪，以便任其愚弄和摆布，永远不得翻身。怪物最初确实落入了男性逻辑的圈套，它羞于见人，却暗中处处与人为善，以期取得他们的认同与谅解，便是很好的例证。而且怪物读的书也很有代表性，他只读过三本书：《失乐园》《少年维特的烦恼》《普鲁塔克名人传》，它们都是由男性书写的，却构建了怪物全部的社会情感体验和理论框架，这表明了不仅女性的历史由男性撰写，而且整个人类的文明史也是如此。但男性通过历史的独断书写来驯化女性的做法并不总是成功的，至少在怪物那里是如此。尽管《普鲁塔克名人传》才是真正的历史传记，怪物却虔诚地把那些书当作整个人类文明史来顶礼膜拜，并盲目地效仿书中的故事情节。所以他被放逐的时候，撒旦的反叛精神随之激活，他便遵从书中"智慧"的指引去反抗和杀人。可以这么说，男权以单性历史愚化出顺服的女臣民的同时，也造就了单纯的女法盲和女魔鬼。他愚弄了客体的同时也作践了自身，最终造成同归于尽的惨剧。

总之，怪物使男权宗法主义者面临一个尴尬的悖论境地：如果他是男性的话，他丑陋的外表和暴戾的内讧行为对男权是隐晦而有力的一击；如果她是女性的话，她无疑是反抗霸权最畅快、最强烈的雌性化身，也是女性作者愤懑心声的婉转而强力的喷发和吐露。

（严永梅、孟睿瑞、何欢）

第八节　西方马克思主义

"西方马克思主义"得名于梅洛·庞蒂的《辩证法的历险》，作者以"西方的"来区别于"列宁式的"马克思主义。佩里·安德森认为，"西马"源起于资本主义发达地区无产阶级革命的失败，但从具体的思想和理论表述上来看，这并非一个严格的学术流派，其代表人物如葛兰西、卢卡奇和法兰克福学派、"新左派"乃至詹姆逊等人尽管都时常运用"马克思主义"来分析文学问题，但彼此的观点时常相互抵触，有时甚至偏离了马克思主义的基本原理。

尽管雷蒙·威廉斯1956年发表的《科幻小说》时常被视为第一篇"明确的

马克思主义科幻论文"[1]，但实际上，"科幻"这一文类乃至聚集在这一旗号之下的文学文化现象，始终处在西方马克思主义文学理论的关注视野当中；而在更早之前，与科幻小说关系复杂的"乌托邦"作品，则与马克思主义有着极为深刻的关联：对科幻作品当中"乌托邦冲动"的强调，恰恰是马克思主义文论剖析科幻小说的基本立足点之一。

安东尼奥·葛兰西是意大利共产党的创始人，于1926年被捕，在1937年病逝之前，他在狱中共留下34本笔记：这构成了后来《狱中书简》和《狱中札记》两卷的大部分内容。葛兰西对科幻小说的关注，主要是《狱中札记》第四部分《文化生活问题》中的《人民文学》一节，在这里葛兰西提出了"民族—人民的文学"这一重要概念：他认为"流行小说"证明了"在人民中存在着各种文化阶层"，并且不同的类型"每一个都具有各种不同的民族观点"。葛兰西对科幻小说的论述，也在这一框架之下，但他在论述凡尔纳等人的作品当中所体现的国族情绪的同时，敏锐地察觉到了"科学"在其中扮演的角色："想象并不是完全'任意的'……凡尔纳方面是人的理智和物质力量的联合，威尔斯和坡方面以人的理智为主"，但他也提出凡尔纳"艺术意义不大"。

葛兰西的关注明显有其局限性，但他毕竟注意到了科幻小说的某些文类特征，而他的理论在雷蒙·威廉斯那里多少得到了继承：他不但"呼吁关注科幻小说的重要性"，而且"展现了从马克思主义视角展开的解释可以如此丰富"。雷蒙·威廉斯是文化研究的奠基人，也是最早一批英国"新左派"，尽管他多少受到法兰克福学派"批判理论"的影响，但并未将"大众文化""文化工业"直接放到被批判的位置上，而是着力于发掘文本背后的整个生活结构。1956年，威廉斯尚未明确提出"文化分析"这一文学研究路径，但在《科幻小说》当中，尽管有对科幻作品当时所从属的"杂志小说"（magazine fiction）的贬低，但同时也强调了这些作品中的"当代的感知结构"（contemporary structure of feeling），并且认为这乃是科幻小说真正的价值之所在。所谓"感知结构"，指的是"为某一特定群体、阶级或社会所共享的价值观，是某种不确定的结构，是文化的集体无意识和意识形态的混合物"。

---

1. K. Amis, *New Maps of Hell*. U.K.: Victor Gollancz ltd. , 1960，p.20.

从20世纪50年代到70年代，科幻小说开始从地摊杂志走入主流文学的视野，特别是60年代"新浪潮"引发了一大批相关的研究文论。在这一阶段，乌托邦、恶托邦等问题逐渐进入文学研究的中心，但街头游行、学生运动无疑遮蔽了书斋式研究的光芒。在这当中，英国"愤怒的青年"们时常声称自己对马克思主义的推崇，其代表作家金斯利·艾米斯（Kingsley William Amis）于1960年出版的《地狱新地图》（*New Maps of Hell*）多少针对"逃避主义"的批评做出了一些辩护，他认为在科幻小说当中，"社会可以批判它自身"。

在1973年，《科幻研究》（*Science Fiction Studies*）创刊，很快成为马克思主义科幻研究的重要阵地。从这时开始，马克思主义文论终于将目光转向科幻小说的具体文本。

达科·苏恩文是《科幻研究》的早期编辑之一，他在1979年出版的《科幻小说变形记：科幻小说的诗学和文学类型史》依据此前约十年间发表的论文重新编排、整理而成，是迄今为止科幻文学研究最重要的理论著作之一。该论著的意义主要在两个方面：首先，他通过给出明晰、具体的定义，为科幻小说作为一个"文学的"类型进行了有力的辩护；其次，他将马克思主义文论与结构主义分析方法密切结合，使得他所给出的定义具有了进一步诠释的可能，因而建立在这一基础之上的理论体系，可以在将来的研究当中得到更加深刻、广泛的发展。苏恩文的文论，特别是他以"认知性的陌生化"为核心的科幻定义，在学院派的研究当中引发了广泛的回应，使得包括威廉斯、詹姆逊、柴纳·米耶维等在内的马克思主义研究者不但持续介入科幻小说研究当中，甚至还从这一领域内汲取理论资源，以便进一步深化和发展他们各自的马克思主义文论。

在《科幻小说变形记》之后的马克思主义科幻文论，主要集中在科幻与乌托邦的关系和科幻的文类形式两个论题上。

在科幻小说与乌托邦的关系方面，其复杂性主要在于，无论是"乌托邦"还是"科幻"，各自都具有漫长的历史、丰富的内涵和令人绝望的模糊性。就这两者之间的关系而言，其研究最早始于分析"恶托邦三部曲"即《我们》《一九八四》《美丽新世界》的一系列文章，进入20世纪70年代之后便以弗雷德里克·詹姆逊和雷蒙·威廉斯为典型代表，苏恩文和卡尔·弗瑞德曼（Carl Freedman）等其他研究者也有文论发表。

恩格斯将乌托邦社会主义视为与黑格尔的辩证法和费尔巴哈的唯物主义相并列的马克思主义思想来源。马克思在《共产党宣言》中对乌托邦的批评，在此后西马文论传统当中经过漫长的发展，得到了多维度的演变。在本雅明和马尔库塞那里，乌托邦作为对异化现实的否定和批判而存在，而布洛赫则强调这种批判所具有的内在动力和对现实的改造功能。

苏恩文是最初将布洛赫等人的乌托邦理论介绍到英语世界的研究者之一，但他主要是利用其中的某些理念来构建自己的理论体系：在《科幻小说变形记》当中，苏恩文首先将乌托邦界定为一种文学类型，然后才是建立在类型之上的语言表述方式和社会组织形式，最后又重新归结到"科幻小说的社会政治性的亚类型"。在这个过程当中，得到彰显的，实际上是科幻小说的文类特征，但他对乌托邦理论的引介和分析，则在詹姆逊那里得到了进一步的明确："区分乌托邦形式和乌托邦愿望是十分必要的：前者指形诸文字的书面文本或文学形式，后者指日常生活中所察觉到的乌托邦冲动及由特定的解释或说明的方式所实现的乌托邦实践。"

詹姆逊对乌托邦理论的关注，集中体现在《政治无意识》《时间的种子》《未来考古学》三本专著以及《马克思主义与形式》等零散文论当中，而格雷马斯符号学矩阵，则成为他科幻文论的标志性工具。詹姆逊认为，尽管乌托邦时常被视为针对现实的他者性想象，但总体性的、彻底的乌托邦想象实际上始终是缺席的，而聚集在乌托邦文本当中的，更多的是一种乌托邦冲动。因此科幻作品中的他者实际上是对自我局限性的表达，甚至进一步成为对自我身体的否定式想象："一种新的特性已经开始需要一种新的感知，而新的感知则要求一个新的感知器官，因此最终就要求一种新的身体"。此时的乌托邦成为理解科幻作品的方法，其目的时常在于揭示小说中乌托邦构建的过程，以及潜藏在表面之下的内部冲动——后者的意识形态特征时常成为詹姆逊的关注核心。

在文本形式方面，苏恩文对科幻小说给出的定义在一次次挑战当中，"证明了它灵活到足以被一次又一次地重构"。来自马克思主义科幻文论内部的，主要是柴纳·米耶维、迈克·邦德、安德鲁·米尔纳和亚当·罗伯茨等。2009年出版的论文集《红色星球：马克思主义与科幻小说》较为集中地体现了这批研究者的基本观点。柴纳等人主要攻击苏恩文将科幻小说与奇幻小说截然二分的做法。罗伯茨更进一步指出，将科幻视为"可认知性"而将奇幻视为"不可认知"的思路，在学理基础上缺乏正当性。此外，弗瑞德曼由发展苏恩文理论而提出的"认知性的逻辑"（cognitive logic），也因其并未针对具体文本与文本所处的社会环境作出有力的解释和回应而面临着他们的挑战。

在这些论题之外，西马文论当中政治经济学分析的传统，也在苏恩文手里得到了延续。通过应用或直接引用从马克思到本雅明对作为商品的文化产品的分析，苏恩文清晰地指出了科幻这一"类文学"为了售卖自己，而将目光投向市场化的"伪新"，并以此遮蔽了艺术史、文学史角度的"新"。但与此同时，他也要求深入文本层面（text-aspects）展开探索：苏恩文既要求探索不同"低俗文学""亚类型"所指向的"迥然相异"的理想读者，也关注官方文化、精英文化与"大众"或"流行"文化之间的交流——这种关注当然主要集中在不同阶层之间的政治—经济权利方面。

这一传统的另一支，是雷蒙·威廉斯以降的文化研究路径。围绕市场化的科幻小说文本，以及"科幻迷"群体展开的亚文化研究、粉丝文化研究层出不穷。例如皮埃尔·马施立（Pierre Macherey）主要延续了葛兰西和阿尔都塞的研究思路，着力于发掘科幻小说文本当中所蕴含的意识形态表征以及内在矛盾。在他对凡尔纳所进行的征候式解读当中，关注点并不在于"科学"或"地理奇观"，而在于文本中所蕴含的现实与帝国主义之间的矛盾——这种解读的过程，成为马施立文化研究的重心所在。

在这些有着鲜明马克思主义特征的理论研究者之外，马克思主义科幻文论也对其他理论视角产生了深刻的影响，而关注的核心论点尤其集中在中心化、帝国主义、性别视角等领域。由于马克思主义科幻文论有其内在的复杂性，具体分析实例请参考代表性研究者的专著。

（姜振宇）

第十章　科幻教学概述

科幻课程在许多国家的大学、中学甚至小学都有开设。据美国科幻小说研究家帕奇克·帕兰德回忆，第一个将科幻小说引入课堂的教师是美国纽约城区学院的莫斯考维奇。他于1953年首创了科幻小说课程，然而没有造成多大影响。第一次使科幻小说教学获得成功的当推马克·R.希勒加斯（Mack R. Hillegas）。他于1962年在科尔杰特大学开始授课，五年后，又转入南伊利诺伊大学继续这一课程的讲授。希勒加斯最初使用的教材包括13名作家的19部长篇科幻小说。这13位作家中80%属于在文学领域中极有影响的作家，如俄国的陀思妥耶夫斯基、英国的戈尔丁、美国的刘易斯等，此外，著名心理学家斯金纳的作品也被列入了目录。

希勒加斯的课程虽然持续了几年，但却遭到了许多同事的反对。他们认为，这种课程开设在英语文学系（相当于我国的中文系），有损正统大学的形象。因为，学院派批评者对通俗文艺通常是不屑一顾的；而且，学者们还怀疑科幻小说中有反科学的倾向，如果那样，则后果更不堪设想。为此，希勒加斯曾于1967年发表文章，悲观地指出："这门课程没有什么前途。"

但是，事实却完全不像希勒加斯所想象的。到1976年，仅美国国内就已经有了大约2000所大专院校开起科幻小说课程。这个数字意味着，平均每一所美国的大学就至少有一门有关科幻小说的课程。大多数课程开设在英语文学系，也有少部分由其他科系的教师开设，比如物理系、天文系、社科系等。授予有关科幻小说研究方向的博士学位也已经设立。其他英语国家的情况基本与美国相似，只是数量略少一些。

在中国，大学本科和研究生水平的科幻课程起源于20世纪70年代末到80年代初。当时，吴定柏在上海外国语大学英语系开设了科幻文学课程。随后，郭建中也在杭州大学开设过英文专业的课程。20世纪90年代，北京师范大学率先在本科开设了以中文讲授的"科幻小说评论与研究"课程，获得了极大成功。2003年，北京师范大学又在全国首次开设了现当代文学的"科幻方向"，每年招收硕士研究生。同年，这一本科以上的科幻方向，在英国也开始设立。2004年以后，北京师范大学田松开设了有关科幻电影的公共选修课。2015年，北京师范大学又在全国首次进行了现当代文学"科幻方向"的博士招生。在中小学，科幻课程也作为尝试被引进，例如，吴岩、周群等人在全国中小学开展了K-12中小学科幻与想象力课程。2020年，由南方科技大学科学与人类想象力研究中心主编的《科学幻想：青少年想象力与科学创新培养教程》（全五册）正式出版，中小学科幻教育也有了正式教材。

仔细研究科幻教学的路径，人们会发现，科幻小说进入课堂是多路径的，其中主要有两条路径。在这两条道路中，人文学科的教师主要是直接将科幻作品当成研究的对象。他们以作家的文学地位或作品的文学价值选择读本，其主要教学兴趣着重在于分析作品的艺术特征，进行文学批评以及探索科幻小说与社会进步的关系。虽然这类教学的内容涉及相当广泛，但又可大致分为两类。第一类为科幻概论课程。这类课程主要分析科幻的源起、各个发展阶段、特征，以及代表文本。另一类则为专题研究类课程，如讲述科幻的一个子门类、一个阶段、一种特征、一个国家的科幻发展等。这类专题研究性课程还会触及科幻和其他学科、思潮、现象、文化之间的外在和内在联系。与人文批评家们不同的第二条道路，则主要是技术科学或自然科学教师在理工院校或专业开设，其实质是利用科幻小说作为该学科的辅导读物进行学科教学。从已经报告的论文可以发现，科幻小说被用以引导学生进入物理学、化学、天文学、生物学或心理学非常成功，受到学生们的极大欢迎。这类作品常常通俗易懂，深入浅出，比教科书更加趣味盎然。正是这类课程的学习，使许多学生活灵活现地掌握了原本认为枯燥无味的科学理论。

本章将从科幻教学的设计和教师体验两个方面，对当前国内外科幻课程进行一些概述。

第一节　教学设计

一、概论类

这类课程一般是分析科幻的源起，各个发展阶段、特征，以及代表文本，对科幻的各个方面、各个专题都有涉及，比较包容和宽泛，介绍性的粗浅的了解内容居多，是一种概述性质的课程。这类课程能使学生对科幻有一个大致的概念和认识，同时也在总体把握科幻基本情况的前提下为深入研究科幻专题打下良好的基础。

例如在英国利物浦大学安迪·索亚（Andy Sawyer，已退休）教授的文学硕士方向培养计划中，科幻课程设置为学生每个学期同时进行两门课程的学习。其教学内容主要包括对科幻的形式、风格、主题、特点等方面的大致讲述。在学习之前，给学生提供大量的科幻著作，以及科学、科幻批评等方面的专著与文献。课程还会对一些重要作家，例如威尔斯的著作之精细研究进行专题论述。讨论会是这类课程的常用教学方法，一般都比较轻松，同时又是秉着严谨态度和充满知性光辉的，讨论会可以对科幻作家进行访问，也欢迎具备一定的科幻基础和学历的任何年龄段的人来共同讨论众多和科幻相关的问题，他们一般是文学或相关专业的人士。与科幻作家或评论家座谈后，通常还会观摩相关的科幻电影。学生们可以在课程进行中随时提出自己的意见，而且也能和其他文学硕士课程的伙伴们进行交流。除了跟作家之间的座谈和讨论之外，也会围绕一些专题进行深入研究。例如，在第一学期可能讨论科幻的定义、时间和意识等问题。到第二学期，则讨论乌托邦和恶托邦、威尔斯和现代科幻等主题。为了协助大家对科幻的深入理解，课程还会给学生提供一些机会，让他们增加对自然科学的了解。此外，美国当代小说、哥特式小说、从中世纪的叙事理论到现代文学、科幻电影等也是学生可选修的课程。在安迪·索亚的教学计划中，学期末学生将在导师的指导下写出一篇15000字左右的学术论文，要求在扎实的文本阅读基础上，具有理论性。

利物浦大学在英国开设科幻硕士方向，和它有一个相当好的图书馆有关。这个大学保存着英国最丰富的科幻资源。它的科幻小说基础收藏在欧洲堪称最大，并保有很多稀有的小说（大部分是英国、美国、东欧的），还拥有大量的科幻评论杂志和科幻期刊。图书馆的收藏量仍在增加。约翰·布鲁纳档案馆（John Brunner Archive）的手稿，利物浦恐怖小说家拉姆齐·坎贝尔（Ramsey Campbell）的科幻杂志藏品，《万象》（*Omni*）杂志的原创小说编辑埃仑·达特劳（Ellen Datlow）的信件收藏，奥拉夫·斯塔普雷顿（Olaf Stapledon）、约翰·温德汉姆（John Wyndham）的档案文件等都是这个图书馆的特色。选修科幻硕士方向的学生在撰写论文时，会从这些资料中得到相当多的收获。

利物浦大学还编辑出版了一系列重要的科幻理论著作，包括奥拉夫·斯塔普雷顿的传记，女性主义乌托邦研究，布莱恩·奥尔迪斯和约翰·克鲁特（John Clute）的评论选和《恒星飞船的结构》，圭尼斯·琼斯（Gwyneth Jones）的随笔和评论，简妮·科替耶尔（Jeanne Cortiel）的《写作需求》《女性主义和科幻》《乌托邦叙事》，克利斯·菲尔阿恩斯（Chris Fearns）的《乌托邦文学中的意识形态、性别和形式》等。

利物浦大学的科幻课程具有文学研究的典型特征，因为其所关注的作品都是科幻领域中具有主流文学价值的作品。这些作品包括20世纪的英国作家的创作，如威尔斯的创作；还有其他欧洲国家作家的作品，如俄国作家扎米亚京的《我们》或斯坦尼斯拉夫·莱姆的小说等。

另一个具有科幻方向硕士学位的大学是英国的雷丁大学（The University of Reading）。雷丁大学也有概论类课程——"理论与方法"。这个课程意在让学生掌握主要的科幻理论和研究方法，对各类当代文学批评观念都有所涉及。

北京师范大学在博士阶段不设概论类课程，因为学生已经在本科阶段通过公共选修课深入了解了中国和世界科幻的主要发展概况和一些基本概念。来自其他院校没有系统学习过科幻概况和基本理论的学生，可以通过一些书籍自己补习。

在加拿大，阿尔伯塔州的卡尔加里蒙特皇家学院（Mount Royal College）开设的科幻课程要求学生熟悉科幻小说的主要作家和他们的作品，并熟悉科幻的诸多主题、科幻的历史、科幻艺术与形式的关系，以及科学如何作为一种模式去感知现实。该校学生能在课堂上熟悉科幻发展的不同阶段，例如新浪潮或赛博朋克。在讨论这些阶段时，学生还会讨论科学和宗教的冲突与和解等。在阅读基础上，研究文类的明确定义，并引导学生逐渐将科幻和奇幻、哥特式小说区别开来。在比较文类差异过程中，学生还能发现，科幻因为它简洁的表达和强大的影响力能够跨越国界、文明和语言的障碍。对科幻电影的分析，也是一个课程主题。为了让课程包罗万象，设计者还希望学生认识到消除科学和人文学科之间的隔阂的重要性、科幻小说中科学知识的重要性、科幻作品中为人类提供鼓舞和深度思考的重要性、乌托邦、自由意志和决定论的关系、技术的性质、外星人科幻实际上是对人类自身关系的隐喻和象征、未来具有多重性、人性的可塑性和文明的脆弱性，等等。锻炼学生的表达能力，也是该课程的一个重要内容。

在美国，本科开设科幻课程的大学很多。例如，印第安纳州立大学（Indiana State University）的本科科幻课程，非常适合科幻初学者，当然也适合科幻迷。在第一学期，该课程用35本小说和两部电影作为教材，要撰写6篇左右的理论文章或批评文章。第二学期则对主流科幻作品进行文本解析。学生要能欣赏主流和非主流两种文本，并且自己感受它们的不同。在第三学期，要对一些特别的主题进行分析，例如社会批判、殖民、技术进步、乌托邦和恶托邦科幻、女权主义等。课程还要对主流文学和科幻文学进行比较。此外，还要让科幻同其他类型文学，如战争小说和侦探小说，进行比较。

夏威夷大学（Hawaiian University）的本科科幻小说课程先以著名作家E. M. 福斯特的短篇故事《大机器要停止运转了》引入，让学生从中找到科幻的定义，然后再以定义反证这个文本。接下来读四组作家的作品，每组作品分别围绕一个科幻主题，它们是：作为创造者的人类、人类在社会中、人类接触外星人、人类与超自然。当学生讨论每个文本时，将特别关注作品的文学价值。通常每组作品的第一本来自主流文学，以和其他作品区别。各组中除主流文学作品之外，还有古典科幻、现代科幻等。要让读者看到主题和类型的进化。同时，要引导学生进行批评性阅读。该课程在教学结束时，希望学生能对这种流行文学有一个全面的认识和了解，知道科幻是什么、谁写它、谁读它、为什么它被写被读？要知道大致的发展历史，了解重要的科幻理论和科幻文本。要能具备一定的文学批评能力。

在阿拉巴马州的特洛依州立大学（Troy State University），开设科幻课程的主要用意在探究文学与社会的关系、科幻在20世纪的重要性等。课程内容包括科幻小说的发展历史概观，科幻在各主要时期和一定技术层面上的各种定义，初步分析具体科幻作品中的主题、人物、叙事结构，了解各类科幻的不同发展趋势，作为对作品的反馈，讨论科学和技术在现代社会中所扮演的角色。主持人希望借助这个课程让学生了解科幻的创作方法和如何对科幻著作的艺术性进行研究，了解科幻作品所能带给我们的深深的思索，使学生能够分析文学的主题和方法，培养一些进行文学初级研究的技能，使学生在班级讨论、口头发言、书面写作等方面具有一定的能力来表达自己的观点。

笔者认为，佐治亚理工学院（Georgia Tech）的科幻课程设计最有深度。该课程从玛丽·雪莱的作品阅读开始。每星期学生应该阅读一部小说，并逐渐将上两个世纪的作品浏览一遍。课程设计者认为，人类对未来的希望因为技术的原因而加强，而在技术的进步中，人们又害怕自己的人性会陷入传统风俗和价值的沼泽中而有所改变。整个课程围绕这些主题进行讨论，学生获得了很大收获。

由于科幻小说和奇幻小说同样与想象有关，而且在美国，两类作品具有同样的起源，因此，常放在一起进行分析和教学。科幻小说和奇幻小说是经常出现的一种组合。在这样的课程中，科幻小说在幻想方面的特点，一般可通过与奇幻小说的比较来完成。以佛罗里达布罗伍德社区学院（Broward Community College）的科幻和奇幻课程为例，该课程从大二开始教授，给学生一系列科幻、奇幻和恐怖小说，让他们讨论这些小说的差异，并从一些混合类型中进行梳理。课程的目的是让学生对几类相关作品的定义获得一定理解。在伊利诺伊州芝加哥的莱特学院（Wright College），科幻课程名为"科幻——心理学和预言"。课程首先要让学生阅读神话，然后才是科幻。在阅读文本之外，要让他们熟悉科幻、浪漫、魔幻、恐怖等诸种小说的理论资料。最终，读者能将这些类型进行区分，并能培养出学生的批判性思维能力。加州海事学院（California Maritime Academy）的"幻想文学"课程，主要关注对超自然小说的阅读和分析。教师想借助普通学生对幻想文学的理解能力以及大量的文本阅读来给这种文学定义和分类。这个课程上所涉及的小说都是为了寻求一种令人满意的形式来处理无法回答的问题和经验。这是一种对科幻神秘性的探讨、一种对未知的探究，让学生们能认识到一种秩序后的空间。在加州帕萨迪纳城市学院（Pasadena City College），科幻和奇幻课程要追溯科幻和奇幻小说的神秘根源——现代技术人。课程重在科幻和奇幻小说对社会生活的展示。课程还要探索幻想文学理论对作品和社会的心理暗示。

政治幻想是大学科幻课程最乐意谈论的主题。这类课程通常以乌托邦和恶托邦研究为主体。加州斯坦福大学的乌托邦政治思考课程会介绍不同乌托邦小说的实验性及其判断标准，它提供的社会转变蓝图的质量等。此外，乌托邦给社会变革带来的效果、男性在男女平等的社会里将扮演什么角色、恶托邦是对乌托邦的攻击反对抑或仅仅是对未来的一种悲观消极情绪等也是讨论的主题。科罗拉多大学的政治小说课程主要研究乌托邦和恶托邦小说以及戏剧，分析小说中的政治性、哲学性、文学性，以及它们对社会的预测质量。其考试内容重在乌托邦小说的哲学思考和与政治运动的相关分析。

除上面提到的若干课程之外，笔者还收集到阿肯色州的亨德森州立大学（Henderson State University）、阿肯色大学（University of Arkansas）、南加州学院（Southern California College）、南加州大学（University of Southern California）、科罗拉多的台地州学院等各具特色的科幻课程设计。这些设计与上面的课程设计大同小异，这里不再列举。

二、专题类

在这类专题课程里，科幻历史、文类的某个特征或属性、某个国家/作家/作品等专题成了研究主题。这种有针对性的专题研究不像概论类课程那样广而浅，它们一般是窄而深地就科幻的某一个方面进行探讨，往往能得出一些有学术价值的成果和结论。由于篇幅和个人所掌握的资料有限，笔者在这里将主要介绍科幻史、科幻特征、科学主题、文化主题等方面的专题课程。应当指出的是，虽然专题研究各有侧重，但它们之间并非泾渭分明，也有着许多交叉。

（一）科幻史专题

西方科幻发展一般分为萌芽期、黄金时代、新浪潮时期、新浪潮以后等四个阶段，每个阶段都有自己的特征和代表文本，有一些大学的科幻课程就是有针对性地专门讨论一个或几个阶段的科幻发展情况。

例如，在佛罗里达大西洋大学（Florida Atlantic University），科幻课程主要研究从1890年威尔斯开始的科幻罗曼司文本到1980年赛博朋克时期的科幻作品。该课程强调二者之间的重现关系。在加州圣玛丽学院（Saint Mary's College），"20世纪科幻小说"课程主要了解科幻小说从20世纪30年代到黄金时代再到一些实验写作的发展。课程要求学生多看一些不同风格的作品。伊利诺伊大学（University of Illinois）的"科幻和当代文化研究"课程，强调阅读20世纪30—50年代的科幻和同时期的流行文学，也阅读那时候的文学批评和理论。在伊利诺伊州的格林维尔学院（Greenville College），"20世纪科幻研究课程"主要研究20世纪的科幻，目的在于了解这些作家对未来的预见，研究一种能给我们启迪的社会发展的趋势，并且了解这些精准的预测是如何成为可能的。伊利诺伊州布拉德利大学（Bradley University）的"科幻与奇幻"课程，特别强调对古典科幻的学习，他们认为，这是了解诸多后现代短篇故事背后的传统。他们通过阅读一些古典科幻的批评来了解一些评论术语和理论。在印第安纳波利斯大学和普渡大学的联合课程"赛博朋克科幻"中，设计者要引导学生分析这一时期作家的作品特点以及它们的美学意义。在乔治亚州哥伦布学院（Columbus College），科幻和奇幻课程综观幻想小说的发展，包括高级和低级的幻想、恐怖小说、民间传说，还有古典科幻的概述。印第安纳州德堡大学（DePauw University）的"法国科幻"课程，以介绍法国科幻简史为主，从早期的航海小说到17和18世纪的乌托邦小说到现代20世纪法国的科幻。历史、性别、科学历史是三个讨论的主题。此外，还有社会心理、哲学等内容。

从上述课程实例来看，这种历史阶段研究的课程，针对有一定基础的学生所开设。因为在教学过程中会涉及其他阶段的特征与所要重点讲述阶段的比较。虽然在授课过程中也有着一般科幻常识的普及和概述，不过并不作为重点。当然，这种阶段性除了科幻发展阶段的划分标准外还有具体的年代划分，在后者的划分标准中可能会有交叉。同时，在这种课程中往往还有着对某些代表作家的专题研究和讲座讨论等形式。北京师范大学和南方科技大学的本科科幻课程——科幻理论与研究，就是一个混合着上述内容的基础性课程。结业作业通常是撰写对科幻的整体认识或对科幻理论发展中一些作家、作品与现象的分析论文。

（二）科学专题

既然科幻文学中科学占据着重要地位，讨论作品中的科学主题，便成了科幻课程的一个主要设计目标。这类课程一般分成理科院系的科学学习辅助课程和文科院系中的专项课程。

在理工科专业领域，斯坦福大学生物系的"物理-13号课程"非常有名。该课程由物理系R. A. 弗里曼（R. A. Freedman）与W. A. 莱托（W. A. Little）共同开设。课程是一个不足15人的小型研讨会。它与"当代物理"课程齐头并进。换句话说，如果选修"物理-13号课程"就必须选修"当代物理"。众所周知，非物理专业的学生在掌握现代物理知识时肯定会遇到困难，而"物理-13号课程"正好可以使他们增加兴趣和活用知识。课程以"预读作品—讨论—作业"为基本程式，分别研究了三个专题内的几部长篇作品。这三个专题分别是时间的结构、外太空的生命和天体物理。

当然，更多课程是开给不同科系学生跨系选修的。例如，加州大学河滨分校（University of California，Riverside）的"文学和科学文明"课程，重在研究在西方社会文明和文学中的科学，以及东西方宇宙观的差异。科学作为一种认知方式，可以对神秘主义、宗教文化进行挑战，而这种挑战需要科幻文学的叙事来完成。加州克莱蒙特研究生院（Claremont Graduate School，Claremont）中的"文学与科技"课程，则更关心19世纪后期到赛博朋克时期科技与文学的关系。位于圣路易斯欧比斯坡的加州工艺大学（California Polytechnic University，San Luis Obispo）开设了"当代文学思潮"课程，该课程较偏重硬科幻的主题。而加州克莱蒙特麦肯纳学院（Claremont McKenna College）的"科幻小说中的外星世界"课程，则主要研究科幻小说中的外星世界、外星生物、外星理论，以及外星世界与地球世界的生活和环境比照。外星人是否存在，他们是否具有超乎寻常的能力，与外星人的第一次接触是否可能或正在进行等来自科幻的主题，被一个一个地加以探讨。在这个过程中，学生扩展了对人类想象力和外星球状况的认知。加州大学河滨分校的"科幻中的科学"课程邀请很多科幻作家进行讲授，这些作家中的许多人本身就是科学家。课程主要探讨的是科幻小说中科学和文学的关系。设在檀香山曼诺瓦的夏威夷大学（University of Hawaii at Manoa）有一个"各学科和科幻的联系"课程，该课程以科幻史为阅读导引，但讨论的重点却是科幻与学科的关系。课程上学生会顺序讨论美国学、人类学、天文学、生物学、计算机科学、英国历史、语言学、物理学、心理学、社会学、妇女研究等等。

（三）未来专题

科幻文学中许多关于未来的阐释，成了研究未来发展的重要资源。因此，一部分科幻课程的设计聚焦于未来发展。而伊利诺伊州尤利卡学院（Eureka College）的高级研讨班"未来专题研讨会"也是以讨论科幻中的未来学问题为中心内容。一个有趣的课程是加州大学圣地亚哥分校（University of California, San Diego）的"有关下一代的科幻小说"课程，该课程分析了阿西莫夫、克拉克等人的作品和20世纪60年代的《星际旅行》与70年代的《星球大战》，认为在60年代后，科幻经历了一个文学革命，操纵器不再是旧式的火箭、机器人、激光枪，取而代之的是女权主义、环境问题、文化融合、计算机化和后现代、历史、社会理论、文学传统，当然也包括我们基于现在对未来的展望。课程的开发者认为，整个革命的最终完成，要靠正在选修这一课程的学生们最终完成。他们乐观地认为，这个过程要靠阅读当代科幻小说的学生们去继续，而这些学生很可能成为以后的作家和教授。

（四）文化专题

科幻不但是一种文学现象，更包含着复杂的文化现象。讨论科幻小说中的文化主题，是科幻课程设计者的一种新的偏爱。以加拿大爱德蒙顿的阿尔伯塔大学（University of Alberta）开设的"大众文化与文学研究"课程为例。该课程主要思考"科幻和后现代"这一主题。众所周知，科幻和后现代主义在近些年里已经通过很多途径发生了联系。诸如詹姆逊等后现代理论家，早就着手去揭示科幻类型的传统界限如何在后现代化过程中的移动和消失。在这种"混乱"的状况下，把科幻当作了解西方文化之所以变形的试金石，无论对科幻研究者还是对后现代批评家都大有好处。学者们发现，科幻中的行动方案和主题系统，的确能应付各种各样的激烈的社会变形。因此，在后工业社会信息和模拟技术领域所造就的激烈变形中，科幻变成了卓越的文学样式。选修这个课程的学生会接触各种各样的有助于探究科幻和后现代之间的丰富联系的文本并进行细读分析。

与后现代这个文化主题相比，更多学校则喜欢用科幻探索性别主题。哈兰·艾利森曾经说过，现在最好的科幻作家是女性。斯坦福大学的"性别与科学小说"课程从《星际旅行》这个电视系列剧开始吸引学生，随后，开始引入女性主义者乔安娜·拉斯（Joanna Russ）的短篇故事。在南伊利诺伊大学（Southern Illinois University）的"流行文学"课程中，女性主义者的科幻成了教师关注的对象。其实，科幻之母玛丽·雪莱的《弗兰肯斯坦》就是一部女性主义的作品。而到20世纪60年代之后，加入科幻写作的女性作家越来越多，是科幻写作的自由性、想象力、社会选择的视角、个体的世界生存方式等内容吸引着她们，也在她们的作品中得到了充分体现。这个领域还为黑人女作家提供了进入写作的可能性，例如奥克塔维娅·巴特勒就是一位典型的黑人女作家。

在佛罗里达冬园的罗林学院（Rollins College，Winter Park）有一个"科幻中的性别"课程。该课程试图讨论我们如何界定自己的性别？不同性别的人如何相互作用？作为个体的人如何做出决定和贡献自身价值？一个国家、一个世界又是怎么样的？我们如何去喜欢外星人并且为他们的到来而进行庆祝？我们如何解释那些我们很少完全理解但是确实存在于彼此之间的想要独处的火花的闪耀？当然，在所有这些讨论中，性别是一个中心话题。

加州大学河滨分校也有"女性主义科幻"一课。该课程包括阅读女性主义者的科幻作品、女性主义理论、科学哲学和科学史。课程目的在于研究性别组成、什么是科学知识等。课程尤其注意那些女性主义者的科学批评和女性科学家的工作状况，分析流行科幻作品和现代性别理论之间的交叉点，注意一些掩藏在数字技术下的全新种族、阶级、性别的主题。

（五）电影专题

随着科技的进步和文化的进一步丰富，作为大众通俗文化的传播者，电影、电视和网络日益占领我们的生活，于是科幻研究就必须对影视文化作出自己的反应。电影既可以当成辅助手段，也可以成为主要对象。加州玛斯特学院

（The Master's College，Santa Clarita），为了节省学生时间和增加感受力，采用电影作为小说的辅助。他们的"流行小说"课程实际上是一个以电影带小说的课程。其中讨论四个文类：侦探小说、浪漫冒险小说、鬼怪恐怖小说和科学幻想小说。学生们通过观看由文本改编的电影来探究作品文学和媒介双方面的意义。加州大学洛杉矶分校的"科幻电影研讨班"通过观摩美国科幻电影，来探究批评理论、批评方法、类文学、历史文化等主题。对具有情感功能的电影效果、新媒体技术等也非常关注。迈阿密佛罗里达国际大学（Florida International University）的"文学和电影中的科幻"课程，主张通过多样的批评性前瞻，来探究科幻文学和电影的本质与功能。位于根斯维尔的佛罗里达大学（University of Florida，Gainesville）所设的"美国科幻文学和电影"专题，目的在于综观20世纪美国的科幻电影与文学，培养鉴赏能力，了解科幻在美国当代文化中所扮演的角色。该课程的作业是写作科幻电影剧本，并以此来训练分析作品的技巧。康涅狄格州中央大学成人教育项目（Adult-Ed programs in central Connecticut）中的"星际旅行文化"课程，以《星际旅行》为出发点来探讨美国文化和学生自身的体验。有影响的科幻电影课程还包括普渡大学（Purdue University）的"科幻电影综观"课程、科罗拉多基督教大学（Colorado Christian University）的"电影和文学中的科幻"课程。

第二节　教学目的、教材和教法

一、教学目的

为什么而教的问题，是一个根本的问题。在这个信息时代，科学技术门类繁多，人文学科和社会科学也种类万千，为什么我们仍然需要进行科幻教学？在这方面，著名女科幻作家厄休拉·K.勒奎恩的一篇文章，也许能提供相当好的陈述。

在这篇文章中，勒奎恩先是旗帜鲜明地对那些反对科幻教学的人予以嘲讽，认为他们像"堂·吉诃德般不合时宜"，像"弗兰肯斯坦的新娘"那般可笑。随后她指出，科幻教学规模的扩大将会影响到科幻文学的写作。科幻已经成为一种有力的、有责任感的文艺形式。对它的理论研究和评论，将成为最有素养的学者的任务。为此，要建立科幻评论的专门机构，建立起适合评论家研究和教学的学术标准。

勒奎恩说，传统的小说标准有些经讨论可以用于科幻，而有些则不能。"没有转变的工具，教师是无法把《双城记》转化为《高堡奇人》的；如果他们这样做了，那么这本或者其他的书将被曲解虐待。"幸运的是，至少在两个领域内，科幻已经建立起了它自己的标准，这两个标准在科幻的写作和教授方面都得到很好的体现。

第一个是理性的附着和科学可信性的标准。幻想的基本法则是开始时由你自己编制规则，但是尔后你又必须去遵循它们；科幻提纯了准则，即你开始编制规则时是有一定限制的。一个科幻故事是不能轻视科学依据的，像齐普·迪兰尼（Chip Delany）所说的，一定不能否认已知的是已知的。就算真的否认了，作者自己也必须清楚这种否认所带来的后果；这种否认一般不是基于真实的假设理论就是基于一种已被证实的假想。如果我给我的飞船超光速，我就必须意识到我是在反对爱因斯坦，并且接受后果——一切的后果。其中，精确而言，就是基于科幻单一的娱乐审美功能，它比较强烈地表现在一个理念的暗示性附着上。这类科幻要么侧重技术因素含量较少的文学描写，要么就只是描写一个类似简单机械量这样的理论，或者是对当前社会趋向的讽刺预测，或者是源自生物和人种学推断而来的全世界的创造。当这种观点在题材、智力、社会、心理和道德关系上得出一致，我们就能对科幻的可读性和可教性，以自己方式直接做出判断了。"惊奇感"若能正好被构建入一个好的故事，那么你越接近这个故事，惊奇感就越强烈。

第二条标准是语言能力和风格。黄金时代的科幻作品，面貌大致如下："哦，希金斯教授……"伴着细小的鸽子叫声，活泼的劳拉走了进来，"请您一定要告诉我，反过去物质的去裸体化反应（或者任何一种新名词）是如何工作的？"然后，希金斯教授带着一副友好的、心不在焉的微笑，用6页纸来解释它如何工作，详细详细再详细。然后明星号船长进来，他青铜色的瘦脸上挂着一个紧张扭曲的微笑。他的钢制的灰眼珠闪烁着。他点着一根香烟并深深地吸了一口。"哦，汤米船长，"劳拉活泼地摇摆着她的脑袋询问道，"出了什么问题吗？""你可爱的小脑袋别为这个发愁，"船长回答说，深吸一口烟，"拥有九千艘船的怪物舰队离开了码头，如此而已。"诸如此类的开篇和框架。讲述这个虚构的故事，勒奎恩想告诉读者，美国科幻曾是科普的一员，其语言和风格单一化和格式化。但最终，这些科幻重新结合了英格兰和欧洲风格，成为小说。

在勒奎恩看来，不仅在科幻圈之外，存在着那些高居科幻之上、把科幻当作废旧货店和可轻视物来小瞧的批评家。即便在科幻界内部，许多人也并不把他们想要的书或他们喜欢的作家的作品看成文学，而认为那些是垃圾。在这方面勒奎恩喜欢达科·苏恩文。她指出，那些将科幻视为低级品的人，是一种真正的逃避、一种对作品和读者的不负责任。

在这里，勒奎恩说所有那些认为科幻具有逃避性的观点都是浅薄的。《指环王》的作者托尔金曾说："是的，幻想是逃避主义的，其中有着些许的消极意义，然而说到科幻，逃避却可以说是一件积极的事情，也可以说是凸显个性的一个部分，就好比臂上的花纹。"若一个士兵是被敌人关起来的，难道我们不认为他应该逃跑吗？放债者、无知者、权力主义者使我们都被关进监狱，若我们尊重思想和灵魂的自由，若我们是文学的坚决支持者，那逃脱就是我们应尽的义务了，并且还应带动尽可能多的人跟随我们。

当然，认为自己可以逃到一个简单而温暖的地方，不需要交税、死亡只针对恶棍、科学加上自由组建企业，加上穿着黑色和银色制服的银河舰队成员就可以解决所有的问题，这不是逃脱假象而是进入假象。这并没有让我们真正领略到那些神奇故事和传说想要告诉我们的真谛。这其实是带领我们走向对真实的否定，可以说是走向疯狂：一种回归婴儿的原始，偏执狂的迷惑，精神分裂症的表现。这场运动是倒退的、孤独的。但是，若我们做的恰恰相反，逃到一个虚幻的然而有着科学依据和发展可能的生动的未来世界，那么我们的逃避主义就对了。这是一种积极的逃避，是托尔金所言的逃避。大多数著名的科幻作品都有社会和伦理道德的思索性，并且大部分都表现得相当成功。威尔斯、奥威尔、赫胥黎、恰佩克、斯塔普雷顿、扎米亚京等作家就曾用作品控诉现实，捍卫自己。

在证明科幻文学的确具有重要价值的同时，勒奎恩也对美国科幻的传统进行了批评。首先，她认为在所有欧洲大师努力撰写出具有社会价值的作品的同时，美国人却躲在自己的逃避传统之中。只是在后来，美国的科幻才开始关注重要课题，例如极权主义、民族主义、人口过剩、污染、偏见、民族的差别主义、男权主义、军国主义等。

如果科幻小说中文学因素成了主流，就像它已经发展的一样：面向宇宙，生理和心理都开放，那么就不会有门被关闭。什么是科学，从物理和原子到历史和心理是开放的宇宙已经告诉我们了，是一个在时间上无限复杂程序的宇宙，而不是一个简单而固定的阶级组织。所有的门仍开着，从以前人类难以经过和难以置信的出现到可怕的但有希望的未来。所有的连接都是可能的，所有的替代选择都是能想到的。好比它是一栋非常大的房子，一栋通风非常良好的房子，这样一来，它明显就不是一个舒服又安心的地方，但是我们却要住在这里。科幻作家和读者，就像我们这些现代人可以住在那座房子里，感觉仿佛在家一样，在楼梯爬上爬下，从地下室到阁楼自由地游戏。她认为，那就是孩子们喜欢科幻、要求教授科幻、学习科幻、严肃地研究科幻的原因。

勒奎恩指出，科幻具有一种潜力，它能通过游戏、意义、美丽或者我们的恐惧，来扩充我们的知识并知觉我们的世界。但那些只靠愚蠢又过分单纯化的情节使人安心、或只是发出些许悲哀、显示出微小的后悔、只是祈祷着盼望避难所的作品，是失败的和令人痛心的。"因此我欢迎研究和科幻的教学，这样一来，老师将更有要求地、更负责任地批评我们，而且学生们也将更有要求地、更负责任地去读它们。如果科幻不被看作垃圾，不被当作消极逃避现实来对待，那么它将会变成智慧的、美的和肩负伦理责任的一种很棒的形式。它将会实践它的诺言。而且未来的门将会是更开放的。"

笔者认为，在世界各地的高校的科幻教学纲要上，有关科幻教学的目的，其实都可从勒奎恩的这篇文章中找到。只不过每个人仅仅选取了其中的一部分而已。当然，对于中学或小学，情况可能有所不同。

美国中学科幻教师伊丽莎白·卡金斯（Elizabeth Calkins）和巴利·麦克汉（Barry McGhan）指出，在中学和在大学一样，有许多可能教授的科幻主题。在两位教师的眼中，科幻最为重要的作用，是满足学生的阅读需要。这种阅读带来了单词量的增加、理解力的增强、阅读速度的加快。科幻是一种可以培养学生能力的小说类型，它拥有大量的书籍，变化之多也是其他文类所不能比拟的。科幻故事具有一种强烈的吸引力，这是阅读材料所缺乏的。科幻和流行的文化紧紧相连，一些学者认为，科幻在缺乏正规教育的人中，可以发挥很好的教育效果。

伊丽莎白和巴利认为，一部分来到他们课堂上的人虽然很熟悉影视科幻，但是对印刷出来的故事还是比较陌生。很多时候，他们只是明白了他们所读故事的文字表层，完全错过了那些作家想让读者了解的象征、暗示以及寓言。高中阶段的科幻应该以帮助学生学会"逃离字面意义"为主要任务，而且科幻的确在帮助学生了解深层意义。

科幻对正在发展的深层意义理解力尤其有好处，一部分是因为它单纯的结构：它比平常在高中出现的其他的小说包含的文学元素更少。这并不是说科幻就是简单的，远远不是这样的，它比其他文学种类简单的原因是，作家的注意力基本上都集中在了描绘外部世界行为和人物之间的冲突上，于是放在人物自身发展上的精神就少了，以至于主要人物的特征往往从头到尾都是一成不变的。另外，还因为作者常常通过实施一种在科幻里较为普遍的被称为表达概念捷径的象征性手法来尝试着让读者在自己的意识里发展书中的世界，这为学生提供了很多发展理解力的机会。在波尔和康布鲁斯的《太空商人》中，一开始就提到"麦迪逊大道"。这是一种象征。但是，很多学生发现不了这个暗示，这就无法意识到作家希望呈现的东西。在西马克的一本城市小说里也提及了一个富有商业象征的小屋。很多学生由于缺乏常识而无法理解作者的暗示，这恰恰构成了教学的重点。教师应该给学生提供关键的提示。通过向其他文本的参照，通过直接灌输，科幻的初级读者就可以了解故事中更为普遍的象征主题了。

两位教师认为，给高中生教授科幻的另一个重要原因，是科幻可以展现作者世界观的发展。通过领略故事中所阐述的世界观念，学生们能慢慢得出他们自己对世界的看法。十几岁是人开始有意识地去关注他们是谁、世界是什么、自己可以到达哪里、哪里又不能去的年龄。通过阅读、讨论和写作有关将来世界的科幻（指那些可以从我们的现有元素推断出来的将来的世界），孩子们也可以知道他们将生存在怎样的世界里。他们更可以懂得，未来是从现在开始的，未来可以设计得更好，也可以变成一种毁灭。

了解类型小说的特征，也是高中科幻教学的一个目的。科幻可以给读者以知识，这是其他小说所不能媲美的。笼统而言，科幻用于高中教育是为了发展学生对文章深层含义的理解能力，唤醒他们对于世界观的理性思考，并且用一种非正式的方法来指导他们学习一种文学类型。

二、教材

据笔者对北美及英国近200所大学科幻课程的不完全统计，用于教学的教材大致包括以下三类。第一类是短篇小说汇集。在这方面，经典科幻短篇集和科幻期刊文选颇受青睐。短篇小说集内容通常覆盖比较广泛，特别适用于概论性课程。常常被选用的文集包括《诺盾科幻书》《牛津辞典科幻篇》《牛津辞典幻想篇》《科幻名人纪念馆》《科幻之路》等。

第二类是重要作家的名作。入选最多的作品主要有玛丽·雪莱的《弗兰肯斯坦》，儒勒·凡尔纳的《从地球到月球》，威尔斯的《时间机器》，罗伯特·海因莱因的《星船伞兵》《双星》《严厉的月亮》，阿西莫夫的《我，机器人》《钢窟》，克拉克的《与拉玛相会》，巴拉德的《沉没的世界》《燃烧的世界》《结晶的世界》，吉布森的《神经浪游者》等。

第三类教材是理论研究文章。其中，《科幻研究》杂志、《外推》杂志等都是选择的对象。此外，达科·苏恩文的理论文集、克鲁特的理论著作和一些新秀的理论著作都被广泛采用。一些工具书如《剑桥科幻指南》《劳特里奇科幻指南》《科幻批评》以及一些当代的文学思潮的理论著作也相当受欢迎。

在电影方面，最常被放映的科幻电影包括《银翼杀手》《2001：太空漫游》《星球大战》《黑客帝国》《世界末日》《天地大冲撞》《独立日》《天狼星》《火星人玩转地球》《终结者》系列等。

北京师范大学所使用的科幻教材，主要是一些经典科幻文本，这些文本包括玛丽·雪莱的《弗兰肯斯坦》、儒勒·凡尔纳的《从地球到月球》、威尔斯的《时间机器》、奥威尔的《一九八四》、克拉克的《2001：太空漫游》、阿西莫夫的《我，机器人》、罗伯特·海因莱因的《双星》、吉布森的《神经浪游者》，以及郑文光、叶永烈、韩松、刘慈欣等人的长篇小说。而批评理论资料主要选用北京外国语大学出版社出版的系列英文批评理论教材和吴岩编撰的《科幻小说教学研究资料》《科幻文学论纲》等。

三、教法

如前所述，多数科幻课程的教学法是讲授法加上研讨课。学生被要求先阅读作品，然后阅读相关批评文章，最后在课堂上讨论，然后完成作业。科幻教学一般不要求学生阅读很多文本，经典则被反复咀嚼。讨论题目也设计不一，但都以能启发学生的新思维为中心，而不是要他们沿袭已有的理论。科幻本来就是一种意在创新的文类，对科幻的研究，当然要秉承同样的思路。

就连课程的设置，也出现了一些独特安排。例如，伊利诺伊州芝加哥的罗斯福大学（Roosevelt University）之"科幻小说"课程，其目标在于研究"虚构的策略"。课程主要邀请科幻作家到校演讲，课堂上安装了扩音喇叭以便学生们能直接对科幻作家进行采访。北科罗拉多大学（University of North Colorado, Greeley）的"奇幻和科幻"课程每次至少对一位作家进行访谈，如果他不能到场，就用电话进行访谈。北京师范大学的科幻课程定期邀请科幻作家和科学传播工作者进行报告和回答学生问题。

第三节　教学体验

一、高校科幻教学体验

（一）詹姆斯·冈恩的教学体验

已故的詹姆斯·冈恩是美国堪萨斯大学教授、重要的科幻作家和多年坚持科幻教学的学者之一。他从20世纪70年代起就在美国进行科幻教学，积累了丰富的经验。在一篇专门讲述科幻教学的文章中，冈恩回顾了自己多年来的科幻教学经历，并谈论了授课过程中的教材编制过程和一些管理经验。

冈恩指出，他之所以多年坚持教学科幻，与学生对这个文类的喜好有关，更与大学文学院领导的支持有关。"我之所以有这样多的教学经验，首先是因为我所在学校的英文系一直让我按照自己的意愿那样把科幻当作一门常规课程来教授。"从1970年开始，他每年都教授科幻。1974年，他还与一些科幻作家共同创立了著名的作家暑期班。

冈恩指出，科幻课程一般分三类。第一类课程叫作"科幻名著选读"，这种课程一般是指导学生进行文本阅读，还要接触一些比较关键的分析文章，以便了解名著之为名著的原因。第二类课程叫作"科幻思想"，一般是研究科幻作品对同时代社会问题的反映和影响的。第三类是"科幻的历史概述"，主要研究科幻为何物等概论性质的问题。这些课程设置都是非常合理的，他也都体验过。在"名著选读"课程上，教师仅仅是一个建议者，提供故事的背景和联系，以便学生讨论。"历史概述"课程比较重要，因为这样可以让学生的阅读有历史感，能知道某个作品和前后期作品的联系以及在整个科幻史中所处的地位，同时也能帮助学生们在以后的阅读中更好地理解作品。他还将自己的教学大纲出版了一本《交错的世界——世界科幻图史》。

随着时间的流逝，冈恩发现，仅仅在课程上讨论科幻小说是不够的，因为科幻小说常常与神秘小说、西部小说、哥特式小说、爱情小说、冒险小说等发生交叉，因此科幻教学需要对所有的样式都有所介绍。课程应该涉及社会、历史、理想、宗教、道德、生态学、硬科学、未来学、阅读技巧等多种主题。但另一方面，寻找科幻代表作的工作也需要深入进行。1975年，他整理了一系列历史上重要的科幻作品，最终形成《科幻之路》系列文集6卷。该书前四卷于1982年正式出版，用作西方科幻历史教学的教材非常合适。由于作者添加了一些理论导言，因此该书也可以粗略地涉及理论方面的探讨。随后，《科幻之路》增加了专门收集英国科幻作品的第五卷和非英文科幻的第六卷，全集由白狼公司从1996年8月重新出版。

冈恩的教学过程是一种反复阅读、反复讨论的过程。在阅读作品时，也让学生思考科幻的定义、特征和主题。"我鼓励我的学生们能把文选从头看到尾，仔细看，然后我会组织课堂的专题讨论，讨论过后再要求学生根据讨论的内容重新阅读相关故事。""我讨论的主题包括：科幻如何作为主流文学的变异文体，科幻发展的社会变更依据，主流文学和科幻文学的相异之处等，这种讨论的分类是比较武断的，没有什么规定的标准。其他的教师可能会通过其他方式来探讨这些问题。但是无论采用什么方法，我们都应该明白问题的关键在于了解科幻的重要主题和研究方法不仅仅关乎科幻自身，还涉及其他文类。"冈恩在教学中摸索出的一个经验是，教材选择的内容不能过多，因为学生在分析作品时，常常得到许多意外的收获，会延长时间，打乱教学计划。因此，一定要简化阅读作品的数量，精读文章和深入讨论。

课程的考核安排是，在期中和期末分别做两个短篇评论，再写一份最终的学期总报告。其中的短篇评论，要求在四个简短的科幻定义中进行选择，还要说明理由。期末的短篇评论要求简述科幻在几个主题方面的建构，一定要举例说明。学期总报告则要求学生从阅读书单里选取两本或几本科幻书籍进行比较分析。冈恩允许学生们以自己写作的短篇科幻故事或者其他的一些有益的设计代替学期报告，比如说一个学生曾经根据弗雷德里克·布朗（Fredrik Brown）的小说《竞技场》（*Arena*）改编了一个广播剧。另一个学生曾给《替代世界》（*Alternate Worlds*）画了插图。这些都被允许代替结业报告。

詹姆斯·冈恩认为，科幻小说进入大学比较困难，首先是由于我们的课程体系不给它一定的位置，因此，科幻小说一般只能以某些课程的辅助形式进入课堂。此外，一些文学研究者认为，科幻没有资格被当作一个门类来教授，也是一个原因。如果学生们需要分析科幻，那他们完全可以用其他任何文学的阅读和评估标准来进行，不需要对科幻进行特别的指导。

冈恩指出，在大学中，科幻课程的实际数量不仅超过了侦探故事、西部故事，甚至超过了浪漫故事的课程，其出现频率明显高于其他种类的课程。然而教学的频率高并不代表学院一定会接受，重要的是科幻教师要坚持自己的教学主张，确信科幻能提供给学生很多东西，也有利于自我价值的实现。

（二）杰克·威廉森的教学体验

黄金时代就已经成名的著名科幻作家杰克·威廉森（Jack Williamson）回忆说，他曾经在一个报纸专栏上看见有人在大学开办科幻课程，就受到影响开始了自己的科幻教学活动。从1964年开始，他就持续进行科幻教学，退休后也没有间断。不但如此，他还曾在美国科幻研究会（SFRA）的第一次会议上发放大学科幻课程调查问卷，收集教学情况，并在20世纪70年代制作了500所美国和加拿大大学的科幻课程清单。该清单在《时代》周刊、《华尔街日报》、《出版者周刊》（*Publisher's Weekly*）以及两份科幻期刊上都有反映，它唤起了人们对科幻作为校园文化新方向的关注。

在一篇谈论科幻教学的文章中，威廉森感慨道："虽然世界存在着污染和炸弹，但是我们仍然应该保有玫瑰色的幻梦，相信一切可能的技术高度发达的乌托邦未来。我们假设非常多的青少年成为科幻的热心读者，那么这种兴趣就能帮助他们尽可能大地发挥自己的想象力。"

威廉森说，他很喜欢教初级科幻课程，学生也最爱听这个课程。但是，他对前景也并不乐观。"科幻现在已经取得了相当的发展，科幻书籍已经上了畅销书排行榜。甚至我自己的书也被译成12国文字出版流传。科幻电影的成功也是科幻成功的表现之一。然而也有不容乐观之处，科幻并没有真正改变世界，甚至就是在学校里也没有得到一致的支持。"

威廉森指出，科幻教学的黄金时代可能在20世纪70年代。正是对这个黄金时代的总结，自己在80年代编辑了《科幻教学：明天的教育》（*Teaching Science Fiction: Education for Tomorrow*）这本文集。这可以说是一本科幻新教师了解科幻教学的指导手册，包括卡尔·萨根、阿西莫夫、厄休拉·勒奎恩、凯特·维尔海姆、冈恩、马克·希勒加斯（Mark Hillegas）和罗宾·维尔森（Robin Wilson）等人的教学论文，其中还有由尼尔·巴仑（Neil Barron）所做的参考资料目录。

作为一个作家，威廉森对科幻作品本身充满信心，他指出："我们关注的是从工业时代到科技时代的社会跃迁。惊奇感来自科学发现和那种似乎能让我们的世界变得更好的新技术的出现带给我们的兴奋感和快乐感。信息时代的到来在某种程度上标志了这种跃迁的完成。更多的工程师和大量的我们以前只是在梦里才见过的先进技术前所未有地影响着我们的生活，但是我们对它们的感觉却是厌倦和恐惧多于希望。"

令人吃惊的是，威廉森不但预言了科幻的兴旺，也预感到了科幻的衰落。他写道："恐怕我们已经丧失了先驱们的兴奋感了。科幻可能是预示了麦克卢汉所说的地球村，但是并没有预见到那么多的人因为看电视而不再读书和思考。机器使生活变得简单，可是机器的制造原理却越来越难，比如夸克和量子论要比牛顿定律难以掌握。由此，科学变得好像魔法，于是，科幻和幻想混同了。随着视觉媒体的兴盛，书籍经销商们对硬科幻不很感兴趣了。"

即便如此，威廉森仍然抱有希望。他认为，硬科幻仍然有作家和读者。美国科幻研究学会仍然很活跃。他也依然喜欢科幻教学，学生也很乐意在这门课上花时间。起码在全球的科技发展领域内，读者数量还是有保证的。而且，在国际范围内，新一轮的大学科幻调查也仍然有可能进行。

二、中小学教学体验

（一）高中教学体验

伊丽莎白·卡金斯和巴利·麦克汉在美国中西部一个大的城市工业区的一个白人和黑人各占一半的学校里教授科幻。学生们拥有不同的社会背景，很多来自蓝领家庭；他们认为，其中34%的学生会进入大学。这不是个好的学区，高一的阅读水平低于正常年级1.5年左右。

在教学方法上，两位教师认为，采用短篇小说比较适当。小说不能太短。因为高中生需要阅读一些长一点的小说以便沉浸在故事的经验中。此外，长一些的完整故事也能用来训练他们提高审美力，因为这样的小说才拥有足够的空间去分析技巧的发展。

一开始，可能要提供一些相关的科幻背景和技术的有用的介绍。多数高中生在物理和社会科学方面的知识并不多。

两位教师认为，美国1945年到1965年间的科幻小说大部分非常适合用来教学。首先，在这个时期，一些非常有影响力的作家都写出了自己最重要的作品。而且，这些作品经过了时间考验和批评家的评论，被广泛地接受，甚至进入了当时的畅销书排行榜。这就是科幻成熟时代的重要性。这些作品的科幻特征非常明显。这些作品也能很明显地区别于恐怖小说、魔幻小说、暴力小说、童话等。最后，这些作品非常多，容易找到。

为了适合中学生水平，他们还考虑到了可读性。为此，他们从《科幻教学：明天的教育》这本书推荐的200本小说里，任意选出12本作为样品。用一种以句子的长度和音节的数目来估计阅读难度的弗莱什（Flesch）公式进行电脑评估，发现这些文本的水平等级是11.0。再用三本科幻书和对青少年有强烈吸引力的三本实验教材做比较，发现前者的水平等级为10.4，后者为12.4。虽然这个结果不具有严格的科学价值，但它的确展示了科幻的难度低于实验教材。当然，科幻的种类繁多，每个作品都不一样。教学时要根据需要进行选取。

科幻的特点在于，故事的开端往往倾注着作者大量的注意力。作家必须在这里介绍人物，迅速建构戏剧情境，将我们的世界和书中的世界做对比等。这是导读时要注意的。此外，读者可能有一些疑问。例如海因莱因的《傀儡主人》中讲到CIA，年轻人可能不知道这是联邦调查局。故事有一种瞬间化妆手术，还有一些带着线索的句子，例如："……在东发射基地上，高于新布鲁克林并且俯瞰着曼哈顿大弹坑……"这是在讲一个遭受过原子弹肆虐的世界，有一个所谓的曼哈顿大弹坑，但是这个世界显然已经恢复，并且拥有了新的更好的技术。要知道曼哈顿是美国纽约的一个区，这里的暗示就非常明显了。

学生们应该先提高他们记笔记的能力才能较好地理解书中世界。例如，在有的书里，时间框架是故事的中心因素。然而，学生却往往不能感受到故事中时间从A到B的跃迁。记笔记将使他们的注意力集中在细节，并且能够帮助他们保持清醒，知道后面的故事将要怎么展开。而且记笔记也有助于学生有意识地提炼书中想要传达给他们的信息，有助于他们分辨和理解较难的句子，有助于他们更好地把对文章的理解转化为以后自己进行写作的素材。而且记笔记的过程实际上就是教师和学生每天进行互动的过程。这里讲的笔记显然不是照本宣科的笔记。老师在开始教学时，可对一些地方做点提醒，以让学生注意关注特殊的信息。笔记还能帮助学生学习文章中的词句和俚语。对于大部分学生而言，提前进行的阅读只是对作品浅层次的文字认识，而我们是要让学生培养出一种自己当作家而非观众的心态来理解故事并进行创作。笔记对学生改进阅读技巧和更好理解文本意蕴是非常有用的。在学生了解了作品文字层面意义之后就会去考虑作品的暗示意义、扩展意义、相似性等特殊问题，在这个过程中，学生们可以通过笔记学到很多技巧，提高自己的能力。

科幻是引发人思考的文类。《傀儡主人》中黏糊糊的鼻涕虫两次困扰了主人公萨姆，他不吃不睡不换衣服，也不问任何问题。这种被控制后的生理细节描写让学生很容易联想到吸毒者的状况。能有这种认识就说明学生已经在一定程度上逃离了字面意义，进行了深入思考。接下来，则应该考虑鼻涕虫所暗示的意识形态、偏见、无知等更深层的含义。

若仅在课堂上讨论科幻作品描绘世界的特性，很多深奥的问题无法弄明白。这样，提前布置家庭作业就很重要。然后在课堂上进行讨论。如果学生在课堂讨论之前没有进行深思熟虑，那思维就会很混乱，讨论也会语无伦次。

课前作业要求学生起码要对要讨论作品中的世界的存在时间、生态条件、社会政治或者缺陷等有所了解。这些课前作业一般都比较短小和有针对性，这样一来教师就比较容易在阅读之初提供一些智力支持和解释。当学生们读了很多科幻，见识到了各种各样的世界模式后，他们就很容易从这种反复的经验中提取出对当今社会的深刻认识。通过和各种各样科幻中的世界的交流，学生们可以把他们自身和周围世界紧紧连接，从而达到一种能自由且准确表达自己思想感受的境界。

科幻作品的内容往往涉及来自外星球的邪恶压迫以及人口过剩、生态大灾难等对人类世界影响重大的事件。这些内容能让学生练习着处理生态学和社会学的问题，帮助他们发展健全自己的社会意识。科幻作品中的主人公往往是能清楚意识到国家之间、世界之间、民众之间等实质关系的英雄。英雄的道德要求他们总是以大多数人的利益为重。这种道德观能教育学生们了解自己在未来的社会责任，有一个可供学习的榜样来帮助自己塑造自我。学校一直认为学生应该知道继承，但是如果今天的学生只知道继承而不了解自己对未来负有的责任的话，那么我们的未来将没有希望。而若我们能把未来看得和过去一样重要的话，那么无疑科幻将在这一领域大有作为。

两位教师希望科幻的内容不要太不切实际，起码要有现实的影子作为基础，否则学生会把注意力完全集中在那种激进的不同于现实的虚拟世界。可是他们真正需要的其实是仔细欣赏故事，探寻书中世界与现实的不同程度。只有这样他们才可能在故事和日常生活之间找到联系，才能更好地了解书中的意义。

学生们的问题现在不仅仅在于在阅读中领会科幻作品的深层含义，还在于如何在自己的创作中也试图去表现一些内在的东西。很多学生在他们的习作里将场景和对话都写得很生动，但是当让他们写一些评论文章的时候就比较难了，哪怕他们刚才还针对文章的很多隐喻进行了讨论，情况也是一样。这就涉及了一个从集体的口头讨论体验向个人的书面写作体验的转化问题。对这种情况，教师的第一反应往往是责怪自己没有好好利用素材授课。但是我们也应该清楚，其实有些学生无论是对待生活还是学习都是散漫、不用心的。另一些学生还不知道如何与自己进行内心对话。如果他们能有意识地把自己想象成具有不同思维的两个或者两个以上的人，让他们之间进行对话和讨论，这种内在对话再和现实中真正的多人分组讨论相印证，这样一来从某种程度上就可以使学生更好地理解文意并且把这种理解很自然地过渡到写作中去。

教师要将社会性的语言传达给学生，让学生逐渐懂得社会生活的真正含义。课堂氛围对于发展学生深层理解能力是很重要的。在一个充满善意的气氛里，人们为了完成一项共同的任务而在同一间屋子里听课和讨论。这样很容易将口头的观点和脑中的理念相印证，从而达到对作品的更好理解。

其实教师想要培养的是学生对于一部科幻作品内在寓意的敏感度，通过大量的阅读、个性化的笔记、深入的思考，学生对作品的触觉更加敏锐，敏感度越来越强。

考试是保证教学效果的一个有效方法。他们采用学分制。获得学分的方式很多，比如写一本书的摘要，回答一些书中留下的问题，和老师一起参加科幻会议，参与课堂讨论，评估同学的论文，读课外的科幻书，作科幻电影和电视的口头或者书面的报告，听科幻音频节目或者讲座，写作科幻故事，钻研科幻历史，在科幻杂志上发表文章，给科幻作家写信等等。学生还有补考、重做论文或者获得额外学分的机会。在获得学分的活动中，学生的学习能力得到了增强。学分的要求在开课之初就应该告诉学生，让他们很早就明白这个课程的目的和可能的结果。学分制能让学生对自己充满信心，他们会发现他们面对考核并不是那么无助，而且这种方式的考核不会造成什么不可挽回的损失，同时也有利于学生将注意力全部集中在课程上。

课程中学生们要学会交换论文互相品评，而后写出更好的评论文章。由阅读笔记到自己写作是一个慢慢过渡的过程。要注意因材施教。对中专技校学生等，也要注意根据特点进行教学。

（二）小学教学体验

巴利·B. 龙叶尔（Barry B. Longyear）是一个全职作家。他曾在一篇文章中对小学科幻教学提出自己的看法。龙叶尔指出，孩子喜欢运动、跳舞、看电影、看滑稽书籍、看电视、和朋友外出旅行等。但是，对多数学生来说，语言的训练又必须接受。这样，语言课程的魅力便消失殆尽。然而，所有的文本都需要写作，对语言水平要求很高。但学生不喜欢那些正统的写字练习，写科幻则另当别论。科幻创作有自己的讲故事的规则。龙叶尔和比斯比（Bisbee）一起阅读了上百个故事并设计出了如下写作规则。他们认为，这个规则甚至对青年作家都能适用。

每个年轻作家应该知道，一个故事就像一台机器一样由很多部分组成，这些部分只有适当地组合在一起，机器才能正常工作。同样，一个故事中的若干部分也只有适当地组合起来，才能使这个故事成功。悬念一般都是在故事的开篇。一个故事的开头一定要被设计得能抓住读者的注意力并且使读者想更多地读下去。如果开篇无聊且沉闷，那么无论后面有多精彩可能都会使故事大打折扣，丧失读者。最常见的错误是开篇总在环境设置方面大花笔墨，而最好的开篇往往是直接进入活动里。

主体是故事最重要的部分。当你的英雄面对问题时，他必须自己去努力解决。就好比因为偷窃而被关在牢房里的男孩，他必须自己去解决想要出去的问题，而这个问题就应该是整个故事的主体。只有让他所要解决的问题一个比一个难，才能让这个主体得到成功的体现。主体一般包括两个部分。第一个叫作"辉煌的瞬间"，它看上去像我们的英雄已经最终走出了他的困境——他所面临的所有问题都解决了。另一个叫作"黑暗的瞬间"，这就是当英雄认为他已经渡过难关时，所有的事情又进入了一个比故事刚开始时更坏的境地。

结局是人物一直在努力解决的问题。在解决过程中，人物性格得到了很好的展现。一般，一个好的结局总是说问题最终得到了解决。但是无论如何，结局一定要是可以从故事发展推知的、合理的、可信的结果。

对人物的塑造包括了人物的转变、可信性、感情等。还有其他很多元素，将这些元素组合后就能得到一个故事。主流文学写作所需的基本元素包括当前事件、人物和设置等。教会学生综合这些元素，重要的是让学生在风格上自由选择。他还指出，自己从不给学生提供"点子"，学生必须把脑中的所有素材都拿出来思考比较，然后用它们来写作。每个学期要求学生写四到六个故事，每个故事要打三遍底稿，还要指出并改正文中出现的在拼写、标点及语法方面的错误。另外，讲故事技巧方面的错误可以当作示范来强调，那样对学生会有特别重要的效果。学生们要学着去爱好写作。学会了写科幻故事，其他文类的写作技巧也会发展起来。

很多学生认为科学相当沉闷，而科幻可以拯救这些学生。很多科学家写作科幻。他们会在故事中提出科学问题。这样，让科幻成为课堂经验的一部分，会增加学生的科学兴趣。科幻可以作为物理或其他课程的引入读物。故事中的"科学"就可以被提出来进行讨论。

教授11岁左右的孩子科幻，还是有很多东西要学习的。龙叶尔说，他喜欢第一次登上讲台教授的感觉。当他回家将这个经历写出来时，就成了自己的第一本书。尽管他现在是一个全职作家，但仍然抽出时间去学校。他喜欢看见孩子们在知道了基本的讲故事方法后想象力的飞扬，而且他们也能教会他很多。

（陈宁）